GIDEON LA NEUVIÈME

"Exofictions"

Titre original :
Gideon the Ninth
Éditeur original :
Macmillan Publishing Group, LLC.

ISBN 978-2-330-16409-6

TAMSYN MUIR

GIDEON LA NEUVIÈME

Le Tombeau scellé

1

roman traduit de l'anglais (Nouvelle-Zélande)
par Stéphanie Lux

ACTES SUD

pour pT

DRAMATIS PERSONÆ

Par ordre d'apparition des Maisons

Neuvième Maison

Les Gardiens du Tombeau Scellé, la Maison de la Langue Cousue, les Vestales Noires

Harrowhark Nonagesimus, héritière de la Neuvième Maison, Respectable Fille de Drearburh.

Pelleamena Novenarius, sa mère, Respectable Mère de Drearburh.

Priamhark Noniusvianus, son père, Respectable Père de Drearburh.

Ortus Nigenad, premier cavalier de l'héritière.

Crux, maréchal de la Neuvième Maison.

Aiglamene, capitaine de la garde de la Neuvième Maison.

Sœur Lachrimorta, nonne du Tombeau Scellé.

Sœur Aisamorta, nonne du Tombeau Scellé.

Sœur Glaurica, nonne du Tombeau Scellé.

Divers adeptes, membres du culte et profanes de la Neuvième Maison

ainsi que

Gideon Nav, serve indenturée de la Neuvième Maison.

Première Maison

Le Nécromancien Divin, le Roi des Neuf Renouveaux, notre Résurrecteur, le Nécrolord Suprême

L'Empereur

Ses Lycteur·e·s

Et les prêtres de la Maison de Canaan

Deuxième Maison

La Force de l'Empereur, la Maison du Bouclier Pourpre, la Maison du Centurion

Judith Deuteros, héritière de la Deuxième Maison, capitaine de la Cohorte.

Marta Dyas, première cavalière de l'héritière, première lieutenante de la Cohorte.

Troisième Maison

La Bouche de l'Empereur, la Procession, la Maison des Morts Lumineux

Coronabeth Tridentarius, héritière de la Troisième Maison, princesse héritière d'Ida.

Ianthe Tridentarius, héritière de la Troisième Maison, princesse d'Ida.

Naberius Tern, premier cavalier des héritières, prince d'Ida.

Quatrième Maison

L'Espoir de l'Empereur, l'Épée de l'Empereur

Isaac Tettares, héritier de la Quatrième Maison, baron de Tisis.

Jeannemary Chatur, première cavalière de l'héritier, chevalière de Tisis.

Cinquième Maison

Le Cœur de l'Empereur, les Gardiens du Fleuve

Abigail Pent, héritière de la Cinquième Maison, lady de la cour de Koniortos.

Magnus Quinn, premier cavalier de l'héritière, sénéchal de la cour de Koniortos.

Sixième Maison

La Raison de l'Empereur, les Maîtres Gardiens

Palamedes Sextus, héritier de la Sixième Maison, Maître Gardien de la Bibliothèque.

Camilla Hect, première cavalière de l'héritier, assistante du Gardien de la Bibliothèque.

Septième Maison

La Joie de l'Empereur, la Rose non éclose

Dulcinea Septimus, héritière de la Septième Maison, duchesse de Rhodes.

Protesilaus Ebdoma, premier cavalier de l'héritière, chevalier de Rhodes.

Huitième Maison

Les Garants du Livre, la Maison du Pardon

Silas Octakiseron, héritier de la Huitième Maison, Maître Templier du Verre Blanc.

Colum Asht, premier cavalier de l'héritier, Templier du Verre Blanc.

Deux pour la Discipline, malgré les coups du sort,

Trois pour l'Éclat de l'or, ou celui d'un sourire,

Quatre pour la Loyauté, tournée vers l'avenir,

Cinq pour la Tradition, les dettes envers les morts,

Six pour la Vérité, sans mots consolateurs,

Sept est pour la Beauté qui éclôt et qui meurt,

Huit est pour le Salut, et quel qu'en soit le prix,

Neuf est pour le Tombeau, et ce qui fut détruit.

ACTE I

IX

1

En l'an Myriade de notre Seigneur, la dix millième année du Roi Immortel, le bienveillant Prince de la Mort, Gideon Nav prit son épée, ses bottes et ses magazines pornos et s'évada de la Neuvième Maison.

Elle ne courait pas. Gideon ne courait jamais, sauf nécessité absolue. Dans l'obscurité complète d'avant l'aube, elle se brossa tranquillement les dents, se lava le visage et alla même jusqu'à balayer le sol de sa cellule. Elle secoua son long habit noir et l'accrocha à sa patère. Ayant répété ces gestes chaque jour depuis plus d'une décennie, elle n'avait plus besoin de lumière pour les accomplir. De toute manière, aussi tard dans l'équinoxe, aucun rayon n'entrerait ici avant plusieurs mois ; on pouvait toujours déduire la saison en fonction des craquements de tuyaux du système de chauffage. Elle s'habilla de la tête aux pieds de polymères et autres textiles synthétiques. Se brossa les cheveux. Puis, sifflant entre ses dents, Gideon ouvrit son bracelet de sécurité, qu'elle plaça soigneusement sur son oreiller, avec sa clé volée, comme un chocolat dans un grand hôtel.

Elle jeta son sac sur son épaule, quitta sa cellule et prit le temps de descendre les cinq niveaux menant à la niche funéraire anonyme attribuée à sa mère dans les catacombes. C'était purement sentimental : elle n'était déjà plus là quand Gideon était petite, et ne la réintégrerait jamais. Puis ce fut la longue ascension des vingt-deux niveaux du puits, sans le moindre rai de lumière pour dissiper ce noir poisseux, avant de bifurquer vers le tarmac où, dans deux heures, elle embarquerait dans sa navette.

Le terrain offrait une vue dégagée sur un fragment du ciel de la Neuvième Maison, qui était blanc et épais comme une soupe aux endroits où on avait injecté le plus d'atmosphère, léger et bleu marine ailleurs. Dominicus clignait de son éclat bienveillant au-dessus du profond tunnel vertical. Dans l'obscurité, Gideon parcourut lentement le périmètre du champ, pressant ses mains contre la roche froide et glissante des parois. Une fois ce premier tour accompli, elle passa un long moment à aplatir le moindre monticule de terre et shooter dans le moindre caillou jonchant le sol abîmé de la piste. Elle enfonça à plusieurs reprises la pointe d'acier usée de sa botte dans la terre tassée, ne s'arrêtant qu'une fois convaincue de l'improbabilité qu'on ait pu y creuser. Pas un centimètre carré du vaste espace n'échappa à son examen, et lorsque les projecteurs reliés au groupe électrogène s'allumèrent dans un grésillement excédé, elle s'assura de visu qu'elle n'avait rien oublié. Puis elle escalada l'armature grillagée des projecteurs, qu'elle examina à leur tour, aveuglée par la luminosité, vérifiant à tâtons l'arrière de leur cadre de métal, sombrement satisfaite de ne rien y trouver.

Elle alla se poster sur un des éboulis aplatis en plein milieu de la piste. Les spots brillaient à faire pâlir toute lumière naturelle, créant d'explosives ombres difformes un peu partout. Les ombres de la Neuvième étaient profondes et inquiétantes, froides, d'un bleu d'hématome. Plantée dans ce joyeux décor, Gideon décida de se récompenser d'un petit sachet de porridge, au goût merveilleusement gris et infect.

La matinée avait commencé comme toutes les matinées depuis l'avènement de la Neuvième Maison. Pour faire passer le temps, elle refit un tour du vaste terrain, shootant au passage d'un air absent dans un petit tas de graviers mal aplati. Puis elle s'avança jusqu'à la plateforme surplombant le puits pour guetter un éventuel mouvement en bas, tout en s'efforçant de déloger du bout de la langue les résidus de porridge coincés dans ses molaires. Au bout d'un moment, Gideon entendit le claquement lointain des squelettes dans les champs, qui récoltaient les poireaux des neiges avec des gestes de somnambules. Elle imagina la scène : l'ivoire sale de leurs os s'affairant dans l'obscurité sulfureuse, le cliquètement de leurs pioches au ras du sol, leurs yeux rouges comme autant de têtes d'épingle errantes.

La Première Cloche retentit, dissonante et plaintive, appelant au début des prières. Comme toujours, on aurait dit qu'on l'envoyait valser dans les escaliers : elle émettait une sorte de *BLA-BLANG… BLA-BLANG… BLA-BLANG* qui, du plus loin qu'elle s'en souvienne, avait tiré Gideon de son sommeil chaque matin. Ça y est : il y avait du mouvement en bas. Gideon observa les ombres se rassembler devant les imposantes portes du château de Drearburh, d'un blanc froid contrastant durement avec le sol. Serties dans la paroi rocheuse, elles mesuraient trois corps de large et six corps de haut. De part et d'autre, des brasiers perpétuellement allumés produisaient une fumée grasse, écœurante. Sur le linteau, plusieurs centaines (voire milliers) de petits personnages blancs étaient sculptés dans la pierre dans une multitude de postures, avec cette technique bizarre qui donnait l'impression, où qu'on se trouve, qu'ils vous regardaient. Petite, chaque fois qu'on obligeait Gideon à franchir ces portes, elle se mettait à hurler comme si on l'écorchait vive.

Regain d'activité aux niveaux inférieurs. La lumière donnait à présent une certaine visibilité. Les Neuvièmes allaient sortir de leurs cellules après leur recueillement matinal et rejoindre les autres pour l'oraison commune, tandis que les serviteurs du château de Drearburh se lanceraient dans les préparatifs de cette nouvelle journée. Un certain nombre de rites aussi solennels qu'ineptes allaient s'accomplir jusque dans les moindres recoins de la Maison. Gideon jeta son sachet de porridge vide par-dessus la rambarde et s'assit, son épée sur les genoux, qu'elle se mit à astiquer avec un bout de chiffon : plus que quarante minutes avant le départ.

Soudain, l'immuable monotonie d'une matinée typique de la Neuvième fut rompue. La Première Cloche se *remit* à sonner : *BLA-BLANG… BLA-BLANG… BLA-BLANG…* Gideon tendit l'oreille, constatant que ses mains s'étaient figées sur son épée. La cloche sonna vingt fois, puis se tut. Tiens, tiens. Rassemblement. Un instant après, nouveau clappement des squelettes ayant docilement lâché pioches et binettes pour répondre à l'appel. Ils affluaient vers les niveaux inférieurs en un courant anguleux çà et là interrompu par une silhouette boiteuse affublée de vêtements d'un noir oxydé. Gideon se remit à astiquer son épée : bien essayé, mais elle ne marchait pas.

Elle ne releva pas davantage la tête lorsqu'un pas lourd retentit sur son propre niveau, accompagné d'un cliquetis d'armure rouillée et du sifflement d'un souffle rauque.

— Trente bonnes minutes que je l'ai enlevé, Crux, dit-elle, sans cesser de frotter. On dirait presque que vous voulez que je disparaisse à tout jamais. *Ohhhh merde alors, c'est exactement ce que vous voulez.*

— Tu as fraudé en appelant cette navette, siffla le maréchal de Drearburh, dont la notoriété était principalement due au fait qu'il avait l'air plus décrépit vivant que certaines personnes officiellement mortes.

Planté devant elle sur la piste, il gargouillait d'indignation.

— Tu as falsifié des documents. Tu as volé une clé. Tu as ôté ton bracelet. Tu nuis à cette Maison, tu abuses de ses biens, tu la spolies de sa propriété.

— Allez, Crux, on peut certainement trouver un arrangement, répondit Gideon d'une voix enjôleuse, tout en retournant prestement son épée pour examiner la lame à la recherche d'encoches. Vous me détestez, je vous déteste. Laissez-moi partir sans combat et vous pourrez tranquillement prendre votre retraite. Vous consacrer à vos loisirs. Écrire vos Mémoires.

— Tu *nuis* à cette Maison, tu *abuses* de ses biens, tu la *spolies* de sa propriété.

Crux aimait scander ses verbes.

— Vous n'aurez qu'à dire que ma navette a explosé en plein vol. Que je suis morte, quel dommage. Lâchez-moi les baskets, Crux, je vous en supplie… je vous laisse même une revue de cul, tiens. *Nichons en uniforme. Dans l'intimité de la Cinquième Maison.*

Le maréchal, atterré, perdit momentanément l'usage de la parole.

— OK, OK, je retire ce que j'ai dit. Il n'y a pas vraiment de revue *Nichons en uniforme.*

Crux fondit sur elle avec la détermination d'un glacier. D'une pirouette arrière, Gideon évita l'antique poing qui s'abattit à côté d'elle dans une pluie de poussière et de graviers. Elle rangea à la hâte son épée dans son fourreau, qu'elle serra contre elle comme un enfant. Puis elle se propulsa d'un bond hors de portée des bottes de Crux et de ses grosses mains chenues. Il avait beau être en état de mort imminente, il semblait entièrement fait de cartilage, avec une trentaine de jointures par poing. C'était un fossile, mais un *putain d'affreux* fossile.

— Tout doux, maréchal, lui intima Gideon, aux prises avec la poussière. Si vous continuez comme ça, vous risquez d'y prendre du plaisir.

— Tu es bien insolente, pour un *objet*, rétorqua le maréchal. Tu es bien bavarde pour une *dette*. Je te hais, mais tu fais partie de mon inventaire. Tes poumons sont inscrits au registre de la Neuvième Maison. La bile que tu produis appartient à la Neuvième. La vieille éponge ratatinée qui te tient lieu de cerveau aussi. Viens ici que je te repeigne les yeux en noir, viens ici que je te réduise en poussière.

Gideon, préférant garder ses distances, recula encore un peu.

— Crux, quand on profère une menace, on dit : Viens ici, *ou*...

— Viens ici que je te repeigne les yeux en noir, viens ici que je te réduise en poussière, croassa une nouvelle fois le vieillard en s'avançant vers elle. De plus, notre lady veut te voir.

À ces mots, Gideon sentit une soudaine démangeaison dans ses paumes. Elle leva les yeux vers l'épouvantail dressé devant elle, et il lui rendit son regard, un regard hideux de cyclope maléfique. Son armure ancestrale lui pourrissait dessus, la peau tirée et livide de son crâne menaçait de craquer à tout moment, mais on aurait dit que ça lui était complètement égal. Alors même qu'il n'y avait pas une once de nécromancie en lui, Gideon soupçonnait qu'une fois mort, il continuerait à exister, par pure méchanceté.

— Vous pouvez me repeindre les yeux en noir et me réduire en poussière, dit-elle lentement, mais que votre lady aille rôtir en enfer.

Pour toute réponse, Crux lui cracha dessus. C'était dégueulasse, mais bon. Il saisit le manche du long couteau qu'il portait sur l'épaule dans une gaine moisie, et tira d'un coup sec, révélant une lame extrêmement fine, mais entre-temps, Gideon avait bondi sur ses pieds et brandissait son épée devant elle tel un bouclier, une main sur la poignée, l'autre sur le médaillon du fourreau. Ils se tenaient donc en échec, elle parfaitement calme, le vieillard dans un souffle humide et rauque.

— Ne faites pas l'erreur de tirer contre moi, Crux, dit Gideon.

— Tu manies cette épée beaucoup moins bien que tu ne le penses, Gideon Nav, rétorqua le maréchal de Drearburh, et un jour je t'écorcherai vive pour te punir de ton impertinence. Un jour on transformera ta chair en pâte à papier. Un jour les nonnes du Tombeau Scellé balaieront l'ossuaire avec tes cheveux. Un jour ton ossature docile fera la poussière dans tous ces lieux que tu méprises, et ta graisse fera briller les dalles. Le rassemblement a sonné, Nav, et je t'ordonne d'y aller.

Là, Gideon perdit son sang-froid.

— Allez-y vous-même, espèce de vieux chien mort, et surtout dites-lui bien que je me suis cassée.

À son immense surprise, Crux tourna les talons et repartit de son pas lourd vers les marches sombres et glissantes, jurant et haletant comme une crécelle, et Gideon se dit qu'elle avait déjà gagné avant même de se réveiller ce matin. Crux n'était qu'un symbole de contrôle impuissant, une ultime tentative destinée à la tester, voir si elle était assez stupide ou lâche pour retourner se cloîtrer derrière les froids barreaux de sa prison. Le cœur gris et putride de Drearburh. Le cœur encore plus gris et putride de sa lady.

Elle sortit sa montre de sa poche : plus qu'une petite vingtaine de minutes, un quart d'heure et des poussières. Gideon était tirée d'affaire. Gideon était déjà partie. Plus rien ni personne ne pouvait se mettre en travers de son chemin.

*

— Crux se plaint de toi à qui veut l'entendre, déclara soudain, à quinze minutes du départ, une voix provenant de la porte d'accès. Il paraît que tu as tiré ta lame devant lui. Que tu lui as proposé d'obscènes revues pornographiques.

Gideon sentit une nouvelle démangeaison dans ses paumes. Elle était retournée s'asseoir sur son étrange trône de pierre et, sa montre en équilibre entre ses genoux, fixait la petite aiguille qui comptait mécaniquement les minutes.

— Je ne suis quand même pas stupide, Aiglamene. Si je menaçais un officiel de la Maison, on ne me laisserait même pas récurer les toilettes dans la Cohorte.

— Et les revues pornographiques ?

— Je lui ai en effet proposé un chef-d'œuvre de photographie mammaire, et il s'en est offensé, répondit Gideon. Un moment assez délicieux. Mais la Cohorte se fiche complètement de ce genre de choses. Ai-je déjà mentionné la Cohorte ? Vous connaissez la Cohorte, n'est-ce pas ? La Cohorte où je suis déjà partie m'enrôler… *trente-trois fois* ?

— Cesse de pleurnicher comme un bébé, lui asséna sa maîtresse d'armes. Je sais tes ambitions.

Aiglamene se traîna jusqu'au petit cercle de lumière de la piste. La capitaine de la garde de la Neuvième Maison avait le crâne couvert de cicatrices fondues et avait perdu une jambe, qu'un adepte modérément doué en osséo lui avait remplacée. La nouvelle, terriblement arquée, lui donnait des airs de bâtiment aux fondations bâclées. Elle était un peu plus jeune que Crux, autant dire que c'était une vieille peau, mais elle gardait une certaine vivacité, un élan assez pur, tandis que le maréchal, typique représentant de la Neuvième, était pourri jusqu'à la moelle.

— Trente-trois fois, répéta Gideon d'une voix lasse avant de jeter un œil à sa montre : plus que quatorze minutes. La dernière fois, elle m'a bloquée dans l'ascenseur. La fois d'avant, elle a coupé le chauffage et j'ai eu trois orteils gelés. Celle d'encore avant : elle a empoisonné ma bouffe et j'ai chié du sang pendant un mois. Je continue ou ce n'est pas la peine ?

Sa professeure resta impassible.

— Aucun scandale là-dedans. Tu n'avais pas sa permission.

— J'ai le droit de vouloir entrer dans l'armée, capitaine. Je suis une indenturée, pas une esclave. Financièrement, je ne lui suis d'aucun intérêt ici.

— Ce n'est pas le sujet. Tu as mal choisi ton jour pour quitter le poulailler, dit Aiglamene en désignant le puits du menton.

La Maison a des affaires importantes à régler, ta présence est requise en bas.

— Mais non, elle est désespérée, c'est tout, répliqua Gideon. Elle a ce besoin obsessionnel de tout contrôler. Mais elle ne peut plus rien faire. Je resterai clean. Je la fermerai. Et même – prenez des notes, vous pourrez me citer – *j'accomplirai mon devoir* envers la Neuvième Maison. Mais n'essayez pas de me faire croire, Aiglamene, qu'à la seconde où j'aurai posé un pied en bas, on ne me mettra pas un sac sur la tête et que je ne passerai pas les cinq prochaines semaines dans un ossuaire avec un traumatisme crânien.

— Espèce de fœtus égoïste, tu crois que notre lady a sonné le rassemblement rien que pour toi ?

— Attendez, je vous explique, dit Gideon, levant les yeux vers elle. Votre lady mettrait le feu au Tombeau Scellé si ça pouvait m'empêcher de voir d'autres cieux. Votre lady mangerait stoïquement un nourrisson si ça lui permettait de m'enfermer ici jusqu'à la fin des temps. Votre lady tartinerait les grands-tantes d'étrons en feu si elle pensait que ça pourrait me pourrir la journée. Votre lady est la pire sal…

La gifle d'Aiglamene n'avait rien du tremblement offensé avec lequel Crux aurait pu la gifler. Elle avait frappé Gideon du revers de la main comme on frapperait un chien qui aboie, lui faisant voir trente-six chandelles.

— Tu t'oublies, Gideon Nav, dit sèchement sa professeure. Tu n'es peut-être pas une esclave, mais tu serviras la Neuvième Maison jusqu'à ta mort et au-delà, et tu ne commettras pas le péché de perfidie en *ma* présence. La cloche a sonné le rassemblement. Vas-tu te présenter à l'appel de ton plein gré, ou préfères-tu me faire honte ?

Il fut un temps où Gideon se donnait beaucoup de mal pour ne pas faire honte à Aiglamene. On pouvait vivre avec la honte dans ce désert affectif, mais Gideon avait un faible pour l'antique soldate. Personne ne l'avait jamais aimée au sein de la Neuvième, Aiglamene non plus ne l'aimait pas, elle serait sans doute littéralement morte de rire à cette idée, mais elle faisait preuve d'une certaine tolérance envers elle, elle se montrait prête à lui lâcher la bride, pour voir ce que Gideon faisait lorsqu'elle avait les coudées franches. Gideon aimait avoir les coudées franches. Aiglamene avait convaincu la Maison de lui mettre une épée entre les mains, de ne pas gâcher les talents de Gideon à lui faire jouer les enfants de chœur ou astiquer l'ossuaire. Aiglamene n'était pas déloyale. Les yeux baissés, Gideon s'essuya la bouche du revers de la main, et elle vit le sang dans sa salive, et elle vit son épée ; et elle l'aimait tellement, cette foutue épée, qu'elle aurait pu l'épouser.

Mais elle voyait aussi l'aiguille de sa montre égrener inlassablement les minutes. Plus que douze. On ne coupait pas les ponts en se laissant amadouer. Et malgré sa fragilité pourrissante, la Neuvième était dure comme l'acier.

— Je crois que je vais devoir vous faire honte, avoua Gideon. Ça doit être de naissance. Je suis décevante de nature.

La maîtresse d'armes, visage de vieux rapace et valises sous les yeux, lui jeta un regard furieux, mais Gideon ne détourna pas le sien. Les choses auraient été plus simples si Aiglamene, à la manière de Crux, l'avait copieusement insultée, mais elle se contenta de dire :

— Tu as tant de facilités, mais tu ne comprends toujours pas. C'est ma faute, peut-être. Plus tu lutteras contre la Neuvième, Nav, plus son emprise sur toi sera forte. Plus tu la maudiras, plus elle te fera hurler.

Raide comme la justice, Aiglamene s'en alla de son étrange déhanchement, laissant Gideon à son impression d'avoir échoué à un examen. Tant pis, se dit-elle. Deux-zéro, la voie est libre. Plus que onze minutes avant l'atterrissage, lui apprit sa montre, onze minutes et elle serait loin. C'était tout ce qui importait. C'était tout ce qui avait jamais importé depuis que, toute jeune, Gideon avait compris qu'à moins de prendre une décision draconienne, elle mourrait dans ce trou sans lumière.

Et, pire encore, que sa mort ne serait que le *début*.

*

Nav était un nom de Neuvième, mais Gideon ignorait où elle était née. La planète reculée et insensible sur laquelle elle vivait abritait le siège de la Maison et une petite prison où étaient détenus les criminels dont les crimes étaient trop atroces pour que leurs Maisons se chargent de leur réinsertion sur leurs propres terres. Gideon ne l'avait jamais vue. La Neuvième Maison était un immense trou vertical, un puits creusé jusqu'au noyau de la planète, et la prison une installation en forme de bulle qui flottait dans l'atmosphère, et où les conditions de vie devaient être sacrément plus clémentes.

Il y a dix-huit ans, la mère de Gideon était tombée au beau milieu du puits, avec une combinaison abîmée et un parachute de freinage, comme un papillon de nuit tourbillonnant lentement dans l'obscurité. L'approvisionnement de la combinaison avait cessé depuis quelques minutes, la jeune femme avait atterri en état de mort cérébrale. Toute l'énergie de sa batterie avait été utilisée par un bioconteneur rattaché à sa combinaison, de ceux qui servent au transport des greffons, et à l'intérieur de ce conteneur se trouvait Gideon, âgée d'un jour à peine.

De toute évidence, c'était un putain de mystère. Gideon avait passé sa vie à ruminer les faits. La jeune femme devait s'être trouvée à court d'énergie environ une heure avant l'atterrissage ; il était impossible qu'elle ait été lâchée loin au-dessus de la planète, en dehors de son champ gravitationnel, avec une combinaison pareille : elle aurait tout simplement explosé. La prison, qui documentait les moindres allées et venues, assurait qu'il ne s'agissait pas d'une détenue évadée. On avait fait venir plusieurs adeptes, des nonnes du Tombeau Scellé qui connaissaient les secrets de la capture des fantômes. Mais les nécromanciennes expérimentées de la sombre et puissante Neuvième Maison, aux pouvoirs pourtant anciens et profondément ancrés, n'étaient pas parvenues à raviver l'ombre de la jeune femme pour qu'elle s'explique. Ni le sang frais, ni le sang ancien n'avaient pu l'inciter à revenir. Lorsque les nonnes, épuisées, avaient fini par employer la force, elle était déjà bien loin, comme si la mort lui avait donné un regain d'énergie, et elles n'avaient pu lui arracher qu'un seul mot : *Gideon ! Gideon ! Gideon !*, crié trois fois avant de leur échapper.

Si la Neuvième – énigmatique, inquiétante Neuvième, Maison de la Langue Cousue, Maison des Anachorètes, Maison des Secrets Hérétiques – avait accueilli ce nourrisson avec une certaine perplexité, elle s'était vite ressaisie. De tout temps, les salles de la Neuvième rassemblaient les pénitents des autres Maisons, mystiques et autres pèlerins qui jugeaient l'appel de cet ordre sinistre plus désirable que les droits que leur conférait leur naissance. En vertu des règles archaïques régissant la vie des aspirants qui passaient de l'une à l'autre des huit grandes Maisons, Gideon était devenue une toute jeune serve qui, sans vraiment faire partie de la Neuvième, était son obligée : pouvait-on imaginer dette plus grande que celle d'avoir été recueillie ? Position plus honorable que celle de vassale de Drearburh ? Faisons de ce bébé une postulante. Poussons cette enfant à devenir oblate. Ils l'avaient munie d'une puce, lui avaient donné un nom et l'avaient confiée aux éducatrices. À l'époque, la petite Neuvième Maison comptait fièrement deux cents enfants, de zéro à dix-neuf ans, et Gideon s'était vu attribuer le matricule 201.

À peine deux ans plus tard, ils n'étaient plus que trois : Gideon Nav, un garçon beaucoup plus âgé et l'héritière de la Maison, fille du lord et de la lady de la Neuvième. À cinq ans, on sut que Gideon n'était pas nécromancienne, à huit on se douta qu'elle ne deviendrait jamais nonne. À onze ans, on se rendit compte qu'elle en savait trop, et qu'on ne pourrait jamais l'autoriser à partir.

Gideon avait tout essayé, elle avait joué sur la corde sensible, promis des compensations financières, rappelé certaines obligations morales, échafaudé les plans les plus divers ou simplement fugué : à dix-huit ans, elle avait déjà quatre-vingt-six tentatives d'évasion à son actif, la première remontant à son quatrième anniversaire.

2

À CINQ PETITES MINUTES DE SON EXÉCUTION, le plan d'évasion n° 87 de Gideon fut prodigieusement torpillé.

— Je vois que ta brillante stratégie, Gigi, consistait à commander une navette et t'envoler loin d'ici le plus normalement du monde, constata une voix cassante provenant de la rampe d'accès.

Entièrement vêtue de noir, un sourire méprisant aux lèvres, la lady de la Neuvième Maison se tenait au bord de la piste. Harrowhark Nonagesimus, la Respectable Fille, avait fait du noir et du sourire méprisant sa marque de fabrique. En fait, ces deux caractéristiques composaient 100 % de sa personnalité. Gideon s'étonnait toujours qu'en à peine dix-sept ans d'existence dans l'univers, on puisse porter cette couleur et ce mépris avec une assurance aussi ancestrale.

— Qu'est-ce que tu veux… je suis une fine tacticienne, répondit-elle.

La Respectable Fille approcha, laissant traîner dans la poussière le bas de la cape richement ornée et donc légèrement souillée de la Maison. Elle avait amené son maréchal, ainsi qu'Aiglamene, et plusieurs sœurs, tombées à genoux derrière elle. Les nonnes se faisaient un teint d'albâtre et peignaient sur leurs joues et leurs lèvres des motifs noirs qui transformaient leurs visages en têtes de mort. Vêtues de plusieurs couches d'étoffes noir oxydé, elles constituaient, ainsi agenouillées, une galerie de vieux masques sinistres.

— Quelle situation embarrassante, déclara la lady de la Neuvième en ôtant sa capuche.

Ses mains étaient gantées de noir. Seul son visage maquillé de blanc formait une tache claire sur l'ensemble.

— Je me fiche complètement que tu fugues, reprit-elle. Le problème, c'est que tu t'y prennes aussi mal. Lâche ton épée, tu es ridicule.

— Dans moins de dix minutes, une navette va débarquer pour m'emmener à Trentham, sur la Deuxième, dit Gideon sans lâcher son épée. Je vais monter à bord. Je vais refermer l'écoutille. Je vais agiter la main en guise d'adieu. Tu as littéralement déjà tout fait pour m'en empêcher. Cette fois, c'est la bonne.

Harrow tendit une main gantée et se massa les doigts d'un air songeur. La lumière tombait sur son visage maquillé, son menton barbouillé de noir, ses cheveux courts couleur de corbeau mort.

— D'accord, dit-elle. Alors, récapitulons, juste pour le plaisir. Objection n° 1 : la Cohorte n'enrôle pas de serves non affranchies, tu le sais bien.

— J'ai imité ta signature sur le formulaire d'émancipation, répliqua Gideon.

— Un seul mot de ma part et on te ramènera menottes aux poignets.

— Tu ne diras rien.

Harrowhark forma avec deux doigts un anneau autour de son poignet, qu'elle remua lentement.

— Charmante histoire, mais je ne suis pas convaincue par la psychologie des personnages. Pourquoi me montrerais-je aussi clémente ?

— Parce qu'à la seconde où tu nieras m'avoir laissée partir, rétorqua Gideon, la main toujours sur son fourreau, où tu me rappelleras, où tu me dénonceras à la Cohorte ou dresseras la liste de mes crimes imaginaires…

— Certaines de tes revues sont vraiment très dépravées, fit valoir sa lady.

— … je me mettrai à chanter, poursuivit Gideon. Je chanterai si fort qu'on m'entendra jusqu'à la Huitième. Je leur dirai tout. Tu sais ce que je sais. Je leur donnerai des chiffres. On me ramènera peut-être menottée, mais je rigolerai bien.

À ces mots, Harrowhark cessa de se masser le poignet et dévisagea Gideon. Puis elle adressa un geste assez sec à son fan-club gériatrique derrière elle et les nonnes se dispersèrent : baisant le sol, vacillantes, elles regagnèrent la pénombre dans le claquement de leurs chapelets et le craquement de leurs vieilles articulations. Seuls Crux et Aiglamene restèrent en position. Harrow pencha la tête sur le côté tel un volatile perplexe, esquissa un sourire dédaigneux.

— Quel stratagème vulgaire, dit-elle. Quel argument grossier. Mes parents auraient dû t'étouffer à la première occasion.

— J'aimerais bien les voir essayer, maintenant, tiens, répliqua Gideon, impassible.

— Tu partirais donc même si tu n'avais rien à y gagner, énonça la lady de la Neuvième, semblant sincèrement étonnée. Même en sachant ce que tu vas endurer. Ce que ça signifie. Et tout ça parce que… ?

— Tout ça *parce que* ? répéta Gideon en consultant une nouvelle fois sa montre. Mais parce que je te hais de toutes mes forces, parce que tu n'es qu'une affreuse harpie de l'enfer. Sans vouloir te vexer.

Il y eut un silence.

— Oh, Gigi ! s'exclama Harrow, d'un ton apitoyé. Alors qu'un jour sur deux, j'oublie tout bonnement que tu existes.

Elles se dévisagèrent. Un sourire insolent se dessina sur les lèvres de Gideon, qui ne fit rien pour le dissimuler, ce qui rendit le visage d'Harrowhark encore plus sombre et irascible.

— Tu m'as mise dans une impasse, dit-elle, semblant malgré elle stupéfaite. Ta navette sera là dans cinq minutes. J'imagine que tu as tous les documents nécessaires, et qu'ils ont l'air en règle. Un acte de violence injustifié serait un abus de pouvoir. En effet, je ne peux rien faire.

Gideon ne répondit pas. Harrow poursuivit :

— Le rassemblement est bien réel. La Neuvième a des affaires importantes à régler. Tu es sûre que tu ne peux pas consacrer quelques minutes à ta Maison, pour ton dernier appel ?

— Sûre et certaine, dit Gideon.

— Même si j'en appelle à ton profond sens du devoir ?

— *Nope.*

— J'aurai essayé, dit Harrow, avant de se tâter le menton, songeuse. Que dirais-tu d'un petit cadeau ?

— Alors là, ça devient carrément comique, commenta Gideon, comme en aparté. "Prends cet argent, Gideon, et va t'acheter des os." "Si tu reviens, je serai gentille avec toi, Gideon, j'arrêterai de faire ma tête de nœud. Au fait, tu peux avoir la chambre de Crux." "Tiens, Gideon, regarde ces belles moniales qui se languissent sur ce lit. Elles sont pour toi. Par contre elles n'ont jamais vu la lumière, donc le taux d'ostéoporose est de 90 %."

D'un geste dramatique, Harrowhark sortit de sa poche un parchemin tout neuf. Une épaisse feuille de papier – de vrai papier ! – portant l'en-tête officiel de la Neuvième. Elle avait dû dévaliser les coffres de la Maison. Les poils de Gideon se dressèrent sur sa nuque. Elle était en alerte. Harrow s'avança solennellement et déposa le parchemin par terre, à égale distance entre elles deux, avant de reculer, les paumes ouvertes en signe de reddition.

— *Ou alors*, dit la lady de la Neuvième tandis que Gideon allait lentement le récupérer, on pourrait imaginer un acte d'acquisition tout ce qu'il y a de plus authentique du grade d'officier de la Cohorte. Tu ne peux pas falsifier ce type de document, Gigi, il est signé en lettres de sang, alors attends un peu avant de le ranger dans ta poche.

C'était une véritable convention de la Neuvième, rédigée dans les règles de l'art. Elle prévoyait l'acquisition pour Gideon Nav du grade de sous-lieutenante, titre incessible mais qui lui vaudrait un petit capital lorsqu'elle prendrait sa retraite avec les honneurs. Elle bénéficierait d'une formation complète d'officière. Les dividendes généralement élevés en matière de primes et gains territoriaux seraient versés à sa Maison, mais le prix excessif fixé à son servage pourrait être remboursé en cinq ans plutôt qu'en trente, et avec de bonnes conditions. C'était plus que généreux. Harrow se tirait une balle dans le pied. Elle se tirait joyeusement une balle dans un pied et visait l'autre. Harrow perdrait définitivement ses droits sur elle. Gideon resta de marbre.

— Tu ne pourras pas dire que je suis sans cœur, dit Harrow.

— Tu es sans cœur, répliqua Gideon. Tu ordonnerais aux nonnes de s'entre-dévorer si tu t'ennuyais. Tu es une psychopathe.

— Rends-le-moi, si tu n'en veux pas, dit Harrow. Je pourrai toujours réutiliser le papier.

La seule réaction sensée consistait à faire un avion du document et le renvoyer d'où il venait. Dans quatre minutes, la navette se poserait sur la piste et Gideon laisserait bientôt de jolies traînées blanches dans le ciel. Elle avait déjà gagné, et ce point faible risquait de mettre en danger tout ce qu'elle avait préparé – des mois à se casser la tête pour infiltrer le système de paiement des navettes, des mois à effacer ses traces, à trouver les bons formulaires, à intercepter des communications, des mois d'attente et de stress. C'était un piège. Et un piège signé Harrowhark Nonagesimus, ce qui voulait dire qu'il allait être particulièrement dégueulasse.

— OK, dit Gideon. Balance tes conditions.

— Je veux que tu viennes au rassemblement.

Gideon ne cacha même pas son étonnement.

— Qu'est-ce que tu vas annoncer, Harrow ?

— Comme si j'allais te le dire, répliqua la Respectable Fille, sans un sourire.

Il y eut un long silence. Gideon souffla entre ses dents et, dans un effort héroïque, lâcha le parchemin et battit en retraite.

— Nan, fit-elle, observant avec intérêt un imperceptible haussement de sourcil noir chez la lady de la Neuvième. Je vais suivre mon propre chemin. Hors de question que je te fasse le plaisir de remettre les pieds à Drearburh. Même pas si tu faisais remonter le squelette de ma mère pour danser la gigue.

Harrow serra ses poings gantés ; elle commençait à perdre son sang-froid.

— Bon Dieu, Gigi ! Mais c'est l'offre parfaite ! Je te donne tout ce que tu voulais… tout ce que tu m'as toujours suppliée de te donner, sans jamais avoir l'élégance ni l'intelligence de comprendre pourquoi tu ne pouvais pas l'avoir ! Tu menaces ma Maison, tu manques de respect à mes serviteurs, tu triches, tu mens, tu voles, tu fourres ton nez partout… Tu sais très bien ce que tu as fait, et que tu n'es qu'une *sale parasite* !

— Je déteste quand tu fais ta nonne offensée, dit Gideon, qui ne regrettait sincèrement qu'un seul des crimes qui lui étaient reprochés.

— Tu l'auras voulu, gronda Harrowhark, qui semblait à présent sur le point d'exploser.

Elle se débarrassa tant bien que mal de sa longue cape richement ornée ; le blanc de la cage thoracique humaine qu'elle portait sur son long buste contrastait avec le noir de ses vêtements. Crux laissa échapper une exclamation consternée lorsqu'elle entreprit d'ouvrir les petites attaches d'argent qui la maintenaient en place sur sa poitrine, mais elle le fit taire d'un geste sec et ôta son corset. Gideon savait parfaitement ce qu'elle était en train de faire. Une vague de pitié et d'horreur mêlées s'abattit sur elle tandis qu'elle regardait Harrow ôter ses bracelets d'os, le collier de dents à son cou, les petits os qu'elle portait en clous d'oreilles. Elle refourgua le tout à Crux avant de revenir se planter sur la piste tel un carquois vide. En simple chemise noire, pantalon noir, bottines noires et gants noirs, avec ses cheveux couleur corbeau mort, elle avait l'air de ce qu'elle était en réalité : une ado désespérée, plus jeune encore que Gideon, plutôt petite et faible.

— Écoute, Nonagesimus, dit Gideon qui commençait à trouver la situation gênante. Arrête tes conneries. Ne fais pas… ce que tu t'apprêtes à faire. Laisse-moi partir.

— Tu ne vas pas t'en tirer si facilement, Nav, répliqua froidement Harrow.

— Tu veux que je te mette la raclée en guise d'adieu ?

— Ferme-la, rétorqua la lady de la Neuvième, avant d'ajouter, au grand dam de Gideon : Je change mes conditions. Un combat loyal, et…

— Et je pourrai partir sans être inquiétée ? Je ne suis pas stupide…

— Non. Un combat loyal, et tu pourras partir *avec ton contrat d'officière*. Si je gagne, tu viens au rassemblement, et tu pourras partir après, *avec ton contrat*. Si je perds, tu pars tout de suite, *avec ton contrat*.

Sur ce, Harrow saisit le parchemin et sortit de sa poche un stylo-plume qu'elle se mit dans la bouche, enfonçant profondément la pointe dans sa joue. Puis elle l'en ressortit, gorgée de sang – le grand numéro, se dit Gideon, abasourdie –, et signa : *Pelleamena Novenarius, Respectable Mère du Tombeau Scellé, régente de la Neuvième Maison.*

Gideon se sentait idiote de le dire, mais le dit quand même :

— C'est la signature de ta mère.

— Évidemment, imbécile ! Si je signais de mon nom tout tomberait à l'eau !

Gideon était suffisamment près pour voir les constellations rouges de veines éclatées au coin de ses yeux, comme autant d'indices que quelqu'une n'avait pas dormi de la nuit. Harrow lui tendit le contrat et Gideon le lui arracha des mains avec une avidité assumée. Elle le plia en quatre et le cala dans le binder qu'elle portait sous sa chemise. Harrow ne s'accorda pas même un sourire narquois.

— Accepte ce duel, Nav, devant mon maréchal et ma capitaine. Un combat loyal.

Or Harrowhark était une nécromancienne, et dans cet accès de rage et d'orgueil, c'était tout l'inverse d'un combat loyal qu'elle proposait. Cette Neuvième pur jus s'était en effet infligé un sévère handicap en offrant de combattre sans le moindre cadavre à réveiller, sans le moindre fragment d'os pour lui venir en aide. Gideon n'avait vu Harrow dans cet état d'esprit qu'une seule fois, et croyait bien que ce serait la dernière. Seule une ordure accepterait pareil duel, et Harrowhark le savait. Seule une parfaite raclure accomplirait un acte de cruauté aussi affligeant.

— Si je perds, je vais à ta réunion et je pars avec le contrat, dit Gideon.

— C'est ça.

— Si je gagne, je pars avec le contrat maintenant.

Harrow avait du sang sur les lèvres.

— C'est ça.

Un vrombissement de masses d'air déplacées se fit alors entendre au-dessus d'elles. Un projecteur s'alluma à la verticale du puits lorsque la navette, entamant enfin sa descente, s'approcha du bord de la plaie creusée dans le manteau de la planète. Gideon consulta sa montre. Deux minutes. Sans hésiter un seul instant, elle soumit la Respectable Fille à une fouille corporelle en règle : bras, torse, jambes, sans oublier une vérification rapide des bottes. Crux poussa une nouvelle exclamation consternée. Harrow ne dit pas un mot : son silence était plus méprisant que mille paroles. Mais on n'arrivait à rien en se laissant amadouer. La Neuvième était dure comme l'acier. Or l'acier, on le brisait en trouvant son point faible.

— Vous l'avez entendue, dit Gideon à l'intention de Crux et Aiglamene.

Crux la dévisagea d'un regard haineux, un regard d'étoile en train d'imploser : la haine stérile d'une déflagration qui écrase tout, une aversion abominable, aussi puissante qu'un trou noir. Aiglamene, elle, se détourna carrément. Ça faisait chier, mais bon. Gideon fouilla son sac à la recherche de ses gants.

— Vous l'avez entendue. Vous êtes témoins. Quoi qu'il arrive, je pars, c'est elle qui a fixé les conditions. Un combat loyal. Tu jures sur la tête de ta mère qu'il s'agit d'un combat loyal ?

— Comment *oses*-tu, Nav…

— Sur la tête de ta mère. Jusqu'au KO.

— Je le jure sur la tête de ma mère. Je n'ai rien sur moi. Jusqu'au KO, cracha Harrow, dont la respiration tenait à présent du staccato furieux.

Voyant Gideon enfiler hâtivement ses gants de polymère et boucler les larges fermoirs sur ses poignets, elle eut un rictus.

— Mon Dieu, Gigi, tu ne portes même pas de cuir. Je ne suis pas si redoutable que ça.

Elles reculèrent pour se mettre en position. Soudain, la voix d'Aiglamene retentit, suffisamment forte pour couvrir le bruit de la navette en approche :

— Gideon Nav, sois une femme d'honneur, donne une arme à ta lady.

— Vous me demandez de lui… *jeter un os* ?

Gideon n'avait pas pu s'en empêcher.

— *Nav !*

— Je lui ai donné ma vie, dit Gideon en tirant sa lame.

Brandir son épée était un geste symbolique. Ce qu'elle aurait dû faire, en réalité, c'est envoyer Harrow au tapis d'un coup de botte bien placé, bien costaud, qui aurait évité à la lady de la Neuvième le déshonneur de mordre la poussière plusieurs fois. Un bon coup de botte dans le ventre, et on n'en parlerait plus. Elle pourrait aussi s'asseoir sur Harrow, s'il le fallait. Nul ne comprenait l'idée de cruauté, dans la Neuvième, autant que sa Respectable Fille ; nul ne savait ce qu'était la brutalité. Cette connaissance leur avait été extirpée, s'était tarie, évaporée dans l'obscurité amoncelée dans les profondeurs infinies des catacombes de Drearburh. Aiglamene ou Crux auraient été contraints de déclarer le combat loyalement remporté, et Gideon serait partie en femme quasiment libre.

C'est alors qu'Harrowhark ôta ses gants. Ses mains étaient très abîmées. Ses doigts maculés de terre étaient couverts de coupures suintantes, de fins graviers collés sur ses plaies, sous ses ongles cassés. Elle lâcha ses gants, agita les doigts en direction de Gideon, et celle-ci n'eut qu'une fraction de seconde pour réaliser que ces graviers provenaient de la piste et qu'elle allait se retrouver ossifiée de tous côtés.

Elle fondit sur Harrow, mais c'était trop tard. Entre les tas de saleté et de cailloux qu'elle avait soigneusement aplatis tout à l'heure, des squelettes enterrés à la hâte se mirent à jaillir du sol tassé du terrain. Des mains entières, parfaitement formées, avec chacune quatre doigts et un pouce, sortaient de petites poches de terre ; Gideon, l'esprit de déduction un peu rouillé, envoya quelques coups de pied et partit en courant d'un côté. Mais où qu'elle aille, tous les deux mètres (tous les *deux mètres*, bordel), des ossements surgissaient et attrapaient ses bottes, ses chevilles, les jambes de son pantalon. Ne cessant de trébucher sur les bouts de squelettes, elle essaya désespérément de localiser les limites du terrain, mais il était sans fin. Le sol tout entier n'était plus qu'une éruption de doigts et de poignets qui s'agitaient doucement, comme sous l'effet du vent.

Gideon se tourna vers Harrow, qui suait sang et eau, mais lui rendit calmement son regard. Un regard froid, déterminé.

Elle se rua alors sur la lady de Drearburh en poussant un hurlement délirant, pulvérisant carpes et métacarpes sur son passage, mais peine perdue : à partir du moindre fragment de fémur enterré, du moindre bout de tibia enseveli, se formaient désormais des squelettes entiers, et tandis que Gideon se rapprochait tant bien que mal de leur maîtresse, une véritable marée d'ossements animés s'abattit sur elle. D'un coup de botte, elle envoya Harrow dans les bras de deux de ses créations, qui eurent vite fait de la mettre en sûreté. Le regard imperturbable d'Harrowhark disparut derrière un écran d'hommes sans chair et en os, de fémurs, de tibias et autres ossements aux coups d'une rapidité surnaturelle. Se servant de son épée comme d'un levier à squelettes, Gideon entreprit d'en trancher le plus grand nombre possible, faisant pleuvoir sur elle les fragments d'os et de cartilage, mais il y en avait trop, il y en avait tout simplement trop. À peine avait-elle pulvérisé ceux qu'elle avait face à elle que de nouveaux squelettes surgissaient dans les éclats des précédents. Où qu'elle se tourne, les fruits du morbide jardin planté par Harrow étaient prêts à la mettre à terre, encore et encore.

Le vrombissement de la navette étouffa le claquement des os et jusqu'à son propre pouls dans ses oreilles lorsque plusieurs dizaines de mains la saisirent. Le talent d'Harrowhark consistait à faire les choses en grand, constituer une armée entière de squelettes à partir d'un radius ou d'un bassin, là où n'importe qui d'autre en aurait péniblement formé un seul, et Gideon, confusément, avait toujours su que ce serait comme ça qu'elle partirait : dans un gang bang de squelettes. La mêlée s'écarta, laissant passer une botte qui la mit à terre. Les hommes sans chair la maintinrent au sol tandis qu'elle se redressait en crachant du sang pour voir Harrow, au milieu de ses subalternes. Pensive, sereine, Harrowhark lui envoya un coup de pied au visage.

L'espace de quelques secondes, tout fut rouge, noir et blanc. La tête de Gideon roula sur le côté, elle cracha une dent, manqua s'étouffer, se débattit comme un beau diable pour se redresser. La botte d'Harrow vint lui appuyer sur la gorge, de plus en plus fort, jusqu'à ce qu'elle se retrouve une fois de plus allongée sur le sol dur. La navette, sur le point de se poser, souleva une tempête de mauvaise poussière, qui envoya valser plusieurs squelettes. Harrow les libéra et ils redevinrent de simples monticules d'ossements.

— Pathétique, Gigi, commenta la lady de la Neuvième.

Leur montée d'adrénaline passée, les acolytes d'Harrow se mirent à perdre leurs os, qui se détachaient et tombaient sur le sol, inertes, un bras par-ci, une mâchoire par-là : ils se décomposaient lentement. Harrow était allée au bout de ses forces. Tout autour d'elles deux se dessinaient des cercles concentriques de poches de terre explosées, telles autant de mines antipersonnel. Plantée au milieu de ces trous, fébrile, le visage maculé, saignant du nez, Harrow s'essuya le visage dans la manche de sa chemise.

— Pathétique, répéta-t-elle, la voix un peu épaisse de sang. Je monte le son. Je fais le show. Et toi tu faiblis. C'est trop facile. J'ai plus transpiré en creusant ici toute la nuit.

— Tu as creusé… haleta Gideon, la bouche pleine de poussière et de graviers… toute la nuit.

— Bien sûr. Le sol est dur comme du béton, et tu vois un peu la surface.

— Tu es vraiment une *putain de tarée*, articula Gideon.

— Arbitrage, Crux, ordonna Harrowhark.

C'est avec une joie mauvaise à peine dissimulée que son maréchal proclama :

— Combat loyal. L'ennemie est à terre. La victoire revient à Lady Nonagesimus.

Lady Nonagesimus se tourna vers ses serviteurs et écarta les bras, attendant qu'on repose sa cape sur ses épaules. Elle cracha un petit caillot de sang dans la poussière et chassa Crux d'un geste lorsqu'il s'approcha, inquiet. Gideon releva la tête, la laissa retomber sur le sol. Elle avait des vertiges, et elle avait froid. Aiglamene l'observait avec une expression qu'elle ne parvenait pas à déchiffrer. Pitié ? Déception ? Culpabilité ?

La navette s'arrima dans un crissement, enfonçant profondément son train d'atterrissage dans le sol. Gideon la regarda – ses parois luisantes, ses valves fumantes – et essaya de s'appuyer sur ses coudes. En vain, elle était encore trop sonnée. Impossible même de montrer un majeur tremblant à la gagnante. Elle se contenta donc de regarder la navette, son sac à dos, son épée.

— Courage, Gigi, dit Harrowhark, crachant un second caillot tout près de sa tête. Capitaine, dites au pilote d'attendre. Son temps lui sera payé.

— Et s'il demande où est sa passagère, ma lady ?

Bénie soit Aiglamene.

— Elle a été retardée. Dites-lui que je le prie d'attendre ici une heure. Que je suis désolée pour ce désagrément. Mais mes parents ont suffisamment attendu. Tout cela a duré plus longtemps que prévu. Maréchal, emmenez-la au sanctuaire…

3

AU CONTACT DES DOIGTS OSSEUX ET FROIDS de Crux se refermant sur son poignet, Gideon s'efforça de s'évanouir. Elle y parvint presque. Elle cligna des yeux plusieurs fois dans la lumière monotone qui éclairait l'ascenseur du puits principal, et resta discrètement consciente tandis que le maréchal la traînait comme un sac de marchandises périmées sur le sol du dernier niveau. Elle ne ressentait ni douleur, ni colère, ni même déception, juste un étrange sentiment d'étonnement et de distance. Lorsqu'il lui fit franchir les portes de Drearburh, elle ressuscita pour faire une dernière tentative d'évasion, mais lorsqu'il la vit ramper sur les tapis usés qui recouvraient le sol couleur marée noire, Crux la gratifia d'un coup de pied dans la tête. Cette fois, elle s'évanouit pour de bon, ne revenant vaguement à elle que lorsqu'on la jeta sur un banc d'église si glacial qu'il lui collait littéralement à la peau. À chaque respiration, elle avait l'impression qu'on lui enfonçait des aiguilles dans les poumons.

Elle reprit conscience, frigorifiée, au son des prières. Il n'y avait pas d'invocation parlée dans les offices de la Neuvième, rien que le claquement des os – les phalanges usées, encochées et montées sur des cordons tressés – avec lesquels les vieux doigts des nonnes priaient à toute vitesse, faisant de l'office un long murmure calcifié. La salle était profonde et étroite, et on avait lâché Gideon au premier rang. Il y faisait très sombre : une rampe de lampes à gaz courait le long des allées mais, désapprouvant manifestement leur mission, elles ne diffusaient qu'une lueur lugubre. Les arches surplombant la salle étaient parsemées de poudres bioluminescentes qui retombaient régulièrement en pluie de particules vert pâle, et elle vit que les chapelles rayonnant de part et d'autre de la nef principale étaient occupées par des squelettes taciturnes encore poussiéreux de leur travail aux champs. Jetant tant bien que mal un coup d'œil par-dessus son épaule, elle constata que le sanctuaire était majoritairement rempli de morts. Une vraie fête du squelette. La salle pouvait accueillir un millier de personnes, et était remplie à moitié, principalement de morts, donc, seuls quelques vivants étant disséminés çà et là.

La plupart d'entre eux avaient pris place dans le transept. C'étaient principalement des nonnes voilées ou des ermites, la tête rasée ou les cheveux coupés court : les rares résidents de la Neuvième Maison étaient avant tout des prêtres du Tombeau Scellé. Elle n'avait pas vu de militaires ou de moines soldats depuis qu'elle était toute petite. La dernière représentante de cet ordre était Aiglamene, qui avait perdu une jambe sur un lointain champ de bataille et, par la même occasion, tout espoir de pouvoir un jour se tirer d'ici. Le claquement des chapelets d'os dans le transept était régulièrement ponctué d'une quinte de toux grasse ou d'un raclement de gorge exténué.

Le long banc de l'abside était occupé par la dernière poignée de nobles de la Neuvième Maison. Harrowhark, la Respectable Fille, avait modestement pris place sur un côté. Son visage était constellé de poudre luminescente restée collée aux traînées de sang séché qui partaient de ses narines. Il y avait également ses affreuses grands-tantes, et ses parents, lord et lady de la Maison, le Respectable Père et la Respectable Mère, qui occupaient les places d'honneur, devant l'autel, offrant leur profil à l'assemblée. Crux avait le privilège d'occuper une chaise dans l'un des chevets humides, au milieu d'une mer de cierges dont la moitié s'était déjà éteinte. À côté de lui, on trouvait Ortus, l'unique cavalier de la Maison, massif et triste gamin de trente-cinq ans, et à côté d'Ortus, la mère de celui-ci, vieille peau typique de la Neuvième, occupée à lui essuyer l'oreille avec son mouchoir.

Gideon cligna des yeux jusqu'à ce que la scène cesse de tanguer et concentra son attention sur l'abside. Ils n'avaient pas réussi à la traîner à l'intérieur de Drearburh depuis au moins deux ans, ça faisait donc un moment qu'elle n'avait pas vu les hideuses grands-tantes ou le lord et la lady. Sœur Lachrimorta et sœur Aisamorta n'avaient pas changé. Elles étaient toujours aussi menues, leur visage peint en gris toujours aussi pincé et flou, et comme la Neuvième ne faisait pas de miracles, elles étaient toujours aussi aveugles. Elles étaient toutes deux affublées d'un bandeau noir sur lequel étaient peints en blanc des yeux grands ouverts. Comme elles aimaient prier avec deux chapelets, un dans chaque main parcheminée, c'était un véritable duo de percussion qu'elles jouaient de leurs doigts restés étrangement agiles.

Ortus non plus n'avait pas changé. Il était toujours aussi mal dégrossi et pathétique. Il y avait bien longtemps que le titre de premier cavalier de la Neuvième n'avait plus aucun prestige. Si dans les autres Maisons les cavaliers, hommes et femmes de haute lignée ou de talent particulier, étaient révérés, jusqu'à devenir les héroïnes et héros récurrents des magazines les moins lubriques de Gideon, tout le monde savait que dans la Neuvième on était tout bonnement choisi pour la quantité d'ossements qu'on était capable de trimballer. Ortus n'était rien d'autre qu'un âne bâté au chargement morbide. Son père – autrefois cavalier du père d'Harrow – était une sorte de géant minéral, grave et dévoué, que l'on ne voyait jamais sans son épée et au moins deux sacoches remplies de péronés, mais Ortus n'était pas de la même trempe. Le mettre au service d'Harrow revenait à orner un cobra d'un donut. C'est sans doute pour compenser sa frustration de s'être vu confier pareille mauviette qu'Aiglamene avait jeté son dévolu sur Gideon. Ortus était un jeune homme aussi sensible qu'exécrable, et sa mère toujours aux petits soins avec lui : au moindre rhume, elle l'emmitouflait de chaudes couvertures et il devait rester au lit jusqu'à attraper des escarres.

Le regard de Gideon s'attarda malgré elle sur le lord et la lady. Lady Pelleamena et Lord Priamhark étaient assis côte à côte, une main gantée posée sur les genoux, l'autre jointe à celle de son partenaire autour d'un chapelet d'os richement orné, sur lequel ils priaient ensemble. Tous deux portaient un vêtement noir qui les enveloppait de la tête aux pieds, et leur visage était en grande partie dissimulé par une capuche noire. Gideon observa leur profil cireux, strié de poudre luminescente, sur lequel se dessinait encore l'empreinte d'Harrow. Ils avaient les yeux fermés. Le visage de Pelleamena avait la même beauté figée que la dernière fois que Gideon l'avait vue, l'arc noir des sourcils sans un fil argenté, le fin réseau de rides autour des yeux inchangé. L'ovale du visage de Priam était toujours ferme, ses épaules droites, son front clair et lisse. Le temps avait laissé encore moins de traces sur eux que sur les infâmes grands-tantes. Et ce pour la simple et bonne raison qu'ils étaient morts depuis des années.

Si leurs faces momifiées résistaient aussi bien aux assauts du temps, c'était parce que – ainsi que le savaient Gideon, le maréchal, et la capitaine de la garde, et personne d'autre dans l'univers – Harrowhark les avait figées pour l'éternité. Élève aussi ambitieuse que secrète, elle s'était approprié au prix de grands efforts l'art oublié de la préservation et de la marionnettisation des corps. Elle avait trouvé un vilain petit livre interdit dans les vastes dépôts de vilains petits livres interdits de la Neuvième, et les autres Maisons auraient fait une rupture d'anévrisme collective rien qu'en apprenant qu'elle l'avait ouvert. L'exécution du sortilège n'était pas parfaite – si la tête et les épaules de ses parents étaient tout à fait présentables, le reste du corps était une catastrophe – mais à sa décharge, Harrow n'avait que dix ans au moment des faits.

Gideon en avait donc onze lorsque le lord et la lady de la Neuvième Maison avaient trouvé une mort aussi soudaine qu'elle devait rester secrète. On pouvait dire qu'ils avaient sacrément merdé sur ce coup-là, puisque c'était elle qui les avait trouvés, et qu'elle avait tout vu. Mais elle n'était pas triste. Si elle avait eu la malchance d'être les parents d'Harrow, elle aurait fait comme eux, et il y a bien longtemps.

— Écoutez-moi, dit la Respectable Fille de la Neuvième, se levant soudain.

En principe, c'étaient le lord et la lady qui conduisaient le rituel sacré, mais ils ne pouvaient pas : ils étaient archi-morts. Harrowhark avait aisément contourné l'obstacle en prétextant un vœu de silence. Chaque année, elle allongeait la liste de leurs vœux de pénitence – jeûne, méditation quotidienne, vie retirée – avec une telle audace qu'il semblait inévitable que quelqu'un finisse par s'exclamer *une petite minute, tu ne serais pas en train de nous raconter… UNE GROSSE MONTAGNE DE CONNERIES ?* Et elle aurait été démasquée. Mais non. Crux la couvrait, Aiglamene aussi, et le cavalier de Lord Priam avait avantageusement décidé de mourir le même jour que son maître. Gideon jouait donc le jeu elle aussi – même si elle détestait chaque seconde de cette supercherie –, gardant ce dernier secret dans l'espoir qu'il lui permettrait d'extorquer sa liberté.

Le cliquetis des chapelets s'interrompit. Les mains des parents d'Harrow s'immobilisèrent avec une synchronicité peu naturelle. Gideon étendit les bras sur le dossier de son banc et croisa ses jambes allongées devant elle, tout en priant pour que sa tête cesse enfin de bourdonner.

— Si la noble Neuvième Maison vous a rassemblés ici aujourd'hui, commença Harrowhark, c'est parce que nous avons reçu un présent de grande importance. Notre Empereur sacré, le Nécrolord Suprême, le Roi des Neuf Renouveaux, notre Résurrecteur, nous appelle auprès de lui.

Voilà qui fit son petit effet. Les squelettes restèrent parfaitement silencieux et attentifs, mais une sombre excitation parcourut les rangs des représentants de la Neuvième. Cris de joie. Louanges et témoignages de gratitude. Cette lettre aurait pu être le dessin d'une paire de fesses qu'ils se seraient mis en rang plutôt trois fois qu'une pour embrasser un coin du parchemin.

— Je souhaite partager le contenu de cette lettre avec vous, poursuivit Harrowhark, car nul n'aime son peuple, ses frères et sœurs sacrés, plus que la Neuvième Maison ses adeptes et ses prêtres, ses enfants et ses fidèles. (Gideon se dit qu'elle en faisait un peu trop, là, quand même.) Si la Respectable Mère permet à sa Fille de procéder à la lecture ?

Comme si elle pouvait dire non avec Harrow aux manettes. Avec un sourire livide, Pelleamena inclina gentiment la tête, comme elle ne l'avait jamais fait de son vivant, elle qui était aussi froide et distante qu'un bloc de glace au fond d'une grotte.

— Avec la permission de ma bienveillante mère, dit Harrow, qui se mit à lire :

À L'ATTENTION DE LA NEUVIÈME MAISON, SA RESPECTABLE LADY PELLEAMENA DITE NOVENARIUS ET LE RESPECTABLE LORD PRIAM DIT NONIUSVIANUS :

Salutations à la Neuvième Maison et bénis soient ses tombeaux, ses paisibles défunts et ses nombreux mystères.

Sa Bonté Céleste, le Premier à Renaître, supplie cette Maison d'honorer son amour pour son Créateur, conformément au serment d'affection prêté le jour de la Résurrection, et prie humblement les premiers fruits de son foyer…

— Mon nom ici, indiqua Harrowhark avec une modestie feinte puis, beaucoup moins enthousiaste : et celui d'Ortus.

Car les Mains de l'Empereur, les Mains bénies et chéries du Roi Immortel, fidèle et éternel, ont besoin de votre soutien ! L'Empereur appelle de nouveaux prétendants à la position de Lycteurs, destinés à devenir les héritiers des huit fidèles qui l'ont servi au cours des dix mille dernières années : nombre d'entre eux attendant désormais le jour où les rivières sortiront de leur lit et où ils ressusciteront pour leur Roi, les derniers Gardiens solitaires demandent que leurs rangs soient renouvelés et supplient le Seigneur de tous les Seigneurs de désigner huit nouveaux vassaux.

À cette fin, nous prions l'héritière de votre Maison et son cavalier de s'agenouiller à notre gloire et de participer à la plus noble des études, dans le but de devenir les os et les articulations de l'Empereur, ses poings et ses gestes…

Au nombre de huit, nous l'espérons, ils méditeront et s'élèveront glorieusement vers l'Empereur dans le temple de la Première Maison, huit nouveaux Lycteurs accompagnés de leurs cavaliers ; et si le Nécrolord Suprême les bénit sans les élire, qu'ils retrouvent leur Maison couverts d'honneurs et jouissant de la meilleure renommée.

Car il n'est pas de dévouement plus parfait, ni de don plus beau à ses yeux.

Lorsqu'Harrowhark leva les yeux du document, un long silence se fit ; un véritable silence, dépourvu du moindre claquement de chapelet ou décrochement de mâchoire de squelette. Les Neuvièmes semblaient parfaitement stupéfaits. Soudain, un cri étouffé leur parvint de l'un des bancs du transept, derrière Gideon : un des adeptes, ayant manifestement décidé de ne pas faire les choses à moitié, était en pleine crise cardiaque, ce qui accapara un instant l'attention de tout le monde. Les nonnes firent de leur mieux, mais quelques minutes plus tard, on eut la confirmation que l'ermite n'avait pas survécu au choc, et tous autour de lui louèrent sa bonne fortune. Gideon ne put dissimuler un sourire en voyant Harrowhark pousser un soupir. Manifestement, elle était en train de calculer mentalement la conséquence de ce nouveau décès sur la démographie de la Neuvième.

— Je ne le permettrai pas !

Un nouveau cri dérangea le silence du caveau communautaire : la mère d'Ortus s'était levée, brandissant un doigt tremblant. De l'autre bras, elle enveloppait les épaules de son fils, qui semblait terrorisé. Elle-même paraissait sur le point de suivre le fidèle tout juste décédé dans sa tombe prématurée. Son visage était figé sous son maquillage d'albâtre, les peintures noires de son crâne dégoulinantes de sueur.

— Mon fils, mon fils ! se lamentait-elle d'une voix suraiguë, brisée. Mon doux premier-né ! Le don de son défunt père ! Mon unique joie !

— Sœur Glaurica, je vous en prie, dit Harrow d'une voix lasse.

La mère d'Ortus serra son fils contre elle et se mit à sangloter sur son épaule. Les siennes étaient secouées d'un tremblement de peur et de chagrin. Ortus semblait complètement déprimé. Entre deux sanglots, elle parvint à articuler :

— Lord Noniusvianus, je vous ai donné mon mari, je vous ai donné mon époux, et à présent vous exigez mon fils ? Vous exigez que je vous donne mon fils ? Certainement pas ! Certainement pas maintenant !

— Vous vous oubliez, Glaurica, rétorqua Crux d'une voix cassante.

— Je sais ce qui arrive aux cavaliers, mon lord, je connais leur destin !

— Sœur Glaurica, intervint Harrowhark, calmez-vous.

— Il est trop jeune, chevrota la mère d'Ortus, l'entraînant à l'abri vers l'un des chevets en comprenant que Lord Noniusvianus n'intercéderait pas. Il est trop jeune, il n'est pas assez robuste.

— Certains diraient le contraire, commenta Harrowhark à voix basse.

Mais Ortus, avec ses grands yeux déprimés, articula d'une voix accablée :

— J'ai vraiment peur de la mort, Lady Harrowhark.

— Un cavalier doit savoir accueillir la mort, répliqua Aiglamene, consternée.

— Ton père a accueilli la mort sans fléchir, renchérit Crux.

À ce témoignage de compassion, la mère d'Ortus se mit à sangloter de plus belle. L'assemblée se répandit en murmures réprobateurs. Quant à Gideon, elle se sentait ragaillardie. Ce n'était plus du tout la pire journée de sa vie. C'était du grand spectacle. Ortus, qui ne faisait toujours pas mine de se libérer de l'étreinte de sa mère, lui murmurait qu'il ferait en sorte qu'elle soit à l'abri du besoin ; les haineuses grands-tantes, retournées à leurs prières, entonnaient un hymne sans paroles ; Crux agonissait d'injures la mère d'Ortus ; quant à Harrowhark, elle était plantée au beau milieu de la scène telle une statue muette et méprisante.

— Allez prier, retrouvez le droit chemin, ou vous aurez affaire à moi ! Je vous bannirai du sanctuaire ! menaçait Crux.

— J'ai tout donné à cette Maison, j'ai payé le prix le plus fort…

— Voilà notre récompense pour avoir laissé Mortus épouser une Huitième, vieillarde indigne…

Gideon souriait tellement fort que ses lèvres meurtries se remirent à saigner. Au milieu de cette assemblée de têtes de morts indifférentes et de dévots en détresse, les yeux d'Harrowhark trouvèrent les siens et son masque de dédain se fissura. Elle serra les lèvres. Au milieu des clameurs, Gideon lui adressa un clin d'œil.

— Assez ! intervint la Respectable Fille, d'une voix aussi tranchante que la lame d'un couteau. Prions.

Le silence descendit sur l'assemblée comme les lents flocons de la poussière luminescente. Les sanglots de la mère d'Ortus cédèrent la place à de grosses larmes tremblantes, elle enfouit son visage dans le torse de son fils qui passa un bras pâteux autour d'elle et se mit à pleurer silencieusement dans ses cheveux. L'hymne des infâmes grands-tantes s'acheva sur un trémolo aigu étiré indéfiniment ; Harrow inclina la tête et ses parents l'imitèrent docilement, parfaitement synchrones. Les grands-tantes laissèrent tomber leur menton sur leur poitrine ; Aiglamene et Crux firent de même. Gideon, les yeux fixés au plafond, recroisa les chevilles et cligna des yeux pour se débarrasser de quelques fragments de poussière luminescente.

— *Je prie pour que le Tombeau soit scellé pour l'éternité*, récita Harrow avec l'étrange ferveur qu'elle mettait dans toutes ses prières. *Je prie pour que la pierre ne soit jamais écartée. Je prie pour que ce qui fut enseveli reste enseveli, imperturbable, en son repos éternel, l'œil fermé, le cerveau apaisé. Je prie pour que ce qui fut enseveli vive, et dorme… Je prie pour l'Empereur Munificent, le Roi Immortel, ses Vertus et ses hommes. Je prie pour la Deuxième Maison, la Troisième, la Quatrième et la Cinquième ; je prie pour la Sixième, la Septième et la Huitième. Je prie pour la Neuvième Maison, et je prie pour qu'elle soit fertile. Je prie pour les soldats et les adeptes partis au loin, et pour tous les territoires de l'Empire en proie aux troubles et à l'inquiétude.* Qu'il en soit ainsi.

Et tous prièrent pour qu'il en soit ainsi, à grand renfort de claquements d'os. Ça faisait bien longtemps que Gideon n'avait plus prié. Contemplant les crânes luisants des squelettes et les cheveux coupés ras des fidèles de la Neuvième rassemblés dans le sanctuaire, elle se demanda ce qu'elle ferait en premier à son arrivée à Trentham. Les sanglots de la malheureuse mère d'Ortus interrompirent le claquement des chapelets et sa visualisation assez peu réaliste d'une séance de tractions sous les applaudissements d'une douzaine de recrues, et elle vit Harrow, le visage toujours figé en un tableau de patience livide, murmurer quelque chose à l'oreille de Crux en désignant

Ortus et sa mère. Crux se saisit d'eux sans ménagement et entreprit de les faire sortir du sanctuaire, les poussant devant lui vers le centre de la nef. Ortus avançait d'un pas lourd, sa mère dans sa détresse tenait à peine debout. Lorsqu'ils passèrent devant elle, Gideon montra un pouce levé à l'infortuné cavalier, qui répondit d'un bref sourire mouillé.

Le rassemblement était terminé. Une bonne partie de l'assemblée resta prier pour leur bonne fortune à tous, sachant que la cloche du Secundarius sonnerait dans une petite heure à peine. Gideon aurait volontiers piqué un sprint jusqu'à sa navette, mais les squelettes affluaient en rangs serrés, deux par deux, vers le centre de la nef, bloquant tout autre mouvement de leur impatience à retrouver leurs champs de poireaux des neiges et leurs lampes chauffantes. Les répugnantes grandstantes se retirèrent derrière les paravents de la claustrophobique chapelle familiale, tandis qu'Harrowhark ordonnait aux complaisantes momies de ses parents de regagner l'endroit où elle les cachait habituellement. Probablement leur somptueuse cellule de souverains, qu'elle bouclerait à triple tour. Gideon massait ses doigts endoloris lorsqu'elle vit sa maîtresse d'armes s'avancer vers elle dans l'allée de son pas syncopé.

— Elle ment, dit Gideon d'un air absent, en guise d'introduction. Au cas où vous n'auriez pas remarqué. Elle ne tient jamais ses promesses. Jamais.

Aiglamene ne répondit pas, mais Gideon n'attendait pas de réponse. La vieille femme resta plantée là un instant, sa main tachée de fleurs de cimetière tenant fermement son épée, sans même regarder son élève. Au bout d'un moment, elle marmonna :

— Le sens du devoir t'a toujours fait défaut, Nav. Tu ne peux pas dire le contraire. Je t'enfoncerais les lettres dans le cul une par une que tu serais incapable d'écrire *obligation* correctement.

— Je ne suis pas certaine que ça aide, dit Gideon. Pfffiou, je suis bien contente que ce ne soit pas vous qui m'ayez appris à lire et à écrire.

— La meilleure qualité d'une soldate, c'est son allégeance. Sa loyauté. C'est tout ce qui lui survit.

— Je sais, dit Gideon, se levant de son banc pour voir.

Elle tenait debout, mais elle avait très mal aux côtes : l'une d'elles devait être fêlée. Et elle avait mal au cul d'avoir été traînée sans ménagement sur le sol. D'ici à la tombée de la nuit, elle serait couverte de bleus et enflée de partout, et il fallait qu'elle se fasse remettre une dent en place – pas par les nonnes, en revanche, plus jamais. La Cohorte avait sans doute une flopée d'osséos à disposition.

— Je sais. C'est bien. Ne vous méprenez pas, capitaine. Là où je vais, je promets de pisser la loyauté toute la sainte journée. J'ai du dévouement à revendre. Je suis dévouée à l'Empereur de tous les os de mon corps. Je suis *toute* dévouée.

— Tu ne reconnaîtrais pas le dévouement s'il te…

— Cessez de vouloir m'enfoncer métaphoriquement des trucs dans le cul, répliqua Gideon. Ça n'a jamais l'effet voulu.

La vieille estropiée saisit le fourreau qu'elle portait sur son dos et le remit à Gideon d'un geste las. C'était bien le sien. Avec son épée en sécurité à l'intérieur. Aiglamene lâcha également à ses pieds le sac à dos qu'elle avait abandonné sur la piste. Elle n'obtiendrait jamais d'excuses plus directes de la part d'Aiglamene. Cette femme ne la toucherait jamais, n'aurait jamais un mot vraiment aimable. Venant de la capitaine de la garde, c'était presque une marque de tendresse, et Gideon s'en contenterait. Elle n'avait plus qu'à se tirer d'ici.

C'est alors qu'un pas déterminé retentit dans l'allée centrale, accompagné du frottement de la dentelle ancienne sur le sol d'obsidienne. L'estomac de Gideon se serra, mais elle lança :

— Je me demande bien ce que tu comptes faire pour t'en sortir cette fois, Nonagesimus.

— Rien du tout, répondit Harrow, à sa grande surprise.

La Respectable Fille releva son menton pointu et rusé. Ses narines étaient toujours maculées de sang séché, mais avec ses yeux noirs au regard brûlant, elle avait l'air aussi exaltée qu'une maléfique sainte patronne des ossements.

— Je vais y aller. C'est ma chance d'obtenir une intercession. Tu ne peux pas comprendre.

— C'est vrai. Mais surtout, je m'en fous complètement, dit Gideon.

— Chacune de nous a une chance à saisir, Nav. Tu as déjà eu la tienne.

Gideon avait envie de l'assommer, mais elle annonça avec une gaieté feinte :

— J'ai percé à jour ta vilaine petite combine, patate.

Aiglamene ne lui retourna pas de gifle, cette fois, ce que Gideon considéra comme une nouvelle manière de s'excuser. Elle se contenta de brandir un index réprobateur. Harrow leva encore le menton, comme si elle était réellement surprise, et sa capuche glissa sur ses cheveux noirs.

— Ça alors, vraiment ?

— La signature de ta mère sur le contrat. La voilà, l'arnaque. Si je parle, la signature est nulle et non avenue, n'est-ce pas ? Tu as acheté mon silence. Bien joué. Si je veux me servir de cette lettre de garantie, il faudra que je la ferme, et tu le sais.

Cette fois, Harrowhark pencha la tête en avant pour la regarder.

— Je n'y avais même pas pensé, dit-elle. Je croyais que tu parlais de la navette.

Un signal d'alarme assourdissant se déclencha dans la tête de Gideon, comme si la Première et la Seconde Cloche s'étaient mises à sonner en même temps. Elle sentit le sang refluer de son visage, et sortit de son banc pour rejoindre l'allée. Le visage d'Harrowhark était le détachement et l'innocence mêmes. En voyant celui de Gideon, Aiglamene porta la main à son épée, s'interposant entre les deux jeunes femmes et tapant du pied en signe d'avertissement.

— Comment ça, *la navette* ? articula Gideon.

— Oh, Ortus et sa mère te l'ont piquée, dit Harrowhark. Ils doivent déjà être loin. Elle a encore de la famille dans la Huitième, elle pense qu'ils vont les recueillir.

En voyant la tête de Gideon, Harrow éclata de rire.

— C'est trop facile avec toi, Gigi. Vraiment.

*

Gideon n'avait encore jamais eu le cœur brisé. Elle n'était jamais arrivée suffisamment loin. Mais cette fois, elle était prostrée sur la terre de la piste d'atterrissage, à genoux, recroquevillée sur elle-même. Il ne restait plus du passage de la navette que quelques traces circulaires dans les graviers, à moitié effacées. Une profonde sensation d'engourdissement s'était emparée d'elle, un froid intense, une épaisse indifférence. Les battements de son cœur égrenaient un chagrin immense. Chaque pulsation semblait osciller entre l'insensibilité et la douleur d'un coup de couteau. Un instant, elle était lucide, et semblait brûler d'un feu lent, comme celui qui prend dans une mine et ne s'éteint jamais, consumant tout de l'intérieur ; l'instant d'après, c'était comme si elle avait quitté son corps.

Derrière elle, la lady de la Neuvième l'observait sans aucune satisfaction.

— Je n'ai eu vent de ton plan que la semaine dernière, avoua-t-elle.

Gideon ne dit rien.

— Une petite semaine, reprit Harrow. Si je n'avais pas reçu la convocation de l'Empereur, je n'aurais rien su. Tu avais tout fait dans les règles de l'art. Et puis on m'a dit que je pouvais répondre par retour de la navette que j'avais commandée, si je voulais envoyer une réponse écrite. Soyons honnêtes : tu n'avais aucun moyen de prévoir ça. J'aurais pu te gâcher la surprise plus tôt, mais j'ai préféré attendre… jusqu'à la seconde où tu te croirais tirée d'affaire… pour faire échouer ton plan.

Gideon put seulement articuler :

— Pourquoi ?

Harrow avait le même visage que le jour où Gideon avait trouvé ses parents se balançant au bout d'une corde au plafond de leur cellule. Vide, blanc, impassible.

— Mais parce que je te hais de toutes mes tripes, dit-elle. Sans vouloir te vexer.

IX

4

Il aurait sans doute été plus judicieux que ce moment serve de catalyseur à toutes les déceptions et les malheurs que Gideon avait connus depuis sa naissance ; qu'emplie d'une nouvelle et ardente détermination, elle s'arme, dans l'obscurité de sa cellule, d'une ambition toute neuve pour retrouver sa liberté. Mais non. Elle sombra dans la dépression. Allongée dans sa cellule, elle ruminait le moindre aspect de sa vie comme elle aurait chipoté devant un plat qu'elle n'avait pas envie de manger. Elle ne touchait pas à son épée. N'allait pas courir dans les champs en imaginant le déroulement de ses journées de nouvelle recrue de la Cohorte. Elle avait volé une caisse de la pâte nutritive utilisée comme complément alimentaire des bouillies et soupes des fidèles de la Neuvième et la gobait à même le tube quand elle avait faim. Le reste du temps, elle feuilletait mollement des magazines sur son lit ou faisait des abdos pour passer le temps. Crux lui avait remis son bracelet de sécurité à la cheville, et elle émettait un tintement métallique au moindre mouvement, dans l'obscurité le plus souvent, puisqu'elle ne prenait même plus la peine d'allumer la lumière.

Elle n'eut droit qu'à une petite semaine de répit. Puis la Respectable Fille apparut devant la porte bouclée à double tour de sa cellule, *comme elle le faisait chaque putain de fois*. Comment Gideon le savait-elle ? Parce que les ombres qui entraient par le judas étaient différentes, et parce que ça ne pouvait être personne d'autre.

— Va te faire foutre, lança-t-elle en guise de salut, avant d'entamer une série de pompes.

— Arrête de bouder, Gigi.

— Trouve une bite et étouffe-toi avec.

— J'ai un travail pour toi, dit Harrowhark.

Gideon se figea, les bras tendus, les yeux fixés aveuglément sur le sol froid, la sueur givrant sur son dos. Elle avait toujours mal aux côtes à chaque respiration, le bracelet de sécurité lui écorchait la cheville, et la nonne qui lui avait remis sa dent en place y était allée tellement fort que le moindre éternuement lui mettait une misère impériale.

— Nonagesimus, dit-elle lentement, le seul boulot que je ferais pour toi, c'est te tenir l'épée sur laquelle t'empaler. Ou te botter le cul tellement fort qu'une fanfare tout droit sortie du Tombeau Scellé te chante la ballade du cul démoli. Ou te regarder te jeter vers Drearburh avec un salto arrière depuis le bord du puits.

— Ça en fait trois, répliqua Harrowhark.

— *Va mourir*, Nonagesimus.

Un léger bruit se fit alors entendre de l'autre côté de la porte, comme lorsqu'on enlève le capuchon d'un stylo, puis un petit objet s'introduisit à travers les mailles du judas. Avec un temps de retard, Gideon bondit sur ses pieds pour le repousser à l'extérieur comme s'il s'agissait d'une grenade ; mais le clou d'oreille d'Harrow avait déjà atterri sur le sol de la cellule, et de ce minuscule fragment d'os surgirent un humérus, un radius et un cubitus, une main squelettique remonta à tâtons vers la serrure et tourna la clé avant même que Gideon ait le temps de lui envoyer un coup de botte pour la pulvériser, réduisant le clou d'oreille et la main en poussière. Harrowhark Nonagesimus ouvrit la porte à la volée, et dans le faible halo des lampes électriques de la plateforme, sa petite face acerbe était aussi bienvenue qu'un coup de genou à l'entrejambe.

— Si tu veux faire quelque chose d'intéressant, suis-moi, ordonna-t-elle. Si tu préfères t'apitoyer sur ton sort et te vautrer dans tes impressionnantes réserves de sensiblerie, tranche-toi la gorge, ça me fera des économies de nourriture.

— Oh putain ! Tu veux dire que je pourrai jouer dans le spectacle de marionnettes de tes vieux ?

— Le monde souffrirait tellement sans ta repartie, dit Harrowhark d'une voix stoïque. Prends ta cape. On descend aux catacombes.

Tout en se débattant avec les plis noirs de son habit, Gideon se réjouit presque de constater que l'héritière de la Neuvième n'osait pas marcher à ses côtés au bord de la plateforme : elle longeait le mur, un peu en retrait, ne quittant pas des yeux ses mains et son épée. Elle se réjouit presque, mais pas vraiment. Car le mépris d'Harrow était toujours perceptible, même quand elle faisait preuve d'une prudence exagérée. Après plusieurs jours passés à la seule lueur de sa petite lampe de lecture, les yeux de Gideon étaient sensibles à la lumière tiède du puits de la Neuvième, et elle fut prise d'un clignement myope tandis que l'ascenseur brinquebalant les emmenait aux portes de Drearburh.

— On ne va pas au sanctuaire intérieur, froussarde, lâcha Harrow en percevant l'hésitation de Gideon. Mais au monument. Viens.

Les ascenseurs qui descendaient dans les boyaux fétides de Drearburh étaient des casse-pipes, et ceux des cryptes étaient particulièrement redoutables. Celui-ci était une simple plateforme ouverte en métal oxydé et grinçant, derrière une porte d'acier qu'Harrow avait ouverte à l'aide de la petite clé électronique qu'elle portait autour du cou. Les masses d'air traversées durant leur descente étaient tellement glaciales que Gideon en avait les larmes aux yeux ; elle ramena sa capuche sur son visage et enfonça ses mains dans ses manches. Le chant plaintif du mécanisme central qui avait permis de creuser ce puits dans cette planète emplit le conduit de l'ascenseur, mourant à mesure qu'elles s'enfonçaient dans la roche. L'obscurité était quasi totale.

Un flot de lumière crue s'abattit sur elles tandis qu'elles descendaient de la plateforme, et elles entrèrent dans un labyrinthe de cages abritant des générateurs vrombissants dont personne ne connaissait le mode d'emploi. Les appareils étaient placés dans des niches creusées à cet effet, décorées de guirlandes de crêpe noir par des adeptes de la Neuvième morts depuis bien longtemps, et protégées par des barreaux qui tenaient les deux jeunes femmes à distance. La grotte céda bientôt la place à un étroit couloir qui débouchait sur une porte au panneau grêlé. Harrow la poussa et précéda Gideon dans une chambre oblongue aux niches remplies d'ossements, de mauvaises copies de masques funéraires, de paquetages divers et d'objets funéraires antédiluviens.

Agenouillée devant l'une des niches, Aiglamene s'était manifestement promis de fouiller le plus grand nombre de paquetages possible. Elle ne portait pas le vêtement de la Neuvième, mais un gros gilet de laine et des gants, ce qui lui donnait des airs de marshmallow planté de quatre cure-dents de tailles différentes. Tirant une tête d'enterrement, elle était occupée à passer en revue une bonne centaine d'épées à divers stades de décomposition ; à côté d'elle, un panier de dagues et quelques couteaux de poing. La plupart des armes étaient rouillées jusqu'au trognon. Elle était en train d'examiner une épée, frottant d'un air lugubre le dépôt qui s'était formé sur la lame.

— Ce plan est voué à l'échec, déclara-t-elle, sans même lever les yeux.

— Vous avez trouvé, capitaine ? s'enquit Harrowhark.

— Que des objets archéologiques, ma lady.

— C'est regrettable. Quelle épée avait la préférence d'Ortus ?

— Si je peux me permettre… la préférence d'Ortus allait à sa mère et aux recueils de poèmes mélancoliques. Son père l'avait entraîné au combat à l'épée avec bouclier, mais à sa mort…

Elle eut une sorte de grincement d'épaules.

— Même au meilleur de sa forme, c'était un épéiste assez lamentable, reprit-elle. Il n'avait rien hérité des talents de son père. Si ça n'avait tenu qu'à moi, je lui aurais appris le maniement de l'épée et de la poudre, mais il s'est dit sujet aux catarrhes.

— Son épée était certainement de qualité ?

— Absolument pas, répliqua Aiglamene. Amalgame de pétrole et pointe en caoutchouc. Aussi légère que cette écervelée de Nav.

— Merci bien ! s'indigna celle-ci.

— Non, ma lady, reprit Aiglamene, je cherche une lame dans le genre de celle de son arrière-grand-mère. Et une dague. Ou un couteau de poing.

— La poudre, exigea Gideon. Ou alors une chaîne.

— Une *dague*, je pense, ma lady, répéta la capitaine, avec une déférence dont Gideon n'aurait jamais cru la vieille femme capable. Une dague, ou un couteau de poing. La dague sera déjà suffisamment difficile à apprivoiser. Dans une bataille, en combat rapproché, une chaîne serait un plus grand danger pour toi-même que pour les autres.

Gideon avait décidé depuis un bon moment que ce n'était pas un endroit où elle avait envie de s'attarder, et que les plans tramés ici n'étaient pas à son goût. Elle battit donc en retraite vers la porte, le plus discrètement possible. Mais retrouva Harrow plantée devant elle entre deux colonnes, les bras levés au-dessus de la tête, les pans déployés de sa cape noire lui donnant des airs de chauve-souris.

— Non, non, Nav, dit-elle calmement. Tu oublies que tu me dois quelque chose.

— Je te *dois*…

— Évidemment, la coupa Harrowhark. C'est quand même avec ta navette que mon cavalier s'est tiré.

Le poing de Gideon fusa vers le nez pointu d'Harrow. Celle-ci évita le coup plus par hasard qu'autre chose : trébuchant sur sa cape, elle manqua tomber. Elle s'épousseta et fit le tour de la colonne, les yeux réduits à deux fentes.

— Puisque tu recommences, prends ça, plutôt.

Elle se pencha pour ramasser l'une des lames mises au rebut par Aiglamene. La voir user de toute la force de ses – disons – trois muscles pour la soulever était positivement hilarant. Gideon prit l'épée tandis que la jeune nécromancienne se frottait les poignets, agacée.

— Essaie ça, dit-elle.

Gideon sortit l'épée de son fourreau et l'examina. De longues pièces de métal noir tordu formaient une garde en coquille. Sur le pommeau noir extraordinairement usé, un sceau représentait le Tombeau enchaîné, l'emblème de la Neuvième. La lame elle-même était pleine d'entailles et de fêlures.

— Le seul moyen de tuer quelqu'un avec ça, c'est de lui refiler le tétanos, dit-elle. Au fait, tu vas t'y prendre comment pour faire revenir Ortus ?

Était-ce un voile d'inquiétude sur le visage d'Harrow ?

— Ce n'est pas prévu.

— Aiglamene est trop vieille pour ces conneries.

— C'est bien pour ça que c'est *toi*, Gigi, qui feras office de première cavalière de la Neuvième. Tu vas m'accompagner dans la Première Maison, où j'étudierai jusqu'à devenir Lycteure. Tu seras ma garde personnelle, ma loyale et dévouée compagne, et tu feras respecter le nom sacré de cette Maison et de ses habitants.

Gideon fut prise d'un tel fou rire qu'elle en tapait du poing contre la colonne glaciale, et lorsque la première crise fut passée, elle dut se forcer à respirer lentement et profondément pour ne pas repartir de plus belle. Le visage taillé au couteau d'Aiglamene se rembrunit encore davantage.

— Pfffiou, souffla Gideon, hilare, en essuyant ses larmes. Oh putain. Donne-moi une seconde. OK… *Dans tes rêves*, Nonagesimus.

Harrow surgit de derrière sa colonne et, les mains jointes, se planta devant elle. Son visage arborait l'expression béate et incandescente qu'elle avait déjà en annonçant à Gideon qu'elle allait faire le voyage, et donc quitter la planète : une joie profonde, une détermination absolue. Elle leva les yeux vers elle, se débarrassa d'un geste de sa capuche et plissa les yeux.

— Allez, Nav, dit-elle d'une voix quasi extatique. C'est ta chance. C'est ton opportunité de te couvrir de gloire. Accompagne-moi, et ensuite tu iras où tu voudras. Les cavaliers des Maisons peuvent prétendre à n'importe quelle position dans la Cohorte. Si tu fais ça pour moi, non seulement je te rendrai ta liberté, mais je te donnerai une petite fortune, un contrat d'officière, je te donnerai tout ce que tu veux.

— Je ne t'appartiens pas, répliqua Gideon.

— Oh, mais *si*, Gigi, dit Harrowhark. Tu es la vassale du Tombeau Scellé. Et au bout du compte, le Tombeau Scellé, c'est moi. Les Mains élues rejoindront la Première Maison, Nav. Leurs noms entreront dans l'Histoire, ce seront les nouveaux saints de l'Empire. L'occasion ne se représentera sans doute jamais. Nav, je vais devenir Lycteure.

— Salut, je suis la meuf qui a participé à l'ascension fasciste d'Harrowhark Nonagesimus, dit Gideon, s'adressant à un public imaginaire. Sans surprise, l'univers est tout moisi depuis. Ah oui, elle m'a trahie juste après, et on a envoyé mon cadavre griller dans l'atmosphère du Soleil.

Harrow s'approcha tout près d'elle, et Gideon fit ce qu'elle n'avait encore jamais osé : levant l'épée rouillée, elle la pointa sur le front d'Harrow. La jeune nécromancienne ne broncha pas. Sa bouche barbouillée de noir se contenta d'une moue faussement choquée.

— Je ne te ferai JAMAIS confiance, reprit Gideon. Tes promesses n'ont aucune valeur. Tu n'as rien à me donner. Je sais parfaitement ce que tu feras à la moindre occasion.

La lame toujours pointée sur son crâne, Harrow la dévisagea de ses yeux sombres.

— Oh, c'est donc vrai que je t'ai brisé le cœur, dit-elle.

— J'ai sangloté toute la journée, répliqua Gideon sur le même ton.

— Ce ne sera pas la dernière fois que je te fais chialer.

La voix rauque d'Aiglamene s'éleva derrière elles :

— Pose cette maudite épée. C'est une torture de voir comment tu la tiens, ordonna-t-elle, avant de poursuivre, choquant Gideon : réfléchis à cette proposition, Nav.

Lui jetant un œil par-dessus l'épaule d'Harrow, Gideon baissa la vieille rapière et, sans prendre la peine de la ranger dans son fourreau, la balança dans la niche la plus proche.

— Capitaine, ne me dites pas que vous approuvez cette idée *débile*.

— C'est notre meilleur plan, Nav, répliqua sa professeure. Notre lady fait le voyage. Point barre. Tu peux rester ici – dans cette Maison que tu détestes – ou essayer de gagner ta liberté – au service de cette Maison que tu détestes. C'est ta seule chance de quitter cette planète, et d'acquérir honnêtement ta liberté.

Harrowhark ouvrit la bouche pour ajouter quelque chose, mais, à la surprise de Gideon, Aiglamene la fit taire d'un geste. La vieille femme rangea soigneusement les épées pourries, ramena sa mauvaise jambe sous elle et, prenant appui contre le mur de la catacombe, se leva dans un grincement d'armure et d'os malades.

— Tu te fiches complètement de la Neuvième. Soit. C'est ta chance de faire tes preuves, *à titre personnel.*

— Je ne vais pas aider Nonagesimus à devenir Lycteure ! La première chose qu'elle fera c'est me transformer en paire de bottes.

— Je condamne tes tentatives d'évasion, dit Aiglamene. Elles étaient minables et inélégantes. Cela dit, poursuivit-elle en se tournant vers l'autre jeune femme, avec tout le respect que je vous dois, vous vous y êtes mal prise avec elle, ma lady. Je n'approuve pas cette idée. Si j'avais dix ans de moins, je vous supplierais de m'emmener avec vous. Mais puisque vous refusez de lui donner des garanties, c'est moi qui vais devoir le faire.

— Vraiment ? dit Harrow, d'une voix douceâtre.

Son regard noir fouillait le visage de la capitaine de la garde sans y trouver ce qu'il cherchait.

— Je le dois, dit Aiglamene. En votre absence, c'est Crux et moi qui serons responsables de la Maison. Si je garantis la liberté de Gideon Nav et qu'elle lui est refusée, alors – pardonnez mon ingratitude – c'est moi qui serai trahie, moi qui vous ai toujours servie et ai servi votre mère avant vous.

Harrowhark ne fit aucun commentaire. Son visage était pensif. Gideon ne s'y trompait pas : en général, c'était le signe que le cerveau d'Harrow était en train de tramer un plan particulièrement pervers. L'imagination de Gideon s'emballa. Elle sentit monter une vague de chaleur écarlate le long de sa nuque, qui allait fuser vers ses joues si elle ne faisait rien ; elle rabattit donc sa capuche sur son visage, sans oser regarder sa maîtresse d'armes.

— Si elle vous donne satisfaction, vous devrez la laisser partir, conclut Aiglamene d'un ton décidé.

— Bien sûr.

— Avec toutes les généreuses promesses de la Neuvième.

— Oh, mais si elle réussit, elle aura tout ce qu'elle veut, s'empressa de répondre Harrow – un peu trop rapidement au goût de Gideon. La gloire lui jaillira par tous les orifices.

Elle fera et elle sera tout ce qu'elle veut, à l'autre bout de la galaxie, de préférence.

— Bien, alors je vous remercie de votre clémence et votre générosité, et je considère que nous avons un accord, dit Aiglamene.

— *Quel accord ? Je n'ai jamais dit oui à ce bordel !* s'exclama Gideon.

Les deux autres l'ignorèrent.

— Pour revenir à notre problème initial, dit la vieille femme, se rasseyant avec effort au milieu des épées et des dagues, Nav est loin d'avoir bénéficié de la même formation qu'Ortus – tant en termes de bonnes manières que de culture générale –, et elle a appris le maniement de l'épée avec une arme d'infanterie lourde.

— Oublions le premier point, on arrivera bien à compenser ses insuffisances intellectuelles. C'est le second qui m'intéresse. Combien de temps pour qu'une épéiste ordinaire puisse passer de l'épée à deux mains à une rapière de cavalier ?

— Pour une épéiste ordinaire ? Pour arriver au niveau d'un premier cavalier ? Plusieurs années. Pour Nav, trois mois (à ces mots, Gideon décéda de félicité, mais l'horreur ambiante et ce qui suivit eurent vite fait de la ressusciter)… et elle atteindrait peut-être le niveau du plus lamentable cavalier de notre époque.

— Mais non, dit Harrowhark d'une voix suave. Gigi est un génie. Avec la motivation adéquate, elle pourrait manier trois épées en même temps : une dans chaque main, et une autre avec la bouche. Pendant que tout le monde était occupé à acquérir un peu de bon sens, elle faisait un doctorat en épéologie. Pas vrai, Gigi ?

— Je n'ai pas dit oui, bordel de bite, répliqua Gideon. Et rien à foutre du soi-disant super-niveau des cavaliers, je hais les rapières. Toute cette chorégraphie, là, ça me fatigue. Non, la bonne épée pour une épéiste, c'est l'épée à deux mains.

— Certes, dit sa professeure, mais la cavalière d'une Maison – avec la bonne formation – peut être sacrément dangereuse elle aussi. J'ai assisté à un combat du premier cavalier de la Deuxième Maison dans sa jeunesse, et je vous jure que c'est un spectacle que je ne suis pas près d'oublier.

Harrow décrivait de petits cercles nerveux dans la salle.

— Mais donc il serait *envisageable* de faire en sorte qu'elle soit *crédible* en cavalière de la Neuvième ?

— La réputation du premier cavalier de la Neuvième Maison n'est plus ce qu'elle était depuis Matthias Nonius, dit Aiglamene. Et c'était il y a mille ans. Personne ne s'attend donc à des miracles. Mais il faudrait un sacré coup de chance.

Gideon se détacha de la colonne à laquelle elle était adossée. Elle fit craquer ses doigts, étira ses muscles engourdis par le froid, fit pivoter sa tête, roula des épaules, et ôta finalement sa cape.

— J'adore quand on parle ouvertement devant moi de mes défauts, mais parfois ça me blesse quand même un peu, dit-elle, allant récupérer la rapière abandonnée sans ménagement un instant plus tôt.

Elle la soupesa, la trouva absurdement légère dans sa main, mais se mit en garde, assez fièrement, de son point de vue.

— Qu'est-ce que vous dites de ça, capitaine ?

La professeure émit un grognement à mi-chemin entre l'écœurement et le désespoir.

— Qu'est-ce que tu *fabriques* avec ton autre main ?

Gideon corrigea sa posture.

— Non ! Mon Dieu. Pose cette rapière et n'y touche plus jusqu'à ce que je t'apprenne à t'en servir.

— Épée et poudre, la pressa Harrowhark.

— Épée et couteau de poing, ma lady, contra Aiglamene, je viens de revoir mes attentes à la baisse.

— Je n'ai toujours pas donné mon accord pour quoi que ce soit, intervint Gideon.

La Respectable Fille se fraya un chemin jusqu'à elle parmi les épées jetées au sol, s'arrêtant juste devant la colonne contre laquelle, mue par un réflexe, Gideon venait d'aplatir son dos. Elles se dévisagèrent longuement, jusqu'à ce que le froid glacial de la pierre oblige Gideon à claquer des dents. Les coins de la bouche d'Harrow eurent un soubresaut furtif.

— Je croyais que tu serais heureuse de voir que j'ai besoin de toi, avoua-t-elle. Que je te montre ma vulnérabilité, mon cœur de fille.

— Ton cœur est un tapis de fakir, répliqua Gideon.

— Mais tu ne dis pas non. Aide Aiglamene à te trouver une épée, Gigi. Je laisse la porte ouverte.

Sur ces mots aussi impérieux que suaves, elle quitta la catacombe, et Gideon, renversant la tête en arrière contre sa colonne gelée, se mordit l'intérieur de la joue.

Se retrouver en tête à tête avec sa maîtresse d'armes était presque pire. Un silence gêné s'installa entre elles tandis que la vieille femme se remettait à fouiller d'un air maussade le tas d'épées éparpillées devant elle, observant chaque rapière à la lumière, arrachant les bandes de cuir pourri qui recouvraient les poignées.

— C'est une mauvaise idée, mais c'est ta chance, tu sais, dit soudain Aiglamene. C'est à prendre ou à laisser.

— Je croyais que c'était notre meilleur plan.

— Oui… pour Lady Harrowhark. Tu es une des meilleures épéistes formées par la Neuvième… peut-être bien la meilleure. Enfin… Je n'ai jamais vu Nonius combattre.

— C'est vrai que vous étiez tout juste née à l'époque, dit Gideon, le cœur sur le point d'éclater.

— Ferme-la un peu, petite insolente.

Aiglamene jeta dans un sac de cuir les rapières qu'elle avait sélectionnées, ainsi que plusieurs couteaux de poing. Ses articulations firent autant de bruit que les armes lorsqu'elle se pencha en avant, souffrant avec dignité, et prit appui sur son genou à peu près valide pour se relever. Gideon s'était machinalement précipitée pour l'aider, mais un seul regard de l'œil valide de la vieille femme suffit à lui faire prétendre qu'elle allait juste récupérer sa cape. Aiglamene jeta le sac sur son épaule et, d'un coup de pied, renvoya dans une niche les rapières indésirables. Puis elle se tourna vers Gideon, bien décidée à lui prendre sa vieille épée, désormais inutile.

Les doigts déjà refermés sur la poignée, elle se figea pourtant, une expression de profonde réflexion sur son visage exténué, comme si un combat de titans agitait les tréfonds de son âme. L'un des deux opposants finit par l'emporter, puisqu'elle maugréa :

— Nav. Une mise en garde.

— Quoi ?

Il y avait une sorte d'urgence dans sa voix. Une inquiétude inédite.

— Les choses ont changé. J'ai toujours pensé que nous attendions quelque chose… mais à présent je me dis que tout ce que nous attendons, c'est la mort.

Le cœur de Gideon eut un raté.

— Vous voulez vraiment que je dise oui.

— Dis non si tu veux, répliqua sa capitaine. C'est ton choix… Si elle ne t'emmène pas, je l'accompagnerai plus que volontiers. Mais elle sait… et je sais… et je crois que tu sais toi aussi pertinemment… que si tu ne pars pas maintenant, tu ne sortiras jamais d'ici, pas même les pieds devant.

— Et il se passe quoi si j'accepte ?

Rompant le charme, Aiglamene envoya valser le sac d'armes d'un coup d'épaule, et il s'abattit sur les bras de Gideon. Après quoi elle partit dans la même direction qu'Harrow un instant auparavant.

— Alors on n'a pas une seconde à perdre. Parce que pour faire de toi la cavalière de la Neuvième, j'aurais dû commencer il y a six ans.

5

La seconde missive qui leur parvint du Roi Résurrecteur, le Clément Empereur, était un peu plus succincte que la première.

Elles s’étaient installées dans la bibliothèque personnelle de Nonagesimus, une pièce au plafond voûté en pierre, bourrée d’étagères rassemblant les livres moisis et négligés qu’Harrowhark n’étudiait pas et les livres moisis et un peu moins négligés qu’elle étudiait. Gideon était assise à un vaste bureau dont le plateau ployait sous les piles d’ouvrages aux marges couvertes d’annotations nécromantiques, la plupart rédigées de l’écriture crispée et impatiente d’Harrow. La lettre dans une main, Gideon, blasée, se maquillait de l’autre, trempant un disque d’ouate dans un pot de fond de teint couleur albâtre. Elle se sentait absurdement ramenée en enfance. Le maquillage avait une odeur acide et froide, et en étalant ce putain de truc autour de ses narines, elle se dit qu’elle allait inhaler des grumeaux toute la sainte journée. Harrow était vautrée sur un canapé couvert de brocart en lambeaux. Elle avait ôté sa cape et étendu ses longues jambes maigres vêtues de noir, chevilles croisées. Gideon lui trouvait des airs de bâton de réglisse maléfique.

Elle relut la lettre deux fois avant d’étudier le résultat dans un petit miroir fendu. Sublime. Sexy.

— Je t’ai bien entendue prononcer les mots “Première Maison” à plusieurs reprises, mais je me disais que c’était du second degré.

— Je me disais que ça réveillerait ton esprit d’aventure.

— Tu t’es mis le doigt dans l’œil jusqu’au coude, répliqua Gideon, plongeant à nouveau son disque de coton dans le pot. Tu veux m'emmener sur une planète où personne ne vit. Je nous voyais plutôt sur la Troisième ou la Cinquième, ou dans une jolie petite station spatiale, par exemple. Pas dans une autre grotte exclusivement peuplée de fanatiques religieux.

— Qu'est-ce qu'une assemblée de nécromanciens ferait dans une *station spatiale* ?

Objection retenue. S'il y avait une chose que Gideon savait sur les nécromanciens, c'est qu'ils avaient besoin d'énergie. De thanergie, plus précisément. Ce jus morbide était présent en abondance partout où quelque chose était mort ou en train de mourir. L'espace était donc le cauchemar des nécromanciens, puisqu'on n'y avait jamais trouvé aucune forme de vie, ni donc aucune grande flaque de mort attendant qu'Harrow et ses semblables viennent l'aspirer à la paille. Les valeureux soldats et soldates de la Cohorte voyaient cette limite d'un œil attendri : les adeptes ne pourraient jamais les remplacer.

— Relis le dernier paragraphe, commanda Harrow depuis son canapé. Pose tes yeux obscurcis sur les lignes 5 et 6.

Gideon lui obéit à contrecœur.

— Et dis-moi ce que tu comprends, poursuivit Harrow.

Gideon interrompit sa séance de maquillage. Elle avait envie de se balancer sur son fauteuil, mais constatant qu'un des pieds n'avait pas l'air très stable, elle le reposa vite fait sur les dalles froides.

— "Ni serviteurs, ni domestiques." Eh bien, encore heureux, tu serais dans la merde jusqu'au cou si tu devais emmener Crux. Mais… ça veut vraiment dire qu'il n'y aura rien que nous et quelques hiérophantes décrépits ?

— Voilà, dit la Respectable Fille. Tu as tout compris.

— Oh purée ! Alors laisse-moi m'habiller comme je veux et rends-moi mon épée !

— *Dix mille ans de traditions*, Gigi.

— Pas pour moi, sale garce, répliqua Gideon. Moi, tout ce que j'ai, c'est dix ans d'entraînement à l'épée et une allergie au fond de teint. Je te serai tellement moins utile avec la face couverte de boutons et un cure-dent dans la main.

La Respectable Fille croisa les doigts et se tourna les pouces d'un air alangui. Elle ne la contredit pas.

— Dix mille ans de tradition, reprit-elle lentement, ça veut dire que la Neuvième Maison devrait avoir eu le loisir de former au moins un cavalier qui ait la bonne épée, le bon entraînement, le comportement adéquat. Ça veut dire qu'au moindre soupçon que la Neuvième n'a même pas été capable de répondre à cette seule attente, on aura mieux fait d'abandonner. J'aurais plus de chances toute seule qu'en t'emmenant telle que tu es. Mais je sais simuler. Je peux fournir la rapière. Faire en sorte que tu aies les bases de l'entraînement. La seule chose que je ne peux pas contrôler, c'est ton comportement. Deux critères sur trois, c'est pas mal, mais ce n'est pas assez. Tout notre petit numéro dépendra donc de ta capacité à la fermer et à remplir les conditions minimums, Gigi.

— Afin que personne ne se rende compte qu'on est complètement fauchées, au bord de l'extinction et que tes parents se sont foutus en l'air.

— Afin que personne ne *profite du fait* que nous ne disposons pas de ressources conventionnelles, corrigea Harrow, dont le regard la foudroya sans sommation. Afin que personne ne se rende compte que la Maison est menacée. Afin que personne ne se rende compte que… mes parents ne sont plus en mesure de défendre ses intérêts.

Gideon plia la lettre en deux, puis encore en deux, puis en diagonale, s'abandonnant un instant au plaisir rare de tripoter une vraie feuille de papier. Puis elle la reposa sur le bureau et entreprit d'ôter les traces de maquillage sur ses ongles. Nul besoin de dire ou de faire quoi que ce soit. Il suffisait de laisser le silence se prolonger juste un peu.

— Nous ne deviendrons pas une annexe de la Troisième ou de la Cinquième Maison, reprit la jeune nécromancienne. Tu as compris, Gigi ? Si tu fais quoi que ce soit qui suggère que le fonctionnement de la Maison est compromis, si j'ai ne serait-ce que l'impression que tu es sur le point de… Elle haussa les épaules, et conclut : Je te tue.

— Évidemment. Mais tu ne vas pas pouvoir garder le secret éternellement.

— Une fois que je serai Lycteure, tout sera différent. Je serai en position de régler nos problèmes sans craindre de représailles.

Dans la situation actuelle, notre seul atout, c'est que personne n'est au courant de rien. J'ai déjà reçu trois messages de trois Maisons différentes pour me demander si je comptais venir, et, vu la formulation, ils ne connaissent même pas mon nom.

— Qu'est-ce que tu vas leur raconter ?

— Mais *rien du tout*, pauvre idiote ! N'oublie pas que nous sommes de la Neuvième, Gigi. Nous allons agir en conséquence.

Gideon vérifia une nouvelle fois son maquillage, reposa le coton et le pot de fond de teint. *Agir en conséquence* lui rappelait que, petite, il suffisait qu'elle adresse la parole à un inconnu pour être emmenée *manu militari* ; *agir en conséquence* voulait dire que la Maison était fermée aux pèlerins depuis au moins cinq ans. *Agir en conséquence* réveillait sa peur secrète que, dans dix ans, tout le monde se serait changé en squelette et que des explorateurs trouveraient Ortus en train de lire des poèmes à son cadavre et à celui d'Harrow, les doigts de l'une toujours serrés sur la gorge de l'autre. *Agir en conséquence*, pour Gideon, ça voulait dire être mystérieux et énigmatique et obsédé par les grimoires.

— Je ne laisserai personne poser de questions. Et toi, tu auras l'air d'une cavalière. Donne-moi ça, dit Harrow, lui prenant des mains un assez gros morceau de charbon.

Elle lui attrapa le menton et voulut la forcer à tourner son visage vers elle, mais Gideon la mordit aussi sec. Il y avait une joie simple à voir Harrow pousser des jurons furieux, ôter le gant qui portait la marque de ses dents, et secouer sa main, une joie simple comme une journée ensoleillée ou un bon repas.

Harrow se mit à tripoter d'un air menaçant l'un des os qu'elle portait en clou d'oreille, si bien que Gideon, avec une *extrême* réticence, comme un animal qui refuse de prendre son médicament, tourna son visage vers elle pour se faire maquiller. Harrow saisit le morceau de charbon et traça un épais trait noir sous les yeux de Gideon – d'un geste si brusque que celle-ci s'attendait à tout moment à se retrouver avec un éclat dans la pupille.

— Je ne veux plus me déguiser en putain de nonne, protesta Gideon. J'avais déjà ma dose à dix ans.

— Tous les autres seront habillés exactement comme ils sont censés l'être, dit Harrow, et si la Neuvième Maison contrevient à cette règle – alors que c'est la moins susceptible de le faire – les gens vont s'intéresser à nous de bien trop près. Alors que si tu as l'apparence qu'il faut, on ne cherchera peut-être pas à te piéger. Et peut-être que personne ne se rendra compte que la cavalière de la Neuvième n'est qu'une péquenaude inculte. Ferme la bouche.

Gideon garda la bouche fermée le temps qu'Harrow termine, puis protesta :

— Je ne suis pas *inculte*.

— Tes revues de pin-up ne sont pas de la littérature, Nav.

— Les articles sont très fouillés.

Autrefois, en tant que jeune membre rebelle du Tombeau Scellé, Gideon optait pour le strict minimum en termes de maquillage tête de mort : un peu de noir autour des yeux et sur le nez, un épais trait noir sur les lèvres. Mais lorsqu'Harrow lui tendit le petit miroir cassé, Gideon constata qu'elle était maquillée comme les antiques nécromanciennes chancelantes de la Neuvième : ces affreuses sages dont on avait l'impression qu'elles ne mouraient jamais, mais se contentaient de disparaître dans les longues galeries de livres et de cercueils des tréfonds de Drearburh. Harrow l'avait tellement barbouillée de noir qu'elle ressemblait à un crâne grimaçant, avec deux grands trous au niveau des mâchoires.

— J'ai l'air complètement débile, commenta Gideon.

— Je veux te voir maquillée comme ça tous les matins, jusqu'au jour de notre départ, dit Harrowhark, qui s'était accoudée au bureau pour admirer son œuvre. Je ne te raserai pas les cheveux – même si ta coupe est ridicule –, parce que je sais que tu ne te raseras pas le crâne tous les jours. Mais sois capable de refaire ce maquillage. Porte ta cape.

— J'attends le *et*, dit Gideon. Tu sais, le *et* qui annonce la récompense. Parce que si ça ne tenait qu'à moi, je garderais mon épée et porterais mon plastron – si tu crois que je vais pouvoir me battre correctement avec cette cape, il te manque vraiment une case – et je serais tellement bonne cavalière que tous les autres rentreront chez eux. Je serais tellement bonne cavalière qu'ils te nommeront Main de l'Empereur dès le premier jour et qu'ils prendront des photos de moi pour en faire un calendrier érotique. Où est le *et*, Nonagesimus ?

— Il n'y a pas de *et*, dit Harrow en retournant se vautrer sur son canapé. Si ça ne tenait qu'à moi, jamais je ne t'emmènerais. Je te découperais en neuf morceaux, je ferais neuf petits paquets et j'en enverrais un à chaque Maison, en réservant le neuvième à Crux pour adoucir ses vieux jours. Je vais réussir, avec toi pour escorte, et personne ne saura jamais rien des difficultés de la Neuvième Maison. Maquille-toi. Entraîne-toi à manier la rapière. Tu peux disposer.

— Ce ne serait pas le moment de me donner quelques infos, insista Gideon, se levant pour étirer ses muscles engourdis, tu sais, quelles tâches on va devoir accomplir, à qui on va avoir affaire, à quoi s'attendre ?

— Grand Dieu, non, dit Harrow. La seule chose que tu dois savoir, c'est que tu feras ce que je te dis, sinon je mettrai de la farine d'os dans ton porridge et je te ferai pousser un squelette dans le bide.

Ce qui, Gideon dut bien l'admettre, était un scénario tout à fait plausible.

6

SI GIDEON S'INQUIÉTAIT de devoir passer les trois mois suivants à proximité immédiate de la Respectable Fille, elle était complètement à côté de la plaque. Elle passait six heures par jour à apprendre où placer ses pieds tandis qu'elle maniait la rapière, que faire de son bras libre – et à son avis parfaitement inutile –, comment n'offrir pour cible que son profil, comment se déplacer sur le même stupide pied. À la fin de chaque séance punitive, Aiglamene la prenait en duel et la désarmait en trois mouvements.

— Ta *parade*, bordel, ta *parade* ! lui répétait quotidiennement Aiglamene. Ce n'est pas ta vieille épée, Nav. La prochaine fois que tu bloques avec ta lame, je te la fais bouffer !

Lorsque, dans les premiers jours, Gideon avait pris le risque de ne pas se maquiller, Crux avait aussitôt débarqué et coupé le chauffage de sa cellule : on l'avait retrouvée au matin effondrée sur le sol, hurlant de froid, engourdie et à moitié morte. Elle portait donc le maudit maquillage. Sa vie de cavalière était presque pire que sa vie d'avant, à l'exception de deux privilèges : au lieu d'aller aux offices, elle s'entraînait et, surtout, Crux et Harrow ne se montraient quasiment jamais. L'héritière de la Maison avait donné à son maréchal une mission secrète dans les tréfonds de Drearburh, où des frères et sœurs voûtés et grinçants travaillaient heure après heure à la mystérieuse tâche macabre qu'Harrowhark leur avait confiée.

La lady de la Neuvième passait presque tout son temps enfermée dans sa bibliothèque. En de rares occasions, elle venait assister à l'entraînement et faisait remarquer que Gideon n'avait absolument pas progressé ; elle lui ordonnait aussi de se démaquiller et de recommencer à zéro. Parfois, Aiglamene et elle la faisaient suivre Harrow comme une ombre et parcourir les niveaux de haut en bas et de bas en haut, jusqu'à ce que Gideon devienne à moitié folle d'impatience.

Le seul avantage douteux à cet exercice de garde rapprochée était qu'en se tenant immobile derrière Harrow, les yeux au-dessus de son épaule, le dos raide, la main sur le pommeau de sa rapière, elle captait parfois quelques bribes de conversation. Gideon était avide de renseignements, mais ces échanges n'étaient jamais très éclairants. Le plus intéressant fut le jour où Harrow, trop agitée pour baisser la voix, asséna à Aiglamene d'un ton catégorique :

— Bien sûr que c'est une compétition, capitaine, même si la formulation…

— Eh bien, la Troisième Maison sera sans aucun doute la mieux préparée…

— Et ceux de la Deuxième auront passé la moitié de leur vie au front et seront bardés de médailles de la Cohorte. Ça ne veut rien dire. Ce ne sont pas tant les soldats, les politiciens ou les prêtres qui m'inquiètent, mais une Maison un peu plus grise et insignifiante.

Gideon ne parvint pas à saisir la réponse d'Aiglamene. Mais Harrow eut un éclat de rire amer.

— Tout le monde peut apprendre à se battre. Mais personne ou presque n'apprend à penser.

Le reste de son temps, Harrow le passait à potasser ses manuels de nécromancie, maigrissant et s'épuisant à vue d'œil, devenant chaque jour plus cruelle et plus méchante. Chaque soir, Gideon s'écroulait sur son lit, s'endormant avant de pouvoir soigner ses pieds couverts d'ampoules ou masser son corps meurtri. Les jours où elle était particulièrement *sage*, Aiglamene la laissait s'entraîner avec sa propre épée, considérant cela comme un divertissement.

L'ultime semaine avant leur départ arriva sans prévenir, comme on se réveille en sursaut d'un rêve étrange en l'oubliant aussitôt. Le maréchal de Drearburh réapparut comme une maladie chronique pour surveiller Gideon tandis qu'elle remplissait sa malle des vieux vêtements laissés par Ortus et retaillés hâtivement pour elle. Ces capes de récupération étaient semblables à la sienne, noires et austères, mais de meilleure qualité, et donc plus noires et plus austères encore. Elle passa également un certain temps à créer un double fond dans sa malle afin d'emporter en douce sa chère épée abandonnée, qu'elle emballa comme un précieux article de contrebande.

Aiglamene avait retrouvé et fait reforger l'épée de la mère de la grand-mère d'Ortus, et la remit à une Gideon perplexe. La lame était en métal noir, la garde et la poignée, noires également, étaient toutes simples, et ne rappelaient en rien les paniers enchevêtrés de fils et de dentelures de certaines des rapières qu'elle avait vues dans les catacombes.

— La barbe, commenta Gideon, déçue. J'aurais bien vu un crâne vomissant un autre crâne, avec des crânes volant tout autour. Mais un truc de bon goût, vous voyez ?

Elle se vit également remettre un couteau de poing, de facture encore plus sobre, en obsidienne et acier, avec d'épais et lourds anneaux, et pourvu de trois lames fixes, noires elles aussi.

— Mais pour l'amour de Dieu, sers-t'en uniquement pour tes parades, précisa sa professeure.

— Je ne comprends pas tout, là. Vous m'avez entraînée sans arme dans l'autre main.

— Gideon, dit sa professeure, après onze funestes semaines passées à t'entraîner, à te mettre KO ou te regarder tituber comme une gamine souffreteuse, je constate que lorsque tu es dans une forme miraculeuse, tu as le niveau d'un cavalier – un cavalier médiocre, un très mauvais cavalier. (C'était un immense compliment.) Mais dès que tu réfléchis trop à ce que fait ton autre main, tu t'effondres. Sers-toi du couteau de poing pour t'équilibrer. Prépare des alternatives au cas où ton adversaire brise ta garde – mais mieux encore : ne laisse personne briser ta garde. Reste en mouvement. Sois souple. Et rappelle-toi : tes mains ne sont plus jumelles, mais simplement sœurs : l'une prend le commandement, l'autre accompagne son mouvement. Prie pour qu'on ne t'observe pas de trop près quand tu combats. Et *arrête de bloquer tous les coups*.

Le dernier jour, les membres de la Neuvième Maison se rassemblèrent sur le niveau de la piste d'atterrissage. Ils n'étaient même plus assez nombreux pour la remplir. Leur empressement à embrasser le bas de la cape d'Harrowhark faisait peine à voir. Puis ils s'agenouillèrent pour prier avec les exécrables grands-tantes, tandis que la Respectable Fille les regardait faire, aussi blême et impassible que les squelettes qui labouraient les champs du niveau supérieur.

Gideon avait noté l'absence des ex-Respectables Père et Mère, mais n'en avait tiré aucune conclusion particulière. Elle était trop préoccupée par ses vêtements qui la grattaient, la rapière fixée à sa taille, ainsi que son maquillage qui était désormais comme une seconde peau sur son visage. Mais elle fut tout de même surprise lorsqu'Harrow annonça :

— Mes chers frères et sœurs. Écoutez-moi. Mon père et ma mère ne seront pas avec vous. Mon père a fermé le passage menant au Tombeau qui doit toujours rester scellé. Tous deux ont décidé, jusqu'à mon retour, de poursuivre leur pénitence derrière ces murs. C'est le maréchal Crux, désormais sénéchal, qui me représentera, tandis que la capitaine Aiglamene occupera les fonctions de maréchale.

À ce moment, comme pour illustrer le sens du timing d'Harrow, la cloche du Secundarius se mit à sonner. Au-dessus du puits principal, la navette entamait sa descente, masquant la lueur toujours plus faible du temps de l'équinoxe. Pour la toute première fois, Gideon ne fut pas écrasée par un sentiment d'appréhension et de méfiance : au contraire, un frisson d'excitation lui secoua les tripes. Deuxième round. C'est parti.

Harrowhark parcourut du regard l'assemblée de la Neuvième. Gideon fit de même. Il y avait là toutes les nonnes et les moines, les vieux pèlerins et les vassaux vieillissants, les visages sombres et graves des adeptes et des mystiques, les visages moroses et émaciés de ces hommes et de ces femmes, de ces gens ternes et gris qui avaient peuplé la vie de Gideon sans jamais lui témoigner une once de compassion ou de gentillesse. Harrow, quant à elle, irradiait de joie et de ferveur. Gideon aurait juré qu'elle avait les larmes aux yeux, mais ce liquide n'existait pas chez elle : Harrow n'était qu'une momie desséchée pleine de haine.

— Ma Maison bien-aimée, dit-elle. Soyez assurés d'une chose : où que j'aille, mon cœur est enterré ici.

À sa voix, on aurait dit que ce n'était pas une métaphore.

— *Nous prions pour que le Tombeau soit scellé pour l'éternité…* commença Harrow, et Gideon se surprit à réciter elle aussi cette prière, pour la simple raison que c'était la seule qu'elle connaissait, prononçant les mots comme des sons dépourvus de sens pour les rendre supportables. Elle s'arrêta en même temps qu'Harrow qui, les mains toujours jointes, ajouta :

— Je prie pour la réussite de notre Maison, je prie pour les Lycteurs, Mains dévouées de l'Empereur, je prie pour trouver grâce à ses yeux. Je prie pour ma cavalière…

Croisant l'œil sombre et cerné de noir d'Harrow, Gideon imagina tout à fait ce qu'elle ajoutait mentalement : *… je prie pour qu'elle s'étouffe dans son propre vomi…*

— Qu'il en soit ainsi, conclut la lady de la Neuvième Maison.

Le claquement des chapelets d'os couvrit presque le bruit de la navette en plein arrimage. Gideon tourna la tête. Elle n'avait pas prévu de faire d'adieux ; mais elle aperçut Aiglamene, la main levée en un raide salut, et prit conscience que c'était peut-être la dernière fois qu'elle voyait la vieille femme. Avec l'aide de Dieu, elle ne remettrait plus jamais les pieds ici. Un instant, tout lui sembla tellement incertain qu'elle en eut le vertige. La Maison conservait sa macabre majesté parce qu'elle était toujours sous ses yeux ; elle persistait parce qu'on la regardait persister, noire et inchangée. L'idée de la quitter la faisait paraître si fragile qu'elle pourrait tomber en poussière à l'instant même où elles partiraient. Harrowhark se tourna vers la navette et Gideon constata, choquée, qu'elle était bel et bien en train de pleurer : son maquillage coulait sous les larmes.

Soudain, cette idée devint magnifique. À l'instant même où Gideon lui tournerait le dos, la Maison mourrait. À l'instant même où Gideon partirait, elle disparaîtrait comme un très mauvais rêve. Elle se mit à démolir mentalement l'énorme grotte lugubre, enterrant Drearburh sous un énorme éboulis, et pour faire bonne mesure fit exploser Crux comme un sac poubelle plein de soupe. Tout en rendant son salut à Aiglamene aussi promptement et avec le même enthousiasme qu'une soldate le premier jour de son service, contente de voir que sa professeure, excédée, levait les yeux au ciel.

Puis elles grimpèrent dans la navette et, une fois la porte automatique refermée avec un *wham* agréablement définitif, elle se pencha vers Harrow… qui se tamponnait les yeux avec une extrême gravité. La jeune nécromancienne ne cacha pas son mouvement de recul.

— Tu veux mon mouchoir ? souffla Gideon d'une voix rauque.

— Je veux te voir mourir, répliqua Harrow.

— Un jour, peut-être, Nonagesimus, déclara Gideon, profondément satisfaite. Mais putain, au moins ce ne sera pas ici.

7

VUE DE L'ESPACE, la Première Maison irradiait comme le feu sur l'eau. Enveloppée dans la brume blanche de son atmosphère, bleue comme le cœur d'une flamme de gaz, elle brûlait les yeux, débordant littéralement d'une eau qui étouffait tout dans ses conflagrations d'un azur absolu. Au milieu de cet océan, des chaînes flottantes de carrés et de rectangles dessinaient des traces grises ou vertes, marron ou noires : c'étaient les ruines des cités et des temples d'une Maison à la fois morte depuis bien longtemps et immortelle. Un trône endormi. Loin d'ici, en son gouvernement, son Roi et Empereur attendait, tel un gardien veillant sur sa Maison, mais dans l'incapacité d'y retourner. Le lord de la Première Maison n'était autre que le Seigneur Immortel – et cela faisait plus de neuf mille ans qu'il n'était pas rentré chez lui.

Gideon Nav, le visage pressé contre un des hublots de la navette, semblait ne jamais devoir se lasser de ce spectacle, qu'elle admira jusqu'à ce que ses yeux deviennent tout rouges, que les larmes lui coulent et que de grosses taches noires annonciatrices de migraine se mettent à peupler les bords de son champ de vision. Les autres stores étaient restés baissés pendant quasiment tout le voyage, qui avait duré une petite heure de vol rapide. Derrière la cloison de plexi qu'Harrow avait ouverte sans se gêner aussitôt installée dans la navette, elles avaient eu la surprise de constater qu'il n'y avait pas de pilote. La navette était commandée à distance, à grands frais. Sans invitation expresse de la Première Maison, personne n'avait l'autorisation d'y atterrir. On pouvait appuyer sur un bouton pour parler au navigateur, et Gideon aurait bien eu envie d'entendre une autre voix, mais Harrow avait refermé la porte de séparation d'un geste définitif.

Elle avait l'air épuisée, éreintée, presque vulnérable. Elle avait gardé son chapelet entre les mains pendant tout le voyage, faisant claquer les os les uns contre les autres d'un air maussade. Dans les bandes dessinées de Gideon, les adeptes de la Cohorte s'asseyaient toujours sur des sacs de poussière de tombeau pour contrer les effets de l'espace, qui les privait de leurs pouvoirs, mais évidemment, Harrowhark ne croyait pas aux placebos. Gideon avait d'abord jugé le moment idéal pour lui administrer une correction bien sentie, mais finalement, la gêne évidente d'arriver à destination avec une nécromancienne les articulations à l'envers avait sauvé la vie d'Harrow. Et tout fantasme de vengeance avait disparu lorsqu'à l'approche de la Première Maison, la lumière qui entrait par le hublot avait envahi l'espace passager en flots ardents ; Gideon, le souffle coupé, à moitié aveugle, avait été obligée de détourner le visage. Pendant ce temps, aussi calme et indifférente que s'il s'était agi du ciel sinistre de la Neuvième, Harrow se contentait de nouer un bandeau de voile noir sur ses yeux.

Gideon, les mains en visière pour protéger les siens, s'empressa de regarder à nouveau, laissant la brillance explosive du dehors l'envahir : la noirceur veloutée de l'espace piqué de sa myriade d'étoiles blanches ; le cercle azur incandescent de la Première Maison, tacheté d'un blanc éblouissant ; et à l'horizon… sept autres navettes alignées en orbite autour d'elle. Gideon émit un sifflement impressionné. Pour une habitante de la sépulcrale Neuvième Maison, il paraissait incroyable que celle-ci ne se consume pas immédiatement. D'autres Maisons s'étaient établies sur des planètes encore plus proches de Dominicus – la Septième et la Sixième, par exemple – mais Gideon ne parvenait pas à les imaginer autrement que comme des boules de feu.

C'était incroyable. C'était grandiose. Elle avait envie de vomir. Il lui semblait absolument dingue que la seule réaction d'Harrowhark consiste à ouvrir la porte de séparation et presser le bouton de communication pour demander :

— Devrons-nous attendre longtemps ?

La voix du navigateur répondit dans un grésillement :

— Nous venons de demander votre autorisation d'atterrir, Votre Excellence.

Harrow ne le remercia pas.

— Combien de temps ?

— Le scan de votre navette est en cours, Votre Excellence, nous entamerons notre descente dès que nous aurons confirmation que vous pouvez quitter l'orbite.

La Respectable Fille se laissa retomber sur son siège et fourra son chapelet dans un pli de sa cape. Sans le vouloir, Gideon croisa son regard : son visage n'exprimait pas l'indifférence ou l'inattention, ainsi qu'elle l'avait cru ; même à travers son voile, elle vit qu'Harrow était si concentrée qu'elle semblait au bord de l'implosion. Sa bouche pincée n'était plus qu'une ligne ondulée, sa lèvre inférieure barbouillée de noir était mordue jusqu'au sang.

Moins de cinq minutes plus tard, les réacteurs se rallumèrent dans un crépitement, guidant lentement la navette hors de son orbite. Alignées à côté de la leur, les sept autres penchèrent d'un côté puis glissèrent les unes après les autres dans l'atmosphère, comme des dominos. Harrow remit sa capuche, se pinça la naissance du nez et souffla d'une voix entre plaisir et douleur :

— Cette planète est *incroyable.*

— Elle est magnifique.

— C'est une tombe.

La navette entra dans l'atmosphère, auréolée d'une lumière étincelante. Un instant, on ne vit plus rien d'autre que le ciel, mais le ciel de la Première Maison était d'un bleu aussi absurde et improbable que l'eau. Survoler cette planète était comme se retrouver à l'intérieur d'un kaléidoscope. L'image tangua, resta floue un moment, puis il y eut un sifflement lorsque les poches d'air de l'épaisse atmosphère firent hurler les moteurs, une secousse au moment de la repressurisation de la cabine, et la navette se changea en projectile en constante accélération. La clarté devint insupportable. Gideon vit vaguement s'élever une centaine de hautes tours étouffées d'une végétation tout droit sortie des eaux bleu turquoise, et ne put faire autrement que fermer les yeux de toutes ses forces et se détourner d'un bloc. Elle enfonça son visage dans l'étoffe brodée de sa cape de la Neuvième, respirant convulsivement par le nez.

— Idiote.

La voix d'Harrowhark lui parvint à travers le tissu. Elle peinait manifestement à dissimuler sa propre montée d'adrénaline :

— Tiens, prends ce voile.

Gideon se frottait toujours les yeux.

— Ça va aller.

— Mets-le, je te dis. Hors de question que tu sois aveugle quand la porte s'ouvrira.

— J'ai tout prévu, ma douce.

— Non mais pour *qui* tu te prends ?

Il y eut comme un effet stroboscopique, puis la navette ralentit. La lumière devint blanche, aveuglante. Harrowhark se précipita sur le store pour le baisser et Gideon et elle se retrouvèrent nez à nez au milieu de la cabine. Gideon vit qu'Harrow tremblait, et qu'elle suait, aussi : de fines mèches de ses cheveux couleur trou noir étaient plaquées sur son front gris pâle, menaçant de ruiner son maquillage. Gideon réalisa avec effroi qu'elle tremblait et suait autant qu'elle. Elles se regardèrent, interloquées, et se hâtèrent de tamponner leur visage avec l'intérieur de leur manche.

— Ta capuche, souffla Harrow. Cache cette coupe ridicule.

— Et le cadavre momifié de ta mère, il a une coupe ridicule ?

— Gigi, nous sommes dans l'atmosphère de la planète, maintenant, je me ferais un plaisir de recourir à la violence.

Un dernier *clonk* comme un coup de tonnerre, puis ce fut l'immobilité totale. Quelqu'un actionna les loquets de l'extérieur, et dans le rai de lumière entourant soudain l'écoutille, Gideon fit un clin d'œil à Harrow, qui semblait de plus en plus agitée.

— Mais si j'avais ma capuche, tu ne pourrais pas admirer… *ça*, dit-elle en mettant la paire de lunettes de soleil qu'elle avait exhumée un beau jour dans la Neuvième.

Une paire antédiluvienne à la fine monture noire et aux énormes verres miroir fumés, qui posa un voile gris sur l'expression d'horreur incrédule d'Harrow tandis que Gideon les ajustait sur son nez. C'est la dernière chose qu'elle vit avant l'entrée de la lumière dans la navette.

L'extérieur de la Première Maison s'offrit à elles tandis qu'une brise chaude soulevait les pans de leurs capes et séchait la sueur sur leurs visages. L'écoutille n'avait pas fini de s'ouvrir que l'impatiente Harrow avait déjà disparu, cédant la place à Lady Harrowhark Nonagesimus, la Respectable Fille de la Neuvième Maison, qui s'élança sur la rampe d'arrimage. Comptant cinq respirations pour faire bonne mesure, Gideon Nav, cavalière de la Neuvième Maison, lui emboîta le pas, priant pour que sa rapière, encore inhabituelle à sa ceinture, ne se prenne pas dans les plis de sa cape.

Elles se retrouvèrent sur l'immense plateforme recouverte de plaques de métal de ce qui était assurément la construction la plus impressionnante jamais réalisée par la Première Maison. Ou peut-être même la plus impressionnante *tout court*. Gideon n'avait pas énormément de points de comparaison. Un palace se dressait devant elles, une forteresse de pierre blanche, étincelante, qui s'étendait comme une île à la surface des eaux. Elle était si haute que le regard n'allait pas au-delà, si vaste que le regard ne pouvait la contourner. Et entourée de terrasses qui devaient être, autrefois, de luxuriants jardins. Elle s'élevait vers le ciel en tours gracieuses dont la finesse et la précision faisaient presque mal aux yeux. C'était un monument de richesse et de beauté.

Enfin, en des temps meilleurs, ç'avait dû être un monument de richesse et de beauté. Car aujourd'hui, c'était un château assassiné. Les tours, à moitié effondrées pour la plupart, formaient un amas de ruines assez misérables. Une sorte de jungle semi-aquatique, faite de lianes visqueuses et d'épaisses plantes grimpantes, enserrait la base de l'édifice. Des jardins, il ne restait plus qu'une canopée gris sale, un enchevêtrement d'arbres morts et de plantes, qui avaient envahi fenêtres, balcons et balustrades pour y mourir ; elles recouvraient la quasi-totalité de la façade d'une énigmatique nuée de matière organique décomposée, leurs nervures dessinant des serpents d'or mat sur les murs blanc sale. La baie d'amarrage devait elle aussi avoir été élégante en son temps. La vaste rampe pouvait accueillir une centaine de vaisseaux, mais quatre-vingt-douze des emplacements étaient crasseux et visiblement laissés à l'abandon. Le sol métallique était recouvert d'une croûte salée, et ce même sel assaillait à présent les narines de Gideon d'une lourde odeur marine, intense et sauvage. Le décor tout entier avait des airs de vieille dépouille boulottée. Mais bordel ! Quel somptueux cadavre.

L'agitation régnait sur la rampe d'amarrage. Cinq autres navettes venaient d'arriver et déchargeaient leur contenu. Enfin, on verrait plus tard, car un comité d'accueil les attendait.

Harrowhark, elle, n'avait que faire des émissaires. Elle était apparue sur la rampe tel un navire toutes voiles noires dehors, une créature anguleuse enveloppée de couches d'étoffe couleur nuit, sa cape de dentelle ondulant derrière elle, ornée de bijoux en ossements, maquillée comme une morte, les yeux barrés d'un bandeau de voile noir. À cinq pas de la navette, elle tomba à genoux et se mit à prier sur son chapelet, égrenant les os dans un clappement monotone. Que le spectacle commence ! Gideon la rejoignit tranquillement, s'agenouillant à côté d'elle sur le métal de la rampe chauffé par le soleil. Et tandis que sa propre cape se déployait en une flaque noire autour d'elle, elle put observer l'effervescence ambiante cachée derrière l'air énigmatique que lui donnaient les verres teintés de ses lunettes de soleil. Grâce au claquement familier des os de prière, elle se sentait presque chez elle.

— Nous saluons la lady de la Neuvième Maison, s'écria une voix ravie, portant à trois le nombre de personnes s'étant jamais montrées heureuses de voir Harrow. Et nous saluons son cavalier. Salut à vous, salut à vous ! Salut à l'enfant du lointain et sombre joyau de notre Empire ! Quel jour heureux, vraiment.

Un vieil homme se tenait devant elles. Il était petit et grêle, et d'une certaine manière rappelait à Gideon les plus anciens de la Neuvième Maison, bien qu'elle n'ait jamais vu un vieil homme se tenir aussi droit et respirer à ce point la santé. On aurait dit un vieux chêne noueux qui aurait conservé tout son feuillage. Il était chauve, mais portait une petite barbe blanche très soignée, et un mince ruban d'or ornait son front. Son habit blanc, dépourvu de capuche, lui descendait jusqu'aux chevilles, et s'accompagnait d'une surcape de laine blanche brossée. Il portait une ceinture somptueuse, dorée, étincelante, brodée d'un enchevêtrement de pierres précieuses. Des fleurs, ou des sortes de fioritures, ou les deux. Elle semblait avoir été cousue il y a mille ans, et conservée avec amour depuis. Sa personne tout entière donnait une impression d'éternité et de perfection.

Harrowhark rangea son chapelet.

— Nous saluons la Première Maison, entonna-t-elle. Nous saluons le Roi Immortel.

— Nous saluons notre Seigneur par-delà le Fleuve, chevrota le prêtre, et vous souhaitons la bienvenue dans sa Maison ! Bénie soit la lady de la Neuvième, la Respectable Fille ! Les visites de la Neuvième Maison à la Première ont été rares au cours de cette myriade ! Mais je vois que votre cavalier n'est pas Ortus Nigenad.

Il y eut un bref silence, puis la voix d'Harrow s'éleva des profondeurs de sa capuche :

— Ortus Nigenad a abdiqué ses fonctions. Gideon Nav le remplace désormais en tant que première cavalière. Je suis Lady Harrowhark Nonagesimus.

— Alors bienvenue à Lady Nonagesimus et à Gideon la Neuvième, s'enthousiasma le petit prêtre. Lorsque vous aurez fini vos prières, vous descendrez au sanctuaire pour recevoir les honneurs de la Maison. Je suis l'un des gardiens de la Première Maison, l'un des serviteurs du Nécrolord Suprême. Vous m'appellerez *Professeur*, non pour mon érudition mais parce que je suis le représentant du magnanime Dieu vainqueur de la Mort, et je nourris l'espoir qu'un jour c'est *lui* que vous appellerez Professeur. Puissiez-vous l'appeler *Maître*, aussi, et puissé-je alors vous appeler *Harrowhark la Première* ! Allez en paix, Lady Nonagesimus, allez en paix, Gideon la Neuvième.

Gideon la Neuvième, qui aurait payé cher pour qu'on l'appelle n'importe comment sauf *Gideon la Neuvième*, se leva de concert avec sa maîtresse. Elles échangèrent un regard clairement hostile malgré le bandeau de voile de l'une et les verres teintés de l'autre, mais le moment était mal choisi pour faire un concours de grimaces. Gideon avait découvert plusieurs autres silhouettes en blanc allant et venant entre les navettes ou sortant de vastes doubles portes, mais elle mit un moment à se rendre compte qu'il s'agissait de squelettes vêtus d'une simple étoffe blanche nouée à la taille. Ils se servaient de longues barres de métal pour actionner le mécanisme assurant l'arrimage de chaque navette à son emplacement, avec cette étrange synchronicité qu'adoptaient les morts dès qu'ils travaillaient ensemble. Et puis il y avait les vivants, qui piétinaient par paires à côté de leur navette, visiblement mal à l'aise. Elle n'avait jamais vu autant de gens différents – autant de gens qui n'étaient pas issus de la Neuvième – et cette vision lui donna presque le tournis ; ce qui ne l'empêcha pas de détecter une anomalie dans le tableau.

— Je ne compte que six navettes, dit Gideon.

Harrowhark lui jeta un regard mauvais pour avoir parlé sans y être invitée, mais le petit prêtre, Professeur, eut un rire ravi.

— Oh, bien observé ! Très bien ! En effet, il y a eu un petit imprévu. Et nous n'aimons pas trop les imprévus. Cette terre est sacrée. Et on peut nous trouver excessivement prudents, mais nous considérons cette Maison comme sacro-sainte car elle est celle de notre Lord Empereur… comme vous pouvez l'imaginer, nous n'avons pas beaucoup de visiteurs ! Il y avait juste un petit problème à régler, dit-il, ajoutant sur le ton de la confidence : il s'agit de la Troisième et de la Septième. Mais tout va bien, tout va bien. Je suis sûr que leur autorisation d'atterrir est imminente. Un élément qu'il nous a fallu éclaircir. Une irrégularité, dans les deux cas.

— Une irrégularité, répéta Harrowhark, comme si elle faisait rouler un bonbon sur sa langue.

— Oui. La Troisième Maison teste toujours les limites… il fallait s'y attendre. Quant à la Septième, eh bien… tout le monde sait que… mais regardez : les voilà qui atterrissent.

La plupart des autres héritiers ainsi que leurs cavaliers avaient quitté leurs navettes, et les squelettes s'affairaient auprès des soutes pour décharger leurs bagages. Les deux dernières navettes entamèrent leur lente descente en spirale, une nouvelle bouffée d'air chaud fauchant l'assemblée tandis qu'elles s'immobilisaient dans une dernière vibration. De nouveaux squelettes équipés de barres de métal étaient déjà là pour les accueillir, ainsi que deux autres prêtres vivants, un par nouvelle navette. Eux aussi semblaient en excellente forme, et ils portaient des vêtements identiques à ceux de Professeur. Cela faisait donc un total de trois prêtres, et Gideon se demanda pourquoi il fallait absolument que ce soit la Neuvième qui ait une telle popularité auprès du public gériatrique. Les deux dernières navettes étaient venues se ranger sur les emplacements voisins de celui de la Neuvième : la Septième immédiatement à côté d'elle et la Troisième juste derrière, suffisamment près pour voir qui ou ce qui se trouvait à l'intérieur lorsque l'écoutille s'ouvrirait.

C'est avec le plus vif intérêt que Gideon vit non pas deux, mais trois personnages sortir de la navette. Le premier était un jeune homme à la moue boudeuse, aux airs de dandy gominé, portant une rapière richement ornée à la ceinture de son manteau boutonné jusqu'au cou. Le cavalier. Les deux autres étaient des jeunes femmes blondes, mais leur ressemblance s'arrêtait là : la première était grande, sculpturale, avec un sourire étincelant de blancheur et une cascade de boucles dorées. L'autre paraissait plus petite, insignifiante, avec des cheveux plats couleur beurre en conserve anémié, et un rictus tout aussi blême. En réalité, se corrigea Gideon, elles avaient la même taille ; c'est juste qu'au premier abord, son cerveau avait jugé cette proposition trop absurde pour l'accepter. On aurait dit que la seconde jeune femme était l'ombre affamée de la première, ou la première le reflet illuminé de la seconde. Quant au jeune homme, il avait l'air plutôt chiant.

Gideon les observa ouvertement jusqu'à ce que l'un des prêtres en habit blanc, quittant le trio à la hâte, vienne taper sur l'épaule de Professeur pour lui murmurer d'un air inquiet ce dont elle ne saisit que quelques bribes :

— … inflexibles… soutien de leur Maison… nées exactement… deux adeptes…

Professeur balaya l'inquiétude de son collègue d'un geste débonnaire.

— Que voulez-vous faire, que voulez-vous faire ?

— Mais c'est impossible !

— Ça finira par leur attirer des ennuis, commenta-t-il. Mais c'est leur problème.

Une fois l'autre prêtre parti, Harrow commenta d'un ton réprobateur :

— Les jumelles sont de mauvais augure.

Professeur sembla sincèrement amusé :

— Comme c'est charmant ! Oser affirmer qu'un mauvais augure pourrait sortir de la Bouche de l'Empereur !

La consternation fut plus grande encore face à l'équipage de la navette de la Septième. En effet, une fois l'écoutille ouverte par les squelettes, une silhouette titubante en sortit, en un ralenti douloureux – comme si le temps avait décidé de faire durer le spectacle pour frimer un peu – et tomba raide évanouie dans les bras du prêtre censé l'accueillir. Le vieil homme, singulièrement mal préparé à cette éventualité, vit ses bras et ses jambes ployer sous sa charge tandis que la silhouette, en équilibre précaire, menaçait de s'écraser au sol. Le devant de son habit blanc était maculé de sang frais. Il poussa un cri angoissé.

Gideon ne courait jamais, sauf nécessité absolue, mais là, elle courut. Ses jambes étaient aussi rapides que son jugement était mauvais, et elle se retrouva à récupérer le personnage effondré dans les bras du prêtre, qui laissa échapper un murmure ébahi. Elle déposa doucement son fardeau sur le sol, plaçant sa tête sur ses genoux. Aussitôt, la pointe glaciale d'une lame mordit sa capuche pour se poser sur sa nuque, juste à la base du crâne.

— Hé toi, fit Gideon, la tête parfaitement immobile. Dégage.

L'épée ne bougea pas d'un millimètre.

— Ce n'est pas un ultimatum. Juste, littéralement, laisse-la respirer.

Car, de toute évidence, la personne sur laquelle Gideon était penchée était une jeune femme. Une petite chose frêle à la bouche tachée de sang carmin. Vêtue d'une robe consistant en un amas compliqué de volants couleur écume, sur laquelle le sang avait un aspect particulièrement dramatique. Sa peau paraissait translucide, et l'effet était effrayant : sur le dos de ses mains comme sur ses tempes, ses veines dessinaient un enchevêtrement par trop visible de ramifications violettes. Elle ouvrit les yeux dans un clignement, d'immenses yeux bleus ourlés de longs cils bruns. La jeune femme toussa, cracha un caillot de sang qui ruina le tableau, et ses grands yeux s'écarquillèrent de consternation.

— Protesilaus, dit-elle. Baisse ton arme.

L'épée ne bougeant toujours pas, elle répéta avec humeur, après une nouvelle quinte de toux :

— Baisse ton arme, imbécile. Tu vas nous attirer des ennuis.

Sentant la pression de la lame disparaître, Gideon souffla enfin. Mais le soulagement fut de courte durée, puisqu'en lieu et place de la rapière, une main vint enserrer sa nuque et exercer une pression telle qu'on aurait dit qu'on voulait lui pulvériser l'occiput. Cette main ne pouvait appartenir qu'à une seule personne. Gideon se préparait mentalement à être jetée face contre terre lorsque la voix d'Harrowhark s'éleva, comme sortie des tréfonds d'un charnier :

— Votre cavalier, dit la lady de la Neuvième, a tiré sa lame contre ma cavalière.

Gideon manqua décéder sous l'effet du choc, mais fut ramenée à la vie par les étranges hématomes en train de se former sur ses cervicales. La jeune femme laissa échapper une quinte de toux misérable.

— Je suis profondément désolée ! Il est très protecteur… Il ne pensait pas… Oh mon Dieu ! Vous êtes des Vestales Noires ! Mon Dieu, vous êtes la cavalière de la Neuvième !

Elle cacha son visage dans ses mains, et Gideon crut qu'elle éclatait en sanglots, mais non : elle était secouée d'un fou rire.

— Bravo, Pro, souffla-t-elle. Elles pourraient demander réparation et tu finirais en pièce de choix dans un mausolée ! Lady ou lord de la Neuvième, veuillez accepter mes plus sincères excuses. Il a agi sans réfléchir, et moi comme une idiote.

— Oui, bon, dit Gideon. Vous vous êtes évanouie, c'est tout.

— Oui, je fais ça assez souvent, avoua-t-elle avec un nouvel éclat de rire cynique.

On aurait dit que c'était la meilleure chose qui lui soit jamais arrivée. Elle agita les mains comme si elle avait des vapeurs.

— Oh mon Dieu, j'ai été secourue par une adepte du culte de l'Ombre ! Je suis vraiment désolée ! Merci ! Voilà une anecdote pour les livres d'Histoire !

À présent que la menace de violence s'était éloignée, le prêtre se mit laborieusement à genoux. Il dénoua de sa taille son écharpe aux motifs prismatiques, puis eut un instant d'hésitation. La jeune femme lui adressa un petit signe de tête impérieux et il se mit à essuyer le sang sur sa bouche, avec révérence, semblant bien moins inquiet de tout ce désordre que… Gideon ne savait pas trop. Découragé ? Décontenancé ?

— Hélas, duchesse Septimus, dit le vieil homme d'une voix berçante, votre état est donc si avancé que cela ?

— En effet.

— Oh, lady, se lamenta-t-il, vous n'auriez pas dû faire le déplacement.

Elle sourit brusquement, découvrant des dents aux reflets écarlates.

— N'est-il pas d'autant plus beau que je sois venue ? dit-elle, levant les yeux vers Gideon, puis tendant le cou pour regarder Harrow, avant de joindre les mains. Protesilaus, aide-moi à me relever, que nous puissions nous excuser correctement. Je n'arrive pas à croire ma chance de voir d'aussi près de vraies jeunes gardiennes du Tombeau.

Deux bras énormes apparurent dans le champ de vision de Gideon et la jeune femme dont la tête reposait toujours sur ses genoux fut soulevée par un amas de muscles et de tendons d'un mètre quatre-vingts. Le type qui venait de pointer sa lame sur sa nuque était désagréablement baraqué. Ses biceps étaient désespérants. Il ne donnait pas pour autant l'impression d'être en bonne santé : on aurait plutôt dit un tas de citrons dans un sac. C'était un personnage épais, maussade, dont la peau rappelait l'étrange aspect translucide de celle de la jeune femme. À la lumière du soleil, il avait un teint cireux, probablement à cause de la sueur. Il portait la jeune femme sur une épaule, comme on porterait un bébé ou un tapis. Gideon le jaugea du regard. Ses vêtements de qualité semblaient abîmés par un usage quotidien : une longue cape d'un vert délavé, un kilt ceinturé et des bottes. Il portait une longue chaîne brillante enroulée autour du bras, et à la ceinture une rapière au pommeau en coquille. Il fixait Gideon d'un regard vide. *Tu es un putain de géant*, se dit-elle, *mais tu as l'air assez empaillé, et je parie que je peux te battre.*

La main qui enserrait toujours sa nuque se relâcha un peu. Et Gideon n'eut même pas droit à une bonne chiquenaude sur le crâne, ce qui était mauvais signe. Peu importe la punition qu'Harrow allait lui infliger, elle la lui infligerait plus tard, en privé, et elle serait vicieuse. Gideon avait merdé, mais ne le regrettait pas ; lorsqu'elle se releva en s'époussetant, elle vit que la lady de la Septième souriait. Avec son visage poupin, il était vraiment difficile de lui donner un âge. Elle pouvait tout aussi bien avoir dix-sept ans que trente-sept.

— Comment me faire pardonner ? dit-elle. Si ma Maison offense la Neuvième dès les cinq premières minutes, je risque de passer pour un grossier personnage.

— Faites en sorte que votre lame laisse ma cavalière tranquille, dit Harrow d'une voix sépulcrale.

— Tu l'as entendue, Pro, dit la jeune femme. Tu ne peux pas dégainer ta rapière comme ça à tout bout de champ.

Protesilaus, le regard toujours fixé sur Gideon, ne daigna pas répondre. Un silence gêné s'installa, que la jeune femme finit par rompre :

— Au moins, je peux maintenant vous remercier de votre aide. Je suis Lady Dulcinea Septimus, duchesse du château de Rhodes, et voici mon premier cavalier, Protesilaus le Septième. La Septième Maison vous remercie de votre aimable assistance.

Malgré cette présentation aussi affable que reconnaissante, la lady de Gideon se contenta d'incliner sa tête encapuchonnée, ses yeux bandés ne trahissant aucune réaction. Et c'est sur un ton de mépris glacial qu'elle déclara :

— La Neuvième Maison souhaite santé à Lady Septimus, et prudence à Protesilaus le Septième.

Sur ce, elle tourna les talons et disparut dans un bruissement sec d'étoffes noires.

Gideon n'avait d'autre choix que lui emboîter le pas. Elle n'était pas assez inconsciente pour rester. Mais avant de partir, elle croisa le regard de Lady Dulcinea. Celle-ci ne semblait ni offusquée ni horrifiée, au contraire : on aurait dit qu'avoir offensé la Neuvième Maison constituait un point d'orgue de son existence. Gideon aurait même juré qu'elle l'avait gratifiée d'un discret clin d'œil. Elle la laissa donc en compagnie du prêtre de la Première Maison, qui repliait avec une mine soucieuse son écharpe maculée de sang.

Elles avaient fait sensation. Les regards curieux de tous les autres adeptes et de leurs cavaliers étaient braqués sur les noires Neuvièmes. Celui de la jumelle anémiée de la Troisième, en particulier, mit Gideon mal à l'aise. Ses yeux pâles étaient plissés comme ceux d'un sniper le doigt sur la détente, et un sourire glaçant se dessinait sur ses lèvres. Il y avait quelque chose dans son regard fixe qui déplut d'emblée à Gideon, et elle soutint ce regard jusqu'à ce que la jumelle pâle baisse les yeux. Quant à l'expression du visage de Professeur, elle était bien difficile à interpréter. On aurait dit un mélange de mélancolie et de résignation. Il ne fit aucun commentaire sur l'intervention de Gideon, mais leur expliqua :

— Une anomalie sanguine accable la Septième Maison. Elle épargne la plupart des personnes porteuses du gène… mais s'avère fatale pour un petit nombre d'entre elles.

— Et le mal a été diagnostiqué chez Lady Septimus, Professeur ? demanda Harrowhark.

— Dulcinea Septimus n'était pas censée atteindre sa vingt-cinquième année, répondit le prêtre. Mais venez, venez… Nous sommes au complet, à présent, et nous avons déjà eu notre lot d'émotions fortes. Quelle journée, quelle journée ! Nous aurons assurément de quoi discuter, n'est-ce pas ?

Vingt-cinq ans, se dit Gideon, perdue dans ses pensées, ignorant le regard méchant d'Harrow derrière son voile qui promettait qu'il y aurait en effet beaucoup à discuter tout à l'heure et que ça allait barder. Vingt-cinq ans… Et dire qu'Harrowhark allait peut-être obtenir la vie éternelle. Tandis qu'elles marchaient docilement dans le sillage du prêtre, Gideon, repensant au discret clin d'œil de tout à l'heure, se sentit soudain infiniment triste.

I

8

On les invita à prendre place dans un vaste atrium qui rappelait plutôt une caverne ou un mausolée de la Neuvième, à ceci près que son magnifique plafond en verrière, crasseux et troué comme une passoire, laissait entrer de tels flots de lumière que Gideon se retrouva de nouveau à moitié aveugle. Des banquettes abîmées et de profonds canapés défoncés peuplaient la salle ; partout, le tissu était éventré, le rembourrage apparent, les accoudoirs et les dossiers cassés. Des plaids brodés, aux couleurs passées là où ils étaient exposés à la lumière, et luisants d'humidité partout ailleurs, collaient aux sièges comme autant de peaux momifiées.

Absolument tout, dans cette salle, était à la fois somptueux et déliquescent. L'atmosphère était très différente de la Neuvième, où des choses déjà laides à l'origine étaient désormais vieilles et décrépites. La Neuvième avait toujours été un cadavre, et les cadavres, sans surprise, se putréfient. La Première Maison, abandonnée, attendait en retenant son souffle d'être livrée à autre chose que le temps. Les sols étaient en *bois* (lorsqu'ils n'étaient pas en marbre strié d'or, ou en carreaux de mosaïque arc-en-ciel devenus lépreux avec l'âge et le délabrement général), et un majestueux double escalier, tendu d'un étroit chemin mangé par les mites, menait à l'étage supérieur. Les nombreuses craquelures de la verrière laissaient entrer des plantes grimpantes aux vrilles désormais sèches et grises. Les colonnes qui la soutenaient, en revanche, étaient recouvertes d'un épais tapis de mousse toujours vivace dans des tons d'orange, de vert et de marron. La mousse ombrait également les portraits anciens de touches de brun et de noir. Et on la retrouvait sur la vieille fontaine de marbre et de verre, à trois niveaux, qui n'accueillait plus qu'un fond d'eau croupie dans son bassin inférieur.

Harrowhark refusa de s'asseoir et Gideon, debout à côté d'elle, sentait l'air chaud et humide plaquer les pans de sa cape contre sa peau. Le cavalier de la Septième, Protesilaus, resta debout lui aussi, remarqua-t-elle, jusqu'à ce que sa maîtresse tapote l'assise du siège à côté d'elle, et qu'il prenne place docilement, sans une seconde d'hésitation. Les squelettes en costumes blancs passèrent dans les rangs avec des plateaux de thé âpre, d'un vert fumant – de drôles de petites tasses sans anse, brûlantes et douces au toucher, comme de la pierre mais plus lisse et plus fine. Le cavalier de la Septième en prit une, mais ne but pas. Son adepte avala une petite gorgée mais fut secouée d'une quinte de toux qui ne se calma que lorsque son cavalier, à sa demande, lui tapa vigoureusement dans le dos. Tandis que les autres nécromanciens et leurs cavaliers buvaient, diversement enthousiastes, Gideon tenait son gobelet comme s'il contenait une limace vivante. Elle n'avait jamais bu de boisson chaude de toute sa vie, et avala la moitié de son thé d'un coup. Le liquide, dont l'odeur était plus présente que le goût, lui brûla la gorge et l'œsophage, laissant une saveur herbeuse sur ses papilles cautérisées. Son noir à lèvres avait dessiné une trace sur le bord du gobelet. Elle s'étouffa discrètement, et la Respectable Fille la gratifia d'un regard à lui flétrir instantanément les intestins.

Assis au bord de la fontaine, leur gobelet à la main, les prêtres ne buvaient pas. À moins qu'on n'en ait caché quelques autres dans un placard, se dit Gideon, leur condition semblait bien solitaire. Le deuxième était le prêtre chancelant : elle observa ses frêles épaules voûtées tandis qu'il manipulait d'un air inquiet sa ceinture maculée de sang ; la troisième personne avait un visage doux et portait une longue natte poivre et sel. C'était peut-être une femme, peut-être un homme, peut-être ni l'un ni l'autre. Tous trois portaient les mêmes vêtements, ce qui les faisait ressembler à trois oiseaux blancs avec un ruban arc-en-ciel, mais seul Professeur avait l'air bien réel. Il était enthousiaste, intéressé, bien vivant. Le silence pénitent de ses collègues les faisait davantage ressembler aux squelettes alignés sur les côtés de la salle : silencieux et immobiles, une tache de lumière rouge dansant dans chaque orbite.

Une fois tout le monde mal installé sur les luxueuses épaves qui tenaient lieu de mobilier – occupé à finir son thé ou gardant gauchement son gobelet vide en main car ne sachant pas où le poser, et n'échangeant pas un mot avec ses voisins –, l'être tressé dit de sa voix pâle :

— Prions à présent pour le Seigneur de ce qui fut détruit, et souvenons-nous de l'étendue de sa miséricorde, de son pouvoir, et de son amour.

Gideon et Harrowhark gardèrent le silence tandis qu'une mélopée s'élevait dans la salle :

— *Que le Roi Immortel, rançonneur de la mort, fléau de la mort, vindicateur de la mort, veille sur les Neuf Maisons et entende leurs remerciements. Que tous, partout, s'en remettent à lui. Que ceux qui sont de l'autre côté du Fleuve prêtent serment par-delà la tombe à l'adepte divin, le premier parmi les nécromanciens. Louée soit la Nonuple Résurrection. Loués soient les Lycteurs ordonnés divinement. Il est Empereur et devint Dieu ; il est Dieu et devint Empereur.*

Gideon ne l'avait encore jamais entendue. Il n'y avait qu'une seule prière, dans la Neuvième. Les autres offices étaient soit des intercessions, soit des oraisons se déroulant au son des chapelets d'os. La plupart des personnes présentes avaient débité la prière comme si elles la récitaient depuis le berceau, à l'exception notoire de la montagne de chair humaine, Protesilaus, qui regardait droit devant lui sans même faire mine de remuer les lèvres, aussi immobiles que celles de la pâle jumelle de la Troisième. Les autres avaient entonné la prière sans hésitation, mais avec plus ou moins de ferveur. Une fois l'écho du dernier mot disparu, Professeur dit :

— Les dévotes du Tombeau Scellé nous feraient-elles la faveur d'une intercession ?

Toutes les têtes se tournèrent aussitôt vers elles. Gideon se figea. La Respectable Fille, parfaitement sereine, lâcha son gobelet dans les mains de Gideon et, devant une mer de visages

– certains curieux, d'autres las, et un seul (celui de Dulcinea) enthousiaste –, entonna :

— *Je prie pour que le Tombeau soit scellé pour l'éternité. Je prie pour que la pierre ne soit jamais écartée…*

Gideon avait vaguement conscience que le culte tel qu'on le pratiquait dans les sombres profondeurs de Drearburh n'avait pas grand-chose à voir avec celui des autres Maisons. Ce qui ne l'empêcha pas d'avoir un choc en voyant cette intuition confirmée. À en juger par l'expression de certains visages – patience polie, perplexité, voire carrément, dans un cas au moins, franche hostilité –, c'était une première pour tout le monde. Lorsqu'Harrow eut terminé, les trois prêtres avaient l'air enchanté.

— Comme de toute éternité, soupira le petit prêtre voûté, ravi, à la fin du maudit chant lugubre.

— Quelle chose merveilleuse que la continuité, déclara la tresse poivre et sel, ce qui la rendit immédiatement follement ennuyeuse.

— Soyez les bienvenus dans la Maison de Canaan, déclara Professeur. Si quelqu'un veut bien m'apporter la cassette.

L'assemblée silencieuse concentra son attention sur un des squelettes vêtus de blanc portant un petit coffre en bois. L'objet n'était pas plus large qu'un livre et pas plus haut que deux autres superposés, estima Gideon, pour qui tous les livres avaient sensiblement la même taille. Professeur ouvrit le coffret d'un geste décidé et appela :

— Marta la Deuxième !

Une jeune femme à la peau intensément sombre se mit au garde-à-vous. Son salut énergique faisait honneur à l'impeccable uniforme de la Cohorte, et sur le signe de Professeur, elle s'avança d'une démarche aussi raide que sa veste rouge d'officier et sa lavallière d'un blanc immaculé. Professeur sortit du coffret un anneau d'acier mat, à peu près de la taille du cercle formé par le pouce et l'index, et le lui tendit cérémonieusement, comme s'il lui remettait un précieux joyau. Quant à elle, sans manifester aucune surprise ni marquer aucune hésitation, elle prit l'anneau, salua une nouvelle fois, et retourna s'asseoir.

Professeur appela ensuite :

— Naberius le Troisième !

S'ensuivit une parade assez fastidieuse de cavalières et cavaliers à rapière d'allure diverse, qui à tour de rôle allèrent chercher leur mystérieux anneau d'acier. Certains, suivant l'exemple de la Deuxième, faisaient un salut militaire. D'autres, parmi lesquels Protesilaus le mastodonte, ne le jugèrent manifestement pas nécessaire.

La tension de Gideon croissait avec chaque nom. Mais lorsque, arrivé à la fin de sa liste, Professeur appela "Gideon la Neuvième !", elle fut déçue par la banalité de l'objet. Ce n'était pas un cercle parfait, ainsi qu'elle le croyait, mais une tige d'acier dont un bout chevauchait l'autre : un trou avait été percé à une extrémité, et l'autre bout y passait avant d'être rabattu à quatre-vingt-dix degrés. Il suffisait donc, pour l'ouvrir, de déplier la tige d'acier et de la faire repasser par le trou. Le métal était lourd et granuleux dans sa main. En regagnant sa place, elle vit qu'Harrow mourait d'envie de le lui arracher des mains, et le serra contre elle en un geste puéril.

Personne n'avait demandé ce qu'était cet anneau, ce que Gideon, honnêtement, trouvait plutôt débile. Elle se résignait déjà à poser la question elle-même lorsque Professeur annonça :

— À présent, les principes de la Première Maison et le deuil du Roi Immortel.

Tout le monde afficha de nouveau un air concentré.

— Je ne vais pas vous répéter ce que vous savez déjà, dit le prêtre. Je souhaite seulement vous donner quelques éléments de contexte. Les Lycteurs ne sont pas nés immortels. On leur a donné la vie éternelle, ce qui n'est pas du tout la même chose. Seize d'entre eux vinrent ici voici dix mille ans, une myriade, huit adeptes et les huit qui seraient ensuite connus comme leurs premiers cavaliers, et c'est ici qu'eut lieu leur ascension au rang de Lycteurs. Ces huit nécromanciens furent les Premiers après le Lord de la Résurrection ; ils ont répandu son assomption par-delà la noirceur de l'espace, jusqu'en ces lieux qui resteront aux autres à tout jamais inaccessibles. Chacun d'entre eux individuellement est plus puissant que neuf

Cohortes réunies. Cependant, il arrive que même les Lycteurs divins s'éteignent… et c'est ce qui s'est produit, peu à peu, au fil de ces dix mille années. Le deuil de l'Empereur n'a cessé de croître avec le temps. Mais ce n'est que maintenant, au crépuscule des huit Lycteurs originels, que l'Empereur a écouté les derniers d'entre eux, qui le suppliaient de leur accorder des renforts.

D'un geste du poignet, Professeur fit tournoyer le thé dans son gobelet.

— Vous avez été appelés à relever le terrible défi consistant à les remplacer, reprit-il. Votre réussite est tout sauf certaine. Que vous vous éleviez au rang de Lycteur, ou que vous échouiez dans cette entreprise, notre Clément Seigneur sait que ce qu'on exige de vous est titanesque. Vous êtes les honorables héritiers et gardiens des Huit Maisons. De grandes fonctions vous attendent. Si vous constatez que vous n'êtes pas une galaxie, mais une étoile, l'Empereur saura malgré tout que vous vous êtes tous deux soumis à cette terrible épreuve. – Ou dans votre cas, tous *trois*, ajouta-t-il en jetant un regard amusé aux jumelles et à leur morne cavalier. Cavaliers, si votre adepte échoue, vous aurez échoué ! Si vous échouez, votre adepte aura échoué ! Et en cas d'échec, individuel ou collectif, il ne vous sera pas demandé de ruiner vos vies en vous obstinant à vous mesurer à cette tâche impossible. Si vous êtes dans l'impossibilité de continuer, ou si vous décidez d'abandonner, personne ne vous forcera à poursuivre.

Puis il scruta l'assemblée comme s'il voyait tous ces visages pour la première fois. Gideon entendait Harrowhark se mordre l'intérieur des joues. Ses doigts étaient crispés sur ses os de prière.

— Il ne s'agit pas d'un pèlerinage où votre sécurité serait assurée, poursuivit Professeur. Vous allez être soumis à des épreuves, possiblement dangereuses. Vous allez travailler dur, vous allez souffrir. En toute franchise… vous allez peut-être même mourir… Mais je ne vois aucune raison de ne pas espérer qu'au final je n'aurai pas huit nouveaux Lycteurs devant moi, aux côtés de leurs cavaliers, héritiers d'une joie et d'un pouvoir qui retentissent depuis dix mille ans.

Ces dernières paroles s'infiltrèrent dans la salle comme l'eau dans du sable. Gideon elle-même sentit un frisson glacé lui parcourir l'échine.

— Maintenant, venons-en aux questions pratiques, reprit-il. Vous disposerez ici de tout ce dont vous avez besoin. Vous aurez vos propres appartements et serez servis par nos serviteurs. Ce n'est pas la place qui manque, ici. Tout espace non attribué pourra être utilisé pour faire office d'étude ou de salon, et toutes les salles et tous les livres sont à votre entière disposition. Nous menons une vie de pénitents : nourriture simple, ni lettres ni visites. Vous n'utiliserez aucun réseau de communication car ce n'est pas autorisé ici. À présent que vous êtes là, vous devez comprendre que vous resterez jusqu'à ce que nous vous renvoyions chez vous ou jusqu'à ce que vous réussissiez. Nous espérons que vous serez trop occupés pour ressentir solitude ou ennui. Pour ce qui est de vos instructions, voici ce que la Première Maison exige de vous.

L'assemblée tout entière retint son souffle – tous les nécromanciens du moins, ainsi qu'un bon nombre de cavaliers. Les articulations d'Harrow devinrent blanches. Gideon aurait bien voulu s'asseoir et faire une petite sieste en cachette. Tout le monde était en suspens, prêt pour l'énoncé du programme, sauf elle, à qui la perspective d'un cours magistral donnait envie de mourir. Ils allaient se taper un laïus sur les heures du petit-déjeuner, qui serait suivi d'une heure d'étude avec les prêtres, d'un cours d'*Analyse squelettale*, d'*Histoire sanguine*, d'*Études sépulcrales*, et puis, peut-être, du déjeuner, suivi de l'*Osséologie du Dr Squelette*. Son seul espoir résidait en la possibilité qu'il y ait aussi un cours du type *Combat à l'épée I*, *II* et *III*.

— Il vous est demandé, commença Professeur, de ne jamais ouvrir une porte fermée à clé sans en avoir l'autorisation.

L'assemblée était suspendue à ses lèvres. Mais il n'en dit pas plus. Toutes les personnes présentes regardaient le prêtre, et le prêtre les regardait, serein, les mains posées sur ses cuisses vêtues de blanc, un sourire vague aux lèvres. Quelque part dans un coin de la salle, *ping*, un clou tomba d'un cadre en train de moisir sur son mur.

— C'est tout, dit Professeur obligeamment.

Gideon vit la lueur d'excitation qui s'était allumée dans les yeux de l'assistance à la perspective de l'*Osséologie du Dr Squelette* s'éteindre brutalement. Une voix mal assurée s'éleva :

— En quoi consiste la formation, alors… comment devenir Lycteur ?

Le prêtre balaya l'assemblée du regard.

— Eh bien. Je n'en sais rien, dit-il.

Ces quelques mots les frappèrent comme la foudre. L'air se refroidit nettement. L'*Osséologie du Dr Squelette* n'était pas seulement morte, mais enterrée au fin fond de catacombes oubliées. Il suffisait de regarder le visage aimable et ouvert de Professeur pour comprendre qu'il n'était pas en train de se moquer d'eux. Tout le monde semblait stupéfait, indigné.

— C'est vous qui allez devenir Lycteurs, dit-il. Pas moi. Je suis convaincu que la manière de le faire vous apparaîtra clairement sans intervention de notre part. Car qui sommes-nous pour prétendre livrer nos enseignements aux Premiers après le Roi Immortel ? Puis il ajouta, avec un sourire : Bienvenue dans la Maison de Canaan !

*

Un squelette emmena Gideon et Harrow jusqu'à l'aile qui avait été réservée à la Neuvième. Dans les profondeurs de la forteresse de la Première, la somptueuse épave de la Maison de Canaan, fantomatique et imposant manoir en déliquescence, elles croisèrent de nombreuses statues en ruine disposées dans les couloirs, traversèrent des salles au plafond voûté emplies de lumière verte lorsque le soleil tombait sur les verrières recouvertes d'algues épaisses, virent des fenêtres aux vitres cassées ou abîmées par le vent et le sel, et de sombres alcôves, à l'odeur incroyable d'humidité. Elles n'échangèrent pas le moindre mot.

Jusqu'au moment où, une fois qu'on leur avait fait descendre les dernières marches menant à leurs appartements, Gideon, considérant les blocs d'obscurité dressés derrière les baies vitrées, lâcha sans réfléchir :

— La lumière ne marche plus.

Harrow se tourna vers elle pour la première fois depuis qu'elles avaient quitté la navette, les yeux luisants comme des scarabées derrière son voile, la bouche pincée comme le trou du cul d'un chat.

— Gigi. Cette planète tourne plus vite que la nôtre.

Et, devant l'expression ahurie de Gideon, elle compléta :

— C'est la *nuit*, patate.

Fin du dialogue.

La disparition de la lumière, étrangement, suscita une grande fatigue chez Gideon. Elle ne pouvait oublier sa présence. La journée la plus lumineuse de Drearburh était plus sombre que la plus sombre des ombres de la Première. Il s'avéra que leur aile était située juste en contrebas de la baie d'amarrage ; il y avait quelques lumières, ici, de l'autre côté des immenses fenêtres, et les piliers d'acier qui soutenaient la plateforme dessinaient de grandes ombres bleues. Loin en contrebas, on entendait le rugissement de la mer invisible. Il y avait un lit pour Harrow – une vaste estrade entourée de rideaux duveteux et déchirés – et un autre pour Gideon, au pied de celui d'Harrow, ce qui était évidemment absolument hors de question. Elle emporta donc un tas de couvertures moisies et d'oreillers dans la pièce voisine et les jeta devant l'une des baies vitrées, laissant Harrow seule dans la chambre avec un regard noir et des pensées sans doute plus sombres encore. Gideon était trop épuisée pour se laver le visage ou même se déshabiller correctement. L'épuisement était monté de ses orteils, lui picotant les mollets, figeant le bas de sa colonne vertébrale.

Tandis qu'elle contemplait par la fenêtre la noirceur bleutée de la nuit qui succède au jour, Gideon entendit un grincement sonore provenant de la baie : le crissement cadencé du métal frottant sur le métal. Un instant plus tard, elle vit, pétrifiée, l'une des navettes hors de prix basculer telle une suicidée, énorme et silencieuse, en bas de la plateforme. Elle sembla rester suspendue dans les airs, grise et brillante. Puis elle disparut de son champ de vision. À sa gauche, une autre, et à sa gauche, une autre encore. Puis le crissement cessa. Des pas de squelettes s'éloignèrent.

Et Gideon s'endormit.

ACTE II

9

Gideon ouvrit les yeux sur un plafond inconnu. Elle avait un goût duveteux sur la langue et une excitante odeur de moisissure dans les narines. Les rayons de lumière rouge transperçant ses paupières la firent revenir à elle instantanément. Blottie dans son nid de vieilles couvertures, elle passa un long moment à simplement regarder autour d'elle.

Les quartiers de la Neuvième consistaient en de vastes pièces délabrées, profondes mais plutôt basses de plafond, et pourvues d'immenses fenêtres. La baie d'amarrage qui les surplombait projetait une large ombre fraîche à l'extérieur, et adoucissait à l'intérieur la lumière des chandeliers électriques ornés de cristaux noirs. Pour quelqu'un qui en avait l'habitude, l'atmosphère était sans doute paisible et tamisée, mais Gideon, en sa première matinée dans la Première, y voyait plutôt l'incarnation de la migraine. Quelqu'un, il y a très longtemps, avait luxueusement décoré ces appartements dans les tons de pierres mortes : rubis sombre, saphir sombre, émeraude sombre. On accédait aux portes, légèrement surélevées, par d'élégantes rampes minérales. Rares étaient les meubles qui ne semblaient pas sur le point de tomber en poussière. Mais les plus ordinaires d'entre eux étaient plus élégants que les objets de famille les plus distingués de la Neuvième. Gideon appréciait particulièrement la longue table basse sertie de verre noir qui trônait au milieu de leur séjour.

Son premier geste fut de rouler sur le côté pour saisir sa lame. Aiglamene avait passé la moitié de son entraînement à convaincre Gideon de se servir de sa rapière plutôt que de son épée à deux mains, et Gideon en était arrivée à dormir la main sur la poignée de la rapière pour tenter de s'y habituer. Un mot était coincé sous ses doigts :

Ne parle à personne.

— Comme si j'allais taper la discute avec le premier venu, commenta Gideon, avant de lire la suite :

J'ai pris l'anneau.

— Harrow ! s'indigna Gideon en fouillant frénétiquement ses poches.

L'anneau avait bel et bien disparu. Il n'y avait pas d'erreur plus grande ni plus stupide que de laisser Harrowhark Nonagesimus vous approcher dans un moment de vulnérabilité ; elle aurait dû miner le seuil de sa porte. Et elle se fichait de l'anneau, c'était l'affront sans cesse renouvelé qui la rendait dingue : le fait qu'Harrow considère toujours ce qui appartenait à Gideon comme propriété commune. Elle essaya de se remonter le moral en se disant qu'au moins, Harrow n'était pas dans les parages, une pensée qui aurait égayé n'importe qui.

Gideon ôta sa cape et se libéra de son pantalon et de sa chemise humides de sueur. Elle ouvrit plusieurs portes et finit par tomber sur la plus vaste salle de bains qu'elle avait jamais vue, si vaste qu'on pouvait littéralement s'y promener. Elle étendit les bras sans parvenir à toucher les murs parés de pierre lisse, luisants comme du charbon lorsqu'ils étaient intacts, plus ternes aux endroits où ils étaient abîmés. Jouer les cavalières n'était peut-être pas si mal, en fin de compte. L'éclat du sol en dalles de marbre n'était terni que par quelques taches de moisissure. Il y avait une vasque avec des robinets que Gideon identifia comme un lavabo, parce qu'elle avait lu beaucoup de bandes dessinées et, creusée dans le sol, une cavité de la taille d'une personne dont elle ne savait pas du tout à quoi elle servait. Le nettoyeur sonique était allumé, luisant doucement à côté d'une cabine rectangulaire surmontée d'une sorte de jet bizarre.

Gideon actionna un levier à côté du robinet, et de l'eau jaillit du jet : elle fit un bond en arrière en poussant un cri avant de trouver le courage de retourner le fermer. Poursuivant son inspection, elle identifia un gros bloc de savon (mais dans la Neuvième le savon était fabriqué à partir de graisse humaine, donc non merci), et un distributeur de gel antibactérien. Elle décida d'opter pour un nettoyage sonique et utilisa le gel pour se débarrasser de son maquillage barbouillé. Ainsi nettoyée, avec des vêtements propres et sa cape également passée au sonique, elle se sentait plutôt contente d'elle-même lorsqu'elle avisa une nouvelle note, laconique, sur la porte d'entrée automatique :

Maquille-toi, patate.

Il y en avait encore une autre sur le pot de maquillage, qu'un des serviteurs squelettes avait obligeamment placé sur une des étagères les moins instables :

Ne me cherche pas. Je travaille. Fais profil bas, ne t'attire pas d'ennuis. Surtout, je répète : ne parle à personne.

Une autre encore était coincée sous le pot :

Et quand je dis personne, c'est personne : ni vivant, ni mort.

Et dans la boîte, encore une :

Maquille-toi convenablement.

— Tes parents ont dû être tellement soulagés de mourir, dit Gideon à voix haute.

De retour dans la salle de bains, elle étala au coton le fond de teint couleur albâtre sur son visage et se fit le maquillage typique des nonnes : gris clair en fond, noir sur les lèvres et dans le creux des yeux et des joues. Gideon fut rassurée en ayant un mouvement de recul lorsqu'elle se vit dans le miroir fendu : une tête de mort ricanante surmontée d'une masse incongrue de cheveux roux et parsemée de quelques boutons d'allergie. Elle sortit ses lunettes de soleil de la poche de sa cape et les mit pour compléter le tableau “film d'horreur”.

Se sentant tout de même un peu réconciliée avec la vie, sa rapière dansant sur sa hanche, c'est donc en cavalière de la Neuvième que Gideon s'avança avec raideur dans les couloirs délabrés de la Maison de Canaan. L'atmosphère était agréablement tranquille. Elle entendit au loin les bruits d'une maison habitée – bruits de pas, gémissement flou de l'autoaérateur, martèlement reconnaissable entre tous de pieds de squelettes sur les tapis usés – et elle revint sur ses pas de la veille jusqu'à l'atrium. De là, elle suivit son instinct.

Et son instinct la mena jusqu'à une salle ensoleillée surmontée d'une verrière. Elle contenait plusieurs équipements modernes qui semblaient déposés au hasard au milieu de précieuses antiquités, et avaient l'air d'intrus à côté des tapisseries murales et des ornements noircis. Des filets étaient tendus entre les chevrons pour empêcher les oiseaux d'entrer, car la verrière était percée de trous suffisamment grands pour laisser passer un humain. Une fontaine d'eau fraîche fixée au mur par de vieux anneaux de béton gargouillait tranquillement ; on apercevait son réservoir et son système de filtrage juste en dessous. Il y avait aussi un certain nombre de longues tables usées, de grandes planches de bois passées à l'antibactérien, dont les pieds dépareillés laissaient penser qu'on avait sacrifié au moins une demi-douzaine de leurs ancêtres pour les assembler. La salle pouvait accueillir une cinquantaine de personnes. La lumière du matin l'inondait de ses rayons jaune électrique, prenant des reflets verts lorsqu'elle tombait sur les plantes vivantes et marron lorsqu'elle touchait les plantes mortes. Gideon était bien contente d'avoir mis ses lunettes de soleil.

La salle était presque vide : il n'y avait là que quelques-uns des autres candidats, en train de finir leur repas. Gideon prit place à trois tables du plus proche convive et les observa sans vergogne. Un homme partageait la table d'une paire d'affreux adolescents. Plus jeunes que Gideon, ils étaient encore en train de perdre leur bataille contre la puberté. Le garçon portait un habit bleu marine à galons, la fille un fourreau orné de pierres précieuses sur le dos, et lorsque Gideon avait fait son entrée dans la pièce, tous deux avaient suivi des yeux l'adepte de la Neuvième avec un intérêt non dissimulé, un respect mêlé de crainte. L'homme qui accompagnait la paire d'ados avait un visage aimable, jovial, des cheveux bouclés, des vêtements d'excellente qualité et une rapière superbement travaillée à la ceinture. Gideon lui donnait environ trente-cinq ans. Il était assez audacieux pour la saluer d'un signe de la main. Mais avant qu'elle ait pu réagir, un squelette déposa devant elle un bol de soupe verte, à l'odeur aigre, et un énorme morceau de pain au levain, et sans plus attendre, elle se mit à manger.

Ces squelettes étaient vraiment très sophistiqués. Le sien revint avec une tasse de thé brûlant sur un plateau et attendit docilement qu'elle se serve pour repartir. Gideon avait déjà remarqué leur motricité fine à rendre jaloux tous les nécromanciens : ils bougeaient avec une conscience de leurs gestes et une synchronicité parfaites. Et elle en connaissait un rayon sur le sujet. On ne pouvait passer autant de temps qu'elle l'avait fait dans la Neuvième sans acquérir une connaissance inquiétante des squelettes. Elle aurait pu remplacer le prof d'osséo au pied levé, sans réviser le moindre théorème. Chacun de ces squelettes obéissait à une programmation si complexe que les plus anciens et noueux nécromanciens du Tombeau Scellé auraient mis plusieurs mois à la concevoir. Si elle n'avait pas eu si faim, Gideon aurait été plutôt impressionnée.

Les affreux ados chuchotaient sur un ton animé, regardaient Gideon, se regardaient, se remettaient à chuchoter de plus belle. Leur respectable voisin de table les réprimanda sèchement. Ils se turent à contrecœur, continuant toutefois à la gratifier régulièrement d'un regard sombre par-dessus leur bol de soupe, loin de se douter que Gideon était parfaitement immunisée contre ce genre de choses. Pendant des années, dans la Neuvième, elle avait enduré tous ses repas sous le regard si extraordinairement lugubre de Crux que son porridge prenait un goût de cendre dans sa bouche.

Gideon avait à peine terminé de manger qu'un squelette vêtu de blanc vint la débarrasser de son bol et de son assiette.

Elle aspirait prudemment le thé entre ses dents, s'efforçant de ne pas manger la moitié de son maquillage par la même occasion, lorsqu'une main tendue apparut sous son nez.

Elle appartenait à l'homme au visage affable. De près, elle vit qu'il avait la mâchoire carrée, un visage d'incorrigible optimiste et de jolis yeux. Gideon fut sincèrement surprise de constater qu'il était timide, et plus encore qu'elle était soulagée d'être sous le coup de cette interdiction formelle de parler énoncée par Harrow. Gideon Nav, privée de tout maudit contact pendant des années, à l'exception de moines porteurs de missels ou de nonnes en état d'ostéoporose avancée, aurait dû ressentir un besoin irrépressible de parler. Mais elle se rendit compte qu'elle n'avait pas la moindre idée de ce qu'elle aurait pu dire.

Il se présenta :

— Magnus le Cinquième. Sir Magnus Quinn, premier cavalier et sénéchal de la cour de Koniortos.

Trois tables plus loin, les infâmes ados commentèrent son audace avec force gémissements : perdant tout semblant de respectabilité et de retenue, ils meuglèrent son nom sur un ton plaintif d'animaux blessés, *Magnus ! Maaaaagnus*. L'intéressé les ignora complètement. Gideon avait hésité un peu trop longtemps à lui serrer la main, et bien élevé comme il l'était, il interpréta son hésitation comme un refus et se contenta de frapper doucement quelques coups sur la table.

— Pardonnez-nous, dit-il. Nous ne voyons pas beaucoup de Vestales Noires dans la Quatrième ou la Cinquième, et mes valeureux compagnons de la Quatrième sont un peu, euh, dépassés par les événements.

(— Noooon, Magnus, ne dis pas qu'on est dépassés par les événements, gémit la fille.

— Ne parle pas de nous, Magnus, gémit le garçon.)

Gideon repoussa bruyamment sa chaise et se leva. Magnus Quinn, Magnus le Cinquième, était trop mûr et trop expérimenté pour tressaillir stupidement, mais l'obscure réputation qui précédait la Neuvième Maison (et que Gideon commençait tout juste à entrevoir) le poussa à écarquiller imperceptiblement les yeux. Ses vêtements étaient sobres mais de belle facture, il avait l'air soigné et élégant, sans être intimidant pour autant, et elle se détesta d'entendre aussitôt dans sa tête la voix impérieuse d'Harrow : *Nous ne deviendrons pas une annexe de la Troisième ou de la Cinquième Maison !*

Elle le salua d'un signe de tête un peu maladroit, ce dont il fut si soulagé qu'il hocha vigoureusement le menton, deux fois, avant de se ressaisir.

— Santé à la Neuvième, dit-il sur un ton solennel, avant d'adresser aux infâmes ados un signe de tête signifiant si clairement *Allez ! On y va !* qu'ils ne purent l'ignorer.

Ils poussèrent leurs bols vers deux squelettes voûtés qui attendaient près de leur table et sortirent, penauds, dans le sillage de leur aîné, laissant Gideon seule mais amusée.

Elle attendit que leurs voix meurent au loin ("Non mais vraiment, vous deux, les grondait Magnus, on dirait que vous avez été élevés dans une étable"), rajusta ses lunettes de soleil sur son nez et, les mains dans les poches de sa cape, partit dans la direction opposée à celle que venaient de prendre Magnus et les petits merdeux de la Quatrième, en descendant pour commencer les quelques marches d'un petit escalier. Gideon n'avait ni obligations ni rendez-vous particuliers, ni ordres ni but précis, et accompagnée du bruissement de sa cape sur ses chevilles et de la lumière toujours plus forte, elle décida de se promener un peu.

La Maison de Canaan était un labyrinthe de salles et de couloirs, de cours intérieures et d'escaliers soudains qui plongeaient dans l'obscurité pour déboucher sur de massives portes rouillées, surmontées de sortes de corniches, qui devaient immanquablement résonner d'un profond *clang*, même quand on les fermait tout doucement. Plus d'une fois, Gideon tourna le coin d'un couloir pour retrouver tel palier qu'elle pensait avoir laissé plusieurs kilomètres derrière elle. Elle s'arrêta un moment à l'extérieur, sur une terrasse délabrée, contemplant les immenses piliers rouillés disposés en cercle autour de la tour. Sur un côté, la surface de la mer était parsemée de blocs de béton plats, comme des pierres de gué, humides et géométriques dans l'eau, momifiés par les algues. La mer avait donc, il y a bien longtemps, englouti d'autres bâtiments. On aurait dit des têtes carrées aux longs cheveux gluants qui vous jetaient un regard suspicieux par-dessus les vagues. L'air du dehors lui donnant un peu le tournis, elle retourna à l'intérieur.

Il y avait des portes partout, une multitude de portes, une véritable collection de portes : des portes de placards, des portes automatiques en métal, des portes à l'accès barré dans de sombres couloirs, des portes qui lui arrivaient à la taille et n'avaient pas de poignée, des portes à moitié pourries dont la nudité la transformait en voyeuse, dévoilant l'intérieur des pièces plus qu'elles ne le cachaient. Toutes ces portes devaient être magnifiques autrefois, même celles des placards à balais. Ceux qui avaient vécu dans la Première Maison avaient vécu dans la beauté. Les plafonds étaient toujours hauts et gracieux, les moulures toujours élégantes, mais tout tombait en ruine, et à un moment, le pied de Gideon traversa tout bonnement une portion de parquet particulièrement pourrie, et elle se retrouva la jambe dans le vide. Cette Maison était un coupe-gorge.

Elle descendit un étroit escalier de métal. La Maison semblait constamment changer de niveau, sans jamais la laisser aller bien loin, mais cette fois, les marches la firent descendre en des profondeurs inédites. Elles menaient à un vestibule carrelé dont les lampes, refusant de s'allumer tout à fait, clignotaient désespérément. Arrivée là, Gideon poussa une massive double porte menant à une salle pleine d'échos où ses narines se dilatèrent. Il y régnait une forte odeur de produits chimiques, qui semblait provenir du vaste trou rectangulaire et crasseux qui s'ouvrait au centre de la pièce. Carrelé de dalles usées, il rivalisait sans problème avec les parties les plus anciennes et les plus sordides de la Neuvième. Une échelle en métal menait au fond, mais il n'y avait vraiment aucune raison de descendre là-dedans.

Continuant son exploration, elle jeta un œil à travers une double porte vitrée graisseuse. De l'autre côté, à l'autre bout de la salle, une silhouette voûtée vêtue d'une cape noire la regardait. Mue par un réflexe, elle saisit sa rapière… et l'autre, instantanément, fit exactement le même geste.

Bien joué, abrutie, se dit Gideon en se redressant. *C'est un miroir.*

C'était effectivement un miroir, un immense miroir qui couvrait la totalité du mur du fond de la salle. Elle pressa son visage contre la porte de verre. Le sol de la pièce était composé de vastes dalles de pierre, lissées et usées par les pieds qui les avaient foulées pendant d'innombrables années. Il y avait également un bassin rouillé et un robinet, et une serviette de toilette abandonnée là depuis Dieu sait combien de temps, qui se décomposait en une chute de fils de coton arachnéens. Des épées rouillées étaient fixées aux panneaux rouillés qui couvraient les murs. Quelque part en haut, une fenêtre laissait passer les rayons du soleil, qui déversaient dans la pièce des torrents de poussière dorée. Gideon aurait adoré cette salle d'armes à son heure de gloire, mais aujourd'hui… on la paierait qu'elle refuserait de toucher ces vieilles lames oxydées.

De retour dans le vestibule aux lumières vacillantes, elle découvrit une autre porte juste à côté de l'escalier. Elle ne l'avait pas vue avant car elle était presque entièrement masquée par une tapisserie murale, mais un des coins s'était déplacé, laissant entrevoir le chambranle. Tirant sur le vieil ouvrage moisi comme on ouvre un rideau, elle découvrit une porte de bois sombre ; elle tourna la poignée et avisa un long couloir aveugle, éclairé par une série de plafonniers se réveillant sur son passage avec des *clunk… clunk… clunk* successifs, traçant un chemin jusqu'à une porte énorme, qui semblait totalement incongrue à cet endroit. Elle était encadrée de lourdes colonnes surmontées d'intimidants chapiteaux de pierre. L'effet d'ensemble n'était pas particulièrement accueillant. La porte elle-même se composait de dalles transversales de pierre noire insérées dans un cadre biseauté de la même matière. Un étrange relief était sculpté au-dessus du linteau, à l'intérieur d'un panneau modelé. L'écho des bottes de Gideon retentit sur les dalles brillantes lorsqu'elle s'approcha pour mieux voir. Le relief représentait cinq petits cercles reliés par des lignes. Gideon n'avait jamais vu ce motif. En dessous, une barre de pierre massive était gravée d'une guirlande de feuillage avec, au sommet de chaque ondulation, un crâne d'animal affublé de longues cornes pointues qui s'entortillaient jusqu'à presque se rejoindre. De minces colonnes soutenaient cette étrange bordure minérale et, blotti autour de chacune d'elles, un animal était gravé de manière à donner l'illusion qu'il était en train de s'enrouler autour de la pierre – un gros machin rampant, enflé, monstrueux. Gideon toucha le marbre gravé, sentant les petites écailles sous ses doigts, la bordure entre le ventre strié et le dos de l'animal. La pierre était glaciale.

La porte n'avait ni poignée ni heurtoir. Juste un trou sombre, qui semblait fait pour une clé au panneton de la taille du pouce de Gideon. Elle se pencha pour regarder par le trou de la serrure et ne vit… rien du tout. Évidemment, elle eut beau pousser, tirer, mettre les doigts dans la serrure, rien n'y fit. Cette maudite porte était fermée.

Étrange, se dit Gideon.

De retour dans le vestibule claustrophobe, elle remit la tapisserie en place de façon à dissimuler entièrement la porte. Cette pénombre était parfaite. Personne ne la trouverait de sitôt. C'était un geste stupide et pervers, typique des mystères de la Neuvième, qu'elle avait accompli par pur réflexe, et elle s'en voulut d'y trouver un tel réconfort.

Soudain, des voix lui parvinrent du palier au-dessus d'elle. Par un autre automatisme typique de la Neuvième, Gideon se cacha immédiatement sous l'escalier, comme elle l'avait fait un million de fois pour éviter le maréchal de Drearburh, Harrowhark, les abominables grands-tantes ou autres nonnes du Tombeau Scellé. Gideon ne savait absolument pas de qui elle se cachait, mais se cacher était devenu une seconde nature. Les répliques d'une conversation animée, menée à voix basse, tombèrent dans ses oreilles.

— Tout ce baratin mystique, dit une voix avec humeur, je ne sais pas ce qui me retient d'écrire à ton père pour me plaindre…

— Te plaindre de quoi ? répliqua une voix traînante, de ce que la *Première Maison* ne nous traite pas correctement ?

— Une énigme de pensée latérale n'est pas une épreuve sérieuse, et plus j'y pense, plus je trouve incroyable que ce vieux schnock ne sache absolument rien. Des vieux déments qui se livrent à des petits jeux psychologiques ou pire pour – c'est ma théorie – voir qui craquera en premier…

— Et revoilà ces bonnes vieilles théories conspirationnistes, commenta la deuxième voix.

— Et pourquoi les navettes auraient-elles disparu ? s'indigna la première. Pourquoi cet endroit est-il un tel dépotoir ? Pourquoi tous ces mystères ? Cette bouffe dégueulasse ? Parce que c'est une conspiration. CQFD.

Il y eut un silence.

— Je ne trouve pas que la bouffe soit dégueulasse, dit une troisième voix.

— Je vais vous dire ce qui se passe ici, reprit la première. C'est un sale bizutage du style de ce qui se fait dans la Cohorte. Ils attendent de voir qui est assez bête pour mordre à l'appât. Qui tombe dans le panneau, vous voyez. Eh bien, ce ne sera pas *moi*.

— À moins que… dit la deuxième voix (dont la tonalité, se dit Gideon, ressemblait beaucoup à la troisième… à vrai dire, seules les émotions semblaient les distinguer), le défi ne soit d'ordre protocolaire : c'est à *nous* d'apporter une réponse valable à une question nécessairement vague, pour nous authentifier. Créer du sens à partir d'une situation dépourvue de sens. *Et cetera.*

— Oh, pitié, se lamenta la première voix.

Agitation, mouvement. Les échos de pas sur les marches de l'escalier : les trois personnages étaient en train de descendre.

— En tout cas, je me demande où le drôle de petit vieux a caché les navettes, dit la troisième voix, songeuse.

— Il a dû les jeter par-dessus bord, dit la deuxième.

— Ne dis pas n'importe quoi, répliqua la première, ces engins coûtent une fortune.

Cachée dans l'ombre au bas des marches, Gideon vit alors qui étaient les trois interlocuteurs : les étranges héritières jumelles de la Troisième Maison, accompagnées de leur cavalier boudeur et affecté. D'aussi près, Gideon fut encore plus impressionnée. La jumelle aux cheveux d'or était sans doute la personne la plus belle qu'elle avait jamais vue. Elle était grande, altière, radieuse, comme un papillon – sa chemise était rentrée n'importe comment dans son pantalon, et son pantalon n'importe comment dans ses bottes, mais elle n'était que brillance, lustre et topaze. Les nécromanciens affectionnaient les capes comme les cavaliers leur épée, mais la sienne était simplement posée sur ses épaules, et le voile transparent strié d'or flottait autour de celles-ci comme une paire d'ailes. Elle portait des bagues à tous les doigts et des boucles d'oreilles à faire pâlir de honte un chandelier, mais cette démesure avait un côté innocent, désordonné, comme si elle avait mis toutes les plus belles choses de sa boîte à bijoux en même temps et avait oublié de les enlever. La sueur avait collé quelques petits cheveux dorés sur son front, et elle ne cessait de jouer avec une de ses mèches, l'entortillant autour du doigt avant de la relâcher avec un naturel déconcertant.

Sa jumelle donnait l'impression qu'on avait démonté la première et remonté les pièces détachées sans aucune inspiration. Elle portait une cape de la même étoffe et de la même couleur, mais sur elle, on aurait dit un somptueux linceul sur une momie. Quant à leur cavalier, il arborait une masse de cheveux impressionnante, un visage aquilin et une petite veste arrogante.

— Eh bien *moi*, dit la jumelle lumineuse, je pense que c'est beaucoup mieux que de nous enfermer dans une maudite pièce pour nous faire jouer au *Meilleur nécromancien* ou, pire encore, de nous enterrer sous une montagne de vieux parchemins pour nous faire traduire des rituels pendant des heures.

— Oui, ç'aurait été fâcheux, admit sa sœur d'un ton placide, puisqu'il aurait suffi de cinq minutes pour qu'on se rende compte que tu es complètement stupide.

Nouvelle mèche enroulée autour d'un doigt.

— Oh, ferme-la, Ianthe.

— Honnêtement, on devrait plutôt fêter ça, poursuivit la jumelle pâle, parce que si ton QI de bimbo est un secret de Polichinelle, il aurait été dévoilé à tout le monde en un éclair.

Lâcher de boucle avec un *boing* bien visible.

— Ianthe, je vais me fâcher.

— Oh non, ne te fâche pas, dit sa sœur. Ça risquerait de détruire tes derniers neurones.

Leur cavalier eut une moue dédaigneuse.

— Tu es jalouse, Ianthe, dit-il sèchement. Tu n'as pas l'occasion de faire la maligne avec tes livres, alors tu te sens invisible, c'est ça ?

La réaction des deux sœurs ne se fit pas attendre. Et si la jumelle pâle se contenta de le dévisager, les yeux réduits à deux fentes bordées de cils pâles, la jolie jumelle prit une de ses oreilles entre le pouce et l'index et la tordit impitoyablement. Il n'était vraiment pas petit, mais elle faisait une demi-tête de plus que lui, une entière en comptant les cheveux. Sa sœur, en retrait, la regardait, impassible… mais Gideon aurait juré la voir sourire imperceptiblement.

— Si tu lui parles encore une fois sur ce ton, Babs, dit la jumelle dorée, je te démolis. Demande-lui pardon.

Le cavalier, consterné, essaya de se défendre.

— Allez, tu sais bien que je… j'ai dit ça pour toi… pour répondre à cette insulte…

— Elle a le droit de m'insulter autant qu'elle veut. Toi, tu es insolent. Excuse-toi.

— Princesse, je ne vis que pour servir…

— Naberius ! s'exclama-t-elle, tirant si fort sur son oreille qu'il fut obligé de suivre son mouvement, comme un cheval portant un mors.

Deux plaques rouges d'indignation s'étaient formées sur ses joues. La jolie jumelle agita son oreille, et il dodelina de la tête.

— Rampe, Babs. Le plus tôt sera le mieux.

— Arrête, Corona, dit soudain l'autre. Ce n'est pas le moment de perdre notre temps. Lâche-le, poursuivons notre chemin.

La jumelle lumineuse – Corona – hésita un instant, mais finit par lâcher l'oreille du malheureux cavalier, qui la frotta d'un air agacé. Gideon ne voyait que l'arrière de sa tête, mais s'il regardait toujours la jeune femme qui venait de le réprimander comme un chien désobéissant, la ligne arrogante de ses épaules s'était effondrée.

Avec une fougue soudaine, Corona passa un bras autour des épaules de son cavalier et se dirigea avec lui vers la salle attenante, en pinçant son autre oreille – il se dégagea d'un air maussade –, tandis que la jumelle pâle leur tenait la porte.

Alors que tous deux entraient en poussant des exclamations horrifiées à cause de l'odeur, la jumelle pâle se retourna sur le seuil, et son regard transperça l'ombre profonde qui enveloppait le bas de l'escalier. Gideon se savait bien cachée et parfaitement invisible sous sa capuche, mais elle recula instinctivement d'un pas, pour échapper au regard délavé, fixé sur elle avec une précision déconcertante.

— Ce n'est pas une entrée en matière très intelligente, dit la jumelle pâle d'une voix doucereuse. Personnellement, je n'attirerais pas l'attention d'une nécromancienne de la Troisième.

Sur ces paroles, elle franchit le seuil de la salle et referma la porte derrière elle, laissant Gideon seule avec ses réflexions.

10

Harrowhark ne se présenta pas au repas de midi. Gideon, qui n'était pas encore habituée au concept de *repas de midi* ni même, honnêtement, à *midi* tout court, fit son apparition dans la salle une bonne heure avant tout le monde. Soit les autres avaient un rythme circadien bien réglé qui leur donnait faim aux bonnes heures, soit ils étaient trop bien élevés et endoctrinés par leur Maison pour écouter leurs besoins. De nouveau installée à une des longues tables de la chaude salle délabrée où elle avait pris son petit-déjeuner, Gideon eut cette fois droit à une assiette contenant un morceau de viande livide et une poignée de feuilles vertes. Heureusement qu'elle était toute seule, parce qu'elle n'avait aucune idée de comment procéder. Elle décida de manger la viande à la fourchette – pas besoin de couteau : elle était si tendre qu'elle s'émiettait dès qu'on la touchait – et les feuilles avec les doigts, une par une. Elle en avait déjà avalé la moitié lorsqu'elle réalisa qu'il s'agissait probablement d'une salade. Dans la Neuvième, les légumes crus se présentaient sous forme de pitoyables monticules de poireaux des neiges râpés, imbibés d'un maximum de sauce noire salée. Le pain était vraiment très bon : elle en mangea plusieurs tranches pour être tout à fait rassasiée, et en emporta même une dans sa cape pour plus tard.

Un squelette lui avait apporté son repas, un autre squelette avait débarrassé son couvert, avec la même justesse et la même précision qu'elle avait remarquées chez tous leurs semblables. Pas de bricolage ici : ni clous dans les articulations, ni tendons fixés sur les os pour faciliter leur tenue. Non, celui qui avait animé ces squelettes devait être extraordinairement doué. Elle soupçonnait que c'était Professeur. Voilà qui devait bien déplaire à Harrow. La Neuvième Maison se considérait comme la championne de la reconstruction parfaite, or voilà qu'on trouvait ici toute une compagnie de squelettes parfaitement animés par un petit vieux qui applaudissait quand il était content, sans la moindre ironie.

Gideon secoua les miettes sur ses genoux et se levait pour partir, lorsque deux autres concurrents firent leur entrée dans la salle. Lorsqu'ils virent Gideon, ils se figèrent – et elle aussi.

Le premier était un adolescent falot au visage taillé au couteau, vêtu d'un habit d'un blanc stérile sur lequel il portait une cotte de mailles si délicate qu'on aurait pu la couper à la fourchette, et qui se prolongeait en une sorte de kilt, ce qui était assez étrange. Les nécromanciens ne portaient pas ce type d'armure, d'ordinaire. Or il ne faisait aucun doute que, des deux, c'était lui le nécromancien. Il en avait le gabarit. Un voile de soie pâle voletait autour de ses épaules frêles. Il faisait l'impression d'un type mortellement sérieux en toutes circonstances. Il était ascétique et guindé, tandis que son compagnon, plus âgé (il avait au moins quelques années de plus que Gideon) affichait une mine perpétuellement renfrognée. Il était robuste, trapu, et vêtu de plusieurs couches de cuir passé, usé à la tâche. Un doigt au moins de sa main gauche était réduit à l'état de moignon, ce qui suscita l'admiration de Gideon.

Elle ne savait pas vraiment pourquoi *eux* s'étaient figés en la voyant, mais elle-même s'était figée parce que le nécromancien la dévisageait avec une expression franchement hostile. Comme s'il avait enfin retrouvé l'assassin de son animal domestique préféré.

Gideon avait passé trop de temps dans les profondeurs de Drearburh pour ne pas savoir quand la consigne à suivre était *sauve qui peut*. Ce n'était pas la première fois qu'elle sentait ce type de regard sur elle : sœur Lachrimorta la regardait presque exclusivement comme ça (et sœur Lachrimorta était aveugle), et Crux aussi (à ceci près que son regard à lui parvenait à exprimer en même temps l'absence totale de surprise, comme si Gideon décevait systématiquement ses attentes, même les plus limitées). Et il y a très très longtemps (le souvenir douloureux était enfoui au fond de ses amygdales), la Respectable Mère et le Respectable Père la regardaient comme ça eux aussi, même si, dans leur cas, la défiance s'accompagnait d'un dégoût presque phobique, comme on regarde un asticot qui n'a rien à faire là.

— Occupe-toi de la cultiste de l'Ombre, dit l'adolescent au teint de petit-lait, dont la voix était la plus profonde, la plus lasse et la plus autoritaire que Gideon avait jamais entendue.

— Oui, mon oncle, dit l'autre.

Gideon mourait d'envie de se battre. Elle mourait d'envie que le type courroucé en cuir bouilli dégaine son épée et la provoque en duel. Il était costaud, la peau tannée par les éléments, les traits épais, entre le jaune et le marron. À côté de son nécromancien délicatement vêtu de blanc, il avait l'air poussiéreux et féroce. Il avait l'air coriace. Dieu merci. Elle avait envie que ça saigne. Elle avait envie de se battre jusqu'à ce qu'une équipe d'osséos doive intervenir pour recoudre des pieds tranchés. Elle en connaissait le prix – se réveiller momifiée de notes agressives, ou peut-être même mourir – mais ça lui était égal à présent. Gideon évaluait déjà la distance qui séparait sa rapière des clavicules de son adversaire…

Et fut profondément déçue en le voyant joindre les mains et incliner le buste. Un geste poli, mais résolu. Sa voix était plus rêche que celle de son nécromancien, un peu rauque, comme s'il souffrait d'un rhume chronique ou d'une bronchite du fumeur.

— Mon oncle ne peut pas prendre son repas en présence de gens dans votre genre, annonça-t-il. Partez, je vous prie.

Un million de questions se bousculèrent aussitôt dans la tête de Gideon. Par exemple : *Dans votre genre ?* Ou : *Pourquoi est-ce que vous avez un oncle bébé couleur mayonnaise ?* Ou encore : *Est-ce que "dans votre genre" désigne les personnes qui ne sont pas des neveux ? Qui ont encore leur majeur ?* Mais elle ne prononça pas un mot. Elle le dévisagea pendant plusieurs secondes, et il soutint son regard – et si son visage était moins haineux que celui de son nécromancien, ses yeux empreints d'assurance lasse semblaient la transpercer. Crux aurait eu droit à un doigt d'honneur. Mais ce n'était pas Crux, et elle se contenta de hocher la tête et de le bousculer de l'épaule en sortant, tout en bouillant intérieurement d'indignation.

Gideon se sentait vraiment arnaquée. Si elle avait tant voulu s'engager dans la Cohorte, c'était aussi parce qu'elle en avait ras le bol de moisir toute seule dans le noir. Elle voulait servir une cause plus grande que la lutte contre la démence ou la culture des poireaux des neiges. Or qu'était-elle devenue ? Un spectre importun qui rôdait dans des salles sans même une nécro à poursuivre (quelle humiliation de ne même pas avoir Harrow sous la main !), et si elle appréciait de voir enfin la lumière, elle était toujours aussi seule. Elle s'était cramponnée à l'illusion que les épreuves attendant les futurs Lycteurs exigeraient davantage d'elle qu'écouter aux portes et gâcher les repas des autres. Même *Combat à l'épée II* aurait été une occupation bienvenue au milieu de cette oisiveté. C'est dans cet état d'esprit, infiniment déçue, qu'elle traversa au hasard une série d'antichambres sombres et désertes, monta une volée de marches en briques humides, et se retrouva soudain à l'orée d'un jardin en terrasses.

Le soleil tapait à la verticale sur une canopée de verre ou d'une sorte d'épais plexi transparent. On ne pouvait parler de jardin que dans un sens bien triste du terme. Gideon ignorait où la Première Maison cultivait ses plantes comestibles, mais ce n'était certainement pas ici. Une épaisse couche de sel recouvrait les étais métalliques. Les jardinières étaient envahies de broussailles verdâtres et rabougries, avec de longues tiges et des fleurs tombantes, délavées par l'épaisse lumière blanche qui s'abattait sur elles. Un singulier parfum en émanait comme une brume de chaleur, lourde, étrange. Rien de ce qui poussait dans la Neuvième n'avait véritablement d'odeur : ni la mousse, ni les spores dans ses grottes, ni les légumes desséchés cultivés dans ses champs. Le toit de plexi finissait par céder la place à un espace complètement ouvert, où le vent ébouriffait les feuilles fripées de quelques vieux arbres fripés, et là, sous un auvent la protégeant du soleil ondoyant, rappelant elle-même une fleur fanée au bout d'une longue tige, se trouvait Dulcinea.

Elle était seule. Nulle trace de la montagne humaine qui lui servait de cavalier. Étendue sur une chaise longue, elle avait l'air fatiguée, fragile. De fines rides se dessinaient au coin de ses yeux et de sa bouche. Elle portait un chapeau à la mode un peu ridicule et une robe légère, moulante, qu'elle n'avait pas encore couverte de sang. On aurait dit qu'elle dormait, et Gideon, une nouvelle fois, fut prise de pitié en la voyant ainsi ; elle voulut rebrousser chemin, mais c'était trop tard.

— Ne partez pas ! dit Dulcinea, clignant des yeux. C'est bien ce que je pensais. Bonjour, Gideon la Neuvième ! Puis-je vous demander de redresser le dossier de ma chaise longue ? Je le ferais bien moi-même, mais comme vous le savez désormais, ma santé n'est pas la meilleure, et certains jours, je n'en ai pas la force. Puis-je vous demander cette faveur ?

Un film de sueur recouvrait son front translucide, et elle était légèrement essoufflée. Gideon s'approcha et se mit à tripoter les attaches, se sentant immédiatement émasculée par la difficulté à comprendre le fonctionnement d'une simple chaise longue. Lady Septimus attendit patiemment que Gideon y parvienne, lui souriant de ses grands yeux couleur gentiane.

— Merci, dit-elle une fois redressée.

Elle ôta son stupide chapeau, découvrant des boucles humides couleur faon, le posa sur ses genoux et dit d'un ton de conspiratrice :

— Je sais que vous faites pénitence et que vous n'avez pas le droit de parler, vous n'avez pas besoin de vous demander comment me le faire deviner par des mimes.

Les sourcils de Gideon jaillirent malgré elle au-dessus de ses lunettes de soleil.

— Mais oui, poursuivit la jeune femme avec un sourire plein de fossettes. Vous n'êtes pas la première nonne de la Neuvième que je rencontre. J'ai souvent pensé au dur sort des frères et sœurs du Tombeau Scellé. J'ai même rêvé d'en devenir une autrefois… dans ma jeunesse. Cela m'apparaissait comme une manière tellement romantique de mourir. Je devais avoir treize ans… Vous comprenez, je savais déjà que j'allais mourir. Je ne voulais pas qu'on me voie, et la Neuvième Maison était si lointaine. Je me disais que je pourrais avoir un peu de temps pour moi avant d'expirer superbement, vêtue de mon habit noir, entourée par les seuls adeptes priant solennellement auprès de moi. Et puis j'ai eu vent de ce maquillage que vous devez porter, poursuivit-elle, soudain irritée, et cette esthétique ne me correspondait pas. On ne peut pas se retirer dans sa cellule et s'éteindre superbement en étant barbouillée de maquillage… Est-ce qu'on peut considérer ça comme une conversation ? Est-ce que je romps votre vœu ? Secouez la tête pour *non*, hochez-la pour *oui*. Bien ! s'exclama-t-elle, Gideon ayant secoué la tête, engloutie par ce torrent de paroles. J'aime avoir un auditoire attentif. Je sais que vous m'écoutez seulement parce que je vous fais de la peine. Et tu as l'air sympa, comme gamine. Pardon, se reprit-elle. Tu n'es plus une enfant. Mais je me sens si vieille, soudain. Tu as vu les prétendants de la Quatrième ? Des bébés. J'ai l'air antique à côté d'eux. Demain je me sentirai peut-être rajeunie, mais aujourd'hui est un mauvais jour… et je me fais l'effet d'une invalide. Ôte tes lunettes, s'il te plaît, Gideon la Neuvième. J'aimerais voir tes yeux.

Entendre qualifier Gideon d'obéissante aurait sans doute provoqué une monumentale crise de fou rire chez pas mal de gens, mais elle se sentit complètement désarmée par cette requête extraordinaire, désarmée par ces bras minces et le sourire en bouton de rose de cette femme-enfant, et le mot invalide la désarma encore davantage. Elle ôta donc ses lunettes de soleil, livrant son visage à l'examen de Dulcinea.

L'observation fut directe et attentive. Dulcinea plissa les yeux et, un instant, son visage devint parfaitement sérieux. Il y avait de la fougue dans le bleu de ces yeux, une profonde intelligence, une ampleur impudique. Les joues de Gideon s'empourprèrent, alors même qu'elle s'enjoignait mentalement : *Du calme, Nav, du calme.*

— Oh, singulier, dit doucement Dulcinea, plus pour elle-même que pour Gideon. Un lipochrome récessif. J'aime regarder les yeux des gens, expliqua-t-elle avec un sourire. Les yeux en disent si long. Je ne pourrais pas vous dire grand-chose sur la Respectable Fille… mais toi, tes yeux sont comme des pièces d'or. Ça te gêne que je te dise ça ? Ça t'effraie ?

Rassurée par le *non* de Gideon, elle appuya sa tête contre le dossier de sa chaise longue et s'éventa avec son chapeau.

— Tant mieux, dit-elle, satisfaite. C'est déjà bien suffisant qu'on soit enfermées dans cette vieille baraque décrépite, je ne vais pas en plus te faire peur. Tu ne trouves pas que cet endroit est fantastiquement abandonné ? Imagine les fantômes de tous les gens qui ont vécu ici… travaillé ici… et attendent d'être convoqués, si seulement nous savions comment. La Septième n'est pas très à l'aise avec les esprits, tu sais. Nous les offensons. Nous les inquiétons. La bonne vieille séparation entre le corps et l'esprit. Nous sommes trop fixés sur le corps… nous le figeons dans le temps… le piégeons artificiellement. L'exact opposé de ta Maison, tu ne crois pas, Gideon la Neuvième ? Vous construisez à partir d'enveloppes vides… tandis que nous bloquons l'aiguille de l'horloge pour l'empêcher de sonner la dernière seconde.

Ces considérations dépassaient si largement l'entendement de Gideon qu'elles semblaient flotter tout là-haut dans l'espace, mais elles avaient malgré tout un effet apaisant. Gideon n'avait jamais été assaillie de paroles de cette manière que par Harrow, qui ne s'expliquait que rarement, et comme on le ferait à une gamine complètement stupide. Dulcinea, elle, avait le ton à la fois rêveur et confiant de celle qui était convaincue que vous compreniez tout ce qu'elle disait, même lorsqu'elle débitait des absurdités monumentales. Et puis, elle parlait avec un grand et beau sourire, et en battant des cils.

Hypnotisée de la sorte, Gideon ne put réagir que par un sourire béat lorsque la nécromancienne aux yeux bleus posa sa petite main délicate sur son bras ; sa peau très fine était tirée sur ses métacarpes, les os de ses poignets formant comme des nœuds dans une corde.

— Lève-toi, s'il te plaît, dit Dulcinea. Fais-moi ce plaisir. Beaucoup de gens cèdent à mes caprices… mais j'ai envie que tu le fasses, toi aussi.

Gideon se défit de son étreinte et se leva. Le soleil dessinait des taches couleur rouille sur l'ourlet de sa cape.

— Tire ton épée, Gideon la Neuvième, ordonna Dulcinea.

Saisissant fermement la poignée noire et lisse sous la garde noire en forme d'anneaux, Gideon dégaina sa rapière. Il lui sembla qu'elle avait déjà fait ce geste un bon millier de fois, et que la voix d'Aiglamene s'était définitivement installée dans sa tête pour entretenir cette comédie. *Dégaine. Prends appui sur ton pied droit. Bras souple mais ferme, lame pointée sur le visage ou le torse de ton adversaire. Tu protèges la face externe de ton corps, Nav, tu es en appui sur ton pied droit, et tu ne t'effondres pas comme un sac de patates, tu es stable, tu peux avancer ou reculer à ta guise*. La lame de la rapière, loin de la noirceur de Drearburh, luisait d'une couleur opaque, un long et fin monochrome de métal. Gideon reconnut malgré elle sa beauté. On aurait dit une aiguille, un long ruban d'ébène. *Ton autre main bien haute*. Elle se relaxa dans sa position, triomphante de cette nouvelle mémoire du corps que sa professeure lui avait inculquée. Elle avait envie de se battre.

— Oh, très bien ! s'exclama Dulcinea, battant des mains comme une enfant devant un feu d'artifice. Parfait… On croirait un portrait de Nonius. On entend souvent dire que les cavaliers de la Neuvième ne sont bons qu'à trimballer des sacs d'ossements. Si bien qu'avant de te rencontrer, je t'imaginais en vieille chose ratatinée tirant un chariot rempli de cartilage… déjà à moitié squelette toi-même.

C'était un affreux préjugé, totalement excessif et absolument vrai. Gideon baissa son épée et sa garde… et vit que la frêle jeune femme engloutie dans sa chaise longue avait cessé de jouer avec son chapeau. Les coins de sa bouche se relevèrent en un sourire espiègle, et ses yeux lui firent comprendre que son esprit logique avait tiré les conclusions de ce qu'elle voyait.

— Gideon la Neuvième, dit Dulcinea d'une voix lente, as-tu l'habitude d'une épée plus lourde ?

Gideon baissa les yeux. Sa rapière était pointée vers le ciel, telle une flèche noire, et sa main libre à demi repliée sur ce qui n'était pas le reste de la poignée mais le pommeau de la rapière, comme si elle tenait… *une putain d'épée à deux mains.*

Elle rengaina aussitôt, faisant glisser la rapière dans son fourreau avec un bref soupir métallique. Une sueur froide parcourut son dos. Le visage de Dulcinea était avant tout curieux, mais Gideon se sentait comme une gamine réprimandée par la cloche du Secundarius pour quelques minutes de retard à l'office. Un instant, tout un tas de choses stupides semblèrent sur le point de se passer. Elle faillit tout avouer au doux regard denim de Dulcinea : elle fut sur le point d'ouvrir la bouche et d'implorer sans aucune réserve la grâce de cette femme.

C'est cet instant de stupidité profonde que choisit Protesilaus pour apparaître, lui sauvant la mise en l'ignorant de toute sa masse musculaire. Il se planta devant sa maîtresse, avec ses cheveux couleur boue et son visage bouffi, bloquant les rayons de soleil qui dansaient un instant auparavant sur les mains de son adepte, et annonça de sa grosse voix morne :

— C'est fermé.

Pas le temps de se demander ce que ça pouvait bien vouloir dire. Les yeux de Dulcinea passant de la cavalière de la Neuvième à son cavalier, Gideon saisit l'occasion pour tourner les talons et, si ce n'est courir, du moins partir à toute vitesse vers n'importe où sauf ici. Un vent chaud et salé entrait par les fissures du plexi, faisant onduler sa cape et sa capuche, et elle avait presque réussi à s'échapper lorsque Dulcinea la rappela :

— Gideon la Neuvième !

Elle se retourna vers eux, ses lunettes noires masquant cette fois ses sourcils. Protesilaus le Septième la regardait avec des yeux vides, qui le resteraient sans doute si un pan de mur s'effondrait et qu'elle était jetée dans la mer, mais son adepte, elle, lui lança un regard… presque nostalgique. Gideon hésita une seconde avant de regagner l'ombre du porche fouetté par le vent marin.

— J'espère que nous pourrons reparler bientôt, dit Dulcinea.

Bordel ! se dit Gideon en prenant les marches deux par deux sans regarder où elle mettait les pieds. Pas elle. Parce que sans prononcer le moindre mot, elle en avait déjà beaucoup trop dit.

11

Ces premiers jours passés dans la Maison de Canaan furent aussi monotones que des osselets sur un chapelet de prière. Les heures vides s'étiraient à l'infini, uniquement entrecoupées par les repas que Gideon prenait dans le réfectoire quasi désert, seule parmi de bien étranges étrangers. Elle ne pouvait pas même compter sur la familiarité des morts. Les squelettes de la Première étaient trop parfaits, trop efficaces, trop attentifs ; elle ne se sentait vraiment à son aise qu'enfermée dans les sombres appartements de la Neuvième, où elle passait son temps à s'entraîner.

Après avoir bien failli tout avouer à Dulcinea, elle y resta cloîtrée pendant deux jours, s'exerçant avec sa rapière jusqu'à ce que la sueur transforme son maquillage en un masque sardonique et dégoulinant. Elle avait placé un tabouret rouillé sur une commode en ébène pour faire des tractions sur le coin d'acier qui renforçait les chevrons. Elle faisait des pompes face aux grandes baies vitrées jusqu'à ce que Dominicus momifie son corps de sa lumière sanglante en terminant sa course autour de la planète aqueuse.

Ces deux soirs-là, elle se coucha percluse de courbatures et furieusement seule. Crux disait toujours qu'elle était particulièrement insupportable quand elle restait enfermée. Elle tomba dans un noir et profond sommeil, se réveillant une seule fois, la seconde nuit – à ces heures d'avant l'aube qui lui rappelaient l'absence de lumière de la Neuvième –, en entendant Harrowhark Nonagesimus refermer tout doucement la porte derrière elle. Elle garda les yeux fermés, les entrouvrant à peine lorsque la Respectable Fille s'arrêta devant son lit improvisé, et pour voir la silhouette vêtue de noir repartir vers sa chambre. Puis il n'y eut plus aucun bruit ; et lorsque Gideon se réveilla au matin, Harrow avait déjà disparu, sans même lui laisser de notes désagréables.

C'est ainsi abandonnée que la cavalière de la Neuvième prit ses deux petits-déjeuners, aussi affamée de protéines que d'attention, ses lunettes noires glissant sur son nez tandis qu'elle buvait un second bol de soupe. Elle aurait tué quelqu'un pour voir au moins quelques nonnes décrépites traîner par ici, et c'est donc dans un état de vulnérabilité totale que, levant les yeux, elle découvrit une des héritières de la Troisième qui rôdait comme une lionne dans la salle. C'était la jolie jumelle : les manches de son habit vaporeux étaient roulées n'importe comment, dévoilant ses épaules dorées, et ses cheveux étaient relevés en un nuage fauve. Elle regarda Gideon avec un air de missile en plein vol.

— La Neuvième ! s'exclama-t-elle.

Elle s'avança vers elle de son pas nonchalant. Gideon se leva, sur le qui-vive (elle se remémorait l'avertissement agacé de la jumelle aux yeux pâles), mais une main couverte de bagues se tendit dans sa direction.

— Lady Coronabeth Tridentarius, annonça celle-ci, princesse d'Ida, héritière de la Troisième Maison.

Gideon ne savait pas quoi faire de cette main qui lui était présentée paume ouverte, doigts tendus. Elle finit par tendre la sienne, dans l'espoir de s'en sortir avec une brève poignée de main, mais Coronabeth Tridentarius, princesse d'Ida, l'attrapa et la baisa avec un air espiègle. Elle sourit fièrement de sa propre impudence ; ses yeux étaient d'un violet liquide, profond, et elle parlait avec l'effronterie lasse de qui avait l'habitude qu'on lui obéisse au doigt et à l'œil, et avec enthousiasme en plus.

— J'organise des duels d'entraînement pour les cavaliers de toutes les Maisons, dit-elle. J'ai l'espoir que la Neuvième accepte elle aussi mon invitation. Est-ce le cas ?

Si seulement Gideon ne se sentait pas aussi seule ; si seulement elle n'était pas habituée à avoir une partenaire d'entraînement (même si celle-ci se battait plus contre les rhumatismes qu'autre chose ces derniers temps) ; si seulement Coronabeth Tridentarius n'était pas si incroyablement sexy… Tous ces *si* continuèrent à lui trotter dans la tête tandis qu'elle suivait la nécromancienne de la Troisième, descendant avec elle les marches du petit escalier étroit qu'elle reconnut aussitôt de son exploration précédente. Elles traversèrent le sombre vestibule carrelé aux lumières clignotantes et entrèrent dans la salle qui puait les produits chimiques.

Une intense activité y régnait. Trois squelettes étaient descendus dans le trou armés de seaux et de balais à franges pour nettoyer les dépôts visqueux, tandis qu'un quatrième était occupé à astiquer la double porte vitrée rayée qui menait à la salle au miroir. L'odeur de décomposition était masquée par celle, non moins entêtante, des produits tensioactifs et de la cire. L'endroit était toujours sous l'emprise de son âge avancé, mais sur l'estrade dallée de la salle au miroir, deux silhouettes dansaient dans la chaude lumière de ce début de matinée. Le frottement impérieux et métallique des deux lames emplissait l'espace du sol au plafond.

Dans un coin de la salle, un squelette chassait d'une longue perche les toiles d'araignée, déclenchant des avalanches de poussière, tandis que plusieurs autres, assis autour de l'estrade, regardaient le duel. Gideon reconnut immédiatement le cavalier de la Troisième, même sans sa petite veste crâneuse, qu'il avait accrochée à une patère : il était en train d'astiquer sa rapière d'un air blasé. Elle ne pouvait pas manquer non plus la cavalière de la Deuxième Maison dans son habit blanc d'officière de la Cohorte, qui contrastait intensément avec le rouge vif de sa veste d'uniforme : elle aussi regardait les deux duellistes, dont les épées et les dagues dessinaient des reflets biseautés sur les murs. Magnus et l'abominable adolescente se faisaient face sur l'estrade, en bras de chemise. Toutes les têtes se tournèrent à l'apparition lumineuse de la princesse d'Ida. On ne pouvait tout simplement pas s'en empêcher.

— Sir Magnus ! Regardez mon exploit ! dit-elle, désignant Gideon.

Son annonce ne provoqua pas le chœur de murmures admiratifs qu'elle avait visiblement espéré. La cavalière en uniforme de la Cohorte se mit au garde-à-vous, mais son regard resta froid, absent. L'ado de la Quatrième abandonna sa position et se balança sur ses talons en émettant un sifflement d'horreur et de fascination mêlées. Le cavalier de la Troisième haussa un sourcil, l'air consterné, comme si sa nécromancienne venait de lui amener une lépreuse. Seul Magnus lui adressa un sourire cordial, quoique légèrement perplexe.

— Princesse Corona, je ne doutais pas que vous sauriez convaincre Gideon la Neuvième ! dit-il puis, se tournant vers l'affreuse ado : Tu vois, tu vas pouvoir te battre contre quelqu'un d'autre pour changer, et cesser d'ennuyer tout le monde en clamant que Jeannemary la Quatrième me bat toujours à plate couture.

(— Nooon, Magnus, ne parle pas de moi, souffla l'ado.)

— À votre place, j'aurais honte de l'admettre, dit perfidement le cavalier de la Troisième.

La malheureuse Jeannemary devint écarlate. Elle était sur le point de dire quelque chose de déraisonnable, mais son adversaire lui tapa dans le dos avec un sourire insubmersible.

— Honte, prince Naberius ? D'être battu par une Chatur ? dit-il de sa voix cordiale. Grand Dieu ! Bien au contraire. Cette famille donne de brillants cavaliers depuis le temps de la Résurrection. C'est si elle perdait contre *moi* que j'aurais honte. Je la connais depuis qu'elle est toute petite… elle sait que je ne suis pas vraiment doué. Vous auriez dû la voir à cinq ans…

(— Magnus, ne parle pas de moi quand j'avais cinq ans.)

— Je vais vous raconter une petite histoire…

(— Magnus, ne raconte pas cette histoire.)

— Un jour, elle m'a provoqué en duel lors d'une réception, disant que je l'avais offensée – une histoire de coussins que j'avais mis sur sa chaise pour la rehausser et, honnêtement, elle m'aurait battu sans problème, si elle n'avait pas dû se contenter d'un couteau à pain comme seconde lame…

Visiblement mortifiée, Jeannemary laissa échapper un hurlement primal avant de se réfugier près des bancs à l'autre bout de la salle, le plus loin possible. À présent qu'elle n'était plus là pour le voir, Magnus tança Naberius d'un regard réprobateur. Le cavalier de la Troisième s'empourpra et détourna les yeux.

— Je veux voir un duel, déclara la princesse Corona. Venez donc… *Gideon* la Neuvième, n'est-ce pas ? Que diriez-vous de vous mesurer à Sir Magnus ? Il ne faut pas le croire quand il affirme qu'il est mauvais. La Cinquième Maison est connue pour donner de très bons cavaliers.

Magnus inclina la tête.

— J'accepte, bien entendu, et la princesse est généreuse, dit-il, mais je ne dois pas mon rang de premier cavalier à mon maniement de la rapière. Mon adepte est également mon épouse. Je ne suis donc pas seulement son cavalier servant, mais aussi son *chevalier* servant, ha ha ha !

À l'autre bout de la salle, Jeannemary émit une sorte de long râle d'agonie. La princesse Corona éclata d'un rire franc ; Magnus avait l'air extrêmement content de lui. Les visages des deux autres restèrent impassibles. Gideon nota mentalement le jeu de mots pour le replacer plus tard.

Corona inclina sa tête lumineuse devant Gideon. Elle sentait bon : elle avait l'odeur que Gideon attribuait dans son imagination au savon.

— La Neuvième nous fera-t-elle cet honneur ? souffla-t-elle de sa belle voix.

Des femmes plus fortes que Gideon n'auraient pu résister au charme de Corona Tridentarius exercé d'aussi près. Elle monta sur l'estrade, ses bottes résonnant sur la pierre, et son adversaire ouvrit de grands yeux en comprenant qu'elle n'allait ôter ni sa capuche, ni sa cape, ni même ses lunettes noires. Un frisson parcourut la salle silencieuse, à l'exception du monotone *scrap scrap scrap* du squelette faisant la chasse aux toiles d'araignée. Jeannemary elle-même ressuscita pour regarder. Corona laissa échapper un murmure de surprise en voyant Gideon ouvrir sa cape pour prendre le couteau de poing qu'elle portait à la ceinture ; lorsqu'elle enfila son gant, il brilla d'un éclat noir dans la lumière du soleil.

— Un couteau de poing ? s'exclama le cavalier de la Troisième, incrédule. C'est la seconde arme de la Neuvième Maison ?

— Pas traditionnellement, affirma la cavalière de la Cohorte, la voix aussi cassante que son col.

— Je n'aurais jamais cru que c'était une option envisageable, commenta Naberius avec une nonchalance forcée.

— C'est une arme *vicieuse*, dit Corona. (Quelques mots qui, dans sa bouche, étaient particulièrement sexys.)

— C'est une arme de petite frappe, souffla Naberius, méprisant.

— Eh bien, nous allons voir, dit la cavalière de la Cohorte.

Ce qui était étrange, quand on gardait le silence, se dit Gideon, c'est que tout le monde semblait davantage parler *de* vous que vous parler. Seul son adversaire la regardait droit dans les yeux (pour autant qu'il puisse le faire à travers ses lunettes de soleil).

— Est-ce que la Neuvième, euh… bredouilla Magnus, désignant d'un geste vague les lunettes de Gideon, sa capuche et sa cape, ce qu'elle traduisit en : *Est-ce que vous allez enlever tout ça ?*

Lorsqu'elle secoua la tête, il parut surpris, mais déclara :

— D'accord, avant d'ajouter, ce qui la déconcerta à son tour : Bien joué.

— Je vais arbitrer, annonça Corona.

Ils se mirent en position. Gideon se sentit ramenée dans les profondeurs de Drearburh et le tombeau coulé dans le ciment qui tenait lieu de salle d'entraînement. Les duels de cavaliers se déroulaient bien comme Aiglamene le lui avait enseigné, c'est-à-dire plus ou moins comme à la Maison, mais avec plus de tralalas. Debout face à face, on plaçait son bras non armé de la rapière en travers de la poitrine pour montrer l'arme qu'on avait l'intention d'utiliser en *main gauche* : elle posa donc son imposant couteau de poing sur sa clavicule. La seconde arme de Magnus, une magnifique dague d'acier couleur ivoire, le manche recouvert de cuir crème, se posa sur la sienne.

— Jusqu'à la première touche, dit leur arbitre, dissimulant à grand-peine son excitation. De la clavicule au sacrum, bras exceptés. Présentez-vous.

Jusqu'à la première touche ? À Drearburh, c'était jusqu'au KO, mais ce n'était pas le moment de réfléchir à ça. Magnus lui souriait avec l'enthousiasme pédagogique d'un adulte sur le point de jouer au ballon avec sa jeune sœur. Mais derrière ce masque plutôt convaincant, elle vit une étincelle de doute dans ses yeux. Sa bouche était tendue, et Gideon comprit qu'il avait peur d'elle.

— Magnus le Cinquième ! annonça-t-il, avant d'ajouter : Euh… allons-y doucement !

Gideon regarda Corona, secoua la tête. La princesse nécromancienne d'Ida, trop bien élevée pour remettre en question son silence, réagit aussitôt :

— Je réponds pour Gideon la Neuvième. Éloignez-vous de sept pas… Retournez-vous… Allez !

Les quatre paires d'yeux qui suivaient avidement le combat devinrent aussitôt floues, comme la toile de fond d'un rêve : de simples lignes remplies par l'esprit pour préciser un endroit, un lieu, un souvenir. Gideon Nav sut au bout d'une demi-seconde que Magnus allait perdre : dès lors, elle cessa de penser avec son cerveau et se mit à penser avec ses bras (qui étaient chez elle, de toute façon, le siège principal de la matière grise).

Elle eut l'impression de fermer les yeux dans une pièce chaude et confinée : la première feinte de la Cinquième Maison lui fit l'effet d'une lourde somnolence descendant de l'arrière de sa tête à ses orteils, la seconde fut comme la légère secousse du menton qui tombe sur la poitrine. Gideon mit sa deuxième main derrière son dos, se répéta *Arrête de bloquer tous les coups !*, et n'eut même pas besoin de parer. Elle évita sans difficulté chacun de ses assauts à la lenteur sirupeuse, chaque coup de dague, comme s'ils s'étaient mis d'accord à l'avance sur l'endroit où Magnus allait les porter. Il para en quarte dans l'espoir de la mettre en difficulté, mais elle repoussa doucement sa lame avant de riposter. La pointe de sa rapière noire crépita comme une feuille de papier saisie par une flamme et s'immobilisa à un demi-centimètre de son cœur. Il se figea. Elle le toucha tout doucement de la pointe de sa lame.

Le duel était fini en trois coups. Une secousse mentale sortit Gideon de sa transe et elle se retrouva face à Magnus, la pointe de sa rapière sur son torse, Magnus, la bonne nature, le visage déconfit d'un gamin pris en plein canular… et quatre paires d'yeux ébahis. Leur magnifique arbitre était littéralement bouche bée, ses lèvres entrouvertes dévoilant des dents d'une blancheur immaculée. Puis elle se ressaisit et annonça :

— Le duel est remporté par la Neuvième !

— Bonté divine, souffla Magnus.

La salle laissa échapper un soupir collectif.

— *Incroyable*, commenta Jeannemary, tandis que la cavalière de la Cohorte, la Deuxième, avait grandi d'au moins cinq centimètres sur son banc, le pouce enfoncé sous le menton, perdue dans ses pensées. Gideon rengaina sa rapière une fraction de seconde après Magnus, s'inclina raidement devant lui avec un léger décalage, et se détourna. Sa sueur s'était changée en adrénaline, et le carburant brûlant chantait dans son corps sans atteindre son cerveau, ni son cœur. La seule émotion qu'elle ressentait était un lent soulagement. Elle avait gagné. Elle avait gagné, en gardant sa cape et ses lunettes noires, ce qui était parfaitement stupide. L'honneur d'Aiglamene était sauf, Gideon ne se ferait pas mentalement botter le cul.

Autour d'elle, les autres commentaient :

— Je suis en *si* mauvaise forme que ça… ? se lamenta Magnus.

(— Magnus ! Maaaagnus. *Trois coups, Magnus.*)

— Peut-être que je me fais vieux ? Peut-être qu'Abigail et moi devrions divorcer ?

— Je ne l'ai même pas vue bouger, avoua Corona, le souffle court. Dieu qu'elle est rapide.

Le premier regard conscient de Gideon tomba sur le cavalier de la Troisième, Naberius, qui se tenait juste à côté d'elle. Il affichait un sourire crispé, et ses yeux bleus striés de taches marron lui évoquèrent une nappe d'huile.

— Le prochain duel est pour moi, annonça Naberius.

— Ne sois pas impatient, le réprimanda sa princesse, l'air légèrement distrait. La Neuvième vient juste de combattre. Et si tu te mesurais plutôt à Jeannemary ?

Mais de toute évidence, il n'avait aucune envie de se mesurer à Jeannemary, et à en juger par l'expression de celle-ci, elle n'était pas pressée de l'affronter non plus. Naberius ramena ses épaules en arrière et remonta jusqu'aux coudes les manches de sa belle chemise de coton. Le tout sans quitter Gideon des yeux.

— Tu n'as même pas transpiré, n'est-ce pas ? Tu es prête à recommencer. Contre *moi*, cette fois.

— Oh, Babs.

— Allez (sa voix était douce lorsqu'il s'adressait à Corona, presque cajoleuse), montrons-lui de quoi la Troisième est capable, ma lady. Je sais bien que tu aimes surtout regarder les tiens se battre. (Il parlait d'une voix singulièrement nasale, en étirant longuement les voyelles : *se bââââtre*.) Laisse-moi combattre. Cela donnera à Dyas le temps de m'observer. (À côté de lui, la cavalière de la Cohorte haussa les sourcils de trois millimètres : visiblement, elle débordait d'enthousiasme à cette idée.)

— Neuvième ?

Le cœur de Gideon faisait encore des ricochets dans sa poitrine. Elle haussa les épaules, un geste que les frères du Tombeau Scellé auraient immédiatement interprété comme le signe que Gideon était sur le point de faire quelque chose de particulièrement idiot, mais que Corona prit pour un *oui*. Se tournant vers son cavalier, elle lança sur un ton légèrement moqueur :

— Eh bien mon cher, vas-y, fais-toi plaisir.

Naberius avait l'air radieux d'un gamin à qui on vient d'offrir une nouvelle paire de chaussures. *Et merde*, se dit Gideon.

— Votre Excellence, intervint la cavalière de la Cohorte, Dyas. L'adepte ne devrait pas arbitrer les duels de son propre cavalier.

— Oh, pff ! Pour une fois, peu importe, lieutenante.

— Vous n'êtes pas impartiale, princesse, renchérit Magnus.

— Enfin, c'est absurde, je suis plus dure avec lui qu'avec n'importe qui. Jusqu'à la première touche… Présentez-vous !

C'est ainsi que Gideon se retrouva quasi instantanément face à un autre cavalier, avec une pulsation dans les oreilles dont elle mit un moment à se rendre compte qu'il s'agissait de ses propres battements de cœur. À travers sa cape et sa chemise, le verre noir de son couteau de poing était froid et doux sur sa peau, et sa langue épaisse dans sa bouche. Elle n'avait pas été stimulée de la sorte depuis la fois où son *entraînement* avait consisté à affronter simultanément Crux, une arbalète automatique et des squelettes armés de machettes. La dague dans la *main gauche* du Troisième était aussi magnifiquement ouvragée que sa coiffure : en argent ciselé et d'un violet impérial, les extrémités de la garde torsadées et recourbées vers l'intérieur, ce qui lui rappela vaguement quelque chose. La lame était fine, brillante, un peu plus large à la pointe. Gideon était tellement absorbée dans sa contemplation qu'elle entendit à peine Naberius se présenter :

— Naberius le Troisième.

À quoi il ajouta, presque imperceptiblement, juste pour elle :

— Les cavs de la Neuvième sont des nécro-valises. *Qui* es-tu ?

Heureusement qu'elle avait un peu d'entraînement avec cette histoire de silence, parce que la réponse typique de Gideon Nav aurait été une salve d'insultes bien sentie. Son sourire méprisant quand il disait *Neuvième* ne lui revenait pas, ni le mot *valises*, ni sa coiffure. Mais Coronabeth annonçait déjà :

— Je réponds pour Gideon la Neuvième !

Et ils s'éloignèrent de cinq, six, sept pas.

Elle n'eut qu'un instant pour jauger Naberius du regard. Elle le dépassait de deux ou trois centimètres, mais il avait visiblement toute une vie d'entraînement derrière lui, et une musculature parfaite. Ses épaules étaient étroites, mais il avait de très longs bras, et elle revit sa première impression d'un simple dandy avec du baume à lèvres : son envergure était impressionnante. Sa posture était parfaite, plus parfaite encore que celle de sa professeure, dont la colonne vertébrale était pourtant figée en posture de garde. La poignée de sa rapière était surmontée d'un entrelacs compliqué de fils d'argent, et sa lame brillait d'un éclat immaculé, aussi parfait que la ligne qui courait de son épaule à la pointe de son épée : en comparaison, sa propre posture lui sembla nulle, brouillonne, et son couteau de poing grossier, inélégant. La moue impitoyable de Naberius lui disait qu'il avait l'habitude d'inspirer ce genre de sentiments (mais confirmait aussi cette histoire de baume à lèvres). Le cœur de Gideon accéléra, ralentit, repartit de plus belle : la nervosité lui donnait des arythmies.

— Allez !

Dans les toutes premières secondes de son duel contre la Cinquième Maison, Gideon avait su que la victoire était quasiment acquise. Là, il lui fallut vingt secondes pour faire une découverte très importante sur la Troisième : tout devait être impeccable. Le moindre sursaut de sa rapière était un chef-d'œuvre de technique. Il se battait comme un mécanisme d'horlogerie : froid, implacable, précis, avec une absolue économie de mouvements. La première fois que la rapière noire de la Neuvième entra en action, la sienne fendit l'air et la détourna d'un arc de cercle, las, méprisant, qui aurait fait pleurer de joie un expert. Ses marches comme ses retraites semblaient tout droit sorties d'un manuel d'escrime.

Arrête de bloquer tous les coups, disait son cerveau à Gideon. Mais son bras ne l'écoutait pas, et une pluie d'étincelles jaillit lorsque la rapière de Naberius s'abattit sur le verre couleur obsidienne du couteau de poing placé en défense ; la force du coup se répercuta dans le bras de Gideon et la secoua jusqu'à la colonne vertébrale. Et lorsque sa rapière plongea vers le flanc de son adversaire, elle entendit un *shnk* onctueux, et un nouveau coup la secoua du coude à la base du crâne. La lame qu'elle avait prise pour une dague s'était séparée en trois, piégeant la sienne. Un trident. C'était si désespérément évident qu'elle aurait probablement mieux fait de se botter le cul elle-même pour gagner du temps. Naberius lui décocha un sourire flegmatique.

C'était le duel le plus étrange qu'elle ait jamais disputé. Naberius n'était pas aussi rapide qu'elle, mais il n'était pas encombré d'une cape, et il n'avait pas *besoin* d'être aussi rapide. Il lui suffisait de la garder à distance, et il était champion en la matière. Cette histoire de *première touche* commençait vraiment à l'emmerder. Si elle avait eu son épée à deux mains, elle lui aurait simplement fendu le crâne comme une brique. Mais elle avait une aiguille dans une main et une poignée de verre noir dans l'autre, et se retrouvait à sautiller dans tous les sens autour de lui comme s'il avait une épée empoisonnée. On avait dû préparer Naberius à sa carrière de cavalier depuis le jour de sa naissance. Par moments, il restait parfaitement immobile, comme s'il s'ennuyait terriblement, et tenait sa rapière comme s'il faisait une démonstration. Le soleil s'abattait sur la cape noire et la tête de Gideon. Elle n'arrivait pas à croire qu'elle était tenue en échec par un type qui avait bouffé le mode d'emploi du parfait cavalier, en mâchant consciencieusement vingt-cinq fois avant d'avaler.

Naberius jouait nonchalamment avec elle – un de ses trucs étant de lancer sa rapière en avant d'un geste rapide, comme une patte de chat, avant de reculer d'un demi-pas – et il la tenait toujours à distance : pas une seule fois elle ne parvint à entrer dans son espace. Il répétait à l'infini une immuable litanie : *parade, attaque rapide pour gagner du terrain, blocage de l'épée adverse avec sa seconde main*. Elle en avait par-dessus la tête.

Gideon parvint à faire glisser sa lame tout le long de la sienne avec un grincement aigu – noir opaque sur argent – mais il l'écarta d'un simple cercle du poignet et lui échappa de nouveau. Elle réattaqua, plus haut cette fois, et le tiers supérieur de sa rapière se retrouva coincé entre les dents de ce maudit trident, qui la força à baisser sa lame, tandis que sa rapière à lui fusait vers le pli de son coude. Aiglamene lui avait appris à anticiper un coup mortel. Elle glissa immédiatement sur le flanc, le tranchant de la lame de Naberius pesant sur son corps, en jurant silencieusement : dans un vrai combat, il lui aurait découpé un ruban de chair sur la poitrine et l'épaule, mais il ne pouvait pas la tuer. Et il ne la touchait pas de la pointe, elle était toujours dans le jeu.

Il sortit alors un coup parfait, probablement répertorié dans un manuel d'escrime de la Septième sous le nom *DEUX CORBEAUX S'ABREUVANT* ou *LE GARÇON ÉTRANGLE L'OIE*. Pesant toujours contre sa rapière avec son trident, il lança son autre poignet en avant et la désarma. La lame noire tomba avec fracas sur les dalles usées, et s'immobilisa. Jeannemary laissa échapper un cri étouffé. Le cœur de Gideon dégringola dans son estomac comme les os d'un chapelet de prière.

Naberius se redressa, le même sourire déconcertant aux lèvres.

— Tu coupes trop, dit-il.

Il ne souriait plus autant lorsque Gideon libéra sa main principale de l'emprise de sa rapière en un vif mouvement circulaire, avant de plonger en avant et de le frapper droit au plexus. L'air quitta d'un coup ses poumons comme une poche d'air trouée. Naberius fut projeté en arrière et Gideon, écartant d'une main un pan de sa cape, lui administra un tacle bien senti. Il tituba, cracha, s'effondra. Elle ramassa sa rapière et recula rapidement de plusieurs pas pour retrouver son espace, tandis qu'il se démenait comme un animal blessé pour se relever. Gideon se remit en garde et pointa sa lame sur la clavicule de Naberius.

— Et le duel est remporté par la Troisième, annonça Coronabeth, à la grande surprise de Gideon.

Sa rapière fut écartée d'un geste brusque : Naberius, furieux, était de nouveau sur pied.

— Babs, s'enquit aussitôt sa princesse, tout va bien ?

Il fut pris d'une quinte de toux gutturale et, le teint rouge foncé, rengaina sa rapière et appuya sur son couteau, dont le mécanisme remit les lames en place, *snok*. Il s'inclina devant Gideon avec un dédain incommensurable. Celle-ci, perplexe, glissa sa propre rapière dans son fourreau et s'inclina à son tour. Naberius renversa la tête en arrière avec hauteur tout en se remettant à tousser, ce qui ruina un peu l'effet.

— Cette petite frappe n'a rien d'une réincarnation de Nonius, dit-il avec dédain. Espèce d'*abrutie*, si je te désarme, le duel est fini, tu t'inclines, compris ? Tu ne continues pas à te battre.

— Tu as baissé ta garde, Tern, lui asséna la cavalière de la Cohorte.

— Le duel était terminé à la seconde où j'ai pris sa rapière !

— Oui, dit-elle. Théoriquement.

— *Théoriquement ?* s'étouffa-t-il, cramoisi. Mais tout est dans la théorie ! Et pour vous, c'est *prince* Tern, lieutenante ! À quoi jouez-vous, Dyas ? Je l'ai tenue en échec tout du long, j'ai gagné, la cultiste a triché. Admettez-le.

— C'est vrai, dit Dyas, qui avait pris ce qu'elle devait considérer comme une position de *repos*, les mains dans le dos, plus appropriée pour une parade militaire que pour un duel informel. Vous avez gagné le combat, dit-elle de sa voix claire et mélodieuse. La Neuvième est moins bonne duelliste que vous. Mais je dirais qu'elle est meilleure combattante : elle voulait absolument gagner. Ceci dit, Neuvième, il a raison sur un point. Vous coupez trop.

Le cavalier de la Troisième avait l'air sur le point de céder à un accès de violence : ces derniers mots, mystérieusement, firent presque jaillir ses yeux de ses orbites. On aurait dit qu'il allait dégainer une nouvelle fois et exiger de refaire le duel. Il ne se calma que lorsqu'un bras doré vint s'enrouler autour de ses épaules et qu'il se retrouva à moitié blotti contre sa nécromancienne, qu'il laissa lui ébouriffer les cheveux.

— La Troisième a montré de quoi elle était capable, Babs, dit Corona. C'est tout ce qui m'importe.

— La victoire était nette, dit-il avec un air de gamin vexé.

— Tu as été brillant. J'aurais voulu qu'Ianthe te voie elle aussi.

Jeannemary s'était levée. Les yeux de cette toute jeune chose anguleuse étincelaient lorsqu'elle déclara de sa voix perçante :

— C'est comme ça que je veux me battre. Je ne veux pas perdre mon temps en duels de démonstration. Je veux me battre comme une vraie cavalière, comme si ma vie en dépendait.

Le visage de Naberius s'assombrit de nouveau. Son regard croisa brièvement celui de Gideon, et il était bien au-delà de l'hostilité : il exprimait le mépris réservé à un animal qui avait eu l'indélicatesse de chier dans un coin.

Avant que quiconque puisse ajouter quoi que ce soit, Magnus toussota dans sa main.

— Nous devrions peut-être refaire quelques exercices, ou nous entraîner deux par deux… J'aimerais avoir l'impression de faire quelques progrès. Qu'en dites-vous ? Les duels sont peut-être la viande au menu du cavalier, mais euh… il faut bien qu'il mange aussi des légumes, et des pommes de terre ?

(— Magnus. Les pommes de terre sont des légumes.)

Gideon descendit de l'estrade, détacha la sangle de son couteau de poing autour de son poignet, libéra ses doigts des anneaux. Elle se demandait ce qu'Aiglamene aurait pensé de ce combat ; elle-même aurait bien eu envie de revoir le moment où Naberius l'avait désarmée. S'il ne la regardait pas comme si elle venait de pisser sur sa veste préférée, elle lui aurait demandé de lui montrer. C'était plus de l'agilité que de la force, et elle devait bien admettre qu'elle n'avait jamais pensé à une stratégie de défense, ce qui était stupide…

Une sorte de sixième sens la poussa à relever les yeux. Derrière le squelette frottant toujours industrieusement sa porte vitrée, par-delà le trou où on nettoyait des dépôts séculaires de produits chimiques, sur le seuil du vestibule carrelé, se tenait une silhouette vêtue d'une cape noire : le visage maquillé en tête de mort, un voile descendant jusqu'au menton, une capuche assombrissant encore son visage. Durant une seconde qui lui parut durer plusieurs minutes, Gideon, au milieu de la salle d'armes, et Harrowhark au loin se regardèrent. Puis la Respectable Fille tourna les talons et, dans un bruissement dramatique d'étoffe noire, disparut dans le vestibule aux lumières clignotantes.

12

— QUELLE JOIE DE VOUS AVOIR parmi nous, déclara Professeur un matin, et de voir la Neuvième s'intégrer aussi bien ! C'est vraiment formidable de voir toutes les Maisons se mélanger ainsi !

Professeur était un sacré comique. Il venait souvent s'asseoir avec Gideon lorsqu'il la trouvait à table au déjeuner ou au dîner (il ne se montrait jamais le matin, Gideon le soupçonnait de prendre son petit-déjeuner bien avant tout le monde), la saluant d'un jovial *Comme c'est reposant, ce vœu de silence !* Professeur et les prêtres de la Maison de Canaan étaient en effet bombardés d'incessantes questions, posées sur un ton plus ou moins cordial et à des degrés de désespoir divers. Mais il était inflexible : il ne savait rien.

— Je dois avouer que j'apprécie cette agitation, dit Professeur, à un moment où Gideon et lui étaient seuls dans le réfectoire.

En cette fin de première semaine, Gideon avait croisé quasiment tous les adeptes et leurs cavaliers. Ce qui n'avait pas pour autant brisé la glace ou créé de nouvelles amitiés. Presque tout le monde l'évitait soigneusement dans les sombres couloirs de la Maison de Canaan – mis à part Coronabeth, qui la saluait en fonction de ses humeurs (capricieuses), et Magnus, qui se fendait immanquablement d'un *Bonjour ! Euh, quel temps magnifique !* Ou *Bonsoir ! Le temps est toujours au beau fixe !* Il se donnait tellement de mal que c'en était pathétique. Les autres la regardaient toujours comme si elle était une chose qu'on ne pouvait tuer qu'en lui plantant un pieu dans le cœur à minuit, un monstre semi-apprivoisé au bout d'une laisse douteuse. Quant à Naberius Tern, il lui adressait des sourires si méprisants qu'il devait avoir les lèvres toutes gercées.

Mais on apprenait beaucoup de choses en observant silencieusement. Les représentantes de la Deuxième Maison se comportaient comme des soldates en permission malgré elles. Les Troisièmes gravitaient autour de Corona comme deux blocs de glace autour d'une étoile dorée. Les Quatrièmes étaient pendus aux jupes des Cinquièmes comme des petits canetons. La nécromancienne de la Cinquième était une femme de trente-cinq ans au visage aimable, avec de grosses lunettes et un doux sourire, qui aurait été tout aussi crédible en fermière. Les Sixièmes et Septièmes ne se montraient jamais, des vrais fantômes. Quant au duo oncle flippant-neveu flippant de la Huitième, elle ne le voyait que rarement, mais c'était déjà bien assez : le nécromancien de la Huitième priait avec une intense ferveur avant chaque repas, et s'il leur arrivait de se croiser dans un couloir, ils s'aplatissaient contre le mur comme si elle était contagieuse.

Quelle surprise. Le couloir qui menait aux appartements de la Neuvième et la porte elle-même étaient décorés de couronnes macabres. Des colonnes vertébrales encadraient la porte comme des guirlandes, des phalanges reliées par des cordons presque invisibles s'entrechoquaient sinistrement dans le vent quand on passait. Gideon avait laissé une note sur l'oreiller quasiment inutilisé d'Harrowhark :

C'EST QUOI CETTE FÊTE DES SQUELETTES ?

et avait obtenu une réponse laconique :

Ambiance.

Eh bien, *l'ambiance* faisait que même Magnus le Cinquième hésitait désormais à dire son *Bonjour*, alors l'ambiance pouvait aller se faire foutre.

Pour ce que Gideon en savait, Dulcinea Septimus passait tout son temps sur les terrasses, parfaitement heureuse, à lire des romans à l'eau de rose. Si c'était sa manière de déstabiliser la concurrence, elle y parvenait élégamment. Il était également très difficile de l'éviter. Dès que la cavalière de la Neuvième passait devant une porte ouverte, une voix légère appelait Gideon – *Gideon !* Et elle répondait à l'appel, et il n'était fait aucune mention de son épée : il s'agissait juste de changer un coussin de place ou de discuter de l'intrigue d'un roman ou – une fois, la jeune femme lui semblant plus légère que sa rapière – de la prendre dans ses bras et de la déplacer avec mille précautions pour la poser sur une autre chaise longue, à l'ombre. Ces petits services ne dérangeaient pas Gideon. Elle avait le sentiment angoissant que c'était Dulcinea qui lui faisait une faveur. À sa manière délicate, Lady Septimus lui montrait qu'il lui était égal que Gideon soit Gideon la Neuvième, une cultiste de l'ombre au visage maquillé en tête de mort, une nonne du Tombeau Scellé. Ou en tout cas, si ça ne lui était pas égal, qu'au contraire, elle illuminait ses journées.

— Est-ce que tu trouves ça étrange, parfois, de me tenir compagnie ? lui demanda-t-elle un jour, tandis que Gideon, sa capuche noire sur la tête, tenait la pelote de laine de son ouvrage au crochet.

Gideon secoua la tête, et Dulcinea reprit :

— Non… et c'est ce qui me plaît. J'envoie souvent Protesilaus voir ailleurs. Je lui donne des petites missions ici et là : c'est ce qui lui convient le mieux. Mais toi, j'aime te voir, te faire ramasser mes couvertures, j'aime que tu sois ma commise. Je crois que, de toute éternité, je suis la seule personne qui ne soit pas son adepte à commander comme ça une cavalière de la Neuvième… J'aimerais bien entendre à nouveau ta voix… un jour.

Très improbable.

La dernière fois que Gideon avait aperçu Harrow Nonagesimus, c'était le jour des duels. Elle n'avait pas réapparu, ni dans la salle d'armes, ni dans les quartiers de la Neuvième. Son oreiller avait une forme différente chaque matin, et les vêtements noirs s'empilaient dans le bac à linge sale que les squelettes emportaient à intervalles réguliers, mais pas une seule fois Gideon ne la vit assombrir à nouveau le seuil de sa chambre.

Gideon retournait régulièrement à la salle d'entraînement – comme le faisaient les cavaliers de la Quatrième et de la Cinquième, de la Deuxième et de la Troisième – tandis que ceux de la Sixième et de la Septième évitaient toujours l'endroit, même à présent que les boiseries, bien astiquées, sentaient l'huile de lin. Les squelettes concentraient actuellement leurs efforts sur le nettoyage des sols. L'imposant cavalier de la Huitième s'était montré une fois, mais en voyant Gideon, il s'était incliné poliment et avait disparu à la hâte.

Gideon préférait finalement s'entraîner seule. Elle avait passé des années, au saut du lit, à coincer ses pieds sous le premier meuble venu pour faire quelques centaines d'abdos, avant d'enchaîner avec les pompes : les cent premières classiques, les cent suivantes en tapant dans les mains, puis de marcher sur les mains, jambes tendues, étirant ses orteils le plus loin possible. Il n'en fallait pas la moitié pour réussir le test médical d'aptitude à la Cohorte, mais elle misait tout sur l'espoir qu'un jour, elle ferait un passage éclair par Trentham et serait envoyée au front dans une légion de nécromanciens. Hors de question pour elle de se retrouver dans le service de sécurité d'une obscure planète de réserve, ni à un avant-poste solitaire dans un monde désert ou dans une ville étrangère à jouer les baby-sitters pour un gouverneur de la Troisième. Non, Gideon voulait faire partie d'un de ces équipages de vaisseaux qui atterrissent en premier quelque part, elle voulait gagner une grosse médaille brillante FORCE D'INVASION DE XY, après avoir mis la main sur le bourgeon initial de thanergie sans lequel la meilleure nécromancienne des Neuf Maisons elle-même était parfaitement impuissante en situation de combat. Être en première ligne dans la Cohorte était une promesse de gloire. Dans les bandes dessinées de Gideon, les nécromanciennes baisaient les paumes gantées de leurs camarades en première ligne pour les remercier de tout ce qu'elles avaient fait pour elles. Dans ses bandes dessinées, les adeptes ne souffraient pas de problèmes cardiaques, et un certain nombre d'entre elles montraient un décolleté assez extraordinaire pour des nécromanciennes.

Gideon avait rejoué ces fantasmes dans sa tête lors de nombreuses nuits solitaires, s'abandonnant même à un scénario encore plus fou, dans lequel Harrowhark, à plusieurs galaxies de là, ouvrait une enveloppe et apprenait que Gideon Nav avait gagné tout un tas de médailles et une énorme prime pour son rôle déterminant dans la mission initiale, où elle s'était montrée excellente combattante, et particulièrement sexy. Harrowhark esquissait un sourire et disait *Gigi savait se servir de son épée, finalement*. Un fantasme qui lui facilitait souvent la série suivante d'abdos.

Dans la Neuvième, Gideon aurait terminé sa journée par un footing autour des champs de plantation, dans la lumière tamisée des lampes photochimiques, courant à travers la fine brume vaporisée à intervalles réguliers pour humidifier le sol. Cette brume d'eau recyclée avait une légère odeur d'urée et, depuis, Gideon associait cette odeur au moment du coucher. Ici, c'était celle du bois ancien qui l'entourait, avec un relent de sulfure montant de la mer, et celle de l'eau sur la pierre.

Gideon elle-même ne pouvant pas s'entraîner toute la journée, elle se divertit en explorant l'immense et sinueux complexe de la Maison de Canaan, se perdant régulièrement dans ses profondeurs. Sa première découverte fut qu'on ne pouvait pas tout explorer comme on le voulait. Les étages semblaient se succéder à l'infini, et le bâtiment s'enfoncer de plusieurs dizaines de mètres dans le sol, mais plus on descendait, plus les inscriptions ***DANGER*** imprimées sur ruban adhésif jaune se multipliaient, de même que les croix noires peintes à la bombe sur les lourdes portes d'acier. On ne pouvait descendre qu'à une cinquantaine de mètres sous le niveau de la baie d'amarrage, en deçà, tous les accès étaient barrés. De même, on ne pouvait monter que d'une centaine de mètres au-dessus du niveau de la baie : il y avait un ascenseur cassé, et un escalier à l'intérieur de la tour qui débouchait, à gauche, sur les appartements de Professeur et des deux autres prêtres de la Maison de Canaan : un réseau de couloirs peints en blanc où une collection de succulentes en pots dardaient languidement leurs longues vrilles ; et à droite… elle n'avait pas encore essayé le couloir de droite.

Deux interminables journées de silence passées à explorer la Maison et faire des squats plus tard, on ne pouvait pas vraiment dire que Gideon s'ennuyait. Il en fallait sacrément plus à une résidente de la Neuvième pour s'ennuyer. Mais une infime absence de changement lui parut louche : un matin, elle se rendit compte que les draps froissés sur le lit d'Harrow et la couche supérieure de vêtements noirs dans le bac à linge sale n'avaient pas bougé depuis au moins vingt-quatre heures.

Il s'était passé deux nuits sans qu'Harrow rentre dormir dans les appartements de la Neuvième, sans qu'elle change de vêtements, sans qu'elle refasse son maquillage. Gideon envisagea plusieurs possibilités :

1. Harrow n'avait pas pu rentrer car
   a) elle était morte ;
   b) elle était trop affaiblie ;
   c) elle était occupée.
2. Harrow avait décidé de s'installer ailleurs, et Gideon pouvait se vautrer sur son lit avec ses bottes et fouiller dans ses affaires.
3. Harrow s'était enfuie.

On pouvait éliminer le point 3. Si Harrow avait été du genre à s'enfuir, l'enfance de Gideon aurait été sensiblement plus agréable. Le point 2 offrait une perspective intéressante, car Gideon avait toujours voulu se vautrer avec ses bottes sur le lit d'Harrow et fouiller dans ses affaires, mais le fait même que ses affaires soient encore ici rendait cette éventualité improbable. Si elle avait eu vingt-quatre heures pour cambrioler un campement de nécromanciens, Gideon se serait immédiatement arrangée pour s'introduire dans le dressing d'Harrow, où elle aurait boutonné toutes ses chemises de travers, samedi avec dimanche. Mais il était absolument évident que la Respectable Fille ne la laisserait jamais toucher à ses affaires.

Ne restait donc plus que le point 1 : *c)* impliquait qu'Harrow était si occupée à faire ce qu'elle était en train de faire qu'elle avait oublié de rentrer, mais au vu du raisonnement précédent et de la présence de vêtements à boutons à tripoter, ce n'était pas une option ; *a)* impliquait soit l'accident le plus heureux du monde, soit un meurtre, et si c'était un meurtre, et que le ou la meurtrière étaient *flippants*, sa relation avec Gideon ensuite serait peut-être un peu flippant aussi ? Peut-être qu'un échange de bracelets d'amitié suffirait.

Finalement, c'est *b)* qui semblait le plus logique. Tous les accessoires de maquillage étaient à leur place. Or elle n'avait jamais vu Harrowhark Nonagesimus le visage nu. Le cœur et l'âme rongés par le ressentiment et la lassitude, Gideon enfila sa cape et se prépara mentalement à une longue et assommante journée de recherches.

Harrow n'était pas dans le grand atrium, ni dans le réfectoire, ni dans le trou, où s'affairaient toujours un groupe de squelettes industrieux occupés à le récurer. Magnus le Cinquième les regardait faire, le front plissé, une expression d'aimable étonnement sur le visage, aux côtés de sa saine adepte aux cheveux brillants.

— Ah, euh… Neuvième ! J'espère que… que la salle vous plaît ! eut-il le temps de bafouiller avant que Gideon reparte au pas de course.

Harrow n'était pas non plus sur la vaste baie d'amarrage baignée de soleil, au béton d'un blanc vibrant dans la lumière accablante de cette matinée. Gideon en fit tout le tour, examina les dispositifs magnétiques patinés par les éléments, écouta les remous de l'eau en contrebas, se disant que les navettes devaient reposer quelque part tout au fond. Harrow n'était pas sur la terrasse où Dulcinea Septimus avait l'habitude de lire, et Dulcinea Septimus n'y était pas elle non plus : Gideon ne trouva que quelques romans abandonnés à côté d'une chaise longue. À l'heure du déjeuner, elle avait déjà parcouru toute l'aile est, desservie par un somptueux vieil escalier pourri situé à gauche de l'atrium, jusqu'à arriver devant une porte munie d'une plaque fraîchement ciselée annonçant HUITIÈME MAISON dont elle s'était éloignée en un temps record. De retour au réfectoire, ruminant au-dessus de son pain et de son fromage, Gideon décida d'abandonner.

De laisser Harrow où elle était, les deux jambes cassées, le bassin pulvérisé. Essayer de la retrouver était une entreprise incroyablement vaine dans un lieu aussi incroyablement vaste et complexe que l'on pouvait explorer toute la journée pendant des jours et des semaines entières sans même épuiser les recoins du *rez-de-baie*. C'était stupide, elle se sentait stupide. Et c'était la faute de Nonagesimus, d'avoir voulu tout contrôler à ce point et faire tant de mystères sur le moindre aspect de son horrible petite vie. Elle ne remercierait jamais Gideon, pas même si elle sauvait son cul tout plat atterri dans une flaque de lave en fusion (d'autant moins que Gideon commémorerait religieusement le jour anniversaire de sa mésaventure dans le magma). Non, Gideon lâchait l'affaire.

Mais après avoir englouti son repas et avalé presque toute une carafe d'eau d'un trait, elle se résigna à reprendre ses recherches. Sur un coup de tête, elle alla tambouriner contre les portes de l'ascenseur cassé, et à défaut d'ouvrir celles-ci, elle constata qu'en employant la force, il y avait moyen d'ouvrir la porte gorgée d'eau qui se trouvait juste à côté. Derrière celle-ci se trouvait un étroit escalier qu'elle descendit, débouchant sur un couloir qu'elle n'avait encore vu qu'une seule fois. C'était un passage assez large mais bas de plafond, avec du ruban adhésif marqué ***DANGER*** hurlant sur toutes les portes et toutes les surfaces, mais une porte, au fond, avait manifestement été empruntée : le ruban adhésif, de part et d'autre du cadre, était en lambeaux. Cette porte menait à un autre couloir, barré à mi-chemin et de manière peu convaincante par une vieille bâche immense agrafée aux chevrons. Gideon passa sous la bâche, prit à droite, et ouvrit une étroite porte d'acier qui donnait sur une terrasse.

Elle était déjà venue ici. Une bonne moitié de la terrasse s'était effondrée dans la mer. La première fois, prise d'un accès d'acrophobie aiguë, elle s'était dépêchée de battre en retraite vers un endroit moins dingue. Le ciel semblait trop vaste ; l'horizon trop ouvert ; la terrasse, un piège mortel. On apercevait en haut la baie d'amarrage et les vastes fenêtres opaques des quartiers de la Neuvième. Regarder en haut n'était pas le problème. En revanche, si elle regardait en bas, alors qu'elle se trouvait à plusieurs centaines de mètres au-dessus du niveau de la mer, elle avait aussitôt la nausée.

Se souvenant que la seule différence entre le puits de Drearburh et cette terrasse en équilibre précaire était que l'un était protégé d'une rambarde et l'autre non, elle prit sur elle et s'y aventura. Le vent hurlant la plaqua contre la tour. La partie de la terrasse la plus proche du cœur de la Maison de Canaan semblait intacte. Des pare-vent en pierre et des plates-bandes desséchées, éteintes, s'étendaient au loin vers l'autre côté de la tour, interrompues de treilles et de bacs à plantes vides. Gideon s'avança sur un chemin dont on ne pouvait pas vraiment dire qu'il était sécurisé : plusieurs murets s'étaient effondrés, les gravats n'avaient jamais été débarrassés, et la surface restante n'était pas assez vaste pour distraire l'œil de la plaie béante laissée par la partie de l'édifice qui avait été précipitée dans le vide – mais de l'autre côté se dressait un escalier en briques et fer forgé lové contre la tour.

L'ascension n'était pas pour les petites natures : plus on montait, plus la vue sur la terrasse de la mort était imprenable – la mer grondait en contrebas, de couleur changeante, un gris-bleu profond aujourd'hui, le vent lui dessinant des couronnes d'écume –, mais Gideon rajusta ses lunettes de soleil, prit une profonde inspiration, et commença à monter. Dès qu'elle vit une porte automatique, elle voulut s'y engouffrer, mais dut frapper cinq bonnes fois contre le battant pour qu'elle finisse par s'ouvrir. Gideon baissa la tête pour entrer tandis que la porte se refermait derrière elle dans un souffle réprobateur. Elle se colla contre le mur et s'accorda un instant pour reprendre ses esprits.

Il faisait sombre. Elle se trouvait dans un long couloir qui semblait partir vers la gauche tout au bout. Le silence était complet, et il faisait froid. Le sol en dalles noir et crème, un peu passées, dessinait un motif d'étoile qui se répétait à l'infini ; les dalles claires semblaient flotter dans les airs comme des surfaces lumineuses, tandis que les dalles noires se confondaient avec les ombres du couloir. Sur les murs, de grands panneaux de verre fumé étaient éclairés de lampes jaune foncé ; les appliques étaient constellées de gouttes de cire de bougies momifiées. L'espace vaste et sombre n'était pas sans rappeler le sanctuaire intérieur de Drearburh, sans les ossements. En réalité, il n'y avait quasiment aucun ornement ici. Les murs semblaient étrangement proches, comme si l'endroit était plus petit que prévu, un peu comme s'il avait rétréci. Le sol était magnifique, et les portes aussi, avec leurs panneaux en marqueterie et les petits carrés de verre fumé sertis dans leur cadre de métal. À l'endroit où le couloir tournait vers la gauche se dressait une statue, qui devait représenter une personne, mais qui, la tête et les bras tranchés, n'était plus qu'un torse aux moignons implorants. Gideon mit un moment à réaliser qu'elle se trouvait dans une sorte de hall d'entrée, et que les portes qu'elle voyait étaient celles d'ascenseurs : chacune d'elles était surmontée d'un écran mort qui devait autrefois annoncer les étages.

Gideon rangea ses lunettes de soleil dans une des poches de sa cape. Soudain, un léger écho se répercuta sur les murs, le sol et le plafond, puis le son s'éclaircit : c'étaient des voix qui montaient vers le hall. Au coin du couloir, un petit escalier menait en contrebas, interrompu par un palier. Gideon descendit silencieusement quelques marches.

Les murmures indéfinis devinrent plus distincts.

— … impossible, Gardien.

— Mais non.

— *Improbable*, Gardien.

— Admettons. Mais… comparé à quoi, exactement ?

Des bruits de pas. Il y avait deux voix : la première probablement féminine, la seconde probablement masculine. Gideon se risqua une marche plus bas.

— Il y a six datations, poursuivit la seconde voix. Neuf mille ans pour la plus ancienne. La plus récente, disons, une petite cinquantaine d'années. Grosso modo. Mais les objets anciens ici sont vraiment très très anciens.

— On ne peut pas remonter à plus de dix mille ans, Gardien.

Oui, c'était bien une voix de femme, basse et calme, que Gideon n'avait encore jamais entendue, qui énonçait cette évidence.

— Évidemment. Neuf mille ans. Une petite cinquantaine d'années. Et un seul bâtiment.

— Mh.

— *Fiat lux !* Tu veux de l'improbable, parlons un peu de *ceci* (frottement d'une pierre contre une autre) qui est censé avoir quelque trois mille ans de plus que *ceci* (lourd *clonk*).

— Inexplicable, Gardien.
— Certainement pas. Comme tout le reste dans ce ridicule amas de gaz réfrigérant, ce sera parfaitement explicable une fois que j'aurai trouvé l'explication.
— Incontestable, Gardien.
— Arrête. Écoute-moi, au lieu de me réciter tout ton chapelet d'adjectifs. Soit le bâtiment a été nettoyé par un camion poubelle intergalactique, soit on nous ment systématiquement, à un niveau moléculaire.
— Le bâtiment est peut-être timide.
— Alors tant pis pour lui. Non… il y a quelque chose qui cloche ici. Il y a une arnaque. Tu te souviens de l'épreuve du quatrième cercle ?
— Celle où les Maîtres avaient tout désactivé ?
— Non, ça, c'était le troisième. Pour celle du quatrième cercle, ils avaient semé quelques milliers de faux enregistrements un peu partout dans le système. C'était super bien fait, il y avait les codes temporels et tout, sauf que c'était manifestement faux. Du grand n'importe quoi. Impossible d'y croire. À se demander pourquoi ils avaient essayé.
— Je me souviens ! Tu avais dit : "Quelle bande de salopards."
— Euh… oui. En substance, oui. Ce jour-là, ils nous ont donné une leçon particulièrement déplaisante : on ne peut se fier à rien, parce que tout peut mentir.
— Les épées ne mentent pas, répliqua la jeune femme, une pointe de satisfaction dans la voix.
Le nécromancien (car Gideon n'avait jamais été aussi certaine d'écouter parler un maudit nécromancien) souffla bruyamment.
— Non. Mais elles ne disent pas la vérité non plus.
Gideon, presque arrivée au pied de l'escalier, découvrit la pièce en contrebas. La seule source de lumière provenait de son centre, si bien que les murs de béton, striés de bandes à moitié décollées d'adhésif DANGER, étaient éclaboussés de longues ombres. Elle vit que ce qui était éclairé par une lampe de poche était une grande trappe métallique, du genre qu'elle associait aux tunnels de secours ou aux abris antiatomiques.

Accroupi devant la trappe, la lumière se reflétant sur les verres de lunettes qui lui glissaient constamment sur le nez, se trouvait un grand jeune homme émacié, enveloppé dans une cape grise. Et à côté de lui, une lampe torche dans une main et un bout de statue dans l'autre, une grande silhouette dont les vêtements, gris eux aussi, laissaient deviner un fourreau sur la hanche. Ses cheveux sombres, d'une couleur indéterminée, étaient coupés net au niveau du menton. Elle était nerveuse comme un oiseau : les coudes agités de tressaillements, elle sautillait d'un pied sur l'autre ou se balançait sur ses talons. La lumière de la torche donnait un aspect étrange à la scène, et le jeune homme, une main appuyée sur le lourd bord de la trappe, semblait perdu dans ses pensées, comme un devin lisant dans les intestins d'un animal sacrifié. Lui-même muni d'une lampe de poche miniature, il examinait la jointure entre le sol et le cadre de métal de la trappe.

Ils étaient vraiment crasseux. L'ourlet de leurs capes était gris de poussière. Leurs vêtements et leurs mains striés d'étranges traces humides. On aurait dit qu'ils venaient de disputer un tournoi de catch dans une des obscures catacombes de la Neuvième.

Gideon s'était aventurée trop près. Même dans cette relative pénombre, sous leur cape et leur capuche, on voyait qu'ils étaient nerveux. Soudain, le jeune homme tourna la tête vers l'escalier. Aussitôt alarmée, la jeune femme à l'épée se retourna d'un bloc et découvrit Gideon sur les marches.

La vision, dans l'obscurité, d'une pénitente du Tombeau Scellé entièrement vêtue de noir et maquillée façon tête de mort ne devait pas être excessivement rassurante. La cavalière, parfaitement immobile soudain, plissa les yeux sous sa capuche. Puis elle passa à l'action. Elle lâcha son morceau de sculpture, qui tomba au sol avec un *clonk* sonore, tira son épée de son fourreau usé avant même que la sculpture ait le temps de rebondir, et fondit sur Gideon. Celle-ci, les neurones en feu, dégaina à son tour, et glissa la main dans le gant de son couteau de poing tandis que la jeune femme en cape grise lâchait sa torche et sortait dans un soupir liquide une dague de l'étui fixé sur son épaule. La cavalière bondit et leurs lames se croisèrent au-dessus de leurs têtes, le choc du métal résonnant dans toute la pièce.

Bordel de merde. Ce n'était pas une cavalière, c'était une guerrière. Gideon, grisée, devait se battre pour sauver sa peau. Les coups foudroyants, assénés avec la puissance d'un broyeur industriel, mettaient sa défense à rude épreuve, tandis que la courte dague ciblait sa garde. Malgré l'avantage que lui conférait sa position en hauteur, Gideon se vit forcée de remonter plusieurs marches. Leur terrain de bataille était un escalier étroit, et Gideon était en difficulté. Elle parvint à balayer la seconde main de son adversaire, qui s'écrasa contre le mur dans une pluie de petits carreaux de verre. Celle-ci tomba presque à genoux, comme si elle avait pris une balle, mais c'était pour récupérer sa dague, qu'elle renvoya vers sa main d'un *coup de pied*, avant de descendre l'escalier d'un *salto arrière*. Gideon se lança à sa poursuite telle une nécrosainte vengeresse, lui assénant un coup de tout son élan qui, avec une épée à deux mains, les pieds bien positionnés, aurait cassé sa lame en deux, juste pour le plaisir de voir son adversaire enfoncer la tête dans les épaules. Sa rapière trouva la dague de l'autre cavalière, haletante, et elles s'appuyèrent de toutes leurs forces contre la lame de l'autre. Les yeux de la cavalière en gris trahissaient une légère surprise.

— *Camilla !* entendit-elle comme au loin.

Gideon était la plus forte : le bras de la jeune femme commençait à trembler, et dans une ultime tentative de contrer Gideon, elle releva sa rapière et attaqua la manchette de son couteau de poing, tandis que la lumière de la petite lampe de poche du nécromancien passait d'un visage à l'autre, changeant leurs pupilles en noirs puits sans fond.

— *Camilla la Sixième !* Cesse le combat !

Camilla jeta son coude en avant et fit glisser sa lame le long de celle de Gideon, avant de l'écarter d'un coup de poignet. Perplexe, Gideon battit en retraite vers les marches et se remit en garde ; mais la cavalière grise recula à son tour, rapière haute, seconde main baissée. Le nécromancien vêtu de gris se dressait entre elles, et la pénombre de la pièce semblait parcourue des vibrations d'ondes de chaleur. Gideon lança son bras en avant…

… et recula, titubante, le cœur en panique dans sa poitrine, comme en pleine crise cardiaque. Sa main s'atrophiait à vue d'œil sur la poignée de sa rapière : la chair fondait, les ongles noircissaient en s'enfonçant dans la peau, comme s'ils étaient brûlés. Elle ramena son poing en arrière, constata qu'il était intact, et n'insista pas. Elle n'était pas complètement idiote. Elle s'éloigna du bouclier nécromantique, rengaina sa rapière et leva les mains, geste universel du *cessez-le-feu*. Le nécromancien, sa torche toujours tendue devant lui, poussa un soupir, puis essuya le film de sueur rose qui recouvrait son front.

— C'est l'autre, annonça-t-il, laconique.

Sa voix ne laissait nullement paraître qu'il venait de lever une massive barrière thanergétique, et de suer du sang. Gideon était d'ailleurs étonnée de ne pas en voir davantage, car l'espace devant elle, sur au moins trois corps de haut et de large, luisait comme la surface d'une bulle huileuse.

— Nous ne voulons pas d'accrochage avec une autre Maison… même s'il est certain que ça donnerait à penser aux stratèges de la Sixième. Quant à vous, dit-il en s'adressant plus spécifiquement à Gideon, sur un ton un peu formel, je vous présente mes excuses, Neuvième, ma cavalière n'aurait pas dû vous attaquer sans prévenir. En revanche, je ne la blâme pas d'avoir dégainé devant une silhouette vêtue de noir nous espionnant dans la pénombre. Sérieusement, Neuvième ?

Gideon ôta son couteau de poing, le rattacha à sa ceinture, et entreprit d'analyser la scène. La cavalière et son nécromancien se tenaient devant l'énorme trappe noire, leurs capes couleur charbon dans la pénombre, les yeux et les cheveux rendus presque incolores par la faible lueur du hall. Le nécromancien éteignit sa petite torche, et l'obscurité se fit encore plus épaisse. Gideon mourait d'envie de parler, et si elle avait pu, elle aurait sans doute commencé par demander à la cavalière *Comment tu as appris à faire des saltos comme ça ?* Mais le nécromancien la coupa dans son élan :

— Vous êtes là à cause de Nonagesimus, n'est-ce pas ?

Pas sûr que la stupéfaction de Gideon ait été comprise comme telle : son maquillage était un assez bon camouflage.

Le nécromancien frotta nerveusement ses mains l'une contre l'autre, tordant ses doigts dans tous les sens.

— Je me suis dit qu'elle… bref. L'avez-vous vue depuis l'avant-dernière nuit ?

Gideon secoua la tête si énergiquement qu'elle fut surprise de ne pas en perdre sa capuche. Le visage impassible de la cavalière se tourna vers son nécromancien, comme si elle attendait quelque chose. Le jeune homme agita les doigts, sembla prendre une décision.

— Bon, vous êtes sur la bonne piste, dit-il abruptement, avant de retirer ses grosses lunettes de nerd et de les secouer comme pour les libérer de quelque chose. Elle est redescendue ici la nuit dernière et, si je ne me trompe pas, elle n'a pas réapparu. Elle a laissé un peu de sang sur le sol. Et comme les nécromanciens mènent une vie vraiment dissolue, il précisa : Du sang *intraveineux*. Son sang *à elle*.

En entendant cette précision, il se passa quelque chose de très étrange en Gideon Nav. Elle avait déjà surexploité ses neurones, et épuisé ses réserves de cortisol et d'adrénaline ; son corps se mit donc en mouvement sans solliciter sa tête ou son cœur : elle bouscula le jeune homme et se jeta sur la trappe, tirant sur l'anneau à s'en casser les poignets. Mais elle était encore plus verrouillée que le cul de Crux. Affligé par ce spectacle, le nécromancien poussa un profond soupir et lança sa sacoche à Camilla, qui l'attrapa au vol.

— Les cavaliers…

— Moi, je ne t'aurais jamais laissé seul pendant vingt-sept heures, se défendit Camilla.

— Bien sûr que non. Sinon je serais mort. Écoute, simplette, elle ne s'ouvrira pas, dit-il en se tournant vers Gideon comme s'il braquait une arme contre elle. Elle a pris ta clé.

De près, il était vraiment décharné et avait un visage ordinaire, à l'exception de ses yeux. Derrière ses verres épais comme une visière d'astronaute, ils étaient d'un gris lumineux, immaculé. C'étaient les yeux d'une très belle personne, emprisonnés dans un visage très antipathique.

Gideon se remit à tirer sur l'anneau de la trappe, comme si le geste le plus inutile de l'univers pouvait jouer en sa faveur face à la loi physique à laquelle obéissait cette porte fermée. Le nécromancien poussa un nouveau soupir, plus triste et plus profond que le précédent.

— Vous êtes vraiment des championnes, Nonagesimus et toi. Attends… Cam, jette un œil en haut, s'il te plaît… Neuvième, *écoute-moi*. La température est bien au-dessus de zéro ici. Ce qui veut dire que le sang reste humide au moins une heure, une heure et demie. Le sien n'est pas du tout squelettisé. Tu me suis ? Il se peut qu'elle l'ait placé là exprès… même si en tant qu'osséo, il n'est pas très logique qu'elle pratique un rituel du sang sur elle-même… bon, je vois que tu ne fais même pas semblant d'écouter.

En effet, Gideon avait cessé d'écouter après *humide*, se disant qu'elle allait s'aider de ses jambes pour se donner plus de force : appuyant un pied sur le cadre de la trappe, elle saisissait à peu près un mot sur cinq. *Sang. Squelettisé. Osséo.*

— Camilla, lança le nécromancien, est-ce que tu vois quelque chose indiquant qu'elle soit sortie pendant…

— Non, Gardien, dit Camilla depuis l'escalier.

— Donc en principe elle est toujours en bas, dit-il à Gideon.

— Alors bouge ton cul et *aide-moi*, répliqua Gideon Nav.

Le nécromancien ne parut ni surpris, ni inquiet. Au contraire, ses épaules tendues se relâchèrent un peu, comme s'il passait de *panique face à un trou noir* à *stress au fond de l'océan*.

— Bien sûr, dit-il, d'une voix presque soulagée.

Un projectile fusa dans les airs, qui tenait plus du mouvement et du son que de l'objet tangible. Le nécromancien ne parvenant pas à l'attraper au vol, il vint heurter ses longs doigts nerveux. Gideon reconnut le jumeau de l'anneau d'acier qu'on lui avait remis lors de son tout premier jour dans la Maison de Canaan. Lorsque le nécromancien s'accroupit à côté d'elle, dans son odeur de poussière et de moisi, elle se rendit compte que deux objets étaient accrochés à l'anneau. Une longue clé s'y balançait mollement. Ainsi qu'une deuxième, plus petite, aux reflets dorés, à la tige ouvragée marquée de profondes cicatrices. Un porte-clés ? On leur avait donné un *porte-clés* ?

Le nécromancien introduisit la première clé dans le trou de la serrure, le panneau se débloqua avec un claquement sec, et Gideon et lui ouvrirent la trappe, révélant une échelle de métal qui s'enfonçait dans un trou d'une noirceur impressionnante. La taille de la tache de lumière tout au fond indiquait clairement qu'un pas de travers était un coup à se briser la nuque… et tous les os par la même occasion.

Le doigt tendu de Camilla apparut dans son champ de vision comme la pointe d'un javelot. La cavalière de la Sixième avait récupéré sa lampe torche, et Gideon constata que ses yeux étaient bien plus sombres que ceux de son nécromancien, qui étaient couleur eau ou roche claire, tandis que ceux de Camilla avaient la teinte insondable et opaque des terres de la Neuvième, entre le gris et le brun.

— Tu vas descendre la première, Neuvième, dit-elle. Palamedes te suivra, et je fermerai la marche.

Gideon mit une bonne minute à descendre dans ce long tube à rendre n'importe qui claustrophobe, fixant nerveusement les barreaux, sa cape coincée entre ses genoux, sa rapière heurtant le métal à chaque mouvement, et lorsqu'elle arriva enfin au fond, elle resta comme deux ronds de flan.

Cette trappe donnait accès à un complexe désuet, un poussiéreux tunnel hexagonal tapissé de panneaux perforés. Une grille laissant passer le souffle de climatiseurs faisait office de plafond, une autre installée au-dessus de pompes à air comprimé faisait office de plancher, le tout était éclairé d'ampoules électriques masquées par des panneaux de plastique blanc. De gros tuyaux couraient le long des parois. Dans les arcs de voûte, on avait installé de massives portes automatiques carrées. Cette symphonie de gris et de noirs stériles était interrompue au niveau de la première arche, où ondulait dans le courant d'air du climatiseur un bouquet de vieux os et d'antiques parchemins de prière. C'était la seule touche un peu normale, un peu humaine de l'endroit.

— Suivez-moi, dit le jeune homme, qui s'appelait donc Palamedes.

Il se mit en marche, l'ourlet poussiéreux de sa cape bruissant sur la grille poussiéreuse. Il n'y avait aucun écho : on aurait dit que l'endroit avalait les sons, absorbés par les panneaux muraux. Ils s'enfoncèrent tous trois dans le tunnel avec un cliquètement métallique peu harmonieux et débouchèrent sur une vaste pièce ennéagonale, dont partaient à leur tour huit couloirs. Des inscriptions en acier brossé indiquaient à côté de chacun d'eux :

LABORATOIRES 1-3
LABORATOIRES 4-6
LABORATOIRES 7-10
RÉSERVE AIR COMPRIMÉ
CONSERVATION
MORGUE
SALLES DE TRAVAIL
DÉSINFECTION

Les puits de lumière au-dessus des accès teintaient de blanc les panneaux muraux, tandis que les lumières venant d'en bas (les petites diodes clignotant sur les énormes machines plusieurs mètres sous la grille) donnaient au sol un doux reflet vert. Les murs étaient dépouillés, à l'exception d'un grand panneau blanc au cadre de métal, comme un tableau d'emploi du temps. Manifestement, il n'avait pas servi depuis très très *très* longtemps. La surface était tachée, les lignes presque effacées. Çà et là, quelques fragments de lettres isolés subsistaient : l'arrondi d'un O ou d'un C, l'arche d'un M, un rond avec un trait qui pouvait être un G ou un Q. Tout en bas, un message fantôme tracé d'une épaisse encre noire un peu passée, mais toujours lisible, proclamait : *Mission accomplie !*

L'atmosphère de la pièce était oppressante, l'air si sec qu'il piquait les yeux et la bouche de Gideon. Camilla avait la main sur la poignée de sa rapière, et Palamedes ne cessait de tordre les siennes, tout en tournant lentement sur lui-même comme pour se livrer à une inspection à trois cent soixante degrés de l'endroit.

Suivant une impulsion soudaine (ou peut-être au hasard), il opta pour le couloir indiquant DÉSINFECTION. Gideon lui emboîta le pas.

Le sol du petit couloir était constitué de planches qui crissaient sous leurs pas car elles étaient constellées de monticules poudreux, dont l'aspect évoquait celui du sel, comme autant de petites dunes qui se dissolvaient en un souffle à peine les touchait-on du pied.

Et puis, brusquement, ils virent du sang : Palamedes sortit sa petite lampe torche de la poche de sa cape, et le liquide sombre prit un reflet rougeâtre. Du sang avait bel et bien été versé ici, et pas en petite quantité, le couloir était largement barbouillé de macabres rubans sombres encore humides. Les petites taches qui éclaboussaient les murs, elles, étaient déjà sèches.

La porte au bout du couloir – une massive porte de métal, ornée d'une vitre tellement crasseuse qu'on ne voyait plus au travers – s'ouvrait à l'aide d'un écran tactile lui aussi maculé de sang séché. Séché, mais aussi humide. Gideon appuya si fort dessus que la porte s'ouvrit d'un coup, comme sous l'effet de la surprise.

La première salle de Désinfection, immense mais basse de plafond, était un dédale de box tapissé de panneaux blancs, avec de longues tables d'acier sous des vaporisateurs rappelant des champignons en métal à l'envers, et d'étroites boîtes de la taille d'un humain en position debout. L'endroit était aussi vaste que le grand atrium décrépit de la Maison de Canaan. Les lampes grésillaient au-dessus de leurs têtes. Sur un des murs, un panneau – on aurait dit un écran – clignotait furieusement, comme si un mécanisme en lui essayait désespérément de se réveiller, avant de renoncer et de s'éteindre, et la pièce se retrouva plongée dans l'obscurité. Gideon était aux aguets, comme un chien de chasse qui suit instinctivement une piste, avec une excitation presque surnaturelle, elle cherchait…

Des traces de sang la menèrent à une sorte de bloc strié dans l'un des box. On aurait dit un cocon, de la taille d'une personne – enfin, d'une personne pas très grande. Avant que Palamedes et Camilla aient le temps de l'en empêcher, Gideon se jeta sur sa trouvaille et lui asséna un coup de pied monumental. Le sortilège ainsi rompu, une pluie de matière osseuse s'abattit contre le fond du box, se désagrégeant aussitôt en cendres grises et poisseuses d'os incinérés. Recroquevillée à l'intérieur, les mains en sang, le maquillage dégoulinant laissant transparaître la peau d'un gris aussi poisseux que les cendres… se trouvait Harrowhark Nonagesimus.

Gideon, qui avait passé toute la matinée à préparer mentalement la danse de joie sauvage avec laquelle elle accueillerait le corps mort d'Harrow, se tourna vers Palamedes et Camilla et déclara :

— Je vais m'en occuper seule.

Ne tenant aucun compte de cette remarque, Palamedes la poussa pour se pencher sur la chrysalide d'os brisés, et se mit à fouiller son contenu répugnant. Il écarta un pan de la cape d'Harrow, puis le col de sa chemise et trois colliers d'osselets, dévoilant un bout effrayant de peau nue (beurk) et appuya deux doigts sur son cou. Puis il mit la main devant sa bouche, commanda sèchement *Cam !*, et celle-ci s'agenouilla à côté de lui. Elle sortit une petite bourse de l'intérieur de sa chemise et en tira… un câble. L'isolant avait été ôté aux deux extrémités, révélant les bouts de métal acéré. Il enfonça l'une des extrémités dans la partie charnue de sa main, entre le pouce et l'index. Du sang perla sur sa peau. Il plaça l'autre extrémité sur le cou d'Harrow, à l'endroit où il avait appuyé ses doigts. S'ensuivit un dialogue aussi rapide qu'énigmatique :

— Taux de dilatation élevé. Pas de blessures externes justifiant l'hémorragie. Hypovolémie. Respiration OK. Apparemment, elle est plus déshydratée qu'autre chose.

— Sérum physiologique ?

— Bah. Elle se réhydratera toute seule quand elle se réveillera.

Gideon n'y tenait plus. Elle aurait compris qu'on retrouve Harrow les jambes à l'envers et le crâne explosé, mais elle n'avait pas suivi la moitié de ce qu'ils venaient de dire.

— Mais qu'est-ce que vous baragouinez ?

Palamedes, de nouveau accroupi, avait repris son examen du cocon osseux, tâtant la membrane, la pliant dans un sens puis dans l'autre.

— Elle n'a pas mangé ni bu depuis un bon moment, dit-il. C'est tout. Elle a dû présumer de ses forces, et sa tension artérielle et sa fréquence cardiaque ont chuté d'un coup. Elle a dû tomber dans les pommes, se réveiller, construire ce truc… incroyable d'ailleurs, je n'en reviens pas… et s'endormir. Un cocon d'un seul tenant, pas étonnant qu'elle soit KO. Elle fait ça souvent ?

— Vous pouvez dire tout ça rien qu'avec la nécromancie de la Sixième ?

Gideon fut légèrement choquée par la réaction de Palamedes et Camilla, qui éclatèrent tous deux d'un rire grossier, comme une série de petits aboiements. Camilla profita de cet instant pour ranger le câble dans sa bourse, après avoir essuyé de deux doigts le sang d'Harrow à un bout et l'avoir réenroulé sur lui-même.

— La nécromancie médicale, répliqua sèchement son adepte, en voilà un bel oxymore. Non. Être nécromancien est utile, mais non. Il s'agit de science curative. Vous ne connaissez pas ça dans la Neuvième ? Ne réponds pas, c'était une blague. Tu peux l'emmener, maintenant.

La Respectable Fille s'avéra très légère lorsque Gideon (Palamedes et Camilla firent tous deux la grimace) la souleva pour la porter sur une épaule, tête en bas. L'air s'échappa avec un sifflement de ses poumons et le cocon osseux se disloqua en mille petits éclats qui s'abattirent sur le sol comme une averse de grêle. C'est la seule chose qui sembla vraiment préoccuper le nécromancien de la Sixième, qui poussa un juron entre ses dents et *sortit une règle de sa poche* pour *mesurer* l'un des fragments sur le sol.

Gideon modifia un peu la position d'Harrow pour mieux répartir son poids sur son épaule. Son cerveau n'était pas encore suffisamment reconnecté pour mémoriser ce poids ou en faire un des éléments d'un fantasme ultérieur où elle jetterait la descendante de la Neuvième par-dessus la rambarde de la baie d'amarrage. Sa nécromancienne sentait la sueur, le sang et les vieux os brûlés, et son corset de côtes s'enfonçait douloureusement dans l'épaule de Gideon. Il s'avéra qu'il était encore sacrément plus difficile de grimper les barreaux d'une échelle avec un autre corps sur le dos que de les descendre toute seule. Palamedes montait le premier, elle suivait, luttant pour gravir chaque barreau avec son étrange chargement, et

Camilla fermait de nouveau la marche. Lorsqu'ils arrivèrent enfin en haut, Gideon avait les mâchoires douloureuses à force de serrer les dents.

La cavalière de la Sixième soutint les épaules d'Harrow pour faciliter la sortie de Gideon, ce qui était correct de sa part. Mais c'était peut-être juste pour qu'ils puissent refermer au plus vite l'énorme trappe de métal et tourner la clé dans la serrure avec un *clic* satisfaisant. Gideon s'assit à côté de son adepte toujours inconsciente et fit quelques mouvements d'assouplissement avec l'une, puis l'autre épaule.

— Donne-lui de l'eau et quelque chose à manger quand elle se réveillera, dit Palamedes en remettant sa sacoche sur son dos. Elle se chargera elle-même du reste. En principe. Il lui faut surtout une bonne nuit de sommeil… dans un lit, pas dans la bibliothèque. Si elle te demande comment je sais qu'elle y est allée, dis-lui que Cam a reconnu le cliquetis de ses bottes.

Gideon se pencha pour soulever à nouveau son fardeau, hissant le corps inerte et muet d'Harrow sur son autre épaule. Elle s'arrêta au pied des marches, mesurant mentalement le chemin qu'elle allait devoir parcourir en sens inverse, le long couloir, l'escalier en colimaçon qui menait à la terrasse, puis les longs boyaux de la Maison jusqu'aux quartiers de la Neuvième. Un trajet qui offrait mainte occasion de cogner la tête d'Harrow contre un mur.

— À charge de revanche, dit-elle.

— Il a fait ça gratuitement, répondit Camilla de sa voix étrangement calme et grave.

C'était la première fois qu'elle regardait Gideon sans cet air minéral et agressif de mur de fortification, ce qui était plutôt agréable.

— Voilà, corrobora Palamedes. Ceci dit, juste un petit conseil.

Il marqua une pause, joignit le bout de ses doigts. Sa cavalière, visiblement tendue, ne le quittait pas des yeux.

— C'est vraiment dangereux, en bas, Neuvième, dit-il finalement. Alors arrêtez de disperser vos forces.

— Dangereux *comment* ?

— Si je le savais, répondit Palamedes, ce serait sacrément moins dangereux.

Gideon commençait à en avoir marre des mystères. Elle n'était plus à Drearburh.

— Comment le sais-tu ? répliqua-t-elle.

Le nécromancien de la Sixième vint se planter devant elle. Baigné de la lueur diffuse qui provenait du hall derrière Gideon, il était *vraiment* maigre, et sa cape grise informe, son pantalon trop serré sur ses hanches ne faisaient qu'accentuer l'effet. Camilla s'était postée derrière lui à la distance réglementaire d'un demi-pas (celle qu'Aiglamene avait fait entrer de force dans le crâne de Gideon) comme si elle se méfiait de cet escalier.

— Parce que je suis le meilleur nécromancien de ma génération, dit-il froidement.

Le fardeau inconscient sur l'épaule de Gideon marmonna :

— Dans tes rêves.

— Je me disais bien que ça la réveillerait, commenta Palamedes, tout content de lui. Bon, je m'en vais. Je le répète : de l'eau et du repos. Bonne chance.

13

Soit Harrowhark était retombée dans les pommes après avoir utilisé sa dernière miette d'énergie pour tacler Palamedes, soit elle était déjà tellement ignoble qu'elle pouvait remballer les gens dans son sommeil. À moins qu'elle ne fasse tout simplement la morte. Gideon s'en foutait complètement. Sa nécromancienne resta un poids inerte sur son épaule pendant tout le trajet menant aux quartiers de la Neuvième. Heureusement, elles ne croisèrent personne en chemin, et arrivée à destination, Gideon fut bien contente de lâcher sur son lit son fardeau emmailloté de noir.

Si Nonagesimus avait une sale tête dans la pénombre de l'étrange complexe, à la lumière tamisée de leurs quartiers, c'était pire. En lui ôtant sa capuche, puis son voile, Gideon découvrit ses lèvres écorchées, son maquillage craquelé, pelant carrément en grands lambeaux brunâtres sur une tempe. Lorsqu'elle remontait l'échelle avec Harrow, son voile avait glissé, et Gideon avait déjà constaté que ses narines étaient bordées d'une croûte de sang noir, et que la naissance de ses cheveux était barbouillée de fines traces de sang. Elle n'en découvrit pas d'autres sur sa cape ou le reste de ses vêtements ; seulement des auréoles de sueur. Gideon s'était résolue à l'examiner pour s'assurer qu'elle n'était pas blessée, même si ce qu'elle avait vu l'avait traumatisée à jamais.

Elle remplit un verre d'eau dans la salle de bains et le posa à côté d'Harrow. Comment faire pour la réhydrater ? Est-ce qu'elle devait… lui rincer la bouche, par exemple ? Nettoyer les traces de sang séché autour de ses narines ? Indécise,

Gideon roula des épaules plusieurs fois, puis reprit le verre d'eau et s'approcha d'Harrow.

— Touche-moi encore une fois et je te tue, dit celle-ci, d'une voix rauque, sans même ouvrir les yeux. Je suis sérieuse.

Gideon retira sa main comme si elle venait de se brûler, poussa un soupir.

— Bonne chance, despote, dit-elle. Parce que là tu as l'air toute momifiée.

Harrow ne bougea pas. Elle avait une sacrée ecchymose derrière l'oreille, qui avait déjà tourné au violet foncé.

— Je ne dis pas que je m'en tirerais indemne, Gigi, murmura-t-elle. Je dis juste que tu serais morte.

Gideon s'adossa lourdement à la table de nuit et but une longue gorgée malveillante dans le verre d'Harrow. Elle se sentait tendue et embrouillée, et après la suée de tout à l'heure, sa peau la démangeait et elle avait des frissons. Elle ôta sa capuche d'un geste nerveux, se débarrassa de sa cape. Elle se sentait comme une enfant privée de sommeil.

— *Merci, Gideon*, dit-elle. *J'étais dans la merde, et tu m'as sauvée, alors que tu n'avais aucune raison de le faire, parce que je ne suis qu'une imbécile qui s'est retrouvée coincée dans un cocon au fond d'une cave*. Voilà ce que tu as fait tout ce temps sans moi ? L'imbécile dans une cave ?

Les lèvres de son adepte se retroussèrent, et le gris de son visage laissa apparaître de petites boursouflures roses.

— Voilà, dit-elle. Je faisais l'imbécile dans la cave. Et tu n'avais pas besoin de t'en mêler. Tu as fait *exactement* ce que je craignais : me sortir d'une situation dont je n'avais pas besoin qu'on me sorte.

— Dont tu n'avais pas *besoin*… Parce que tu étais en train de faire une petite sieste, peut-être ?

— J'étais en train de récupérer…

— Mon cul, oui.

Cette fois, Harrow ouvrit les yeux pour rétorquer :

— La *Sixième Maison*, Gigi ! Tu sais quel effort ça représente de garder un temps d'avance sur Palamedes Sextus ? Je ne t'avais pas dit de *fermer* ta belle gueule ? Je m'en serais sortie toute seule. J'étais dans les pommes, je me reposais un peu.

— Et je suis censée savoir ça comment ? répliqua Gideon. Je veux des réponses, et je les veux hier.

Le blanc des yeux d'Harrow était rose, enflammé : trop peu de repos sans doute, et trop d'évanouissements. Elle les referma, laissa lourdement retomber sa tête sur le lit. L'écheveau emmêlé de ses cheveux couleur corbeau mort se déploya sur l'oreiller. Elle avait l'air complètement à bout de forces.

— Je ne parle pas de ça avec toi, dit-elle finalement.

— Oh si, répliqua Gideon. J'ai récupéré mon porte-clés, donc si tu veux retourner faire l'imbécile dans la cave, tu vas avoir un petit problème.

Les lèvres de la nécromancienne s'étirèrent en une ligne amère sans doute censée prouver sa détermination d'airain, mais qui ne fit que mettre en avant les plaies qui les constellaient.

— Ce sera vite réglé. Tu ne peux pas veiller éternellement.

— Arrête un peu ton bluff, Nonagesimus ! Arrête de faire comme si c'était moi qui avais merdé ! Tu ne m'as pas dit vingt mots depuis qu'on est arrivées ici, tu m'as laissée complètement dans le noir, et j'ai quand même fait tout ce que tu m'as demandé – OK, presque, je suis venue te chercher – mais j'ai fait profil bas, je ne me suis pas attiré d'ennuis. Donc si tu pouvais être ne serait-ce qu'un *tout petit peu* moins chiante avec moi, ça serait formidable.

Un silence s'installa. La détermination d'Harrow sembla vaciller légèrement.

— Et ne me provoque pas, ajouta Gideon. Tu serais surprise de savoir où je suis prête à planquer ce truc pour le mettre à l'abri.

— Dégueulasse, marmonna Harrow, avant d'ajouter : Donne-moi le verre, Gigi.

Elle n'était même pas en état de boire. Elle releva la tête, trempa les lèvres dans l'eau en en mettant un peu partout, et se recoucha, les paupières à nouveau fermées. Un instant, Gideon crut qu'elle s'était rendormie, mais Harrow dit d'une voix monocorde :

— Donner une leçon au cavalier de la Troisième, je n'appelle pas ça faire profil bas.

— Tu m'en veux ?

— Quoi ? Au contraire, répondit Harrow, à la grande surprise de Gideon. Tu aurais dû lui mettre une raclée. En revanche, il faut être complètement naïve ou idiote pour flirter avec la Septième… ou les deux. Qu'est-ce qui est si difficile à comprendre dans *Ne parle à personne* ?

— Dulcinea Septimus est mourante. Donc lâche-moi un peu.

— Elle a choisi un endroit bien intéressant pour mourir, répliqua Harrow.

— Qu'est-ce que tu fabriques, où et pourquoi ? Parle, Respectable Fille.

Elles se dévisagèrent longuement, l'une aussi têtue que l'autre. Harrow, qui avait trempé une nouvelle fois les lèvres dans son verre, faisait passer l'eau d'une joue à l'autre ; manifestement, elle était en train de réfléchir très fort. Gideon s'assit sur la table de nuit qui ploya légèrement sous son poids, et attendit. La moue de sa nécromancienne était toujours plus acide qu'un citron. Elle demanda brusquement :

— Quelle est la seule règle que le prêtre nous ait donnée, le jour de notre arrivée ?

— Tu n'es pas très douée à *C'est moi qui pose les questions, bitch*, on dirait ? répliqua Gideon.

— Tu vas voir où je veux en venir. Réponds.

Gideon n'aimait pas les ordres. Elle convoqua à contrecœur un souvenir fait de mobilier en décomposition, de têtes de nœud et de thé amer.

— Professeur ? Ben… une histoire de portes. Il nous a dit de ne pas essayer d'ouvrir les portes fermées à clé.

— Plus précisément, de ne pas le faire sans autorisation. Le vieux est peut-être assommant, mais il nous a donné un indice. Regarde.

Le sujet semblait lui redonner de l'énergie. Elle s'effondra à moitié en essayant de se redresser, mais avant que le cœur de béton de Gideon ait eu le temps de fondre, Harrow s'impatienta, tira deux fragments d'os de sa manche et les planta dans l'une des colonnes du baldaquin. Aussitôt, deux bras osseux en surgirent pour l'aider à se mettre assise, la tirant brusquement jusqu'à la tête de lit, et déclenchant par la même occasion une avalanche de poussière dévalant les épais rideaux. Harrow, agacée, se mit à éternuer du sang.

Elle fouilla les replis de sa cape et en sortit un petit livre épais, à la couverture craquelée, noircie par endroits, qui avait l'horrible couleur orange de la peau humaine tannée. Le livre comptait un bon millier (un bon million ?) de pages.

— Lumière, ordonna-t-elle, et Gideon tourna la lampe dans sa direction. Bien. Regarde.

Harrow feuilleta les pages de ses doigts écorchés, ouvrit le livre à peu près en son milieu. Les pages présentaient trois schémas pleins d'angles droits. À y regarder de plus près, il s'agissait de carrés superposés, avec des lignes à angles bizarres, annotées ou numérotées de pattes de mouche minuscules. Un labyrinthe composé d'une myriade de carrés. Gideon mit un moment à comprendre qu'il s'agissait d'un plan, et plus précisément d'un plan de la Maison de Canaan. Il y avait des croix un peu partout.

— J'ai divisé la Maison de Canaan en trois niveaux principaux, expliqua Harrow, mais le dessin n'est pas tout à fait exact. L'étage central est plus une sorte de mezzanine par laquelle on accède aux étages supérieurs et inférieurs. Les terrasses constituent des espaces à part entière, et ne sont pas pertinentes ici. Chaque X désigne une porte. Jusqu'ici, j'en ai compté 775, et Gigi… seules six d'entre elles sont fermées à clé. Parmi les deux cents premières portes que j'ai localisées…

— Tu as passé tout ce temps à compter des portes ?

— Ça demande une certaine rigueur, Nav.

— Une rigueur… *mortis*, commenta Gideon, qui adorait les jeux de mots, même les plus foireux.

— Parmi les deux cents premières portes que j'ai localisées, répéta Harrow avec humeur, se trouve la trappe d'accès au sous-sol de la Maison de Canaan. J'ai choisi de commencer tout en bas et de monter petit à petit le plus haut possible en partant d'un point donné. On voit deux portes verrouillées ici, X-22 et X-155, X-155 étant la trappe. Je suis allée demander à Professeur l'autorisation d'ouvrir ces deux portes. Il m'a autorisée à ouvrir la trappe à condition que je puisse garder la clé en lieu sûr, mais m'a dit que X-22 n'étant pas de son ressort, il ne pouvait pas me donner sa permission. Tout en m'adressant des clins d'œil si appuyés que j'ai cru qu'il était en train de faire un AVC.

Malgré elle, Gideon commençait à trouver cette histoire intéressante.

— OK. Et ensuite ?

— Ensuite, le lendemain matin, j'ai récupéré le porte-clés.

— Minute, minute. Mon porte-clés, plus exactement, mais donc, tu avais déjà compté *deux cents portes* avant le matin du deuxième jour ?

— Prendre de l'avance est le seul avantage qui relève du choix, répondit sa nécromancienne. Mon autre avantage est ma capacité de travail. Dans ce cas précis, je suis quasiment sûre que Sextus a commencé son exploration à peine deux heures après moi, et ce fanatique de Huitième juste après.

Voilà qui en disait long sur le mental d'Harrowhark Nonagesimus, un peu sur Palamedes Sextus, et pas grand-chose finalement sur l'oncle Mayonnaise, mais Gideon n'eut pas le temps d'intervenir.

— Je ne suis sûre de rien pour les Troisièmes, poursuivit Harrow. Peu importe. En tout cas, j'ai passé le plus clair de mon temps dans le complexe, auquel on accède par la trappe. Ici.

Elle tourna une nouvelle page dans un crissement sec. Celle-ci était maculée de fluides indéfinissables et de taches brunes qui pouvaient aussi bien être du thé que du sang. Le schéma était beaucoup moins détaillé que les trois plans des niveaux supérieurs. Harrow avait constellé le dessin d'épais points d'interrogation, et certaines salles, comparées au dédale extraordinairement précis de lignes des premiers plans, n'étaient que de simples esquisses. Gideon retrouva plusieurs termes familiers : LABORATOIRES, de 1 à 10, RÉSERVE AIR COMPRIMÉ, CONSERVATION, MORGUE, SALLES DE TRAVAIL, de 1 à 5. Ainsi que DÉSINFECTION. Mais il y avait aussi SALLE DE CONTRÔLE (?), INTERFACE (?) et DÉCHARGE (?). Le tout bien disposé, avec tous les couloirs de la même largeur et les portes là où on les attendait. Ça la fit penser à certaines parties anciennes de la

Neuvième, enfouies dans les profondeurs, sous les couloirs modernes, plus tortueux et aux murs de travers.

— Le complexe est très ancien, dit Harrow, davantage pour elle-même que pour Gideon. Considérablement plus ancien que le reste de la Maison de Canaan. Pré-Résurrection, ou construit pour donner cette impression, ce qui serait tout aussi curieux. Je sais que Sextus est obsédé par la datation de l'édifice, mais comme d'habitude, il se perd dans les détails. Ce qui est important, c'est la fonction du complexe.

— Alors, il servait à quoi ?

— Si je le savais, je serais déjà Lycteure, répondit Harrow.

— Et tu sais qui l'a utilisé ?

— Voilà une bien meilleure question, Nav.

— Mais comment tu t'es retrouvée dans un état pareil, emmurée dans un cocon osseux ?

La Respectable Fille poussa un soupir excédé, et fut prise d'une quinte de toux, ce qui était bien fait pour elle.

— En tout cas, les personnes qui ont quitté le complexe y ont aussi laissé la majeure partie de leurs travaux, intacts. Je ne parle pas de théorèmes ou de livres, à moins que quelqu'un ne les ait fait disparaître – mais je vois mal Professeur faire ça –, non, mais j'ai découvert qu'on pouvait déclencher des… tests. Des modèles illustrant les théorèmes qu'ils devaient essayer de démontrer. La plupart de ces salles ont servi à préparer quelque chose, et ont été laissées dans un état qui permet à toute personne y pénétrant de reproduire les expériences. Quelqu'un a laissé des… sortes d'épreuves… à l'intention des nécromanciens suffisamment doués pour comprendre ce qu'on y faisait autrefois.

— Ne fais pas tant de mystères, Nonagesimus. Quel genre d'épreuves ?

— Du genre qui m'a fait perdre cent soixante-trois squelettes contre une seule créature de laboratoire, dit Harrowhark.

— *Quoi ?!*

— Je n'arrive pas à voir ce qui détruit les squelettes que j'anime, poursuivit-elle. Je n'ai pas encore trouvé comment les équiper au mieux. Si les prêtres ont réussi à créer des squelettes aussi parfaits que ceux des serviteurs… Bon Dieu, Nav, tu as *vu* ces armatures ?… J'en suis capable moi aussi. Mais je n'ai pas encore eu l'occasion d'en démonter un exemplaire, et les observer ne suffit pas. Ne te méprends pas. Je vais y arriver. J'y suis presque. Tu m'as trouvée dans un moment d'épuisement, c'est tout.

— Mais à quoi ça sert, tout ça, bordel ?

— Encore une fois, Gigi, je suis encore en train de développer ma théorie. En attendant… Regarde bien les plans, dit la nécromancienne, ses yeux gonflés fixés sur les pages.

Encore un peu surprise, Gideon se pencha vers elle et, passant outre l'état de découragement mystique de son adepte, revint à la page précédente et au plan des trois niveaux de la Maison de Canaan. Quelques-unes des portes marquées d'un X étaient entourées d'un fin trait d'encre noire et accompagnées de symboles obscurs qu'elle n'avait encore jamais vus. Elles semblaient vaguement réparties dans l'édifice de la Première Maison, à des endroits isolés ou difficiles d'accès.

Gideon revint encore une page en arrière et tomba sur un dessin au crayon d'un crâne d'animal à cornes. De longues cornes recourbées qui se rejoignaient presque, avec de profonds trous noircis au crayon pour figurer les orbites. Un frisson électrique la parcourut lorsqu'elle reconnut le motif.

— J'ai déjà vu ce truc.

Harrow, soudain agitée, plissa les yeux.

— Où ça ?

— Attends… Il faut que je revoie le plan.

Gideon tourna plusieurs pages, trouva l'atrium. De là, elle traça du doigt une ligne sinueuse jusqu'au couloir qui menait à l'étroit escalier qui menait lui-même à la salle d'armes des cavaliers. Elle planta l'ongle du pouce à côté de la cage d'escalier.

— Tu as loupé quelque chose… j'ai une *grosse* avance sur toi, Nonagesimus. Il y a un passage secret ici, avec une porte fermée à clé.

— Tu es sûre ? s'écria Harrow.

Gideon ayant confirmé d'un hochement de tête, elle fouilla les replis de sa cape, en sortit une longue aiguille d'acier, se l'enfonça dans la bouche – Gideon fit la grimace – puis les os la plièrent sans cérémonie, et elle se retrouva assise à angle droit, l'arme luisante de sang frais prête à l'emploi dans sa main.

— Montre-moi, Nav, dit-elle.

Pas peu fière, Gideon posa son doigt à côté de la porte de pierre noire qu'elle avait cachée derrière la tapisserie. Harrow marqua l'endroit d'une croix sanglante, puis souffla sur son encre, qui se squelettisa instantanément, prenant une teinte goudronneuse. *X-203*. La nécromancienne ne put dissimuler un sourire triomphant, qui fit saigner ses lèvres écorchées, une vision particulièrement effroyable.

— Si tu as raison, commença-t-elle, et si j'ai raison moi aussi, eh bien…

Épuisée par ces efforts, Harrow referma le carnet et le fit disparaître dans une poche de sa cape. Elle s'abandonna à l'étreinte poussiéreuse des bras osseux qui, dans un craquement d'articulations, l'installèrent confortablement sur son lisse duvet noir. Elle tâtonna à la recherche de son verre d'eau, en renversa la moitié sur sa poitrine en buvant de grandes gorgées avides. Puis elle lâcha le verre à côté du lit et ferma les yeux. Gideon se rendit compte qu'elle avait porté la main à sa ceinture et tripotait la poignée de sa rapière.

— Tu as failli mourir aujourd'hui, lança-t-elle sur le ton de la conversation.

Sur son lit, Harrow resta un long moment silencieuse, inerte. Sa poitrine se soulevait et s'affaissait doucement, comme si elle était endormie. Puis, sans ouvrir les yeux, elle dit :

— Tu peux essayer de finir le travail maintenant, si tu veux. Tu as toutes tes chances.

— Ferme-la, rétorqua Gideon. Ce que je veux dire, c'est que tu me fais passer pour une bouffonne déloyale. C'est *ta* faute si je ne prends pas au sérieux ma tâche de garde du corps. Tout ce *devoir sacré*, ce *fais exactement ce que je te dis, blablabla*, n'a absolument aucun sens si tu crèves déshydratée dans un cocon.

— Je n'étais pas en train de…

— La base de mon job de cavalière, la coupa Gideon, c'est que tu ne crèves pas dans un cocon.

— Il n'y avait aucun…

— Stop. C'est moi qui parle, maintenant. Je veux me tirer d'ici, tu veux devenir Lycteure. Pour qu'on ait une chance d'y arriver, il va falloir coopérer. Si tu ne veux pas que je laisse tomber le maquillage, la rapière et toute la légende qui va avec, tu vas m'emmener avec toi.

— Gigi…

— *C'est moi qui parle.* Les Sixièmes doivent nous prendre pour des grosses débiles. Je vais descendre avec toi, parce que j'en ai ras le bol de ne rien foutre. Si tu me laisses rôder ici une journée de plus avec mon faux vœu de silence, je m'ouvre les veines sous le nez de Professeur. Ne descends pas toute seule. Ne crève pas dans un cocon. *Je suis ta créature*, sombre maîtresse. *Je suis ta servante, aussi fidèle que la montagne est haute*, ombrageuse lady.

Harrow ouvrit les yeux.

— Arrête, dit-elle.

— *Je suis ta loyale épée*, sinistre boss.

— D'accord, soupira Harrow.

Gideon allait prononcer avec délice les mots "osseuse impératrice" lorsqu'elle se rendit compte de ce qu'Harrow venait de dire. Le visage de la jeune femme exprimait la résignation. Ou un mélange de résignation, d'épuisement, et d'autre chose, mais principalement la résignation.

— J'accepte ton argument. Je n'approuve pas, mais je vois la marge d'erreur.

Gideon ne se risqua pas à exposer qu'en réalité Harrowhark n'avait pas vraiment le choix : c'était elle qui avait la clé, donc elle avait l'avantage, et beaucoup plus de sang dans les veines qu'elle. Mais elle se contenta d'un modeste :

— OK. Cool. Super.

— Et tu ferais mieux d'arrêter avec ces foutaises de *crépusculaire princesse*, dit Harrow, parce que ça pourrait commencer à me plaire. M'aider va être super chiant, Nav. Il va falloir que tu sois patiente. Obéissante. Je dois être sûre que ta dévotion envers moi est ta nouvelle passion, même si ça nous emmerde toutes les deux royalement.

Gideon, à qui cette victoire inattendue donnait presque le vertige, prit une pose triomphante sur sa table de nuit, jambes croisées nonchalamment.

— Bah, ça ne peut pas être si terrible que ça.

Harrow retroussa les lèvres, découvrant des dents toujours roses de sang. Elle esquissa un nouveau sourire, plus lent que le précédent, mais tout aussi horrible, tout aussi étrange.

— Ces profondeurs renferment la somme de toutes les transgressions nécromantiques, se mit-elle à réciter sur le ton chantant d'une gamine qui apprend un poème. Le hurlement imperceptible de dizaines de millions d'esprits affamés pour qui l'écho du moindre pas sera comme une profanation, et qui ne se satisferaient même pas de te déchiqueter en mille morceaux. L'espace de l'autre côté de cette porte est profondément hanté, d'une manière que je ne peux décrire et que tu ne peux comprendre, et il est possible que tu y trouves une mort violente, à moins que tu n'y perdes simplement ton âme.

Gideon leva les yeux au ciel si fort qu'elle faillit se coincer le nerf optique.

— Laisse tomber. On n'est pas à la chapelle.

— Ce n'est pas moi qui viens d'inventer ce discours, Gigi, répliqua Harrow. Je ne fais que te répéter – mot pour mot – ce que Professeur m'a dit.

— Professeur t'a dit que le complexe était bourré de fantômes et de dangers mortels ?

— Exactement.

— Eh bien, surprise, ténébreuse suzeraine : les *fantômes et dangers mortels*, c'est ma spécialité.

14

La faiblesse momentanée d'Harrowhark ne la rendit absolument pas plus facile à vivre, et le lendemain matin, à la première heure, comme tous les matins depuis qu'elles étaient arrivées dans la Maison de Canaan, elle obligea Gideon à revêtir sa cape et à se maquiller, et manifesta son impatience habituelle face à ce que Gideon considérait comme des besoins essentiels : prendre un petit-déjeuner et chaparder un truc à manger pour le repas de midi. Gideon remporta la bataille du petit-déjeuner, mais ne put éviter de se retrouver piteusement devant le miroir à se barbouiller les pommettes au charbon.

Selon la volonté d'Harrow, les Neuvièmes s'aventurèrent comme des espionnes dans les couloirs gris et déserts. La nécromancienne s'arrêtait régulièrement dans l'encadrement d'une porte et attendait cinq bonnes minutes avant de les autoriser à repartir, pour descendre silencieusement les escaliers délabrés qui les mèneraient dans les entrailles de la Première Maison. Elles ne rencontrèrent qu'une seule personne sur leur chemin : dans la faible lumière d'avant l'aube, Gideon et elle se plaquèrent dans l'ombre d'une voûte et virent une silhouette, un livre à la main, traverser un hall poussiéreux où étaient entreposés des fauteuils avachis. Ayant passé toute sa vie dans le trou le plus sombre de la planète la plus sombre de la partie la plus sombre du système, Gideon reconnut le profil anémique d'Ianthe, la repoussante jumelle de la Troisième. Lorsqu'elle eut disparu de leur champ de vision, Harrow resta immobile et silencieuse pendant un long moment, bien plus longtemps que Gideon ne l'aurait jugé nécessaire, avant de lui faire signe qu'elles pouvaient continuer.

Elles atteignirent sans incident la pièce lugubre où se trouvait la trappe, et où il faisait cette fois tellement sombre que Gideon dut ranger ses lunettes de soleil et Harrow baisser son voile. Elle respira impatiemment par le nez tandis que Gideon introduisait la clé dans la serrure, et s'engouffra dans l'ouverture comme si elle avait quelqu'un à ses trousses. Elles descendirent la longue échelle glaciale et, arrivée en bas, Harrow épousseta sa cape.

— Bien, dit-elle.

(C'était le premier mot qu'elle prononçait depuis qu'elles avaient quitté leurs quartiers.)

— Je suis relativement sûre que nous sommes seules. Suis-moi.

Trottinant derrière son adepte qui était repartie d'un pas rapide, sa rapière cognant contre sa hanche, Gideon constata avec intérêt qu'elles ne prenaient pas le chemin du labyrinthe menant à la Désinfection. Elles s'engagèrent dans un long et vaste couloir bercé du doux grésillement de lampes électriques, et après avoir bifurqué à plusieurs reprises, elles arrivèrent devant une porte indiquant LABORATOIRE 2. Harrow la poussa et entra.

C'était une antichambre de la taille d'un placard. Des crochets étaient fixés aux murs, et sur l'un d'eux, Gideon crut voir un fragment de tapisserie à moitié décomposée, avant de se rendre compte que c'étaient les vestiges d'une cape abandonnée. Sur la porte en face d'elles, un écriteau en loques derrière une vitre en plexi portait une inscription passée, griffonnée à la hâte : #1-2. TRANSFERT/SÉLECTION. CENTRE DE DONNÉES.

Au-dessus de l'inhospitalière porte métallique les attendait la vision familière d'un crâne d'un marron goudronneux, sans doute rouge autrefois. Il avait perdu sa mâchoire inférieure, et semblait principalement constitué d'incisives. Harrow répartit hâtivement de minuscules fragments de phalanges tout autour de la porte et sur le seuil. Traverser un sortilège de Nonagesimus était une expérience inhabituelle, puisque d'ordinaire ils lui barraient la route, mais Gideon n'eut pas le temps de savourer ce moment qu'Harrow la faisait passer dans la pièce suivante.

Celle-ci – rectangulaire, spacieuse – donnait la nette impression d'avoir été pillée. De larges bureaux métalliques étaient disposés le long des murs, d'où sortaient des prises électriques à moitié arrachées. Partout dans la pièce, des étagères qui avaient dû contenir quantité de livres, de dossiers et de classeurs, n'abritaient plus qu'une épaisse couche de poussière. Des taches plus claires sur les murs indiquaient que des objets y étaient autrefois accrochés. La salle était nue et vide. Le mur opposé, presque entièrement vitré, donnait sur une autre petite pièce. La porte annonçait RÉACTION, et était surmontée d'un écriteau OCCUPÉ, alors même qu'un petit voyant vert juste à côté semblait indiquer le contraire. En regardant par les vitres de Réaction – une pièce carrée, triste, sans caractère, avec quelques bouches d'aération sur le mur opposé –, Gideon constata que le sol était jonché de milliards de fragments d'os brisés.

Sur l'autre mur – où s'alignaient les équerres d'étagères vides depuis longtemps –, une seconde porte indiquait IMAGERIE. On y trouvait le même écriteau qu'au-dessus de la porte de Réaction, mais avec un petit voyant rouge, cette fois. La vitre en plexi de la porte était barbouillée de traces de mains sanglantes.

— On dirait que quelqu'un s'est bien amusé par ici, commenta Gideon.

Harrow lui jeta un regard sombre, mais ne fit aucune allusion au vœu de silence.

— Oui, dit-elle. Moi.

Sa cavalière essaya d'ouvrir la porte de Réaction, en vain. Il ne semblait même pas y avoir d'écran tactile.

— Ça ne marche pas comme ça, Nav. Suis-moi, et ne touche à rien.

Gideon suivit Harrow sans toucher à rien. La porte automatique d'Imagerie s'ouvrit obligeamment devant elles, révélant une pièce minuscule encombrée de vieilles machines mortes. Un unique plafonnier s'alluma en grésillant, sa lumière blafarde accentuant plus les ombres qu'autre chose. Gideon avisa un vieux porte-bloc rouillé sur un long bureau. Il retenait une feuille de papier presque transparente. Elle ne put s'empêcher de la toucher, et le papier se décomposa instantanément, comme réduit en cendres, laissant une trace grise sur le bout de ses doigts.

— Beurk, putain, s'exclama-t-elle en s'essuyant sur sa cape.

— Doucement, abrutie, dit sèchement Harrow, tout est vachement ancien, ici.

Un haut socle de métal trônait au milieu de la pièce, surmonté d'un magnifique panneau de verre dichromatique, moucheté de noir, aux étranges reflets. La nécromancienne, son front maquillé plissé de concentration, passa la main au-dessus du verre, sans le toucher : il se mit à vibrer et une salve d'étincelles vertes jaillit au-dessus du socle. Puis Harrow ôta son gant, posa ses longs doigts sur le verre, et il se passa deux choses : le panneau enserra sa main comme une cage, et *blam*, la porte d'Imagerie se referma d'un coup. Gideon essaya de l'ouvrir, elle ne bougea pas d'un millimètre.

— Et maintenant ?

— Regarde par la vitre, dit Harrow.

À travers la petite vitre sale, Gideon vit que la porte de Réaction venait de s'ouvrir. Harrow poursuivit d'une voix morne :

— Apparemment, le poids et le mouvement déclenchent la fermeture de la porte. Je ne sais pas trop quel doit être le poids minimum, mais je dirais une trentaine de kilos en mouvement. J'ai déjà envoyé à peu près quatre-vingt-dix kilos de matière osseuse dans cette pièce.

Harrow faisait des choses étonnantes rien qu'avec l'extrémité de l'os d'un orteil. Elle pouvait changer trois kilos d'ossements en ce qu'elle voulait. Un millier de squelettes emboîtés et entassés dans Réaction. Un tsunami de colonnes vertébrales. Une tour de crânes et de coccyx. Gideon se contenta d'un :

— Pourquoi ?

— Parce que chacune des constructions que j'ai envoyées dans cette salle s'est fait pulvériser, répondit-elle d'une voix tendue.

— Par quoi ?

— Je ne sais pas. Dès que j'ôte ma main du socle, cette porte s'ouvre, et l'autre pièce retrouve son état initial. Je ne peux rien voir. J'entends, c'est tout.

À ces simples mots, Gideon sentit ses poils se dresser sur sa nuque. Elle se débarrassa de sa capuche. Lorsqu'Harrow voulut retirer sa main du socle, le panneau se déplia aussitôt pour la libérer. La porte d'Imagerie se rouvrit automatiquement, laissant entrer la lumière de la salle.

Harrow se massa doucement les articulations avant d'annoncer sur un ton plus enjoué :

— Tu vas être mon étoile, Gigi. Tu vas te poster devant Réaction et être mes yeux.

— Hein ?

— Mes squelettes n'ont pas de photorécepteurs, Nav, dit calmement Harrow. Je sais qu'ils sont détruits par une force brutale. Je n'ai aucune idée de la forme qu'elle prend, mais je dois absolument laisser ma main sur le capteur thanergétique. Tes yeux globuleux fonctionnent parfaitement, tu as un esprit douteux, mais ton cerveau est en état de marche : tu vas te mettre devant la vitre et regarder ce qui se passe dans la pièce. Compris ?

Il n'y avait aucune objection à jouer ce rôle, raison pour laquelle Gideon se méfia automatiquement. Malgré tout, elle sortit d'Imagerie en disant :

— Comme tu voudras, ma déplorable reine.

Son adepte la suivit et, fouillant dans ses poches, en sortit une articulation entière, ce qui en disait long sur la situation. Harrow la jeta par terre et un squelette massif se constitua dans un affreux grincement. D'un geste impatient, elle l'envoya se poster devant la porte de Réaction, tandis qu'elle repartait vers Imagerie.

C'est stupide, se dit Gideon. La porte d'Imagerie se referma (Harrow devait donc avoir la main sur le socle) tandis que celle de Réaction s'ouvrait dans un gémissement. Le squelette s'avança, les os de ses pieds foulant un tapis d'ossements. Dès qu'il eut franchi le seuil, la porte se referma derrière lui et le voyant rouge à côté de la mention OCCUPÉ s'alluma.

Ensuite, tout se passa très vite. Les lumières de Réaction se mirent à clignoter, les bouches d'aération crachèrent des nuages de brouillard, et le mur du fond disparut. Gideon se colla contre la vitre, à en faire des ronds de buée. Aucun son ne lui parvenait de l'intérieur – qui devait être insonorisé, parce qu'il y avait forcément du bruit –, ce qui rendit la scène encore plus absurde lorsqu'elle vit une énorme masse difforme surgir du brouillard.

C'était une sorte de construction osseuse, en tout cas. Des tendons gris couraient le long d'une bonne douzaine d'humérus tordus qui formaient autant de bras affreusement raccourcis. La cage thoracique était un assemblage d'os épais, noueux, hérissé un peu partout de pointes acérées, le crâne (si on pouvait parler de crâne ?) un énorme tas de calottes crâniennes. Deux points verts devant faire office d'yeux luisaient quelque part par là dans l'obscurité. Cette chose avait beaucoup trop de membres, une colonne vertébrale épaisse comme un pilier porteur, et se traînait sur deux de ses bras massifs, plantés un peu partout d'épines tibiales. Ses bras extérieurs étaient levés, et Gideon constata qu'ils ne se terminaient pas par des mains, mais par des radius aiguisés comme des lames, prêtes à l'attaque comme la queue d'un scorpion. Le squelette d'Harrow attendait patiemment ; la construction se jeta sur lui comme sur son plat préféré. Ni une ni deux, le squelette fut réduit en miettes.

Soudain, la construction s'immobilisa, tourna sa tête hideuse vers la vitre et fixa Gideon de son corrosif regard vert. Elle se précipita sur elle, de plus en plus vite… et le voyant OCCUPÉ passa au vert, un klaxon émit une sorte de *pouet* plaintif, et la construction se mit à fondre. Il n'en resta donc pas un tas d'os, comme on aurait pu le croire, mais une espèce de soupe qui se mit à couler vers une petite grille au centre de la pièce. Lorsque la porte d'Imagerie s'ouvrit, le brouillard et elle avaient complètement disparu, et Harrow trouva sa cavalière littéralement bouche bée.

Gideon mit un assez long moment à expliquer ce qui venait de se passer. Harrow lui posa toute une série de questions sur les dimensions de la construction, et semblait écœurée par chacune de ses réponses. Avant même qu'elle ait fini son récit, Harrow se mit à arpenter nerveusement la salle, sa cape ondulant sur ses chevilles comme une mousse noire.

— Pourquoi je ne peux pas la *voir* ? enragea-t-elle. Est-ce qu'elle teste l'autonomie du squelette ? Ou mon contrôle ? Quel degré de multidextérité exige-t-elle ?

— Envoie-moi, dit Gideon.

Harrow ne s'attendait certainement pas à ça. Ses sourcils se haussèrent jusqu'à la naissance des cheveux, et elle demanda lentement :

— Pourquoi ?

Gideon savait qu'elle avait plutôt intérêt à donner une réponse intelligente, une réponse qui impressionne la Respectable Fille par sa ruse et ses connaissances techniques. Une réponse nécromantique, livrant une obscure explication magique de ce qu'elle venait de voir. Mais son cerveau n'avait vu qu'une seule chose et elle avait les mains moites, de cette moiteur qui s'installe dans une situation de peur et de terrible impatience.

— Ses bras… on aurait dit des épées. Je veux me battre contre elle.

— Tu veux te battre contre elle.

— Ouais.

— Parce que ses bras… t'ont fait penser à des épées.

— *C'est ça.*

Harrow se massa les tempes du bout des doigts, puis déclara :

— Je n'ai pas si désespérément besoin de changer de cavalière, je ne suis pas prête à t'envoyer te faire recycler. Non. Je vais envoyer encore trois squelettes, et toi, tu vas me dire comment la construction procède… Tu vas me décrire en détail ses réactions ; peut-être que c'est ma multidextérité qu'elle teste, finalement…

Le squelette suivant serrait un bouquet de phalanges dans ses poings osseux. Gideon regarda consciencieusement le voyant passer au vert, et Harrow animer à l'aveugle deux squelettes identiques à côté du premier. C'étaient des modèles du genre : l'exécution était soignée, c'était presque du sur-mesure, ils étaient réactifs, expressifs. Les squelettes d'Harrow avaient presque le niveau des serviteurs de la Première Maison, maintenant. Lorsque la construction surgit du brouillard, ils firent preuve d'une fluidité et d'une aisance remarquables… et se firent démolir en deux temps, trois mouvements. Le dernier squelette eut tout juste le temps de piquer un petit sprint triste que la construction monstrueuse le fendait en deux d'un seul coup de lame, de la clavicule au sacrum.

Lorsqu'Harrow émergea pour la seconde fois d'Imagerie pour se faire raconter le combat par le menu, elle saignait d'une narine. La troisième fois, des deux en même temps. La cinquième fois – le sol de Réaction était jonché des restes d'une bonne vingtaine de squelettes –, les épaules tombantes, elle essuya du revers de la main ses paupières sanglantes. Elle avait écouté chaque compte rendu comme engourdie, les yeux vides, perdue trop loin dans ses pensées pour harceler Gideon de questions. Mais cette fois, elle prit sa tête entre ses mains.

— Ma mère, mon père et ma grand-mère réunis n'auraient pas été capables de faire ce que je fais aujourd'hui, dit-elle à mi-voix, plus pour elle-même que pour Gideon. Ma mère, mon père et ma grand-mère *réunis*… J'ai repoussé tellement plus de limites qu'eux. Et pourtant, que j'envoie un squelette ou cinquante… ça ne fait que la ralentir… une demi-heure maximum.

Elle s'ébroua comme un chien mouillé pour chasser la frustration, frissonnant de la tête aux pieds, avant de tourner ses yeux morts vers Gideon.

— OK, dit-elle. On recommence. Continue à regarder, Nav.

Elle repartit en titubant, et la porte claqua derrière elle. La patience de Gideon Nav avait des limites. Elle ôta sa cape, alla l'accrocher à une patère, et se plaça à côté du squelette dont les bras étaient tellement chargés de fragments de tibias et d'os en tout genre qu'il en avait semé derrière lui comme des miettes de pain. Elle n'eut aucune difficulté à se tenir poliment à côté de lui jusqu'à ce que la porte s'ouvre, puis à lui faire un croche-pied et à l'enjamber. Elle dégaina sa rapière dans un éclat argenté et glissa les doigts de sa main gauche dans les anneaux d'obsidienne de son couteau de poing. Et la porte de Réaction se referma derrière elle avec un soupir.

— Harrow, dit-elle, si tu voulais un cavalier que tu pouvais remplacer par des squelettes, tu aurais dû garder Ortus.

Les haut-parleurs installés aux quatre coins de la pièce relayèrent le cri plaintif d'Harrow. Ce n'était pas un cri de colère, ni même de surprise – mais plutôt de douleur. Gideon sentit ses jambes sur le point de céder, tituba un peu, puis se redressa et secoua la tête pour chasser ce bref accès de vertige. Elle se mit en garde, sa rapière formant une ligne parfaite avec son corps, et attendit.

— Qu'est-ce que tu f… s'exclama la nécromancienne, ahurie. *Sérieusement ?*

Les bouches d'aération se mirent à cracher d'énormes soupirs de brouillard. Maintenant qu'elle était elle-même dans la pièce, Gideon constata qu'elles injectaient une sorte de liquide dans l'air, qui avait un relent métallique ; c'est *de l'intérieur* de ce nuage que naissait la construction, et elle se reforma une nouvelle fois, les jambes terrifiantes, l'une après l'autre, le large bassin, la massive colonne vertébrale, jusqu'aux deux points verts lumineux qui scannèrent la pièce et se posèrent sur Gideon. Celle-ci changea de position. Dans Imagerie, Harrow poussa un soupir excédé qui manqua faire tomber sa cavalière à la renverse.

Il y eut un déplacement d'air. La construction se jeta sur elle, et c'est littéralement à la dernière seconde que Gideon parvint à dévier les deux coups qui s'abattaient simultanément sur elle de la lame noire de sa rapière. Harrow laissa échapper un cri, comme si elle venait de toucher une flamme.

— *Nonagesimus !* s'exclama Gideon.

Elle estimait qu'il y avait une bonne et une mauvaise nouvelle. La bonne nouvelle, c'était que les coups qui pleuvaient sur elle n'étaient pas aussi violents que ce qu'elle attendait d'une chose aussi énorme. Ils étaient rapides et puissants, mais pas plus forts que ceux de Naberius Tern – un peu moins, même, la construction étant complètement dépourvue de muscles. La matière osseuse ne faisait pas le poids face à la chair et au sang, ce qui était un des inconvénients de la magie purement créatrice.

La mauvaise nouvelle était qu'elle ne pouvait rien du tout contre cette foutue construction. Sa rapière lui permettait tout juste de dévier les coups. Elle avait eu un petit espoir avec son couteau d'obsidienne – un bon gros revers et elle avait dégommé l'extrémité d'un bras-lame – mais ce fut pour constater avec horreur que celui-ci se reformait aussitôt.

— Nonagesimus ! brailla-t-elle entre deux coups, cette saloperie se régénère !

Les haut-parleurs restèrent silencieux. Gideon se demanda si Harrow l'entendait. Elle fit un bond de côté tandis que la construction se jetait une nouvelle fois sur elle, abattant ses lames sur un monticule d'ossements laissé par les échecs précédents d'Harrow ; un fragment d'os fusa comme une balle, effleurant le bras de Gideon, et les haut-parleurs relayèrent un nouveau cri d'Harrow.

— Nonagesimus ! cria une nouvelle fois Gideon, un peu inquiète maintenant.

La construction se vautra dans les restes de ses victimes, avant de se relever inexorablement.

— Hé ! *Harrow !*

Les haut-parleurs émirent un grésillement.

— Arrête de penser !

— Quoi ?!

— Je n'arrive pas… c'est trop… merde !

Gideon n'eut pas le temps de dire à Harrow de retirer sa main de ce putain de socle qu'une nouvelle rafale de lames s'abattit sur elle. La construction se déplaçait en bondissant sur ses membres comme un fauve à la démarche oblique. Gideon chargea à son tour, enfonçant la lame de sa rapière dans la membrane interosseuse du bras qui essayait de l'embrocher et se mit à gesticuler dans tous les sens. De son autre main, Gideon lui asséna un violent coup dans le bassin. Une bonne moitié de l'os iliaque se détacha dans une explosion d'éclats d'os. Le monstre s'effondra, continuant à distribuer des coups, essayant de se relever tandis que le bassin et le haut d'un fémur se rafistolaient à une vitesse épouvantable. Gideon récupéra sa lame et battit en retraite aussi rapidement que possible, en s'essuyant le visage, qui était plein de matière osseuse.

Le souffle court d'Harrow retentit dans les haut-parleurs.

— Nav. Ferme un œil.

Gideon se demanderait pourquoi plus tard, mais elle obéit. Avec un œil fermé, sa perception spatiale perdit en profondeur tandis qu'elle évitait la construction blessée qui tournait stupidement sur elle-même. Un instant, son regard, comme ivre, se posa en un endroit précis, et elle vit… quelque chose, en marge de son champ de vision, une sorte de mirage périphérique, un souffle de lumière se déplaçant de manière complètement inédite. Une sorte de gel posé sur la réalité, qui se concentrait autour de certaines parties de la construction, comme de la limaille attirée par un aimant. Elle cligna frénétiquement des yeux. Un halètement sortit des haut-parleurs.

— OK, souffla Harrow, OK, OK…

Son centre de gravité apparemment retrouvé, la construction se redressa. Le cœur de Gideon battait la chamade. Nouveau chuintement des haut-parleurs.

— Qu'est-ce qu'il y a au sommet ? demanda Harrow.

— Comment ça ? Les bras ?

— Je ne vois rien, dit Harrow, c'est flou…

Gideon rouvrit l'œil. Impossible autrement. Elle réussit à parer le premier uppercut de la construction, mais le second la toucha à l'épaule. Elle contra du revers de la main, son couteau de poing sectionnant le bras qui alla s'écraser contre le mur, mais elle tomba au sol, gémissant de douleur ; ce monstre lui avait peut-être bien démis l'épaule. Hurlement des haut-parleurs. La construction se redressa, toutes lames levées… et subitement se disloqua.

Gideon la regarda se changer en liquide et s'écouler vers le centre de la pièce. La porte de Réaction s'ouvrit, et après avoir vérifié l'état de son épaule, Gideon se releva laborieusement, étirant ses muscles en franchissant la porte, qui se referma derrière elle tandis qu'Imagerie s'ouvrait. Elle se retrouva face à face avec Harrow, tremblante et raide comme la mort.

— C'était *quoi*, ce truc ?! s'exclama Gideon.

— C'est l'épreuve, articula Harrow.

Elle s'était mordu les lèvres, et des taches roses apparaissaient sous son maquillage. Elle semblait avaler avec difficulté, et son regard traversait sa cavalière pour se perdre au loin.

— C'est toi, l'épreuve, dit-elle d'une voix mal assurée.

— Euh…

— Je viens de combattre à l'intérieur de toi, avec les lobes de ton cerveau, ton hippocampe… Je n'ai pas été préparée à travailler avec un esprit vivant, rattaché à un système nerveux.

Tu fais trop de bruit. Il m'a fallu au moins cinq minutes pour faire abstraction du volume et juste regarder. Et la douleur est tellement pire que les retours des squelettes ! Ton esprit m'a rendue à moitié sourde ! Ton corps tout entier fait du bruit quand tu te bats ! Ton lobe temporal… bon Dieu… j'ai *tellement* mal à la tête !

Le discours était plutôt incohérent, mais la conclusion terriblement humiliante. Une vague de chaleur remonta le long de la nuque de Gideon.

— Tu peux contrôler mon corps, dit-elle. Lire dans mes *pensées*.

— Non. Pas du tout, répondit Harrow, ce qui la rassura un peu, jusqu'à ce qu'elle ajoute : J'aimerais bien. Dès que je commence à comprendre un de tes sens, un autre me submerge.

— Je t'interdis de squatter mes lobes ou mon hippocampe. Je n'ai aucune envie que tu déplaces les meubles là-dedans.

Peut-être Harrow n'était-elle finalement pas totalement dépourvue de compassion, puisqu'au lieu de réagir avec un éclat de rire sinistre ou un sombre proverbe de la Neuvième, elle balaya son inquiétude d'un geste.

— Ne fais pas une rupture d'anévrisme, Nav. Je ne peux pas et je ne vais pas lire dans tes pensées, contrôler ton corps ou plonger dans tes souvenirs les plus intimes. Je n'en ai pas la capacité, et je n'en ai aucune envie.

— C'est pour ta protection, pas la mienne, répliqua Gideon. J'ai imaginé le cul de Crux un jour, quand j'avais douze ans.

Harrow ignora sa remarque.

— *Sélection*, dit-elle. Je suis vraiment bête. Ça veut dire séparer le bon grain de l'ivraie… ou le signal du bruit, si tu préfères. Mais pourquoi ? Pourquoi est-ce que je ne peux pas le faire toute seule ?

Légèrement vacillante, elle s'essuya le visage dans sa manche, dessinant sans s'en rendre compte une bande rose sur sa joue. Son maquillage de cultiste de l'ombre n'était plus noir et blanc mais sépia, et elle avait l'air extatique, sombrement satisfaite.

— Je sais maintenant comment passer cette épreuve, dit-elle, songeuse. Et nous allons y arriver… si je trouve comment cette connexion fonctionne et reviens sur ce que je sais de la théorie de la possession, je peux y arriver. Le problème était de savoir sur quoi travailler, et maintenant je sais. Mais d'abord, Gigi, je crois que je vais devoir tomber dans les pommes.

Et elle s'effondra en un mouvement parfait. En grande sentimentale, Gideon tendit une jambe pour la rattraper. Elle ne parvint qu'à lui toucher légèrement l'épaule, mais se dit que c'était l'intention qui comptait.

15

— MERDE, JE M'EN SORTIRAIS beaucoup mieux avec une épée à deux mains, décréta Gideon.

Quelques heures plus tard, Harrowhark s'était réveillée de sa petite sieste sur le sol, et elle était rentrée dans les quartiers de la Neuvième avec sa cavalière. Elle avait d'abord insisté pour retenter le coup sur-le-champ, mais Gideon, au vu de son léger strabisme et de ses mains tremblantes, avait immédiatement mis son veto au projet. De retour dans le séjour lambrissé dont les stores laissaient passer de minces bandes aveuglantes du soleil de midi, Gideon engloutissait les tranches de pain à la chaîne, tandis qu'Harrow picorait quelques miettes. La nécromancienne s'était réveillée aussi revêche que d'habitude, ce qui donnait à Gideon l'espoir que ce qui s'était passé dans le complexe n'était qu'un accès de folie passagère.

— Revendication refusée, répliqua Harrow. Premièrement, tu n'en as pas ici…

(Comme c'était mignon : ça voulait dire qu'Harrow n'avait pas vraiment fouillé ses affaires.)

— … Et surtout : tu dois pouvoir faire sans. Je n'ai jamais aimé cette maudite épée, de toute manière. C'est comme si elle me jugeait. Si tu exiges une épée à deux mains dès que les choses se corsent un peu, tu ne me seras d'aucune utilité en tant que cavalière.

— Je ne comprends toujours pas comment cette histoire d'épreuve est censée fonctionner.

Pour une fois, la Respectable Fille réfléchit sérieusement à ce que disait Gideon.

— D'accord, eh bien… Tu sais qu'une construction osseuse est animée par un théorème nécromantique.

— Non ?! Je croyais qu'il suffisait que tu penses super fort à des os pour qu'ils apparaissent.

Imperturbable, Harrow poursuivit :

— Cette construction particulière est animée par des théorèmes multiples, qui sont… entrelacés, en quelque sorte. Ce qui lui permet de faire des choses en principe impossibles aux constructions.

— Comme se régénérer.

— Voilà. Pour la détruire, il va falloir démêler les fils, Nav, les détisser… dans l'ordre… jusqu'à ce que la trame se défasse complètement. Ce qui ne me prendrait pas plus de dix secondes si je pouvais l'affronter directement.

— Mh, dit Gideon, qui commençait malgré elle à comprendre où elle voulait en venir. Donc c'est moi qui détricote pour toi.

— Avec mon aide. Tu n'es pas nécromancienne. Tu ne sais pas reconnaître les signatures thanergétiques. Il faut que je trouve ses points faibles, mais il faut que je le fasse *à travers tes yeux*, tâche particulièrement ardue quand tu gesticules avec ta rapière et que ton cerveau… me hurle dessus.

Gideon ouvrit la bouche pour répliquer *Mon cerveau te hurle dessus vingt-quatre heures sur vingt-quatre*, lorsqu'on frappa plusieurs coups fermes à leur porte. La nécromancienne se figea comme à l'annonce d'une attaque, mais un ricanement guttural que Gideon avait déjà entendu quelque part retentit, suivi du bruit des pas de deux ados à moitié terrifiés s'éloignant à la hâte dans le couloir. Jeannemary et l'autre Machin Chose venaient de glisser un objet sous leur porte.

Gideon alla voir. C'était une enveloppe, simple et lourde, en vrai papier, couleur crème.

— *À l'attention de la Respectable Fille, Harrowhark Nonagesimus, et de Gideon la Neuvième*, lut-elle à voix haute. Du courrier de fans.

— Donne-la-moi. Ça pourrait être un piège.

Gideon n'en fit rien : Harrow était capable de jeter l'enveloppe par la fenêtre sans même l'ouvrir. Elle ignora également sa moue vexée lorsqu'elle en sortit une mince feuille de papier pelure (moins impressionnante que l'enveloppe, mais qui, à part l'Empereur, utilisait du vrai papier pour écrire une simple lettre ?) et lut son contenu :

LADY ABIGAIL PENT ET SIR MAGNUS QUINN

PRÉSENTENT LEURS HOMMAGES À L'HÉRITIÈRE ET À LA PREMIÈRE CAVALIÈRE
DE LA NEUVIÈME MAISON

ET LES PRIENT, À L'OCCASION DE LEUR
ONZIÈME ANNIVERSAIRE DE MARIAGE,
DE LEUR FAIRE L'HONNEUR DE LEUR PRÉSENCE CE SOIR.

UN DÎNER SERA SERVI À DIX-NEUF HEURES.

Le texte était suivi d'une note griffonnée rapidement, mais dans une écriture élégante :

Ne soyez pas rebutées par cette formulation, Abigail adore les invitations formelles, tout juste si je n'y ai pas droit chaque matin au petit-déjeuner. Le repas n'aura rien de guindé et je serais très heureux si vous pouviez vous joindre à nous. Je m'occuperai personnellement du dessert – et peux vous assurer que je suis meilleur pâtissier que duelliste.
M.

— Non, dit Harrow, catégorique.
— Je veux y aller, répliqua Gideon.
— Aucun intérêt.
— Je veux manger un dessert.
— Et moi, dit Harrow, pianotant des doigts sur la table, je me dis que ce dîner serait l'occasion parfaite pour un couple un peu rusé de faire disparaître d'un coup les héritiers des autres Maisons, il suffirait d'une fiole de poison et hop, la suprématie de la Cinquième serait assurée. Et tout ça parce que *Madame* avait envie de sucre.

— C'est une invitation formelle adressée à la Neuvième Maison, pas seulement à toi et moi, répliqua Gideon sournoisement, en tant qu'authentiques traditionalistes, est-ce qu'on ne devrait pas au moins faire une *toute petite apparition* ? Ce serait impoli de ne pas y aller du tout. Chaque absence en dira long, donc tout le monde viendra. C'est de la politique. De la diplomatie. Je mangerai ton dessert, si tu n'en veux pas.

La nécromancienne se mit à ruminer.

— Mais ça va nous retarder dans l'accomplissement de l'épreuve, se lamenta-t-elle. Ça nous fera perdre toute une soirée, et Sextus va prendre de l'avance sur nous.

— Je te parie que Palamedes viendra aussi. On s'occupera de l'épreuve après. Je serai sage comme une image : silencieuse et mélancolique, comme une bonne Neuvième. Tu n'en reviendras pas, et ça te stimulera.

— Nav, tu es une vraie goinfre.

Ça voulait dire que c'était d'accord. Gideon réfléchit à cette victoire inattendue tout en comptant machinalement dans le miroir les boutons apparus sur son visage à cause du maquillage de cultiste. L'ambiance était… étrangement détendue, elles étaient dans l'expectative, comme la fois où on lui avait donné un sédatif en attendant la nonne qui devait venir lui arracher les amygdales. Nonagesimus comme elle sentaient l'épée de Damoclès au-dessus de leur tête. Elle n'aurait jamais pensé qu'Harrow était aussi facilement influençable, ni qu'elle pouvait rester si longtemps sans enfoncer ses griffes dans les parties tendres de Gideon. Ces épreuves pour devenir Lycteure avaient peut-être un effet apaisant sur elle.

Mais l'espoir de Gideon n'était pas justifié. Harrowhark était satisfaite parce que tout se passait comme elle le voulait : elle était ravie lorsqu'elle croyait emporter le morceau, et à la seconde où cette impression se dissiperait, elle ressortirait les griffes. Gideon ne pouvait pas lui faire confiance. Elle avait toujours une arrière-pensée. Il y avait toujours une paire de menottes qui se refermait avant qu'on ne la voie, et qu'on découvrait à l'instant où Harrow tournait la clé. Mais là…

Ce soir-là, Gideon s'amusa de voir Harrow faire autant de tralalas. Elle mit sa plus belle cape de Neuvième, se transformant en maigre bâtonnet noir sous les incroyables draperies évanescentes de dentelle couleur nuit de l'habit du Tombeau Scellé. Elle passa un temps fou dans le miroir à se mettre de longs os en pendants d'oreilles et refit intégralement son maquillage deux fois. Gideon, aussi surprise qu'amusée, se rendit compte qu'Harrowhark était bel et bien terrorisée. Plus l'heure avançait, plus elle était irritable, et elle abandonna bientôt sa posture d'ennui feint, allongée sur le canapé avec un livre, pour se recroqueviller nerveusement, les genoux contre la poitrine, les épaules crispées. Elle ne quittait pas l'horloge des yeux, et insista pour partir avec vingt minutes d'avance. Gideon venait juste de passer une cape propre et de remettre ses lunettes de soleil… et sa nécromancienne était tellement fébrile qu'elle ne lui interdit même pas de les porter.

Pourquoi était-elle aussi flippée ? Elle qui, depuis toute jeune, présidait les cérémonies officielles méga-solennelles et ultra-codifiées de la Neuvième ? Mais elle était morte de trac. Peut-être parce qu'elle n'avait pas encore pu satisfaire ses sombres désirs nécromantiques dans le complexe. Quoi qu'il en soit, elles se mirent en route pour la soirée, magnifiquement parées de leurs habits du Tombeau Scellé, maquillées en crânes vivants, avec l'air de deux parfaites idiotes, Harrow accompagnée du cliquetis incessant de ses innombrables et osseux ornements.

— Quelle joie ! s'exclama Magnus Quinn en les voyant.

Il était trop bien élevé pour se formaliser de l'apparence de cette paire d'affreux exemplaires du clergé de Drearburh tout droit échappées de leur grotte.

— Je suis heureux de vous voir, euh… sur votre trente-et-un. J'étais persuadé d'être le seul à m'habiller pour l'occasion, et je me préparais déjà à me sentir un peu bête, en étant bien plus chic que les autres. Respectable Fille, dit-il, s'inclinant profondément devant Harrow, je vous remercie d'être venue.

Lui-même était extrêmement élégant, dans une queue-de-pie marron clair qui avait sans doute coûté plus d'argent que n'en contenaient les coffres de Drearburh. La Neuvième, si elle disposait de tout un tas de trésors aussi anciens que moisis, n'avait que peu de liquidités. D'une voix plus sombre et froide que jamais, Harrow déclara :

— Béni soit le cavalier de la Cinquième. Nos félicitations pour votre onzième année d'épousailles.

Elle avait dit *épousailles*. Mais Magnus, imperturbable, répondit :

— Oui, merci beaucoup ! À vrai dire, c'était hier. Par un heureux hasard, je m'en suis souvenu aujourd'hui, alors qu'Abigail avait complètement oublié. Elle s'en voulait tellement qu'elle a absolument voulu m'organiser un dîner. J'ai suggéré que nous en profitions toutes et tous. Entrez, je vous en prie. Je vais faire les présentations.

Le réfectoire voisin de l'atrium était reconnaissable, mais avait fait l'objet de quelques ajouts festifs. Les serviettes étaient soigneusement pliées, et on avait sorti d'un placard une nappe légèrement jaunie. Chaque assiette d'un blanc immaculé s'accompagnait de son marque-place calligraphié avec soin. Magnus les précéda dans la petite cuisine attenante pour leur présenter la nécromancienne de la Cinquième, que Gideon n'avait qu'aperçue jusqu'alors : elle semblait un peu stressée, mais était d'abord aussi aimable et naturel que Magnus, un trait de caractère réservé aux Maisons du rang de la Cinquième. Elle regarda Gideon droit dans les yeux et la gratifia d'une poignée de main bien ferme. Comme certaines nécromanciennes ou bibliothécaires qui avaient étudié les sortilèges pendant une bonne quinzaine d'années, passant plus de temps avec les mots qu'avec les vivants, elle avait un regard bien trop intense. Mais elle portait un tablier de cuisine, il était donc assez difficile de la trouver intimidante. L'aimable *small talk* qu'elle engagea avec une Harrow terriblement pincée fut interrompu par l'apparition sur le seuil des affreux ados de la Quatrième, qui portaient environ un million de boucles d'oreilles chacun. Les Neuvièmes battirent en retraite dans la salle à manger.

C'était une bien étrange soirée. Harrow était tellement tendue qu'elle en vibrait presque. Professeur, perpétuellement ravi de les voir, sans que Gideon comprenne pourquoi, les accapara aussitôt. Les autres prêtres et lui, déjà là à leur arrivée, faisaient chacun leur tête d'anniversaire : Professeur, par exemple, clignait des yeux avec une intensité réservée en principe aux étoiles en train d'imploser.

— Que pensez-vous de Lady Abigail ? leur demanda-t-il. On dit que c'est une nécromancienne extraordinairement intelligente… quoique pas sur le même plan que vous, Respectable Fille, mais apparemment elle est très douée pour évoquer les esprits et leur parler. Elle m'a posé beaucoup de questions sur la Maison de Canaan. J'espère que Magnus le Cinquième et elle sont de bons cuisiniers ! Nous autres Premiers débordons un peu d'enthousiasme, je l'avoue, mais nous sommes des prêtres, nous vivons simplement, nous sommes *forcément* enthousiastes à la perspective d'un bon repas. Il en est sûrement de même pour les sombres Neuvièmes ?

Ce à quoi l'une des sombres Neuvièmes, l'adepte en l'occurrence, répondit :

— Nous préférons mener une vie simple.

— Bien sûr, bien sûr, approuva Professeur distraitement.

Ayant manifestement envie de colporter les derniers ragots, il scanna la salle de son regard bleu perçant et, une fois qu'il eut trouvé ce qu'il cherchait, se pencha vers elles pour leur dire sur le ton de la confidence :

— Et voici la jeune Jeannemary la Quatrième avec Isaac Tettares. Ils sont très beaux ce soir, tous les deux. Même si Isaac a l'air d'avoir passé un peu trop de temps à étudier.

(En fait, Isaac, l'ado nécromancien aux cheveux orange coiffés à la verticale, avait plutôt l'air de souffrir d'une hyperfonction de l'hypophyse.)

— C'est le protégé de Pent, bien entendu, poursuivit Professeur. Je me suis laissé dire que la Cinquième avait un intérêt particulier pour la Quatrième… Certains diraient un intérêt hégémonique. Ça ne doit pas être évident, ils sont si jeunes, tous les deux. Mais tous ont l'air de vraiment bien s'entendre…

— Qu'en savez-vous ?

— Respectable Fille, dit Professeur avec un petit sourire, vous manquez des événements importants en passant *tout* votre temps à explorer studieusement les sombres profondeurs. Gideon la Neuvième aurait bien des choses à vous raconter si elle n'était pas liée par son admirable vœu de silence. Neuvième, votre rigueur dans la pénitence m'en impose.

Sur ce, il adressa à Gideon un clin d'œil plus qu'embarrassant.

On s'agitait à l'entrée de la salle. La Troisième et la Sixième Maison étaient arrivées en même temps, le terne lépidoptère Palamedes accentuant encore la brillance et la beauté du papillon doré Coronabeth Tridentarius. Tous deux se toisèrent du regard comme des boxeurs entrant sur le ring.

— Et maintenant, l'attraction principale ! dit Professeur.

Il s'avéra en effet que la Cinquième n'envisageait pas une fête réussie sans un plan de table rigoureux. À ce constat, le masque soigneusement contrôlé d'Harrow vira visiblement au tragique. Elles furent séparées, et Gideon se retrouva au coude à coude avec Palamedes et l'infâme cavalière de la Quatrième, qui avait l'air de regretter jusqu'au moindre événement ayant pu conduire à cette situation. Face à elle, Dulcinea envoya deux baisers à Gideon avant même qu'elle ait eu le temps de s'asseoir.

Au moins, Harrow n'était pas mieux lotie. On l'avait placée à l'autre bout de la table, en diagonale de l'oncle Mayonnaise, qui avait l'air encore plus horrifié que Jeannemary la Quatrième. En face d'elle, Ianthe, et en diagonale de l'autre côté, Protesilaus, le tout constituant un des pires tableaux de l'Histoire ; à la gauche d'Harrow, Naberius Tern était plongé dans un long dialogue muet avec Ianthe, composé uniquement de haussements de sourcils. Lorsqu'elle vit qu'Harrow se consumait de haine, Gideon commença à s'amuser.

Soudain, Magnus fit tinter sa cuillère contre son verre. Les conversations, déjà à l'agonie, cessèrent dans une dernière convulsion.

— Avant de commencer, dit-il, un petit discours.

Les trois prêtres avaient l'air de n'avoir jamais rien désiré aussi ardemment de leurs vies qu'un petit discours. L'ado nécromancien, affaissé sur sa chaise hors de la vue de Magnus, fit mine de se passer une corde autour du cou.

— Je me suis dit que, euh, commença Magnus… j'allais dire quelques mots pour nous rapprocher un peu. Ce doit être la première fois depuis… très longtemps que toutes les Maisons sont rassemblées ainsi. Nous sommes tous issus de la Résurrection, mais vivons loin les uns des autres. Je me suis dit qu'au lieu de m'attarder sur ce qui nous sépare, j'allais souligner nos ressemblances. Alors voilà : quel est le point commun entre Marta la Deuxième, Naberius le Troisième, Jeannemary la Quatrième, Magnus le Cinquième, Camilla la Sixième, Protesilaus le Septième, Colum le Huitième et Gideon la Neuvième ?

On aurait entendu un cheveu tomber par terre tant le silence était total. Tout le monde affichait sa plus belle *poker face*.

Magnus avait l'air content de lui.

— Ce sont tous des gens qui comptent, dit-il.

Coronabeth fut prise d'un tel fou rire qu'elle dut enfouir son beau nez dans sa serviette. Il fallut expliquer la blague au prêtre poivre et sel qui, lorsqu'il comprit, s'exclama "Oh, leur nom !", ce qui fit repartir Corona de plus belle. Les Deuxièmes, emprisonnées dans des uniformes de parade si amidonnés qu'on aurait pu les plier comme du papier, affichaient le petit sourire de personnes habituées aux dîners formels de la Cohorte.

L'apparition de deux squelettes portant une énorme soupière acheva de dissoudre les tensions. Suivant les directives d'Abigail, ils se mirent à remplir les bols d'un odorant porridge, blanc et soyeux, cuit dans un bouillon à l'oignon. Le tout saupoudré de noix hachées ou de petites baies rouges acides. C'était chaud, épicé, savoureux (*chaud* aurait déjà suffi à satisfaire les exigences de Gideon), et elle se jeta sur son bol, oubliant tout autour d'elle, jusqu'à ce qu'un des squelettes vêtus de blanc s'avance pour la resservir.

Elle était de nouveau en mesure d'écouter les conversations autour d'elle. Après un premier contact hésitant avec l'ennemi, celles-ci étaient plutôt bien engagées.

— … les grains de grenade sont vraiment juteux. Délicieux, n'est-ce pas ? Il y a un grenadier dans une des serres. Vous avez déjà vu les serres ?…

— … dans la tradition octavienne, le nécromancien jeûne jusqu'au soir, ce qui implique aussi…

— … mais ça n'a pas permis de réparer le moteur, donc elle n'a pas pu rentrer à temps dans le système, et j'ai passé les neuf premiers mois dans les ruines de la Maison…

À la droite de Gideon, Palamedes disait :

— … question intéressante. On pourrait dire que le titre d'*Érudit* exprime une reconnaissance de l'expertise, et *Gardien* du devoir, c'est pourquoi Maître Gardien est le plus haut rang. Gardien au sens de superviseur, mais aussi au sens de gardien de prison. Vous savez comment nous appelons l'intérieur d'une serrure ?…

En face d'elle, Dulcinea murmurait à Abigail :

— Je suis vraiment désolée pour vous.

— Merci. Mais ça va mieux, c'est que le destin n'avait pas prévu ça pour nous, répondit la nécromancienne de la Cinquième sur un ton un peu trop enjoué. Mon jeune frère est le suivant dans la lignée. Il s'en sortira très bien. Ça me donnera plus de temps pour réviser mon manuscrit, auquel je suis mariée depuis bien plus longtemps encore qu'à Magnus.

— De mon côté, je suis le cas désespéré qu'on invite aux soirées pour que les autres se sentent moins déprimés en comparaison, répliqua Dulcinea avec un sourire, ignorant les protestations polies de la Cinquième. Mais j'aimerais beaucoup que vous m'expliquiez en quoi consiste votre travail – si vous pouvez simplifier comme vous le feriez pour une enfant de cinq ans.

— Si je n'étais pas capable de vous l'expliquer clairement, ce serait ma faute, et non la vôtre. Mais ce n'est pas si complexe que ça. Nous avons vraiment peu de sources datant de l'immédiate post-Résurrection, de la période pré-Souveraineté et pré-Cohorte… On dispose surtout de témoignages indirects. Les Sixièmes nous en ont fourni des transcriptions, mais gardent les originaux pour eux.

— Elles sont conservées dans un coffre plein d'hélium, pour survivre à la mort par consomption de Dominicus, Lady Pent, intervint Palamedes.

— Vos Maîtres ne m'autorisent même pas à les regarder à travers une vitre.

— La lumière est le plus grand ennemi du papier, répondit-il. Je suis désolé. Ça n'a rien de personnel. Il n'est pas spécialement dans notre intérêt de collectionner les récits de Lycteurs.

— Au moins, les copies sont de qualité… Voilà, donc je passe mon temps à les étudier. Et à en rédiger un commentaire. Mais ma présence ici est presque plus importante que l'idée de servir l'Empereur. La Maison de Canaan… c'est le Saint-Graal ! Nous ne disposons que de quelques sources arides sur les Lycteurs. Mais je viens justement de trouver quelque chose, et je pense qu'il s'agit de communiqués non cryptés entre…

Malgré les intenses battements de cils de Dulcinea Septimus, *Ce que vous faites et ce que vous me racontez est parfaitement fascinant*, Gideon n'était pas dupe : cette conversation était parfaitement ennuyeuse. Elle but à petites gorgées prudentes un peu du vin mauve et légèrement sirupeux, s'efforçant de ne pas tousser, en reportant son attention sur sa marquise des os : Harrow chipotait avec sa nourriture, prise en sandwich entre les revêches cavaliers de la Septième et de la Deuxième. De temps à autre, elle lâchait une remarque laconique à Protesilaus, qui réfléchissait pendant une bonne minute avant de sortir une réponse si insipide qu'en comparaison, Harrow semblait la reine des bons mots.

L'oncle Mayonnaise, lui, parlait à la jumelle anémique, probablement sa future femme.

— On m'a sortie… chirurgicalement, disait Ianthe le plus tranquillement du monde, ses longs doigts jouant avec le pied de son verre. Ma sœur est l'aînée, à quelques minutes près.

Le jeune oncle en surcot blanc ne mangeait pas. Il avait daigné tremper ses lèvres dans son vin, mais restait immobile, les mains jointes sur ses genoux, à regarder les autres, raide comme un niveau à bulles. Soudain, sa voix étonnamment grave et sonore retentit :

— Vos parents ont pris le risque d'une intervention ?

— Oui. Vous comprenez, Corona m'avait privée de ma source d'oxygène.

— Sans doute un choc, rétrospectivement.

— Les scénarios alternatifs ne m'intéressent pas. Le fait est qu'avec la naissance de Corona, la probabilité que je survive était quasiment nulle.

— Elle ne l'a pas fait *exprès*, figure-toi, lança son cavalier à l'autre bout de la table.

Sa coiffure était si parfaite que Gideon, fascinée, n'arrivait plus à la quitter des yeux. Elle se prit à espérer qu'un morceau du plafond se détache et vienne l'aplatir d'un coup.

Ianthe feignit l'indignation.

— Mon Dieu, Babs, je ne savais pas que tu participais à cette conversation.

— Je dis seulement, princesse, que tu n'as pas à la rabaisser comme ça…

— Et toi, tu n'as pas à me contredire en public, et pourtant… et pourtant.

Naberius tourna très peu discrètement la tête vers Coronabeth, mais celle-ci était en pleine conversation avec Magnus. Probablement en train d'échanger de nouvelles blagues, se dit Gideon.

— Arrête de te comporter comme une idiote, insista-t-il.

— Encore une fois, Babs, est-ce que tu participes à cette conversation ?

— Non, Dieu merci, rétorqua-t-il amèrement, avant de se retourner vers son interlocuteur précédent.

Le massif neveu cavalier, occupé à se resservir, n'avait pas l'air ravi d'être à nouveau l'objet de toute l'attention du Troisième. À côté de l'impeccable Naberius Tern, il avait l'air plus négligé et crasseux que jamais.

— Enfin bon, Huitième, vous avez complètement tort au sujet de ce bouclier, je vais vous expliquer…

Gideon était curieuse de savoir quel était le problème de ce bouclier. Elle tendit la main pour attraper son verre, lorsqu'elle sentit qu'on tirait sur sa manche. La désagréable ado, à côté d'elle, la fixait d'un regard déterminé, souligné d'un maquillage noir appliqué en quantités dignes de la Neuvième. Jeannemary la Quatrième avait les lèvres pincées, comme si on était sur le point de lui faire une piqûre, ce qui rendait les traits de son visage encore plus anguleux. Ses millions de boucles d'oreilles cliquetaient férocement.

— J'ai une question un peu bizarre, souffla-t-elle.

Gideon laissa retomber son bras et leva un sourcil interrogateur. L'adolescente pâlit, et Gideon eut presque pitié d'elle : à son âge, elle détestait ce genre de dîners : toutes ces capes et capuches et ces prêtres avec leur affreux maquillage… Mais soudain, rassemblant son courage, Jeannemary articula d'un tout petit filet de voix :

— Neuvième… je peux mesurer votre biceps ?

Gideon se retrouva donc à plier et déplier le bras pour faire plaisir à une ado, pendant ce qui lui sembla une éternité, jusqu'à ce qu'on emporte leurs bols et les remplace par un entremets bourré de sucre, de crème et de fruits. Les Cinquièmes n'avaient pas fait les choses à moitié. Gideon engloutit trois portions de dessert et Magnus, visiblement amusé, poussa un quatrième bol dans sa direction. Il était incontestablement meilleur pâtissier que duelliste. Avant d'arriver dans la Maison de Canaan, Gideon était d'avis que manger était un processus aussi assommant (bouillie, cuillère, bouche) que nécessaire pour maximiser les chances de ne pas se faire mettre une raclée par Aiglamene dans une sombre salle de la Neuvième. C'était la première fois qu'elle se sentait repue, le ventre bien rempli, et qu'elle en était franchement heureuse.

Après le repas, on leur servit une nouvelle fois ce thé chaud et herbeux, pour se rincer la bouche, et les représentants des différentes Maisons sortirent de table pour former de petits groupes de conversation. Leur tasse à la main, ils regardaient les squelettes débarrasser.

Gideon chercha Harrow des yeux et s'étonna de la trouver dans un coin, avec Professeur : elle lui parlait à voix basse tandis que celui-ci, les pouces coincés sous sa luxueuse ceinture, hochait ou secouait la tête, l'air plus pensif que ravi de la crèche, pour une fois.

Soudain, on toucha la main de Gideon, tout doucement, comme si on avait peur de l'effrayer. C'était Dulcinea, qui avait trouvé refuge sur une chaise ; ses hanches décrivaient de petits mouvements nerveux, et Gideon en déduisit que l'assise trop dure la faisait souffrir. Elle avait l'air fatiguée, et plus âgée que d'habitude, mais sa bouche était toujours très rose, et ses yeux pétillaient de malice.

— Neuvième, dit-elle, tes biceps sont-ils simplement gros, ou vraiment *énormes* ?

Gideon s'assura que sa nécromancienne ne la voyait pas, et fit un geste obscène. Dulcinea éclata de son rire cristallin, mais comme assourdi, endormi. Elle désigna d'un geste tranquille un endroit à côté de sa chaise et Gideon s'accroupit obligeamment à côté d'elle. Dulcinea respirait un peu difficilement. Elle portait une robe légère, couleur écume, et Gideon voyait enfler ses côtes à travers, comme celles d'un animal en état de choc. Ses boucles châtains, soigneusement formées, tombaient en cascades sur ses épaules.

— J'ai beaucoup aimé ce dîner, dit-elle. Je l'ai trouvé très utile. Regarde les enfants.

Gideon suivit son regard. Près de la table, Isaac et Jeannemary étaient en pleine discussion. L'adolescente avait relevé ses manches pour montrer ses muscles à son adepte. C'étaient ceux d'une athlétique gamine de quatorze ans : ils n'étaient pas encore bien définis, mais il y avait du potentiel. Son chevelu complice prenait ses mesures d'un air las.

(— *Je te l'avais dit.*

— Mais les tiens sont très bien aussi.

— *Isaac.*

— Ce n'est pas un concours de biceps.

— *C'est nul de dire ça.*)

Ils chuchotaient, mais leurs voix portaient quand même, et Abigail, plongée dans une conversation avec l'une des Deuxièmes non loin de là, tendit une main réprobatrice pour toucher l'épaule d'Isaac. Elle n'avait même pas pris la peine de se retourner ou de s'interrompre. L'adepte de la Quatrième fit la moue. Sa cavalière, elle, affichait une expression carrément hostile, de profond ressentiment.

— Oh, Gideon la Neuvième, murmura Dulcinea, les Maisons sont si mal disposées… pleines de méfiance après une myriade de relations pacifiées. Et pour quoi s'affrontent-elles ici au juste ? Pour les *faveurs* de l'Empereur ? Mais que pourraient-elles leur apporter ? Que veulent-elles de plus ? Comme si elles ne s'étaient pas toutes déjà considérablement enrichies avec les primes de la Cohorte… presque toutes. J'ai beaucoup réfléchi à tout ça, ces derniers jours, et ma seule conclusion, c'est que…

Elle n'acheva pas sa phrase, et toutes deux gardèrent un silence lourd de sens, écoutant les bavardages polis ou impolis d'après dîner tout autour d'elles, et le bruit des couverts sales qui s'entrechoquaient dans les mains des squelettes. C'est alors que Palamedes fit une étrange apparition, un plateau à la main : il tendit une tasse de thé à la lady de la Septième qui, malgré sa fatigue, le considéra avec un grand intérêt.

— Merci beaucoup, Maître Gardien, dit-elle.

Lui la regardait avec… mh. Il regardait clairement sa robe à moitié transparente, ses doigts légèrement enflés, ses boucles et la ligne de sa mâchoire, avec une intensité qui mettait Gideon mal à l'aise. Sa curiosité était parfaitement assumée, plutôt dépourvue d'ambiguïté, mais les scintillantes pierres grises qui lui servaient d'yeux l'écorchaient, plongeaient dans sa chair. Gideon se demanda si, à sa place, elle resterait aussi calme et sereine que Dulcinea.

— À votre service, Lady Septimus, répliqua Palamedes avec désinvolture.

Il s'inclina d'un mouvement bref et précis de serveur, rajusta ses lunettes et tourna les talons. *Eh ben !*, se dit Gideon en le regardant rejoindre les autres. Puis elle se rappela la fascination louche du Sixième pour la médecine. À ses yeux, cette maladie chronique devait être encore plus sexy qu'un petit short moulant. *Merde alors !*

Dulcinea buvait placidement son thé. Gideon la regarda avec insistance : elle attendait toujours la conclusion de tout à l'heure. Quittant enfin des yeux le petit groupe formé par les adeptes et leurs cavaliers, la Septième dit :

— Ma conclusion ? Eh bien… Oh, ta nécromancienne !

Harrow avait abandonné Professeur et se rapprochait de Gideon comme une barre d'acier d'un aimant. Elle effleura à peine Dulcinea du regard, alors que celle-ci s'était fendue d'un sourire qu'elle pensait pouvoir faire passer pour de la pure gentillesse, mais dont Gideon savait qu'il était empreint d'une sournoiserie tout animale. Harrow n'eut pas un mot pour Gideon ; elle se contenta d'un brusque mouvement du menton ; Gideon se releva à la hâte, s'efforçant d'ignorer le haussement de sourcils de la Septième, que fort heureusement sa nécromancienne ne remarqua pas, tout absorbée qu'elle était par sa sortie en trombe, sa cape ondulant furieusement derrière elle (Gideon la soupçonna de s'y être entraînée en secret).

— Merci encore d'être venues, Neuvièmes ! lança aimablement Magnus, mais Harrow ne prit pas le temps de lui dire au revoir, ce qui chagrina un peu Gideon, qui le trouvait vraiment sympa.

— Pas si vite, sans cœur, souffla-t-elle lorsqu'elle les estima suffisamment loin pour ne pas être entendues. Il y a le feu ?

— Non… pas encore.

Harrow avait le souffle court.

— J'ai mangé l'équivalent de mon propre poids ce soir. Ne me fais pas vomir.

— Tu es vraiment une goinfre. Dépêche-toi. On n'a pas beaucoup de temps.

— Quoi ?

Gideon eut un instant de répit lorsqu'Harrow s'arrêta pour ouvrir une porte qui donnait sur un petit escalier de secours. Le soleil était couché, et les générateurs diffusaient une triste lueur verte. Apparemment, les squelettes, occupés par le dîner, n'avaient pas eu le temps d'allumer les candélabres.

— Qu'est-ce que tu veux dire ?

— Il faut qu'on rattrape le temps perdu.

— Hé, mais quel temps perdu, pourquoi ?

Harrow maintint la porte ouverte de sa main osseuse. Son visage affichait une expression déterminée.

— Parce qu'Abigail Pent a demandé à ce perfide poseur de la Huitième s'il connaissait l'accès aux étages inférieurs, et qu'il a répondu oui. Pent n'est pas idiote, et ça veut dire que nous avons une nouvelle concurrente sérieuse. Bon Dieu, Gigi, dépêche-toi ! Je nous donne au maximum cinq heures avant qu'elle ne débarque dans le complexe elle aussi.

16

Sa rapière le long du corps, le verre noir et luisant de son couteau de poing contre son torse, Gideon Nav se mordait la langue jusqu'au sang, ce qui faisait un mal de chien. Harrow haletait dans les haut-parleurs, et face à Gideon, encore suintante de la poudre brûlante des os pulvérisés, la construction poussait un hurlement silencieux. Elles étaient de retour dans Réaction, et avaient déjà échoué une fois.

L'incapacité nécromantique d'Harrow à lui ouvrir le crâne n'était pas le fait d'une quelconque résistance de Gideon (qui aurait pourtant été *sacrément compréhensible*), non, elle faisait vraiment de son mieux. Mais elle était engourdie du repas, et endolorie de la séance du matin, et son état constituait une barrière supplémentaire pour Harrowhark. Pour la première fois de sa vie, Gideon était forcée d'admettre que sa nécromancienne n'était pas complètement injuste : Harrow ne lui hurlait pas dessus. Elle s'enfonçait simplement de plus en plus profond dans un marécage de frustration et de haine de soi. Elle était littéralement furieuse contre elle-même.

La construction chargea Gideon comme un bélier, et en l'évitant elle laissa la moitié de la peau d'un genou sur le sol de la pièce. La bouche toujours pleine de sang, elle hurla :

— *Har…*

— J'y suis presque, crachèrent les haut-parleurs.

— … *row*, laisse-moi lui mettre un coup…

— Attends. J'y suis presque. Bonne idée, la langue. Tiens bon, Nav ! Tu ferais ça les yeux fermés !

Pas avec cette foutue *rapière*. Vu leur utilité, elle aurait tout aussi bien pu balancer son épée et son couteau de poing et faire le tour de la pièce en petites foulées. Gideon n'était pas équipée pour rester en défense, et elle avait mal à la tête. Un accès de migraine rendait la scène floue, émaillant son champ de vision de taches et d'étincelles. Soudain, un assaut monumental de la construction repoussa sa parade loin au-dessus de sa tête, et elle se retrouva à accompagner le coup plus qu'elle ne le contrait, mais on ne pouvait pas vraiment parler de décision consciente.

— Trois secondes, Nav. Deux, implora Harrow.

Gideon se sentait de plus en plus nauséeuse : elle avait une sensation poisseuse et chaude au fond de la gorge, et la langue gorgée de salive. Elle percevait la construction à travers un voile brumeux, comme si elle voyait double. Une vive douleur s'installa entre ses yeux tandis que la construction retrouvait l'équilibre et se lançait une nouvelle fois…

— Je la vois.

Plus tard, Gideon se ferait la réflexion que la voix d'Harrow exprimait moins le triomphe que le respect. Sa vision se brouilla, puis redevint aussitôt parfaite. Tout était net désormais, les lumières plus dures, les ombres plus froides. La construction fumait comme une pièce de métal brûlante, et des auréoles de lumières presque transparentes montaient de son corps difforme. Elles frémissaient, en différentes couleurs, visibles sous certains angles seulement, et, perdue dans leur contemplation, Gideon faillit se casser une jambe.

— *Nav !* hurlèrent les haut-parleurs.

Gideon plongea au sol pour éviter le coup, s'éloignant d'une roulade tandis que la construction broyait le sol à l'endroit exact où se trouvait son pied une fraction de seconde auparavant.

— Dis-moi quoi faire ! hurla-t-elle en retour.

— Frappe dans cet ordre : radius extérieur gauche !

Gideon concentra son attention sur l'articulation massive, grossière du bras supérieur gauche, surprise de retrouver en cet endroit précis un des mirages lumineux. Elle frappa de toutes ses forces et faillit perdre l'équilibre lorsque sa lame transperça l'os comme un couteau s'enfonce dans du beurre. La longue lame du bras mutant se détacha, tomba tristement sur le sol.

— Tibia inférieur droit, dernier quart, juste au-dessus de l'incisure, commanda Harrow, d'une voix clairement triomphante, cette fois. Vas-y !

Plus facile à dire qu'à faire. Gideon dut d'abord jouer à cache-cache avec les lames encore en activité de la construction. Et finalement, au lieu de se servir de sa rapière, elle opta pour un bon vieux coup de botte. Viser juste n'était pas bien difficile. Comme le radius juste avant, l'endroit brillait telle une balise lumineuse. Elle mit en plein dans le mille, et la jambe vola en éclats. La construction flancha, essaya de se rattraper, mais la jambe ne se régénéra pas.

La suite fut facile. Mâchoire inférieure. Dix-huitième côte. Coup après coup, Gideon démantibula la construction, défaisant les invisibles mécanismes de soutien sans lesquels le monstre n'était plus qu'un fouillis pathétique qui claquait des mâchoires, le premier tour de magie d'un apprenti osséo qui n'avait aucune notion d'anatomie. Lorsque, finalement, la Respectable Fille annonça : *Sternum*, Gideon était déjà prête, et elle envoya un coup de poing ganté à l'endroit précis où le sternum brillait comme la flamme d'une bougie, le réduisant en poussière. La construction s'effondra. Gideon fut prise de vertige, mais la sensation disparut aussitôt. Et le monde entier s'éclaircit.

Il ne restait plus du monstre qu'un gros morceau de bassin tombant lentement en poussière. Un réjouissant *bip* retentit au-dessus de la tête de Gideon, et la porte de Réaction s'ouvrit, laissant apparaître Harrow, si trempée de sueur que sa capuche était littéralement collée sur son front. L'attention de Gideon se reporta vite sur le tas de cendres qui, se séparant en deux, révéla une boîte noire luisante. Sur le couvercle, un écran couleur plomb indiquait 15 %… 26 %… 80 %…, puis la boîte s'ouvrit avec un petit clic. Elle contenait tout bonnement… une clé.

Harrow laissa échapper une exclamation et se précipita dessus, mais Gideon fut plus rapide. Elle ouvrit l'anneau qu'elle portait désormais sous sa chemise, et y accrocha la clé par le trou en forme de trèfle de la tige. Elles en avaient donc deux maintenant : leur toute nouvelle prise, et la clé de la trappe. Gideon et Harrow les contemplèrent un moment. La nouvelle clé, petite et épaisse, était teinte dans un rouge profond.

— J'ai vu… des lumières, dit Gideon. Qui venaient se poser sur la construction, des taches de lumière, aux endroits que tu m'indiquais. Des sortes de halos. C'est ça, les *signatures thanergétiques* dont tu parlais ?

Elle s'attendait à une réplique hautaine du genre *Tu ne pourras jamais comprendre les sombres mystères que seul mon* smoky eye *saurait percer*, et fut prise au dépourvu par l'étonnement sincère d'Harrow. Sous son maquillage barbouillé de filets de sang, elle avait l'air complètement abasourdie.

— Tu veux dire qu'il y avait des choses *à l'intérieur* de la structure du squelette ? demanda son adepte lentement. Des lumières mécaniques, peut-être ? Des segments colorés ?

— Non, juste… des halos lumineux. Un peu flous. Juste à la fin, quand tu as commencé à t'en mêler.

— Impossible.

— Je ne mens pas.

— Non, je veux dire… ça ne devrait pas être possible, précisa Harrow, fronçant les sourcils si fort qu'ils semblaient sur le point d'entrer en collision. Je pensais avoir compris la nature de cette expérience, mais… manifestement, je n'y étais pas tout à fait.

Gideon remit les clés en sécurité dans son binder, grimaçant au contact froid du métal sur sa peau. Elle préparait déjà une remarque désinvolte, mais lorsqu'elle releva la tête, Harrow la regarda droit dans les yeux, le menton légèrement relevé. Le regard d'Harrow était *toujours* hostile. Elle avait le visage en sueur, et des éclats de vaisseaux sanguins comme des poussières d'étoiles dans le blanc des yeux, autour de ses pupilles d'un noir profond, mais cette fois, leur expression était complètement inédite. Harrowhark Nonagesimus la regardait avec *admiration*.

— Pour l'amour de l'Empereur, Gigi, dit-elle brusquement, tu es vraiment unique avec cette épée !

Bizarrement, Gideon pâlit. Le monde vacilla. Des taches blanches apparurent dans son champ de vision.

— Mmf, dit-elle, fort intelligemment.

— Je me suis retrouvée en première ligne, je te *sentais* combattre, reprit Harrow, en étirant nerveusement ses doigts. Il m'a fallu un moment pour comprendre ce que tu faisais. Et pour en voir l'utilité. Je crois que c'est la première fois que je t'ai vraiment regardée, en pleine action… Bref, en tout cas… le Tombeau soit remercié que personne ne sache que tu n'es pas vraiment des nôtres. Moi-même, j'aurais pu me dire que tu es la réincarnation de Matthias Nonius, ou une mièvrerie du même genre.

— Harrow, dit Gideon, retrouvant finalement sa langue. Il ne faut pas me dire des choses pareilles. J'ai encore un millier de raisons de t'en vouloir. Ça va être difficile, si j'ai peur que ton cerveau parte en sucette.

— Je dis juste que tu es une épéiste exceptionnelle, rétorqua la nécromancienne, tu restes un être humain lamentable.

— OK, cool, merci, dit Gideon. Le mal est fait. Et maintenant ?

Harrowhark sourit, et ce sourire était inhabituel, lui aussi : c'était un sourire de conspiratrice, jusque-là, rien d'anormal, mais pour la première fois, il incluait Gideon. Ses yeux brillaient de connivence comme des charbons ardents. Gideon ne savait pas quoi faire de toutes ces nouvelles expressions. Elle se serait bien allongée quelques minutes.

— On a une clé, répondit Harrow, triomphante. Maintenant, on cherche la porte qui va avec.

*

Gideon ne pensait à rien de particulier lorsqu'elles quittèrent #1-2. TRANSFERT/SÉLECTION. CENTRE DE DONNÉES ; elle était contente, dopée d'adrénaline et d'excitation. Elle avait mangé un bon repas. Elle avait gagné la partie. Le monde lui semblait moins antipathique, moins méchant. Harrow et elle marchaient d'un pas fier, dans une sorte de camaraderie silencieuse, tout en gardant une conscience aiguë de l'obscurité et du froid qui régnaient dans le complexe. Elles filaient dans les couloirs, Harrow en tête, Gideon la suivant au demi-pas réglementaire.

Il n'y avait personne d'autre qu'elles ici pour déclencher les capteurs de mouvement, et les lampes s'allumaient sur leurs pas avec un *blink blink blink* rythmé, éclairant leur chemin jusqu'à la pièce centrale aux couloirs en étoile, puis le passage menant à l'échelle qui donnait accès à la trappe. Arrivée au bout du passage, Harrowhark s'immobilisa brusquement. Gideon, cape et épée au vent, l'emboutit. Mais Harrow, pétrifiée, ne réagit même pas.

Gideon suivit son regard jusqu'au pied de l'échelle et n'en crut pas ses yeux. Son cerveau lui fournit instantanément toutes les informations que ses tripes refusaient d'assimiler, et elle s'immobilisa à son tour, pétrifiée, tandis qu'Harrow piquait un sprint jusqu'au tas de linge jeté sur le sol.

Sauf que ce n'était pas un tas de linge, mais deux êtres humains, dont les membres disloqués étaient si épouvantablement enchevêtrés qu'on aurait pu croire qu'ils étaient morts dans les bras l'un de l'autre.

Un courant de bile chaude lui monta à la bouche, rendant sa langue collante. Son regard se détourna du sang et des os à vif pour se poser stupidement sur le fourreau vide qui gisait sur une hanche brisée. Non loin de là, la rapière s'était plantée dans la grille du sol. Les lumières vertes en contrebas donnaient un éclat glauque à son manche d'ivoire. Le visage impassible, la nécromancienne retourna l'un des cadavres, dévoilant ce qu'il restait des deux visages.

Mais Gideon n'avait pas eu besoin d'attendre qu'elle démêle les dépouilles pour savoir. Les tristes corps disloqués et enchevêtrés étaient ceux de Magnus Quinn et d'Abigail Pent.

ACTE III

17

En début de matinée, après plusieurs heures de vaines tentatives, Palamedes lui-même se déclara vaincu. Il n'admit pas expressément sa défaite mais, laissant simplement retomber sa main, qui avait tracé au marqueur une bonne vingtaine de schémas se superposant autour des corps, il renonça de fait à les ranimer.

Six nécromanciens et nécromanciennes avaient tenté de les ramener à la vie, travaillant seuls ou tous ensemble, simultanément ou les uns après les autres. Gideon avait suivi leur défilé assise dans un coin. Plusieurs d'entre eux s'étaient ouvert les veines dans l'espoir d'assouvir la faim des esprits en ces premiers instants de la mort. Les deux ados, fous de rage devant l'impuissance du seul sang d'Isaac, s'étaient mis à charcuter le bras de Jeannemary. Ils se hurlaient dessus en se serrant mutuellement des ceintures au-dessus du coude pour faire ressortir leurs veines ; il avait fallu que Camilla confisque leurs couteaux et leur distribue des pansements. Ils s'étaient alors jetés dans les bras l'un de l'autre, et étaient tombés à genoux en sanglotant.

Harrow n'avait pas versé son sang. Elle faisait les cent pas à quelque distance de Palamedes pour ne pas le déranger, tel un spectre vacillant légèrement (elle était épuisée, Gideon était bien placée pour le savoir). Coronabeth non plus ne s'était pas ouvert les veines : elle s'était contentée de relever les cheveux d'Ianthe lorsqu'ils lui tombaient dans les yeux, ou d'aller chercher un petit couteau dans leur sac pour remplacer celui de sa sœur. Les jumelles étaient sorties de leur lit sans prendre la peine de s'habiller, et leurs nuisettes vaporeuses étaient bien la seule étincelle de réconfort de cette nuit atroce. L'air était lourd des odeurs mêlées de craie, d'encre et de sang, et transpercé de la lumière blafarde des torches électriques que Palamedes avait disposées sur le sol.

Les Sixièmes s'étaient montrés terriblement efficaces. Palamedes, vêtu d'une robe de chambre défraîchie, avait installé des torches un peu partout et marqué l'échelle de ruban adhésif fluo. La fourrure de ses vieilles pantoufles usées s'était tachée de sang tandis qu'il examinait silencieusement les corps, murmurant *pardon* à un moment, parce qu'il s'était approché trop près du bras d'Abigail. Il avait éclairé Camilla tandis qu'elle esquissait l'horrible scène sur une grande feuille de papier pelure, en vue latérale, en plongée puis en contre-plongée. Et lorsque Dulcinea s'était présentée uniquement vêtue d'un chemisier court et d'un pantalon trop grand pour elle, il avait ôté sans un mot sa robe de chambre, révélant un pyjama à la veste strictement boutonnée, et l'avait posée sur ses épaules, avant de se remettre au travail.

Un aréopage d'adeptes s'affairait autour des corps, sortant des livres de leurs capes, lisant quelques pages, les abandonnant à nouveau. Les nécromanciens s'approchaient, travaillaient, étaient remplacés par d'autres, revenaient ou repartaient à mesure qu'arrivaient d'autres résidents de la Maison de Canaan. Harrowhark avait travaillé pendant près de deux heures avant de tomber subitement dans une flaque de sang coagulé, et Gideon l'avait éloignée de la scène. Une fois revenue à elle, elle s'était mise à observer de près ce que faisaient les Sixièmes, à l'agacement mal dissimulé de Camilla, pour qui toute intrusion dans l'espace personnel de Palamedes était une probable tentative d'assassinat. Le principal intéressé, quant à lui, échangeait régulièrement de brèves remarques à voix basse avec Harrow, comme s'il s'était agi d'une collègue qu'il connaissait depuis toujours.

Les princesses de la Troisième rappelaient des musiciennes incapables de refuser un énième rappel : elles lançaient un sortilège, repartaient, lançaient un sortilège, repartaient, etc. Agenouillées côte à côte, elles se tenaient par la main, et si Ianthe s'était moquée des capacités intellectuelles de sa sœur, force était de constater que Corona ne transpirait même pas. Ianthe, au contraire, suait sang et eau. Au bout d'un moment, elle avait fait signe à Naberius d'approcher, et Gideon faillit (re)vomir son dîner lorsqu'Ianthe s'était mise à le *bouffer* : elle lui avait mangé une mèche de cheveux, rongé un ongle, enfoncé ses incisives dans la paume. Il l'avait laissée faire sans moufter. Puis elle s'était remise au travail, des étincelles jaillissant de ses doigts comme d'une épée fraîchement forgée. De temps en temps, elle recrachait un cheveu. Gideon avait dû se concentrer très fort sur les nuisettes pour faire passer le morceau.

Isaac était lui aussi en plein travail, mais Gideon n'avait aucune envie de le regarder. Il sanglotait de tout son triste visage d'ado ingrat. Lorsque Dulcinea avait fait mine de vouloir participer aux efforts, Protesilaus l'avait retenue d'une main aussi épaisse qu'implacable. La ronde des nécromancien·nes s'était poursuivie encore un long moment, jusqu'à ce qu'il ne reste finalement plus que Palamedes, qui avait fini par s'effondrer comme une marionnette dont on aurait coupé les fils, saisissant à l'aveugle la bouteille d'eau que lui tendait Camilla, pour boire de longues gorgées.

Soudain, en haut de l'échelle, une voix annonça :

— Nous descendons !

Le cavalier jaunâtre de la Huitième fit son apparition, toujours vêtu de cuir et son épée à la ceinture ; puis il aida son oncle à descendre. L'adepte de la Huitième, visiblement dégoûté, retroussa ses manches couleur albâtre et se mit à tourner autour des cadavres, plongé dans ses pensées, avant de se lécher un doigt comme pour tourner une page.

— Je vais essayer de les trouver, dit-il de sa voix étrangement grave et douloureuse.

— Ne perdez pas votre temps, Octakiseron, dit Harrow. Ils sont déjà loin.

Le nécromancien de la Huitième inclina la tête. Ses cheveux, qui retombaient sur ses épaules, avaient la couleur blanchâtre des cendres d'un feu qui vient de s'éteindre ; un bandeau les retenait, dégageant son visage anguleux et spirituel.

— Vous me pardonnerez si j'estime qu'une osséomagicienne n'a pas de conseils à me donner en matière d'esprits.

Le visage d'Harrow se ferma.

— Je vous pardonne, dit-elle.

— Très bien. Alors nous n'avons plus rien à nous dire, conclut le nécromancien de la Huitième. Frère Colum.

— Je suis prêt, frère Silas, s'empressa de répondre le neveu balafré, et il vint se placer face au jeune homme, suffisamment près pour le toucher.

Un instant, Gideon crut qu'ils allaient prier de concert pour les morts. Ou partager leur émotion : ils étaient assez proches pour se prendre dans les bras l'un de l'autre. Mais non : le nécromancien posa la main sur une des larges épaules de Colum, ce qui l'obligea à se dresser sur la pointe des pieds, et ferma les yeux.

Pendant un moment, il ne se passa rien du tout. Puis Gideon vit que Colum le Huitième changeait de couleur, comme si on l'avait plongé dans une teinture de mauvaise qualité : il se délavait comme les ombres perdent leurs contours dans la nuit, et le processus était d'autant plus visible et terrifiant qu'il se déroulait à la lumière implacable des torches électriques et des lampes placées sous le sol grillagé. À mesure qu'il blêmissait, le pâle Silas devenait incandescent. Il irradiait littéralement, et l'air prit un goût de tonnerre.

Non loin de Gideon, quelqu'un murmura :

— Ce n'était pas une légende…

Tandis qu'une autre personne s'exclamait :

— Mais qu'est-ce qu'il *fait* ?

Et Harrow annonça d'une voix indifférente :

— Silas Octakiseron siphonne les âmes.

Entre-temps, Colum le Huitième était devenu carrément gris. Il tenait toujours debout, mais sa respiration était saccadée. Par contraste, son adepte était un véritable spectacle d'effets de lumière, mais il ne se passait pas grand-chose d'autre. Des rides se creusaient sur le front du fantomatique jeune homme, il se tordait les mains et ses lèvres se mirent à bouger, mais sans émettre aucun son.

Gideon ressentit une sorte de secousse intérieure, comme si on venait de tirer sur sa couverture en pleine nuit, dans une pièce glaciale. Un peu comme ce qui s'était passé dans Réaction (et qui semblait remonter à mille ans) : quelque chose, au plus profond d'elle-même, était touché en son point le plus vulnérable. Mais ça faisait un mal de chien. Comme une migraine à l'intérieur des dents. Les lampes torches émirent un *gurk* asthmatique et la lumière baissa d'un coup, comme si leurs piles étaient sur le point de rendre l'âme, et lorsque Gideon regarda ses mains de ses yeux bouffis, elles aussi étaient devenues grisâtres.

Soudain, il y eut une étincelle bleu pâle, et le corps d'Abigail fut secoué d'horribles convulsions. Le monde devint lourd et noir en ses confins, et Gideon se sentit glacée jusqu'à la moelle. Elle entendit un cri, reconnut la voix de Dulcinea.

Le corps d'Abigail tressaillit une nouvelle fois. Silas ouvrit la bouche et émit un son guttural, comme s'il avait avalé de l'acier en fusion (une des torches explosa), et du coin de l'œil, Gideon le vit tendre les bras. Elle se fraya un passage dans l'assemblée médusée, et vit Dulcinea s'effondrer au ralenti. Elle rattrapa son corps inerte dans sa robe de chambre trop grande, passa doucement un de ses bras autour de ses propres épaules et redressa son corps faible, en claquant des dents avec une telle intensité qu'elle craignait de se mordre les joues jusqu'au sang. Protesilaus s'avança d'un pas lourd et, ne prenant même pas la peine de dégainer son épée, envoya à Silas un coup de poing en pleine figure.

Dans les bras de Gideon, Dulcinea se lamenta :

— *Pro !*

Trop tard. Le nécromancien de la Huitième s'effondra par terre comme un sac de patates, des soubresauts nerveux agitant ses membres. Protesilaus tira sa rapière avec un cliquetis huileux. Les lampes se mirent à grésiller, puis revinrent à la vie. Le froid se retira comme si on avait fermé une porte contre un vent hurlant. Colum le Huitième ne montra aucune réaction. Il resta planté tel un bloc de béton à côté de Protesilaus, qui tenait son oncle en respect avec son épée. On aurait dit deux grossières sculptures humaines.

— Les enfants ! cria une voix depuis la trappe. Les enfants, arrêtez !

C'était Professeur, qui avait descendu les premiers barreaux de l'échelle, mais ne pouvait manifestement se résoudre à continuer. Pour la première fois depuis que Gideon avait fait sa connaissance, il avait l'air vraiment réel : sa sérénité et son imperturbable bonne humeur avaient cédé la place à une terreur incontrôlable. C'était un vieillard fragile et, les yeux exorbités, il se cramponnait au sommet de l'échelle comme à un canot de survie.

— Ne faites pas ça ! s'exclama-t-il. S'il siphonne quelqu'un ici, le vide risque d'attirer quelque chose d'autre ! Remontez Abigail et Magnus les Cinquièmes… vite !

— Professeur, intervint Palamedes, nous devrions laisser les corps où ils sont, si nous voulons avoir une chance de comprendre ce qui s'est passé.

— Surtout pas, répondit Professeur. Mais je ne peux pas descendre moi-même. Vous devez les remonter. Utilisez une civière… ou la magie, Respectable Fille, animez des squelettes… faites ce que vous voulez. Mais il faut que vous les remontiez immédiatement, et que vous remontiez vous aussi.

Tout le monde était peut-être un peu sonné après ce qui venait de se passer, ou tout simplement épuisé par cette longue nuit. Toujours est-il que l'hésitation était palpable. Puis Camilla déclara, à la surprise générale :

— Professeur. Nous menons l'enquête. Nous sommes en sécurité ici.

— Vous vous trompez lourdement, rétorqua celui-ci. À présent que cette pauvre Abigail et que ce pauvre Magnus sont morts, je ne peux garantir la sécurité d'aucun d'entre vous si vous restez ici une minute de plus.

18

“REMONTEZ-LES” ÉTAIT BIEN PLUS FACILE À DIRE qu’à faire. Il leur fallut près d’une heure pour lever les corps, les mettre en lieu sûr – il y avait une chambre froide dans la Maison, et Palamedes finit par donner son accord pour qu’on les y installe – et rassembler les représentants de toutes les Maisons dans le réfectoire. Les squelettes d’Harrowhark étaient parfaitement capables de monter à l’échelle, même chargés de cadavres dans leur linceul, mais Colum le Huitième, s’il était déjà un peu moins grisâtre, ne réagissait ni à la prière, ni à la menace, ni à aucun stimulus physique. Finalement, il fallut donc le porter lui aussi jusqu’à la trappe. C’est Corona et Gideon qui écopèrent de cette tâche pour le moins ardue. À leur arrivée en haut, Professeur poussa un cri d’horreur en voyant son état. À présent, Colum était assis en bout de table, le visage au-dessus d’un bol rempli d’une décoction brûlante d’herbes non identifiées, la vapeur dessinant des volutes autour de son visage et de ses cils. Ceux qui n’étaient pas étendus sur le sol du réfectoire ou sur une table dans la chambre froide se cramponnaient à leur gobelet de thé. Étrangement, la scène rappelait leur arrivée dans la Maison de Canaan, pour l’ennui et la suspicion qui flottaient dans l’air. Sauf que, désormais, il y avait des morts.

Les Deuxièmes étaient les seules qui semblaient à peu près maîtresses d’elles-mêmes. C’étaient elles qui avaient prévenu Professeur. Elles étaient assises très droites sur leur chaise, resplendissantes dans leur uniforme de la Cohorte rouge vif et blanc. Toutes deux arboraient le même style de coiffure, les cheveux tressés, la même abondance de galons dorés et la même expression grave. Seules les distinguaient la rapière que l'une portait à la ceinture et les innombrables distinctions de l'autre au revers. Professeur était assis un peu plus loin, et sur son visage, l'expression de terreur avait cédé la place à une profonde tristesse et une grande lassitude. Il se rapprocha du radiateur d'appoint qui chassait la fraîcheur du petit matin, tandis que les deux autres prêtres de la Maison de Canaan, enveloppés dans leur surcape, resservaient du thé à tout le monde.

Soudain, la nécromancienne de la Deuxième Maison s'éclaircit la gorge.

— Professeur, dit-elle de sa voix distinguée et sonore. Je tiens à répéter ici que la meilleure chose à faire est d'informer la Cohorte et de demander des renforts.

— Et moi, capitaine Deuteros, répondit celui-ci d'une voix triste, je vous répète que c'est impossible. Cela enfreindrait la loi sacrée.

— Ce n'est pas négociable. Nous devons informer la Cinquième Maison. Et elle exigera qu'une enquête soit menée immédiatement.

— Une enquête pour *meurtre*, ajouta Jeannemary, qui n'avait pas touché à son thé.

— Mh…, dit Professeur, je ne sais pas si on peut parler de meurtre…

Une rumeur parcourut la salle.

— Êtes-vous en train de suggérer qu'il s'agit d'un accident ? répliqua la cavalière de la Deuxième.

— Je serais très surpris si c'était le cas, lieutenante Dyas, dit Professeur. Une nécromancienne aussi expérimentée que Lady Abigail et son cavalier Magnus, deux adultes parfaitement raisonnables qui plus est. Non, je ne crois pas qu'il s'agisse d'un hasard tragique. Je pense qu'ils ont été assassinés.

— Mais alors…

— Ce sont les vivants qui commettent des meurtres. On les a retrouvés à l'entrée du complexe… Je ne sais comment vous faire prendre la mesure de la gravité de la menace pour la sécurité de tous. Il ne sert plus à rien de garder le secret, à présent. J'ai prévenu ceux d'entre vous qui m'ont demandé l'autorisation d'y entrer qu'ils couraient un danger de mort. Ce n'étaient pas des paroles en l'air. Je vous ai dit à tous qu'il s'agissait du lieu le plus dangereux du système de Dominicus, et j'étais sérieux. Il y a des monstres ici.

— Alors pourquoi ne s'en prennent-ils pas à *vous* ? Vous qui vivez ici depuis des années.

— Oh oui, de longues années, dit Professeur. Ils ne s'en sont jamais pris aux gardiens de la Maison de Canaan… jusqu'à présent du moins. Mais je vis dans la crainte du jour où ils le feront. Je pense que, par malheur, Abigail et Magnus se sont trouvés sur leur chemin… En tout cas, je ne peux imaginer que leur destin tragique ait été orchestré par l'une des personnes ici présentes.

Une vague de silence submergea le réfectoire, brisée par une remarque sèche de la capitaine Deuteros :

— L'affaire doit être confiée aux autorités compétentes.

— Je ne peux pas les informer, et je ne le ferai pas, répéta Professeur. Toute communication avec l'extérieur de la planète est interdite. Voyons, capitaine Deuteros, quel pourrait bien être le mobile ? Qui voudrait nuire à la Cinquième Maison ? Une femme et un homme si bons.

La nécromancienne joignit ses doigts gantés, se pencha en avant.

— Je ne veux pas me lancer dans des spéculations sur le mobile ou l'intention, dit-elle. Je préférerais qu'il ne s'agisse pas d'un meurtre. Mais si vous ne coopérez pas, je vais devoir interrompre ce concours. C'est moi qui prendrai le commandement, si vous en êtes incapable.

Quelqu'un reposa brusquement sa tasse sur la table. C'était Coronabeth qui, même les yeux ensommeillés et les boucles en désordre, aurait provoqué un attroupement partout où elle passait.

— Ne sois pas stupide, Judith, s'impatienta-t-elle. Tu ne disposes pas d'une telle autorité.

— Lorsqu'il n'y a pas d'autre autorité présente pour assurer la sécurité d'une Maison, la Cohorte est autorisée à prendre le commandement…

— Dans une *zone de combat* !

— Les Cinquièmes sont morts. Je prends la tutelle de la Cinquième Maison. J'affirme la nécessité d'une intervention militaire immédiate. En tant qu'officière la plus haut gradée de la Cohorte ici présente, cette décision me revient.

— Capitaine de la Cohorte ne constitue pas un grade plus élevé que dignitaire de la Troisième, répliqua Naberius.

— J'ai bien peur que si, Tern.

— *Prince* Tern, si je peux me permettre, intervint Ianthe.

— Judith ! la conjura Corona, apparemment soucieuse d'éviter un conflit ouvert entre les Maisons. Tu nous connais si bien. Tu es venue à tous nos anniversaires. Professeur a raison. Qui aurait pu vouloir tuer Magnus et Abigail ? Ils n'auraient pas fait de mal à une mouche. Peut-être que la trappe n'était pas bien fermée, il s'est peut-être passé quelque chose et… c'est une chute vertigineuse… Qui était à l'intérieur ? Neuvièmes, c'était vous ?

— Nous avons refermé derrière nous avant de descendre, déclara Harrow d'une voix glaciale.

— Vous êtes sûres ?

Gideon, qui était celle qui avait refermé la trappe, fut étrangement reconnaissante à Harrow de ne pas même lui jeter un regard.

— Certaine, affirma Harrow d'une voix sans appel.

— Combien de personnes avaient la clé de cette trappe, en dehors des Neuvièmes ? s'enquit Corona. Nous ignorions jusqu'à l'existence de cette cave.

— Les Sixièmes, dirent Camilla et Palamedes d'une seule voix.

— Pro et moi en avons une aussi, dit Dulcinea d'une petite voix fatiguée.

Les sourcils de Gideon firent un bond jusqu'à la naissance de ses cheveux.

— Colum a celle qui a été confiée à la Huitième, dit une voix par terre.

Silas, qui avait réussi à s'asseoir, s'essuyait le visage avec un mouchoir de batiste d'un blanc immaculé. Il le tapota prudemment autour de son œil rouge et gonflé. Corona lui offrit galamment sa main pour l'aider à se relever, mais il refusa et, se redressant seul, s'appuya lourdement contre le dossier d'une chaise.

— C'est lui qui a la clé, répéta-t-il. Et c'est moi, après le dîner, qui ai parlé à Lady Pent de ce complexe souterrain.

— Mais *pourquoi* ? s'écria Harrow.

— Parce qu'elle m'a posé la question, répondit-il. Parce que je ne mens jamais. Et parce que je n'ai aucune envie que la Neuvième accède seule au rang de Lycteure… juste parce qu'elle a résolu une stupide énigme.

Le visage d'Harrowhark se referma comme un strapontin, et elle dit d'une voix cendreuse :

— Votre haine est pure superstition, Octakiseron.

— Vraiment ? répliqua-t-il, repliant soigneusement son mouchoir avant de le ranger sous sa cotte. Qui était à l'intérieur du complexe au moment de la mort de Lady Pent et Sir Magnus ? Qui étaient opportunément les premières sur les lieux, et les a trouv…

— Vous avez déjà un œil au beurre noir grâce au Septième, dit Harrow, mais on dirait que vous avez envie de symétrie.

— Ah, c'était le Septième ? répondit Silas, sans animosité particulière. Je vois… Ça s'est passé tellement vite que je n'étais pas sûr.

Dulcinea était tellement inerte dans les bras de Protesilaus que Gideon la croyait endormie, mais elle ouvrit ses grands yeux bleus et redressa la tête avec effort.

— Maître Silas, dit-elle d'une voix rauque. La Septième Maison demande humblement pardon à la magnanime Huitième. Pardonnez-nous… la honte serait si grande pour notre Maison. Pro a parfois des réactions un peu vives. Vous n'allez tout de même pas me provoquer en duel, n'est-ce pas ?

— Je ne ferais jamais une chose pareille, répondit aimablement Silas. Je ne suis pas sans cœur. Non, c'est Colum qui affrontera le cavalier de la Septième.

Gideon serra les poings, tandis que Dulcinea, après une profonde et nerveuse inspiration, murmurait :

— Oh, non, je vous en *supplie*…

— Assez ! intervint Coronabeth. C'est de la folie.

Plantée ainsi au milieu de la pièce, les mains sur les hanches, elle faisait davantage penser à une froide pierre d'ambre qu'à un joyeux papillon doré.

— Nous devons faire un pacte, déclara-t-elle d'une voix forte. Nous ne pouvons sortir d'ici en nous soupçonnant les uns les autres. Nous sommes censés servir une cause supérieure. Nous savions que ce serait dangereux, et avons accepté en toute conscience. Je ne peux pas croire qu'aucun d'entre nous ait pu vouloir du mal à Magnus et Abigail. Nous devons nous faire confiance, sinon la situation aura vite fait de dégénérer.

La capitaine de la Deuxième se leva à son tour. Ses intenses yeux sombres se posèrent sur chacune des personnes présentes, avant de s'arrêter sur Professeur.

— Quelle est donc l'explication logique de ce drame ? Qu'une force malveillante réside dans les profondeurs de la Première Maison, ainsi que l'affirme Professeur ? Des esprits vengeurs, ou des monstres issus d'un processus nécromantique ?

L'affreux ado nécromancien se leva lui aussi. Ses yeux étaient rouges et gonflés, ses poings maculés de sang. La souffrance, sur son visage, était celle d'un animal blessé, et lorsqu'il ouvrit la bouche, les autres s'attendaient sans doute davantage à un cri de douleur qu'à des phrases articulées.

— Si c'est un monstre… il faut le chasser. Et si ce sont des esprits… les bannir d'ici. Je ne sais pas ce qui a été assez fort pour tuer Abigail et Magnus, mais nous devons l'arrêter, dit-il, puis, perdant son calme : Je ne pourrai *jamais rentrer à la maison* avant que la chose qui a tué Abigail et Magnus soit morte !

— Je suis d'accord avec Isaac, approuva immédiatement Jeannemary. Nous devons partir en chasse.

— Non, dit Palamedes.

Il avait ôté ses lunettes et se mit à les nettoyer, soufflant d'abord sur un verre, puis sur l'autre. Lorsqu'il les remit en place sur son nez aquilin, tous les regards étaient braqués sur le Sixième. Camilla, perchée sur la table derrière lui, ressemblait à une corneille grise posée sur son épaule.

— Non, répéta-t-il. Nous allons procéder de manière scientifique. Nous ne pouvons émettre aucune hypothèse tant que nous ne savons pas exactement comment ils sont morts. Avec votre permission à tous, je vais examiner les corps, et si quelqu'un veut m'assister, il est le bienvenu. Une fois les faits établis, nous pourrons réfléchir à un plan d'action, mais d'ici là, ne tirons pas de conclusions hâtives. Pour l'instant il n'y a donc ni monstre, ni meurtre, ni accident.

— Très bien ! approuva chaleureusement Coronabeth.

— Merci, princesse. À présent, nous sommes tous au courant de l'existence du complexe, poursuivit-il. J'imagine que cela signifie que tous vont vouloir l'explorer. Nous devrions donc tous être attentifs aux dangers… *inhabituels*, et nous accorder sur une chose : le partage des informations est le plus grand cadeau que nous puissions nous faire.

— Je n'ai pas l'intention de coopérer, annonça Harrowhark.

— Et personne ne vous obligera à le faire, Respectable Fille. Mais il n'est pas contraire au processus de sélection des Lycteurs d'avertir vos collègues de quelque chose d'étrange, dit Palamedes en s'appuyant contre le dossier de sa chaise. Une horde d'esprits vengeurs, par exemple.

— Il y a aussi le problème des clés, intervint Professeur.

Toutes les têtes se tournèrent vers lui. Ils attendirent une explication, en vain. Et suivirent donc son regard, braqué sur la princesse Ianthe. (Ils allaient finir par avoir un torticolis.) Celle-ci, toujours en nuisette, ses cheveux ternes tombant en deux fines tresses sur ses épaules pâles, le dévisageait de ses yeux couleur violette anémiée.

— J'en ai une moi aussi, dit-elle.

— *Quoi ?!*

— Ne joue pas les amants trahis, Babs, répliqua-t-elle, imperturbable.

— Tu ne m'en as jamais parlé !

— Tu aurais dû mieux surveiller ton porte-clés.

— Ianthe Tridentarius, reprit son cavalier, tu es… tu… Corona, pourquoi tu ne m'as rien dit ?!

Celle-ci posa une main fine sur son épaule, tout en fixant sa jumelle, qui évitait tranquillement son regard.

— Parce que je n'en savais rien, dit-elle avec désinvolture, faisant crisser les pieds de sa chaise sur le sol en se relevant. Je ne savais pas non plus, Babs. Bien, je vais aller me coucher… je crois que je suis un peu à bout de nerfs.

Palamedes se leva lui aussi, courtoisement.

— Camilla et moi allons procéder à l'examen des corps, dit-il. Si la capitaine Deuteros et la lieutenante Dyas veulent se joindre à nous… C'est bien votre intention, n'est-ce pas ?

— En effet, dit Judith. J'aimerais les examiner moi aussi.

— Cam, tu peux y aller, dit Palamedes. J'ai juste un mot à dire à quelqu'un.

L'assemblée se dispersa. Le prêtre poivre et sel se mit à parler à voix très basse à Isaac, qui était recroquevillé sur sa chaise, les épaules tremblantes. Les Troisièmes quittèrent la pièce en ordre dispersé, les mâchoires serrées, comme trois personnes sur le point d'avoir l'engueulade du siècle. Dulcinea chuchota quelque chose à l'oreille de son cavalier, et Gideon constata avec surprise qu'ils suivaient les autres vers la chambre froide. Mais ce n'était peut-être pas si surprenant que ça. Dulcinea Septimus pouvait être encore plus morbide qu'une Neuvième.

C'était à Harrow que Palamedes avait un mot à dire : il tira doucement sur sa manche et désigna du regard un coin du réfectoire, où elle le suivit sans broncher. Gideon, restée seule, vit Professeur rejoindre Silas, qui s'agenouillait devant son cavalier. Ses lèvres prononçaient une prière silencieuse. Le regard de Colum était perdu dans le vide, mais Silas n'avait pas l'air inquiet. Tenant une des grandes mains calleuses de son cavalier dans les siennes, il lui murmurait une sorte de litanie, dont Gideon saisit les mots : *Je t'ordonne de revenir.*

— Il va devoir lutter, Maître Octakiseron, dit Professeur… sans doute plus que ce qu'il pensait. Est-il habitué à ce périple ?

— Frère Colum a déjà livré des combats plus difficiles, dans des climats bien plus hostiles, répondit Silas posément. Il est revenu vers moi en quittant des esprits bien plus étranges. Pas une seule fois il n'a laissé son corps se corrompre, et il ne le tolérera jamais.

Sur ce, Silas revint à son mantra : *Je t'ordonne… je t'ordonne…*

Sans qu'elle sache vraiment pourquoi, cette image se grava dans la mémoire de Gideon : le magicien Mayonnaise et son massif neveu, bien plus âgé que lui, le regard vide, et Professeur qui les regardait avec son air d'être au premier rang chez un arracheur de dents. Elle était fascinée par cette pratique inconnue, qu'elle ne comprenait pas. Soudain, une main se referma sur son poignet.

C'était Jeannemary Chatur, les yeux rouges, luisants, les cheveux partant dans tous les sens. Elle avait perdu le cran qui la caractérisait d'ordinaire, mais lorsqu'elle s'adressa à Gideon, celle-ci retrouva la même dureté dans son regard.

— Neuvième, souffla-t-elle, si vous savez quoi que ce soit, dites-le-moi maintenant. Vraiment… n'importe quoi… nous étions tellement proches… alors…

Gideon était vraiment triste. Elle posa la main sur l'épaule de l'affreuse ado, qui sursauta. Elle secoua la tête, et lorsque les grands yeux de Jeannemary – les cils collés du maquillage de la veille, les iris d'un brun profond – s'emplirent de larmes qu'elle tenta de chasser en clignant furieusement des yeux, Gideon se sentit chavirer. Elle posa la main sur la tête de la jeune cavalière, qui était humide et bouclée comme celle d'un chiot et dit :

— Je suis désolée. Je suis vraiment désolée.

— Je vous crois, répondit Jeannemary, sans apparemment remarquer que c'était la première fois que Gideon parlait. Magnus vous apprécie… appréciait… Il n'aurait jamais mis Abigail en danger, s'empressa-t-elle d'ajouter. Elle avait le vertige. Elle n'aurait jamais pris le risque de tomber d'une hauteur pareille. Et puis, c'était une spirite… Alors s'il y avait des esprits, elle aurait quand même pu…

Colum fut pris d'une quinte de toux si soudaine et explosive que Jeannemary et Gideon sursautèrent. Ses yeux, dans leurs orbites, avaient repris vie, et il avait manqué s'étouffer en inhalant sa décoction malodorante.

— Quinze minutes, commenta laconiquement son adepte. Tu deviens lent.

*

Gideon aurait bien aimé que Jeannemary termine sa phrase, mais Harrow s'avançait vers elle en boitillant avec une expression qui ne laissait rien présager de bon. Elle avait le front soucieux de quelqu'une qui essaie de démêler des lacets pleins de nœuds. Gideon regarda s'éloigner la cavalière de la Quatrième, les épaules tombantes, la main sur la poignée de sa rapière, et se mit en position, un demi-pas derrière Harrow.

— Ça va ?

— Je n'en peux plus de ces gens, dit Harrow en s'engageant dans un couloir qui les éloignait de l'atrium. Je n'en peux plus de leur lenteur… j'en ai par-dessus la tête. Je ne vais pas attendre sagement qu'ils comprennent les implications de ce qu'on leur a dit…

(Gideon aurait bien voulu comprendre elle aussi, mais apparemment, ce n'était pas pour tout de suite.)

— … parce que, d'ici là, on aura *vraiment* pris de l'avance. Viens, on a une porte à ouvrir.

— OK, demain matin, après huit heures de sommeil, tenta Gideon, sans grand espoir.

— Très drôle dans une situation pareille, rétorqua Harrow. Allez, dépêche-toi.

19

Mis à part sa couleur originale, la clé qu'elles avaient arrachée à la construction au prix de tant d'efforts ne donnait pas beaucoup d'indices. Elle était assez grande : la tige était longue comme le majeur de Gideon, et l'anneau en forme de trèfle agréablement lourd en main, mais il manquait la petite étiquette indiquant par exemple premier étage. Ce qui ne semblait pas freiner Harrowhark le moins du monde. Cachée dans une sombre alcôve, elle sortit son carnet maculé d'un pli de sa cape et se mit à méditer sur ses plans. Elle avait ordonné à Gideon de monter la garde, ce qui lui semblait plutôt stupide, étant donné qu'il n'y avait absolument personne en vue.

Quoique… à l'idée qu'il n'y avait peut-être pas si *absolument personne*, qu'une chose horrible hantait la Maison de Canaan, une chose qui avait tué Abigail et Magnus parce qu'elle jugeait qu'ils l'avaient offensée… Gideon n'était pas aussi à l'aise qu'elle l'aurait été la veille. La Première Maison n'était plus une somptueuse coquille vide soumise à l'érosion du temps. Elle lui rappelait désormais les labyrinthes des profondeurs de la Neuvième, que l'on avait scellés au cas où quelque chose s'y réveillerait. Plus jeune, Gideon faisait des cauchemars où elle se trouvait du mauvais côté de la porte du Tombeau Scellé. Surtout après ce qu'Harrow avait fait.

— Regarde, dit Harrowhark.

Aucun meurtre, aucune peine ni aucune crainte ne pouvait vraiment atteindre Harrow Nonagesimus. Ses yeux fatigués brillaient d'excitation. Son maquillage était parti en lambeaux dans le complexe, dégoulinant sur son visage en sueur, sa peau grisâtre transparaissant sur tout le côté gauche de sa mâchoire, comme un petit souffle d'humanité. Son petit visage pointu était vraiment particulier, les sourcils très hauts, les traits capricieux, la bouche oblique et vicieuse.

— *La clé*, patate, pas moi, précisa-t-elle.

La patate regarda donc la clé, non sans adresser un doigt d'honneur à Harrow, qui lui présentait la clé à l'envers. Tout en bas, à l'extrémité du panneton, une sorte de motif était gravé dans le métal. Un ensemble de points reliés par une ligne et deux demi-cercles.

— Le même signe que sur ma porte, dit Gideon.

— Tu veux dire… X-203 ?

— Ouais, si tu préfères parler en lunien. En tout cas c'est le même symbole que sur ma porte.

Harrow tremblait presque d'impatience. Mais elles mirent un bon moment à parcourir le chemin sinueux qui séparait l'atrium du vestibule de la salle au bassin, car la nécromancienne était vraiment devenue paranoïaque, et elle avait contaminé Gideon. Elles marquaient une pause à chaque embranchement, et s'arrêtaient une nouvelle fois juste après pour s'assurer qu'elles n'étaient pas suivies. Lorsqu'elles atteignirent enfin le petit vestibule confiné et déplacèrent la tapisserie qui masquait la porte pour s'y engouffrer, l'estomac de Gideon criait famine.

Mais devant la massive porte noire, elle aussi avait les mains moites d'excitation. Les crânes d'animaux étaient aussi inquiétants et inhospitaliers, la créature s'enroulant autour de chaque colonne aussi froide et flippante que la dernière fois. En un geste presque solennel, Harrow posa les mains sur le verrou, pressant son oreille contre le panneau de pierre noire comme si elle pouvait entendre ce qui se passait de l'autre côté. Puis elle effleura du pouce la profonde serrure et remit sa capuche.

— Ouvre la porte, dit-elle.

— Je pensais que tu voudrais les honneurs.

— C'est ton anneau, répondit Harrow à la surprise de Gideon. Nous allons respecter les règles. Si Professeur dit vrai, il y a là-dedans quelque chose qui accorde beaucoup d'importance au protocole, or le protocole n'a rien de sorcier. C'est ton anneau.

C'est donc toi qui dois nous faire entrer, dit-elle en lui tendant la clé. Enfonce-la bien, Gigi.

— C'est toi qui l'as dit, répliqua Gideon, en prenant l'anneau des doigts gantés d'Harrow.

Elle-même n'avait pas remis sa capuche, mais ses lunettes sur son nez : maintenant qu'elle s'était un peu acclimatée, elle n'en avait vraiment besoin que pour la lumière de midi, mais elles la rassuraient. Ses doigts pianotèrent un instant sur le cadre biseauté de pierre noire, puis elle glissa la clé de Réaction dans la serrure.

C'était la bonne. Le loquet s'ouvrit aussi facilement que si la serrure avait été huilée quotidiennement pendant les dix mille dernières années. Sans le moindre craquement ni grincement de gonds, la porte s'ouvrit vers l'intérieur sous sa poussée. Gideon dégaina sa rapière, ajusta son couteau de poing sur sa main gauche, et entra dans l'obscurité.

On n'y voyait *vraiment* rien. Elle n'osa pas s'aventurer bien loin dans le silence sombre et sourd, qui s'intensifia encore lorsque sa nécromancienne, se glissant à son tour dans la pièce, referma la massive porte derrière elle. Toutes deux à l'affût, immobiles, elles sentaient l'âge de la pièce, trahi par un mélange de poussière et une odeur de produits chimiques. Elles pouvaient presque sentir l'obscurité.

— Lumière, Nav.

La voix d'Harrow, à peine un souffle.

— Quoi ?

— Dis-moi que tu as emporté une lampe torche.

— Je ne savais pas que j'étais censée fournir ce type de prestations.

La réponse de Gideon fut accueillie par un juron étouffé. Elle sentit Harrow retourner vers la porte, mesurer sa largeur avec les mains et tâtonner à l'aveugle autour de l'encadrement. Manifestement, elle avait trouvé quelque chose, puisqu'un *clic* sonore retentit, et plusieurs lampes électriques s'allumèrent au-dessus de leurs têtes, redonnant à la pièce sombre et abandonnée des contours parfaitement dessinés.

Gideon ne savait pas vraiment à quoi elle s'était attendue. Elle resta plantée là, comme si elle avait pris racine, et Harrow fit de même. Elles passèrent un long moment à simplement regarder autour d'elles.

C'était une étude, laissée intacte par la personne qui y avait manifestement travaillé pendant des années, avant de se lever de sa chaise un jour et de ne plus jamais revenir. Une longue pièce rectangulaire, spacieuse, sans fenêtres mais baignée d'une belle lumière, grâce à un long rail de spots électriques dirigés sur ses points stratégiques. Un laboratoire occupait le fond : des paillasses de métal usées ainsi qu'une série d'étagères où s'entassaient des volumes reliés de cuir et des classeurs de notes. Le grand évier métallique et la brosse à récurer avaient l'air étrangement triviaux comparés au mur incrusté d'os. Un pot à crayons était toujours rempli de craies prêtes à l'emploi pour dessiner des schémas, les flacons de sang conservé étaient pleins, et leur contenu bien rouge. Fixées sur l'une des paillasses, d'épaisses liasses de papier pelure étaient noircies de graphiques et de maquettes : sur l'une d'elles, on retrouvait le croquis d'une chimère bien familière : multitude de bras, cage thoracique façon armure, crâne carré. Il y avait des instruments sertis de pierres précieuses. Des spatules en époxy qui avaient dû fondre au cours d'une expérience. Au mur, un agrandissement : une lithographie ou une photogravure représentant un groupe de gens rassemblés autour d'une table, dont les visages avaient été gribouillés avec un gros marqueur noir.

Harrowhark explorait déjà le laboratoire. Elle n'avait pas repris son souffle depuis qu'elles étaient entrées. Il va bien falloir qu'elle respire, se dit Gideon distraitement, sinon je vais encore la retrouver dans les pommes. La pièce était divisée en trois espaces principaux. Il y avait donc le laboratoire au fond. Au centre, un espace où les meubles, poussés contre les murs, dégageaient un vaste carré de dalles de pierre. Un support mural y accueillait deux rapières qui brillaient comme si elles avaient été aiguisées une heure auparavant. Un espace d'entraînement. Une collection de hideux objets métalliques s'alignait contre le mur, et Gideon mit un moment à réaliser qu'elle avait sous les yeux des objets véritablement *antiques* : des fusils d'assaut. C'était la première fois qu'elle en voyait en vrai.

Le troisième espace accueillait une plateforme surélevée à laquelle on accédait par quelques marches de bois ciré, qui n'était pas aussi abîmé que dans le reste de la Maison de Canaan. L'absence de lumière naturelle devait l'avoir préservé, à moins qu'il n'ait été figé dans le temps d'une autre manière. Les poils s'étaient dressés sur la nuque de Gideon lorsque les lumières s'étaient allumées, et ils n'étaient toujours pas retombés : et si le passé profitait de cette intrusion pour venir réclamer ses offrandes funéraires ? Mue par une impulsion soudaine, elle monta les marches et se retrouva dans un décor domestique, aussi chaleureux que banal : une bibliothèque, une table basse, un fauteuil moelleux, et deux lits. Sur la table basse, une théière et deux tasses semblaient abandonnées là pour l'éternité.

Les deux lits étaient simplement séparés par une table de nuit – il suffisait donc d'allonger le bras pour toucher sa voisine. Comme avec le grotesque berceau accolé à l'énorme lit à baldaquin d'Harrow, si deux personnes dormaient ici, lorsque l'une éternuait, elle réveillait l'autre. Sur la table de nuit, une lampe, et quelques vestiges du temps où l'étude servait. Une montre très ancienne. Un verre vide. Un fin bracelet d'argent sans fermoir. Enfin, une coupelle de verre remplie d'une masse grise qui ressemblait à des cendres. Gideon savait instinctivement qu'il ne s'agissait pas de cendres d'os brûlés, et lorsqu'elle toucha la substance, une forte odeur se déposa sur ses doigts. Les oreillers étaient bien disposés devant la tête de lit en bois sculpté, et les lits étaient faits. On avait laissé une paire de pantoufles usées jusqu'à la corde entre les lits, et un morceau de papier pelure gisait au pied de la table de nuit. Gideon le ramassa.

Harrow laissa échapper un cri de triomphe. Gideon mit le morceau de papier dans sa poche et passa la tête au-dessus de la rampe pour voir ce qui ravissait à ce point sa nécromancienne. Penchée au-dessus de l'une des paillasses, elle observait deux tablettes encastrées dans le plateau, parcourues de filaments vert pâle qui s'illuminaient au contact de ses doigts. L'écriture était petite, nerveuse, les schémas parfaitement incompréhensibles. Harrow sortit son carnet.

— C'est le théorème de la salle de l'épreuve ! s'exclama-t-elle. La méthodologie complète du transfert… de l'utilisation d'une âme vivante. C'est *l'expérience tout entière.*

— Est-ce que c'est un truc passionnant pour les nécromanciens ?

— *Oui*, Nav, c'est un truc passionnant pour les nécromanciens. Il faut que je recopie ça, je n'arrive pas à soulever la pierre. La personne qui a fait ça est un génie…

Gideon laissa Harrow s'amuser tranquillement et ouvrit le premier tiroir de la table de nuit. À l'intérieur, un inventaire d'une banalité vexante : trois crayons, une phalange, une pierre à aiguiser (qui, avec la phalange, commençait à nourrir une certaine méfiance envers la ou les personnes qui avaient séjourné ici), un sceau usé. Elle passa un moment perdue dans la contemplation de ce dernier : il portait l'emblème pourpre et blanc de la Deuxième Maison.

Elle s'assit prudemment sur l'un des deux lits, fit tout de même grincer les ressorts du matelas. Elle sortit de sa poche le petit bout de papier froissé, le déplia. On aurait dit un message, un bout de note arrachée d'un bloc il y a bien longtemps. Ce qu'elle avait trouvé n'en était qu'un fragment.

— J'ai fini, annonça soudain Harrow. Dis-moi si tu as trouvé quelque chose d'intéressant.

Gideon remit le bout de papier dans sa poche et examina rapidement le contenu des autres tiroirs. Une chaussette orpheline. Un scalpel. Un morceau de toile cirée. Une petite boîte vide qui sentait vaguement les pastilles à la menthe. Le genre de trucs qu'on pourrait trouver dans la table de nuit d'un peu tout le monde… enfin non, pas n'importe qui justement, un couple bien particulier. Elle redescendit l'escalier, posa ses lunettes sur ses cheveux.

— Les anciens occupants : un cav et son nécro, annonça-t-elle.

— Même conclusion de mon côté, répondit Harrow en déplaçant des documents sur la paillasse.

Elle posa son schéma à côté de la tablette pour en estimer la précision, puis dit :

— Tiens. Viens voir.

Les pattes de mouche d'Harrow étaient aussi illisibles que les inscriptions originales. À la fin d'une longue liste de notes particulièrement ennuyeuses, quelques mots se détachaient des autres :

Dans l'espoir d'accéder à la connaissance lyctorale.
Gloire et amour au Nécrolord Suprême.

— *Voilà* ce que j'appelle un post-scriptum utile, commenta la nécromancienne de la Neuvième.

— Ouais, les deux lits en haut et les épées aident aussi, ajouta Gideon. Ils vivaient l'un sur l'autre. Ils étudiaient des théorèmes lyctoraux chelous. J'ai aussi trouvé un sceau préhistorique de la Deuxième dans un tiroir de la table de nuit.

Elles prirent le temps de faire le tour de toute la pièce. Harrow feuilleta attentivement tous les carnets. Gideon saisit un livre sur une étagère et essaya de déchiffrer la dédicace sur la page de garde, rédigée à l'encre noire il y a une éternité et figée dans le temps :

UNE CHAIR. UNE FIN.
G. & P.

C'étaient les vestiges de la vie de deux inconnus. Dans une boîte de fer-blanc, Gideon trouva deux brosses à dents obsolètes, électroniques, avec une tête rotative et un bouton marche/arrêt.

— Ces deux-là sont carrément hyper antiques, s'exclama-t-elle.

— Oui, dit Harrow. Sextus pourrait sans doute nous dire leur âge exact, mais je n'ai pas vraiment envie de lui demander. Quelque chose a été fait pour préserver cette pièce. Elle ne présente pas d'usure naturelle. Nous sommes probablement les premières personnes à y entrer depuis le départ de ses occupants.

Malgré la présence des deux lits, l'espace n'avait pas l'air d'avoir été occupé en continu, c'était plutôt une solution d'appoint. C'était plus un labo qu'un appartement. Les coudes appuyés sur le plateau d'une paillasse, Gideon resta plantée un moment devant la photo-lithographie, à contempler ces corps sans visage un peu raides sur leur chaise. Un arc-en-ciel de bras et d'habits, de mains pixélisées agrippées à des genoux pixélisés. Sans les visages, ces mains semblaient solennelles, et un peu inquiètes.

— Tout ce que je sais, dit finalement Harrowhark, c'est que ce sont eux qui ont élaboré le théorème et donc l'épreuve du complexe. J'aimerais en savoir plus. J'ai très *très* envie d'en savoir plus. Mais pour l'instant c'est tout ce que je sais. Je vais étudier ce sortilège, Gigi, et quand je le connaîtrai sur le bout des doigts, j'aurai fait un pas de plus vers ce savoir. Nous ne pouvons pas subir le même destin que Quinn et Pent.

À ces mots, Gideon prit toute la mesure de la douleur qu'elle ressentait.

— Il est vraiment mort, s'étonna-t-elle tout haut.

— Évidemment. C'est s'il changeait d'état que je m'inquiéterais, dit Harrow. C'était un inconnu, Nav. Pourquoi est-ce que sa mort t'affecte autant ?

— Il était gentil avec moi, s'entendit-elle répondre.

Gideon était vraiment fatiguée. Pour se réveiller un peu, elle s'étira, se penchant en avant, toucha ses orteils. Elle sentit le sang affluer vers sa tête.

— C'est justement parce que c'était un inconnu, je crois… Magnus Quinn n'était pas obligé de faire autant d'efforts pour moi, de prendre quelques minutes pour me parler ou de se souvenir de mon nom, et pourtant, c'est ce qu'il a fait. Bordel, c'est plutôt *toi* qui me traites comme une inconnue, alors que je te connais depuis que je suis née. Mais bref. Je n'ai pas envie d'en parler.

La main nue d'Harrow, tachée d'encre jusqu'aux ongles, apparut devant elle et fit pivoter son épaule, la forçant à la regarder. La nécromancienne la fixait avec un air étrangement farouche, sa bouche réduite à un trait indécis, son front, et presque tout son visage ridés sous l'intensité de la réflexion. Du sang perlait toujours à ses sourcils, ce qui était vraiment dégueu.

— Je ne peux accepter plus longtemps d'être une inconnue pour toi, dit-elle lentement.

— *Wow, wow, wow*, dit Gideon, un brusque accès de sueur lui donnant des frissons. Si si, tu peux, un jour tu m'as même dit d'aller creuser ma tombe dans la glace. Arrête ça tout de suite, ça devient gênant.

— La mort de Quinn prouve que ce n'est pas un jeu, dit Harrow, passant sa langue sur ses lèvres couleur cendre. Les épreuves servent à faire une sélection, et le concours va devenir extrêmement dangereux. Nous sommes tout ce qu'il reste des fils et filles de la Neuvième Maison, Nav.

— Je ne suis le fils ou la fille de personne, dit fermement Gideon, qui commençait sérieusement à paniquer.

— Il faut que tu me fasses confiance.

— Il faudrait peut-être que tu sois *digne* de confiance.

Dans la lumière si particulière de cette pièce, Gideon voyait la jeune femme entièrement vêtue de noir face à elle se débattre dans l'espèce de filet qui s'était posé sur elles deux et les tenait soudées comme les fragments d'un os fracturé à maintes reprises et désormais difforme. Et soudain, Gideon reconnut ces contraintes pour ce qu'elles étaient : la corde qui les attachait, Harrow et elle, aux barreaux de la Neuvième Maison. Elles se dévisagèrent, un même affolement dans les yeux.

— Comment gagner ta confiance ? dit finalement Harrow.

— En me laissant dormir huit heures et en ne me parlant plus jamais comme ça, répliqua Gideon.

Sa nécromancienne se détendit imperceptiblement. Ses yeux étaient d'un noir si profond qu'il était presque impossible de distinguer ses pupilles ; sa bouche fine, aussi acerbe qu'indécise. Gideon revit Harrow à dix ans, lorsqu'elle l'avait surprise au pire moment possible. Elle revit la jeune Harrow qui la regardait, littéralement bouche bée. Le visage d'Harrow avait quelque chose d'étrange lorsqu'il n'était pas figé en son masque terne de Respectable Fille : une fragilité, une jeunesse, un désespoir, qui n'était pas sans rappeler celui de Jeannemary.

— Huit et demie, concéda Harrow, à condition qu'on s'y remette à la première heure demain matin.

— OK.

— OK.

Plusieurs heures plus tard, Gideon se retournait dans son lit, un peu refroidie : Harrow n'avait *pas* promis de ne plus jamais lui parler de cette manière. Si ça continuait comme ça, elles allaient finir par devenir potes.

Au retour, les couloirs étaient toujours aussi déserts, peut-être même plus vides encore qu'à l'aller, comme si la mort prématurée des Cinquièmes avait aussi eu pour conséquence de gommer les particularités de la Maison de Canaan. Il y avait eu une seule exception. Un léger bruit de pas les avait poussées à se plaquer dans un renfoncement pour voir qui allait passer dans cette pâle lumière grise de la nuit. C'étaient les ados de la Quatrième, qui traversaient à la hâte une salle délabrée, d'un pas presque silencieux ; manifestement, ils étaient en mission. Jeannemary, rapière dégainée, ouvrait la marche, et son nécromancien suivait d'un pas maladroit, tête baissée, capuche bleue rabattue sur ses cheveux ; on aurait dit un pénitent. Ils avaient disparu aussi vite qu'ils étaient arrivés. *Pauvres gosses*, s'était dit Gideon.

*

Dans son nid de draps et de couvertures, une importune lumière jaune entrant par les espaces entre les rideaux, Gideon était trop épuisée pour se déshabiller, et presque trop épuisée pour dormir. En se retournant pour trouver une position confortable, un froissement dans sa poche lui rappela le bout de papier qu'elle avait trouvé au pied de la table de nuit. Elle le lissa de la main et entreprit de le déchiffrer, les yeux gonflés, l'oreiller poisseux des restes de cold-cream qu'elle avait utilisée pour ôter son maquillage.

> *us savons tous la triste + dure réalit*
> *est que tout va rester incomplet jusq*
> *erniers. Il ne peut compenser mes déf*
> *félicite bien Gideon de ma part, mai*

20

Neuf malheureuses heures plus tard, Gideon et Harrow descendaient une nouvelle fois l'échelle du long boyau froid qui menait à l'entrée du complexe. L'épaisse odeur de sang de la nuit précédente flottait encore dans l'air. Réveillée par Harrow trente-cinq minutes plus tôt (Harrow mentait toujours), Gideon progressait dans l'obscurité avec la nette sensation qu'elle était encore endormie et se trouvait quelque part dans un rêve qu'elle avait fait il y a bien longtemps et dont elle venait de se souvenir. Elle avait machinalement avalé la tasse de thé tiède et le porridge coagulé qu'Harrow lui avait apportés (Harrow lui préparant son petit-déjeuner étant un concept si désagréable qu'elle n'avait pas d'espace mental pour ça), et ils lui pesaient maintenant sur l'estomac. Le fragment de message, rangé à la hâte, était au fond de sa poche.

Tout était sombre, bizarre et déplacé, à commencer par le maquillage que son adepte lui avait appliqué elle-même sur le visage, et qui était toujours en train de sécher. Gideon n'avait même pas protesté face à cette intrusion ; elle avait continué à enfourner son porridge. Le fait qu'Harrow ne semblait pas perturbée *le moins du monde* par la raide soumission de Gideon était de l'Harrow tout craché.

— Qu'est-ce qu'on fout ici, encore ? s'était-elle lamentée tandis qu'Harrow reprenait le chemin du hall sombre qui débouchait sur l'escalier et la trappe. Sa propre voix lui paraissait étrange. Encore quelques squelettes à écrabouiller ?

— J'en doute, avait rétorqué Harrow, sans même se retourner. C'était *un* défi. Ça n'aurait aucun sens de refaire la même chose pour le prochain.

— Le *prochain* ?

— Bon sang, *réfléchis* un peu, Gigi. La clé de la trappe n'est que la première étape… l'épreuve d'échauffement, si tu préfères.

— Ce n'était pas une épreuve, avait objecté Gideon, passant par-dessus une bande de ruban jaune. Tu as juste demandé à Professeur si tu pouvais y aller.

— Oui, et comme nous l'avons constaté, certains de nos soi-disant rivaux n'ont même pas réussi à franchir ce pitoyable obstacle. La clé de la trappe donne *accès* au complexe, qui contient un certain nombre de salles préparées pour reproduire certaines expériences nécromantiques. Et toute personne réussissant à mener l'expérience en arrivant aux résultats voulus (comme nous l'avons fait en démantelant la construction) est récompensée.

— Par une clé.

— On dirait bien, oui.

— Et avec cette clé… quoi, tu entres dans une pièce où tu peux te vautrer dans les *carnets préhistoriques de nécros préhistoriques* ?

Harrow ne s'était toujours pas retournée, mais Gideon n'avait pas besoin de voir son visage pour savoir qu'elle levait les yeux au ciel.

— Le bureau de la Deuxième Maison renfermait l'explication exhaustive du théorème utilisé pour animer la construction. Une fois qu'il a étudié ce théorème, n'importe quel nécromancien un tant soit peu compétent sera capable de reproduire ses effets. Je suis désormais en mesure de piloter une âme vivante. Mais peut-être que ce que je peux apprendre du théorème en lui-même m'intéresse encore plus.

— Comment faire des gros tas d'os débiles, avait répliqué Gideon, préférant ne pas s'attarder sur cette histoire de *piloter une âme vivante.*

Là (elles étaient presque arrivées à l'escalier), Harrow avait fini par se retourner.

— Nav, avait-elle dit, je savais *déjà* faire des tas d'os. Maintenant, je sais les faire se régénérer.

Le cauchemar était bien réel.

C'est ainsi qu'elles se retrouvèrent une nouvelle fois au pied de l'échelle. Des lignes brisées étaient tracées au sol : quelqu'un avait soigneusement immortalisé la chute d'Abigail et Magnus avec du ruban adhésif. Le sang n'ayant toujours pas été nettoyé, l'effet était particulièrement glauque. Plusieurs taches accusatrices étaient en cours de squelettisation.

— Sextus, dit Harrow, atterrissant d'un bond à côté d'elle. La Sixième a toujours eu une passion dévorante pour les corps.

Gideon ne répondant pas, Harrow poursuivit :

— Enquêter sur le lieu de la mort est bien moins utile que de révéler les mobiles des vivants. Comparée au *pourquoi*, la question de savoir qui a tué Pent et Quinn est presque secondaire.

— Qui, dit soudain une voix, ou *ce qui*. La seconde hypothèse a ma préférence.

Entourée d'un halo de lumière verdâtre provenant de la grille, Dulcinea Septimus s'avançait vers elles, s'appuyant sur ses béquilles. À la lueur des lampes à sulfure, elle avait l'air translucide, et ses lourdes boucles ramenées sur le dessus de sa tête dévoilaient une nuque qui semblait prête à se briser au moindre coup de vent. Protesilaus se dressait derrière elle. Lui ressemblait à un mannequin de vitrine avec des abdos.

Harrowhark se raidit imperceptiblement.

— Les esprits et les monstres, poursuivit joyeusement la lady de la Septième, les vestiges et les morts… les morts que l'on a dérangés. Cette idée de quelqu'un qui serait toujours là, furieux… ou d'une chose qui guetterait depuis toujours. Il m'arrive de la trouver réconfortante… Cette idée que c'est plusieurs milliers d'années après être partie qu'on vit vraiment. Que l'écho est plus fort que la voix.

— Un esprit ne vient que si on l'invoque, répliqua Harrow. Il ne peut subsister par lui-même.

— Et s'il *pouvait*, justement ? répliqua Dulcinea. Ce serait tellement plus intéressant qu'un banal meurtre.

Cette fois, aucune des Neuvièmes ne répondit. Dulcinea s'approcha encore, appuyant fermement ses avant-bras contre le support de ses béquilles de métal, et cligna de ses beaux cils marron. Gideon vit qu'elle était fatiguée : ses veines se dessinaient nettement sur ses tempes, ses mains tremblaient légèrement. Elle était vêtue d'une robe en tissu bleu clair brodé de fleurs, et la fraîcheur du sous-sol la faisait frissonner.

— Je salue votre courage, Neuvièmes ! Redescendre ici après la mise en garde de Professeur.

— On pourrait en dire autant de vous, rétorqua Harrow.

— Oh, en toute logique, j'aurais dû être la première à mourir, dit Dulcinea avec un petit rire agacé. Mais une fois qu'on a accepté l'idée, on s'inquiète beaucoup moins. Il aurait été tellement *prévisible* de me supprimer moi… Hello, Gideon ! Contente de te revoir. Enfin, je t'ai vue la nuit dernière mais… tu vois ce que je veux dire. Oh non, quelle idiote je fais. Ton vœu de silence est toujours d'actualité ?

Avant même que la conversation puisse s'engager sur ce terrain, la nécromancienne de la Neuvième déclara de sa voix la plus sépulcrale et intimidante :

— Nous avons à faire, Lady Septimus. Si vous voulez bien nous excuser.

— C'est précisément de ça que je suis venue vous parler, répondit l'autre nécromancienne, le plus sérieusement du monde. Je pense que nous devrions faire équipe, tous les quatre.

Gideon laissa échapper un grognement incrédule. Il y avait peut-être quelques candidats *encore* plus improbables pour faire équipe avec Harrow (Silas Octakiseron, peut-être, ou Professeur, ou encore le cadavre de Magnus Quinn – quoique, Professeur aurait bel et bien été un bon candidat), mais bon. Dulcinea poursuivit, ses yeux rêveurs toujours posés sur Harrow :

— J'ai déjà résolu un théorème. Et je crois que je suis sur le point d'en élucider un second. Si nous travaillions ensemble, toutes les deux… eh bien, nous aurions la clé en deux fois moins de temps, en quelques heures de travail à peine.

— Ces épreuves ne sont pas censées être accomplies par équipes.

— Pourquoi tout le monde en est-il si sûr ? dit Dulcinea avec un petit sourire.

Les deux jeunes femmes se jaugèrent du regard. Dulcinea, avec ses béquilles métalliques, avait l'air d'une petite poupée fragile ; Harrow, avec ses kilomètres de tissu noir, d'une apparition. Lorsqu'elle ôta sa capuche, l'autre n'eut pas même un mouvement de recul, alors que le spectacle était intentionnellement flippant : les cheveux noirs coupés court, le maquillage sinistre, les os plantés dans les lobes des oreilles.

— Quel serait l'intérêt pour la Neuvième Maison ? demanda froidement Harrow.

— Je partagerais ce que je sais du théorème et de sa démonstration… et vous auriez la primeur de l'utilisation de la clé, s'empressa de répondre Dulcinea.

— Quelle générosité. Et quel intérêt pour la Septième ?

— Nous récupérerons la clé une fois que vous aurez fini. Voyez-vous, je ne pense pas que je puisse accomplir cette épreuve, *physiquement*.

— Alors ce n'est pas de la générosité, mais de la bêtise. Vous venez de dire que vous n'êtes pas en état d'accomplir seule cette épreuve. Or rien n'empêchera ma Maison de l'accomplir sans vous.

— Il m'a fallu un certain temps pour résoudre ce théorème, dit Dulcinea, alors je vous souhaite bonne chance. Je suis peut-être mourante, mais mon cerveau fonctionne parfaitement.

Harrow remit sa capuche, redevenant ainsi une apparition, une volute de fumée. Puis elle passa à côté de la frêle nécromancienne de la Septième, qui la suivit du regard avide et mélancolique qu'elle réservait aux ombrageuses nonnes de la Neuvième et à leurs capes noires bruissant sur le sol de métal. La lumière verte se reflétant sur l'étoffe sombre faisait son petit effet.

Soudain, Harrowhark se retourna :

— Alors, Lady Septimus, on y va, oui ou non ?

— Oh, merci, *merci*, dit Dulcinea.

Gideon était stupéfaite. Elle avait eu trop de chocs en vingt-quatre heures, elle n'arrivait plus à penser. Lorsqu'elle vit Dulcinea s'engager dans le couloir, ses béquilles faisant un bruit dissonant sur la grille, et Protesilaus la suivre à un demi-pas de distance comme s'il n'avait qu'une envie, la prendre dans ses bras et la porter, Gideon allongea le pas pour rattraper sa nécromancienne.

Celle-ci était en train de jurer dans sa barbe. Elle lâcha encore un chapelet d'obscénités avant de marmonner :

— Dieu merci, nous l'avons trouvée en premier.

— Je n'aurais pas cru que tu accepterais de l'aider, dit Gideon, admirative malgré elle.

— Ne sois pas *débile*, souffla Harrow. Si j'avais refusé, c'est ce cœur d'artichaut de Sextus qui aurait dit oui et qui aurait eu la clé.

— Oups, au temps pour moi, une fraction de seconde j'ai cru que tu n'étais pas qu'une sale vipère.

Elles suivirent le duo mal assorti de la Septième Maison jusqu'au poussiéreux centre du complexe, avec ses poussiéreux panneaux muraux et son tableau blanc luisant tristement sous les plafonniers. Dulcinea s'engagea sans hésiter dans le couloir menant aux LABORATOIRES 7-10, un tunnel identique à celui des LABORATOIRES 1-3. Cette fois, les gémissements de l'antique édifice leur parurent assourdissants, et le bruit de leurs pas ajoutait encore à la cacophonie.

Au beau milieu d'une galerie, une fois passés les premiers laboratoires, ils trouvèrent la grille du sol défoncée, les débris gisant sur des tuyaux sifflants. Protesilaus prit son adepte dans ses bras et franchit l'obstacle d'un pas, comme une fleur. Gideon sauta par-dessus le trou, et lorsqu'elle se retourna, vit que sa nécromancienne était toujours de l'autre côté, hésitante. Sans s'expliquer pourquoi (Harrow aurait pu se construire un pont d'ossements en une seconde), Gideon attrapa une sorte de rampe, se pencha en avant et lui tendit la main. Et, mystère encore plus grand, Harrow la prit. Une fois de l'autre côté, Harrow eut l'air très occupée à épousseter sa cape, en marmonnant dans sa barbe. Puis elle se remit en route et rejoignit… Protesilaus, apparemment décidée à engager la conversation avec lui. Dulcinea, occupée à reprendre ses béquilles en main, prit le bras de Gideon à la place. Elle désigna d'un signe de tête le large dos de son cavalier.

— Colum le Huitième se prépare à l'affronter demain, lui confia-t-elle à voix basse. J'aurais préféré que Maître Silas me choisisse, moi. Je ne crains plus grand-chose… enfin, je veux dire : ce serait certainement une sensation intéressante.

Pour toute réponse, l'étreinte de Gideon se resserra autour du bras languide de Dulcinea, qui poussa un soupir comme un souffle d'air à travers une éponge. (De si près, ses boucles avaient vraiment l'air douces, pensa distraitement Gideon.)

— Je sais, reprit Dulcinea. Je suis une idiote, j'aurais dû empêcher tout ça. Mais les Huitièmes sont tellement susceptibles… et le comportement de Pro bel et bien impardonnable. Ils ne pouvaient pas se laisser insulter de la sorte sans réagir. J'ai perdu mon sang-froid, j'aurais mieux fait de me taire.

La nécromancienne s'arrêta un instant, prise par une quinte de toux, comme si la simple évocation de cette scène suffisait à lui donner des spasmes. Instinctivement, Gideon passa un bras autour de ses épaules, la soutenant de manière à ce que les béquilles ne tombent pas, et son regard se posa sur l'encolure de Dulcinea et ses clavicules saillantes. Autour de son cou, une fine chaîne supportait un pendentif moins délicat, rangé dans son corsage. Gideon ne l'aperçut qu'une seconde, mais comprit immédiatement de quoi il s'agissait : c'était l'anneau, et sur cet anneau se trouvaient dcux clés : celle, dentelée, de la trappe, et une clé grise plus grossière, au panneton tout simple, comme une clé d'armoire.

Elle se força à détourner les yeux. Entre-temps, ils étaient arrivés au bout du couloir, devant une porte indiquant LABORATOIRE 8. Dulcinea lâcha le bras de Gideon et l'ouvrit. Elle donnait sur une antichambre dans le même état d'abandon que celle du LABORATOIRE 2. Quelques crochets aux murs et de vieilles boîtes de métal cabossées, de celles qui servent à transporter des dossiers, mais qui étaient vides. Quelqu'un avait manifestement investi beaucoup de temps et d'efforts dans la confection d'une magnifique guirlande de dents humaines accrochée au-dessus de la porte. Elles étaient rangées par tailles : au milieu, les jolies petites incisives, serties des arcs des canines, entourées des longues racines des molaires. Un écriteau proprement imprimé annonçait : #14-8 DIVERSION. SALLE D'ANALYSE.

Et au-dessous, d'une écriture soignée mais à l'encre passée : EXTRACTION.

— Nous y sommes, dit Dulcinea. Avant d'entrer, donnez-moi un peu de sang, toutes les deux. J'ai protégé l'endroit dans les moindres recoins et j'ai bien peur que vous ne puissiez passer cette porte sans que je n'encaisse un choc.

Au constat de cette légère paranoïa, les épaules d'Harrow se décontractèrent imperceptiblement. Gideon chercha son regard, et Harrow acquiesça. Dans la sombre et poussiéreuse antichambre, elles offrirent donc leurs mains à la nécromancienne de la Septième, qui pencha la tête, ses belles boucles châtains se déployant sur ses épaules, et prit un peu de sang de leur pouce et de leur annulaire. Elle étala le sang sur sa paume et cracha délicatement (Gideon constata que sa salive était légèrement rose), avant d'appuyer doucement sa main sur le panneau de la porte.

— Ce n'est pas un sortilège de barrage, expliqua Dulcinea, et il ne réagit pas seulement aux corps physiques. Il m'avertira aussi de menaces immatérielles… et de leur matérialisation, ou en tout cas de leur passage. Je ne veux pas les en empêcher, ajouta-t-elle, voyant Harrowhark manipuler un fragment d'os tiré de sa poche, je veux seulement *voir* ce qui pourrait nous espionner… je veux savoir à quoi nous avons affaire. Allons-y.

Contrairement à l'espace simplement organisé du Laboratoire 2, avec les salles Imagerie et Réaction de part et d'autre d'un vestibule rempli de vieilles étagères vides, la porte du Laboratoire 8 s'ouvrait sur un escalier, au bas duquel un épais treillis d'acier noir masquait le reste de la pièce. On apercevait derrière la grille une sorte de long espace bas de plafond qui devait rendre assez claustrophobe. La nécromancienne de la Septième actionna un interrupteur sur le mur, et la grille se mit à remonter avec un vrombissement sourd, finissant par disparaître entièrement dans le plafond.

Une fois la grille disparue, la pièce semblait infiniment grise et vide. Seuls deux éléments venaient briser cette vaste monotonie : tout au fond, une sorte de socle métallique surmonté de verre transparent ou de plexi ; et au bas de l'escalier, à un petit mètre d'eux, une ligne horizontale, jaune et noire, qui courait d'un mur à l'autre.

Une bonne centaine de mètres séparait la bande au sol du socle tout au fond : c'était un long trajet en ligne droite qui ne présentait aucun obstacle, raison pour laquelle Gideon fut immédiatement convaincue que ça allait certainement être sacrément pénible.

Son adepte dévalait déjà les marches pour se planter devant la ligne noire et jaune comme à l'orée d'un feu. Dulcinea la rejoignit, s'appuyant davantage encore sur ses béquilles pour descendre l'escalier. Protesilaus fermait la marche.

— Si votre main franchit la limite… voilà.

Harrow étouffa un cri de douleur. Elle venait de tendre prudemment les doigts au-dessus de la ligne… et arrachait son gant pour voir les dégâts. Gideon avait elle-même subi pareil sortilège avec Palamedes Sextus, mais la vision était presque insoutenable : le bout des doigts atrophiés, les ongles déchiquetés, la peau violemment asséchée, froissée comme du papier. Son adepte secouait la main comme si elle venait de se brûler. Peu à peu, les rides s'atténuèrent, et les ongles finirent par reprendre leur forme initiale.

— Rien d'insurmontable, commenta Harrow, une fois remise de ses émotions.

— Vous êtes bien optimiste ! Que pensez-vous utiliser ?

— Un sortilège physique, pour renforcer la peau, un truc local.

— Essayez.

Harrowhark assouplit lentement ses doigts. Gideon regarda ses yeux se réduire à deux fentes d'obsidienne bordées d'une épaisse rangée de cils noirs. Elle tendit une nouvelle fois la main au-delà de la ligne. Il y eut une brève explosion d'étincelles bleues, et Harrow retira brusquement ses doigts, stupéfaite, furieuse. Ils s'étaient transformés en brindilles carbonisées, et elle avait carrément perdu l'ongle de l'auriculaire. L'ourlet de sa cape était tout effiloché, sa manche trouée, comme mangée par les mites. Gideon voulut se précipiter vers elle, pour faire *quelque chose*, mais Harrow l'arrêta d'un geste de sa main valide, sans quitter des yeux sa peau qui se réparait lentement. Dulcinea la regardait sans un mot. Protesilaus était toujours posté au pied de l'escalier.

Harrow agita un bracelet au-dessus de sa main blessée, et des rubans de matière osseuse enveloppèrent ses articulations, comme un épais bouclier. Ainsi harnachée, elle tendit une nouvelle fois les doigts…

— Ça ne marchera pas, intervint Dulcinea avec son sourire à fossettes.

… et le gant osseux explosa instantanément. Les fragments qui avaient franchi la ligne jaune furent littéralement pulvérisés.

Le gant se démantela, ses éléments se changeant en poudre d'os avant même de toucher le sol, et Harrow examina pour la troisième fois consécutive l'étendue des dégâts. Elle se laissa lourdement tomber sur une marche de l'escalier, un filet de sueur sanglante coulant le long de sa tempe, tandis que sa main recouvrait lentement son intégrité. *Qu'est-ce que c'est que ce délire ?* se dit Gideon.

— Il y a deux sortilèges, superposés, expliqua Dulcinea.

— Il ne peut pas y avoir deux sortilèges avec le même champ d'action. C'est impossible.

— Mais bien réel. Ils ne sont pas simplement additionnés ou entrelacés. C'est vraiment du beau travail. Les personnes qui l'ont mis en place étaient des génies.

— Alors la première moitié est un sortilège de sénescence…

— … et l'autre un champ entropique, compléta Dulcinea.

Gideon suivit le regard d'Harrow parcourant le vaste espace de tôle ondulée jusqu'au socle brillant tout au fond, tel un phare. Elle vit que sa nécromancienne se mordait l'intérieur de la joue, ce qui était toujours le signe chez elle que son cerveau tournait à plein régime, tout en continuant à bouger ses doigts, comme si elle était inquiète de leur récupération. Elle sortit de sa poche une antique phalange couleur ivoire et la tendit à Gideon.

— Lance-la, ordonna-t-elle.

Gideon obéit. C'était un bon lancer. L'os entra bien haut dans le champ et parcourut presque un mètre avant de se fragmenter en une pluie de particules grises. Harrow regarda les débris voler en éclats et étincelles osseux avant de se ratatiner, inanimés. Elle serra le poing. Il y eut une nouvelle explosion, puis plus rien. Plus la moindre trace de la phalange.

— C'est *terriblement* rapide, s'exclama Dulcinea, admirative.

— Eh bien alors, c'est impossible, conclut l'adepte de la Neuvième Maison, et je ne dis pas ça à la légère. C'est le piège mortel le plus efficace que j'ai jamais vu. Le sortilège de sénescence ne laisse pas le temps de traverser la pièce, et le champ entropique (Dieu sait comment il tient) déjoue toute tentative magique de contrer la dégradation. Mais comment se fait-il que la pièce ne se soit pas effondrée ? Les murs devraient être tombés en poussière.

— Un espace de quelques micromètres sépare le sol du champ… Peut-être la Neuvième pourrait-elle animer une minuscule construction capable de se glisser dans cet interstice ? suggéra la Septième.

— La Neuvième Maison n'exerce pas ses talents sur les constructions *minuscules*, rétorqua Harrow d'une voix polaire.

— Avant que vous ne posiez la question : ce n'est pas une énigme de pensée latérale non plus. On ne peut pas passer par le sol, ni par le plafond, tous deux sont en acier massif, et il n'y a aucun autre accès. Palamedes Sextus estime que toute personne s'y aventurant tiendrait trois secondes maximum avant de mourir.

— Sextus est venu ici ? demanda Harrow, les yeux réduits à deux fentes.

— Je l'ai sollicité en premier, répondit ouvertement Dulcinea. Mais lorsque j'ai évoqué la méthode que j'envisageais, il m'a dit qu'il ne le ferait jamais. Une réponse très intéressante. J'aimerais bien faire plus ample connaissance avec lui.

Voilà qui lui valut l'entière attention d'Harrowhark Nonagesimus. Dulcinea lança distraitement une béquille à Protesilaus, puis l'autre, et il les rattrapa au vol le plus naturellement du monde, ce qui était plutôt cool, s'avoua Gideon. La Septième s'assit sur les marches à côté d'Harrow et dit :

— Il y a bien *un* moyen d'y parvenir… mais il a refusé. Je suis désolée de ne pas vous avoir dit tout de suite que… vous étiez mon second choix. En tout cas, si une Vestale Noire se refuse à franchir cette ligne, je crois que personne d'autre ne le fera. Moi-même, je ne peux pas, puisqu'il m'est impossible de parcourir tout ce chemin sans assistance. Si je faiblis à mi-chemin, ou si je m'évanouis, je mourrai.

— Et quelle est cette chose que Palamedes Sextus lui-même refuse de faire ? s'enquit Harrow d'une voix qui ne laissait rien présager de bon.

— Il ne veut pas siphonner, répondit Dulcinea.

Le visage d'Harrow se referma comme un volet.

— Moi non plus, trancha-t-elle.

— Je ne parle pas de siphonner une âme… enfin pas tout à fait. Lorsque Maître Octakiseron siphonne son cavalier, il envoie son âme ailleurs et exploite le vide qu'elle a laissé. L'énergie qui s'engouffre alors dans ce vide se renouvellera aussi longtemps qu'ils parviendront à rester en vie. Il ne s'agirait pas pour vous d'*envoyer* quelqu'un quelque part. Mais le champ entropique va épuiser vos propres réserves de thanergie dès l'instant où vous franchirez cette ligne, il vous faudrait donc une source d'énergie de ce côté-ci, hors de portée du champ entropique, vous comprenez ?

— Ne soyez pas condescendante, Lady Septimus. Évidemment que je comprends. Mais il ne suffit pas de comprendre un problème pour mettre une solution en œuvre. Vous auriez dû demander à Octakiseron et sa veine ambulante.

— Je l'aurais probablement fait, si Pro ne lui avait pas mis un œil au beurre noir, répondit Dulcinea en toute franchise.

— Donc, techniquement, rétorqua Harrow d'une voix acide, nous sommes votre troisième choix.

— Eh bien, Abigail Pent était une spirite très douée… commença Dulcinea, avant de faire marche arrière en voyant l'expression d'Harrow. Pardon ! Je vous taquinais ! Non, je ne pense pas que j'aurais sollicité la Huitième Maison, Respectable Fille. Les Huitièmes ont une espèce de froideur blanche, un côté si inflexible… Comme s'ils pouvaient réussir cette épreuve sans problème. Voilà sans doute pourquoi. Et maintenant qu'Abigail Pent est morte, que puis-je faire ? Si vous demandiez à Sextus de ma part, vous croyez qu'il pourrait changer d'avis ? Vous semblez le connaître mieux que moi.

Harrow se releva brusquement, fit quelques pas. Elle ne semblait pas remarquer que Dulcinea, son visage de fleur posé sur ses mains, jouait l'innocence incarnée en suivant avidement le moindre de ses gestes. Gideon, qui n'était plus le centre de l'attention de la Septième, ressentait un mélange assez complexe d'émotions.

Dans un bruissement de cape couleur encre, Harrowhark se retourna et, fixant un point à travers Dulcinea plus qu'elle ne la regardait dans les yeux, déclara :

— Admettons que je cautionne votre théorie. Pour avoir suffisamment de thanergie pour maintenir mon bouclier de protection à l'intérieur du champ entropique, il faudrait que je trouve une source à siphonner en dehors du champ. La source de thanergie la plus logique serait… vous.

— Vous ne pouvez pas déplacer la thanergie d'un endroit à l'autre comme ça, dit la Septième avec une extrême prudence. Il faut une connexion mort-vie, ou mort et *forme* de vie, comme le font les Deuxièmes. Il faudrait que vous preniez ma thalergie. Mais avec moi, dit-elle en levant une main émaciée, avant de la laisser se poser sur son visage comme un avion de papier à la dérive, vous pourriez parcourir une dizaine de mètres, tout au plus.

— Nous devons parler entre nous, dit Harrowhark.

L'adepte saisit Gideon par le bras et la traîna quasiment en haut de l'escalier, puis lui fit traverser le hall. Le bruit de la porte claquant derrière elle se répercuta dans tout le couloir. Gideon se retrouva nez à nez avec une Harrowhark Nonagesimus au visage comme le canon d'un fusil chargé, sa capuche rejetée en arrière révélant des yeux incandescents.

— *Extraction*, dit-elle amèrement. Évidemment. Nav, je vais devoir abuser de ta confiance encore une fois.

— Pourquoi ça t'excite à ce point ? demanda Gideon. Je sais que tu ne fais pas ça pour Dulcinea.

— Que ce soit bien clair. Les malheurs de Septimus ne m'intéressent pas, dit Harrow. La Septième Maison n'est pas notre alliée. Tu es vraiment ridicule avec ta *Dulcinea*, et son cavalier me revient encore moins…

— Attaque frontale et gratuite contre Protesilaus, commenta Gideon.

— … mais je veux relever le défi qui répugne tant à Sextus. Pas par orgueil. Mais parce qu'il doit apprendre à regarder les choses en face. Est-ce que tu sais ce que je vais devoir faire ?

— Ouais, fit Gideon. Tu vas pomper mon énergie vitale pour aller jusqu'à la boîte du fond.

— Un résumé plutôt sommaire, mais en gros, c'est ça, oui. Qu'est-ce qui t'a mise sur la voie ?

— Le fait que Palamedes refuse de le faire, parce qu'il est complètement cucul avec Camilla. OK.

— Comment ça, *OK* ?

— Eh ben, *OK*, c'est oui, dit Gideon.

Son cerveau se mit à poursuivre les neurones isolés qui venaient de prononcer ces mots pour leur pincer les seins bien fort. Elle mâchonna un grumeau de fond de teint solidifié, ôta ses lunettes de soleil, les fourra dans sa poche. Regarda Harrow droit dans les yeux.

— Je préfère être ta pile que te sentir fouiller dans ma tête. Tu veux mon jus ? Pas de problème.

— Jamais, dans aucune circonstance je ne voudrais ton jus, répliqua sa nécromancienne avec une moue de désespoir. Nav, tu ne comprends pas vraiment ce que je te demande. Je vais devoir te vider entièrement pour arriver de l'autre côté. Et si tu me rejettes à un moment ou à un autre… si tu cesses de te soumettre… je suis morte. Je n'ai encore jamais fait ça. Le processus sera… imparfait. Tu vas souffrir.

— Comment tu le sais ?

— La Deuxième Maison est connue pour un procédé similaire : la nécromancienne de la Deuxième a le don de vider ses ennemis de leurs dernières forces pour augmenter celles de sa cavalière…

— Excellent…

— On raconte qu'ils meurent dans d'atroces souffrances, dit Harrow.

— Cool de voir que les autres Maisons sont aussi tordues, dit Gideon.

— *Nav*.

— C'est oui quand même.

Harrowhark se mordit les joues tellement fort qu'on aurait dit qu'elle allait y faire un trou. Puis elle joignit les doigts, ferma les yeux, et lorsqu'elle reprit la parole, sa voix était presque calme.

— Pourquoi ?

— Parce que tu me l'as demandé, j'imagine.

Les lourdes paupières se rouvrirent d'un coup, révélant deux iris maléfiques.

— C'est tout, Gigi ? Voilà à quoi se résument tes exigences ? Voilà pour le mystère complexe des profondeurs de ton âme ?

Gideon remit ses lunettes, les verres teintés étant bien pratiques pour cacher ses émotions.

— Ça a toujours été ma *seule* exigence, dit-elle, avant d'ajouter, pour faire bonne mesure : *patate*.

De retour dans le laboratoire, elles trouvèrent Dulcinea, toujours assise sur les marches, en train de parler à voix basse à son cavalier qui, accroupi devant elle, l'écoutait, aussi silencieux qu'un micro son oratrice. Lorsqu'elle vit que les deux Neuvièmes étaient de retour, elle se leva, chancelante, et Protesilaus lui offrit silencieusement son bras.

— Nous allons faire une tentative, annonça Harrowhark.

— Vous pourriez vous exercer, d'abord, dit Dulcinea. Ça ne va pas être facile.

— Qu'est-ce qui vous fait dire ça ? répliqua Harrowhark.

Dulcinea sourit.

— Ça ne me regarde pas, n'est-ce pas ? En tout cas, je pourrai veiller sur Gideon la Neuvième pendant que vous serez là-bas.

Gideon ne voyait toujours pas pourquoi on devrait veiller sur elle. Debout au pied des marches, elle se sentait inutile, et sa main était crispée sur sa rapière, comme si, en se donnant suffisamment de mal, elle pourrait finalement avoir l'occasion de s'en servir. Il lui semblait un peu stupide de réduire une première cavalière à l'état de grosse pile électrique. Face à elle, sa nécromancienne semblait tout aussi perplexe, et se tordait les mains comme si elle ne savait pas quoi en faire. Soudain, elle posa ses doigts gantés sur la gorge de Gideon, cherchant son pouls. Sa propre respiration était impatiente.

Au début, Gideon ne sentit absolument rien. Mis à part qu'Harrow avait la main sur sa gorge, ce qui était un aller simple pour le néant. Mais c'était seulement la main d'Harrow sur sa gorge. Elle sentait son sang pulser à l'intérieur de l'artère. Elle se sentait déglutir, et ce processus se transmettre étrangement à la main d'Harrow. Il y avait un petit élancement, peut-être, un frisson qui parcourait son crâne, une sorte de soubresaut, mais rien à voir avec la pression qu'elle avait endurée dans la salle de Réaction. Son adepte recula d'un pas, serra et desserra les poings, pensive.

Puis Harrow fit volte-face, franchit la ligne, et le choc s'abattit sur Gideon. Elle sentit de furieuses étincelles de douleur dans les dents, suivies de décharges électriques sur le cuir chevelu. Elle était à la fois Harrow s'avançant dans le no man's land et Gideon le crâne secoué derrière la ligne. Elle se laissa tomber sur une marche, sans prêter attention à Dulcinea, qui avait brièvement tendu une main vers elle. C'était comme si Harrow avait attaché une corde autour de ses récepteurs sensoriels et se jetait dans le vide pour descendre une longue paroi en rappel. Gideon voyait vaguement sa nécromancienne progresser à pas lents et laborieux sur la vaste surface de métal. Elle était enveloppée d'un étrange brouillard. Gideon mit un moment à se rendre compte que le sortilège grignotait la cape d'Harrow, la réduisant en poussière tout autour de son corps.

Un nouvel éclair lui traversa la tête. Son instinct immédiat était de le rejeter, de résister à la conscience d'Harrow, cette sensation d'une pression écrasante, la sensation de vide d'une transfusion sanguine. Des taches de lumière vive dansaient dans son champ de vision. Elle tomba sur le côté et prit indistinctement conscience de Dulcinea, sa tête sur la cuisse mince de Dulcinea, les lunettes qui glissaient de son nez et tombaient sur la marche suivante. Elle voyait Harrow avancer, comme arc-boutée contre un vent fort, rendue floue par des particules noires… et se retrouva soudain à pisser le sang par le nez. Sa vision se brouilla, l'image devint grisâtre, sa respiration eut des ratés.

— Non, dit Dulcinea, oh… non non non non, reste avec moi.

Gideon ne put qu'émettre une sorte de *bleeeurgh*, principalement parce que le sang lui jaillissait joyeusement par tous les orifices du visage. Soudain, d'un coup, l'hémorragie cessa, se tarit, la laissant la langue sèche, aride. La douleur descendit alors vers le cœur, qu'elle se mit à pétrir, envoyant des décharges électriques dans son bras et sa jambe gauches, jusqu'au bout des doigts et des orteils. C'était au-delà de la douleur. C'était comme si quelqu'un lui aspirait les tripes avec une paille géante. Sa vision s'assombrit. Elle voyait Harrowhark s'éloigner, le halo de fragments d'étoffe avait disparu, elle était bordée par une vive lumière jaune clignotante qui lui mangeait les épaules et les talons. Sans qu'elle y puisse rien, les yeux de Gideon se remplirent de larmes qui séchèrent aussitôt. Tout devint flou, gris et or, puis tout gris.

— Oh, Gideon, dit une voix, pauvre petite.

La douleur fusa dans sa jambe droite, jusqu'aux orteils, avant de remonter en zigzags le long de sa colonne vertébrale. Elle eut un violent haut-le-cœur. Et toujours cette pression, la pression d'Harrow, et cette intuition qu'elle pourrait cesser si Gideon se défendait, si elle résistait. La tentation était très forte. Les douleurs qui assaillaient Gideon étaient de celles qui effacent la conscience, ne laissant subsister que des réflexes animaux : ruer, se débattre, pousser des glapissements idiots. Il fallait chasser Harrowhark, ou plonger dans le sommeil, n'importe quoi qui puisse la soulager. Si c'était elle qui devait maintenir leur connexion, elle l'aurait perdue il y a bien longtemps ; Gideon mourait d'envie de l'interrompre. Elle n'avait pas simplement envie de se recroqueviller dans un coin et de hurler. Est-ce qu'elle était en train de hurler ? Eh merde, évidemment que oui.

— Ça va aller, dit une voix, couvrant le bruit. Ça va aller. Gideon… tu es si jeune. Ne t'abandonne pas. Ça n'en vaut pas la peine, tu sais… rien de tout ça n'en vaut la peine. C'est cruel. Tellement cruel. Tu es si jeune, et pleine d'énergie, et vivante. Ça va aller, Gideon… n'oublie jamais ça, et ne laisse plus jamais personne te faire une chose pareille. Je suis désolée. Nous t'en demandons vraiment trop. Je suis désolée.

Plus tard, Gideon se souviendrait parfaitement de chacune de ces paroles.

Quelqu'un lui essuyait le visage, le front. Elle ne sentait aucun contact. Elle avait perdu le contrôle de ses membres, qui s'agitaient indépendamment les uns des autres comme des bouquets de nerfs et de panique. Quelqu'un lui caressait doucement la tête, et elle n'avait aucune envie qu'on la touche, mais elle avait terriblement peur que sans ces caresses elle n'aille se jeter dans le champ et partir en fumée juste pour échapper à tout ça. Elle se raccrochait à cette voix pour ne pas devenir folle.

— Elle est arrivée de l'autre côté, disait-elle. Devant la boîte… Vous avez trouvé l'astuce, Respectable Fille ? Il y en a une, n'est-ce pas ? Gideon, je vais mettre ma main sur ta bouche, à présent. Il faut qu'elle réfléchisse.

Une main se posa sur sa bouche, et Gideon la mordit.

— Aïe, sauvage. Voilà, elle y est presque… Ils pensaient peut-être que si c'était trop facile, quelqu'un pourrait résoudre la démonstration d'une autre manière. Il faut que ce soit irréprochable, Gideon. Je le sais. J'aimerais pouvoir le faire. J'aimerais que ce soit moi, là-bas. Elle a ouvert la boîte… Je me demande… Ça y est, elle a trouvé ! J'avais peur qu'elle ne casse la clé…

La tête maintenue sur ses cuisses fines, Gideon, qu'une petite main suffisait à faire taire, ne pouvait de toute façon répondre que par gargouillements, cris inarticulés ou haut-le-cœur.

— C'est bien, dit la voix. C'est bien. Elle y est, Gideon ! Et je suis là pour toi… Gideon-les-yeux-dorés. Je suis vraiment désolée. Tout est ma faute… Je suis désolée. Reste avec moi, dit la voix, soudain pressante. Reste avec moi.

Gideon sentit un grand froid. Quelque chose avait changé. Chaque respiration devenait plus difficile.

— Elle est tombée, dit la voix au loin, et Gideon se crispa – non pour rejeter la connexion, mais pour la maintenir.

La douleur fut si intense qu'elle eut peur de mouiller sa culotte, mais le froid se dissipa.

— Elle s'est relevée… Gideon, elle s'est relevée. Tiens bon. Ça va aller, ma belle. Pauvre petite…

Gideon commençait à avoir vraiment peur. Son corps était mou, avec cette sensation d'ivresse qui précède l'évanouissement, il était vraiment difficile de rester consciente. *Trois secondes avant de mourir*, d'après les calculs de Palamedes. Si Harrow ne franchissait pas la ligne, toute cette lutte n'aurait servi à rien. La main touchait son visage, sa bouche, ses sourcils, caressait ses tempes. Comme si elle pouvait y lire ses pensées, la voix murmura :

— Ne fais pas ça. Il est si facile de trouver la mort, Gideon la Neuvième… de la laisser venir. C'est tellement pire de résister. Allez, poulette. Ce n'est pas le moment. Pas encore.

C'était comme si la pression dans ses oreilles se relâchait d'un coup. Et la voix reprit, lointaine et musicale :

— Gideon, sublime créature, continue… donne-lui tout… elle y est presque. Gideon ? Gideon, ouvre les yeux. Reste là. Reste avec moi.

Il lui fallut une infinité de secondes pour rester là, pour ouvrir les yeux. Et lorsqu'elle y parvint, Gideon s'inquiéta vaguement de constater qu'elle était aveugle. Des couleurs délavées ondoyaient dans son champ de vision. Une chose noire se déplaçait… il lui fallut un moment pour se rendre compte qu'elle se déplaçait très vite, qu'elle *courait*. Vaguement surprise, Gideon comprit qu'elle était en train de mourir. Les couleurs se brouillèrent devant ses yeux. Le monde se mit à tourner absurdement sur lui-même, dans un sens, puis dans l'autre. Elle cessa de respirer. Ç'aurait été un moment paisible, si ce n'était pas aussi merdique.

— Gideon ?… *Gideon !* s'exclama une nouvelle voix.

Lorsqu'elle rouvrit les yeux, elle fut éblouie de clarté. Harrow Nonagesimus était à genoux à côté d'elle, nue comme au premier jour. Ses cheveux avaient perdu deux bons centimètres, le bout de ses cils avait fondu, et – vision particulièrement terrifiante – son maquillage avait entièrement disparu. Comme si on l'avait frotté avec un gant de toilette chaud. Elle avait un petit visage de fouine, le menton pointu, les mâchoires étroites, les pommettes saillantes, le front haut. Il y avait un petit renflement sur sa lèvre supérieure, à la base du philtre, arrondissant une expression d'ordinaire dure et intrépide. Le monde se mit à trembler, ce qui était principalement dû au fait qu'Harrow lui secouait les épaules.

— Ha ha, c'est la première fois que tu ne m'appelles pas Gigi, fit Gideon.

Et elle tomba raide morte.

*

Enfin, évanouie. Mais elle avait vraiment cru mourir. Son réveil avait un petit air de résurrection, comme si elle avait passé tout l'hiver sous forme de coquille sèche, avant de revenir au monde à l'état de jeune pousse verte. Une pousse verte avec quelques petits problèmes. Son corps tout entier était comme un nerf traumatisé. Des bras faibles la berçaient et, penché sur elle, elle vit le doux visage fatigué de Dulcinea, dont les yeux étaient toujours du bleu poussiéreux des bleuets. Lorsqu'elle se rendit compte que Gideon était consciente, elle s'anima elle aussi.

— Mon gros bébé, dit-elle, déposant carrément un baiser sur son front.

Harrowhark était assise en face d'elles sur le sol froid, drapée dans sa dignité et le manteau de Gideon. Ses clous d'oreilles en os avaient disparu, laissant deux cicatrices sur ses lobes.

— Lady Septimus, dit-elle. Lâchez ma cavalière. Nav, tu crois que tu peux te lever ?

— Oh, Respectable Fille, non… donnez-lui une minute, implora Dulcinea. Pro, aide-la… il ne faut pas qu'elle se lève toute seule.

— Je ne veux pas que vous la touchiez, ni vous ni votre cavalier, trancha Harrow.

Nonagesimus, arrête ton numéro de Vestale Noire / Chauve-souris sacrée, allait dire Gideon, mais elle constata qu'elle ne pouvait rien dire du tout. Sa bouche était comme une éponge sèche. Son adepte fouilla les poches de son manteau et en sortit quelques fragments d'os, ce qui suggérait l'infâme idée qu'elle les y avait *planqués* auparavant.

— Je le répète… lâchez-la.

— Tu as été incroyable, dit Dulcinea à Gideon, ignorant totalement Harrow. Extraordinaire.

— Lady Septimus, intervint l'autre nécromancienne. Je ne le répéterai pas.

Gideon leva faiblement le pouce dans la direction de Dulcinea, qui la libéra de son étreinte, ce qui était bien dommage, parce qu'elle était chaude, et la salle plus froide que des seins de harpie. Elle tendit une dernière fois la main vers le front de Gideon.

— Quels *beaux cheveux*, murmura-t-elle malicieusement.

— Septimus, dit Harrow.

Dulcinea battit en retraite dans l'escalier. Gideon observa avec un vague intérêt Harrow faire craquer ses articulations et prendre une profonde inspiration puis, sans hésitation, se pencher en avant et passer le bras de Gideon autour de ses maigres épaules. Et avant qu'elle ait eu le temps de se dire merde, elle était debout à côté d'Harrowhark, dont les genoux tremblaient un peu. Elle eut envie de vomir, ne vomit pas, comprit qu'elle n'en avait même pas la force.

— Respectable Fille… dit la lady de la Septième, je vous suis terriblement reconnaissante de ce que vous venez de faire. Je suis désolée que vous ayez dû payer un tel tribut.

— Ne soyez pas désolée. C'était une décision purement stratégique. Vous aurez votre clé quand j'en aurai terminé.

— Mais Gideon…

— N'est pas votre affaire.

Dulcinea posa les mains sur ses genoux, baissa la tête.

— Je comprends, dit-elle avec un sourire déconfit.

Harrow, pieds nus, jura à voix basse en hissant tant bien que mal Gideon dans l'escalier ; à la dernière marche, elle était à bout de souffle. Gideon, stupéfaite par l'absence de réceptivité de son corps, ne pouvait que la regarder faire en s'efforçant de reprendre pleinement conscience, et de ne pas glisser par terre. Une fois en haut, la Respectable Fille se retourna, cherchant des yeux la Septième.

— Pourquoi vouloir devenir Lycteure ? dit-elle brusquement.

— Harrow, ça ne se fait pas, de demander ça, bredouilla Gideon, mais sa nécromancienne l'ignora.

La Septième, appuyée sur le bras de Protesilaus, avait l'air infiniment triste, mélancolique ; lorsqu'elle croisa le regard de Gideon, un imperceptible sourire releva les coins de sa bouche, mais disparut aussitôt.

— Parce que je ne veux pas mourir, dit-elle finalement.

Le chemin de retour fut assez pénible. Harrow dut s'arrêter et laisser Gideon appuyer sa joue contre le froid panneau de métal à côté de la porte. Elle attendit avec une patience inhabituelle que Gideon recouvre un semblant de conscience et elles repartirent de leur pas maladroit, Gideon comme ivre, Harrow sautillant sur la grille qui blessait ses pieds nus.

— Tu n'avais pas besoin d'être aussi désagréable, dit Gideon d'une voix rauque. Je l'aime bien.

— Pas moi, répliqua Harrowhark. Et je n'aime pas son cavalier.

— Je ne comprends toujours pas comment tu peux être aussi furieuse contre une bête montagne de muscles. Tu as la clé ?

Harrow ouvrit la main. C'était une clé toute simple, presque austère avec son anneau et son panneton à trois dents. Elle brillait d'un éclat argenté, presque blanc.

— Cool, dit Gideon.

Elle fouilla une poche intérieure, en sortit l'anneau et la clé rejoignit celles de la trappe et de Réaction avec un tintement étrange.

— Désolée que tes vêtements aient fondu, dit-elle.

— Nav, dit Harrow avec le calme forcé de quelqu'un sur le point de hurler. Tais-toi. Tu n'es pas… dans ton état normal. J'avais sous-estimé le temps que me prendrait l'épreuve. Le champ était vraiment *vicieux*, bien plus que Septimus ne l'avait laissé entendre. Je n'ai même pas eu le temps de réfléchir à comment avancer au mieux qu'il m'asséchait déjà les globes oculaires.

— Et quand tu as trouvé, il avait grignoté tes sous-vêtements, dit Gideon.

— *Nav*.

— Je viens d'avoir une expérience de mort imminente, laisse-moi m'amuser un peu.

Plus tard, Gideon n'aurait aucune idée de comment elles avaient réussi à remonter l'échelle. C'est avec une précision quasi irréelle qu'Harrowhark la trimballa dans les longs couloirs sinueux de la Maison de Canaan et jusqu'aux quartiers de la Neuvième, seulement vêtue d'un long manteau noir, et sans une once de magie. Gideon se demanda plusieurs fois si elle n'avait pas rendu l'âme, finalement, et si ce n'était pas sa vie après la mort : parcourir des salles désertes avec une Harrowhark Nonagesimus à moitié nue, assagie, qui ne pouvait s'empêcher d'être gentille avec elle, comme si elle risquait à tout moment d'exploser en une pluie de confettis d'intestins.

Elle consentit même à ce qu'Harrow la dirige vers le tas de couvertures qui lui servait de lit. Gideon était trop épuisée pour faire autre chose que s'allonger et éternuer trois fois de suite, chaque éternuement résonnant dans ses sinus et son crâne comme un gong migraineux.

— Arrête de me regarder comme ça, finit-elle par ordonner à Harrow tandis qu'elle essuyait un reste de morve sanguinolente avec son mouchoir. Je suis vivante.

— C'était moins une, répliqua Harrow, et ça n'a pas l'air de te préoccuper plus que ça. Ne brade pas ta vie, Gigi. Je n'ai absolument aucun intérêt à ce que tu perdes ton instinct de conservation. Quel est le sens de ces théorèmes ? explosa-t-elle soudain. Qu'est-ce que ça nous a apporté ? À quoi bon ? J'aurais dû refuser, comme Sextus… mais je ne peux pas me le permettre ! Il faut que je devienne Lycteure *maintenant*, avant que…

Harrow s'arrachait les mots comme la viande sur un os. Gideon était curieuse de connaître la suite, mais il n'y eut pas de suite. Elle ferma les yeux et attendit, les rouvrit en se rendant compte, dans un accès de panique, qu'elle ne savait pas depuis combien de temps elle était allongée comme ça, les yeux fermés. Harrowhark était toujours là, la même expression étrange sur son visage nu, une expression inédite.

— Repose-toi, lui ordonna-t-elle.

Et pour la première fois, Gideon obéit sans le moindre scrupule.

21

LORSQUE GIDEON SE RÉVEILLA, Dominicus avait plongé la pièce dans une lumière humide et orange de début de soirée. Elle avait tellement faim qu'elle avait des crampes à l'estomac. En se tournant sur le côté, elle fut assaillie par une série de notes de plus en plus agressives.

J'ai pris les clés, je suis partie explorer le nouveau laboratoire. NE VIENS PAS me chercher.

C'était vraiment déloyal. Les trésors bouclés derrière une porte lyctorale ne pouvaient être pleinement appréciés que par celles et ceux qui se régalaient de théorèmes nécromantiques, mais quand même…

RESTE ICI. Je vais demander à Sextus de venir te voir.

Elle allait voir Palamedes *de son plein gré* ? Harrow devait avoir eu une sacrée frousse. Gideon prit machinalement son pouls, peut-être qu'elle était encore morte.

NE SORS PAS. J'ai laissé du pain pour toi dans un tiroir.

Miam.

Quand je dis Ne sors pas, *ça veut dire que tu as interdiction de sortir de nos quartiers pour aller te balader où que ce soit dans la Maison de Canaan.*

— Je ne veux pas de ta sale bouffe de tiroir, maugréa Gideon en roulant hors du lit.

Elle se sentait super mal, comme si elle n'avait pas dormi depuis plusieurs jours. Et se souvint que c'était le cas, en fait, à l'exception de la nuit dernière. Elle était aussi faible qu'un petit chaton. Elle rassembla ses dernières forces pour aller à la salle de bains, ôter le maquillage qui formait une croûte sur son visage, laper l'eau au robinet comme un animal. Le miroir lui renvoya le reflet d'une meuf tout anémiée qui devait avoir du jus de fruits dans les veines. Elle se peigna avec ses doigts, pensa à Dulcinea, et curieusement devint écarlate.

L'eau lui redonna un peu de forces. Le pain laissé dans le tiroir (sur lequel elle se jeta avec voracité) n'eut pas le même effet. Gideon fouilla ses poches au cas où elle y aurait laissé quelque chose (une pomme, quelques noix), et sursauta en y retrouvant le morceau de papier, sans vraiment savoir pourquoi. Sa mémoire peinait à rattraper sa raison : le bout de papier pelure était encore là. Il avait été là *tout ce temps*. Ce qui laissait envisager une éventualité terrible.

Quelqu'un frappa à la porte. Perplexe, affamée, le visage nu, Gideon alla ouvrir. Et se retrouva nez à nez avec Camilla la Sixième, perplexe, impatiente, agacée.

Visiblement fatiguée d'avance par les pitreries de Gideon, elle soupira, leva une main avec trois doigts repliés.

— Combien j'ai de doigts ?

Gideon cligna des yeux.

— Combien de doigts repliés, ou combien en tout, et avec ou sans le pouce ? répliqua Gideon.

— Vue OK, constata Camilla en baissant la main.

Puis elle entra dans la pièce comme si elle était chez elle, laissa tomber une lourde sacoche sur le sol et s'agenouilla pour chercher quelque chose à l'intérieur.

— Langage aussi. Où sommes-nous ? Pour quoi faire ? Comment t'appelles-tu ?

— Et ta mère, elle s'appelle comment ? Qu'est-ce que tu viens faire ici ?

L'athlétique cavalière de la Sixième, toujours vêtue de gris, ne leva même pas la tête. Elle offrait un spectacle intéressant dans cette lumière : ses cheveux lisses couleur ardoise étaient coupés si droit sous le menton qu'on pensait aussitôt à une paire de ciseaux en la voyant. Elle regarda Gideon, ne semblant pas spécialement perturbée par sa question.

— Ta nécromancienne a parlé à mon nécromancien, dit-elle. Mon nécromancien dit que tu devrais être un cadavre. Tu respires ?

— Oui ?

— Tu pisses du sang ?

— Euh, j'ai toujours rêvé de discuter de ça avec toi, mais ça va, dit Gideon. Har… Ma nécromancienne a eu une réaction un peu excessive. (Voilà au moins qui sembla toucher une corde sensible chez Camilla. Son regard s'adoucit. Apparemment, elle en connaissait un rayon en réactions nécromantiques excessives.) J'ai faim, c'est tout. Tu ne me trouves pas parfaitement OK ?

— Si, dit Camilla, en sortant du sac un gros machin en verre assez flippant. C'est bien ce qui m'inquiète. Gardien dit que tu devrais être au moins dans le coma. Mets-toi ça.

Fort heureusement, elle voulait dire dans la bouche. Elle lui en plaça un autre sous l'aisselle. Gideon la laissa faire sans broncher : ayant déjà eu affaire à Camilla la Sixième, elle ressentait une crainte plutôt saine. La cavalière examina ses orteils, le bout de ses doigts, l'intérieur de ses oreilles. Prit méticuleusement son pouls. Nota ses observations dans un gros carnet, avec un tout petit bout de crayon à papier. Puis elle étudia attentivement les chiffres, et secoua la tête.

— Tu es en pleine forme. Tu ne devrais pas, mais tu es en pleine forme.

— Pourquoi Sextus n'a pas voulu se mesurer au sortilège ? demanda Gideon de but en blanc.

Camilla rangea ses instruments dans la sacoche. Un silence s'installa. Puis la cavalière repoussa une mèche de cheveux qui troublait l'ovale dur de son visage, et dit :

— Gardien a fait une simulation. Lui et moi… nous aurions pu accomplir l'épreuve, mais… non sans risques.

— Quel genre de risques ?

— Pour moi, des lésions cérébrales irréversibles, s'il n'y arrivait pas du premier coup.

— Mais je vais bien.

— Je n'ai jamais dit que ton cerveau était intact, répliqua Camilla.

— On va dire que je trouve la blague très spirituelle et je souhaite indiquer que j'ai ri, dit Gideon. Au fait, Septimus a dit que les Huitièmes y seraient arrivés sans problème.

— Les Huitièmes ne forment pas des cavaliers, rétorqua Camilla, mais des piles électriques. Compatibles génétiquement avec leur nécromancien. Silas se sert du sien depuis tout petit. Le Huitième a sans aucun doute des lésions cérébrales. Mais ce n'est pas son cerveau qui leur importe. Quant à Lady Septimus… elle croit trop facilement aux contes de fées. Rien de nouveau.

C'était la plus longue réplique de Camilla à ce jour. Gideon demanda, curieuse :

— Vous êtes amies, toutes les deux ?

Le regard de Camilla n'était pas son plus terrifiant, mais il aurait suffi à pétrifier sur place n'importe qui.

— Lady Septimus et moi ne nous sommes jamais rencontrées, dit-elle sèchement. Tu ferais mieux de manger.

C'était une invitation. Camilla, manifestement rompue au rôle de cavalière à tout faire, l'aida à mettre sa rapière à la ceinture, et patienta tandis que Gideon se faisait un maquillage plus que sommaire. Elle aurait été recalée par une nonne aveugle dans une pièce sombre, mais on s'en contenterait. Elle n'en était pas au point de s'appuyer sur le bras de Camilla, mais celle-ci lui envoyait régulièrement un coup d'épaule pour qu'elle se redresse. Elles gardèrent un agréable silence sur tout le chemin, tandis que le soleil couchant, s'insinuant par toutes les fenêtres et autres ouvertures de la Première Maison, formait devant elles des flaques rouge orangé.

De temps à autre, un squelette vêtu de blanc croisait leur chemin, la démarche souple, les bras se balançant le long du corps. Gideon constata que chaque fois qu'une de ces silhouettes apparaissait au détour d'un couloir, ou qu'on entendait des pas de l'autre côté d'une porte, les doigts de Camilla se refermaient automatiquement sur la poignée de sa rapière. Une fois arrivée sur le seuil du réfectoire, la cavalière de la

Sixième était aussi à l'affût qu'un oiseau : il y avait des voix à l'intérieur.

— … La princesse *Ianthe* en a une. Ce n'est pas du tout la même chose, disait quelqu'un.

Une haute silhouette dorée se tenait au milieu de la salle, les cheveux safran en désordre, les yeux pleins de sommeil. On aurait dit qu'elle avait dormi avec ses vêtements, mais Coronabeth n'en était pas moins magnifique.

Elle parlait à Professeur, attablé à côté de Palamedes, qui n'avait pas touché à son assiette. Il avait devant lui une feuille de papier pelure couverte d'une telle quantité de gribouillages qu'elle en était presque trouée. Gideon sentit l'aura de tension qui entourait Camilla perdre en intensité, et ses épaules se relâcher imperceptiblement.

— Ah, dit doucement Professeur, ça n'est pas exact non plus. C'est Naberius le Troisième qui en est le propriétaire. Même si la princesse Ianthe la garde pour lui, c'est toujours la sienne. Cela ne fait donc qu'une seule clé pour la Troisième, j'en ai bien peur.

— Alors c'est à moi que devrait revenir la clé de la Cinquième. Ça ne dérangerait… n'aurait pas dérangé Magnus.

— Magnus le Cinquième avait demandé à avoir sa propre clé du complexe, et je ne sais malheureusement pas où elle est passée, dit Professeur.

Rendue incandescente par la vive lumière orange du couchant qui entrait par la verrière, Corona avait l'air d'un roi accablé de douleur : le beau menton relevé d'un air de défi, les épaules en avant, la bouche dure et implacable comme du verre. Ses yeux violets donnaient l'impression qu'elle venait de pleurer, peut-être de colère.

La chaise de Palamedes racla le sol lorsqu'il se leva, proposant courtoisement à cette vision :

— Si vous le souhaitez, princesse, je peux vous escorter jusqu'au complexe sur-le-champ.

Gideon entendit Camilla marmonner *Dans tes rêves*.

Nouveaux bruits de chaises sur le sol carrelé. Gideon n'avait pas remarqué le duo de la Deuxième Maison, attablé à l'autre bout de la salle devant un café. Comme toujours, elles avaient l'air tout droit sorties des pages d'une brochure de l'armée.

— Je suis surprise que le Gardien de la Sixième Maison soit si prompt à rompre notre accord, dit la capitaine Deuteros. Vous avez pourtant dit vous-même que nous ne pouvions résoudre le problème ensemble.

— Et j'avais raison, capitaine Deuteros, dit Palamedes, mais là, c'est anodin.

Palamedes était grand, mais Coronabeth, qui s'était avancée à sa rencontre, le dépassait d'une bonne demi-tête avec ses cheveux. Camilla fit le tour de la salle pour aller se placer un demi-pas derrière son nécromancien, et Gideon la suivit tant bien que mal, mais la Troisième ne semblait pas chercher la confrontation. Corona ne souriait pas, mais lorsqu'elle posa une main sur son épaule, sa bouche avait une expression franche, presque exaltée :

— Si vous faites ça pour moi, dit-elle, la Troisième Maison sera redevable à la Sixième. Si vous m'aidez à obtenir les mêmes clés que ma sœur, la Troisième Maison se mettra à genoux devant la Sixième.

— *Anodin*, répéta la capitaine Deuteros d'une voix glaciale.

— Princesse, dit Palamedes, que cette offensive de charme forçait à cligner de ses chatoyants yeux gris, je ne peux pas. Ce que vous me demandez est impossible.

— Mais je suis sérieuse. Richesse, honneurs militaires, *matériaux de recherche*…, ajouta-t-elle, connaissant manifestement bien ses centres d'intérêt.

Gideon était très admirative du Sixième : soumise à pareil traitement, elle se serait certainement évanouie il y a bien longtemps.

— … la reconnaissance de la Troisième sera aussi généreuse que vous le souhaitez, acheva-t-elle.

— Corona, c'est de la corruption. La Deuxième Maison ne peut accepter une chose pareille, et le Sixième est trop intelligent pour se laisser duper.

— Oh, ferme-la, Judith, répliqua Corona. Ta Maison s'empresserait de proposer des dessous-de-table, si elle en avait les moyens.

— Tu insultes la Deuxième Maison, dit Judith lentement.

— Ne me jette pas ton gant, répliqua Corona, ce serait comme un cadeau d'anniversaire en avance pour Naberius. Sixième, croyez-moi, je respecte toujours mes promesses.

— Je ne dis pas que votre offre ne m'intéresse pas… Mais ce que vous me demandez est littéralement impossible, dit Palamedes, un soupçon d'impatience dans la voix. Vous ne pouvez pas avoir les mêmes clés que votre sœur. Chacune de ces clés est unique. Très franchement, je pense qu'il ne doit en rester qu'une ou deux dans toute la Maison de Canaan qui n'ont pas encore été attribuées.

Un silence s'installa dans la salle. Les visages d'ordinaire impassibles des Deuxièmes étaient carrément figés. Corona resta muette. Et Gideon devait elle aussi avoir changé d'expression, puisque le longiligne nécromancien de la Sixième la regarda, regarda les Deuxièmes, et dit :

— Vous aviez forcément compris.

Gideon se demanda pourquoi, non, elle n'avait pas compris. Elle se demanda pourquoi elle était partie du principe qu'il y avait un nombre infini de clés, ou du moins suffisamment pour que chacun puisse avoir un jeu entier. Elle se laissa tomber lourdement sur la chaise la plus proche à la table la plus proche et se mit à compter mentalement les clés – la clé rouge et la clé blanche qu'elles avaient obtenues, Harrow et elle, sachant que la seconde revenait pour moitié à Dulcinea. Regardant une nouvelle fois tout le monde, Palamedes répéta, légèrement agacé :

— Vous aviez *forcément* compris.

La main dorée, toujours sur son épaule, se crispa sur sa chemise.

— Mais ça veut dire… ça veut dire qu'il *faut* aborder les épreuves ensemble, déduisit Corona, les sourcils délicieusement froncés. Si chacun d'entre nous n'a que quelques pièces du puzzle, refuser de partager ses connaissances équivaut à nous condamner tous à échouer. Il faut que nous mettions tout en commun, sinon aucun d'entre nous ne deviendra jamais Lycteur. C'est forcément ça, n'est-ce pas, Professeur ?

Les mains autour de son gobelet de thé bien chaud, celui-ci soufflait sur ses agréables volutes aromatiques.

— Il n'y a pas de règle, dit-il.

— Qui interdise de faire équipe ?

— Non, reprit Professeur, ce que je veux dire, c'est qu'il n'y a pas de règle. Vous pouvez joindre vos forces. Vous pouvez tout vous dire. Vous pouvez aussi ne rien vous dire du tout. Vous pouvez mettre vos clés et toutes vos connaissances en commun. Je vous ai donné la consigne, il n'y en a pas d'autre. Certaines choses vous permettront d'accéder plus facilement à la condition de Lycteur, d'autres rendront votre progression plus difficile.

— Nous sommes toujours soumis à la loi impériale, rappela Marta la Deuxième.

— Nous sommes tous sous le joug de la loi impériale, approuva sa nécromancienne, le visage désormais méfiant. Il y a des règles. Comme je l'ai déjà dit, la Première Maison est placée sous la juridiction de la Cohorte.

— Je ne sais pas *où* vous êtes allée chercher ça, répliqua sèchement Professeur, et c'était la première fois que Gideon entendait une once de réprobation dans sa voix. Nous sommes dans un espace sacré. La loi impériale est basée sur les ordonnances de l'Empereur, et l'Empereur est la seule loi. Pas d'ordonnance, pas d'interprétation. Je vous ai donné sa consigne. Il n'y en a pas d'autre.

— Mais il y a les lois naturelles… celles qui interdisent le meurtre, le vol. Qu'est-ce qui nous empêche de nous prendre nos clés alors, que ce soit par ruse ou intimidation ? Qu'est-ce qui empêche quelqu'un d'attendre qu'un nécromancien et son cavalier aient un nombre suffisant de clés pour les leur prendre de force ?

— Rien, dit Professeur.

Coronabeth avait fini par lâcher l'épaule de Palamedes. Elle regarda les Deuxièmes – un éclat de sombre lucidité était apparu sur le visage de la capitaine Deuteros, tandis que celui de la lieutenante Dyas était toujours aussi énigmatique –, puis Palamedes, dont l'expression était celle d'un soldat venant d'être appelé au front : quelque chose dans sa bouche, dans ses yeux, indiquait qu'il se préparait à l'assaut.

— Il faut que je prévienne Ianthe, souffla Corona avant de quitter la salle à la hâte.

Son départ fut un peu comme une éclipse : le soleil du soir sembla fraîchir avec elle, tandis que la lumière mate des lampes électriques prenait le relais.

Soudain, avec une banalité presque impardonnable, un squelette en blanc sortit de la cuisine, portant deux assiettes fumantes de viande pochée et de légumes. Il posa l'une d'elles devant Gideon, qui se souvint qu'elle mourait de faim. Ignorant le couteau et la fourchette que le squelette déposait délicatement de chaque côté de son assiette, aussi soigneusement que l'aurait fait un être doté d'une âme, elle se jeta sur la nourriture, qu'elle enfourna avec les doigts.

Professeur, toujours cramponné à son gobelet, semblait moins soucieux que déterminé : il était de nature trop sereine pour être vraiment inquiet, mais il semblait tout de même songeur, et un peu abattu.

— Professeur, dit Palamedes, à quel moment Magnus le Cinquième vous a-t-il demandé une clé du complexe ?

— Eh bien, le soir de sa mort, répondit celui-ci. Ils sont venus me trouver, lui et la petite Jeannemary. Après le dîner. Mais elle n'a pas emporté la sienne. Magnus m'a demandé de la garder… pour sa sécurité. Jeannemary n'était pas contente. Je me suis dit que les Quatrièmes allaient peut-être revenir me la demander aujourd'hui. Mais très franchement… si je pouvais empêcher les deux gamins de descendre, je le ferais.

Il leva les yeux vers le puits de lumière. La nuit descendait sur eux. Dans sa tasse, les volutes de vapeur de thé s'évanouissaient lentement.

— Oh, Empereur des Neuf Maisons, implora-t-il, Premier Nécrolord, Dieu qui devint homme, homme qui devint Dieu, nous t'avons tant aimé pendant ces longues journées. Les Seize ont placé leur destin entre tes mains. Seigneur, ne laisse rien arriver qui ne soit pas dans tes desseins.

Un bruit de vaisselle se fit entendre. C'étaient les Deuxièmes qui débarrassaient leurs tasses et repoussaient leurs chaises contre la table. Sans un regard pour les autres, elles quittèrent la salle dans un silence tendu, marchant au pas l'une derrière l'autre. Camilla s'assit en face de Gideon, et le squelette posa la seconde assiette devant elle. Elle se servit de ses couverts, mais sans grande élégance.

Le nécromancien de la Sixième se massait les tempes. Sa cavalière lui lança un regard, et il picora nonchalamment quelques morceaux de viande et deux ou trois légumes dans son assiette, avant de cesser de faire semblant qu'il avait faim et de reposer sa fourchette.

— Cam, dit-il, Neuvième, quand vous aurez fini, vous viendrez avec moi.

Gideon ne fut pas bien longue à finir, étant donné qu'elle n'avait pas spécialement pris le temps de mâcher ce qu'elle avalait. Les yeux vitreux, elle se mit à fixer l'assiette de Camilla la Sixième, qui avait presque tout mangé elle-même, mais leva les yeux au ciel et lui donna ses restes, un geste qui la lui rendit éternellement sympathique. Puis elles suivirent Palamedes. Celui-ci poussa la porte par laquelle les Deuxièmes avaient disparu (elle donnait sur un couloir et une volée de marches), et tourna une roue sur une porte d'acier dont la vitre était couverte d'une épaisse couche de glace.

Apparemment, c'était ici que les prêtres stockaient les denrées périssables. Des guirlandes de poissons congelés, l'œil surpris, avec leurs écailles et leur queue, étaient suspendues comme du linge à sécher au-dessus de comptoirs d'inox, interrogeant Gideon sur la réalité de ce qu'elle avait mangé jusqu'à présent. Des pièces de viande encore plus étranges étaient entreposées dans des niches sur tout un côté de la pièce, avec des étiquettes indiquant des dates de péremption. Un climatiseur soufflait un froid polaire, et Gideon serra son manteau contre elle. Des tonneaux longeaient les autres murs, tandis que des légumes frais, apparemment prévus pour le repas du soir, attendaient sur une planche de granit d'être découpés. Un squelette était occupé à ranger dans une caisse des disques d'une substance cireuse enveloppés dans des torchons. Une autre porte menait hors de ce frigo géant. Elle s'ouvrit justement, et les Deuxièmes entrèrent. Elles ne semblaient pas très heureuses de voir les nouveaux arrivants.

— Vous n'êtes qu'un idiot, Sextus, dit sombrement la capitaine Deuteros.

— Je n'ai pas mérité qu'on me traite comme ça, répliqua Palamedes. C'est vous qui n'avez rien trouvé pour la seconde fois.

— La Sixième Maison n'a qu'à réussir là où la Deuxième a échoué.

La capitaine Deuteros tira sur ses gants déjà parfaitement ajustés. Ses cheveux tressés étaient constellés de flocons glacés.

— Pour le salut de la communauté, il faut que cela cesse, reprit-elle. Il faut que quelqu'un prenne le commandement, mette fin à tout ça et renvoie chacun chez soi en un seul morceau. Pouvons-nous envisager une coopération ?

— Non, dit Palamedes.

— Je n'essaie pas de vous corrompre par des richesses, matérielles ou non. Je vous demande de choisir la stabilité.

— Je ne me laisserai pas corrompre par des richesses, répliqua Palamedes, mais pas non plus par des platitudes morales. Ma conscience ne me permet pas d'aider qui que ce soit à faire ce dans quoi nous nous sommes engagés ici.

— Vous ne comprenez pas…

— Capitaine, répliqua vivement Palamedes, Dieu vous garde lorsque vous comprendrez. Ma seule consolation, c'est que vous ne pourrez pas rejeter la responsabilité sur moi.

La nécromancienne de la Cohorte ferma les yeux, sembla compter lentement jusqu'à cinq, puis déclara :

— Je n'ai que faire d'allusions vagues ou de menaces voilées. Me répondrez-vous franchement si je vous demande combien vous avez de clés ?

— Je serais un idiot si je vous répondais, mais je peux vous dire une chose : j'en ai moins que vous ne le pensez. Je ne suis pas le seul à être venu ici dans l'ambition de devenir Lycteur. C'est vous qui êtes sacrément lente à la détente.

La lieutenante Dyas referma ostensiblement sa main sur la poignée de sa rapière. Celle de Camilla était déjà sur la sienne, et son autre main sur le manche lisse du poignard qu'elle portait à la hanche gauche. Gideon, qui venait d'avaler un repas et quart, ne se sentait prête à rien de ce qui semblait se profiler. Elle fut donc soulagée d'entendre la nécromancienne de la Deuxième commander :

— Laisse. Les dés sont jetés.

Sur ce, les deux jeunes femmes se frayèrent un passage à côté d'eux et sortirent.

Palamedes fit entrer les deux cavalières dans une pièce insignifiante attenante au garde-manger. Le mur du fond était occupé par de grands compartiments superposés du sol au plafond ; dans un coin, il y avait plusieurs tables à roulettes dont le caoutchouc se détachait en larges bandes. Des tables suffisamment grandes pour y allonger quelqu'un. C'était la morgue. L'endroit était encore plus impersonnel et banal que ne l'avait imaginé Gideon.

— Depuis quand est-ce que tu sais, pour les clés ? demanda-t-elle.

— Un bon moment, répondit Palamedes, attrapant le bord d'un casier. Ta Nonagesimus me l'a confirmé après l'assassinat des Cinquièmes. Oui, je sais que vous êtes au courant depuis le début.

Oh, charmant ! Harrowhark avait partagé des informations avec *Palamedes Sextus* sans mettre Gideon dans la boucle. Elle se sentit furieuse, abandonnée, furieuse à nouveau. Comme si elle avait chaud et froid en même temps. Le nécromancien de la Sixième poursuivit :

— Mais je maintiens ce que j'ai dit. Il ne reste plus que quelques clés. À partir de maintenant, ça va vraiment chier. Cam, tu as le coffret ?

— Quoi, *comment ça* ? s'exclama Gideon.

Camilla laissa tomber sa sacoche à côté de son nécromancien et il se mit à fouiller dedans d'une main tout en tirant le casier de l'autre. Le tiroir bien huilé laissa apparaître un corps recouvert d'un mince linceul blanc, s'avançant les pieds devant. Palamedes remonta le drap jusqu'à l'abdomen et se mit à palper doucement les jambes à travers les vêtements. C'était Magnus, et son état ne s'était pas amélioré depuis la dernière fois que Gideon l'avait vu. Elle regretta une nouvelle fois d'avoir autant mangé.

— Disons que jusqu'à présent, répondit-il en tâtant une hanche, je partais du principe que tout le monde se comportait de manière civilisée. Si la méthode initiale pour obtenir des clés était l'intelligence et le travail, à partir de maintenant, ce sera ce à quoi vous venez d'assister – des tentatives d'alliances peu subtiles – ou pire. Pourquoi crois-tu que le Huitième a provoqué la Septième ?

— Parce que c'est un petit psycho prétentieux, répondit Gideon.

— Intéressante formulation, dit Palamedes, mais il n'empêche que Dulcinea Septimus a deux clés. Et qu'elle est dans le viseur de Silas.

La situation devenait vraiment surréaliste. Et pourquoi n'avait-elle pas pensé à faire le calcul ? Heureusement, elle était encore suffisamment Neuvième pour tenir sa langue.

— Pardon, mais qu'est-ce que tu fabriques, au juste ? s'exclama-t-elle.

Palamedes venait de prendre une noix d'une sorte de gel dans un petit pot que lui tendait Camilla. Et s'affairait sur l'alliance d'or mat de Magnus Quinn. Il traça deux marques au-dessus et en dessous de l'anneau, qu'il protégea de sa main comme une flamme dans le vent. Palamedes ferma les yeux, et au bout d'un moment, de la fumée se mit à monter de ses doigts.

Il retira sa main avec un juron. Cette fois, il passa le gel sous l'alliance pour l'ôter du pauvre doigt mort.

— J'ai besoin d'une surface de contact plus grande, dit-il à sa cavalière. L'alliance a bien touché le porte-clés, mais il y a trop d'interférences. Puis, se tournant vers Gideon : Je vois que notre réputation ne nous a pas précédés. La thanergie n'est pas seulement conservée par le corps, Neuvième. Grâce à la psychométrie, on peut restaurer la thanergie qui subsiste dans les objets… à condition d'y avoir accès suffisamment tôt et qu'il y ait eu un lien suffisamment fort. Passe-moi les ciseaux, je vais prélever un morceau de ses poches.

— Tu vas… quoi ?

— Le porte-clés de Quinn, Neuvième, répondit Palamedes, comme si sa question était complètement idiote. On n'a rien retrouvé sur les corps hier. Les Deuxièmes sont venues voir elles aussi, mais elles n'ont pas mes ressources.

— À moins qu'elles n'aient embarqué les preuves, dit sa cavalière d'un air lugubre, mais le nécromancien rétorqua :

— Pas leur genre. En tout cas, si je n'ai rien trouvé après l'examen d'hier, elles n'ont rien trouvé non plus.

— Ne deviens pas arrogant, Gardien.

— Non. Mais je suis sûr de mon fait.

— Mais… attends un peu, dit Gideon. Magnus venait de récupérer sa clé du complexe la nuit où… tu sais quoi. Il n'était encore jamais entré dans les laboratoires. Cette clé était donc la seule qu'il avait. Qui aurait bien pu vouloir la prendre ?

— C'est précisément ce que je veux savoir, dit Palamedes, laissant tomber l'alliance dans un petit étui décoloré que Camilla tenait ouvert devant lui, avant de découper les poches de pantalon du mort avec une petite paire de ciseaux. Ton vœu de silence est à géométrie variable, Neuvième, j'en suis très reconnaissant.

— Ma pénitence est à géométrie variable, figure-toi. Mais tu devrais plutôt parler à Nonagesimus.

— Si je voulais parler à Nonagesimus, je parlerais à Nonagesimus, dit-il. Enfin, je pourrais aussi parler à un mur, parce que, franchement, ta nécromancienne est un cliché vivant de la Neuvième. Tu es beaucoup moins sinistre.

Palamedes leva les yeux vers elle. Ses yeux étaient vraiment extraordinaires, comme un éclat de roche grise. Il s'éclaircit la gorge, et lui demanda :

— Qu'es-tu prête à faire pour Lady Septimus ?

Gideon était bien contente d'être maquillée, soudain. En voilà une question déstabilisante.

— Euh… bredouilla-t-elle. Elle a été gentille avec moi. Pourquoi est-ce que tu me demandes ça ?

— Elle… a été gentille avec moi, répondit Palamedes.

Ils se dévisagèrent avec un mélange de lassitude et de méfiance embarrassée, comme s'ils esquivaient quelque chose d'aussi terrible que puéril.

— Les Huitièmes sont déterminés et dangereux, dit-il.

— Mais Protesilaus est sacrément coriace. Elle n'est pas toute seule.

— Ce type n'est rien de plus qu'un brancardier. Il n'a encore jamais touché à sa rapière. Son premier instinct, c'est de cogner, et il se déplace comme un somnambule, intervint Camilla.

— Tenons-en compte, dit Palamedes. Veillons sur elle.

Les ciseaux se remirent à couper, *snip snip*, et plusieurs petits carrés de tissu trouvèrent leur place dans un nouveau petit sac en lin. Avec plus de respect que Gideon n'aurait cru (le type venait quand même de palper un cadavre et de lui voler ses bijoux), Palamedes rabattit le drap sur le ventre et les jambes de Magnus le Cinquième.

— Nous aurons le fin mot de l'histoire, si tu nous donnes un peu de temps, dit-il d'une voix douce, et Gideon se rendit compte qu'il s'adressait au cadavre.

Elle avait très envie d'entendre une des blagues ridicules du Cinquième, soudain : ça voudrait dire qu'ils seraient de retour à la case départ.

Il fallait qu'elle s'en aille. Elle avait déjà la main sur la poignée de la porte lorsque quelque chose la poussa à se retourner.

— Qu'est-ce qu'il leur est arrivé, Sixième ? demanda-t-elle.

— Un violent traumatisme crânien, des lésions multiples, répondit-il.

Il parut hésiter, puis la regarda de ses yeux acérés.

— Tout ce que je sais, c'est que ce n'était pas une simple chute.

— Gardien ! le tança sa cavalière.

— À quoi bon garder le silence plus longtemps ? soupira-t-il. Puis, se tournant vers Gideon : Leurs plaies contenaient de minuscules fragments osseux. Et ces fragments n'étaient pas homogènes… c'étaient des échantillons de plusieurs sources différentes, ce qui indique que…

La solution de l'énigme fut interrompue par un petit bruit dans la pièce voisine. Les squelettes avaient fini de ranger il y avait un petit moment. Non, c'était le bruit de la roue sur la porte, qu'on tournait doucement. Gideon ouvrit celle de la morgue à la volée et Camilla se précipita dans le garde-manger, sa dague à la main. Elles eurent juste le temps de voir l'ourlet d'une cape qui s'engouffrait à travers la porte restée ouverte. Gideon et Palamedes regardèrent la porte se refermer en grinçant dans un souffle d'air froid. L'ourlet était bleu et brodé, et les pas qui s'éloignaient de la taille de ceux d'un infâme ado.

— Stupides gamins, dit Gideon, du haut de ses quatre ans de plus qu'eux.

— C'est comme ça que tu les vois ? dit Palamedes, à sa grande surprise. Pas moi. Je me demande souvent quel danger ils représentent vraiment.

22

Le soir venu, Harrowhark n'était toujours pas rentrée. Gideon avait passé le temps en rattrapant quelques séances d'entraînement, frustrée par ses courbatures qui faillirent lui faire jeter l'éponge à la fin de sa première série de cent pompes. Elle passa un long moment à répéter ses exercices en solo, toujours la même litanie : dégainer – se mettre en garde – placer sa main non armée, tout en regardant la nuit tomber de l'autre côté des baies vitrées. Au bout d'un moment, convaincue qu'Harrow ne reviendrait pas de sitôt, elle sortit sa vieille épée et recommença ses exercices, les deux mains sur la poignée. C'était exactement le contraire de ce qu'Aiglamene lui avait inculqué, mais ça faisait tellement de bien qu'elle finit la séance joyeuse comme une gosse.

Harrow n'était toujours pas là. Gideon avait l'habitude, maintenant. Saisie par un courage soudain, elle se sentit prête à tenter l'expérience de remplir l'étrange bac de la salle de bains en ouvrant le robinet qui y déversait un liquide chaud. Lorsqu'elle eut constaté qu'aucun monstre ne lui avait sauté au visage, Gideon entra dans le bassin et s'assit dans l'eau qui lui arrivait jusqu'au menton. C'était une sensation incroyable, la plus étrange qu'elle ait jamais ressentie. C'était comme flotter sur un courant chaud, comme se faire cuire à feu tout doux et, mue par une crainte irrationnelle, elle se demanda soudain si l'eau, en entrant à l'intérieur de son corps, pouvait la rendre malade. Son maquillage s'effaça, laissant de longues traînées sales dans l'eau. Et lorsqu'elle ajouta du savon, des arcs-en-ciel irisés apparurent à la surface. Se demandant tout de même dans quelle mesure elle sortirait de là bien propre, elle alla se placer dans le nettoyeur sonique pour vingt secondes, mais elle sentait terriblement bon. En séchant, ses cheveux partirent dans tous les sens, et elle eut bien du mal à les aplatir.

Le bain l'avait complètement ensuquée. Pour la première fois depuis son arrivée à la Maison de Canaan, Gideon fut bien contente de passer une demi-heure à ne rien faire de spécial, bien installée dans son nid de couvertures avec un magazine. Neuf heures d'un sommeil sans rêve plus tard, elle se réveilla les pages collées sur la joue par la magie d'un filet de bave.

— *Ffppppp*, fit-elle pour s'en débarrasser, avant d'appeler : Harrow ?

Il s'avéra que celle-ci était vautrée sur son lit dans la pièce voisine, les bras dépassant de part et d'autre du matelas, les oreillers sur la tête. Une pile de vêtements étaient abandonnés sur le sol à côté du placard. Gideon dut bien admettre qu'elle était soulagée.

— Debout, patate, que je te passe un savon pour les clés.

Son ordre n'eut pas l'effet désiré.

— Ta chérie Septimus a récupéré la blanche, comme prévu, rétorqua Harrow avant de se planquer sous les couvertures. Voilà, maintenant va mourir.

— Tu ne vas pas t'en tirer comme ça. *Nonagesimus*.

Harrow disparut encore plus loin sous les couvertures, comme un noir serpent venimeux. D'accord, elle refusait de se lever. Insister n'avait aucun sens. Gideon s'habilla donc tranquillement, se maquilla sans subir aucune critique, et quitta les quartiers de la Neuvième en se sentant inhabituellement en paix avec le monde.

Arrivée devant le grand escalier majestueux qui menait à l'atrium, elle se rendit compte qu'elle était suivie par une ombre floue, en marge de son champ de vision, qui se cachait dans le renfoncement d'une porte dès qu'elle s'arrêtait, et avançait à petits pas nerveux dès qu'elle repartait. Les planches de bois pourries émettaient un craquement humide sous ses pas. Gideon finit par se retourner d'un bloc, dégainant sa rapière d'un long geste fluide, son couteau de poing déjà presque enfilé sur ses doigts, et se retrouva nez à nez avec le jeune visage fou d'Isaac.

— Stop, dit-il. Jeanne vous demande.

Il avait l'air très mal en point. Ses mains étaient couvertes de suie, l'ourlet de sa cape brodée était tout sale, et il avait perdu au moins trois boucles d'oreilles en chemin. Lui qui se coiffait d'ordinaire en une sorte de crête platine avait les cheveux tout plats. Sa bouche semblait sèche, ses pupilles dilatées de cortisol disaient : *je suis au bout du rouleau depuis trois jours.* Et ses joues de chiot potelé ne faisaient qu'accentuer cette terrible impression.

Gideon pencha la tête, sceptique.

— Jeanne vous demande, répéta-t-il. Quelqu'un est mort. Il faut que vous veniez avec moi.

Une fraction de seconde, Gideon se prit à espérer qu'il s'agissait d'une très mauvaise blague, pour attirer son attention, mais Isaac, les yeux aussi noirs que des pierres, avait déjà tourné les talons. Elle n'avait pas d'autre choix que de le suivre.

Il lui fit traverser le grand hall délabré, puis descendre l'escalier qui débouchait sur le vestibule carrelé et la salle d'entraînement, sursautant chaque fois qu'un squelette vêtu de blanc croisait leur chemin. La tapisserie était toujours à sa place, dissimulant parfaitement la porte. Il ouvrit celle de la première salle d'un coup d'épaule (l'onde de choc dut descendre jusqu'au coude), et Gideon vit que le trou nauséabond de leur arrivée s'était transformé en un bassin d'eau scintillante. Elle avait bien vu des squelettes dérouler de longs tuyaux d'arrosage, et même remplir lentement la fosse d'un liquide qui sentait l'eau de mer, mais elle n'aurait jamais imaginé que le résultat serait aussi extraordinaire. Des éclaboussures jaillissaient sur les carrelages tandis que Naberius le Troisième et Coronabeth, en bas de maillot et chemise sans manches, faisaient des longueurs dans la piscine.

Gideon, qui avait déjà trouvé le bain complètement dément, n'en croyait pas ses yeux. Elle n'avait encore jamais vu quelqu'un nager. Les deux corps fendaient l'eau avec des gestes précis, efficaces. Elle se perdit dans la contemplation des longs bras dorés de Corona Tridentarius qui fusait dans l'eau et, arrivée au bout du bassin, se retournait pour se propulser dans l'autre sens d'une poussée des pieds contre le bord. De l'autre côté des portes vitrées de la salle d'armes, Colum le Huitième, assis sur un banc, astiquait son bouclier avec un chiffon doux, tandis que la lieutenante Dyas répétait ses assauts parfaits.

Isaac fonça droit sur le bassin et se planta sur la trajectoire de la princesse héritière d'Ida. Celle-ci ralentit et, arrivée au bout de sa longueur, secoua la tête pour faire sortir l'eau de ses oreilles. Ses cheveux mouillés formaient comme une masse d'ambre qui retombait sur ses épaules.

— Princesse Corona, dit Isaac, quelqu'un est mort.

Le beau visage de la princesse prit l'expression exacte qu'espérait Gideon *(Quoi ?!)*.

— Quoi ?! s'exclama-t-elle.

— Jeanne vous demande, dit-il d'une voix blanche. Vous, spécifiquement.

Naberius, qui avait fini sa longueur lui aussi, les rejoignit. Sa chemise était bien plus moulante que celle de Coronabeth, et une fois sorti de l'eau il s'étira ostensiblement pour faire ressortir ses cinquante-sept abdominaux, mais laissa tomber en se rendant compte que personne ne faisait attention à lui.

— Qu'est-ce qui se passe ? demanda-t-il, visiblement mal luné.

— Dépêchez-vous, reprit Isaac. J'ai promis à Jeanne que je ne la laisserais pas plus de cinq minutes. Elle est avec la dépouille.

— Isaac, attends !

Corona se hissa hors de l'eau comme un éclair doré tout en jambes interminables, et pour la première fois de sa vie, Gideon adressa une prière de reconnaissance au Tombeau Scellé. Elle jeta une serviette blanche sur ses épaules, mais ne prit pas la peine de se sécher : elle dégoulinait donc abondamment.

— Qui est mort ? Isaac Tettares, qu'est-ce que ça veut dire ?

— Ça veut dire que quelqu'un est mort, rétorqua Isaac. Vous venez, oui ou non ? Il n'y a pas une seconde à perdre, je ne veux pas laisser Jeanne toute seule.

Corona courut vers la salle d'armes, tandis que son cavalier s'enveloppait dans ses deux serviettes, une autour de la taille, une sur la tête, et glissait ses pieds humides dans ses chaussures. Elle revint avec la lieutenante Dyas (pour qui se mettre en tenue d'entraînement consistait apparemment à ouvrir un bouton de sa veste d'uniforme), et Colum le Huitième, maigre et usé. Elle ne prit pas la peine de se rhabiller.

Isaac emmena le groupe perplexe jusqu'à une vaste terrasse construite sans préoccupation esthétique particulière. Ils n'étaient pas loin de la baie d'amarrage, l'endroit avait peut-être rempli cette fonction lui aussi autrefois (il y avait de la place pour au moins une navette), mais c'était désormais une massive cheminée en acier qui occupait presque tout l'espace, le conduit de métal se dressant comme un mât vers le ciel. Le manteau de la cheminée était en briques, elle était entourée de dalles de pierre et, par terre, plusieurs seaux étaient remplis de mauvaises herbes et de vieux chiffons couverts de vert-de-gris ou noirs de crasse, comme si on s'en était servi pour nettoyer le bassin. Manifestement, elle servait à incinérer les déchets. Une grille d'au moins deux mètres de haut s'ouvrait sur le foyer, où gisait un tas de cendres encore fumantes.

Isaac rejoignit Jeannemary la Quatrième devant l'incinérateur. Si l'adolescent avait l'air inexpressif, presque mort, d'un volcan endormi, comme si ce qui bouillonnait en lui avait formé une épaisse croûte à la surface, Jeannemary, elle, rappelait plutôt un fil électrique dénudé : elle n'était pas loin de faire des étincelles. Rapière dégainée en main, elle arpentait l'espace entre l'incinérateur et le bord de la plateforme, faisant régulièrement volte-face d'un bloc, comme si elle s'attendait à ce qu'on l'attaque par-derrière. Gideon commençait à admirer ses réflexes, d'une rapidité quasi animale. Lorsqu'elle vit la bande d'idiots que lui avait ramenée Isaac, Jeannemary ne cacha pas son mécontentement.

— J'avais demandé *la Neuvième* et *la princesse Coronabeth*, dit-elle, sa voix se brisant à mi-phrase.

— Les autres ont suivi, se défendit Isaac. Je ne voulais pas te laisser avec… je ne voulais pas te laisser seule.

Sans se préoccuper de sa tenue, pieds nus, le maillot trempé, Corona se dirigea vers l'adolescente en détresse.

— Baissez votre rapière, Sir Chatur, dit-elle doucement. Ça va aller.

L'aura de Corona fit son effet : Jeannemary rangea la rapière dans son fourreau, sans toutefois lâcher la poignée.

— Que s'est-il passé ? Qu'avez-vous trouvé ? s'enquit la princesse d'Ida.

— Un cadavre, dit la Quatrième d'une voix douloureuse.

Ils se pressèrent autour de la cheminée. Jeannemary repoussa encore un peu plus la grille brûlante à l'aide d'un fragment de dalle, et ils virent à leur tour les braises encore rougeoyantes et le tas de cendres qui gisait dans le foyer.

La cavalière de la Deuxième saisit un tisonnier posé contre le manteau et fouilla les cendres. Elles étaient souples, régulières, retombaient en une poussière blanche, et les fragments rouges de braise étaient friables. Un silence anxieux se fit, tandis qu'elle plongeait le tisonnier le plus loin possible dans l'incinérateur.

— Ce ne sont que de banales cendres, conclut la lieutenante Dyas une fois son examen terminé.

— On a brûlé un corps là-dedans, insista Jeannemary.

Colum le Huitième avait trouvé un vieux râteau dont il se servit pour rapprocher les cendres de l'ouverture. Puis il plongea le bras dans l'air encore brûlant pour en récupérer un échantillon (soit il était complètement insensible à la douleur, soit sa *poker face* était extraordinaire), et montra sa main aux autres : une poudre grisâtre avait laissé des traces grasses sur la paume jaunie du Huitième.

— Pour moi, ce sont des cendres humaines juste après crémation, dit le jeune nécromancien d'une voix blanche. Vous ne croyez pas, princesse ?

Corona sembla hésiter.

— Et si c'étaient simplement des os ? intervint la Deuxième. Ça pourrait être un des serviteurs qui s'est décomposé.

— On pourrait peut-être… aller demander s'il en manque un, marmonna Colum le Huitième.

Gideon fut presque choquée de tant de bon sens de sa part. Mais Isaac ne voulait rien entendre.

— C'est de la graisse et de la chair brûlée, pas des os secs.

— On n'a quand même pas… est-ce que les Cinquièmes sont toujours…

— Magnus et Abigail sont toujours à la morgue, dit fermement Jeannemary. *Non, quelqu'un d'autre a été tué et brûlé dans cet incinérateur.*

Son visage était marqué de longues griffures, elle était encore plus couverte de suie que son nécromancien, et avait l'air complètement hors d'elle. Ses boucles entouraient son visage d'une sorte d'auréole sauvage, une mèche pleine de sang et d'un autre fluide d'origine incertaine lui retombait sur le front, et ses yeux étaient gonflés sous l'effet de l'âcre fumée. Elle n'avait pas vraiment l'air d'un témoin fiable aux yeux des autres.

De Naberius, en tout cas. Les bras croisés, il frissonna dans le soleil du matin, et dit de sa voix traînante :

— Ce sont des histoires de fantômes, poupée. Vous perdez les pédales, tous les deux.

— Fermez-la…

— Je ne suis pas votre poupée, espèce d'imbécile.

— Princesse, dites-lui… Dites-lui que ce sont les restes de…

— Tais-toi, Babs, dit Corona, et occupe-toi plutôt de tes cheveux, au lieu de porter des jugements hâtifs.

Naberius prit son habituel air pincé et se frictionna la tête dans sa serviette.

— Je ne porte pas de jugements hâtifs, répliqua-t-il. Je dis juste que la scène que nous fait la Quatrième est injustifiée. Si quelqu'un manque à l'appel, il sera toujours temps d'imaginer qu'il est parti faire une petite sieste dans l'incinérateur.

— Je vous trouve bien blasé, dit la Deuxième.

— J'espère que c'est vous qui finirez dans l'incinérateur, explosa Jeannemary. Que c'est à vous que s'en prendra ce qui a tué Magnus et Abigail, et la personne que nous venons de trouver. J'aimerais bien voir la tête que vous ferez quand ce sera vous que nous retrouverons mort, *prince* Naberius !

Gideon s'interposa avant que Naberius ne se jette sur l'adolescente. Puis elle se pencha au-dessus du foyer de l'incinérateur, tandis que le cavalier de la Huitième triturait toujours les cendres. Elle était bien obligée d'admettre qu'il n'y avait pas vraiment d'indices concrets : ce qu'on avait brûlé ici n'était plus qu'un tas de poussière huileuse et malodorante. Devant la grille, des particules de cendres tourbillonnaient dans l'air comme des envolées de confettis, laissant des traces sur leurs visages.

— Il nous faut un osséo, conclut Colum en lâchant son râteau. Je rentre.

Voilà qui détourna l'attention de Naberius, toujours occupé à foudroyer Jeannemary du regard.

— Vous allez préparer votre duel avec le Septième ? demanda-t-il d'un ton soudain enjoué. La princesse et moi sommes évidemment tout disposés à vous arbitrer.

— Oui, répondit l'autre sans grand enthousiasme.

— Je vous accompagne. Je suis curieux de voir le Septième en action, il n'est pas du tout conforme à sa réputation, vous ne trouvez pas ? Personnellement, je n'ai encore jamais eu l'occasion de l'affronter en tournoi…

Lorsque les cavaliers de la Troisième et de la Huitième (ce dernier ayant l'air de regretter de ne pas être sourd) partirent, la Deuxième leur emboîta silencieusement le pas en s'essuyant les mains dans son foulard rouge. Il ne resta plus sur la terrasse que les deux adolescents, Gideon et Corona, qui regardait les cendres fumantes tandis que le vent faisait onduler son short et son maillot de corps, détachant quelques boucles dorées de la masse humide de ses cheveux. Son air soucieux faisait de la peine à Gideon (mais l'eau qui perlait toujours sur sa peau nue lui faisait tout autre chose).

— Je vois des trucs, dit soudain le jeune nécromancien d'une voix apathique.

Les trois autres se tournèrent vers lui.

— Du coin des yeux… la nuit. Je me réveille en entendant bouger quelque chose… ou quelqu'un devant notre porte.

Jeannemary passa un bras autour de ses épaules, pressa son front trempé de sueur contre le sien, et ils poussèrent un même soupir résigné, meurtri. Cette scène de consolation mutuelle illustrait le lien très personnel qui unissait le nécromancien à sa cavalière, et Gideon était gênée d'en être témoin. Mais pour la première fois, ils lui parurent adultes, et pire encore : c'était comme si leur insolente jeunesse, leur vitalité les avait quittés, comme s'ils étaient réduits à l'état de deux vieilles dents tout usées.

La cavalière de la Quatrième regarda Gideon, puis Corona.

— Je vous ai fait venir toutes les deux parce que Magnus vous appréciait. Pour vous prévenir. *Vous ne pourrez pas dire que vous ne saviez pas.*

Puis elle emmena Isaac, qui avait l'air d'un fauve aux abois (tandis qu'elle-même faisait plutôt penser à un bâton de dynamite), et ils disparurent par la porte rongée par le sel. Gideon se retrouva seule avec Coronabeth. La princesse referma la lourde grille de l'incinérateur, remit le verrou. Elles regardèrent le foyer un instant, sans rien dire. L'ouverture semblait en effet suffisamment grande pour y faire passer quelqu'un, le précipiter dans les flammes de l'incinérateur. Des nuages arrivaient au-dessus d'elles, tamisant la lumière crue. C'étaient de gros nuages bleus, dont Gideon savait à présent qu'ils ne tardaient jamais à exploser. L'air sentait déjà la pluie, et l'humidité soulageait le picotement de la fumée sur sa langue. La tempête s'annonçait terrible.

— Je ne crois pas à une comédie de la Quatrième, dit Corona. Ils ne sont pas inconscients à ce point. Je crois que nous sommes vraiment en danger… en grand danger.

L'ombre gagnant du terrain, Gideon ôta ses lunettes. Elle hocha la tête, et sa capuche retomba en lourds plis noirs sur ses épaules. Les magnifiques yeux de la nécromancienne de la Troisième étaient tournés vers elle, et soudain, la tristesse qui s'était emparée de son visage céda la place à un sourire radieux, tellement large qu'il en dessinait de petites rides au coin de ses yeux couleur violette.

— Ça alors, Gideon la Neuvième, s'exclama-t-elle, tu es rousse !

*

Les nuages cédèrent un peu plus tard dans l'après-midi. Les gouttes de pluie se mirent à tambouriner comme des billes contre les vitres, et les squelettes serviteurs s'affairaient, un seau à la main, pour récupérer le plus gros de la pluie glacée, plaçant des tapis par terre pour éviter les flaques. La Maison de Canaan avait manifestement l'habitude. Si Gideon était familiarisée avec la pluie maintenant, la première fois, elle ne s'en était pas remise. Le bruit constant l'avait rendue folle toute la nuit, elle ne pouvait pas imaginer qu'on puisse s'habituer à cette météo atmosphérique. Mais désormais, pour elle aussi, ce n'était rien de plus qu'une petite distraction sonore.

Tandis que la tempête faisait rage au-dehors, elle était retournée voir Harrowhark, sous l'effet d'un brusque accès de paranoïa (elle était soudain convaincue d'avoir rêvé les bras sortant de la couverture, les pointes de cheveux noirs dépassant de l'oreiller… Peut-être que la Respectable Fille avait exaucé ses rêves d'enfant en passant la nuit dans un incinérateur ?), mais Harrow ne s'était même pas réveillée. De retour au réfectoire, Gideon prit son repas à côté d'un squelette recueillant dans un seau les grosses gouttes de pluie qui tombaient de la verrière, *ploc… ploc… ploc,* avant qu'elles ne s'écrasent sur sa table.

Mais un sombre pressentiment ne l'avait pas quittée depuis le matin. Elle fut donc presque soulagée en voyant l'ombre de Camilla Hect obscurcir son bol de soupe et sa tartine de pain beurré. La capuche grise de Camilla était trempée.

— Le duel est annulé, dit-elle en guise de salut. Les Septièmes ne se sont pas présentés, et ils ne sont pas dans leurs quartiers. Allons voir.

Elles se mirent aussitôt en route. Le cœur de Gideon battait dans ses oreilles. Sa rapière cognait contre sa jambe avec la même insistance que la pluie criblait les murs de la Maison de Canaan. Gideon les mena instinctivement à travers un dédale de tristes et sombres antichambres aux poignées de porte rendues glissantes par l'eau qui s'infiltrait partout, jusqu'au jardin d'hiver où Dulcinea aimait s'asseoir. La chaleur était si étouffante qu'elles eurent l'impression de se jeter dans la gueule d'un animal. La pluie dégoulinait du plexi en larges rideaux obscurcissant le ciel. Et là, sous un auvent à moitié effondré sous l'effet de la tempête, gisait Dulcinea.

Elle était étalée de tout son long sur les dalles mouillées, ses béquilles de part et d'autre de son corps, comme si elles lui avaient brusquement échappé. Les entrailles de Gideon, ses poumons, ses reins, ses intestins se nouèrent et se dénouèrent avec un *twang* d'élastique. Camilla fut la première à réagir. Elle tomba à genoux à côté d'elle, la tourna sur le dos. Un hématome apparut sur sa tempe. Ses vêtements étaient complètement détrempés, comme si elle était allongée là depuis plusieurs heures. Son teint était bleuâtre.

Dulcinea fut prise d'une énorme quinte de toux, qui sembla lui arracher les poumons, et une écume rose apparut au coin de ses lèvres. Sa poitrine se soulevait en un violent staccato. Ce n'était pas très beau à voir, mais pour Gideon c'était un énorme soulagement.

— Il n'est jamais revenu, souffla-t-elle d'une voix désespérée, avant de perdre connaissance.

23

Protesilaus le Septième avait disparu. Dulcinea Septimus était dans un état critique. Son cavalier n'étant toujours pas rentré, lorsque la tempête s'était annoncée, elle avait voulu regagner seule leurs quartiers, mais elle était tombée, et à présent, alitée, avec des linges chauds sur la poitrine, elle n'était d'aucune utilité à personne. Professeur l'avait installée dans une des petites chambres de l'aile des prêtres, et on l'avait allongée sur le côté pour qu'elle puisse cracher ce qui encombrait ses poumons dans une petite bassine. Les deux collègues anonymes de Professeur restaient à son chevet, remplaçant régulièrement la bassine, faisant chauffer de l'eau dans une bouilloire sifflante.

Les autres Maisons étaient au complet : la Deuxième et ses boutons d'uniforme, les jumelles de la Troisième avec leur cavalier bien recoiffé, les ados au regard perçant de la Quatrième, la Cinquième, endormie pour l'éternité dans la morgue, la Sixième en gris et la Huitième mal assortie, ainsi que la Neuvième, Harrow la bouche pincée dans sa cape de rechange.

On avait recueilli les cendres dans l'incinérateur pour les analyser, et si on avait désormais confirmation qu'il s'agissait de restes humains, on n'en savait guère plus. Les nécromanciens survivants s'étaient rassemblés autour d'un échantillon, se jetant dessus comme si c'était un bol de cacahuètes dans une soirée. Seule Coronabeth n'avait pas daigné toucher les particules pleines de suie.

— Elles sont bien plus anciennes que prévu, dit Ianthe Tridentarius, allumant flegmatiquement une première lueur d'espoir pour Protesilaus. Je dirais qu'on a brûlé un corps mort depuis au moins trois mois.

— Vous vous trompez d'au moins huit semaines, répliqua Palamedes, les sourcils froncés. Mais en effet, la datation ne coïncide pas.

— Bon, alors ce n'est pas lui. Est-ce que quelqu'un d'autre est mort ? Professeur ?

— Nous n'avons pas eu de funérailles depuis un moment. Et de toute manière, nous n'aurions certainement pas brûlé les corps dans l'incinérateur à déchets, répondit-il, légèrement vexé.

— Intéressant que vous disiez *les* corps.

Ianthe tenait deux petits fragments dans sa main, dont un bout de dent qui semblait particulièrement intéresser Harrow, puisque son regard passait de la paume d'Ianthe à son visage, pour revenir à la dent, comme s'il s'agissait du plus fascinant des spectacles. Gideon connaissait ce regard : Harrowhark était en train de réévaluer une menace.

— Vous voyez ? dit Ianthe, toujours aussi nonchalante. Il y a au moins deux personnes, là-dedans.

— Mais la signature temporelle est cohérente…

— Bingo, dit-elle en passant les fragments à Palamedes. Elles ont dû mourir en même temps.

— L'incinérateur est une diversion, conclut la capitaine Deuteros. Je suis aussi curieuse que vous de savoir à qui appartiennent ces cendres, mais manifestement ce ne sont pas celles de Protesilaus. Alors, où est-il ?

— J'ai envoyé les serviteurs à sa recherche, dit le prêtre de la Première. Je leur ai dit de fouiller la Maison dans ses moindres recoins, à l'exception de vos quartiers… que je vous demande de fouiller vous-mêmes, dans l'étrange éventualité où Protesilaus s'y serait réfugié. Je ne m'aventurerai pas dans le complexe, et mes serviteurs non plus. Si vous voulez chercher là-bas, il faudra le faire vous-mêmes. Quant à l'extérieur de la tour, s'il était sorti… les eaux sont très profondes, par ici.

Corona retourna sa chaise, s'assit dessus à califourchon et croisa ses fines chevilles. Gideon constata que les jumelles n'étaient pas tout à fait réconciliées : elles étaient assises l'une à côté de l'autre, mais se tournaient presque le dos. Corona secoua une nouvelle fois la tête, comme pour chasser des toiles d'araignée.

— Il est certainement vivant. Il n'y a pas de mobile. Il était… je veux dire, chaque fois que je le voyais, je me disais…

— *Moi*, je me disais que c'était le type le plus barbant de l'univers, la coupa sa jumelle en s'essuyant les mains. Mais pas au sens classique de la Septième… on n'a jamais eu droit au moindre poème minimaliste sur les formations nuageuses, par exemple.

— Et s'il n'y avait pas besoin de mobile ? dit Jeannemary Chatur, qui n'avait toujours pas rengainé sa rapière. Et si tout ce qu'ils avaient fait, c'était descendre dans le complexe, comme Magnus et Abigail ? Et maintenant, lui est mort et elle est sur le point d'y passer aussi…

Isaac et elle étaient assis dos à dos, comme pour mieux faire face à d'éventuels assaillants.

— Est-ce que la Quatrième pourrait abandonner sa théorie absurde du monstre sanguinaire…

— Elle n'a rien d'absurde, répondit Professeur à Naberius, oh non, au contraire.

La capitaine Deuteros leva les yeux du carnet où elle était en train de prendre des notes.

— J'aimerais faire valoir une possible intention coupable plus humaine, dit-elle en laissant retomber son crayon. En effet, la duchesse Septimus et son cavalier sont descendus dans le complexe. Ont-ils obtenu des clés ?

— Oui, affirma une voix sur le seuil.

Gideon n'avait pas vu la cotte de mailles délavée de Silas Octakiseron quitter la salle. Il avait réapparu devant la porte de la cuisine, son visage taillé au couteau aussi imperturbable qu'à l'ordinaire. On aurait dit qu'il était dépourvu d'émotions humaines.

— Oui, elle en a une, dit-il. Ou plutôt : elle en *avait* une.

— Bon Dieu, qu'avez-vous fait ? dit Palamedes.

— Votre accusation est parfaitement injustifiée et inconvenante, répliqua Silas. Je suis simplement allé la voir. Je me sentais responsable. C'est moi qui ai demandé réparation, et frère Asht était prêt à affronter son cavalier en duel. Je ne voulais pas qu'il y ait de mauvais sentiments entre nous. Je n'éprouve rien d'autre que de la pitié pour la Septième Maison, Gardien Sextus.

— Vous n'avez pas répondu à ma question.

Silas fouilla dans sa poche, et tendit la main pour leur présenter l'un des anneaux, sur lequel étaient passées deux clés, l'une grise, l'autre d'un blanc familier.

— S'il est arrivé malheur à son cavalier, dit-il de sa voix étrangement grave, au moins le coupable n'en tirera aucun avantage. Elle était consciente quand je l'ai vue, elle serrait l'anneau dans sa main. Elle me l'a confié pour que je le mette en sécurité.

— Voilà qui est extrêmement douteux, réagit la capitaine Deuteros. Eh bien, confiez-les-*moi*, maintenant, Maître Silas, en gage de bonne volonté.

— Ma conscience me l'interdit, pas avant que je connaisse le destin de Protesilaus le Septième, répondit-il. Le coupable pourrait être n'importe qui d'entre nous. Frère Asht, tiens.

Le jeune homme lança l'anneau à son cavalier, qui l'attrapa au vol et sortit son propre anneau d'acier de sa poche. Gideon y reconnut la clé du complexe et en vit une autre, noire, en fer forgé, assez ouvragée. Colum le Huitième attacha les deux anneaux ensemble avec un *clic* définitif.

— Nous les garderons jusqu'à ce qu'elle veuille les récupérer. Ce qui, au vu de la présente conversation, pourrait bien ne jamais se produire.

La remarque fut accueillie par un bref silence, brisé par le cri de colère de Naberius.

— Espèce de salaud ! Harceler une mourante pour qu'elle vous donne ses clés !

— Vous êtes déçu de ne pas y avoir pensé le premier, c'est tout, rétorqua Jeannemary.

— Chatur, encore un mot et tu ne survivras pas à cette putain de puberté…

— Taisez-vous, prince Tern, intervint la capitaine Deuteros. J'ai plus urgent à faire que vous écouter menacer une enfant.

Elle se leva et toisa toutes les personnes présentes. Elle avait l'air d'une femme qui vient de prendre une décision définitive.

— Nous avons atteint un point de non-retour. Cette… course aux clés ne peut pas continuer. Je vous ai déjà dit que si personne n'en avait le courage, la Deuxième Maison prendrait le commandement. Le moment est venu.

Le fluet nécromancien de la Huitième, qui avait pris place sur une chaise obligeamment poussée vers lui par son neveu, se redressa, songeur.

— Vous me défiez, capitaine ? dit-il tristement.

— Gardons ça pour plus tard.

L'adepte de la Deuxième se tourna vers Palamedes, qui regardait dans le vide, les doigts joints sous le menton, distant. Apparemment, ces dissensions lui étaient extrêmement désagréables.

— Gardien, reprit-elle. La Sixième Maison est la Raison de l'Empereur. Je vous l'ai déjà demandé, et je vous demande une nouvelle fois de me confier les clés que vous avez obtenues pour que je les mette en sécurité.

La Raison de l'Empereur cligna des yeux.

— Avec tout le respect que je vous dois, dit Palamedes… Allez vous faire foutre.

— Vous autres : veuillez noter que j'ai été contrainte de demander réparation, dit la lieutenante Dyas en retirant un de ses gants blancs, qu'elle jeta sur la table en regardant Palamedes droit dans les yeux. Nous allons nous battre en duel. Vous choisissez le lieu, je choisis le moment. Et je choisis maintenant.

— Vous battre en duel avec le Sixième ? s'étrangla Jeannemary. Mais ce n'est pas juste !

Tout le monde se mit à parler en même temps. Professeur se leva, la mine étrangement résignée.

— Je ne me ferai pas complice de ce genre de choses, déclara-t-il avant de quitter la salle, comme si ces paroles pouvaient empêcher quoi que ce soit.

Dans le silence laissé par son départ, Corona tapa des deux mains sur la table :

— Judith, espèce de lâche ! Choisis quelqu'un de ton niveau…

— Alors voilà ce qui arrive ? demanda l'ado nécromancien, toujours sous le choc, moins furieux que stupéfait. Voilà ce qui arrive, maintenant qu'Abigail et Magnus ne sont plus là.

— Oh, je suis sûre que Magnus le Cinquième nous aurait gratifiés d'un mémorandum bien senti…

— Ianthe ! Arrête ! Sixième, rien ne vous oblige à accepter. Avec son accord, la Troisième représentera la Sixième dans cette affaire. Babs, aux armes !

Sa sœur jumelle intervint d'une voix douce comme la soie :

— Ne touche pas à ta rapière, Naberius.

— Ianthe, *qu'est-ce que tu fais* ?

— J'aimerais simplement voir ce que ce duel pourrait donner, répondit-elle en haussant les épaules, sans se préoccuper de la colère croissante dans la voix de sa jumelle. Hélas, j'ai un caractère détestable et un déficit d'attention stupéfiant.

— Eh bien, Dieu merci, Babs sait qu'il a mieux à faire que de t'écouter… Babs ?

La main sur la poignée de sa rapière, Naberius ne savait visiblement pas quoi faire. Il ne s'était pas levé d'un bond pour obéir à Corona, et n'avait pas non plus obéi à sa jumelle. Il fixait sa silhouette pâle, la main crispée sur sa rapière, son visage exprimant un ressentiment proche de la haine. Le sourire de Corona se figea.

— *Babs ?*

Pendant ce temps, Palamedes faisait passer son menton d'une main à l'autre, se frottait le visage de ses longs doigts. Il avait ôté ses lunettes et tapotait la monture épaisse sur la table. Ses yeux gris métalliques n'avaient pas quitté Judith Deuteros, dont le regard avait la détermination d'un bloc de béton.

— Refusez, Gardien, dit la capitaine. Vous êtes un brave homme. Épargnez ça à votre cavalière.

Palamedes sembla sortir subitement de sa torpeur. Sa chaise émit un affreux grincement lorsqu'il s'éloigna brusquement de la table.

— Non, nous acceptons, trancha-t-il. Je choisis : ici.

— Sextus, vous êtes fou, dit la capitaine. Laissez-lui sa dignité.

Palamedes ne prit même pas la peine de se lever. Il fit simplement signe à sa cavalière d'approcher. Au vu de ce qui l'attendait, Gideon à sa place se serait sans doute raidie, mais Camilla semblait bel et bien détendue. Elle secoua la tête pour dégager son front de sa frange sombre, se débarrassa de sa capuche et de son manteau, fit quelques petits mouvements pour assouplir sa nuque, comme si elle préparait une chorégraphie.

— Oh, mais c'est ce que je fais, répondit-il. Cam ?

Camilla Hect se hissa sur la table d'un mouvement souple. Elle portait une longue chemise grise et un pantalon gris qui lui donnaient davantage l'air d'une bibliothécaire en vacances que d'une cavalière. Cette entrée en matière fit sursauter son public, à l'exception de la lieutenante Dyas, qui sauta à son tour sur le plateau de bois, le faisant craquer furieusement. Dyas n'avait pas pris la peine d'ôter sa veste. Elle sortit la dague acérée qu'elle portait à la ceinture et la présenta. Puis elle dégaina sa rapière, une arme aussi sobre qu'astiquée à mort.

La Sixième la dévisagea comme si elle ne savait pas ce que prévoyait le protocole, puis elle tira ses deux lames d'un coup, ce qui dérouta un peu Gideon. Comme la sienne, sa rapière avait l'air d'avoir un million d'années. C'était la première fois qu'elle la voyait à la lumière, et elle ne paraissait pas très résistante : la lame était aussi fine et délicate qu'une toile d'araignée. Quant à sa deuxième arme, on aurait dit que la Sixième avait pris ce qu'elle avait trouvé. Ça ressemblait à un couteau de chasse ou à un hachoir plutôt qu'à une dague de duel : c'était une lame à un seul tranchant, avec une garde à quillons. Le tout faisait l'effet d'un équipement d'amateur.

La belle Coronabeth, dépitée, se plaça devant la table, entre les deux duellistes. Puis elle s'adressa à Judith et Palamedes :

— De la clavicule au sacrum ?

— De l'hyoïde au talon, autorisation de désarmer, grâce nécromancienne, dit tranquillement la Deuxième.

Coronabeth serra les dents.

— Sextus, acceptez-vous ces conditions ?

— Je n'ai absolument rien compris, dit Palamedes.

Gideon s'approcha pour entendre les explications pressantes de Corona :

— Gardien… ça veut dire qu'elle peut frapper votre cavalière n'importe où en dessous de la nuque, et que le duel ne cessera que si vous déclarez forfait. Quelle garce… je ne regrette pas de l'avoir déculottée quand nous avions huit ans.

— En effet.

— Ne la laissez pas statuer un exemple à vos dépens, poursuivit la princesse. Elle vous provoque parce que vous ne pouvez pas vous défendre, comme une petite brute qui donne des coups de pied à un chien. Elle se donne l'occasion de blesser grièvement votre cavalière, et elle n'hésitera pas à le faire, ne serait-ce que pour effrayer Octakiseron et Nonagesimus… Désolée, Neuvième, mais c'est la vérité.

Le Gardien de la Sixième tapa nerveusement du pied sur le sol, puis déclara :

— Vous êtes en train de me dire que sa cavalière peut faire quasiment n'importe quoi à la mienne, jusqu'à ce que je jette l'éponge ?

— Oui !

De l'autre côté de la table, la capitaine Deuteros dit sévèrement :

— Ça suffit, nous avons assez attendu. Acceptez ou renoncez. Quant à toi, Corona, puisque tu insistes pour arbitrer, arbitre.

Ses yeux magnifiques auraient persuadé un rocher de remonter une colline, mais Palamedes restant insensible à son charme, Corona finit par annoncer :

— Jusqu'à imploration de la grâce. De l'hyoïde au talon, nuque comprise. Pointe, tranchant, ricasso, deuxième main. Présentez-vous.

— Marta la Deuxième, annonça la lieutenante Dyas.

Camilla se tourna vers son nécromancien.

— Gardien ?

— Tu n'as pas le droit de la frapper à la tête, dit-il. Enfin, je crois. C'est moi qui décide de la fin du duel.

— Tu me diras quelle stratégie tu préfères, répondit-elle, avant d'annoncer : Camilla la Sixième.

Gideon avait rejoint sa nécromancienne. Regardant les Quatrièmes, elle crut qu'ils se tenaient par la main, avant de se rendre compte qu'Isaac retenait Jeannemary, sa main enserrant son poignet comme une menotte. Le visage de l'adolescente était déformé par la colère. Si certains visages étaient graves, d'autres semblaient avides d'action (Ianthe, Naberius, qui se léchait carrément les babines). Les Huitièmes, quant à eux, étaient plongés dans leur habituel catalogue de prières.

Harrowhark avait l'air aussi tendue et froide que la corde d'un pendu, mais en regardant Gideon, son expression changea : elle était perplexe, tendance offensée. Gideon ne pouvait pas lui en vouloir : si l'atmosphère rappelait celle qui précédait une exécution injuste, elle avait bien du mal à dissimuler un sourire de plaisir anticipé.

— Deux pas en arrière… dit Corona, elles n'ont pas la place pour se retourner… les conditions sont vraiment difficiles…

— Cam, dit Palamedes. Lâche-toi.

— … Allez, dit Coronabeth.

Gideon devait bien l'admettre : Marta Dyas comprit bien plus vite qu'elle-même contre Naberius Tern qu'elle avait un petit problème. La lieutenante était une duelliste intelligente, efficace, elle était au top de sa forme et ne faisait pas de tralalas. Contrairement au Troisième, c'était une soldate, habituée à affronter des adversaires qui ne s'en tenaient pas au manuel du parfait duelliste. Elle s'était préparée toute sa vie pour le combat au front, que ce soit avec des vétérans ou des nouvelles recrues assoiffées de sang. Sa main principale était légère, équilibrée, sa posture impeccable, jamais guindée. Elle était incroyablement réactive. Quelle que soit la tactique adoptée par son adversaire, elle était prête.

Mais Camilla s'abattit sur Dyas comme un ouragan. Elle se jeta sur elle rapière en avant, couteau de boucher sur le torse, dégommant la parade hâtive de la lieutenante, esquivant un coup de dague donné au ralenti. Elle fendit d'un trait rouge la veste et la chemise immaculée de Dyas, lui fracassa la main avec la poignée de sa rapière, et ajouta un coup de pied au genou pour faire bonne mesure.

Le coup de pied fut la seule erreur de Cam. La douleur envoya un shoot d'adrénaline à Dyas, mettant tous ses neurones en alerte. Un Naberius se serait sans doute effondré en larmes sous l'intensité du choc (ou se serait chié dessus), mais il en fallait plus à la Deuxième pour perdre ses moyens. La douleur la fit vaciller, mais elle retrouva vite l'équilibre et maintint sa lame, parant un nouveau coup de couteau circulaire de Camilla. Elle recula pour essayer de gagner un peu d'espace, la Sixième lui assénant coup sur coup pour briser sa garde, jusqu'à ce qu'elle ne puisse plus bouger (n'oublions pas qu'elle était sur une table). Puis, d'un nouveau coup de pied, Camilla envoya valser la dague au sol. Saisissant la seule occasion qu'il lui restait, la Deuxième, toujours réactive, fit un bond en avant.

Dyas était désespérée, mais Dyas était une Deuxième. Camilla se battait comme un volcan en éruption, mais sa défense était vulnérable. Le coup que lui asséna Dyas aurait transpercé la clavicule d'une combattante moins douée ; il atteignit Camilla Hect à l'avant-bras droit (elle avait *presque* réussi à l'esquiver), transperçant la chair près de la base du cubitus. Elle laissa échapper un grognement, lâcha sa fine rapière, saisit le poignet de Marta et tira d'un coup sec. L'épaule de la Deuxième se déboîta avec un *plop* sonore.

Si la lieutenante Dyas ne hurla pas à proprement parler, elle n'en était pas loin. Au bord de la table, elle battait furieusement de l'autre bras pour garder l'équilibre. Serrant toujours son poignet, Camilla balaya ses jambes d'un geste presque nonchalant, la faisant plonger sur le plateau de bois. Camilla finit un pied sur la nuque de son adversaire, dont le bras déboîté décrivait un angle sérieusement inconfortable avec le reste du corps. Dyas émit un cri angoissé, et Judith Deuteros lança à contrecœur :

— Grâce !

— Grâce demandée, le duel est remporté par la Sixième, dit Coronabeth à toute vitesse – elle était manifestement pressée d'en finir avec cette affaire.

La salle était silencieuse. On n'entendait que la respiration saccadée de Camilla et les petits gémissements stupéfaits de la lieutenante.

— *Wow*, fit sobrement Jeannemary.

Les deux cavalières étaient en sang. Il tombait à grosses gouttes de la plaie de Camilla au bras droit, imbibait la chemise de la lieutenante Dyas et coulait de son nez, de la couleur exacte de son foulard de la Cohorte. Elle plissait les yeux de toutes ses forces. Palamedes se précipita vers la table et remit l'épaule de Marta en place. Cette fois, elle hurla vraiment. Le visage de la capitaine Deuteros était parfaitement impassible.

— Vos clés, dit Palamedes.

— Je n'en ai pas…

— Alors celle du complexe. Donnez-la-moi.

— Mais vous en avez une.

La fureur soudaine de Palamedes fit sursauter tout le monde, Gideon comprise.

— Eh bien peut-être que *je vais la jeter par la putain de fenêtre*, aboya-t-il. Deux excellentes cavalières blessées, la vôtre *et* la mienne… Tout ça parce que la Deuxième cherche à éliminer les plus faibles en premier.

Il planta un index dans la veste immaculée de Judith, comme pour l'empaler.

— Vous ne savez pas combien nous avons de clés, ni combien en ont les autres, parce que vous n'avez rien observé du tout depuis notre arrivée ! Vous nous avez provoqués nous parce que les Sixièmes ne sont pas des guerriers. Vous auriez pu choisir Gideon la Neuvième, ou Colum le Huitième. Mais vous avez affronté Camilla parce que vous vouliez une victoire rapide. Or vous n'avez pas pris la peine de l'observer, vous avez simplement présumé que vous pourriez la battre. Et je déteste les gens qui présument des autres.

— J'avais mes raisons, rétorqua la Deuxième.

— Je m'en fous, dit Palamedes. Quelle surprise que ce soit la Deuxième Maison qui fasse tout exploser. Vous avez collé une cible sur le dos de tous ceux qui ont des clés. Et maintenant c'est le chaos, et c'est votre faute, et vous le paierez.

— Bon Dieu, Gardien, vous avez mal compris mon intention…

— *Votre clé*, capitaine ! gronda l'héritier de la Sixième. Ou est-ce que la Deuxième est déloyale, en plus d'être butée ?

— Tenez, dit la lieutenante Dyas.

Elle s'était essuyé le visage, mais sa chemise était écarlate. Plongeant sa main valide dans la poche de sa veste d'uniforme, elle en sortit un anneau, avec une seule clé, qu'elle lui tendit. Palamedes hocha la tête, prit le porte-clés, et se tourna vers sa cavalière. Camilla était assise au bord de la table, la main pressée sur sa plaie. Le sang dégoulinait entre ses doigts.

— Elle a manqué l'os, dit-elle.

— N'oublie pas que c'est avec une rapière que tu te bats.

— Je ne cherche pas d'excuses, mais elle était sacrément rapide…

Ils furent interrompus par une voix.

— Je défie la Sixième, avec ses clés pour enjeu. Je choisis le moment, et je choisis : maintenant.

24

Tout le monde se retourna, à l'exception d'Ianthe Tridentarius, confortablement installée sur sa chaise, qui se contenta de hausser un sourcil, et de Naberius Tern, qui venait de lancer le défi. S'avançant résolument vers la table, il se hissa d'un bond sur le plateau, tandis que Judith Deuteros prenait toutes les précautions pour aider sa cavalière à en descendre et l'installer sur une chaise. Naberius toisa l'assemblée, un sourire méprisant aux lèvres, son habituelle boucle idiote au milieu du front.

— Ne fais pas ça, dit Coronabeth d'une voix faible.

— Mais si, c'est exactement ce qu'il va faire, dit Ianthe en se levant. Tu veux une clé du complexe, pas vrai ? C'est notre chance de l'obtenir. Je pense qu'il ne s'en présentera pas de meilleure.

Le visage de Judith Deuteros exprimait un mélange d'inquiétude et de colère. Elle paraissait vraiment contrariée puisqu'elle se figea, les deux mains sur la plaie suintante qui barrait la poitrine de sa cavalière.

— Vous n'avez pas de raison valable, dit-elle.

— Vous n'en aviez pas non plus, ne nous voilons pas la face. Sextus avait parfaitement raison.

— Si ça vous amuse de me faire passer pour la méchante, allez-y, répliqua la capitaine. J'essaie juste de sauver nos vies. Tandis que vous cédez au chaos. Il y a des règles, Troisième.

— Au contraire, dit Ianthe, vous venez de nous démontrer qu'il n'y avait absolument aucune règle… Tout ce qui compte, ce sont les épreuves… et comment on décide de les aborder.

Elle se tourna vers sa sœur et, voyant la mine affligée de Corona, furieuse et mortifiée, dit d'une voix radoucie :

— Nous nous battons pour toi, alors ne fais pas la difficile. Vraiment, ce sera peut-être notre seule chance de l'obtenir. Ne culpabilise pas, ma chérie… tu ne peux rien faire.

L'expression de Corona changea, la colère cédant la place à l'épuisement, ainsi qu'à un étrange soulagement. Les dents toujours serrées, elle plongea la main dans les longs cheveux ivoire de sa sœur et attira sa tête vers la sienne.

— Je ne peux rien faire, admit-elle, et Gideon se dit qu'on venait de la perdre.

— Alors battons-nous ensemble. J'ai besoin de toi.

— J'ai besoin de toi, répéta piteusement sa jumelle.

Camilla se releva laborieusement. Le mouchoir de Palamedes, noué autour de son bras qu'elle tenait bizarrement, était déjà gorgé de sang. Le nécromancien de la Sixième semblait sur le point d'exploser, de colère ou de frayeur.

— OK, dit Camilla d'une voix résignée, second round.

Mais c'était compter sans Gideon, qui était en proie à une émotion forte : un ras-le-bol monumental de tout ce bordel. Elle dégaina sa rapière, enfila le gant de son couteau de poing, ferma les scratchs avec les dents. Puis elle se retourna vers Harrow, dont l'émotion dominante pouvait se résumer à un *Oh non, pitié, encore ?* Gideon lui intima silencieusement de laisser parler la guerrière en elle et, pour la première fois de sa vie – la première vraie fois –, de faire ce que Gideon avait besoin qu'elle fasse.

Et Harrowhark se montra à la hauteur.

— La Neuvième Maison représentera la Sixième, annonça-t-elle d'une voix lasse et froide, comme si c'était ce qu'elle-même avait prévu de faire.

Gideon avait envie de chanter. De danser le tango avec elle dans les couloirs. Son visage se fendit d'un large sourire assez peu typique de la Neuvième, tandis que Naberius Tern, passé de la suffisance à la circonspection, affichait un rictus forcé.

Ianthe eut l'air amusée.

— Voilà qui devient intéressant. Depuis quand la Neuvième est-elle l'amie intime de la Sixième ?

— Elle ne l'est pas.

— Mais alors…

— Mort aux vautours et aux charognards, dit Harrowhark, imitant à la perfection le ton sépulcral du maréchal Crux.

Incapable de se contenir plus longtemps, Jeannemary bondit à son tour sur la table, brandissant la rapière scintillante de la Quatrième Maison, une main experte sur le manche finement ciselé de sa dague argentée et marine. Elle avait les yeux gonflés, les cheveux emmêlés, mais si elle n'avait pas dormi plus de quelques heures ces derniers jours, elle n'en avait pas moins l'air intimidante et fin prête au combat. Gideon en déduisit que malgré une évidente hyperfonction de l'hypophyse, la réputation des Chatur ne semblait pas usurpée.

— Si vous voulez l'affronter, vous affronterez aussi la Quatrième, dit Jeannemary d'une voix forte. Fidélité à l'Empereur !

Naberius Tern rangea son épée et sa belle dague scintillante en levant si fort les yeux au ciel qu'ils faillirent bien lui glisser dans les sinus. Il poussa un profond soupir et sauta par terre, balayant d'un mouvement brusque de la tête la boucle qui ornait stupidement son front.

— J'aurais dû rester à la maison et me marier, marmonna-t-il.

— Comme si quelqu'un avait demandé ta main, répliqua Ianthe.

— Si vous avez terminé, coupa Silas Octakiseron de sa voix grave et tyrannique, frère Asht et moi partons à la recherche de Protesilaus le Septième qui est, je le rappelle, toujours porté disparu.

— Et par la même occasion, vous allez pouvoir essayer les clés que vous avez récupérées et ouvrir des portes que vous n'auriez jamais été capable d'ouvrir par vous-même, commenta Palamedes. Quelle coïncidence.

— Je n'ai plus aucun intérêt à vous parler, répliqua Silas. Le Gardien de la Sixième Maison est un idiot consanguin qui a réussi son examen on ne sait comment. Quant à votre compagne, c'est un jeune chien fou, et je doute fort de son droit à se réclamer officiellement du titre de première cavalière. Je ne m'abaisserais même pas à lui donner une correction.

Profitez de la protection du culte de l'ombre, tant qu'elle vous sera accordée. Je déplore que nous en soyons arrivés là. Frère Asht, allons-y.

L'assemblée se dispersa avec la réticence de qui tourne le dos à ses ennemis. Le Maître de la Huitième entraîna son cavalier comme on quitte à la hâte le champ de bataille. La cavalière de la Deuxième s'appuya lourdement sur le bras de sa capitaine, et toutes deux sortirent, ressemblant moins à des soldates qu'à des réfugiées accablées par les coups du destin. Les représentants des trois Maisons restantes se dévisagèrent.

Palamedes, les mains pleines de sang, une lueur folle dans les yeux, se tourna vers Harrowhark. Il avait arraché ses lunettes, dont les verres étaient maculés de traces de doigts rouges.

— Il ne reste plus qu'une clé, dit-il.

Harrow fronça les sourcils.

— Une à attribuer ?

— Non, elles ont toutes été attribuées. Pour ma part, j'ai accompli toutes les épreuves, sauf celle que j'ai refusée.

Harrow resta perplexe, mais Gideon commençait à assembler les pièces du puzzle. Apparemment, c'était aussi le cas d'Isaac, l'ado nécromancien.

— S'il n'y a qu'un seul exemplaire de chaque clé, dit-il lentement, qu'est-ce qui se passe quand on accomplit une épreuve que quelqu'un a déjà réussie ?

Palamedes haussa les épaules.

— Rien. Je veux dire, on peut aller au bout de l'épreuve, mais on n'obtient rien.

— Mais alors c'est juste une énorme perte de temps ! s'exclama Jeannemary.

Gideon ne voulait pas imaginer son état si à la fin de l'épreuve d'extraction, la boîte avait été vide.

— Pas vraiment. L'épreuve en elle-même est toujours… instructive. Elle permet de porter un regard neuf sur les choses. N'est-ce pas, Nonagesimus ?

— Eh bien, disons que jusqu'ici, répondit prudemment Harrow, les épreuves m'ont amenée à… envisager des possibilités intéressantes.

— Oui… Mais imaginez qu'on vous montre une figure d'escrime, et que vous ne puissiez pas l'étudier dans un livre pour comprendre comment elle fonctionne. Ça peut vous donner une idée, mais vous ne l'*apprenez* pas vraiment. Vous me suivez ?

Jeannemary, Gideon et Camilla dévisagèrent Palamedes.

— Quoi ?

— La Sixième apprend le combat à l'épée dans des *livres* ? dit Jeannemary, horrifiée.

— Non, intervint Camilla. C'est juste que le Gardien n'est pas monté à la tour d'entraînement depuis qu'il s'est perdu quand il avait cinq ans et…

— OK, OK ! dit Palamedes, l'arrêtant d'un geste (de sa main qui tenait toujours ses lunettes pleines de sang). La comparaison est vraiment inappropriée, mais…

— Une épreuve envisagée comme pur exercice nécromantique suggère beaucoup de choses, mais n'en révèle aucune, dit calmement Harrow. Seul le théorème qui la sous-tend peut dévoiler son secret.

— Et les théorèmes se trouvent derrière ces portes fermées, dit Isaac, songeur. N'est-ce pas ? Sans les clés qui ouvrent ces portes, on est foutu.

Tous les regards se tournèrent vers les ados tout ébouriffés aux millions de boucles d'oreilles, qui les toisèrent en retour avec un dédain mêlé de tristesse.

— On est au courant, pour les portes, dit Jeannemary. On a *vu* les portes… et les gens qui entraient… Oui, qu'est-ce que vous vouliez qu'on fasse ? se défendit-elle. Si on n'avait pas suivi tout le monde, c'est cette tarée d'Ianthe Tridentarius qui l'aurait fait. Parce qu'elle stalke tout le monde. Croyez-moi.

(— Et *suivre* quelqu'un, ce n'est pas la même chose que le *stalker*, parce que…

— Parce que la Quatrième ne *stalke* pas ?)

— Rien ne vous empêchait de demander votre propre clé du complexe, dit Palamedes.

— Abigail nous avait… dit de l'attendre, avoua Isaac d'une voix blanche.

Gideon se rendit compte qu'elle n'avait aucune idée de ce que le Sixième savait de leurs clés à elles, de ce qu'elles avaient appris dans les labos ou dans l'étude, de ce qu'elles avaient compris des théorèmes. Palamedes hocha la tête, songeur.

— Eh bien oui, dit-il aux ados, vous avez raison. Derrière ces portes se trouvent des études, et toutes les huit – car il y en a huit, évidemment, une par Maison – contiennent des notes sur un théorème. Et mis ensemble, ces huit théorèmes doivent former une sorte de…

— Mégathéorème, suggéra Isaac, qui après tout n'était qu'un ado de treize ans.

— Mégathéorème, oui. Qui serait la clé des secrets du Lyctorat.

Malgré les hormones, le cerveau de Jeannemary Chatur travaillait apparemment à plein régime, puisqu'elle arriva lentement à une conclusion.

— Attendez, Sixième. Pourquoi avez-vous dit *il ne reste qu'une seule clé* ?

Palamedes tambourina des doigts sur la table.

— Eh bien… Pardonnez-moi cette explication, Neuvième, je sais que vous avez tenu le compte des clés vous aussi…

(*Ha ha ha*, pensa Gideon. *Pas du tout.*)

— … mais je n'arrivais pas à savoir combien en avait Lady Septimus. Je savais qu'elle devait en avoir au moins une, mais lorsqu'Octakiseron l'a convaincue de les lui donner, dit-il, insistant avec mépris sur *convaincue*, il nous a montré ses cartes sans le vouloir. Elle en avait deux. Ce qui veut dire qu'il en reste une dont je ne sais pas où elle est, et nous devons la retrouver.

— Nous devons retrouver le cavalier de la Septième, compléta Camilla.

Palamedes acquiesça.

— Oui, et nous devons aussi savoir qui est dans l'incinérateur. Je ne l'admets pas volontiers, mais Ianthe Tridentarius a raison : il n'y a pas qu'une seule personne là-dedans.

— Avant tout, mon devoir est de trouver qui a tué Magnus et Abigail.

— Vous avez raison, baron Tettares, dit Palamedes, mais faites-moi confiance, je pense que répondre à ces trois questions nous aidera considérablement à résoudre ce mystère.

Neuvième, Protesilaus était encore dans le complexe la nuit dernière.

Harrow le regarda sans comprendre.

— Comment le savez-vous ?

— On l'a vu entrer, répondirent les Quatrièmes d'une seule voix.

— Après avoir écouté votre conversation avec le Sixième, ajouta Isaac.

— Grand bien vous fasse. Mais en effet, c'est logique. Lady Septimus a dit : *Il n'est jamais revenu*, et lorsque nous avons vu son anneau, il n'y avait que les deux clés d'épreuves dessus, celle de la trappe n'y était pas. Elle a dû la lui donner pour qu'il puisse accéder au complexe seul… mais je ne sais toujours pas pourquoi. Je vous parie toute la section sciences physiques de ma bibliothèque qu'il y est encore. Il serait impossible de le remonter sans être vu.

— Descendons voir tout de suite ! s'exclama Jeannemary, visiblement impatiente d'entrer en action. Allons-y !

— Typique de la Quatrième ! dit Palamedes. Il vaut mieux nous séparer. Nous nous battons sur deux fronts en même temps. Très honnêtement… Je n'aime pas l'idée de laisser Lady Septimus sans surveillance, maintenant que son cavalier a disparu, aux seuls soins de la Première.

— Elle n'a plus ses clés, répliqua Harrowhark. Quel intérêt ?

— Elle est vulnérable, dit Camilla.

— Voilà. Tout ça ne peut pas se résumer à une chasse aux clés, Nonagesimus. Sinon pourquoi Magnus Quinn et Abigail Pent seraient-ils morts, alors qu'ils n'avaient rien d'autre sur eux qu'une clé du complexe ? Pourquoi Protesilaus aurait-il disparu, alors que lui aussi ne pouvait avoir qu'une clé du complexe ? Est-ce qu'il y est encore ? Qui est mort avant même le début du concours ? Et puis, il y a le problème des autres Maisons. Je ne sais pas vous, Respectable Fille, mais personnellement, je prévois de faire régulièrement dans ma culotte d'ici à ce que Cam soit de nouveau opérationnelle.

Isaac émit un ricanement aigu assez stupide.

— Gardien, ce n'est que mon bras droit, protesta Camilla.

— Non mais écoutez-la ! Ce n'est que ton bras droit. *Mon* bras droit, plutôt, oui. Bon Dieu, Cam, tu m'as fait la peur de ma vie.

Ignorant ce badinage nécromancien-cavalière, Harrowhark s'éclaircit la gorge.

— Il faut un garde à Septimus. Et nous devons retrouver son cavalier. Que suggérez-vous ?

— Les Quatrièmes veillent sur Lady Dulcinea, dit Palamedes en remettant ses lunettes sur son long nez. Gideon la Neuvième reste avec eux au cas où. Vous, moi et Camilla descendons au complexe voir si nous pouvons localiser Protesilaus.

Son plan suscita une certaine perplexité. Sa propre cavalière le regarda comme s'il avait perdu la raison, et Harrow arracha sa capuche d'un geste brusque, comme pour décharger sa colère.

— Sextus, dit-elle comme si elle s'adressait à un gamin complètement idiot. Votre cavalière est blessée. Je pourrais vous tuer tous les deux et vous prendre vos clés… ou simplement vous prendre vos clés, ce qui serait pire encore. Pourquoi vous mettre volontairement dans une telle situation ?

— Parce que je place ma confiance en vous, répondit Palamedes. Oui, malgré le fait que vous soyez une anachorète noire, dont la loyauté va aux forces mystérieuses du Tombeau Scellé. Si vous aviez voulu me prendre mes clés de manière malhonnête, vous nous auriez déjà provoqués en duel. Je n'ai pas confiance en Silas Octakiseron, ni en Ianthe Tridentarius, mais j'ai confiance en Harrowhark Nonagesimus, la Respectable Fille.

Malgré son maquillage, Gideon avait vu Harrow changer de couleur plusieurs fois durant ce petit discours. Elle était passée du gris cendre au verdâtre nauséeux. Pour quelqu'un d'extérieur, les nuances qu'exprimait le sombre masque de la Neuvième Maison n'avaient sans doute connu qu'un infime changement, entre *mystérieux* et *énigmatique*, mais pour Gideon, c'était un véritable feu d'artifice.

— OK, maugréa sa nécromancienne. Mais c'est nous qui allons veiller sur la Septième. Je n'ai aucune envie de descendre cette échelle avec une cavalière invalide.

— Bien, dit Palamedes. C'est peut-être une meilleure répartition de nos talents. Quatrièmes, êtes-vous d'accord pour accompagner Gideon la Neuvième ? Je me rends compte que je suis parti du principe que nous poursuivions les mêmes objectifs… mais je peux vous assurer que c'est le cas. Fouillez le complexe, et si vous le trouvez… ou si vous ne le trouvez pas… revenez nous voir, et nous verrons quelle stratégie adopter. Bref, allez-y, mais surtout : revenez.

Le jeune nécromancien regarda sa cavalière.

— Nous accompagnons la Neuvième, dit immédiatement Jeannemary. Elle est OK. Les histoires qu'on entend sur sa Maison ont l'air d'être du grand n'importe quoi, de toute façon.

Elle est OK ? Le cœur de Gideon se gonfla d'émotion, même si par ailleurs elle avait sa petite idée des raisons mesquines pour lesquelles sa nécromancienne n'avait aucune envie que ce soit elle qui se retrouve au chevet de Dulcinea Septimus. L'adepte de la Sixième Maison rajusta ses lunettes, et dit :

— Pardon, Neuvième, je devrais vous demander votre avis, à vous aussi.

Gideon fit quelques mouvements circulaires avec la tête en réfléchissant à la question, étirant ses ligaments, faisant craquer ses articulations.

— Et donc ? insista-t-il.

— Vous savez qu'en prenant les trois premières lettres de votre nom et de votre prénom, on obtient un plan cul ? *Sex Pal ?*

Les ados ouvrirent des yeux comme des soucoupes volantes.

— Vous… vous parlez ? bredouilla Isaac.

— Je ne sais pas si c'est une bonne nouvelle, commenta Camilla.

Sa plaie s'était remise à saigner. Palamedes fouilla ses poches et les manches de sa cape à la recherche d'autres mouchoirs. Tandis que les Quatrièmes se lançaient dans un dialogue animé qu'ils croyaient chuchoter, Harrow s'approcha de Gideon et lui remit à contrecœur l'anneau d'acier. Elle se colla quasiment contre elle pour empêcher Palamedes de voir quelles étaient leurs clés.

— Rapporte-les ou meurs, souffla-t-elle. Et ne te laisse pas amadouer par les Quatrièmes. Ne jamais travailler avec des gosses, Gigi, leur cortex préfrontal n'est pas encore développé. Bref…

Soudain, Gideon mit ses bras autour d'Harrowhark. Elle la souleva un tout petit peu du sol et la serra fort dans ses bras. Sa nécromancienne se sentit ridiculement légère, comme un sac d'os d'oiseaux. Quant à Gideon, elle avait toujours pensé (quand elle prenait la peine de penser) qu'Harrow serait froide comme un glaçon, comme tout ce qui venait de la Neuvième. Eh bien non, Harrow Nonagesimus était brûlante, fiévreuse. Il fallait croire qu'on ne pouvait pas penser toutes ces horribles pensées sans générer de l'énergie. Mais stop, une minute, *qu'est-ce qu'elle était en train de faire* ?

— Merci pour ton soutien, mon araignée de minuit, dit Gideon en la reposant par terre.

Harrow ne s'était pas débattue, elle était devenue toute molle, comme un animal de proie qui fait le mort. Elle avait le même regard vitreux et lointain, respirait à peine. Gideon se prit à souhaiter que quelqu'un la fasse exploser, tout en surjouant la coolitude.

— Vraiment, j'apprécie, ma reine crépusculaire. C'était super. Tu as été super.

Harrow, bouche bée, parvint finalement à articuler un assez pathétique :

— Arrête, Nav, c'est *gênant* !

Avant de rejoindre Palamedes à la hâte.

Jeannemary vint timidement se placer à côté de Gideon. Isaac la collait comme une sangsue : il était en train de tresser ses cheveux avec un ruban bleu miteux.

— Ça fait longtemps que vous êtes ensemble toutes les deux ? demanda la Quatrième.

(— Ne lui demande pas ça, souffla son nécromancien. C'est *super* gênant.

— Tais-toi ! C'est juste une *question* !)

Gideon regarda la tresse prendre forme, puis Palamedes vider le contenu douteux d'une pipette bleue sur la plaie de Camilla, qui lui envoya spontanément un coup de genou bien senti dans la cuisse. À côté d'eux, Harrowhark, la tête enfoncée dans sa capuche de rechange, regardait ostensiblement partout ailleurs que dans la direction de Gideon. Elle ne comprenait toujours pas ce qu'elle était censée faire, dire ou penser. Ce qu'impliquait réellement le devoir d'une cavalière envers sa nécromancienne, d'une nécromancienne envers sa cavalière.

— J'ai l'impression que ça fait une éternité, répondit Gideon sincèrement.

Puis elle sortit ses lunettes de soleil de sa poche, les remit, et se sentit tout de suite mieux.

— Allez, dit-elle. On y va.

25

S'ILS SAVAIENT DÉSORMAIS que Gideon possédait des cordes vocales en parfait état de marche et qu'elle était tout à fait disposée à s'en servir, les deux ados ne dirent pas un mot sur le chemin du complexe. Descendre dans les profondeurs de la Première Maison les mettait toujours en état d'alerte maximale : ils étaient tellement paranoïaques que la suspicieuse Neuvième Maison les aurait accueillis à bras ouverts dans son cœur sombre. Ils sursautaient dès qu'ils apercevaient une ombre et gratifiaient les squelettes serviteurs de regards aussi haineux que désespérés. Ils n'apprécièrent visiblement pas trop la terrasse ouverte et les vagues rugissant loin en contrebas, ni le hall de marbre froid et l'escalier menant à la petite pièce insignifiante où se trouvait la trappe. Lorsque Gideon introduisit sa clé du complexe dans la serrure qui s'ouvrit avec un *clic* sec, Jeannemary parla enfin. Elle avait l'air inquiète.

— Nous n'avons pas de clé, dit-elle. Peut-être que… nous ne devrions pas descendre.

— Abigail est morte alors qu'elle avait l'autorisation d'entrer, répliqua sombrement son compagnon. Alors quelle importance ?

— Je dis juste que…

— Moi aussi, je suis descendue sans autorisation, dit Gideon en ouvrant la trappe avec sa botte, laissant échapper un souffle d'air froid comme un esprit enfermé dans une lampe. J'ai accompagné les Sixièmes sans ma clé, et je suis toujours en vie.

Jeannemary n'avait pas l'air convaincue, ni rassurée. Gideon s'empressa d'ajouter :

— Hé, en fait, vous savez quoi ? Vous êtes déjà descendus l'autre nuit, donc si c'est ça le problème, vous êtes foutus de toute façon.

— Vous ne parlez pas comme… je l'avais imaginé, commenta Isaac.

Ils descendirent les froids et sombres barreaux de l'échelle jusqu'aux lumières fluorescentes et au silence de mort de la plateforme. Gideon ouvrait la marche. Les deux autres traînaient un peu, fascinés par les traces de sang séché qui ornaient toujours le sol grillagé. Elle les pressa d'avancer dans le tunnel qui débouchait sur la salle en étoile, avec son antique tableau blanc et ses écriteaux fléchant les différents couloirs.

Mais lorsqu'elle se retourna, elle constata que Jeannemary et Isaac ne suivaient pas. L'adolescente s'était arrêtée au bout du tunnel, plaquée contre la paroi, comme pétrifiée devant les anachroniques boyaux d'acier, les plaques de métal et leur éclairage aux LED.

— J'ai cru entendre un bruit, dit-elle, regardant dans toutes les directions.

— Qui venait d'où ?

Elle ne répondit pas. Isaac, tapi dans l'ombre à côté de la porte, demanda soudain :

— Neuvième, pourquoi est-ce qu'on a retrouvé des fragments d'os dans les corps de Magnus et Abigail ?

— Je ne sais pas. Bonne question.

— Au début, j'ai cru que c'étaient les squelettes, dit-il en baissant la voix.

Ça avait au moins le mérite d'expliquer pourquoi sa cavalière et lui sursautaient chaque fois qu'un serviteur apparaissait au détour d'un couloir.

— Il y a un truc bizarre avec les constructions d'en haut… comme si elles écoutaient les conversations…

Gideon les regarda, tous les deux. Plaqués contre les parois du tunnel, les pupilles dilatées comme sous l'effet d'un shoot d'adrénaline, ils n'osaient pas avancer. Ils lui rendirent son regard : la jeune cavalière de ses yeux couleur terre, le jeune nécromancien de ses yeux noisette, au mascara en pattes d'araignée. Soudain, un souffle d'air pressurisé s'échappa d'un des climatiseurs, faisant craquer le plafond.

— Allez, ne restez pas planqués là, s'impatienta Gideon. Retrouvons ce type. Vu sa taille, ça ne devrait pas être trop compliqué.

Ils étaient difficiles à convaincre. C'était comme si tout leur courage les avait quittés. Ils se collèrent l'un à l'autre, le visage grave, tendu. Isaac leva une main et de petites flammes vert bleuté, fantomatiques, apparurent au bout de ses doigts, émettant une pâle lueur qui ne parvenait guère à éclairer ce qui se passait autour d'eux. Il insista pour protéger d'un sortilège chacun des couloirs qui partaient de la salle, humectant chaque entrée du sang et de la salive de sa cavalière. Nerveux comme il l'était, il lui fallut un certain temps avant que tout soit barbouillé de crachats d'ados.

— Ses barrages sont efficaces, ne cessait de répéter Jeannemary pour le défendre.

— Je croyais que les Quatrièmes plongeaient tête la première dans l'action ? dit Gideon, scrutant elle-même attentivement la plus petite ombre.

— Ce serait idiot de mourir inutilement, dit Isaac, tout en dessinant du pouce d'étranges figures sur l'un des chambranles. Les Quatrièmes ne sont pas de la chair à canon. Si nous sommes les premiers sur le terrain, nous devons rester en vie. Les sortilèges de protection sont les premiers que j'ai appris. Quand on s'enrôlera l'année prochaine, on se les fera scarifier sur le dos avant de partir.

L'année prochaine. Malgré son impatience, Gideon prit quelques secondes pour imaginer les deux ados efflanqués affronter les ennemis de l'Empereur, à quinze ans à peine. Si elle-même mourait d'envie de se retrouver en première ligne depuis l'âge de huit ans, l'idée lui paraissait soudain beaucoup moins judicieuse.

— On voulait s'engager cette année, dit la cavalière d'une voix douloureuse, mais Isaac a eu les oreillons une semaine avant la mobilisation.

Le souvenir des oreillons d'Isaac les plongea dans l'affliction, mais eut le mérite de diluer un peu leur terreur. Et Gideon put enfin les emmener dans le couloir de DÉSINFECTION, où elle avait retrouvé Harrow la première fois qu'elle était descendue ici. Leurs trois paires de pieds soulevèrent d'importantes quantités de la poudre blanche qui en tapissait le sol et luisait de diverses couleurs à la lumière nécromantique d'Isaac. Elle retombait silencieusement dans les fentes entre les panneaux ou était réduite en poussière sous leurs pas. Les portes s'ouvrirent dans un grincement sur le labyrinthe de tables métalliques et de box, et les bouches d'aération leur firent écho, grinçant tant et si bien que les deux ados serrèrent les dents.

Les traces de sang d'Harrow étaient toujours là, mais Protesilaus n'y était pas. Ils se dispersèrent pour passer entre les tables, regardant en dessous au cas où il se serait allongé là pour faire une petite sieste, ou autre éventualité tout aussi probable, passant en revue les rangées de box, tous vides. De temps en temps, ils appelaient *Ohé !*, *Protesilaus !*, leurs voix se répercutant faiblement sur les parois. Puis l'écho disparut, cédant la place au sifflement de l'air entre les dents métalliques des bouches d'aération.

— Il y a quelque chose ici, affirma Isaac.

Ils tendirent l'oreille. Gideon n'entendait rien d'autre que le bruit épuisé des vieilles machines, maintenues en vie par leur mécanisme parfait et le temps nécromantique, qui devait être le même depuis plusieurs milliers d'années, et n'était pas différent des bruits de fond de la Neuvième Maison.

— Je n'entends pas, dit-elle.

— Ce n'est pas vraiment un son, dit Isaac, fronçant les sourcils. C'est plus… une sensation. Je sens un mouvement.

— Une autre Maison ? demanda Jeannemary.

— Non.

— Un sortilège de barrage ?

— Aucun.

Jeannemary arpentait nerveusement la salle, rapière dégainée, dague à la main. Gideon, qui n'était pas une spécialiste du travail d'équipe, avait un peu peur qu'en la faisant sursauter sans le vouloir, elle se retrouve avec le poignard de la Quatrième planté dans le ventre.

— On a entreposé des cadavres ici, dit Isaac. Il y a très longtemps. Je sens énormément de matière osseuse. La Première tout entière fait l'effet d'un cimetière, mais c'est encore bien pire ici. Je n'exagère pas.

— Je te crois, dit Gideon. J'ai vu des choses ici… à brûler les paupières. Je ne sais pas sur quoi portaient les recherches, mais rien de bien réjouissant. La seule bonne nouvelle, c'est que ça reste dans les labos.

— Je… n'en suis pas super certain, dit le jeune adepte, le front perlant de sueur.

— Il n'est pas là, intervint Jeannemary. Allons voir ailleurs.

Ils quittèrent l'atmosphère antiseptique de Désinfection. Les lampes s'éteignirent avec un *clac clac clac* rythmique à mesure que Gideon appuyait sur l'écran tactile toujours maculé des volutes noires du sang d'Harrow. De retour dans le couloir, la sueur dégoulinait carrément le long des tempes d'Isaac. Sa cavalière passa un bras autour de ses épaules, et il enfouit son visage dans son cou. Une nouvelle scène difficilement supportable pour Gideon.

— Magnons-nous, dit Jeannemary.

Le *clac clac clac* des lampes qui s'éteignent les rattrapa juste avant qu'ils débouchent dans la salle en étoile. Sous leurs pieds, les lumières de la grille moururent. Celles du plafond firent de même, les plongeant dans l'obscurité totale. Chacun des nerfs de Gideon hurlait de trouille dans son corps. Elle arracha ses lunettes de soleil dans l'espoir de mieux faire face à la situation.

Le jeune nécromancien était au bord de la crise de panique. Sa cavalière lui répétait avec un calme angoissant :

— Tes sortilèges de protection sont intacts. C'est juste la lumière. N'aie pas peur.

— Les sortilèges…

— Ils sont intacts. Tu es très fort pour les barrages. Il n'y a personne ici.

Quelques pas derrière eux, un des plafonniers actionnés par un détecteur de mouvement se ralluma, éclairant d'une lumière crue le panneau mural. Il était barbouillé de mots qui n'y étaient pas quelques secondes avant, tracés en lettres rouges et sanglantes :

Le néon clignota, puis s'éteignit. Épuisé, éprouvé par ces jours de deuil, de menaces et de panique qui auraient eu raison d'un adulte deux fois plus âgé que lui, Isaac péta un câble. Il poussa un cri étranglé et se transforma en balise lumineuse verte et bleue.

— Isaac, *derrière moi* ! hurla Jeannemary, mais il crépitait déjà de lumière, plus soleil qu'être humain.

Gideon, aveuglée par l'aura mouvante, l'entendit seulement courir vers la salle.

Et lorsqu'elle recouvra la vue, elle se retrouva nez à nez avec la plus énorme construction squelettale qu'elle avait jamais vue. Elle remplissait littéralement la salle, plongée dans la lumière bleutée d'Isaac. Une monstrueuse hallucination osseuse. Beaucoup plus grande que celle de Réaction ou que tout ce que Gideon avait pu voir dans les manuels d'Histoire de la Neuvième. Elle semblait s'être assemblée toute seule dans la salle, puisqu'il était absolument exclu qu'elle soit passée par l'une des portes. Elle était *apparue*, comme un cauchemar ; un mastodonte vertigineux, une montagne d'os absurde montée sur de longues jambes arachnéennes. Elle se pencha souplement en arrière, ramenant devant elle des espèces de tentacules faits de plusieurs millions de dents assemblées comme les pièces d'un puzzle, qu'elle figea avec un bruit de fouet qui claque. Ce truc était absolument gigantesque.

Soudain, la construction eut un mouvement de recul. Face à elle, Isaac Tettares avait la bouche ouverte sur un hurlement silencieux de peur et de colère. Au milieu de ses bras écartés comme pour enlacer quelqu'un, il y eut une explosion de sodium dans l'air. Et un effet ventouse, comme si Isaac essayait d'arracher quelque chose à la construction. Des points de contact lumineux apparurent à sa surface, et la masse d'ossements et d'énergie commença à perdre forme, vacillant vers Isaac, une pluie de fragments s'abattant sur la grille.

Sortant de son état de sidération, Gideon tira sa rapière et partit à l'assaut. Elle tira de toutes ses forces sur le premier tentacule venu, abattit son couteau de poing sur un autre, tapa sur un os de jambe lui semblant plus vulnérable. L'un des tentacules de dents s'enroula autour de sa cheville, mais elle l'écrasa d'un coup de pied qui envoya valser une guirlande de molaires. Gideon se retourna, vit Jeannemary s'effondrer, elle aussi prise au lasso par un tentacule. Elle gesticulait, envoyait des coups de pied et de lames en tous sens. Gideon regarda autour d'elle : la construction était partout, et là où la lumière bleue d'Isaac l'avait touchée, les os et les dents proliféraient à la vitesse de cellules cancéreuses.

Gideon hurla, la voix assourdie par ces putains de millions d'os :

— Cours ! N'essaie pas de l'affronter, *COURS !*

L'énorme construction abattit plusieurs douzaines de nouveaux tentacules sinueux sur la grille, comme autant de longs câbles tranchants. Isaac visa de son feu bleu-vert un bloc énorme, un crâne informe qui figurait un simulacre de visage, yeux et lèvres fermés, comme en prière perpétuelle. Le large masque se tordit sous l'effet de l'attaque. Un tentacule arraché se retrouva absorbé par le vortex que le Quatrième mettait en place si vaillamment. L'esprit qui y était attaché se désintégra, et il se brisa en mille morceaux.

Isaac ne semblait pas disposé à arrêter, ni à s'enfuir. C'était l'une des scènes les plus courageuses et les plus stupides que Gideon avait jamais vues. La construction vacilla, retrouva l'équilibre, pencha sa monstrueuse tête, comme si elle réfléchissait. Les longs alignements de dents flottaient au-dessus du jeune nécromancien, déformés par son sortilège, semblant sur le point d'être absorbés par son furieux tourbillon. Mais soudain, une bonne cinquantaine d'entre eux plongèrent sur lui et l'embrochèrent.

Il y eut une explosion de sang et de flammes bleues. Gideon rengaina sa rapière, rentra les épaules, mit un bras devant les yeux et fonça dans le champ comme une fusée. C'était comme courir sur un glissement de terrain. Des fragments d'os par milliers déchiraient ses vêtements, écorchant la moindre parcelle de peau exposée. Sans y prêter attention, elle s'abattit sur Jeannemary Chatur comme la vengeance de l'Empereur. La Quatrième s'acharnait sur son invincible adversaire comme si prendre la fuite n'avait jamais été une option envisageable. Elle sembla à peine se rendre compte que Gideon l'attrapait. Elle continua à donner des coups en tous sens en poussant un long hurlement que Gideon ne comprit que plus tard : *Fidélité ! Fidélité ! Fidélité !*

Elle aurait été bien en peine d'expliquer comment elle avait fait pour repartir dans le tunnel, la jeune cavalière agrippée à son torse, tandis que les longs tentacules les poursuivaient comme des serpents furieux. Le fait qu'elle réussit à grimper à l'échelle avec Jeannemary hurlant et se débattant comme un beau diable était encore plus improbable. Arrivée en haut, elle laissa tomber la cavalière (elle doutait que l'ado se soit rendu compte de son atterrissage sur le sol), referma la trappe et tourna la clé si fort dans la serrure qu'elle fit des rainures sur le métal.

Jeannemary roula sur les froides dalles noires et vomit. Puis elle se redressa laborieusement sur ses jambes amochées, tremblante comme une feuille. Elle retomba à genoux et poussa un hurlement aigu comme un sifflet. Gideon la releva, et reprit l'adolescente dans ses bras pour s'éloigner au plus vite de là.

Jeannemary ne cessait de se débattre et de la mordre.

— Repose-moi, sanglota-t-elle. Il faut que j'y retourne. Il a besoin de moi. Peut-être qu'il est vivant.

— Sérieusement, impossible, dit Gideon.

Jeannemary la Quatrième se remit à hurler. Puis elle articula :

— Je veux mourir.

— Pas moyen.

Mais elle arrêta de lui donner des coups de pied. La myriade de coupures que Gideon avait sur les mains et le visage commençait vraiment à brûler, mais elle n'avait pas le temps de s'en préoccuper. Il faisait toujours nuit noire dehors, et un vent rugissant soufflait sur les murs de la Maison de Canaan. Elle porta Jeannemary à l'intérieur, lui fit descendre le grand escalier délabré, puis s'arrêta, ne sachant plus du tout quoi faire. La cavalière de la Quatrième Maison ne tenait pas debout : elle ne cessait d'éclater en sanglots incrédules : son cœur venait d'être définitivement brisé. C'était la deuxième fois que Gideon voyait Jeannemary pleurer, et c'était encore bien pire que la première.

Il fallait qu'elle la mette en sécurité. Gideon voulait deux choses : récupérer son épée à deux mains, et retrouver Harrow. Les quartiers de la Neuvième étaient une possibilité, mais les sortilèges de protection osseux n'étaient pas infaillibles, même ceux d'Harrow. Elle pouvait aussi monter jusqu'à la chambre de Dulcinea pour retrouver les autres, mais avec son chargement catatonique, ça lui prendrait une éternité. Elle risquait aussi de croiser ce rapace de Naberius, ou ce toutou de Colum… mais elle préférait toujours ça à ce truc qui venait de leur tomber dessus dans l'obscurité du complexe. Sa main était toujours serrée sur l'anneau et la clé du complexe, mais aussi la clé rouge… et soudain, elle eut une idée.

Jeannemary ne posa pas de questions. Gideon descendit quatre à quatre le vieil escalier de la Maison de Canaan, longea les longs couloirs silencieux à cette heure de la nuit, prit le petit escalier débouchant sur le vestibule de la piscine et de la salle d'armes. Elle déplaça la tapisserie et piqua un sprint jusqu'à la lourde porte qu'Harrow avait baptisée X-203. Il faisait tellement noir, et ses mains étaient tellement moites de peur, que pendant une insoutenable minute elle crut qu'elle n'allait jamais trouver la serrure. Mais elle finit par y introduire la clé rouge, et ouvrit la porte de l'étude abandonnée.

La rangée de spots s'alluma d'un coup, baignant de lumière le métal laminé des paillasses et les marches de bois poli qui menaient à la chambre. Elle claqua la porte derrière elles et la verrouilla à vitesse supersonique. Gideon fit monter les marches à Jeannemary, la portant à moitié, et la déposa sur le fauteuil moelleux, qui émit un grincement étonné. L'adolescente, secouée de hoquets, saignant toujours, se recroquevilla en position fœtale. Gideon redescendit aussi sec, examinant frénétiquement la pièce, se demandant si elle pouvait descendre les lourdes étagères pour bloquer la porte.

— Où sommes-nous ? finit par demander la Quatrième d'une voix éteinte.

— Dans l'une des études. Nous sommes en sécurité ici. Je suis la seule à avoir la clé.

— Et si ce truc défonce la porte ?

— Tu plaisantes ? dit Gideon avec un rire forcé. C'est de l'acier, dix centimètres d'épaisseur.

Jeannemary, qui avait possiblement vu dans les yeux de Gideon que ce n'était qu'une réponse improvisée pour la rassurer, ne sembla pas tout à fait satisfaite, mais se calma un peu, ses larmes cédant momentanément la place à de brèves inspirations nerveuses. Jusqu'à ce que ses sanglots repartent de plus belle après avoir déclaré :

— Ce n'est pas juste.

Gideon, tellement flippée qu'elle était en train d'examiner un des vieux fusils pour voir s'il était encore en état de marche (qui sait ? les épées avaient l'air bien aiguisées), répondit :

— Non. Ce n'est pas juste.

— Tu ne comp-prends pas.

La cavalière faisait un effort visible pour se contrôler. Ses yeux étaient gonflés de haine et de désespoir. Elle tremblait si fort que sa voix vibrait.

— Isaac est prudent. Il n'est pas *téméraire*. Il n'est pas… il n'a jamais… Il était tellement précautionneux… Il n'aurait jamais dû… Petite, je le détestais, il n'était pas du tout comme j'aurais voulu…

Elle se remit à pleurer. Lorsqu'elle put de nouveau parler, elle répéta :

— Ce n'est pas juste ! Pourquoi a-t-il fait une chose aussi stupide ?

Gideon n'avait absolument rien à répondre à ça. Il fallait qu'elle trouve de quoi les défendre, quelque chose de plus efficace qu'une poignée d'antiquités et quelques bibliothèques. Ce qu'il lui fallait, c'était Harrow Nonagesimus, pour qui une construction osseuse géante était moins une monstruosité qu'une bonne occasion de s'amuser, et il lui fallait son épée à deux mains. Mais elle ne pouvait pas laisser Jeannemary seule. Et si elle l'emmenait maintenant, Jeannemary risquait de les mettre en danger.

Elle passa ses mains sur son visage en sang, ruinant un peu plus son maquillage. Puis s'efforça de réfléchir.

— Écoute, décida-t-elle. On va rester ici jusqu'à ce que tu aies repris du poil de la bête… Non, ne me dis pas que ça va, tu es épuisée, tu es sous le choc, tu ressembles à une galette de vomi. Allonge-toi une demi-heure. Je vais te chercher de l'eau.

Installer Jeannemary sur l'un des lits poussiéreux au matelas grinçant fut extrêmement laborieux, mais pas autant que de lui faire boire quelques misérables gorgées d'eau (visiblement sous le choc de cette utilisation soudaine, la tuyauterie avait émis un gargouillement sonore lorsque Gideon avait ouvert un des robinets du labo) dans une petite tasse en fer-blanc qui n'avait probablement pas vu une paire de lèvres de près depuis les origines de la Neuvième Maison. L'ado récalcitrante but un peu, posa la tête sur le vieil oreiller spongieux, les épaules toujours secouées de sanglots. Gideon s'installa dans le fauteuil bien rembourré, sa rapière sur les genoux.

— C'était quoi, ce truc ?

Gideon sursauta : elle avait dû dériver vers une rêverie semi-consciente. La voix de Jeannemary était assourdie par l'oreiller et les larmes.

— Chais pas, répondit-elle. Tout ce que je sais, c'est que je vais lui botter le cul.

Il y eut un silence, puis la jeune cavalière dit :

— C'était la première fois qu'on quittait la Maison, Isaac et moi… J'insistais depuis des années pour qu'on s'engage dans la Cohorte, mais Abigail n'était pas d'accord… il ne voulait pas lui désobéir… Il faut dire qu'il a trois jeunes frères, et quatre jeunes sœurs dont il doit s'occuper… devait, je veux dire…

Elle semblait de nouveau sur le point d'éclater en sanglots.

— C'est… un peu beaucoup, non ? dit Gideon.

— La relève doit toujours être assurée, dans la Quatrième, dit Jeannemary en reniflant. J'ai cinq sœurs. Et vous, vous avez une grande famille ?

— Ce n'est pas vraiment la spécialité de la Neuvième. Je crois que je suis orpheline.

— Ah, voilà une autre spécialité de la Quatrième. Ma mère a sauté sur une grenade pendant l'expédition des Pionniers, alors qu'elle n'avait rien à faire sur les planètes non colonisées. Et le père d'Isaac, il était en visite d'État sur une planète conquise et des insurgés l'ont fait exploser.

Elle se tut, et les sanglots cessèrent. Au bout de quelques minutes, Gideon constata sans grande surprise que la pauvre gamine s'était endormie en pleurant. Elle ne la réveilla pas, il serait toujours temps, et quelques minutes de repos lui feraient certainement du bien. C'était déjà assez pénible d'être une ado, mais alors d'être une ado dont le meilleur ami venait de mourir dans d'atroces souffrances, même quand on avait l'habitude que les mères sautent sur des grenades et que les pères explosent dans des attentats… Au moins, dans la Neuvième, on mourait en général à un âge avancé, d'une pneumonie aggravée par la sénilité.

Gideon appuya sa tête contre le dossier du fauteuil. Elle n'aurait jamais pensé que ce serait possible, mais en regardant le dos de Jeannemary qui se soulevait et s'abaissait sereinement, à un rythme régulier, et les traces des larmes séchées sur les joues de l'adolescente, elle s'endormit à son tour.

*

Elle ne pouvait pas avoir fermé les yeux bien longtemps. Un quart d'heure, tout au plus. Elle se réveilla en sursaut avec la panique inconsciente de quelqu'un qui sait que ce n'est pas le moment de rêver. Sa rapière tomba sur le sol. Le seul bruit qui pouvait l'avoir tirée du sommeil semblait venir du robinet mal fermé.

Gideon ne comprit pas tout de suite ce qu'elle vit, et après s'être frotté les yeux, elle ne comprit pas davantage.

Jeannemary était toujours allongée sur le ventre dans le vieux lit, mais elle avait les jambes et les bras écartés, comme si elle avait fait un cauchemar et envoyé valser son drap et sa couverture. Ce qui n'aurait pas été bien grave, sans ces longs os pointus qui lui clouaient les épaules au matelas. Et transperçaient ses cuisses. Et ses côtes. De longs os entourés d'auréoles d'un rouge qui imbibait ses vêtements, suintait sur le couvre-lit.

— Non, dit Gideon comme en transe. Non, non, non, non, non.

Les yeux de Jeannemary étaient entrouverts. Il y avait du sang dans ses boucles, du sang sur la tête de lit. Gideon leva les yeux vers le mur, et lut ces mots, tracés en lettres d'un rouge encore luisant :

FAIS DE BEAUX RÊVES

ACTE IV

26

On installa à leur tour les deux adolescents de la Quatrième dans la morgue, où ils trouveraient un repos intranquille aux côtés des deux adultes qui avaient si tragiquement échoué à veiller sur eux. Quelqu'un (comment ? mystère) avait pris le corps déjà froid de Jeannemary des bras de Gideon (mais qui avait retiré les lances des terribles plaies, qui l'avait portée sur le chemin du retour ?), et tout un tas de gens lui avaient dit tout un tas de choses, mais rien ne s'était gravé dans sa mémoire. Dans son esprit, Professeur était là, qui priait sur le corps transformé en passoire d'Isaac Tettares ; Harrowhark était dans les parages elle aussi, ainsi que Palamedes, qui repêchait un gros fragment de quelque chose dans le corps de Jeannemary. Mais toutes ces images étaient mélangées, sans suite logique, comme dans un rêve.

Elle se souvenait d'une chose : Harrowhark qui la traitait de *bonne à rien,* d'*abrutie*, avec tout le mépris de leur jeunesse passée dans la Neuvième Maison, et elle s'y sentit ramenée soudain, avec Harrow en ordonnatrice qui parcourait les salles de Drearburh dans un bruissement d'étoffe, Harrow en vengeance divine, toujours flanquée de Crux. Elle ne savait pas exactement pourquoi elle se faisait engueuler par Harrow, mais peu importe : elle l'avait mérité. La tête entre les mains, Gideon avait occulté le reste de la tirade de sa nécromancienne. Une fois qu'elle avait terminé, Harrowhark avait serré les poings, soufflé bruyamment par le nez, et elle était partie.

La seule chose qui lui paraissait logique était qu'elle se trouvait dans la chambre aux murs blanchis à la chaux où on avait installé Dulcinea. Affalée dans un fauteuil, elle s'était arraché des larmes pendant une bonne heure. Quelqu'un avait désinfecté toutes ses plaies avec une espèce de masse goudronneuse puante, vermillon, et ça lui faisait un mal de chien chaque fois qu'une goutte salée tombait sur une de ses coupures. Alors elle s'apitoyait sur elle-même, ce qui ne faisait que redoubler ses larmes.

Dulcinea Septimus était la compagnie idéale dans ce genre de circonstances. Elle ne lui disait pas *Ça va aller* – hors de question de gaspiller en platitudes le peu de capacité pulmonaire qu'il lui restait. Installée sur un lit avec une bonne quinzaine d'oreillers dans le dos, elle se contenta de laisser sa petite main fiévreuse sur sa paume. Elle attendit que Gideon eût fini de cligner frénétiquement des yeux, puis dit :

— Tu ne pouvais rien faire.

— Mais si ! protesta Gideon. Je viens de ressasser au moins une cinquantaine d'options. Si seulement j'avais fait quelque chose.

Dulcinea esquissa un pauvre sourire. Elle avait une mine épouvantable. La lumière d'avant l'aube projetait une lueur grise sur ses boucles couleur biscuit et sa peau cireuse. Sur sa gorge et ses poignets, ses fines veines vert pâle étaient si saillantes qu'on l'aurait crue écorchée vive. Son souffle faisait un bruit de pudding dans un climatiseur. Ses joues étaient d'un rouge vif de scorie en fusion.

— Oh, avec des *si*… dit-elle. Avec des *si* tu peux tout remettre en question, des événements de la semaine écoulée jusqu'à ta naissance. Si seulement j'avais gardé Pro auprès de moi, ou si je l'avais accompagné… Avec des si, je pourrais revenir en arrière et faire en sorte que tout se déroule parfaitement comme prévu… Mais nous avons fait ce que nous avons fait, et nous n'y pouvons plus rien.

— C'est insupportable, dit Gideon sincèrement. C'est tellement merdique.

— La vie est une tragédie, dit Dulcinea. Être abandonnées par ceux qui s'en vont, sans pouvoir rien y faire. Cette absence totale de contrôle… Lorsque quelqu'un meurt, son esprit est libre pour toujours, on a beau essayer de l'attraper ou d'utiliser l'énergie qu'il crée… Oh je sais bien, parfois les esprits reviennent… ou nous pouvons les appeler, à la manière de la Cinquième… mais cette exception elle-même prouve que nous ne pouvons pas les soumettre. Il faut les supplier pour qu'ils reviennent. Lorsque quelqu'un meurt, nous n'avons plus aucune prise sur lui, Dieu merci ! Un seul être a ce pouvoir, mais il est très loin d'ici, je crois. Gideon, ne pleure pas ceux qui nous ont quittés. Selon moi, la mort est le triomphe absolu.

Voilà qui était dur à admettre pour Gideon. Jeannemary venait de crever comme un animal pendant qu'elle-même faisait la sieste juste à côté, Isaac avait été transformé en passoire… elle avait bien l'intention de les pleurer jusqu'à la fin de ses jours. Avant qu'elle ait le temps d'exprimer ses pensées à haute voix, Dulcinea fut prise d'une terrible quinte de toux, remplit deux mouchoirs de glaires, tendit la main pour en prendre un troisième. À la vue de leur contenu, Gideon elle aussi se mit à envier les morts.

— Nous allons retrouver votre cavalier, affirma-t-elle d'une voix remarquablement peu convaincante.

— J'aimerais seulement savoir ce qui s'est passé, répondit Dulcinea sombrement. C'est toujours ça le pire… ne pas savoir.

Là encore, Gideon ne savait pas trop si elle comprenait ce qu'elle voulait dire. Elle-même aurait été plutôt très reconnaissante de ne pas avoir vécu d'aussi près ce qui venait de se passer dans toute son écarlate intensité. D'un autre côté, son esprit ne cessait de revenir vers Magnus et Abigail, seuls dans l'obscurité du complexe, et elle n'arrêtait pas de se demander quand, comment, si Magnus avait vu sa femme assassinée comme Jeannemary avait vu Isaac. Ça doit être vraiment nul pour un cavalier de voir son nécromancien mourir, se dit-elle.

Elle était furieuse. Et elle avait bien envie d'en découdre. Elle proposa donc, sans grand espoir :

— Je veux bien donner une raclée à Silas Octakiseron, si vous voulez récupérer vos clés.

La toux se changea en un rire sonore.

— Non merci, dit Dulcinea. Je les lui ai données de mon plein gré. Que veux-tu que j'en fasse, maintenant ?

— Mais pourquoi avoir voulu participer au concours, alors ? demanda Gideon.

— Tu veux dire : *alors que je suis mourante* ? répondit-elle avec un sourire fragile, mais qui dessinait une belle fossette sur sa joue. Ce n'est pas qu'un obstacle. La Septième Maison pense au contraire que mon état est un atout. On voulait même que je me marie et que je transmette mes gènes… Alors qu'il n'y a pas pires gènes que les miens ! Sauf peut-être pour la fibre poétique.

— Je ne comprends pas.

Dulcinea se rajusta sur ses oreillers, repoussa une mèche qui lui tombait sur le front. Elle ne répondit pas tout de suite.

— Quand on n'est pas trop durement touchée, dit-elle finalement, et qu'on vit, disons, une cinquantaine d'années… Même si le corps se consume de l'intérieur et que les globules le dévorent vivant… les conditions sont réunies pour donner une nécromancienne d'exception, Gideon la Neuvième. Un générateur de thanergie ambulant. S'ils trouvaient un moyen d'arrêter le processus quand on n'est plus qu'un tout petit peu femme, et presque entièrement maladie, ils n'hésiteraient pas une seconde ! Mais ils en sont incapables. On dit que ma Maison adore la beauté. Ça a toujours été le cas, et il y a une forme de beauté dans cette façon de mourir… de s'éteindre doucement… à demi vivante, à demi morte, à l'apogée de son pouvoir.

Le vent sifflait un air solitaire de l'autre côté de la vitre. Avant que Gideon ait eu le temps d'intervenir, Dulcinea se redressa laborieusement sur ses oreillers et demanda :

— Est-ce que selon toi j'ai l'air à l'apogée de mon pouvoir ?

La question était assez objectivement embarrassante.

— Euh… commença Gideon.

— Si tu mens, je te change en momie.

— Vous avez vraiment une sale tête.

Dulcinea se laissa retomber sur ses oreillers avec un petit rire nerveux.

— Gideon, dit-elle. J'ai dit à ta nécromancienne que je ne voulais pas mourir. Et c'est la vérité… Mais je suis mourante depuis ce qui me semble au moins dix mille ans. Ce que je voulais avant tout, c'était ne pas mourir *seule*. Je ne voulais pas qu'on me dérobe aux regards. C'est terrible, d'être oubliée… La Septième m'aurait enfermée dans un somptueux tombeau et n'aurait plus jamais parlé de moi. Je ne voulais pas leur faire ce plaisir. Voilà pourquoi j'ai répondu à la convocation de l'Empereur… c'est ma décision… même si je savais que je mourrais ici.

— Je ne veux pas que tu meures, pensa Gideon, se rendant compte après coup qu'elle avait pensé tout haut.

Le pouce et l'index de Dulcinea formèrent un anneau autour de ses doigts. Ses yeux bleu-violet étaient brillants, trop brillants, leur lueur trop intense, brûlante. Gideon serra tout doucement ses doigts dans sa main. On aurait dit qu'une pression un peu trop forte aurait suffi à réduire en poussière la main de Dulcinea entre les siennes, comme les ossements les plus anciens conservés dans le sanctuaire de la Neuvième. Gideon sentait son cœur à vif, son cerveau asséché.

— Je n'ai pas prévu de mourir, tu sais, dit Dulcinea, d'une voix aussi faible et diluée qu'un mélange de lait et d'eau.

Elle ferma les yeux, poussa un soupir rauque.

— Je vais sans doute vivre éternellement… pour mon malheur. Le fameux *Une chair, une fin*…

— J'ai déjà vu cette expression quelque part, dit Gideon. Qu'est-ce que ça veut dire ?

Les yeux violets se rouvrirent brusquement.

— Tu ne sais pas ?

— Je devrais ?

— Eh bien, dit doucement Dulcinea, en principe, tu as dit ces mots à ta Respectable Fille le jour où tu lui as prêté allégeance en tant que cavalière, et elle te les a dits en retour… Mais ce n'est pas le cas, n'est-ce pas ? Tu n'as pas été formée aux traditions de la Maison du Tombeau Scellé, tu n'as rien d'une nonne de la Neuvième Maison. Et tu te bats comme… je ne sais pas. Je ne suis même pas sûre que tu aies grandi dans la Neuvième.

Gideon appuya sa tête contre le montant du lit. Elle avait imaginé qu'elle serait prise de panique quand le moment arriverait. Mais ses réserves de panique étaient épuisées. Elle était fatiguée, c'est tout.

— Démasquée, dit-elle. J'en ai marre de faire semblant, donc. Ouais. Vous avez raison sur toute la ligne. Vous avez raison, je suis la plus grosse imposture de tous les temps. Mais le vrai cavalier est hyperthyroïdique, et une vraie chiffe molle. Ça fait à peine deux mois que je le remplace. Je ne suis pas une vraie cavalière. Et je suis la pire de toutes.

Le sourire que lui adressa alors Dulcinea était sans fossette, mais étrangement tendre (comme Dulcinea l'était toujours avec elle), comme si elles partageaient un merveilleux secret.

— Tu te trompes, dit-elle. Si tu veux mon avis… Je pense que tu es une cavalière digne d'une Lycteure. J'aimerais vraiment voir ce que tu vas devenir. Et je me demande si la Respectable Fille est consciente de la chance qu'elle a…

Elles se regardèrent longuement, Gideon se rendant parfaitement compte qu'elle plongeait trop profondément dans ce regard bleu chimique. La main de Dulcinea était chaude dans la sienne. Soudain, la panique de se confier semblait monter en elle malgré tout, avec un shoot d'adrénaline venu du plus profond de ses tripes… et c'est à ce moment opportun que la porte s'ouvrit, laissant apparaître Palamedes Sextus, muni de sa grande sacoche noire remplie de machins bizarres. Il ajusta ses lunettes sur son nez, regarda une seconde de trop leurs mains entrelacées.

— Je venais voir si vous aviez besoin de quelque chose, mais je peux revenir à un autre moment, dit-il, avec un tact et une retenue parfaitement inhabituels chez lui.

— Pour moi c'est le moment de me tirer d'ici, dit Gideon en récupérant sa main.

Tout le monde lui en voulait, de toute manière. Grand bien leur fasse, ils ne pouvaient pas lui en vouloir autant qu'elle-même s'en voulait. Elle se leva, fit quelques petits mouvements circulaires avec la tête pour faire craquer toutes ses articulations. Soulagée de constater qu'elle portait toujours sa rapière à la ceinture, elle se planta devant Palamedes. Elle se sentait… sale, et terriblement coupable.

— Je retourne à mes quartiers. Non, laisse tomber, ça va. Merci pour la pommade à l'odeur ensorcelante de pisse.

— Bon Dieu, Neuvième, répliqua Palamedes. Rassieds-toi. Tu as besoin de repos.

— Rappelle-toi ce qui s'est passé la dernière fois que je me suis reposée. Non merci.

— Et puis ce n'est pas une pommade, mais un baume antiseptique. Rappelle-toi que Cam a retiré une bonne vingtaine d'éclats d'os de tes plaies et a dit qu'il en restait au moins une douzaine…

— Nonagesimus les retirera… ou pas, rétorqua vivement Gideon. Autant les laisser en place jusqu'à ce qu'on arrête de buter des gens à cause de moi, non ?

— Neuvième…

Gideon planta là le Gardien de la Sixième et partit comme une fusée dans les couloirs. C'était une manière bien ridicule de quitter une conversation aussi banale, mais c'était aussi très satisfaisant, et très rapide. Elle avançait dans un couloir en ôtant une espèce de matière orange sous ses ongles, d'humeur revêche, lorsqu'elle faillit renverser Silas Octakiseron dans sa vaporeuse cape antiseptique de la Huitième. Colum vint aussitôt se placer à son côté. Comme il était vêtu de blanc lui aussi, son teint paraissait encore plus jaune que d'ordinaire.

— Ils sont donc morts, dit l'oncle en guise de salut.

La seule chose qui retint Gideon de hurler comme une bête était le soulagement d'avoir enfin l'occasion de lui botter le cul tellement fort qu'à l'avenir il parlerait avec son sphincter.

— *Ils* avaient un nom, espèce de trou du cul blafard, dit-elle, et si vous cherchez la merde, je vous préviens que je suis grave d'humeur à foutre des beignes.

Colum cligna des yeux. Son nécromancien resta parfaitement impassible.

— J'avais entendu dire que tu parlais, répliqua-t-il. Quel dommage. Garde tes grossièretés pour quelqu'un d'autre, Gideon Nav. Je n'ai que faire des bavardages apeurés d'un valet de la Neuvième.

— Qu'est-ce que vous venez de dire ?

— Valet, répéta Silas. Serve. Servante.

— Je ne vous ai pas demandé un dictionnaire des synonymes, espèce de lèche-bottes insipide. Vous venez de dire Gideon *Nav*.

— Vilaine, continua le nécromancien de la Huitième, que l'exercice amusait visiblement.

Colum fixait Gideon d'un regard si incrédule qu'il en louchait presque.

— Enfant trouvée. Je ne t'insulte pas, je ne fais que dire ce que tu es. La suppléante d'Ortus Nigenad, lui-même représentant médiocre d'une Maison fétide pleine de traîtres et d'illuminés.

Le cerveau de Gideon tira le frein à main et la ramena à Drearburh, dans sa cellule, la lèvre enflée, les poignets endoloris. Les appels des fidèles toujours moins nombreux. Les lumières vertes dans l'obscurité poudreuse. L'odeur épaisse de l'encens. Les pleurs d'une femme. Quelqu'un lui volant sa navette, il y a un million d'années. Deux personnes, plus tristes l'une que l'autre, deux immigrants arrivés dans la Neuvième.

Elle a encore de la famille dans la Huitième…

— Vous avez parlé à sœur Glaurica, dit-elle lentement.

— J'ai parlé à Glaurica à son retour à la Maison mère, dit Silas. Et à présent, j'aimerais te parler à toi.

— À moi. Le valet. La servante. Et les autres mots de la liste.

— Oui, dit le jeune homme, parce que tu as grandi dans une tribu de meurtriers, pour servir une meurtrière. Tu es avant toute chose une victime de la Neuvième Maison.

Voilà qui empêcha le dernier petit os dans l'âme de Gideon de craquer, et l'empêcha, elle, de se jeter sur lui et de le saisir par le col de sa délicate cotte de mailles (bon, il fallait dire aussi qu'elle n'avait pas encore tâté des armes de Colum le Huitième et n'était pas pressée d'avoir cet honneur). Elle fit un pas en avant. Silas ne recula pas, mais détourna la tête, comme si elle avait mauvaise haleine. Ses yeux très bruns étaient entourés d'une frange étonnamment épaisse de cils blanchâtres.

— N'essayez pas de me faire croire que vous savez ce que j'ai vécu là-bas, dit-elle. Glaurica ne se souvenait jamais de mon existence, ou si c'était le cas, elle n'en avait rien à faire, et ce n'est certainement pas à *vous* qu'elle se serait confiée. Vous ne savez rien, ni sur moi, ni sur la Neuvième Maison.

— Tu te trompes, dans les deux cas, dit Silas à un point au-dessus de son épaule.

— Prouvez-le.

— Tu es invitée à prendre le thé avec frère Asht et moi.

Elle se frotta les paupières, faillit se mettre de l'infâme baume orange dans l'œil. Elle avait eu chaud, puisqu'apparemment il était si agressif qu'il pouvait faire sortir les fragments d'os de ses plaies. Ses pupilles s'embrumèrent un instant rien qu'à cause de l'odeur.

— Pardon, je crois que je n'ai pas bien compris, dit-elle. J'ai cru entendre *Viens boire un thé avec frère Asht et moi*, ce qui serait vraiment le truc le plus débile à dire dans ces circonstances.

— Tu es invitée à prendre le thé avec frère Asht et moi, répéta Silas, avec une patience étudiée, comme s'il se récitait un mantra dans sa tête livide. Tu n'emmèneras pas la Fille du Tombeau Scellé, tu viendras seule, et tu seras prête à écouter. Il n'y a pas de prix à payer, ni de motif caché. Il s'agit juste d'une invitation à devenir davantage que ce que tu es.

— Ah oui, et je suis qu…

— L'instrument de tes oppresseurs, la coupa Silas. Le cadenas de tes propres chaînes.

C'en était trop, après cette longue nuit et ses montagnes russes émotionnelles, entre meurtres surnaturels et petits drames intimes. Gideon ajusta sa cape sur ses épaules, plongea sa main libre dans une poche, et disparut dans le couloir, bien décidée à laisser l'oncle et le neveu entre eux.

La voix du nécromancien la suivit :

— Viendras-tu écouter ce que j'ai à te dire ? Décide-toi.

— Lèche-moi, blanc-bec, lança Gideon par-dessus son épaule avant de bifurquer.

Elle entendit encore le commentaire de Colum : *Ça doit vouloir dire oui*, mais pas la réponse de Silas.

*

Dès lors, Gideon ne parvint plus à vaincre ses cauchemars. Elle essayait d'amener son subconscient à plonger dans un sommeil paradoxal dont le scénario ne la ferait pas se réveiller en sursaut avec des sueurs froides, mais comme tant de choses dans sa vie désormais, cette aptitude semblait rouillée, dysfonctionnelle. Elle restait muette devant l'étendue de ses erreurs, découragée par le barrage que lui opposait son cerveau. Il lui suffisait de fermer les yeux pour revoir les images choisies au hasard dans sa propre galerie des horreurs.

Magnus Quinn, en train de boire son thé matinal, poignardé jusqu'à ce que son torse soit réduit à l'état de lambeaux de viande fumants parce qu'elle n'avait pas pu crier *Derrière toi*…

Un chaudron fumant de porridge odorant et le cadavre silencieux d'Abigail Pent, en position fœtale, disparaissant sous la surface avant que les doigts pleins de cloques de Gideon ne parviennent à l'en sortir…

Isaac Tettares buvant à grandes gorgées dans une jarre remplie d'acide sans qu'elle parvienne à l'ôter de ses mains tremblantes…

Jeannemary Chatur, dont les membres arrachés ne cessaient de réapparaître tandis que Gideon faisait et refaisait son lit, les draps de plus en plus humides et poisseux de son sang…

Il y avait aussi ce vieux rêve avec sa mère. Elle était vivante, empiétant sur sa vie comme elle ne l'avait jamais fait dans la réalité, gémissant *Gideon… Gideon… Gideon…* tandis que celle-ci était forcée de regarder ces vieilles peaux de la Neuvième détacher doucement son crâne du reste de son corps avec un *crac* sonore.

Et puis Harrow lui intimant de se réveiller. Ça n'était arrivé qu'une seule fois : la nécromancienne de la Neuvième assise dans l'obscurité, enveloppée dans un duvet moisi comme dans une cape, le visage complètement nu, impassible, dépourvu de sa fresque mortuaire noire et blanche. Gideon était aussitôt retombée dans un sommeil agité. Elle ne parvenait pas à savoir si elle avait rêvé : Harrowhark n'était pas en train d'exploser, de lui arracher les intestins encore fumants par les oreilles ou de l'écorcher vive, mettant à nu sa graisse sous-cutanée, non, elle fixait Gideon d'un regard charbonneux mais empli d'une infinie pitié. Il y avait quelque chose de doux, mais aussi de très las dans ce regard, qu'on aurait pu prendre pour de la compréhension s'il n'exprimait pas en même temps une telle fatigue, un tel cynisme.

"Ce n'est que moi, avait-elle soufflé, agacée, rendors-toi."

Tout indiquait qu'il s'agissait d'une hallucination.

Et Gideon s'était rendormie, ne serait-ce que parce que son réveil aurait entraîné des choses bien trop affreuses. Désormais, elle dormait sa rapière à la main, le gant de son couteau de poing posé sur sa poitrine comme un lourd cœur d'obsidienne.

27

— NÉGOCIONS, dit Palamedes Sextus.

Harrow et Gideon se trouvaient dans les quartiers de la Sixième Maison, ce qui était déjà en soi une expérience sacrément étrange. On avait installé les Sixièmes dans de vastes pièces hautes de plafond blotties dans l'arrondi de la tour centrale. Les fenêtres donnaient une large vue sur la mer, du moins c'est ce qu'elles auraient fait si les Sixièmes ne les avaient pas masquées de rideaux opaques. La totalité des résidents de la Sixième Maison vivait sur les pôles d'une planète si proche de Dominicus que s'exposer à sa lumière sans protection signifiait littéralement voir fondre la Maison comme neige au soleil. Les grandes bibliothèques de la Maison étaient installées à bord d'une station en forme de gigantesque boîte à biscuits, conçue avec pour principale contrainte de faire barrage au chaud comme au froid, si bien qu'on n'y trouvait aucun hublot ni autre ouverture. Palamedes et Camilla s'étant efforcés de recréer le même effet ici, la pièce avait l'air aussi spacieuse et aérée qu'un placard.

Par-dessus le marché, le moindre centimètre carré ou presque était couvert de feuilles de papier pelure : les gribouillis de Palamedes tapissaient toutes les surfaces libres, étaient fixés aux tables avec du ruban adhésif, ou collés sur les miroirs. D'énormes bouquins s'empilaient n'importe comment sur les bras des fauteuils, comme si personne ne s'y asseyait jamais sans en ajouter un au sommet. Gideon avait jeté un œil par la porte ouverte de la chambre, découvrant un nid sombre, un immense tableau blanc surplombant un lit à baldaquin antique fait au carré. Il ne faisait aucun doute qu'en bonne cavalière, Camilla s'était installée sur l'ignoble lit de camp placé au pied du lit. Il croulait sous un assortiment d'armes et de tubes de pâte à polir.

— Je m'en tiens à mon plan, répondit Harrow.

Palamedes et elle étaient assis de part et d'autre d'une table débarrassée à la hâte des livres et des notes qui l'encombraient. À la moindre secousse, des stylos oubliés roulaient sur le plateau.

— Je garde les clés, reprit-elle. Nous entrons ensemble et vous avez une heure.

— Une heure ne suffira jamais à…

— Vous êtes trop lent.

— Et vous paranoïaque.

— Je suis en vie… pour l'instant, répliqua Harrowhark, ce qui fit sursauter Gideon.

Palamedes avait ôté ses lunettes peu après le début de leur discussion, et il était occupé à les nettoyer avec un pan de son habit, une activité qui s'avérait plus agressive que défensive dans son cas, puisque sans leurs verres, ses yeux étaient d'un gris hallucinant. Ce qui avait l'air de surtout gêner Gideon, qui faisait tout pour éviter son regard.

— En effet, dit-il. La salle en elle-même m'intéresse, et elle devrait vous intéresser vous aussi.

— Vous êtes trop médicolégal.

— Et vous, vous manquez de recul. Acceptez, Nonagesimus. L'échange de clés est l'arrangement le plus logique et le plus élégant dans cette situation. Votre refus n'est que superstition et paranoïa, mêlées d'une touche de fumisterie.

L'espace d'un instant, la colère et les remords de Gideon s'effacèrent. Il venait sérieusement de dire *mêlées d'une touche de fumisterie* ?

Les deux nécromanciens étaient penchés au-dessus de la table comme s'ils étaient le reflet l'un de l'autre : leurs coudes osseux sur le plateau, le menton sur leurs doigts croisés, ils se dévisageaient sans ciller. Derrière Palamedes, Camilla avait le regard vitreux de quelqu'un qui vient d'éteindre son cerveau. Elle avait le bras bandé, mais pas en écharpe, et semblait pouvoir le bouger comme elle le voulait. Gideon végétait derrière Harrow, se curait les ongles, contemplait les feuilles de papier pelure couvertes d'une écriture qui tenait davantage du code secret. Soudain, sa nécromancienne s'appuya contre le dossier de sa chaise et déclara d'une voix sépulcrale :

— Vous croyez toujours en l'existence d'un… mégathéorème, alors.

— Bien sûr. Pas vous ?

— Non. C'est abracadabrant.

— Mais pas impossible. Réfléchissez. Les épreuves et les théorèmes qui les sous-tendent ne diffèrent pas tant que ça. Fusion neuronale. Transfert d'énergie. Siphonnement prolongé, comme dans l'épreuve du champ entropique. La théorie magique derrière tout ça est incroyable. Personne n'avait poussé si loin la puissance nécromantique, puisqu'elle est éphémère. Si l'intention était de nous démontrer toute l'étendue du pouvoir lyctoral, c'est réussi. J'ai vu l'épreuve de sélection : ce golem d'ossements autorégénérants suffit déjà à m'empêcher de dormir. Je ne sais vraiment pas comment ils ont pu réussir à créer une chose pareille.

— Moi, je sais, répliqua Harrow, et si mes calculs sont exacts, je saurai la répliquer. Les choses qu'ils nous ont montrées sont puissantes et témoignent d'une étendue incroyable de capacités nécromantiques… Le problème est bien qu'on ne peut pas les répliquer avec nos pouvoirs éphémères. Ces expériences exigent un flux continu de thanergie. Ils en ont caché la source quelque part dans le complexe, c'est ça, le vrai butin.

— Aah, votre théorie de la *porte secrète*. Très Neuvième.

— Simple logique spatiale, rétorqua-t-elle. En comptant le complexe, nous avons accès à trente pour cent de cette forteresse, à peu près. C'est ce qu'on appelle une preuve, Gardien. Tandis que votre mégathéorème ne repose que sur des hypothèses et sur votre *instinct*.

— Merci bien ! Ce qui me déplaît, c'est qu'il n'est question que de contrôle dans la plupart de ces sortilèges.

— Ne soyez pas stupide. Le contrôle est ce qui définit la nécromancie.

Palamedes remit enfin ses lunettes.

— Peut-être, dit-il. Je ne sais pas. Parfois. Écoutez, Nonagesimus. Ces théorèmes sont là pour nous apprendre quelque chose. Je pense qu'ils font partie d'un tout, comme le tableau blanc dans le complexe, vous voyez ? *Mission accomplie.* Vous pensez qu'on nous donne des indices, des messages, pour trouver une sorte de connaissance supérieure cachée quelque part, c'est l'idée de la source d'énergie. Je vois des pièces de puzzle, vous voyez des panneaux indicateurs. Peut-être que c'est vous qui avez raison, et que nous sommes censés suivre les petits cailloux qui nous mèneront au trésor… Mais si c'est moi qui ai raison, si le Lyctorat n'est rien d'autre au fond que la synthèse de ces huit théorèmes…

Il y eut un long silence, pendant lequel Gideon crut Palamedes définitivement perdu dans ses pensées. Mais il reprit brusquement :

— Eh bien ça ne fonctionne pas. Il y a une erreur de logique quelque part. Tout ça n'est qu'une terrible erreur.

Sa nécromancienne réagit enfin.

— Laissez les propos sibyllins à la Neuvième, Sextus. Comment ça, *une erreur* ?

— Je vous ferai voir mes notes si vous m'aidez à crocheter une serrure, dit Palamedes.

Harrow marqua un temps avant de répondre.

— Vous me donnerez vos notes sur tous les théorèmes que vous avez trouvés. Quelle serrure ?

— Si vous me donnez aussi une copie de votre plan…

— Quel plan ? dit Harrow, comme si elle s'adressait à un public invisible. Je ne sais pas d'où vous tenez ça.

— Je ne suis pas stupide, Respectable Fille… Une serrure lyctorale… destinée à la clé de la Sixième. La clé grise. Qui est entre les mains de Silas Octakiseron. D'où l'idée du crochetage.

— C'est impossible. Comment voulez-vous faire ?

— Nous ne le saurons qu'en essayant. Si nous y parvenons, je mettrai à votre disposition l'intégralité de mes notes, en échange des vôtres, de votre coopération et du plan. Vous acceptez ?

Il y eut un silence éloquent. Ils savaient tous les quatre que la nécromancienne de Gideon allait forcément accepter. Elle manqua renverser sa chaise en se levant, et Gideon la rattrapa du pied.

— Montrez-moi la porte dont vous parlez, ordonna-t-elle. Mais cette idée que la Sixième Maison dévalise la mienne ne me plaît pas du tout.

— Tout le monde ou presque verrait que c'est une offre plutôt généreuse, fit remarquer Sextus, tandis que Camilla tirait obligeamment sa chaise derrière lui. Mais je vous dois une faveur : vous nous avez soutenus lorsque la Troisième nous a défiés. Nous aurions pu gagner… mais le prix aurait été bien trop élevé. Voilà pour le côté sentimental. Si vous voulez du concret, suivez-moi.

C'est donc ce que firent Harrow et Gideon. Les Sixièmes refermèrent la porte de leurs quartiers derrière eux (les Neuvièmes furent assez amusées de voir qu'en plus des sortilèges de Palamedes, ils avaient muni la porte de cinq verrous haute sécurité et l'avaient renforcée pour qu'on ne puisse pas la sortir de ses gonds). Le son de Camilla fermant les verrous était comme une bonne séance d'ASMR. Les deux nécromanciens prirent la tête du cortège, l'allure de mornes oiseaux gris dans leurs longs habits, tandis que Gideon et Camilla les suivaient au demi-pas de distance réglementaire.

Camilla la Sixième avait les épaules crispées. Sa frange rectiligne se mit un peu en désordre lorsqu'elle tourna son visage impassible vers Gideon.

— Si tu me demandes comment ça va, je hurle, annonça celle-ci.

— Comment ça va ? demanda Camilla, qui était vraiment pénible.

— Je sais que tu sais que je bluffe, et ça m'énerve, répliqua Gideon. Et toi, dis-moi : tu te bats avec quoi, quand tu ne fais pas semblant que la rapière est ton arme principale ? Deux lames courtes, une lame et une massue ?

Les yeux de Camilla se réduisirent à deux fentes bordées de noir.

— Qu'est-ce qui m'a trahie ? demanda-t-elle.

— Tu as tiré ta rapière et ta dague en même temps. Tu es ambidextre. Tu pares comme avec des lames courbes. Il y a au moins six épées différentes et une matraque sur ton lit.

— J'aurais dû ranger mon bazar, dit Camilla. Deux lames. À double tranchant.

— Pourquoi ? Je veux dire, c'est cool, mais pourquoi ?

La cavalière se massa doucement le coude, plia plusieurs fois les doigts comme pour s'assurer qu'elle pouvait le faire sans trop de douleurs. Elle parut réfléchir, puis se décida brusquement.

— J'avais douze ans quand j'ai demandé à devenir la première cavalière du Gardien. J'ai passé l'examen, on a étudié les statistiques de tous les types d'armes, et la conclusion était que deux lames courtes avaient… le plus d'applications différentes. J'ai appris à me servir d'une rapière (doux euphémisme), mais quand le moment viendra de vraiment se battre, je reprendrai mes deux lames.

Avant que Gideon ait eu le temps de s'appesantir sur ces derniers mots *(Parce que le moment de vraiment se battre n'était pas encore arrivé, peut-être ?)*, Camilla lui donna un coup de coude.

— Pourquoi tu te comportes comme si tu étais en froid avec lui ?

— Euuuh, pas du tout, dit Gideon. Merci bien.

— Parce qu'il ne s'est rien passé. (Bingo.) Tu n'as aucune raison de lui faire la tête.

— Tu peux peut-être… je ne sais pas, lui dire que je peux lui présenter Dulcinea, s'il veut ? Que je ne cherche pas à lui mettre des bâtons dans les roues ?

— Le Gardien n'a vraiment pas besoin qu'on lui présente Lady Septimus, répliqua Camilla.

— Alors tu peux peut-être lui dire d'arrêter de faire comme s'il avait lu les sentiments de tout le monde dans un livre il y a bien longtemps ? Ce serait super, merci, dit Gideon.

Camilla ne répondit pas ; elle rattrapa son adepte, qui s'était arrêté devant un grand tableau, au cadre autrefois doré, et désormais marron, voire noir par endroits. Les couleurs du tableau étaient tellement passées qu'on aurait dit une vaste tache de café. Il représentait un décor étrange : une formation rocheuse coupée en deux par un profond canyon, au fond duquel un torrent sépia se perdait dans le néant.

— Je l'avais déjà repérée, déclara Harrow.

— Jetons-y tout de même un œil.

Palamedes et Camilla soulevèrent sans effort apparent le tableau de son clou invisible. La grande porte lyctorale qui se trouvait derrière, avec ses colonnes noires, ses crânes aux cornes sculptés et ses symboles obscurs, n'était pas particulièrement bien cachée. Elle ressemblait en tout point à celle que Gideon avait découverte.

Harrow laissa échapper un cri. Elle s'approcha de la serrure, et Gideon vit que celle-ci était remplie d'une espèce de masse grise, comme du mastic ou du ciment. On l'avait délibérément sabotée. Il y avait quelques fragments de matière au sol, et quelques rainures dans la masse, mais elle avait l'air désespérément résistante. Il allait falloir une sacrée intervention pour s'en débarrasser.

— Sixième, dit sa nécromancienne. Cette serrure n'était pas dans cet état lorsque nous sommes arrivés dans la Maison de Canaan.

— Je n'arrive toujours pas à croire que vous ayez répertorié toutes les portes de cet édifice au cours de la première nuit, dit Palamedes avec un petit sourire, et que je n'y aie pas pensé… Je n'ai pas réussi à dater le sabotage, poursuivit-il. Je commençais à me dire que j'étais rouillé…

Harrow avait déjà ôté ses gants en tirant dessus avec ses dents, et assouplissait ses longs doigts nerveux comme une chirurgienne avant une opération. Elle effleura la masse du pouce, poussa un juron et fronça les sourcils si fort qu'un crayon aurait pu tenir en équilibre sur son front. Elle lança ses gants à Gideon (qui les attrapa adroitement au vol), et frotta un peu de matière entre le pouce et l'index.

— C'est de la cendre autorégénérante, dit-elle, le plus calmement du monde.

— De la matière osseuse en renouvellement perpétuel… Voilà qui explique pourquoi elle était impossible à dater.

— Comme la construction de Réaction.

— Mais alors…

— La personne qui a fait ça a un niveau de compétences comparable à celle qui a créé la construction, expliqua Harrow. Pour se débarrasser de ce truc, il faudrait plus de pouvoir que n'en ont la plupart des osséos… *réunis.*

— Je ne vous ai pas amenée ici pour régler le problème, dit Sextus. Je voulais juste avoir confirmation de mon hypothèse, ce que vous venez de faire, merci beaucoup.

— Pardon, mais je n'ai jamais dit que je n'étais pas en mesure de régler le problème.

Un sourcil apparut au-dessus des épais verres de Palamedes.

— Je croyais que… ?

L'Harrowhark qui parcourait autrefois les salles poussiéreuses de la Neuvième comme si elle écrasait de la soie mauve à chaque pas répondit, flegmatique :

— Je suis gênée pour vous que vous n'en soyez pas capable, Sextus.

Elle posa la paume sur le dépôt de matière osseuse qui obstruait la serrure. Puis elle la retira d'un coup et, un peu comme si elle avait les mêmes propriétés que le chewing-gum ou la colle, la masse resta collée à sa main, sous forme d'un fil caoutchouteux, long comme un doigt, dont l'extrémité vibrait follement. Un film de sueur apparut sur sa tempe. Palamedes Sextus retint son souffle… Et la matière repartit vers la serrure avec un claquement soudain, se réagrégeant au reste comme de la pâte à modeler pour reconstituer la masse indélogeable. Harrow fit une nouvelle tentative, pliant et dépliant les doigts, malaxant la masse, les yeux fermés, les traits crispés. Elle parvint à éloigner la masse osseuse d'une dizaine de centimètres… puis celle-ci réintégra la serrure avec un *clac* sonore. On aurait dit une scène d'explosion filmée à l'envers. Elle fit une troisième tentative. Une quatrième. Une cinquième. Etc.

Le front d'Harrow luisait d'un film de sueur ensanglantée. Son maquillage coulait en petits ruisseaux gris et roses comme des larmes le long de son nez. Par réflexe, Gideon vint se placer à côté d'elle et, dissimulant son geste au regard placide de Sextus, elle remonta la manche de son manteau de Neuvième en chuchotant sans réfléchir :

— Recharge-toi.

C'étaient les premiers mots qu'elle adressait à Harrow depuis qu'elles avaient quitté les quartiers de la Sixième, et que la nécromancienne, réticente à accepter le marché que lui proposait Sextus, avait pris son air le plus suffisant et dédaigneux de son répertoire de corbeau. Son adepte ouvrit un œil furieux.

— Pardon ?

— J'ai dit : *en selle, ma belle*. Allez. Tu sais ce qu'il te reste à faire.

— Manifestement non. Et ne me dis plus jamais *en selle, ma belle*.

— Je veux dire : siphonne-moi.

— Nav…

— Les Sixièmes nous regardent, la coupa Gideon.

À ces mots (un argument massue pas très subtil), Harrowhark se tut. Elle lui lança un regard rancunier que Gideon mit sur le compte de la frustration : oui, encore une fois, la seule solution qui se présentait à elle était d'avoir recours à sa cavalière, qui avait déjà tellement merdé qu'elle avait battu tous les records.

— Pas besoin de relever ta manche, patate.

Et ce fut le retour de la sensation de morsure de sangsue du siphonnement. C'était tout aussi affreux que la dernière fois, mais bien plus rapide que pour l'interminable marche d'Harrow d'un bout à l'autre de la salle Extraction ; et puis Gideon savait désormais à quoi s'attendre. La douleur était donc atroce, mais familière. Elle ne poussa pas de hurlements (ce qui aurait peut-être été plus digne, finalement), mais une série de grognements et de gémissements étouffés, tandis que sa nécromancienne semblait lui passer l'âme au papier de verre. Son sang bouillait dans ses veines, pour se congeler la seconde suivante, écorchant ses entrailles à chaque battement de son cœur.

Harrowhark, les doigts crispés, tirait. Et au bout d'un très long moment, elle se retrouva avec une boule inerte d'os et de cendre comprimée dans la main. La serrure était aussi impeccable que si elle n'avait jamais été bloquée. Le duo de la Sixième les dévisagea longuement. Puis Palamedes se pencha enfin sur la serrure toute propre.

— Ne prenez pas l'habitude de vous servir d'elle comme ça, Nonagesimus, dit-il d'un ton franchement désapprobateur. Ce n'est ni très malin, ni très moral.

— On dirait Silas Octakiseron, répliqua Gideon.

— Aïe.

Palamedes semblait sincèrement vexé par la comparaison. Il se redressa.

— Bon, reprit-il. La serrure est libre, on verra bien ce qui se passe. Il aurait peut-être mieux valu laisser cette matière osseuse où elle était, mais j'ai bien envie de déstabiliser ce qui ou ceux qui sont derrière tout ça. Les forces surnaturelles sont elles aussi vulnérables.

Il posa un doigt sur la serrure.

— Est-ce que tu as caché la dernière clé ? demanda-t-il doucement. Est-ce que tu te sens traqué ? *Réagis*, imbécile.

Camilla s'éclaircit la gorge (son nécromancien était tout de même en train de parler à un trou dans une porte). Il laissa retomber sa main.

— Je vous dois un nouveau service, Neuvième, dit-il. Posez-moi une question, n'importe laquelle.

— Ce n'est pas très sexy de vous ériger en dépositaire de tout le savoir, Sextus, répliqua Harrow.

— Je ne m'érige en rien du tout.

— Combien y a-t-il de clés en jeu ?

Un vaste sourire se dessina sur le visage de Palamedes. Par une curieuse réaction alchimique, son visage quelconque devint magnétique : il était presque beau, alors qu'une seconde avant le bas de sa figure n'était que l'assemblage anguleux d'un maxillaire et d'une mandibule.

— Nous en avons trois, dit-il. Vous en avez deux… enfin, vous en avez cédé une à Lady Septimus, en vertu de son offre, que j'avais refusée. À ce propos, vous auriez pu négocier un peu mieux : moi, au moins, j'ai demandé à voir ses clés. Mais je suppose qu'elle n'a pas eu trop de mal à vous amadouer.

Harrow ne réagit pas, mais Gideon était prête à parier que dans une vile crypte de son cerveau elle l'agonissait d'injures.

— Les Huitièmes en avaient une, reprit-il, et en ont obtenu deux autres par la ruse : celles de Dulcinea. Donc il en reste une.

— Les Troisièmes, peut-être ? suggéra Harrow.

— Non. Cam les a entendues parler ce matin, elles n'ont rien. Les Deuxièmes non plus, à moins qu'elles n'aient menti après le duel, ce qui ne serait pas très surprenant. Soyez prudente. Les Deuxièmes cherchent le moyen de mettre fin au concours, les Troisièmes sont très mauvaises perdantes, quant aux Huitièmes… la fin justifie les moyens. Mais ce sont les Troisièmes que j'ai le plus de mal à cerner, admit-il. Je ne sais pas laquelle des jumelles est la plus dangereuse.

— La grande, répliqua Harrow sans aucune hésitation.

Gideon était assez certaine que les jumelles avaient la même taille. Apparemment, le regard d'anatomiste d'Harrowhark Nonagesimus lui-même n'était pas immunisé contre le rayonnement de la princesse Corona.

— Ce ne sont pas des nécromanciennes exceptionnelles, dit-elle, mais la grande est clairement dominante : elle dit *je*, alors que sa sœur dit toujours *nous*.

— C'est un argument. Mais je ne suis toujours pas convaincu. Retrouvez-moi demain soir, Neuvième, nous commencerons l'échange de théorèmes. D'ici là, il faut que je réfléchisse.

— À la clé manquante, dit Harrow.

— À la clé manquante.

Sur ce, les Sixièmes tournèrent les talons, s'éloignant dans leurs ennuyeux vêtements monochromes. Au grand déplaisir de Gideon, Palamedes fit demi-tour au bout de quelques pas. Il n'avait pas croisé son regard au cours de la scène précédente (peut-être parce qu'elle avait soigneusement évité le sien), mais cette fois, il la regarda droit dans les yeux. Elle ravala le besoin impérieux de bredouiller *je suis désolée, je ne te déteste pas, c'est juste que je me déteste moi, en ce moment.* Elle détourna froidement les yeux, ce qui devait apparaître comme l'exact contraire d'excuses.

— Garde un œil sur elle, Nav, souffla-t-il avant de partir rattraper Camilla.

— Il devient vraiment présomptueux, commenta la Respectable Fille en les regardant s'éloigner.

— Je crois qu'il… ne parlait pas de toi.

S'installa alors entre elles un silence qui s'étira comme la masse osseuse de la serrure lyctorale.

— Je vois, dit Harrow. Et donc : je t'interdis formellement de revoir Lady Septimus.

— Tu plaisantes ? Hein, dis-moi que tu *plaisantes* ?

Le visage d'Harrow affichait une expression de patience étudiée.

— Nav, dit-elle. Crois-moi, Dulcinea Septimus est dangereuse.

— Tu es complètement dingue. Dulcinea Septimus ne peut même pas se moucher toute seule. Je commence vraiment à en avoir marre de tes réactions bizarres, là.

— Tu ne t'es jamais demandé comment elle avait réussi à obtenir une clé… Et c'est *moi* qui suis *bizarre* ?

— Je n'en sais rien ! s'exclama Gideon. Mais si tu ne cochais pas les cases *jalouse* et *foldingue* dès qu'on parle d'elle !

— Si tu ouvrais un dictionnaire, tu verrais qu'on dit *envieuse*, et je ne vois pas comment je pourrais être envieuse de…

— Non non, tu es jalouse, répliqua Gideon, c'est clair, vu comment tu réagis dès que tu as l'impression qu'elle me prend un peu de mon temps !

Il y eut un silence malaisant.

— J'ai été trop laxiste avec toi, dit sa nécromancienne, ignorant superbement la dernière réplique de Gideon, comme si elle avait simplement chié par terre.

Elle reprit ses gants des mains de sa cavalière qui se tenait toujours gauchement devant elle, les enfila lentement.

— J'aurais dû t'empêcher de t'attacher à tous les psychos de la Maison de Canaan.

(*C'est toi qui traites les autres de psychos ?* pensa Gideon très fort.)

— Mais c'est fini, tout ça, reprit-elle. Nous avons peut-être moins de choses à cacher, mais davantage à perdre.

— Elle n'a personne pour la protéger, si ce truc s'en prend à elle. C'est une condamnation à mort.

— Oui, dit Harrow. Elle n'a plus de cavalier. Donc ce n'est qu'une question de temps. Laisse les morts reprendre les morts. Tu refuses de me croire, alors que je t'ai suffisamment prouvé par le passé que j'avais raison ? Très bien. Tu as tout de même interdiction d'entrer dans sa chambre.

— Non, dit Gideon. Non non. Nan. Hors de question. Ça ne marche pas comme ça.

— Tu n'es pas sa garde du corps.

— Je ne suis pas la tienne non plus, répliqua Gideon. Pas vraiment.

— Mais si, rétorqua Harrowhark. Tu as accepté d'endosser le rôle de première cavalière. De remplir les devoirs d'une cavalière. Ne pas être consciente de ce que ça implique ne t'en exempte pas pour autant…

— J'ai promis que je me battrais pour toi. Tu m'as promis ma liberté en échange. Or il y a de sacrées chances que je n'en voie jamais la couleur, je le sais. On va tous mourir ici ! Un monstre nous poursuit ! Tout ce que je peux encore faire, c'est essayer de maintenir en vie le plus longtemps possible le plus de personnes possible, en espérant qu'on trouve une solution ! C'est toi le sac d'os ignorant, toi qui ne comprends pas ce qu'est une cavalière, Harrow, tu prends tout ce que je te donne…

— Le mélodrame n'a jamais été ton truc, Gigi, répliqua son adepte. Et à ce que je sache tu n'as jamais eu à te plaindre de nos transactions passées.

— Transactions mon cul. Tu as déjà oublié la scène du *Je ne supporte pas que tu ne me fasses pas confiance alors je vais te regarder super bizarrement…* et ta tête juste après quand j'ai osé te prendre dans mes bras !

Harrow prit une profonde inspiration.

— Ne te moque pas de ma…

— Me moquer ? Mais je devrais plutôt te botter le cul !

— Ma demande est tout à fait raisonnable, dit Harrowhark, qui avait déjà remis et ôté ses gants trois fois, et regardait ses ongles comme si elle s'ennuyait à mourir.

Si Gideon se retenait de lui en coller une, c'était bien parce qu'elle voyait ses cils trembler de rage (et aussi parce qu'elle n'avait encore jamais frappé Harrow et était assez terrifiée à l'idée qu'une fois qu'elle aurait commencé, elle ne pourrait plus jamais s'arrêter).

— Je te demande de remettre la Neuvième au premier rang de tes priorités, dans une situation que tu as toi-même qualifiée de dangereuse.

— Mes priorités sont parfaitement claires.

— Ton attitude des deux derniers jours dit tout le contraire.

Gideon n'apprécia pas trop.

— Va te faire foutre. Va te faire foutre ! *Je n'ai jamais voulu la mort de Jeannemary !*

— Bonté divine, ce n'est pas ce que je voulais d…

— Va te faire foutre, répéta Gideon, pour faire bonne mesure, avant d'éclater d'un rire aussi strident que sinistre. Putain. On ne mérite pas d'être en vie, tu n'as pas encore compris ? Tu n'as pas encore compris que depuis le début, le truc essentiel, c'est l'entente entre le nécro et son cav ? On devrait déjà être réduites en bouillie. Si on est jugées sur la force de notre lien, on est déjà mortes, en fait. Magnus le Cinquième était bien meilleur cavalier que moi. Jeannemary la Quatrième dix fois meilleure que moi. Ils devraient être encore en vie, et nous deux de la pâtée à bactéries, deux sacs de bouts de cadavres froids. Mais par une suite de hasards absurdes, on est toujours vivantes, et pas Jeannemary, et maintenant à t'entendre on dirait qu'il suffit que je laisse mourir Dulcinea pour que tu deviennes Lycteure et…

— Arrête un peu de t'écouter parler, Nav, et écoute plutôt ce que j…

— Harrow, je te déteste, la coupa Gideon. Je n'ai jamais cessé de te détester. Je te détesterai toujours, et tu me détesteras toujours. N'oublie jamais ça. Parce que moi je n'oublierai pas.

La bouche d'Harrow se tordit si fort qu'on aurait dit qu'elle voulait faire un double nœud. Elle ferma les yeux, glissa ses mains dans ses gants. La tension, entre elles, était comme un abcès luisant. Gideon se rendit compte qu'elle venait d'avaler sa salive six fois en dix secondes. Elle avait une sensation de sécheresse dans la poitrine. Sa nécromancienne déclara posément :

— Tu te trompes sur toute la ligne, Gigi.

— Comment ça je…

— Rien ne me sépare du Lyctorat, dit Harrowhark, et tu ne joues aucun rôle là-dedans. Ne te laisse pas influencer par les idées de la Sixième. Les épreuves ne s'embarrassent pas de concepts aussi écœurants que les sentiments ou l'obéissance ; elles me testent moi, et moi seule. À la fin, ni moi ni la Neuvième Maison n'aurons besoin de toi dans cette mascarade. Tu peux me détester autant que tu veux ; moi, la plupart du temps, j'oublie jusqu'à ton existence.

Elle tourna le dos à Gideon. Mais sans aller nulle part, non, simplement pour le plaisir arrogant de tourner le dos à sa cavalière armée, qui avait tout le loisir de lui transpercer la cage thoracique d'un coup de rapière, si l'envie l'en prenait.

— Je t'interdis de voir Septimus, répéta Harrow. Plus vite elle partira, mieux ça vaudra. À sa place… je me serais déjà jetée par la fenêtre.

— Ça peut s'arranger, dit Gideon.

— Va plutôt faire la sieste, la rembarra Harrow.

Gideon était à deux doigts de porter la main sur elle… et aurait sans doute mieux fait de ne pas se retenir.

— Si tu n'as plus besoin de moi, libère-moi de mes obligations et laisse-moi servir la Septième, dit-elle d'une voix parfaitement calme, comme si elle lisait pendant un office. Je préfère servir Dulcinea mourante que la Respectable Fille vivante.

Cette fois, Harrowhark tourna vraiment les talons, nonchalamment, comme si elles venaient de parler de la pluie et du beau temps. Elle fit quelques pas, se retourna vers Gideon, et l'expression que celle-ci entrevit sur son visage la frappa en plein plexus.

— Je te le ferai savoir, quand j'aurai décidé de te libérer, dit-elle.

Elle quitta la pièce, et Gideon décida de la trahir.

28

Une demi-heure plus tard, Gideon Nav était devant la porte des quartiers de la Huitième, face à un Colum prodigieusement ébahi. Dans les brumeux recoins de son esprit, cet acte de trahison lui était apparu comme la bonne décision, même si elle ne savait pas encore vraiment pourquoi.

— Ton oncle voulait me parler, dit-elle. Me voilà.

Le cavalier la dévisagea. Visiblement, elle l'avait interrompu au beau milieu d'une tâche ménagère, ce qui, dans d'autres circonstances, aurait été plutôt hilarant. Sa veste de cuir blanc aux épaulettes façon écaille avait disparu : il portait un pantalon blanc immaculé qui contrastait avec son maillot de corps douteux, et tenait à la main un chiffon pisseux, dégoulinant d'huile. C'était la première fois que Gideon voyait Colum seul. Hors de l'ombre de son oncle, il était toujours aussi pigmenté, comme s'il faisait une jaunisse. Sa peau avait l'aspect du cuir tanné, et comme ses cheveux étaient de la même couleur, son visage était quasiment monochrome. Gideon constata avec étonnement qu'il était à peine plus jeune que Magnus. Il avait l'air usé, comme un cavalier d'occasion.

— Tu es venue seule ? demanda-t-il de sa voix perpétuellement rauque.

— Tu l'aurais remarqué, si ma nécromancienne était avec moi.

— Oui, dit Colum, qui sembla vouloir ajouter quelque chose, avant de se raviser. Rapière et seconde arme, ordonna-t-il.

— Quoi ? Je ne vais quand même pas te laisser me désarmer…

— Écoute, je serais vraiment stupide de ne pas le faire. Ne rends pas les choses plus difficiles, s'il te plaît.

— Il n'a jamais été question de ça…

— Il n'y a aucun danger pour toi ici, je le jure sur l'honneur, dit Colum. Allez, donne.

Si ce type sec aux yeux tristes n'était pas spécialement aimable, il avait l'air honnête, et puis… il avait probablement le pire job de toute l'histoire de l'univers. Gideon n'avait pas vraiment confiance en lui. Mais elle lui remit sa rapière et son gant et le suivit à contrecœur.

Le brouillard qui enveloppait son cerveau commençait à se dissiper, et Gideon à regretter l'accès de rage qui l'avait poussée à courir voir Professeur aussitôt Harrow partie puis, suivant les indications de celui-ci, à se présenter chez les Huitièmes. Les pièces qui constituaient leurs quartiers étaient élégantes, lumineuses, avec de hautes voûtes et d'immenses fenêtres. En revanche, impossible de dire comment elles étaient agencées à l'origine, car ils s'étaient débarrassés de presque tous les meubles. Le séjour carré était astiqué à mort. Gideon n'avait jamais vu une telle propreté à l'intérieur de la Maison de Canaan. Apparemment, on leur avait même fourni de la cire, car le parquet sous ses pieds dégageait une odeur toute fraîche. Ils avaient gardé un bureau et une chaise, une table et deux tabourets, et c'était tout. La table était recouverte d'une nappe blanche. Il y avait un livre sur le bureau. Le reste était spartiate.

L'unique touche de couleur était un grand portrait de l'Empereur en Maître Clément, une expression de paix et de béatitude sur le visage, placé juste en face de la table, comme un hôte permanent. Dans un coin de la pièce, sur une caisse de métal poli, le petit bouclier de Colum était posé en équilibre précaire sur un tas d'haltères.

Colum déposa respectueusement sa rapière et son gant à côté de la porte, ce qu'elle apprécia. Puis il disparut dans une autre pièce pour réapparaître un instant plus tard, suivi de Silas, comme toujours vêtu de son uniforme de soie immaculée, sa cotte de mailles argentée bien visible sous les longs pans vaporeux de sa cape. Gideon semblait l'avoir dérangé dans ses ablutions : ses cheveux couleur craie étaient humides et ébouriffés, comme s'il venait de les frotter dans une serviette. Elle s'étonna de leur longueur, et se rendit compte qu'elle ne les avait encore jamais vus autrement que strictement attachés. Il prit place sur la chaise de bureau tandis que Colum, tirant un peigne d'on ne sait où, se mettait à coiffer les fines boucles blanches.

Apparemment, ça faisait un moment que Silas n'avait pas eu une bonne nuit de sommeil. Les cernes foncés sous ses yeux durcissaient ses traits. Son menton était encore plus implacable que d'habitude.

— Sois consciente que je ne tolérerais jamais la présence d'une cultiste de l'ombre dans un sanctuaire de la Huitième si cela ne répondait pas à un impératif d'utilité morale, commença Silas.

— Merci, dit Gideon. Je peux m'asseoir ?

— Je t'en prie.

— Donnez-moi juste un instant, intervint Colum, je termine et je prépare le thé.

Gideon saisit un des tabourets sous la table et le traîna sur le parquet fraîchement ciré. Le nécromancien ferma les yeux, comme si le bruit le faisait littéralement souffrir.

— Je n'ai jamais fait partie de la congrégation du Tombeau Scellé, dit-elle en s'asseyant enfin. Si vous aviez vraiment parlé à sœur Glaurica, vous le sauriez.

Une fois les cheveux de Silas bien démêlés, Colum les divisa en plusieurs sections de la pointe de son peigne. Le nécromancien, manifestement habitué, ne broncha pas. Gideon remercia une nouvelle fois sa bonne étoile de ne pas avoir eu à subir une vraie formation de cavalière.

— Un rocher n'a pas besoin de prêter serment pour être un rocher, dit-il d'une voix lasse. Tu es ce que tu es. Maintenant, ôte ta capuche. S'il te plaît.

Le *s'il te plaît* avait manifestement eu un peu de mal à sortir. Gideon tira à contrecœur sur sa capuche, la laissa tomber sur ses épaules. Avoir la tête nue était désormais une sensation assez étrange. Les yeux de Silas ne s'attardèrent pas sur son visage, pourtant entièrement exposé, mais se posèrent sur ses cheveux (qui avaient grand besoin d'un coup de ciseaux).

— Je me demande d'où tu peux venir, réfléchit-il tout haut. Ta mère avait le même phénotype. Ce qui est plutôt rare… c'était peut-être une Troisième.

Gideon encaissa le coup.

— Stop, dit-elle. Pas de commentaires mystérieux sur ma… ma mère. Vous ne savez absolument rien à son sujet, et sur moi non plus, alors ça va m'énerver. Et quand je suis énervée, je me casse. C'est clair ?

— Comme de l'eau de roche, dit le nécromancien de la Huitième. Mais tu te méprends. Lorsque nous avons questionné Glaurica, c'est davantage l'histoire de ta mère qui m'intéressait que la tienne. Ton apparition était fortuite. Glaurica a confondu l'utile et l'anecdotique. Mais c'est toujours comme ça avec les fantômes.

— Les *fantômes* ?

— Les revenants, plus exactement, dit Silas. Ces esprits rares et déterminés qui reviennent vers les vivants sans qu'on les ait convoqués, parce qu'ils se raccrochent aux lambeaux de leur ancienne existence. Je dois dire que j'étais assez surpris qu'une femme comme Glaurica réussisse cette transition. Mais elle a fait long feu.

Les vertèbres de Gideon s'étaient changées en glaçons.

— Glaurica est morte ?

Silas but avec une lenteur exaspérante, animant la pâle colonne qui lui tenait lieu de gorge.

— Ils sont morts en rentrant sur leur planète d'origine, dit-il en s'essuyant la bouche. Leur navette a explosé en plein vol. Ce qui est plutôt étrange, puisqu'il s'agissait d'une navette de la Cohorte en parfait état de marche, avec un pilote expérimenté. C'était celle que tu devais prendre, n'est-ce pas ?

Ortus ne ferait plus jamais rimer *mélancolie* et *mortelle folie*. Gideon ne répondit pas.

— Je ne connais pas toute l'histoire, admit Silas. Mais ce n'est pas nécessaire. Je n'ai pas l'intention de te révéler les secrets de ton existence en échange de je ne sais quelle confession. Tout ce qui m'intéresse, c'est la question des enfants. Combien y en a-t-il, de ta génération, Gideon la Neuvième ? Pas les nourrissons, ceux qui ont le même âge que toi.

Pas les nourrissons. Peut-être que Glaurica avait gardé quelques secrets, après tout. Ou bien (ce qui était plus probable), son esprit n'était revenu que pour se lamenter sur les deux seuls sujets qui l'intéressaient de son vivant : son sinistre empoté de fils et les ossements sacrés de son sinistre mari. Gideon gardant toujours le silence, Silas insista :

— Toi, et la Respectable Fille, c'est tout ?

— Qu'est-ce que vous voulez, un recensement ?

— Je veux que tu réfléchisses au fait qu'Harrowhark Nonagesimus et toi-même êtes les seules représentantes de toute une génération, dit-il en appuyant les coudes sur ses genoux, et en la fixant d'un regard intense, dont l'effet était un peu ruiné par le fait que son neveu était en train de lui tresser les cheveux. Je veux que tu réfléchisses à la mort de deux cents enfants, et au fait que vous seules avez survécu.

— OK, c'est délirant, vous avez choisi la mauvaise histoire pour casser du sucre sur le dos d'Harrow, dit Gideon. Si vous avez envie de parler de ses méthodes de tyran corrompu, je suis tout ouïe. Mais là, c'est cette histoire de grippe. Elle n'était même pas née. Et moi j'avais quoi, un an, alors je n'y suis pour rien non plus. Il y avait des bactéries dans les conduits d'aération de la crèche et de l'école, et les enfants et un des profs sont morts avant qu'on trouve ce que c'était.

Tout ça lui avait toujours paru parfaitement logique : les enfants de la Neuvième étaient particulièrement fragiles et maladifs (c'était une Maison de glauques et de débiles), et au milieu de la décrépitude ambiante, il n'était pas étonnant qu'on ne détecte pas à temps un problème de ventilation. Elle soupçonnait en secret que si elle avait survécu, c'était parce que les autres enfants l'évitaient. Les plus jeunes étaient morts en premier, puis ç'avait été le tour de ceux qui s'occupaient des petits, et finalement tous les moins de dix-neuf ans y étaient passés. Une génération entière de l'ordre sacré. La seule naissance au milieu d'un océan de petites tombes avait été celle d'Harrow.

— Des bactéries de conduits d'aération ne tuent pas des adolescents normalement immunisés, dit Silas.

— Vous n'avez jamais vu un ado de la Neuvième.

— Des bactéries de conduits d'aération, répéta Silas, ne tuent pas des adolescents normalement immunisés.

Ça n'avait aucun sens. Si Harrow était le dernier bébé à naître dans la Neuvième, la Maison souffrait depuis plusieurs générations du déclin de sa population. Buter des gamins, et *a fortiori* toute la relève des nonnes et des moines de la Maison aurait été un gaspillage de ressources terrible. Cette grippe était un tragique épisode d'extinction.

— Je ne pige pas, dit Gideon. Vous êtes en train de me dire que le Respectable Père et la Respectable Mère ont tué plusieurs centaines de leurs propres enfants ?

Silas but longuement dans son verre. Colum, qui avait terminé sa tresse, la fixa sur son crâne pâle, apportant la touche finale à la silhouette habituellement austère de son maître, puis il versa quelques cuillerées de thé noir dans une jarre d'eau froide. Après quoi, en bon paranoïaque, il alla s'asseoir sur l'autre tabouret, à quelque distance de la table, non loin de la porte et face à la fenêtre, prit un vêtement sur ce qui était apparemment un tas de linge à repriser et se mit à recoudre nerveusement l'ourlet d'un pantalon blanc. La Huitième devait être pleine de pourfendeurs de taches, se dit Gideon.

— La Neuvième est la Maison des promesses non tenues, dit Silas. La Huitième n'a pas oublié qu'elle n'était jamais censée exister. Elle avait une unique tâche : une unique pierre à placer devant un unique Tombeau, une tâche de Gardienne. Elle était censée mourir avec la bénédiction de l'Empereur… mais non, il a fallu qu'elle crée un culte. C'est une Maison de fanatiques qui s'est mise à adorer quelque chose de terrible. Le Respectable Père et la Respectable Mère régnants sont les mauvaises graines d'une furtive récolte. J'ignore pour quelle raison l'Empereur tolère cette obscure Maison. Cette insulte à son nom. Une Maison qui s'obstine à éclairer un tombeau destiné à sombrer dans l'obscurité n'hésite pas à tuer deux cents enfants. Une Maison prête à faire exploser une femme et son fils parce qu'ils tentent de s'enfuir n'hésite pas à tuer deux cents enfants.

— Il va me falloir une meilleure raison, je sais que la Neuvième est pourrie, dit Gideon, troublée malgré tout (et se sentant sale). Pourquoi ? Pourquoi tuer deux cents enfants ? Et surtout : pourquoi eux, pourquoi pas moi, ni Harrow ?

Silas la regardait, le menton sur ses doigts croisés.

— C'est à toi de me le dire, Gideon la Neuvième. C'est toi qui as tenté de t'enfuir dans une navette où ils avaient mis une bombe.

Gideon ne répondit pas.

— Je ne pense pas qu'une héritière de la Respectable Mère et du Respectable Père devrait devenir Lycteure, dit Silas posément. Le tombeau ouvert de la Neuvième ne devrait pas produire son propre revenant. En réalité, je ne suis plus sûr qu'aucun d'entre nous ne devrait essayer de devenir Lycteur. Depuis quand le pouvoir est-il synonyme de bonté, l'intelligence de vérité ? Moi-même, je ne souhaite plus accéder au rang de Lycteur, Gideon. Voilà, je t'ai dit ce que je savais, je suppose donc que tu comprendras que je te demande de me remettre tes clés.

Gideon se redressa comme un ressort sur son tabouret. Les doigts couleur poussière de Colum se figèrent sur son ourlet.

— C'est donc ça que vous vouliez, dit Gideon, presque déçue.

— Ma conscience est pure. Je le fais pour le bien de toutes les Maisons.

— Et si je refuse ?

— Eh bien, je te provoquerai en duel.

— Mon épée…

— Oui, ça risque d'être un peu difficile, sans elle, dit Silas Octakiseron, triomphant.

Gideon ne put s'empêcher de se retourner vers Colum, qu'elle imaginait déjà armé et prêt à en découdre, un sourire mauvais aux lèvres. Or il était planté là, son ouvrage gisant sur le parquet, le visage aussi fermé qu'un poing, les épaules tellement crispées qu'on croyait voir ses tendons sur ses clavicules. Mais son regard sombre, furieux, ne lui était pas adressé.

— Maître, dit-il. Je lui ai dit qu'elle n'avait à craindre aucune violence ici.

Sans quitter Gideon des yeux, Silas répondit :

— Ce n'est pas un péché, frère Asht.

— Je…

— Faire une promesse à la Neuvième équivaut à verser un remède dans le sable, dit le nécromancien. Il disparaît sans aucun effet. Elle le sait parfaitement, peut-être mieux que certains. Le cœur de la Neuvième est noir et sec.

Gideon ouvrit la bouche pour lancer une répartie cinglante du type *Va te faire foutre toi aussi !* Mais à sa grande surprise, Colum répliqua :

— Ce n'est pas le cœur de la Neuvième qui m'inquiète, mon oncle.

— Frère Asht, dit Silas doucement, ton cœur à toi est pur.

— Plus le temps passe ici, plus j'en doute, dit Colum.

— Je vois ce que tu veux dire, mais…

— J'ai *juré sur l'honneur*.

— Ne gaspillons pas la vérité avec des menteurs, dit Silas, d'une voix toujours monotone, mais plus dure, comme de l'eau qui gèle, et qui était moins destinée à le rassurer qu'à le rappeler à son devoir. Ne faisons pas de serments aux damnés.

— J'ai *juré sur l'honneur*, répéta Colum. Quel sens cela a-t-il pour toi ?

Gideon était aussi immobile qu'un lapin pris dans la lumière des phares. Ses yeux glissèrent furtivement vers la porte. Un déplacement soudain lui permettrait peut-être de récupérer son épée et de se tirer d'ici avant le point d'orgue de ce soap-opéra, où l'oncle et le neveu la battraient sûrement comme un gong, mais leur rappellerait également son existence, et qu'ils pourraient avoir cette discussion entre quatre yeux plus tard. Silas, sur sa chaise, commençait à montrer des signes d'impatience.

— Je ne vais pas disséquer le sens des mots avec toi comme un charlatan, frère, répliqua-t-il. Laissons les exercices de sémiotique à la Sixième. Leurs sophistes n'aiment rien tant que nous démontrer que *haut* et *bas* ne sont que les deux facettes d'un même concept. Si un serment rompu te chagrine, je t'aiderai à faire pénitence plus tard, mais pour l'heure…

— Je suis ton cavalier, dit son cavalier, ce qui eut pour effet de couper Silas dans son élan. Tout ce qui m'appartient, c'est mon épée et mon honneur. Tout le reste est à toi.

— Ton épée m'appartient elle aussi, rétorqua Silas.

Ses mains étaient crispées sur les accoudoirs de sa chaise, mais sa voix était douce, presque compatissante.

— Tu n'as pas à agir toi-même. Si tu as peur que ton honneur soit sali, je n'ai pas besoin de ton accord pour disposer de ton épée.

Il leva la main, et la manche de sa chemise blanche glissa de son poignet en cotte de mailles. Gideon repensa au décor saturé de sang où ils avaient trouvé Abigail et Magnus, se remémorant cette impression que toute autre couleur était passée, comme une teinture bon marché partie au lavage. Elle savait que c'était fini, et ses yeux, quittant la porte, se posèrent sur Colum… qui la regardait lui aussi.

Leurs regards se croisèrent l'espace d'une brûlante seconde, qui sembla s'étirer si infiniment qu'elle sentit ses nerfs surmenés sur le point de claquer comme un élastique pour la propulser dans la pièce comme une fusée. Apparemment, Colum venait de prendre une décision.

— Il fut un temps où tu prenais tout ce que je te disais pour parole d'évangile, dit-il d'une voix complètement altérée. Je pensais qu'il n'y avait rien de pire. J'avais tort.

La main de Silas se figea. Il tourna vivement la tête, dévisagea son aîné. C'était la première fois qu'il quittait Gideon des yeux depuis qu'elle était entrée dans la pièce.

— Reste à ta place, siffla-t-il.

— Je suis parfaitement à ma place, répliqua Colum. C'est toi qui ne l'es pas. Tu l'étais, autrefois. Au début de notre association, quand tu n'avais pas encore douze ans. Quand tu croyais que je savais tout.

Les doigts de Silas se crispèrent imperceptiblement, avant de se détendre à nouveau, comme s'il venait de prendre une résolution.

— Ce n'est pas le moment, dit-il.

— Je respectais l'enfant, poursuivit Colum. Parfois, je ne supporte plus l'homme.

La voix de Silas se réduisit à un murmure étouffé.

— Tu as prêté serment…

— *Prêté serment ?* J'ai subi dix ans d'entraînement, avant même que tu sois né. Prêté serment ? Nous étions trois frères, de groupes sanguins différents, parce que nous ignorions quel serait le tien et lequel d'entre nous te conviendrait. Dix ans d'antigènes et d'anticorps, dix ans d'attente… tout ça pour toi. C'est moi, le serment. L'homme qu'on a fait de moi ne peut se satisfaire d'une moralité à *géométrie variable* !

Ces derniers mots, prononcés d'une voix forte, emplirent la pièce. Colum adressa un brusque geste du menton à Gideon, et elle nota vaguement que celui-ci n'était qu'une variation du menton pointu de lutin de Silas. Puis il tourna les talons et se dirigea vers la porte. Gideon, complètement dépassée par la situation mais comprenant intuitivement, à la manière d'un rongeur, qu'un moyen de s'échapper s'offrait à elle, se leva machinalement de son tabouret et lui emboîta le pas. Silas ne bougea pas.

Colum tendit la main vers son épée et, l'espace d'une seconde, Gideon craignit qu'il puisse tomber dans une sorte de faille religieuse, fanatique, et l'occire avec sa propre arme. Mais c'était mesquin de sa part. Lorsque Colum lui présenta sa rapière, horizontalement, il le fit de cavalier à cavalière. Son visage était parfaitement calme, à présent, comme si sa colère n'avait jamais affleuré à la surface, et peut-être était-ce le cas, finalement. Mais ses yeux étaient ceux d'un homme qui vient de passer la corde autour de son cou.

Elle reprit sa lame. Elle lui était terriblement redevable maintenant, ce qui était plutôt merdique.

— La prochaine fois que nos chemins se croiseront, murmura-t-il, aussi impassible que lors de son arrivée, il est fort possible que l'un de nous deux n'en sorte pas vivant.

— Ouais, dit Gideon. (*Ouais*, au lieu de *Désolée*.)

Colum lui rendit son couteau de poing.

— Va-t'en, dit-il – et c'était davantage un avertissement qu'un ordre.

Puis il s'éloigna, et Gideon fut vraiment tentée de l'emmener avec elle, loin de Silas, livide et immobile au milieu de cette pièce blanche, mais elle sentait qu'elle n'y parviendrait pas. Elle envisagea aussi de faire au moins un doigt d'honneur à Silas par-dessus l'épaule de Colum, mais se dit que la retenue, ce n'était pas mal non plus, et elle quitta les quartiers de la Huitième.

Une fois dehors, elle s'attendait à entendre des éclats de voix, des reproches, voire des cris de douleur, mais tout était parfaitement silencieux.

29

Gideon errait dans la Maison de Canaan, abasourdie. Elle n'avait pas envie de rentrer. Parcourant les couloirs délabrés, elle se rendit compte qu'elle ne percevait plus l'odeur de moisissure, qu'elle ne la distinguait plus de l'air ambiant. De temps en temps, elle s'arrêtait dans l'ombre fraîche des portes pourries pour effleurer des doigts les bosses et les éclats du bois antédiluvien. Elle croisait régulièrement des squelettes serviteurs, chargés de paniers ou d'arrosoirs antiques, et en s'arrêtant devant une fenêtre crasseuse pour regarder dehors, elle en vit plusieurs, dans le soleil blanc, qui tenaient de longues cannes au-dessus de l'eau. Son cerveau trouva cette vision parfaitement logique. Leurs vieilles phalanges luisaient sur des moulinets qui semblaient reliés à un fil. Soudain, un des squelettes tira de l'eau un poisson frétillant qui décrivit un arc de cercle en l'air avant d'atterrir dans sa main. La construction déposa soigneusement sa prise dans un panier.

Arrivée dans le vaste atrium à la fontaine asséchée, elle trouva Professeur assis devant celle-ci dans un fauteuil défoncé. Il avait l'air en train de prier, ou du moins plongé dans ses pensées. Il lui adressa un sourire las.

— Je déteste l'eau, dit-il, comme s'ils poursuivaient une ancienne conversation. Je suis bien content que celle-ci soit asséchée. Les étangs… les rivières… les chutes d'eau… j'exècre tout ça. J'aurais préféré qu'on ne remplisse pas la piscine. Je leur avais dit. C'est un terrible présage.

— Mais… vous êtes entourés par la mer, dit Gideon.

— Oui, concéda Professeur, avant d'ajouter, à sa grande surprise : Et c'est vraiment une source d'emmerdements.

Gideon partit d'un rire un peu hystérique, et il rit avec elle, mais ses yeux étaient emplis de larmes.

— Pauvre enfant, dit-il. Nous sommes tellement désolés. Aucun d'entre nous ne voulait qu'une chose pareille arrive. Pauvre enfant.

C'était peut-être elle, cette pauvre enfant, mais peut-être pas, et ça lui était parfaitement égal. En quittant l'atrium, ses pas la menèrent au petit vestibule de la piscine que Professeur détestait tant. L'eau clapotait doucement, se reflétant sur les carrelages luisants et le plafond blanc. Au fond, les portes vitrées étaient ouvertes et plusieurs serviettes abandonnées sur le sol de la salle d'armes. Une veste était posée sur un banc, une veste tellement stricte et arrogante que ce ne pouvait être que celle de Naberius. Et, sur l'estrade, seule, se trouvait Corona.

Ses magnifiques cheveux dorés, humides de sueur, étaient ramenés sur le dessus de sa tête, et elle était vêtue d'un simple short et d'un maillot de corps, mais Gideon était trop troublée pour apprécier cette vision à sa juste valeur. Les longs membres bronzés de la princesse étaient couverts de magnésie. Armée d'une rapière et d'une dague, elle effectuait une suite d'exercices d'entraînement classique, son épée décrivant un arc de cercle harmonieux tandis qu'elle enchaînait *assaut – demi-pas – coup de dague – retraite*. Son visage était rougi par l'effort. Sa cape de nécromancienne formait un tas d'étoffe vaporeux à côté de l'estrade. Gideon, fascinée, s'arrêta sur le seuil pour la regarder.

— Tu avais déjà vu une nécromancienne tenir une épée ? demanda-t-elle joyeusement.

— Non, répondit Gideon. Je pensais qu'elles n'avaient pas assez de muscles dans les bras.

La princesse de la Troisième éclata de rire. Ses joues étaient un peu trop rouges.

— C'est vrai pour ma sœur. Elle est incapable de lever les bras assez longtemps pour se faire une tresse. Tu sais, Neuvième, depuis le début j'ai envie de te défier.

Elle avait dit ça dans un souffle, d'une voix intense, dont l'effet fut gâché lorsqu'elle ajouta :

— Babs t'a trouvée incroyable.

C'était peut-être bien la pire remarque de cette journée, et pourtant il y avait une sacrée concurrence. Il n'y a pas si longtemps, Gideon aurait adoré que Corona lui parle comme ça, dans un souffle, avec une voix aussi intense, pour lui dire, par exemple *Tes biceps, sur une échelle de 1 à 10, sont à onze*, mais dans la situation actuelle, elle n'avait envie de parler à personne.

— J'espère ne plus jamais devoir affronter le Troisième, dit-elle. C'est vraiment un crétin.

Corona éclata d'un rire franc et sonore.

— Tu n'auras peut-être pas le choix. Mais je ne pensais pas à lui.

Et sans prévenir, elle fit un bond en avant, donnant l'assaut. Gideon tira son épée, car malgré le bruit blanc persistant qui envahissait son cerveau, son système nerveux était toujours saturé d'adrénaline. Elle glissa son autre main dans son gant et laissa prudemment la lame étincelante de Corona la Troisième rencontrer la sienne. Elle fut surprise de la force que la jeune femme avait mise dans son coup, de la fébrilité qu'elle voyait dans ses yeux. Gideon inclina sa lame, forçant celle de Corona à dévier… et Corona accompagna son geste, laissant glisser sa lame sous la pression de Gideon, avant de se dégager d'un élégant jeu de jambes. Puis elle attaqua une nouvelle fois et, sans une parade hâtive de Gideon, la princesse l'aurait presque touchée.

Corona avait le souffle court. Gideon y vit une preuve de la faiblesse physique nécromancienne (les poumons flanchant sous l'effort), avant de se rendre compte que c'était plutôt dû à l'excitation et à la nervosité. Comme si la confiante Corona qu'elle avait vue jusqu'à présent n'était en réalité qu'un masque posé sur une poupée au rembourrage abîmé. Mais l'impression ne dura qu'un instant. Car la princesse aux yeux violets, lançant un regard furtif par-dessus l'épaule de Gideon, se raidit et battit en retraite, tandis qu'une exclamation indignée se faisait entendre sur le seuil de la salle.

— Pose cette épée ! aboya Naberius le Troisième.

Dans tes rêves, se dit Gideon, mais Naberius, la contournant à bonne distance, saisissait déjà d'une poigne de fer l'avant-bras de Corona. Il avait les yeux exorbités d'inquiétude. Il était en maillot de corps, et montrait une collection de muscles fins et bien définis, tous mis en œuvre pour contenir sa princesse. Qui, le regard rebelle, avait l'air d'une gamine prise la main dans le pot de sucettes. Il entoura ses épaules d'un bras ferme.

— Tu ne peux pas faire ça, dit-il, et Gideon se rendit compte qu'il était terrorisé. Tu ne *peux pas*.

Corona céda avec une exclamation de rage impuissante, étouffée par le bras de Naberius. Heureusement, elle ne pleurait pas. Gideon n'avait pas entendu ce qu'elle venait de dire, mais Naberius répondit :

— Je ne dirai rien. Mais tu ne peux pas faire ça, ma poupée, pas maintenant.

Pour la seconde fois dans la même journée, Gideon venait d'être témoin d'une scène qu'elle n'était pas censée voir, et qu'elle aurait préféré ne pas voir. L'odeur salée de la piscine lui chatouilla les narines tandis qu'elle retraversait la salle à la hâte, rangeant son épée dans son fourreau, avant que Naberius décide de la provoquer en duel pour lui prendre ses clés, tant qu'il y était. Mais en lançant un regard par-dessus son épaule, elle constata qu'il avait déjà oublié sa présence : il avait placé son autre bras comme une barre transversale sur les clavicules de Corona, et les dents de la princesse étaient plantées dans sa chair, comme pour calmer quelque sombre sentiment.

Gideon ne voulait plus rien avoir à faire avec tout ça. Il était temps de rentrer.

*

Ses pas lourds et traînants la ramenèrent à la porte ornée de guirlandes d'ossements des quartiers de la Neuvième, qu'elle ouvrit à la volée. Personne en vue. La porte de la chambre était fermée, mais Gideon l'ouvrit elle aussi, sans prendre la peine de frapper.

Toujours personne. Les rideaux étaient tirés et la pièce plongée dans la pénombre, le lit dessinant une massive forme noire en son centre. Les draps étaient en désordre, et Gideon distingua une marque en forme de fœtus sur le matelas à l'endroit où Harrow dormait. Quelques stylos gisaient sur le plateau moisi de la coiffeuse, et divers bouquins s'empilaient sur les commodes. L'odeur d'Harrow était partout, une odeur de voiles anciens du Tombeau Scellé, de sels de préservation, d'encre et de (très légère) sueur. Gideon, qui avançait quasiment à tâtons, shoota dans le pied du lit à baldaquin avec la vigueur que Corona avait mise à planter ses dents dans le bras de son cavalier, se fracassant les orteils. Mais elle ne prêta aucune attention à la douleur.

La porte de l'armoire était entrouverte. Gideon se dirigea droit vers elle et l'ouvrit en grand. Elle n'avait pas le cœur de coudre les poignets de toutes les manches de chemises d'Harrowhark, comme elle l'aurait sans doute fait il n'y a pas si longtemps. Elle s'attendait presque à être accueillie par des sortilèges qui lui déboîteraient les deux bras, mais il ne se passa rien. Il n'y avait pas de barrage. Rien qui pouvait l'empêcher de fouiller. Ce qui, pour une raison obscure, la rendit à moitié dingue. Elle écarta d'un geste l'arc-en-ciel de vêtements noirs : les pantalons proprement rapiécés, les chemises bien repassées, les habits sacerdotaux de la Respectable Fille rassemblés dans un filet suspendu à un crochet. Les contempler trop longuement l'angoissait toujours, elle se força donc à détourner le regard.

Il y avait une boîte au fond de l'armoire. Une boîte en polymère un peu cabossée, d'une trentaine de centimètres de côté, à moitié cachée sous une paire de bottes et une cape en lambeaux. Sans ce maladroit camouflage, elle ne l'aurait peut-être même pas remarquée. Mais un ras-le-bol soudain de cette manie qu'avait Harrow de toujours tout dissimuler la poussa à la prendre. Des deux pouces, elle souleva le couvercle, s'attendant à y trouver des journaux intimes, des chapelets d'os de prière, des sous-vêtements, des lithographies de la mère d'Harrow.

Tout, sauf ce que ses doigts engourdis en sortirent : la tête de Protesilaus le Septième.

30

DANS LE SÉJOUR TAPISSÉ DE PAPIER PELURE des quartiers de la Sixième, Gideon avait les yeux dans son gobelet de thé fumant. C'était son troisième. Il était quasiment gris, tant elle y avait versé de lait en poudre. Au début, elle avait vraiment eu peur qu'ils n'y aient mis un médicament, un calmant ou quelque chose dans le genre, et elle avait refusé de boire. Le nécromancien et sa cavalière avaient bu devant elle pour lui prouver que le thé n'était pas empoisonné, avec une expression qui montrait clairement qu'ils la prenaient pour une idiote. Avant ça, Palamedes avait attendu patiemment à côté d'elle tandis qu'elle vomissait généreusement dans les toilettes de la Sixième.

À présent, défaite, vide, elle était affalée sur un matelas spongieux sur lequel ils lui avaient offert de s'asseoir. La tête au regard vide de Protesilaus était posée sur le bureau. Elle était à l'image de ce qu'elle était de son vivant, comme si, une fois séparée du tronc, elle avait atteint un état de conservation parfait, prête à rester assommante pour l'éternité. Elle avait l'air presque aussi vivante que la première fois que Gideon avait vu Protesilaus. Palamedes examinait pour la millionième fois la matière blanche et luisante de ses cervicales.

Camilla avait déposé un nouveau gobelet de thé dans les mains de Gideon, avant de fixer deux épées dans son dos et de disparaître. Gideon n'avait pas eu le temps de protester, et se retrouvait donc seule avec Palamedes, sa macabre découverte et une migraine carabinée. Il se passait vraiment trop de choses ici. Elle prit une grande gorgée de thé brûlant, fit circuler le liquide entre ses dents, l'avala machinalement.

— Elle est à moi.

— C'est la cinquième fois que tu le dis.

— Je suis sérieuse. Quoi qu'il arrive… quoi qu'il se passe… il faut que tu me laisses régler ça. Il le faut.

— Gideon…

— Qu'est-ce que je vais faire si c'est elle qui l'a tué ? dit-elle.

Palamedes était toujours penché sur son bout de colonne vertébrale. Il avait laissé glisser ses lunettes sur son long nez anguleux et tenait la tête à l'envers comme pour vider une tirelire. Avant ça, il avait éclairé à la torche électrique l'intérieur des narines et des oreilles, la gorge atrocement mutilée.

— Je ne sais pas, répondit-il. Qu'est-ce que tu vas faire ?

— Tu ferais quoi, toi, si tu découvrais que Camilla avait tué quelqu'un ?

— Je l'aiderais à se débarrasser du corps, répondit Palamedes du tac au tac.

— *Sextus.*

— Je suis sérieux. Si Camilla voulait la mort de quelqu'un, loin de moi l'idée de me mettre en travers de son chemin. Tout ce que je pourrais faire, c'est trouver une serpillière pour éponger le sang. *Une chair, une fin*, etc.

— Tout le monde me rabâche la même chose aujourd'hui, marmonna Gideon.

— Oui, bon, ce n'est pas vraiment le moment de faire de l'humour, c'est vrai. Tu es sûre qu'il n'y avait rien d'autre avec cette tête ? De la matière osseuse, des ongles, du tissu ?

— Je ne suis pas complètement débile, Palamedes. J'ai vérifié.

— J'ai confiance en Camilla. Je sais que les raisons qu'elle aurait de mettre fin à la vie de quelqu'un seraient logiques, morales, et serviraient sans doute mon propre intérêt, dit-il, relevant doucement une des paupières sur son globe oculaire. Le problème ici, c'est que tu soupçonnes Harrow d'avoir tué des gens pour des raisons beaucoup moins défendables.

— Ce n'est pas elle qui a tué les Quatrièmes. Ni les Cinquièmes.

— Pure hypothèse, mais soit.

— Bon, dit Gideon en posant son gobelet vide par terre, à côté du matelas. Euh. Tu dois avoir l'impression que notre relation est plus… tendue que tu ne l'imaginais.

— Quel choc, murmura Palamedes.

— Mais il n'empêche que je la connais depuis qu'elle est née, reprit Gideon. Et je pensais savoir jusqu'où elle était capable d'aller, parce que, petite confidence, elle a déjà fait des trucs assez merdiques, très merdiques, même, mais c'était avec moi, voilà la différence… c'était avec moi, Sextus. C'est toujours avec moi qu'elle est comme ça. Elle a essayé de me tuer une bonne demi-douzaine de fois quand on était gamines, mais je savais toujours pourquoi.

Palamedes ôta ses lunettes. Il cessa enfin de tripoter cette pauvre tête, la reposa sur son bureau et se laissa tomber lourdement sur le matelas à côté de Gideon, ses genoux maigres contre son torse.

— OK. Pourquoi ? demanda-t-il le plus simplement du monde.

— Parce que j'ai tué ses parents, dit Gideon.

Palamedes ne fit aucun commentaire. Il attendit simplement, et dans l'espace qu'ouvrait cette attente, Gideon se mit à parler. Elle lui raconta tout depuis le début – sa naissance, son enfance, la façon dont elle était devenue première cavalière de la Neuvième – tout, jusqu'au secret qu'elle gardait pour elle depuis sept longues et terribles années.

*

Harrowhark avait détesté Gideon à la seconde même où ses yeux s'étaient posés sur elle, mais elle faisait le même effet à tout le monde. La différence, c'était que si la plupart des gens ignoraient la jeune Gideon Nav comme si elle n'était pas plus intéressante qu'un tas de caca sur pattes, la petite Harrow voyait en elle un objet fascinant à tourmenter. Elle était à la fois sa proie, sa rivale et un public tout trouvé. Et si Gideon haïssait à peu près tout dans la Neuvième, les moines et les nonnes, le Tombeau Scellé, les infâmes grands-tantes et, plus que tout, Crux, elle était avide de l'attention de la Respectable

Fille. Car elles étaient les deux seules enfants d'une Maison occupée à se gangrener de l'intérieur.

On aurait dit que l'Empereur en personne avait présidé à la naissance d'Harrowhark pour apporter joie et bonheur à la Neuvième Maison. Elle jouissait d'une santé parfaite, était une prodigieuse nécromancienne, et la parfaite pénitente miniature. À la chapelle, elle montait sur l'estrade lire des prières à haute voix tandis que Gideon priait désespérément qu'on la laisse un jour s'engager dans la Cohorte, son plus cher souhait depuis qu'Aiglamene (la seule personne que Gideon ne détestait pas vingt-quatre heures sur vingt-quatre) lui avait laissé entendre qu'elle pourrait devenir soldate. Aiglamene avait commencé à lui raconter des histoires de la Cohorte dès son troisième anniversaire.

C'était sans nul doute leur meilleure période. Si elles s'affrontaient quotidiennement, elles passaient aussi le plus clair de leur temps ensemble. Elles se battaient jusqu'au sang, ce qui valait des punitions à Gideon, mais jamais à Harrow. Elles imaginaient des pièges compliqués, des sièges et des attaques, elles étaient cul et chemise, même si la plupart du temps le but de leurs jeux était de blesser grièvement l'autre.

À dix ans, Harrow avait développé une obsession pour les secrets. Elle en avait assez des livres anciens, assez des os qu'elle savait animer avant même d'avoir toutes ses dents de lait, assez d'organiser des duels opposant Gideon à ses squelettes. Elle avait donc jeté son dévolu sur la seule et unique chose qui lui était interdite : la Porte Scellée.

La Porte Scellée n'avait plus de clé, et n'en avait peut-être jamais eu. On ne pouvait pas l'ouvrir. On disait que ce qui se trouvait de l'autre côté tuerait l'intrus avant même qu'il la franchisse, ou lui ferait souhaiter ardemment d'être mort, et ce bien avant d'arriver au Tombeau lui-même. Les nonnes tombaient à genoux à la simple évocation de l'endroit. La plus vive satisfaction de la jeune vie de Gideon avait consisté à voir l'injustement béatifiée Harrowhark Nonagesimus abjurer sa sainteté en ouvrant cette fameuse porte.

Si tout le monde détestait Gideon Nav, les parents d'Harrow la haïssaient plus encore. C'était un couple de nécromanciens froids et sans joie tels qu'ils peuplaient Drearburh dans l'imagination de Silas Octakiseron : l'exercice de leur pouvoir et leur cœur étaient aussi noirs que leurs vêtements. Un jour où elle avait touché un des plis de l'habit de Priamhark Nonagesimus, il l'avait attrapée d'une main squelettique et fouettée jusqu'à ce qu'elle hurle. C'est donc par un accès de perversité désespérée qu'elle avait couru tout leur raconter : par un désir absurde de faire la preuve de sa loyauté envers la Maison, de mettre Harrow vraiment dans la merde, de recevoir enfin la tape sur l'épaule qu'elle méritait pour avoir préservé l'intégrité et l'esprit fervent de la Maison… autant de qualités dont on l'accusait constamment de manquer. Elle ne ressentait pas la moindre culpabilité ni le moindre doute. À peine quelques heures avant, elle avait fait mordre la poussière à Harrow au cours d'une de leurs séances de lutte, et la jeune nécromancienne ne s'était pas arrêtée de la griffer avant d'avoir la moitié de la peau de son visage sous les ongles.

Elle leur avait tout raconté. Et ils l'avaient écoutée. Sans un mot de reproche ni de louange, mais ils l'avaient écoutée. Puis ils avaient appelé Harrow. Et fait sortir Gideon. Et Gideon avait attendu longtemps devant les grandes portes noires, parce qu'ils ne lui avaient pas dit de partir, mais juste de sortir de la pièce, et parce que c'était une sale gamine qui avait envie de savourer la seule occasion qu'elle aurait jamais d'entendre Harrow se faire passer un sacré savon. Mais elle avait attendu une bonne heure sans rien entendre, sans le moindre cri d'indignation d'une Harrow de corvée de nettoyage de l'ossuaire jusqu'à son trentième anniversaire.

Finalement, n'y tenant plus, Gideon avait rouvert la porte, elle était entrée… et avait vu Pelleamena et Priamhark pendus aux poutres du plafond, le visage violet, morts. Mortus le Neuvième, leur massif et tragique cavalier, se balançait de tout son poids au bout d'une corde à côté d'eux. Elle avait trouvé Harrowhark une quatrième corde entre les mains, devant les chaises que venaient de renverser ses parents. Ses yeux étaient comme des charbons ardents.

Harrow l'avait regardée. Elle avait regardé Harrow. Et absolument tout, depuis ce moment, était parti en sucette.

*

— J'avais onze ans, conclut Gideon. Et me revoilà en train de cafter.

Palamedes ne dit pas un mot. Assis à côté d'elle sur le matelas défoncé, il l'avait écoutée avec la même solennité que si elle lui exposait un théorème nécromantique inédit. Loin de se sentir purifiée par cette confession spontanée, Gideon se sentait crasseuse, et aussi terriblement vulnérable que si elle venait d'ouvrir son torse et de lui faire voir ce qui se trouvait à l'intérieur de sa cage thoracique. Un tas d'ordures, de la gorge au nombril. De pourriture poussiéreuse. Elle en était remplie depuis ses onze ans, et il était évident pour elle que tant qu'elle serait rattachée à la Neuvième Maison, elle ne pourrait rien y changer.

Gideon prit une profonde inspiration. Puis encore une.

— Harrow veut devenir Lycteure, dit-elle. Elle ferait n'importe quoi pour devenir Lycteure. Elle n'aurait pas hésité à tuer le cavalier de Dulcinea si elle pensait que ça l'aiderait à devenir Lycteure. Rien n'est plus important à ses yeux. Je le sais maintenant. Ces derniers jours, il m'est arrivé de croire que…

Gideon ne termina pas sa phrase (elle allait dire : que ce n'était plus son absolue priorité).

— Je ne devrais pas avoir besoin de te dire qu'une enfant de onze ans ne peut pas être responsable du suicide de trois adultes, dit Palamedes avec une grande douceur.

— Bien sûr que j'en suis responsable, répliqua amèrement Gideon. C'est moi qui ai provoqué tout ça.

— Oui, dit Palamedes, si tu n'avais pas dit aux parents d'Harrow qu'elle avait ouvert la porte, ils n'auraient pas décidé de mettre fin à leurs jours. Tu es bel et bien la cause de leur acte. Mais le concept de *cause* est une coquille vide. Le choix de se lever le matin… le choix de prendre un petit-déjeuner chaud ou froid… le choix de faire quelque chose trente secondes plus vite ou plus lentement… ces choix entraînent tout un tas de choses. Ça ne te rend pas *responsable* pour autant. J'ai une confession à te faire : c'est moi qui ai tué Magnus et Abigail.

Gideon cligna des yeux.

— Si, en sortant de ma navette, poursuivit le double meurtrier nonchalamment, j'avais pris la dague de Cam pour l'enfoncer dans la gorge de Professeur, les épreuves lyctorales n'auraient jamais commencé. Il y aurait eu un sacré bordel, la Cohorte serait intervenue, m'aurait arrêté, et tout le monde serait sagement rentré chez soi, sain et sauf. Mais parce que je n'ai pas tué Professeur, les épreuves ont commencé, et parce que les épreuves ont commencé, Magnus Quinn et Abigail Pent sont morts. Donc : c'est moi qui les ai tués. C'est ma faute. Ma seule requête, c'est que tu m'apportes du papier et un crayon dans ma cellule, que je puisse écrire mes Mémoires.

Gideon cligna fébrilement des yeux.

— Arrête. C'est absurde. Ça n'a rien à voir.

— Mais si, répliqua le nécromancien. Nous avons tous les deux pris des décisions qui ont entraîné des choses horribles.

Gideon se pinça la naissance du nez.

— Octakiseron dit que vous adorez jouer sur le sens des mots.

— La Huitième Maison croit au Bien et au Mal, dit Palamedes d'une voix lasse, et comme par hasard elle est toujours du côté du Bien. Écoute, Nav. Tu as cafté ton ennemie d'enfance pour qu'elle se fasse punir. Tu n'as pas tué ses parents, et elle ne devrait pas te détester pour quelque chose que tu n'as pas fait, et toi non plus d'ailleurs.

Il la regardait à travers ses verres épais.

— Hé, objecta-t-elle mollement. Je n'ai jamais dit que je me détestais.

— Quand on a des preuves, pas besoin d'aveux, dit-il.

Soudain, assez maladroitement, il prit la main de Gideon et la serra dans la sienne. Ils étaient visiblement aussi gênés l'un que l'autre, mais elle le laissa faire. De l'autre main, elle fouilla la poche de son manteau et lui remit le bout de papier tout chiffonné qui lui donnait mal au crâne depuis un moment.

Il le déplia, lut sans montrer aucune réaction, et elle serra sa main, comme une promesse, ou une menace.

— Ça vient d'un labo de Lycteur, n'est-ce pas ? dit-il finalement.

— Oui, avoua-t-elle. Est-ce que… je veux dire… est-ce que c'est authentique ?

Il la dévisagea.

— Ça a presque dix mille ans, si c'est ce que tu veux savoir.

— Ouais, mais pas moi, donc… c'est quoi ce délire, en fait ?

— C'est toute la question, dit-il. Je peux te l'emprunter ? J'aimerais l'examiner de plus près.

— Ne le montre à personne, dit Gideon, sans vraiment savoir pourquoi, mais la présence de son nom sur ce machin antédiluvien lui faisait l'effet d'une grenade dégoupillée. Je suis sérieuse. Ça reste entre nous.

— Je le jure sur la tête de ma cavalière.

— Ne le montre pas à Camilla non plus…

Ils furent interrompus par une suite de coups frappés à la porte, six rapprochés, puis six plus espacés. Ils se levèrent d'un bond pour ouvrir les verrous. Camilla entra, accompagnée d'Harrow, très calme, très droite. Dans une bouffée délirante, Gideon crut qu'elles se tenaient par la main et que c'était la grande journée du tripotage inter-Maisons, avant de se rendre compte que leurs poignets étaient reliés par une paire de menottes. Gideon savait que Camilla ne plaisantait pas, mais elle devrait sans doute attendre un peu pour connaître les détails de l'arrestation.

Elle évita le regard d'Harrow, et Harrow évita le sien. Lentement, Gideon porta la main à son épée, mais Harrow se tourna vers Palamedes.

Elle s'attendait à peu près à *tout*, sauf à ça :

— Nonagesimus… Pourquoi ne m'as-tu rien dit ?

— Je n'avais pas confiance, répondit celle-ci. Je pensais que c'était toi qui avais fait le coup. Septimus n'étant pas en état de s'en occuper seule, il ne me semblait pas improbable que vous ayez fait cause commune.

— Et si je te dis que ce n'est pas le cas ?

— Je te crois, dit-elle. Parce que si tu étais aussi bon, tu aurais déjà tué ma cavalière. Je ne voulais pas lui faire de mal, Sextus… je l'ai à peine touché que la tête s'est détachée.

Quoi ?!

— Alors allons-y, dit Palamedes. Rassemblons tout le monde et allons lui parler. J'en ai assez des messes basses, et qu'on doute de mes intentions.

— Est-ce que quelqu'un pourrait éclairer ma lanterne ? se lamenta Gideon, je ne suis qu'une pauvre cavalière.

Mais personne ne lui accorda la moindre attention.

Elle avait pourtant une main très menaçante sur la poignée de sa rapière. Harrow l'ignora superbement, et avoua à Palamedes :

— Je n'étais pas sûre que tu sois prêt à aller aussi loin, même pour la vérité.

Palamedes lui darda un regard aussi gris et oppressant que l'océan de l'autre côté de la vitre.

— C'est mal me connaître, Harrowhark.

*

Tout le monde se rassembla dans la petite chambre de malade de Dulcinea, aux côtés du prêtre poivre et sel, qui avait accouru en voyant les représentants des différentes Maisons s'aligner dans la pièce avec un air sinistre. Palamedes avait envoyé chercher tous les survivants, et étant donné l'intérêt actuel qu'ils avaient à s'entre-tuer, c'était un miracle qu'ils aient tous répondu à l'appel. Les Deuxièmes se tenaient contre le mur, le visage bien plus froissé que leur veste. Ianthe était assise sur les genoux de Coronabeth, elles se serraient l'une contre l'autre, et leur cavalier était debout derrière elles. Silas était dans l'encadrement de la porte, et Colum juste derrière lui. Si quelqu'un avait eu l'intention de tous les supprimer d'un coup, il aurait suffi de fermer la porte et de les laisser s'asphyxier dans les vapeurs de gomina de Naberius Tern. C'était vraiment étrange de se dire que ce comité réduit était tout ce qu'il restait du groupe de départ.

La nécromancienne de la Septième Maison était adossée à une montagne d'oreillers. Elle avait l'air calme, et sa peau était toujours aussi transparente. Chacune de ses respirations stridulantes secouait ses épaules, mais ses cheveux étaient parfaitement coiffés, et sa chemise de nuit un entrelacs de froufrous terriblement ensorcelant. Elle tenait sur ses genoux la boîte contenant la tête de Protesilaus, et lorsqu'elle l'en sortit doucement, plusieurs des personnes présentes laissèrent échapper un cri de stupeur. Elle, au contraire, ne semblait pas surprise.

— Mon pauvre garçon, dit-elle tristement. Je ne pourrai plus jamais le raccommoder, maintenant. Qui l'a décapité ? Il est tout cassé.

Palamedes joignit le bout des doigts et se pencha en avant, le regard gris empli d'une détermination absolue.

— Lady Septimus, duchesse de Rhodes, déclara-t-il d'une voix particulièrement solennelle, j'affirme devant toutes les personnes présentes… que cet homme était mort bien avant l'arrivée de votre navette dans la Première Maison, et que son apparence de vie n'était due qu'à un sortilège très sophistiqué de magie de la chair.

Un brouhaha s'éleva dans la pièce, que ses gestes apaisants et ses lunettes remontées impatiemment sur son nez ne parvinrent pas à calmer. Au milieu du murmure collectif, on entendit nettement la remarque acide d'Ianthe Tridentarius :

— C'est bien le seul truc intéressant qu'elle ait fait.

Ainsi que la réaction de la capitaine Deuteros :

— C'est impossible. Il a passé des semaines parmi nous.

— Ça n'a rien d'impossible, intervint Dulcinea qui, ayant observé gravement le regard glauque de Protesilaus comme s'il pouvait lui apprendre quelque chose, reposait à présent la tête sur ses genoux. La Septième perfectionne la technique du cadavre-leurre depuis de longues années. C'est juste que… ce n'est pas vraiment autorisé.

— C'est une hérésie, dit Silas d'une voix monocorde.

— Tout autant que le siphonnement des âmes, mon enfant, répondit Dulcinea d'une voix doucereuse. Et puis ce n'est pas une *hérésie*… c'est très utile, et parfaitement inoffensif… sauf quand on le pratique de cette manière très ancienne. Les Septièmes ne savent pas uniquement retenir les âmes ou momifier les corps. En effet, Pro était mort avant même que notre navette atterrisse.

— Pourquoi ? articula Gideon, d'une voix aussi blanche que Silas.

Les gigantesques yeux bleu hortensia se tournèrent vers Gideon, comme si elle était seule dans la pièce. Il n'y avait aucune ironie dans ce regard, sinon Gideon se serait probablement mise à hurler. La nécromancienne lui parut terriblement vieille soudain, non à cause de ses rides, mais de l'absolue sérénité avec laquelle elle leur faisait face.

— Ce concours a pris ma Maison au dépourvu, répondit-elle sans détour. Voici toute l'histoire. Dulcinea Septimus n'était pas censée arriver ici, Gideon la Neuvième… On aurait préféré la garder alitée dans la Maison et la faire durer encore six mois. C'est toute la tradition de cette Maison… Mais on n'avait pas d'autre héritière nécromancienne. En revanche, on avait un très bon premier cavalier… Alors même si la nécromancienne risquait d'être emportée par un mauvais rhume, on s'est dit que le cavalier pourrait peut-être compenser sa faiblesse. Mais il a eu un accident.

Dulcinea joua un instant avec les cheveux ternes de Protesilaus, avant de les lisser comme ceux d'une poupée.

— Admettons que tu sois la Septième, et que toutes tes chances soient entre les mains de deux corps morts, l'un respirant à peine un peu plus que l'autre… est-ce que tu n'opterais pas toi aussi pour une solution extrême ? Disons, en ayant recours à la technique du cadavre-leurre, en espérant que personne ne se rende compte que la Maison était morte avant d'arriver ? Je suis désolée de t'avoir déçue, mais je ne regrette pas d'être venue.

— Ça n'a aucun sens, intervint Harrow.

Elle était raide comme un bloc de béton. Ses yeux noirs étaient immenses, et Gideon était sans doute la seule à y déceler une intense agitation.

— Le sortilège dont vous parlez n'est pas à la portée d'une nécromancienne ordinaire, Septimus. Il est déjà relativement impossible à accomplir pour une nécromancienne dans la force de l'âge, alors pour une mourante…

— Une mourante est une nécromancienne parfaite, dit Ianthe.

— J'aimerais vraiment réussir à vous sortir cette idée de la tête, dit Palamedes. Pendant les toutes dernières minutes, peut-être. Mais si la mort imminente renforce les dons nécromantiques, elle diminue aussi considérablement la capacité de s'en servir. On a peut-être un accès direct à sa propre source de thanergie, mais comme les organes cessent de fonctionner…

— Ce n'est pas possible, insista Harrow.

— Vous avez l'air de savoir de quoi vous parlez, dit Dulcinea posément. C'est donc à vous que je pose la question : serait-ce possible, si les esprits de la Septième, les adeptes de la mort parfaite (un secret mystique que la Septième garde depuis la nuit des temps) conjuguaient leurs efforts, tous ensemble ?

— Théoriquement, peut-être, mais…

— Roi Immortel, s'écria Silas. C'est une conspiration.

— Oh, pas si vite, dit Dulcinea. Je sais tout de vous et de votre Maison, Silas Octakiseron… L'Empereur ne s'est jamais prononcé contre la technique du cadavre-leurre, en revanche, il a clairement dit que le siphonnement des âmes était l'invention la plus dangereuse de toute l'histoire des Maisons, et qu'il faudrait menotter les nécromanciens qui le pratiquent.

— Ce qui ne change rien au fait que vous êtes coupable d'un acte de transgression nécromantique…

— Je n'ai pas l'intention de rendre la justice selon le Livre ancien, intervint la capitaine Deuteros. Je sais que c'est la prérogative de la Huitième Maison, Maître Octakiseron. Mais ce n'est pas le moment.

— Une femme qui s'adonne à ce type de magie est capable de tout, affirma Silas.

La principale intéressée ouvrit la bouche pour répondre, mais ne put prononcer un mot : elle fut prise d'une quinte de toux qui semblait monter du bout de ses orteils pour envahir tout son corps. Elle se cambra brusquement, émit une sorte de bêlement, et s'étouffa dans un râle humide. Son visage était tellement gris que, l'espace d'une seconde, Gideon crut que le Huitième était en train de lui aspirer l'âme, mais c'étaient plutôt des glaires bloquées quelque part. Palamedes et Camilla n'hésitèrent pas une seconde. Tandis que Sextus tournait Dulcinea sur le flanc, Camilla lui enfonça les doigts dans la bouche. La tête de Protesilaus glissa de ses genoux, mais la princesse Ianthe la rattrapa, la tenant entre ses mains comme un papillon exotique.

— Que voulez-vous faire, Octakiseron ? reprit la capitaine Deuteros. La confiner dans sa chambre ? La condamner à mort ? Évidemment, ça ne poserait guère de difficulté, au vu des circonstances.

— Je comprends votre point de vue, répliqua Silas. Je ne le partage pas. Je vais me retirer, madame. Tout cela ne m'intéresse plus.

Sa sortie fut empêchée par son cavalier, toujours planté sur le seuil, qui ne sembla même pas se rendre compte que son nécromancien essayait de quitter les lieux.

— L'incinérateur, s'exclama Colum. Si nous avons la tête de Protesilaus, qui est dans l'incinérateur ?

Dulcinea, pantelante, articula :

— Qu'avez-vous… trouvé dans… l'inciné…

À ce moment, Palamedes lui tapa vigoureusement dans le dos, et elle cracha une sorte de pelote de brindilles sanguinolentes.

Les Troisièmes détournèrent le visage, visiblement dégoûtées. La capitaine Deuteros, qui avait sans doute vu pire, fit un signe à sa lieutenante, qui venait de prendre la tête des mains d'Ianthe et la rangeait sans ménagement dans sa boîte. Puis elle se dirigea vers Harrow et Gideon.

— Qui l'a trouvé ? demanda-t-elle.

— Moi, répondit Harrow, omettant comme par hasard de préciser *dans quelles circonstances*. Je n'ai pris que la tête, je me suis dit que je ne pourrais pas transporter facilement le corps entier. Entre-temps, le corps a disparu, mais j'ai ma petite idée de l'endroit où il pourrait être. Étant donné que c'est moi qui l'ai découvert, le crâne est à moi en vertu de…

— Neuvième, cette tête va être emportée à la morgue, comme il se doit, répliqua la capitaine. Vous ne disposez d'aucun droit de charognarde sur des corps assassinés, et je ne vais certainement pas laisser votre Maison s'approprier des ossements qui ne lui appartiennent pas.

— Je suis d'accord avec Judith, intervint Corona, qui avait fait se lever sa jumelle.

Son teint était verdâtre, et ses traits marqués accentuaient une fatigue inhabituelle, même si les fines rides autour de ses yeux et de sa bouche lui donnaient un charme songeur.

— Nous n'allons certainement pas nous mettre à utiliser les cadavres des autres, dit-elle. Jamais. Nous ne sommes pas des barbares.

— Voilà bien une affirmation gratuite, commenta sa sœur. Certaines personnes seraient prêtes à tout pour *prendre la tête*.

Tout le monde ignora la remarque d'Ianthe. Gideon comme les autres, d'autant qu'elle venait de se rendre compte qu'elle tremblait comme une feuille.

— Je vais quand même identifier mes cendres, dit Harrow.

— Vous pouvez *travailler* à la morgue autant que vous le souhaitez, rétorqua la capitaine. Mais les corps ne sont pas votre propriété, Respectable Fille. C'est valable également pour le Gardien, comme pour tout le monde. Est-ce que c'est clair ? ajouta-t-elle.

— Compris, dit Palamedes.

— Compris, dit à son tour la Respectable Fille (sur le ton de quelqu'un qui n'avait pas la moindre intention de comprendre).

Silas était toujours là.

— Dans ce cas, dit-il, j'estime qu'il est de mon devoir de monter la garde dans la morgue, au cas où la Neuvième oublierait ce qui relève de la profanation des morts. Je vais emporter la dépouille. Vous savez où me trouver.

La capitaine Deuteros ne leva même pas les yeux au ciel. Elle fit un signe à sa lieutenante. Celle-ci remit la boîte à Silas, qui grimaça légèrement et la tendit à son neveu. Ils avaient à peine quitté la pièce avec leur affreux butin que les Troisièmes commentaient déjà l'événement entre eux.

— J'ai toujours dit qu'il était louche, affirma le cavalier.

— Tu n'as jamais dit ça, le contredit la première jumelle.

— À aucun moment tu n'as dit ça, approuva la seconde.

— Pardon, mais je l'ai dit…

La capitaine Deuteros s'éclaircit la gorge pour se faire entendre au milieu de ces chamailleries internes.

— Quelqu'un d'autre souhaite-t-il profiter de l'occasion pour admettre qu'il est déjà mort, ou une construction corporelle, ou autre ? Oui ?

Palamedes venait d'essuyer la bouche de Dulcinea dans un mouchoir blanc, avec des gestes d'une infinie douceur. Elle était immobile. Son visage avait la teinte bleuâtre du lait de la Maison de Canaan, et Gideon s'attendait presque à ce qu'il ajoute son nom à la liste des *déjà morts*.

Ce serait tout à fait son style, de partir avec un public, bien coiffée, juste après avoir révélé son misérable secret. Gideon savait à présent que Dulcinea avait toujours été seule, qu'elle entretenait une mascarade encore bien pire que la sienne, tout en sachant que ses chances de réussir étaient proches de zéro. Soudain, la nécromancienne de la Septième prit une inspiration sifflante, comme un ballon qui se dégonfle, son corps tout entier fut secoué de spasmes, et le cœur de Gideon repartit. Elle n'eut pas le temps de réagir que Palamedes, avec une tendresse répugnante, comme s'ils étaient seuls dans la pièce, seuls au monde, déposait un baiser sur le dos de sa main.

Gideon détourna le regard, rouge d'une honte qu'elle n'avait pas envie d'analyser, et vit Professeur sur le seuil, les mains jointes sur sa large ceinture arc-en-ciel. Personne ne l'avait entendu arriver.

— Plus tard, peut-être, Lady Judith, dit-il.

— Vous devez contacter la Septième Maison et la faire rapatrier, dit la capitaine. Tant d'un point de vue moral que juridique, il est hors de question de la garder ici. Est-ce clair ?

— Je ne peux pas, répondit Professeur. Il n'y a jamais eu qu'un seul canal de communication dans la Maison de Canaan, ma lady… et je ne peux pas m'en servir pour appeler la Septième Maison. De la même manière, je ne peux appeler ni la Cinquième, ni la Quatrième. Nous nous sommes engagés à garder un silence sacré. Tout cela aura une fin, et viendra alors l'heure du jugement… mais Lady Septimus devra rester avec nous jusqu'au bout.

L'adepte de la Deuxième resta interdite. Gideon crut qu'elle allait exploser de rage, en faisant péter tous les boutons de sa veste. Mais elle se contenta d'incliner la tête.

— Lieutenante ? dit-elle.

— Prête, répliqua Marta la Deuxième.

Et elles sortirent au pas, comme pour une parade militaire, sans se retourner.

Professeur observa le tableau qui s'offrait à lui : le lit, le sang, les Troisièmes ; Palamedes qui tenait toujours la main de Dulcinea dans la sienne ; Dulcinea toujours sans connaissance.

— Combien de temps reste-t-il à Lady Septimus ? demanda-t-il. J'ai du mal à évaluer ce genre de choses.

— Quelques jours, quelques semaines, peut-être, avec un peu de chance, dit Palamedes sans détour.

Dulcinea émit une sorte de petit hoquet, moitié rire, moitié soupir.

— À condition de garder les fenêtres ouvertes, reprit-il, et les voies respiratoires dégagées. Respirer l'air recyclé de Rhodes lui a probablement ôté dix ans de vie. Ça fait tellement longtemps qu'elle est sur le fil… cette femme a la résistance d'une machine à vapeur. Tout ce que nous pouvons faire, c'est lui donner le plus de confort possible et attendre de voir si elle décide de livrer une dernière bataille pour rester en vie.

— La mutilation du corps de son cavalier aurait dû l'achever, dit Harrow lentement. Ça a dû être un choc terrible pour son organisme.

— Le contrecoup a dû être moins fort, puisqu'il était réparti entre tous les nécromanciens impliqués.

— Ce n'est pas du tout comme ça que ça marche, répliqua Ianthe.

— Oh mon Dieu, c'est la *spécialiste* qui parle, commenta Naberius.

— Babs, intervint Corona. Tu dois avoir faim. Allons voir si on trouve quelque chose à manger.

Gideon vit que sa nécromancienne ne quittait pas Ianthe Tridentarius des yeux. Ianthe ne s'en était pas rendu compte, ou faisait semblant ; quoi qu'il en soit, ses yeux à elle étaient aussi pâles et mauves et calmes que d'habitude, alors qu'Harrowhark frémissait d'excitation comme un asticot devant un canard mort. Lorsque les Troisièmes sortirent (en discutant aussi fort que s'ils sortaient du théâtre, et non de la chambre d'une malade), Harrow les suivit longuement du regard.

— Hé, Palamedes, dit Gideon bien fort, tu veux que quelqu'un reste auprès d'elle ?

— Je m'en charge, dit Professeur avant qu'il ait le temps de répondre. Je vais installer mon lit ici. Et si je dois quitter mon poste, l'un ou l'autre prêtre prendront le relais. Je peux bien faire ça… Je ne crains pas grand-chose, et je n'ai rien de mieux à faire de mon temps. Ce qui, j'en ai bien peur… n'est pas votre cas.

Gideon s'accorda un dernier long regard à Dulcinea, qui était un leurre bien plus captivant que ne l'avait jamais été le stupide cadavre de son cavalier, même ainsi allongée sur son lit, la peau presque transparente, des traces de salive et de sang séché sur le menton. Elle avait envie de l'aider, mais voyant du coin de l'œil qu'Harrow était déjà dans le couloir, elle prit sur elle et dit :

— Alors nous sommes parties. Vous… nous direz s'il y a du changement ?

— Nous enverrons quelqu'un vous chercher, dit Professeur doucement.

— Cool. Palamedes…

Il leva les yeux vers elle, tout en continuant de nettoyer ses lunettes avec l'un de ses innombrables mouchoirs.

— Neuvième, dit-il, si elle était prête à tout pour devenir Lycteure, tu ne crois pas qu'elle y serait déjà parvenue ? Si elle avait vraiment envie de voir le monde à feu et à sang, est-ce qu'on n'aurait pas déjà brûlé vifs ?

— Arrête de lui lancer des fleurs. Mais… merci, dit Gideon, avant de rattraper Harrow dans le couloir.

31

Sa nécromancienne suivait toujours des yeux les Troisièmes, dont les capes disparurent bientôt au bout du couloir. Elle fronçait les sourcils si fort qu'une ride s'était creusée dans son maquillage. Gideon avait prévu… de faire tout un tas de choses, mais Harrow ne lui en laissa pas le temps, et ne lui donna aucune des réponses qu'elle attendait. Elle se retourna dans un tourbillon d'étoffes noires et dit :

— Suis-moi.

Gideon avait une longue salve de *Va te faire foutre* toute prête, qu'elle comptait bien lui balancer avec une telle force et une telle endurance qu'elle demanderait grâce, mais Harrow ajouta :

— S'il te plaît.

Et ces quelques mots suffirent à la convaincre de lui emboîter le pas en silence. Elle s'attendait à un *Qu'est-ce qui t'a pris de fouiller dans mon armoire*, qui l'aurait sans doute poussée à secouer Harrow jusqu'à faire s'entrechoquer ses vraies dents autant que celles qu'elle trimballait dans ses poches. Mais rien. Harrowhark descendit deux par deux, faisant craquer le bois de panique, le grand escalier qui menait à l'atrium ; de là, elles prirent un couloir, puis un autre, avant de tourner à gauche et de descendre les quelques marches qui menaient au vestibule de la salle d'armes. Mais contrairement à ce qu'elle pensait, Harrow ne s'engagea pas dans le couloir secret au bout duquel Jeannemary était morte ; non, elle poussa les portes sombres de la piscine.

Puis elle sortit deux phalanges crasseuses de sa poche et les jeta par terre. Deux squelettes entiers se déployèrent et allèrent se poster coude à coude devant la porte pour en bloquer l'accès. Elle jeta encore une poignée de fragments d'os, telles des graines pâles, et d'autres squelettes jaillirent, prenant forme comme des bulles. Ils prirent place le long des murs, au garde-à-vous, leurs vertèbres saillantes touchant les carreaux de céramique anciens. Épaule contre épaule, tels des gardes du corps… ou de monstrueux chaperons.

Lorsqu'Harrow fit face à Gideon, ses yeux avaient la noirceur inexorable d'un effondrement gravitationnel.

— Le temps est venu…

Elle prit une profonde inspiration et défit les fermoirs de sa cape qui glissa de ses frêles épaules, formant une mare d'étoffe autour de ses chevilles.

— … de tout te révéler, dit-elle.

— *Oh Dieu merci !*, s'exclama Gideon d'une voix nerveusement haut perchée.

Elle était terriblement gênée de sentir son cœur s'emballer de la sorte.

— Ferme-la et saute dans l'eau.

Voilà qui était tellement inattendu qu'elle ne prit même pas la peine de protester, de se plaindre ou d'hésiter. Gideon ôta à son tour sa capuche et sa cape, ses bottes, détacha sa rapière, défit sa ceinture. Harrow semblait prête à plonger dans le clapotis vert d'eau en chemise et pantalon. *Et merde, on s'en fout*, se dit Gideon en sautant dans le bassin presque tout habillée, créant un remous de vagues circulaires qui partirent éclabousser les parois. La sensation désagréable de l'eau s'immisçant dans ses sous-vêtements la saisit d'un coup. Gideon s'ébroua, plongea la tête sous l'eau et émergea en crachant une bonne tasse du liquide aussi chaud que du sang.

Après un instant de réflexion, Harrow entra dans le bassin à son tour, se laissant simplement tomber dans l'eau à la verticale comme un couteau noir bien astiqué. Elle disparut sous la surface, avant de réémerger en toussant et crachant, ce qui ruina complètement l'élégance de son saut. Face à Gideon, elle battit un instant des bras pour se maintenir à la surface, jusqu'à ce qu'elle se rende compte qu'elle avait pied.

— Une raison particulière de prendre un bain ?

Leurs voix résonnaient dans la pièce.

— La Neuvième Maison a un secret, Nav, commença Harrow.

Sa voix était calme, mesurée, franche comme jamais auparavant.

— Seule ma famille le connaît. Et on n'en parlait jamais à moins… d'être immergés dans l'eau salée. C'est ma mère qui avait établi cette règle. Nous avions un bassin rituel, exprès, dont le reste de la Maison ignorait l'existence. Il était froid et profond, et je détestais y entrer. Mais ma mère est morte, et… si je dois vraiment trahir à ce point la confiance de ma famille… je me dis que je peux au moins respecter cette règle.

Gideon cligna nerveusement des yeux.

— Merde, dit-elle. Tu ne plaisantes pas. C'est le grand moment.

— C'est le grand moment, admit Harrowhark.

Gideon se passa les mains dans les cheveux. De minces filets d'eau coulèrent sur sa nuque et dans son col trempé. Lorsqu'elle rouvrit la bouche, elle ne prononça qu'un seul mot :

— Pourquoi ?

— Pour tout un tas de raisons, répondit sa nécromancienne.

Son maquillage ne résistait pas à l'eau, elle ressemblait à un squelette gris en train de fondre.

— Je… j'avais l'intention de t'en dévoiler une partie, depuis un moment. Une version expurgée, disons. Mais il a fallu que tu fouilles dans mon armoire… Si je t'avais fait part de mes soupçons sur le mannequin de Septimus dès le premier jour, rien de tout cela ne serait arrivé.

— Le *premier jour* ?

— Gigi, répliqua Harrow, je n'ai pas joué aux marionnettes avec mes propres parents pendant tant d'années sans rien apprendre.

La colère s'infiltrait en Gideon comme tous ces litres d'eau salée.

— Mais bordel, pourquoi tu ne me l'as pas dit quand tu l'as tué ?

— Je ne l'ai pas tué, rétorqua sèchement Harrow. Quelqu'un d'autre l'a fait… en lui plantant une lame dans le cœur, d'après ce que j'ai pu voir, mais je n'ai eu que quelques minutes avant de devoir m'enfuir. Il a suffi d'effleurer le théorème pour qu'il tombe en morceaux. Quand j'ai cru entendre quelqu'un arriver, j'ai pris la tête et je suis partie. C'était la nuit après l'épreuve du champ entropique.

— Non, espèce de monstre, s'énerva Gideon, je veux dire : pourquoi tu ne m'as pas dit que tu l'avais tué avant d'envoyer Jeannemary Chatur et son nécromancien chercher le type qui était dans une boîte au fond de ton armoire ? Pourquoi tu n'as pas pris un instant pour me dire, je ne sais pas, moi, *Pas besoin d'envoyer les gamins dans le complexe se faire massacrer par une monstrueuse créature* ?

Harrow poussa un soupir.

— J'ai paniqué, dit-elle. À ce moment-là, je croyais que je vous envoyais simplement dans un cul-de-sac. Que le vrai danger, c'étaient Sextus et Septimus, que l'un des deux risquait de te prendre en embuscade, que la meilleure solution était de rester moi-même avec eux. Mon plan, c'était de t'éviter un duel nécromantique. Ça me paraissait plutôt élégant, sur le coup.

— Nonagesimus. Il suffisait de gagner un peu de temps. De me dire que tu étais flippée. Et que le cavalier de Dulcinea était une momie…

— J'avais des raisons de croire que tu avais plus confiance en elle qu'en moi.

À ces mots, Gideon fit sa plus belle mimique *Tu te fous de ma gueule ?* Face à elle, Harrow se massait les tempes de ses pouces, effaçant encore un peu plus son maquillage.

— Je t'ai cru *compromise*, reprit-elle amèrement. Je pensais que *tu* penserais que j'avais démantibulé la marionnette par pure méchanceté, et que tu irais tout rapporter à la Septième. J'ai préféré poursuivre mes recherches et te présenter des arguments concrets. Je ne pouvais pas imaginer ce que ça impliquerait pour les Quatrièmes. La Neuvième a une dette de sang que je ne pourrai jamais faire disparaître. Je… je ne voulais pas te faire de mal, Gigi ! Je ne voulais pas… te désorienter.

— Harrow, répliqua Gideon. Si mon cœur était une bite, tu me l'arracherais.

— Je ne voulais pas me rendre encore plus antipathique. Et j'avais l'impression qu'on était davantage… d'égale à égale.

Gideon ne l'avait jamais vue aussi peu sûre d'elle. On aurait dit qu'elle était en train de retourner tous les tiroirs de son cerveau pour trouver quels mots montrer.

— Nous… notre… C'était trop risqué. Et puis…

Trop risqué.

— Harrow, dit Gideon lentement. Si je n'étais pas allée voir Palamedes – et j'ai failli ne pas le faire –, je t'aurais attendue dans nos quartiers, avec mon épée prête à l'emploi, et je me serais jetée sur toi. J'étais tellement convaincue que tu étais derrière tout ça. Que c'était toi qui avais tué Jeannemary et Isaac. Magnus et Abigail.

— Mais non, pas du tout, jamais, dit Harrow, avant d'ajouter : Je sais.

— Tu m'aurais tuée.

— Ou c'est toi qui m'aurais tuée.

Gideon était trop surprise pour répondre. Des vaguelettes s'écrasaient doucement contre les carreaux du bassin. Elle poussa du pied contre le fond et battit des jambes un instant, sa chemise gonflée d'eau.

— OK, dit-elle finalement. C'est l'heure des questions. Qui a fait le coup ?

— *Nav.*

— Sérieusement. Qu'est-ce qui se passe, ici ? La Maison de Canaan est hantée, ou quoi ? Qui – ou qu'est-ce qui – est derrière les meurtres des Quatrièmes et des Cinquièmes ?

Sa nécromancienne fit la planche à son tour, flottant un moment dans l'eau verte et salée. Ses yeux étaient plissés. Elle réfléchissait.

— Je ne sais pas, finit-elle par répondre. Désolée. Ça ne sert à rien de penser à ça. Soit nous sommes poursuivis par des revenants, soit ça fait partie du concours, soit l'un d'entre nous – ou plusieurs d'entre nous, ont décidé de supprimer tous les autres. Les meurtres des Cinquièmes et des Quatrièmes sont peut-être liés, mais peut-être pas. Les fragments osseux retrouvés dans les plaies des victimes ne proviennent pas d'une seule source, évidemment… même si je suis d'avis que leur composition moléculaire les rattache au même type de construction nécromantique, contrairement aux considérations de Sextus sur la résonance topologique et la théorie des archétypes squelettaux…

— Harrow. Ne me donne pas envie de me noyer.

— Ma conclusion, c'est que si les meurtres sont liés, et si c'est un adepte, et non une puissance revenante ou le complexe lui-même, qui est derrière la construction que tu as vue… alors c'est forcément l'un de nous, dit Harrow. Nous sommes les seuls êtres vivants dans toute la Maison de Canaan. Ce qui réduit la liste des suspects aux Tridentarii, à Sextus, Octakiseron, la Deuxième, ou moi. Je n'exclurais pas non plus trop vite Professeur et les deux autres prêtres. Quant à Septimus, on peut considérer qu'elle a un alibi…

— Être à moitié morte, dit Gideon.

— Oui, dit Harrowhark à contrecœur, elle est plutôt en bas de ma liste, maintenant. Logiquement, à en juger par les capacités, l'intelligence, et la faculté d'associer les deux, ça devrait être Palamedes Sextus et sa cavalière.

Gideon ouvrit la bouche pour répondre, mais Harrow secoua la tête et poursuivit :

— Non, je sais, je me rends compte qu'aucun des deux n'a de *putain de mobile*, comme tu pourrais le dire. Mais une déduction logique ne vaut pas grand-chose quand on n'a pas tous les éléments en main. Et puis il y a aussi Professeur… les laboratoires… les règles. Pourquoi ces théorèmes ? Quelle force les anime ? Pourquoi avoir tué la cavalière de la Quatrième, mais t'avoir épargnée toi ?

Autant de questions que Gideon n'avait cessé d'adresser silencieusement au cœur de la nuit depuis la mort de Jeannemary. Elle laissa glisser ses épaules dans l'eau jusqu'à sentir sa masse autour de ses oreilles, et fixa l'unique néon fluorescent au-dessus du bassin. Son corps flottait, comme en apesanteur, dans une flaque de lumière dorée. Elle aurait pu poser n'importe quelle autre question à Harrow, lui parler de la bombe qui avait pris la vie d'Ortus Nigenad au lieu de la sienne, ou de sa propre existence : lui demander pourquoi tout s'était passé comme ça. Et finalement, c'est une autre question qui sortit :

— Qu'est-ce que tu sais de cette histoire de bactérie dans le système d'aération qui a emporté tous les gosses… quand j'étais petite, un peu avant ta naissance ?

Un terrible silence s'ensuivit. Il dura si longtemps qu'elle finit par se demander si Harrow ne s'était pas sournoisement noyée.

— Ce n'était pas un peu avant ma naissance, dit-elle finalement, d'une voix qui ne lui ressemblait pas du tout. Enfin si, mais ce n'est pas assez précis. C'était juste avant ma conception.

— Je ne demandais pas tant de détails.

— C'est important. Ma mère devait porter une enfant à terme, et pour remplir son rôle de véritable héritière du Tombeau Scellé, il fallait que cette enfant soit nécromancienne. Mais l'étant eux-mêmes, le processus s'est avéré encore plus compliqué. Nous n'avions pas accès aux technologies obstétriques dont disposaient les autres Maisons. Elle avait déjà essayé, déjà échoué. Elle vieillissait. Elle avait peut-être encore une chance d'y parvenir, mais elle ne pouvait pas s'en remettre au hasard.

— On ne peut pas concevoir volontairement une nécro, la contredit Gideon.

— Si, rétorqua Harrow. Pour peu qu'on ait les ressources nécessaires. Et qu'on soit prêt à payer le prix qu'implique le fait de s'en servir.

Gideon sentit ses poils se hérisser sur sa nuque trempée.

— Harrow, dit-elle lentement. Est-ce que ces fameuses *ressources*, ce sont…

— Deux cents enfants, dit Harrowhark d'une voix lasse. Âgés de six semaines à dix-huit ans. Pour que ça marche, il fallait qu'ils meurent tous plus ou moins simultanément. Mes grands-tantes ont passé des semaines à calculer la quantité nécessaire d'organophosphates. Puis notre Maison a introduit le gaz dans le système d'aération.

Quelque part à l'autre bout du bassin, un filtre à eau émit quelques gargouillis.

— À eux seuls, les enfants en bas âge ont généré une quantité de thanergie qui aurait suffi à rayer la planète de la carte. On ne sait pas vraiment pourquoi, mais c'est toujours le cas avec les bébés…

Tout ça était insupportable à entendre. Gideon ramena ses genoux contre son torse, et se laissa couler un instant. L'eau submergea sa tête, s'infiltra dans la masse de ses cheveux. Il y eut un bourdonnement dans ses oreilles, puis elles se débouchèrent brusquement. Lorsqu'elle revint à la surface, son cœur battait si fort que son crâne menaçait d'exploser.

— Dis quelque chose, fit Harrowhark.

— C'est dégueulasse, dit Gideon. Infect. Atroce. Qu'est-ce que tu veux que je dise d'un *truc pareil*, putain ?

— Ça m'a permis de naître, dit la nécromancienne. Et d'être… moi. J'ai su très jeune de quelle manière j'avais été créée. Je suis très exactement les deux cents fils et filles de ma Maison, Gigi… je suis l'entière nouvelle génération de la Neuvième. Je suis venue au monde, en tant que nécromancienne, aux dépens du futur de Drearburh… parce que, sans moi, Drearburh n'a pas de futur.

Gideon avait l'estomac retourné, mais les questions dans sa tête étaient plus urgentes que sa nausée.

— Mais pourquoi me laisser en vie, alors ? Pourquoi assassiner toute la Maison, mais me rayer de la liste ?

Il y eut un silence.

— On ne t'a pas rayée de la liste.

— Quoi ?

— Tu étais censée mourir toi aussi, comme les autres, Gigi. Tu as inhalé le gaz neurotoxique pendant une bonne dizaine de minutes. Mes grands-tantes ont perdu la vue rien qu'en le libérant, mais toi ça ne t'a rien fait, alors que tu n'étais qu'à deux berceaux de la bouche d'aération. Tu n'es pas morte. Et mes parents ont eu une peur panique de toi jusqu'à la fin de leur vie.

Ce n'était donc pas sa naissance qui la rendait suspecte aux yeux du Respectable Père et de la Respectable Mère : elle était suspecte parce qu'elle n'était pas morte. Et toutes les nonnes et les prêtres et les anachorètes du cloître pensaient comme eux, sans savoir que Gideon n'était qu'une pauvre créature dont le seul crime avait été de se réveiller après l'opération, comme si de rien n'était.

Le monde tournait à mesure qu'Harrow se rapprochait. La mémoire de Gideon saisit le regard fixe de Pelleamena, qui traversait souvent Gideon sans la voir, et changea le mépris en effroi. Elle saisit la brève exclamation que poussait Priamhark dès qu'il la voyait, et changea le dégoût en horreur. Elle était une gamine dont la simple présence rappelait constamment à ces deux adultes le jour où ils avaient fait le choix de gravement hypothéquer le futur de leur Maison. Pas étonnant qu'elle ait haï à ce point les immenses portes sombres de Drearburh, puisque derrière elles se terraient les ombres vides de tous ces enfants dont le seul tort avait été d'être la source d'énergie parfaite.

— Et tu penses que tu es à la hauteur ? demanda Gideon brusquement.

Harrow ne se laissa pas démonter.

— Si je devenais Lycteure, dit-elle, songeuse, et renouvelais ma Maison… si je restaurais sa grandeur, ou la rendais plus grande qu'elle n'a jamais été… Si je justifiais son existence aux yeux de Dieu, l'Empereur… si je dédiais ma vie tout entière à ceux qui sont morts en me donnant la vie et mes pouvoirs…

Gideon attendit la suite.

— Bien sûr que non, je ne suis pas *à la hauteur*, s'emporta Harrow. Je suis une abomination. L'univers tout entier devrait se mettre à hurler chaque fois que mes pieds foulent le sol. Mes parents ont commis un péché nécromantique d'une telle ampleur qu'on aurait dû nous envoyer griller au cœur de Dominicus. Si l'une des autres Maisons apprenait ce que nous avons fait, elle nous anéantirait sans hésiter une seule seconde. Je suis un *crime de guerre*.

Elle se redressa, et Gideon regarda le rideau d'eau salée dévaler ses épaules. Ses cheveux étaient plaqués sur son crâne comme un bonnet noir, et les vaguelettes donnaient à sa peau des reflets gris-vert. Son maquillage avait entièrement disparu. Avec son visage tout mince et frêle, Harrowhark n'avait guère l'air plus âgée que Jeannemary Chatur.

— Mais si c'était à refaire, reprit le crime de guerre, je le referais. S'il le fallait. Mes parents l'ont fait parce qu'ils ne voyaient pas d'autre solution. Mais tout ça les dépassait. Il fallait que leur descendante soit une nécromancienne, Nav…

parce que seule une nécromancienne peut ouvrir le Tombeau Scellé. Seule une puissante nécromancienne peut écarter la pierre… et ainsi que je l'ai constaté, seule une nécromancienne parfaite peut survivre aux sortilèges qui le protègent, et approcher le sarcophage.

Les orteils de Gideon retrouvèrent le sol et elle se redressa à son tour. L'eau ne lui arrivait plus que jusqu'à mi-torse, et elle avait la chair de poule.

— Et cette histoire de *je prie pour que le Tombeau soit scellé pour l'éternité et la pierre jamais écartée*, c'est devenu quoi ?

— Mes parents n'avaient pas compris eux non plus. C'est la raison pour laquelle ils sont morts, dit Harrowhark. C'est la raison pour laquelle, quand ils ont appris que je l'avais fait… que j'avais écarté la pierre, que j'étais entrée dans le monument et que j'avais vu l'endroit où le corps était inhumé… ils ont cru que j'avais trahi Dieu. On dit que le Tombeau Scellé abrite le seul vrai ennemi du Roi Immortel, Nav, un ennemi plus ancien que le temps, le prix de la Résurrection. Un monstre qu'il a vaincu une fois mais ne pourrait vaincre *à nouveau*. L'abîme de la Première. La mort du Seigneur. Il nous a confié la sépulture pour que nous en soyons les gardiens, dans la croyance que ceux qui avaient érigé le Tombeau, il y a une myriade, s'emmureraient avec le corps et le rejoindraient dans la mort. Mais ce n'est pas ce qui s'est passé. Et c'est ainsi qu'est née la Neuvième Maison.

Gideon se remémora les paroles de Silas Octakiseron : *La Huitième n'a pas oublié que la Neuvième n'était jamais censée exister.*

— Tu es en train de me dire qu'à l'âge de dix ans – *dix ans !* – tu as fait sauter le verrou du Tombeau et passé d'affreux sortilèges antiques pour regarder un cadavre alors que tes parents t'avaient bien dit que ça déclencherait l'apocalypse ?

— Voilà, dit Harrowhark.

— Mais *pourquoi* ?

Il y eut un nouveau silence. Harrow fixait l'eau. La lumière électrique faisait paraître ses iris aussi noirs que ses pupilles.

— J'en avais assez d'être la somme de ces deux cents cadavres, dit-elle simplement. J'étais assez grande pour comprendre la monstruosité de mon existence. Alors j'ai décidé d'aller voir le Tombeau et si ce n'était pas à la hauteur de mes attentes… de monter tout en haut de la Neuvième, toutes les marches de tous les escaliers… d'ouvrir une écoutille, et de marcher, marcher…

Elle leva les yeux. Soutint le regard de Gideon.

— Mais tu es revenue, dit Gideon. Et j'ai couru dire au Respectable Père et à la Respectable Mère ce que je t'avais vue faire. J'ai tué tes parents.

— Quoi ? Mais non. Ils se sont suicidés. Je suis bien placée pour le savoir, j'y étais.

— Mais ils ont fait ça parce que je leur ai dit…

— Mes parents se sont suicidés parce qu'ils avaient peur, et honte, dit sèchement Harrow. Ils pensaient que c'était le seul moyen de sauver leur honneur.

— Ils devaient vivre avec cette peur et cette honte depuis un sacré bout de temps.

— Je ne dis pas que je n'ai pas rejeté la faute sur toi… poursuivit Harrow. Je l'ai fait, bien sûr. C'était tellement plus facile. Je me suis longtemps fait croire que j'aurais pu les sauver, si je leur avais parlé. Et Mortus avec eux. Quand tu es entrée… ce que tu as vu, c'était mon échec. Je te détestais, parce que tu avais vu le résultat de mon impuissance. Mon père et ma mère n'étaient pas en colère, Nav. Ils ont été très gentils avec moi. Ils se sont passé le nœud coulant autour du cou, et ils m'ont aidée à faire le mien. Je les ai regardés faire pendant qu'ils aidaient Mortus à monter sur sa chaise. Sans rien questionner, comme il l'avait toujours fait… Mais je n'ai pas pu. Malgré ce que je m'étais promis de faire. Je me suis forcée à regarder, quand mes parents… je n'ai absolument rien pu faire de ce que ma Maison attendait de moi. Pas même à ce moment-là. Tu n'es pas la seule qui n'ait pas réussi à mourir.

L'eau clapotait doucement contre leurs vêtements, sur leur peau.

— Harrow, dit Gideon, la voix chargée d'émotion. Harrow. Je suis tellement désolée, putain.

Harrow écarquilla brusquement les yeux. Le blanc aussi électrique que du plasma, les anneaux noirs plus sombres que les tréfonds de Drearburh, elle rejoignit Gideon, l'empoigna par le col de sa chemise trempée et la secoua avec une violence dont elle ne l'aurait jamais crue capable, vu sa musculature. Elle était blême de rage, son visage se consumait de haine.

— C'est *toi* qui t'excuses ? souffla-t-elle. Tu t'excuses parce que j'ai passé ma vie à essayer de te détruire ? Tu as toujours été mon souffre-douleur ! Si j'existe, c'est parce que mes parents ont massacré tout le monde, ils t'ont condamnée à passer ta vie dans une misère abjecte, et ils t'auraient tuée toi aussi s'ils avaient pu, sans la moindre hésitation ! Toute ta vie, j'ai essayé de te faire regretter de ne pas être morte, parce que c'est ce que je voulais, moi… être morte ! Je t'ai bouffée vivante, et tu as l'audace de me dire que tu es désolée !

Quelques postillons s'étaient égarés sur les lèvres d'Harrow. Elle reprit son souffle.

— J'ai essayé de te découper en morceaux, Gideon Nav ! La Neuvième Maison t'a empoisonnée, traitée plus bas que terre… Je t'ai emmenée comme esclave dans cet abattoir… mais tu refuses de mourir, et en plus tu as pitié de moi ! Achève-moi. Tu as gagné. Toute ma vie, j'ai été à ta merci, livrée à toi seule, et Dieu sait que j'ai mérité de mourir par ta main. Tu es ma seule amie. Je ne suis rien sans toi.

Gideon se crispa à l'idée de ce qu'elle était sur le point de faire : laisser derrière elle ces dix-huit années passées dans l'obscurité avec des nonnes infâmes. Mais en fin de compte, ce fut bien plus facile qu'elle ne le pensait : elle enveloppa Harrow Nonagesimus dans ses bras et la serra fort contre elle, fort comme un cri. Elles s'enfoncèrent dans l'eau, et le monde devint sombre et salé. La Respectable Fille se laissa faire comme pour le rituel d'immersion familial, mais lorsqu'elle se rendit compte de la nature de l'étreinte de Gideon, elle se débattit comme si on lui arrachait les ongles. Gideon tint bon. Après quelques tasses d'eau salée, elles se retrouvèrent cramponnées l'une à l'autre dans un coin du bassin, leurs mains empêtrées dans un fouillis de manches mouillées. Gideon releva la tête d'Harrow, posée sur son épaule, en la tirant doucement par les cheveux et la regarda longuement, comme si elle en faisait l'inventaire : l'odieux petit visage pointu, les sourcils noirs abattus, l'arc exsangue de ses lèvres. Elle examina la ligne méprisante de ses mâchoires, la panique dans ses yeux sans étoiles. Puis elle pressa ses lèvres au point de rencontre entre le nez d'Harrow et son sinus, et Harrow émit un bruit qui les embarrassa toutes les deux.

— Trop de mots, meuf, murmura Gideon. Et si on se contentait de ceux-ci : *Une chair, une fin ?*

La nécromancienne de la Neuvième rougit si fort qu'elle devint cramoisie. Gideon lui releva le menton, accrocha son regard.

— Dis-le, patate.

— Une chair… une fin, bredouilla Harrow, et elles ne purent prononcer un mot de plus.

*

Au bout de ce qui leur sembla un très, très long moment, l'adepte dit :

— Gideon, il faut que tu me promettes quelque chose.

Gideon passa le pouce sur sa tempe pour balayer une mèche couleur ombre ; Harrow frissonna.

— Je croyais que c'était le moment où j'obtenais tout un tas de concessions et où tu rampais devant moi… Mais tu viens de m'appeler *Gideon*, alors vas-y, ça doit être important.

— Si je devais mourir… Gideon, si quelque chose devait triompher de moi… il faut que tu me survives. Il faut que tu rentres à la Neuvième et que tu protèges le Tombeau Scellé. Si je meurs, il ne faut pas que ton devoir meure avec moi.

— Tu me fais vraiment un coup foireux, là, répliqua Gideon.

— Je sais, dit Harrow. Je sais.

— Harrow, qu'est-ce qu'il y a dans ce putain de Tombeau, pour que tu me demandes ça ?

Les lourdes paupières de son adepte se refermèrent.

— Derrière ces portes, il n'y a que la pierre, dit-elle. La pierre et le Tombeau, entouré d'eau. Je ne vais pas te décrire par le menu la magie, les verrous, les sortilèges et autres barrages qui le protègent : sache seulement qu'il m'a fallu toute une année pour faire six pas à l'intérieur, et que j'en suis presque morte. Le sortilège de sang, sur les portes, ne réagit qu'au Nécromancien Divin, mais je savais qu'il y avait forcément un autre moyen d'entrer, pour les fidèles et dévots Gardiens du Tombeau. Je savais qu'elles finiraient bien par s'ouvrir pour moi. L'eau qui entoure le Tombeau est salée, profonde, et obéit à un phénomène de marée complètement surnaturel. Le sépulcre en lui-même est petit, et le Tombeau…

Elle rouvrit les yeux. Un petit sourire surpris se dessina sur ses lèvres, transformant son visage en un spectacle de douloureuse beauté que Gideon était parvenue à ignorer jusqu'alors.

— Le Tombeau est fait de pierre et de glace, Nav. Une glace qui ne fond jamais, une pierre plus froide encore. Et à l'intérieur, dans l'obscurité, il y a une fille.

— Une *quoi* ?

— Une fille, patate.

Sa voix n'était plus qu'un murmure, sa tête lourde entre les mains de Gideon.

— À l'intérieur du Tombeau Scellé se trouve le corps d'une jeune fille. Elle est enveloppée dans la glace… congelée… une épée sur la poitrine. Les mains jointes sur la lame. Ses poignets sont enchaînés par des chaînes qui sortent de la tombe, et ses chevilles sont enchaînées elles aussi, et son cou… Nav, en voyant son visage, j'ai décidé que je voulais vivre. J'ai décidé de vivre éternellement… juste au cas où elle se réveillerait un jour.

Sa voix semblait tout droit sortie d'un long rêve. Elle regardait Gideon sans la voir. Celle-ci lâcha doucement son menton et s'allongea une nouvelle fois dans l'eau, se laissant porter par le sel, même si ses yeux commençaient à brûler. Elles flottèrent un long moment côte à côte, dans un silence apaisé, avant de sortir enfin de l'eau et de s'asseoir, dégoulinantes, au bord du bassin. Le sel dessinait des dépôts blancs dans leurs cheveux. Gideon prit la main d'Harrow dans la sienne.

Elles restèrent un long moment ainsi, trempées, gelées, les doigts entremêlés dans la semi-obscurité de la piscine, l'eau clapotant interminablement contre les carreaux de faïence. Autour d'elles, les squelettes se tenaient en rangs parfaits, humérus contre humérus, sans le moindre frottement d'os pour trahir leur présence. Le cerveau de Gideon s'agitait, ses pensées se brisant indéfiniment comme les vaguelettes qu'elles venaient de quitter, jusqu'à arriver finalement à une conclusion.

Elle se rapprocha d'Harrow, regarda les minuscules gouttes d'eau qui roulaient le long de sa nuque avant de disparaître dans le col de sa chemise trempée. Malgré les litres et les litres d'eau salée qui l'avaient accueillie, elle sentait toujours la cendre. Elle s'approcha encore. Harrow était pétrifiée. Seule sa gorge bougeait, pour déglutir. Ses grands yeux noirs se firent plus grands encore. Elle regardait Gideon sans respirer, les lèvres figées, les mains immobiles, comme une statue parfaite.

— J'ai une dernière question pour toi, Respectable Fille, dit Gideon.

— Nav ? souffla Harrow, décontenancée.

Gideon se pencha encore un peu plus vers son visage.

— *Tu en pinces vraiment pour une minette congelée dans un cercueil ?*

Pour toute réponse, un des squelettes l'envoya valser dans l'eau.

*

Elles passèrent le reste de la soirée à se couver jalousement des yeux, comme si la moindre distance pouvait de nouveau tout compromettre, parlant incessamment, comme si elles n'avaient encore jamais eu l'occasion de parler, mais de futilités à présent, juste pour le plaisir d'entendre le son de leurs voix. Cette nuit-là, Gideon alla chercher ses couvertures et les déposa sur l'ingrat lit de camp au pied du lit à baldaquin d'Harrow.

Une fois couchées dans l'enveloppante obscurité, le corps de Gideon perpendiculaire à celui d'Harrow, Gideon demanda :

— Est-ce que tu as essayé de me tuer, avant qu'on quitte la Neuvième ?

Harrow était manifestement trop abasourdie pour répondre.

— La navette, insista Gideon. Celle que Glaurica m'a piquée.

— Quoi ? Non ! dit enfin Harrow. Si tu étais montée dans cette navette, tu serais arrivée saine et sauve à Trentham. Je le jure sur le Tombeau.

— Mais… Ortus… sœur Glaurica…

Il y eut un silence.

— Le plan était de les ramener au bout de vingt-quatre heures. Ils seraient tombés en disgrâce, Ortus déclaré inapte à remplir ses fonctions, et relégué dans le plus ignoble monastère de la Maison, ce qui ne l'aurait pas trop dérangé, d'ailleurs. Nous avions payé le pilote.

— Mais alors…

— Crux m'a dit que la navette avait eu une défaillance technique, qui expliquait l'explosion en plein vol, dit lentement Harrow.

— Et tu l'as cru ?

Nouveau silence.

— Non, dit-elle. Il ne supportait pas la déloyauté.

C'était donc la soif de vengeance de Crux, appliquée à sa propre Maison, son propre zèle à étouffer la moindre étincelle d'insurrection, qui avait forcé le fantôme de Glaurica à revenir sur sa propre planète. Gideon ne livra pas sa réflexion à haute voix. Silas Octakiseron n'était pas censé savoir ce genre de choses. Mais si Harrow le découvrait maintenant, elle se précipiterait dans le couloir en chemise de nuit munie de son kit d'ossements d'urgence.

— Quel imbécile, dit Gideon, avant de poursuivre, songeuse : Dire que j'ai été déloyale toute ma vie et que je viens de te voir toute nue.

— *Dors*, Gideon.

Elle ne tarda pas à s'endormir, en effet, et pour une fois, elle ne fit pas le moindre rêve.

32

— C'EST DE LA TRICHE, dit Harrow.

— Non, c'est de la débrouillardise, répliqua Palamedes.

Ils se trouvaient devant une porte de laboratoire que Gideon n'avait encore jamais vue. Elle n'était pas cachée, mais particulièrement difficile d'accès, puisque tout au sommet de la plus haute tour de la Maison de Canaan (le nombre de marches avait failli avoir raison de ses genoux), et tout au bout d'une sorte de couloir extérieur, où le soleil entrait à flots par les vitres cassées. Le tout paraissait franchement au bord de la désintégration, et Gideon avait longé le mur au plus près, au cas où le sol déciderait subitement de s'effondrer.

Cette porte lyctorale était quasiment identique aux précédentes : une orbite d'obsidienne enchâssée dans un os frontal sculpté, des piliers noirs, pas de poignée, mais un symbole gravé sur le panneau pour la différencier des autres. Celui-ci semblait représenter trois anneaux rejoints par une ligne.

— Nous n'avons pas de clé, reprit Harrow. On ne peut pas dire que nous soyons *autorisés* à ouvrir cette porte.

Palamedes agita la main.

— J'ai accompli l'épreuve. Nous avons mérité la clé. Ça revient au même.

— Ça ne revient pas du tout au même.

— Écoute. Si on tient le compte des clés, comme je l'ai fait, celle-ci est actuellement entre les mains de Silas Octakiseron. Elle était la propriété de Lady Septimus, mais il la lui a prise. Ce qui veut dire que le seul moyen pour l'un de nous de franchir cette porte est de vaincre Colum le Huitième en duel…

— Je peux battre Colum, dit tranquillement Camilla.

— Moi aussi je peux sûrement battre Colum, renchérit Gideon.

— … *en faisant confiance à Octakiseron pour qu'il nous remette la clé.* Or il ne le fera pas, conclut Palamedes triomphalement. Respectable Fille, tu sais aussi bien que moi que la Huitième Maison ne va pas laisser le fair-play entraver son devoir sacré de faire tout ce qu'elle veut.

Harrow avait l'air partagée.

— Ce n'est pas une serrure ordinaire. On ne peut pas… la crocheter avec un bout d'os, Sextus.

— Non, bien sûr que non. Je t'ai dit que Lady Septimus m'avait laissé toucher la clé. Je suis un adepte de la Sixième. C'est comme si elle m'avait laissé faire un moule en silicone. Je suis capable de décrire cette foutue clé jusque dans ses plus microscopiques détails. Mais à quoi ça m'avance, tout seul ? Je ne vais pas en sculpter une en bois.

Harrow soupira. Puis elle fouilla dans sa poche et en sortit un os trapèze qu'elle plaça sur la paume de sa main droite.

— D'accord, dit-elle. Décris-la-moi.

Palamedes la dévisagea, ahuri.

— Dépêche-toi. Je n'ai pas spécialement envie que les Deuxièmes nous trouvent ici.

— Euh, eh bien, elle ressemblait à une clé, dit Palamedes. Avec une longue tige et… un panneton… Je ne peux pas décrire une structure moléculaire comme on décrit un paysage.

— Et je suis censée la répliquer comment ? rétorqua Harrow. Je ne peux pas… oh. Non.

— Tu as accompli l'épreuve d'Imagerie et Réaction, n'est-ce pas ? Forcément, puisque tu as la clé. C'est le même principe. Je vais penser à la clé, et tu vas la voir à travers mes yeux.

— Sextus, dit Harrow d'une voix sombre.

— Attends, attends, attends, intervint Gideon. Tu vas lire dans ses pensées ?

— Non, répliquèrent les deux nécromanciens en stéréo.

— Enfin, techniquement, si, en quelque sorte, admit Palamedes.

— Non, s'obstina Harrow. Tu te souviens du défi de la construction, Nav. Je n'ai pas lu dans tes pensées. J'ai plutôt emprunté tes sensations.

Elle se tourna vers Palamedes.

— Sextus. C'était déjà suffisamment pénible avec ma propre cavalière. Il faudrait que tu te concentres de toutes tes forces sur la clé. Si tu es distrait…

— Il ne sera pas distrait, intervint Camilla, comme si ça avait déjà posé problème par le passé.

Palamedes ferma les yeux. Harrow se mordit furieusement la lèvre inférieure, puis ferma les yeux à son tour.

Pendant une bonne trentaine de secondes, il ne se passa rien du tout. Gideon mourait d'envie de faire une vanne, juste pour les voir réagir, quand, soudain, le petit os dans la paume d'Harrow tressauta. Il se tordit, puis s'étira jusqu'à former une longue tige cylindrique. Quelques secondes plus tard, une arête apparut lentement à une extrémité. Puis une autre.

Gideon était franchement impressionnée. Durant toutes ces années passées à la tourmenter à Drearburh, Harrow n'avait jamais utilisé les os que comme des semences, des amorces qu'elle transformait en pièges pour lui faire mordre la poussière, en bras pour l'attraper, en jambes pour lui botter le cul, en crânes pour la mordre. Ce qu'elle faisait là était inédit. Elle utilisait la matière osseuse comme de l'argile, sans obéir à des formes prédéterminées : elle pouvait en faire ce qu'elle voulait. Mais ça n'avait pas l'air évident, comme le montraient ses sourcils furieusement froncés, et les gouttes de sueur sanglante qui perlaient sur sa gorge.

— *Concentre-toi*, Sextus, souffla la nécromancienne.

À présent, l'objet sur sa paume était incontestablement une clé, avec un panneton à trois dents qui évoluaient à mesure qu'Harrow peaufinait les détails. Soudain, la clé tout entière se mit à trembler dans sa main, comme si elle allait sauter par terre, avant de s'immobiliser brusquement. Harrow rouvrit les yeux, jaugea le résultat d'un air critique.

— Ça ne marchera pas, dit-elle. Je n'ai jamais travaillé avec quelque chose d'aussi petit.

— C'est ce qu'elle dit, murmura Gideon.

Palamedes rouvrit les yeux à son tour, poussa un long soupir. Il avait l'air soulagé que ce soit fini.

— Ça va aller, dit-il d'une voix peu convaincante. Allez. Il faut essayer.

Il s'approcha de la porte noire, suivi d'Harrow, des deux cavalières et des cinq squelettes qu'elle avait insisté pour animer en chemin. Il examina un instant la clé fraîchement sculptée, l'introduisit dans la serrure et, d'un geste décidé, la tourna vers la gauche.

Le mécanisme émit un *clic*.

— Oh. Mon Dieu, fit Harrow.

Sextus se passa nerveusement la main dans les cheveux.

— OK, dit-il. En fait, je n'y croyais pas vraiment. Du travail de maître, Respectable Fille, dit-il en esquissant une petite révérence.

— C'est ça, dit Harrow. Félicitations à toi aussi, Gardien.

Il ouvrit la porte. La pièce était plongée dans une obscurité totale. Harrow se pencha vers Gideon et chuchota :

— Au moindre truc qui bouge…

— *Ouiii*, je sais. Je le renvoie vers Camilla.

Gideon ne savait pas trop comment gérer la nouvelle Harrow, ce mélange de jeune femme surprotectrice et de petite fille au visage traqué. Elle ne cessait de regarder Gideon avec les yeux soupçonneux de quelqu'un à qui on a confié un œuf et qui se retrouve entourée de serpents mangeurs d'omelettes. La nécromancienne s'avança d'un pas décidé dans le noir, bras tendus, paumes levées, ce qui, en langage nécromantique, était aussi menaçant qu'un cavalier qui dégaine son épée. Palamedes la suivit, choisissant pour sa part la stratégie du tâtonnement mural, jusqu'à ce qu'il trouve l'interrupteur.

Gideon entra dans le laboratoire lyctoral en ouvrant de grands yeux tandis que Camilla refermait la porte derrière eux. On aurait dit qu'une bombe y avait explosé. Les trois longues paillasses étaient jonchées d'instruments mis au rebut, de béchers, de vieux stylos, et de moisissures brunâtres. Le sol était couvert d'une espèce de moquette à poils longs, et dans un coin, Gideon découvrit un tas de linge sale qui, à y regarder de plus près, ressemblait à des sacs de couchage. Dans un autre coin, une vieille barre à tractions, un peu tordue, était ornée d'une serviette sans doute abandonnée là il y a une myriade. Le sol était parsemé de vêtements et de morceaux de papier, comme si la personne qui occupait les lieux était partie à la hâte (ou était terriblement bordélique). Les spots installés au plafond jetaient une lumière brûlante sur le désordre.

— Hm, commenta sobrement Camilla, et Gideon comprit immédiatement qu'elle et Palamedes rangeaient leurs chaussettes par couleur et matière.

Harrowhark et Palamedes se frayèrent un chemin jusqu'aux tables. Le Sixième expliquait à Harrow de sa voix d'érudit :

— L'épreuve était assez facile, finalement, mais j'avais un net avantage : c'était un défi psychométrique. La principale difficulté était de comprendre en quoi le défi consistait. Parce que la personne qui l'a mis en place avait un sens de l'humour un peu spécial. Dans la pièce, il y avait seulement une table, une boîte – fermée – et une molaire.

— Une reconstruction ?

— Nous ne sommes pas tous capables de recréer un squelette entier à partir d'une simple molaire, Respectable Fille. J'ai dû passer deux bonnes heures à étudier cette foutue dent. Je savais tout ce qu'on pouvait en savoir : seconde molaire, mâchoire d'homme, mort à la soixantaine, bonne hygiène dentaire mais carence en vitamines, n'avait jamais quitté la planète, était mort dans cette forteresse.

Les deux nécromanciens parcouraient les papiers abandonnés sur l'une des tables de travail. Palamedes répartissait les documents en piles si précises qu'on les aurait dites détourées au scalpel.

— Finalement, Camilla a dû intervenir, parce que je manquais l'essentiel.

Camilla marmonna quelque chose. Elle était allée voir de plus près la barre à tractions tandis que Gideon donnait des coups de pied peu productifs dans le nid de sacs de couchage. Harrow s'impatientait.

— Viens-en au fait, Sextus.

— J'avais suivi la piste de la dent. Elle ne m'avait rien appris… elle n'avait aucun lien spirituel avec aucune partie de l'édifice.

C'était un trou noir. Comme si le corps dont elle provenait n'avait jamais été vivant. Aucun fragment d'esprit, rien… C'est impossible, tu comprends, ça voulait dire que l'esprit avait été entièrement effacé. Alors j'ai joué les bons vieux détectives.

Il jeta un œil sous une chemise plastifiée.

— J'ai cherché dans toute la Maison un squelette auquel il manquerait une molaire du haut. Et j'ai trouvé. Il n'a pas voulu m'accompagner, mais m'a laissé prendre une empreinte de sa clavicule. Sa *clavicule* ! Clairement, quelqu'un s'amusait bien. Enfin bref, tu imagines ma réaction quand j'ai réussi à ouvrir la boîte et que je l'ai trouvée vide.

Gideon leva les yeux d'un petit carton rempli de ces anneaux d'ouverture qu'on trouvait sur les canettes de boissons, et qui fit un bruit assez désagréable quand elle le secoua.

— Tu veux dire les constructions ? Les squelettes serviteurs ?

— Incorrect, correct, précisa laconiquement Camilla.

— Ils sont exactement le contraire de ce que Lady Septimus appelle les *cadavres-leurres*, poursuivit Palamedes. La plupart de leurs facultés sont intactes. Le mien était très sympathique, et son seul problème était qu'il ne savait plus écrire. Les squelettes ne sont pas des réanimations, Neuvième, ce sont des revenants : des esprits qui habitent une enveloppe physique. Simplement, contrairement aux vrais revenants, ils sont incapables de se déplacer par eux-mêmes en se servant d'un lien thanergétique. Le cadavre-leurre est ce qu'il reste d'un esprit, rattaché à un corps parfait, imputrescible, tandis que ce que j'appellerais le cadavre-horreur est un esprit intact rattaché à un corps en décomposition. Ceci dit, les os sont en effet magnifiquement conservés.

Harrow reposa avec fracas le classeur qu'elle était en train de consulter.

— Ce que je peux être bête, dit-elle amèrement. Je savais bien que leurs mouvements étaient trop fluides pour des constructions… même en imitant parfaitement leur méthode… J'aurais juré… Mais c'est impossible. Il faudrait qu'ils aient quelqu'un pour les télécommander.

— Ils ont… eux-mêmes, dit Palamedes. Ils s'auto-alimentent en énergie, ils sont autonomes. Cela contredit absolument tout ce que j'ai appris en matière de théorie thanergétique. Les vieux schnocks de notre Maison se battraient pour passer une demi-heure seuls avec l'un d'eux. Mais ça n'explique toujours pas pourquoi il n'y a pas de signature énergétique sur les os. Bref. C'est le laboratoire du Lycteur qui les a créés… Et voici le théorème.

Comme dans le premier laboratoire, il était gravé sur une plaque, insérée dans le coin poussiéreux d'une table et à moitié recouverte de feuilles de papier pelure. Les deux cavalières les rejoignirent, et tous quatre examinèrent les schémas. Il n'y avait pas un bruit dans le laboratoire, et les spots dessinaient dans l'air des rayons de poussière si épais qu'on aurait pu les couper au couteau.

Au bord de la pierre se trouvait une dent. Palamedes la saisit. C'était une prémolaire brunie par le temps, avec de longues et hideuses racines. Il la remit à Harrow, qui la déplia lentement, comme seule pouvait le faire une osséo (ce qui donnait toujours mal aux dents à Gideon). Elle en fit un long ruban d'émail, comme la pelure d'une orange, un objet en trois dimensions réduit à deux.

Sur la dent était écrit en lettres minuscules :

CINQ CENTS À CINQUANTE
MISSION ACCOMPLIE !

Harrowhark sortit son épais journal et se mit frénétiquement à prendre des notes ; Palamedes, au contraire, semblait avoir subitement perdu tout intérêt pour la pierre du théorème. Il observa les murs de la pièce, feuilleta quelques-uns des classeurs qu'Harrow avait délaissés. Puis il s'arrêta devant un antique tableau de liège, constellé d'épingles reliées les unes aux autres par des fils. Gideon le rejoignit.

— Regarde, dit-il.

Des bouquets d'épingles aux couleurs de l'arc-en-ciel occupaient presque toute la surface du tableau. Gideon remarqua qu'au centre de chaque groupe se trouvait une épingle blanche. Les plus petits (et les plus nombreux) se composaient de trois épingles de couleur plantées autour d'une épingle blanche.

Quelques autres en comptaient cinq ou six. Et puis il y en avait deux beaucoup plus grands, composés chacun de plusieurs dizaines d'épingles, et enfin un groupe énorme : plus d'une centaine d'épingles arc-en-ciel agglutinées autour d'une unique épingle blanche.

— Le problème avec la nécromancie, dit Palamedes, c'est que si les actes en soi, pour peu qu'on les ait compris, ne sont pas difficiles à accomplir… en revanche, les inscrire dans la durée… Nous sommes des canons de verre. Notre pouvoir n'existe que parce que nous avons derrière nous des centaines de milliers d'hommes et de femmes armés de lourdes épées.

— On trouve toujours une source de thanergie quelque part, Sextus, intervint Harrow, levant régulièrement les yeux vers la pierre à mesure qu'elle copiait dans son carnet. Donne-moi un seul mort et je tiens dix bonnes minutes.

— C'est bien là le problème : au bout de dix minutes, il t'en faudra un autre. La thanergie est volatile. Honnêtement, le plus grand danger pour un nécromancien, ce sont ses semblables. Ma Maison tout entière pour une source d'alimentation stable…

— Gardien, appela soudain Camilla.

Elle venait d'ouvrir un classeur débordant de feuilles de papier pelure. Il y avait là notamment une série de lithographies anciennes, en noir et blanc. Sur la toute première page, une note d'un jaune passé, rédigée d'une écriture simple, encore lisible :

CONFIRMÉS : VOIR MARQUE
PREMIER CHOIX
VOIS AVEC E. J. G.
À TOI, ANASTASIA
PS : RAPPORTE MON PIED À COULISSE ! J'EN AI BESOIN

Camilla feuilleta le classeur. Les photos étaient des clichés hâtifs, de mauvaise qualité, d'hommes et de femmes en plan rapproché, les yeux mi-clos, comme s'ils craignaient la lumière : la plupart d'entre eux avaient l'air très sérieux, voire grave, comme s'ils posaient pour un cliché d'identité judiciaire. Certains des portraits étaient barrés d'une croix. D'autres accompagnés d'une ou plusieurs coches. Lorsque Camilla tourna la page suivante, ils laissèrent échapper un cri de surprise.

La surexposition ne les avait pas empêchés de reconnaître l'homme qu'ils appelaient Professeur, avec ses yeux bleu clair couleur sépia, qui leur souriait depuis une autre vie. Il n'avait absolument pas changé. Le portrait était entouré d'un trait de marqueur noir.

— Sextus, commença Harrow, sur un ton qui ne présageait rien de bon.

— Je n'aurais jamais deviné, dit Palamedes, abasourdi. Neuvième, je n'aurais jamais deviné ! Encore un cadavre-leurre ??

— Mais qui le commande ? Il n'y a personne d'autre que nous, ici, Sextus.

— J'espère bien. Il doit être autonome… Mais comment…

Les yeux de Palamedes s'arrêtèrent sur le tableau de liège. Il ôta ses lunettes, plissa ses chatoyants yeux gris. Il comptait les épingles. Pour s'amuser, Gideon se mit à compter avec lui, mais arrivés dans les centaines, leur exercice d'arithmétique fut interrompu par un bruit strident, épouvantable.

C'était une alarme électronique. Quelque part dans la pièce (mais aussi à l'extérieur), elle hurlait *BRRRRRRAAAAP… BRRRRRRRAAAAAP… BRRRRAAAAAP…*

Suivie d'une voix de femme surnaturellement calme : *Ceci est une alerte incendie. Veuillez vous diriger vers votre zone refuge sous la direction de votre responsable anti-feu.* Puis l'alarme reprit : *BRRRRRRAAAAP… BRRRRRRRAAAAAP… BRRRRAAAAAP…* Suivie de la même voix, manifestement enregistrée : *Ceci est une alerte incendie. Veuillez vous diriger…*

Tous quatre se dévisagèrent, puis partirent en courant vers la porte, que Palamedes ne prit même pas la peine de refermer derrière eux.

La Sixième comme la Neuvième Maison savaient qu'on ne plaisantait pas avec le feu. À les voir courir, on comprenait qu'ils avaient appris qu'une alerte incendie pouvait être la dernière chose qu'ils entendraient, eux comme leur Maison tout entière. Étrangement, il n'y avait ni fumée ni odeur de feu, et on ne sentait aucune chaleur particulière : lorsqu'ils arrivèrent dans l'atrium, la seule chose qui sortait de l'ordinaire était qu'un des squelettes chargé d'une pile de serviettes était tombé dans la fontaine asséchée où il gisait, en étoile de mer.

Camilla balaya la salle du regard, plissa les yeux et se dirigea vers le réfectoire. Il y avait un *psssht* persistant que Gideon identifia enfin en arrivant sur le seuil de la cuisine (il s'accompagnait d'une odeur désagréable, et de vapeur blanche) : il s'agissait d'un modèle très ancien d'extincteur. Ils se serrèrent tous dans l'encadrement de la porte pour rester hors de portée des jets d'eau.

Tous les squelettes avaient disparu. Il n'en restait plus que des tas d'os et de vêtements blancs. Sur la cuisinière encore allumée, une poêle était remplie de poisson brûlé. Gideon se fraya un chemin à travers les ossements, envoya valser un humérus d'un coup de pied, et tripota les boutons du gaz jusqu'à ce que le feu s'éteigne. Il y avait une pile d'ossements dans l'évier, un crâne flottant dans une casserole de soupe verte familière. Le robinet était resté ouvert, et l'évier menaçait de déborder. Un autre tas d'os gisait au milieu des pelures de pommes de terre. Gideon rentra la tête dans les épaules et se remit hors de portée du jet d'eau pour regarder la scène. Elle remarqua à peine qu'Harrowhark tamponnait dédaigneusement ses cheveux mouillés avec un mouchoir.

Brusquement, le jet d'eau s'arrêta. Camilla s'accroupit et toucha une des phalanges tombées sur le carrelage détrempé, qui s'évapora comme un soupir.

Palamedes, avec des gestes de somnambule, alla fermer le robinet. Dans l'évier, les os heurtèrent doucement une saucière. Lui et Harrow se regardèrent et dirent en même temps :

— *Merde*.

Camilla dégaina ses lames dans un soupir liquide. C'était la première fois que Gideon les voyait de près : deux longues dagues, sobres, légèrement recourbées. Dans la lumière humide de la cuisine, elles brillaient d'un éclat chaud. Camilla se dirigea d'un pas résolu vers la porte du réfectoire.

— On se sépare ? demanda-t-elle.

— Dans tes rêves, répliqua Gideon.

— Ne perdons pas de temps, dit Harrow. Montons chez Septimus.

Gideon eut envie de l'embrasser.

Il n'y avait personne d'autre qu'eux dans les longs couloirs de la Maison de Canaan, qui semblaient plus longs et plus remplis d'échos que jamais. Ils dépassèrent un squelette apparemment stoppé net par une force invisible, le bassin pulvérisé par le poids du panier qu'il transportait. Une fois arrivée devant la porte de la chambre de Dulcinea, Gideon se demanda à quoi elle devait s'attendre, mais ils la trouvèrent essayant faiblement de se redresser sur ses oreillers, les yeux écarquillés, le teint de craie. Face à elle, le prêtre poivre et sel était installé dans le fauteuil à oreilles, comme paisiblement endormi.

— Je n'ai rien fait, souffla Dulcinea, effarée.

Camilla se pencha sur le prêtre. Son menton s'était affaissé sur sa poitrine, coinçant sa tresse dessous. Camilla porta la main à son cou, et il bascula lourdement sur le côté, inerte. La cavalière de la Sixième le stabilisa dans le fauteuil pour l'empêcher de tomber par terre.

— Aussi mort que l'espace, déclara Harrowhark. Même si, pour être exacte, c'était déjà le cas depuis très, très longtemps.

Palamedes se tourna vers Dulcinea, qui avait manifestement abandonné l'idée de se redresser et gisait sur ses oreillers, épuisée. Il écarta doucement les mèches de cheveux qui lui tombaient sur le front et lui demanda :

— Où est Professeur ?

— Il est parti, il y a une heure, peut-être, répondit-elle, les yeux passant nerveusement de Palamedes aux autres. Il a dit qu'il devait aller fermer une porte. Que se passe-t-il ? Pourquoi est-ce qu'il est mort ? Où est parti Professeur ?

Palamedes lui tapota doucement la main.

— Aucune idée. C'est ça qui est intéressant.

— Dulcinea, dit Gideon. Vous pensez que vous pouvez rester seule ?

Dulcinea eut un large sourire. Sa langue était écarlate et les veines, sur ses paupières, si sombres et gonflées que ses yeux semblaient d'un mauve délavé, éteint.

— Que veux-tu qu'on me fasse ? répondit-elle.

Ils ne pouvaient même pas lui dire de n'ouvrir à personne : le simple fait de s'asseoir semblait au-dessus de ses forces. Ils la laissèrent donc avec le cadavre du prêtre pour seule compagnie, et prirent le chemin d'une aile de la Maison que Gideon n'avait encore jamais visitée : celle où vivaient Professeur et ses deux collègues. Le charmant couloir passé à la chaux qui menait à leurs appartements, décoré de plantes vertes, ne ressemblait en rien au reste de la Maison de Canaan. La lumière du soleil entrait par des fenêtres propres, intactes, et se réverbérait sur les murs. Ils n'eurent pas besoin de frapper à une porte ou d'appeler pour savoir où aller : au bout du couloir gisait un conséquent tas d'os et d'étoffe, à côté du corps du troisième prêtre tout rabougri. Il s'était étalé de tout son long, sur le visage, les bras en croix, comme s'il avait trébuché en courant.

Les os étaient empilés devant une porte fermée, comme s'ils avaient essayé d'entrer. Palamedes les enjamba tandis que Gideon posait la main sur la poignée de sa rapière. Et il ouvrit la porte.

Assise dans un fauteuil face à eux, la capitaine Deuteros releva les yeux, manifestement épuisée. Son bras gauche, en bouillie, pendait le long de son corps. Gideon s'efforça de ne pas trop regarder. On aurait dit qu'on lui avait fait passer mille ans dans une tourbière avant de le rattacher au reste du corps. Son bras droit était pressé contre son ventre. Une énorme tache écarlate s'étalait sur le blanc parfait de sa chemise, tandis que sa main se cramponnait à la monstrueuse pointe osseuse enfoncée dans sa chair, comme à la poignée d'une épée.

Professeur gisait à côté d'elle, inerte, une rapière plantée dans la poitrine, une dague dans la gorge. Il n'y avait pas de sang autour des lames : seuls ses poignets et sa ceinture étaient tachés. Gideon balaya la pièce du regard à la recherche de la lieutenante et, lorsqu'elle l'eut trouvée, détourna les yeux. Le diagnostic était immédiat : Dyas était morte. On aurait dit que son squelette avait essayé de se désolidariser de son corps.

— Il ne voulait pas entendre raison, dit posément Judith Deuteros. Il est devenu agressif, et les sortilèges d'immobilisation se sont avérés… inopérants. Marta a essayé de le désactiver. Alors il l'a attaquée… il lui a crevé un œil, il fallait bien que je réagisse… Tout ça… n'aurait jamais dû arriver.

Deux soldates professionnelles de la Cohorte, une nécromancienne et une première cavalière… tout ce gâchis pour un vieux zombie. Palamedes tomba à genoux devant la capitaine. Elle le repoussa de la pointe de sa botte.

— Occupez-vous plutôt d'elle.

— Capitaine, dit Camilla. La lieutenante Dyas est morte.

— Alors ne me touchez pas. Nous avons accompli notre mission.

Le regard de Gideon fut attiré par un appareil dans un coin de la pièce. Elle ne l'avait pas remarqué tout de suite, parce qu'il semblait ridiculement normal, mais il ne l'était absolument pas dans la Maison de Canaan. C'était un émetteur-récepteur, avec casque et micro. L'antenne, qui sortait par la fenêtre, luisait d'un faible éclat bleu au soleil de l'après-midi.

— Capitaine, dit Palamedes. De quelle mission parlez-vous ?

La nécromancienne de la Deuxième essaya de bouger, gémit de douleur, ferma les yeux. Elle inspira douloureusement, et une goutte de sueur roula le long de sa tempe.

— Sauver nos vies, dit-elle. J'ai envoyé un SOS. Les renforts arrivent. Gardien… faites en sorte que personne d'autre ne meure… Il a dit que j'avais trahi l'Empereur… que je l'avais mis en danger… moi qui suis entrée à son service à l'âge de six ans…

Le menton de la capitaine Deuteros tomba sur sa poitrine. Elle releva la tête avec difficulté.

— Il n'était pas humain, dit-elle. Je n'avais jamais vu une chose pareille. Marta l'a achevé… Marta… Dites aux autres qu'elle a vengé les Cinquièmes et les Quatrièmes.

Palamedes fit une nouvelle tentative pour l'aider. La Deuxième posa sa botte sur son épaule, comme un avertissement.

— Capitaine, vous ne serez plus utile à personne si vous mourez.

— Ne plus être utile est mon privilège, répliqua-t-elle. Nous avons réglé un problème qu'aucun d'entre vous n'a été capable de régler… Nous avons fait notre devoir… Nous en payons chèrement le prix.

Harrow se posa à côté du cadavre perforé de Professeur comme un corbeau à longue queue, tandis que Gideon s'adossait contre le mur dans l'odeur de sang, impuissante, absurdement vide.

— Vous n'avez rien réglé du tout, dit sa nécromancienne.

— Harrow, intervint Palamedes.

— Ce type n'était qu'une enveloppe remplie d'une centaine d'âmes, dit celle-ci.

Les yeux de la capitaine se rouvrirent.

— Il avait un pouvoir insensé pour une construction de ce genre… mais ce n'était qu'un prototype, poursuivit-elle. Je doute qu'il ait tué personne avant aujourd'hui. Je serais très étonnée qu'il soit derrière les meurtres des Quatrièmes et des Cinquièmes : il a été créé dans le seul but d'assurer la sécurité de cet endroit. Non, je crois que quelque chose de bien plus dangereux que ce vieux prototype rôde dans la Première Maison, et il aurait pu nous aider à l'identifier. Mais à présent vous allez mourir vous aussi, et vous ne connaîtrez jamais toute l'histoire.

Le masque d'ordinaire impassible de Judith se fissura, cédant la place au doute. Son regard, plus sévère que ne le serait jamais celui de Gideon, s'attarda un instant sur sa cavalière, avant de revenir vers eux. Il était à la fois furieux et implorant.

— Je ne peux pas vous sauver, intervint Palamedes. Je ne peux même pas alléger vos souffrances. Mais une équipe médicale y parviendrait certainement. À quelle distance est la Deuxième ? Combien de temps avant que les renforts de la Cohorte arrivent ?

— La Deuxième ne viendra pas, dit la capitaine Deuteros avec un sourire amer. Il n'y a pas de communication possible avec le reste du système, il n'avait pas menti, poursuivit-elle, la voix de plus en plus rauque. Il n'y avait pas moyen de joindre les autres Maisons… J'ai communiqué avec le vaisseau impérial, Sixième. C'est *l'Empereur* qui arrive… le Roi Immortel.

Un borborygme se fit entendre à côté d'Harrow.

— Vous l'avez forcé… à revenir où… il ne doit jamais revenir, dit le vieillard mort, un filet de voix aiguë et sifflante activant ses cordes vocales malgré la lame plantée dans sa gorge.

Son corps tout entier se mit à trembler. Ses yeux morts ne clignotaient plus follement, mais sa langue s'agitait entre ses lèvres. Soudain, il s'arc-bouta.

— Oh Seigneur… Seigneur… Seigneur… l'un d'eux est revenu…

Puis sa voix mourut. Son corps retomba sur le sol, inerte. Un long et terrible silence s'ensuivit.

— Judith… dit Palamedes.

— Donnez-moi son épée, dit la capitaine.

L'arme de sa cavalière était trop lourde pour elle. Camilla la déposa sur les genoux de la nécromancienne, qui serra de toutes ses dernières forces la poignée d'acier brillant.

— Laissez-nous au moins vous sortir d'ici, dit Gideon, qui était d'avis que c'était vraiment un endroit merdique pour mourir.

— Non, dit Judith. S'il ressuscite encore une fois, je serai prête. Et je ne veux pas la laisser… Personne ne devrait voir mourir sa cavalière.

La dernière image que Gideon emporta d'elle fut celle d'une capitaine Judith Deuteros calée dans son fauteuil, la tête droite, le visage parfaitement impassible, se vidant inexorablement de son sang.

33

Les Huitièmes étaient toujours là quand on n'avait pas envie de les voir. Lorsque ce qu'il restait du groupe arriva chez Dulcinea, ils faisaient les cent pas dans le couloir passé à la chaux qui paraissait terne et sale à côté de la blancheur immaculée de leurs vêtements. Gideon faillit dégainer son épée, mais ils ne cherchaient pas l'affrontement. Ils semblaient plutôt avoir besoin d'aide.

— Les Troisièmes ont profané un corps, annonça Silas Octakiseron. Les serviteurs sont tous détruits. Où sont les Deuxièmes ? Et la Septième ?

— Mortes, ou mourantes, dit Harrow. Professeur aussi.

— Voilà qui nous met dans une position critique d'infériorité numérique, commenta le nécromancien de la Huitième, qu'on ne pouvait pas accuser d'excès de compassion. Écoutez. Les Troisièmes ont ouvert le corps de la défunte Lady Pent…

— Abigail ? s'exclama Palamedes.

— Ouvert ? s'indigna Harrow exactement en même temps.

— Frère Asht a vu les Troisièmes quitter la morgue ce matin, mais on ne les a pas revus depuis, dit Silas. Ils ne sont pas dans leurs quartiers. La trappe d'accès au complexe est fermée. Nous sommes contraints de joindre nos forces. Le repos d'Abigail Pent a été troublé, son corps ouvert et…

— Vous ne pourriez pas être un peu plus précis ? Parce que mon imagination est meilleure que votre description, et votre *ouvert* ne convoque pas des images très joyeuses, là, intervint Gideon.

— Venez voir par vous-mêmes, dit gravement le cavalier de la Huitième.

Ce ne pouvait pas être un piège. Une Maison ne pouvait s'en prendre à deux à la fois. Et pour une fois, Silas Octakiseron avait l'air authentiquement contrarié. Gideon vint se placer un demi-pas derrière Harrow tandis que la sinistre procession repartait dans les couloirs, descendant vers l'atrium, le réfectoire et la morgue improvisée derrière la cuisine.

Un dialogue animé s'engagea entre Harrow et Gideon.

— Les Deuxièmes mortes ou mourantes, Professeur mort, et tous les revenants avec lui… murmura Harrow.

— Professeur a attaqué les Deuxièmes, comment peux-tu être sûre que ce n'est pas lui qui a tué les autres ? répliqua Gideon de même.

— Parce que Professeur craignait la Maison de Canaan, et en particulier le complexe. Il faut que je vérifie, mais je pense qu'il lui était *physiquement* impossible de descendre cette échelle. Il était lui-même une construction. Mais de quoi Professeur était-il le prototype ? Gigi, au premier truc qui cloche…

— Je me tire, dit Gideon.

— J'allais plutôt dire *Tu tires ton épée*, répliqua Harrow.

La morgue, loin de l'agitation qui régnait dans le reste de la Maison de Canaan, était sinistre, froide et silencieuse. On commençait à manquer de place : les adolescents de la Quatrième occupaient deux tiroirs d'acier ; la tête de Protesilaus reposait dans un autre (il était tellement massif que ce n'était peut-être pas plus mal qu'on n'ait pas retrouvé le reste de son corps) ; Magnus était allongé sur une des tables, ses pieds dépassant un peu ; quant à sa femme…

Le corps d'Abigail était sorti de son tiroir. Elle était toujours aussi morte et froide, le visage couleur cendre. On avait remonté sa chemise sur ses côtes. Et grossièrement ouvert son flanc droit au couteau, laissant une plaie béante grosse comme le poing.

Leur curiosité scientifique prenant manifestement le dessus en toutes circonstances, les Sixièmes se penchèrent immédiatement sur la plaie pour l'examiner. Camilla alluma sa lampe de poche. Harrow se joignit à eux tandis que Gideon gardait un œil sur les Huitièmes. Silas était aussi blême qu'Abigail ; quant à son cavalier, il affichait toujours la même expression impassible, mais évitait soigneusement le regard de Gideon.

— L'incision a été réalisée avec le triple couteau de Tern, constata Palamedes, avant de mettre les doigts dans la plaie, sans la moindre hésitation, pour explorer l'intérieur. On a prélevé le… ah non, le rein est toujours là. Cam, il y avait quelque chose à cet endroit.

— Loupe ?

— Pas besoin. Un objet en métal… Camilla, un objet qui est resté là *un certain temps*, les chairs s'étant refermées dessus. Et qui… ça alors !

Tout le monde sursauta. Mais Palamedes ne venait pas de se faire mordre, sauf peut-être intérieurement. Son regard était horrifié. On aurait dit qu'il venait de trouver une araignée dans un morceau de gâteau au chocolat.

— Mauvais timing, murmura-t-il pour lui-même avant de répéter, d'un ton acerbe : Nonagesimus, mauvais timing.

— Explique-toi, Sextus.

— Pourquoi est-ce que je n'ai pas examiné Abigail *plus tôt*… si les Cinquièmes sont descendus dans le complexe… ils avaient forcément accompli une épreuve. La nuit du dîner. Pent n'était pas née de la dernière pluie. Ils ont été surpris à leur retour, en haut de l'échelle. Mais l'objet était caché dans son propre corps, indétectable… Dieu sait pourquoi elle a fait une chose pareille, si c'est elle qui l'a fait… un objet d'une dizaine de centimètres de long, en métal…

— Une clé, s'exclama Silas.

— Mais ça n'a aucun sens ! dit Gideon.

— En tout cas, on tenait absolument à cacher cette clé… soit Lady Pent elle-même, dit Palamedes (il avait enfin retiré les doigts de ses entrailles, et alla se laver les mains dans l'évier – Gideon apprécia le geste)… soit la personne qui l'a tuée, poursuivit-il. On a tout fait pour nous empêcher d'accéder à une étude en particulier. Ce n'est pas une simple profanation. Octakiseron. Quelqu'un vient de forcer la serrure d'un coffre.

— Ces études valent-elles que l'on commette pareil péché ? s'enquit calmement Silas.

Harrow le dévisagea.

— Vous avez pris deux clés à la Septième, vous en avez obtenu une lors d'une épreuve, mais vous n'êtes jamais allé ouvrir les portes correspondantes ? s'exclama-t-elle.

— J'ai gagné la première en voulant voir à qui je me mesurais, et j'ai pris possession des deux autres pour éviter qu'on n'en fasse mauvais usage, répliqua Silas. Je hais cette Maison. Je trouve méprisable qu'on réduise ce temple sacré à un labyrinthe et une série d'énigmes. J'ai pris ces clés pour que vous ne puissiez pas les avoir. Ni vous, ni les Sixièmes, ni les Troisièmes.

Palamedes s'essuya les mains dans un torchon, puis remonta ses lunettes sur son nez. Dans l'air froid de la pièce, son propre souffle avait embué ses verres.

— Maître Octakiseron, dit-il, vous êtes un crétin et un empêcheur de tourner en rond, mais au moins vous êtes cohérent. Je sais, moi, quelle porte on ouvre avec cette clé, et les Neuvièmes le savent également. Et nous devons partir du principe que c'est également le cas des Troisièmes. Je sais donc où les chercher, et je veux voir ce qu'ils ont trouvé…

— Avant qu'il soit trop tard, compléta Harrow.

Sur ces paroles, elle alla ouvrir un tiroir dont Gideon avait complètement oublié l'existence. Il contenait le triste tas d'os brûlés qu'ils avaient trouvé dans l'incinérateur. Le plus grand des fragments avait à peine la taille de l'ongle d'un pouce. Surprenant une nouvelle fois Gideon, Colum rejoignit Harrow et désigna les cendres d'un geste impatient.

— Ces os, dit-il. Du moins, la moitié. C'est le cavalier de la Septième.

— C'est bien ce que je pensais, répondit Harrow. Il n'y avait pas de crâne. Et la datation du décès ne fait sens que s'il s'agit de Protesilaus.

— Ce qui veut dire que l'autre moitié appartient à quelqu'un d'autre, dit Silas.

— On ne peut rien faire pour eux pour l'instant, trancha Palamedes. Il faut donner la priorité aux vivants, si nous voulons rester en vie.

Ils ne tardèrent pas à constater que le Sixième avait tort.

34

Ils n'étaient donc plus que six à parcourir les sombres couloirs de la Maison de Canaan : trois nécromanciens et trois cavaliers. Régulièrement, ils tombaient sur un serviteur squelette démantibulé, au rictus vide à présent que les chaînes qui le liaient à cette forteresse étaient finalement brisées. La vue de ces tas d'ossements était étonnamment pénible à Gideon. Les squelettes avaient arpenté ces couloirs pendant dix mille ans, et il avait suffi de deux épisodes de panique, de deux tragédies, pour que tout soit fini. Les prêtres de la Première Maison n'étaient plus. Et elle ne savait pas trop si c'était un soulagement ou un sacrilège.

Gideon se demanda dans quel état d'esprit elle serait, au bout d'une myriade : morte d'ennui, sans doute. Prête à tout pour être autre chose.

Le plan d'Harrow les ramena devant la porte lyctorale sabotée à l'aide de cette matière osseuse autorégénérante qu'elle avait eu tant de mal à retirer. Le sombre tableau représentant la vallée encaissée n'était plus là. Les trois nécromanciens restèrent un instant silencieux devant les imposantes colonnes noires surmontées d'étranges gravures.

— Je ne sens aucun sortilège de protection, dit finalement Silas.

— C'est un piège, dit Harrow.

— Ou un oubli, dit Palamedes.

— Ou ils s'en foutent complètement, les gars, dit Gideon, parce que la clé est toujours dans la serrure.

C'était la troisième porte qu'ils ouvraient ce jour-là sans savoir ce qu'ils trouveraient de l'autre côté. Une lumière jaune s'engouffra dans le couloir, et à l'intérieur…

Les deux laboratoires que Gideon avait vus jusqu'à présent ressemblaient à des grottes en comparaison. C'étaient des espaces fonctionnels, où on avait tout ce qu'il fallait pour travailler, dormir, s'entraîner et manger, mais qui étaient simples, voire tristes : des *laboratoires* au sens premier du terme. Cette étude-ci était différente. Elle avait dû être aérée, lumineuse. Le sol était en bois verni, et les murs lambrissés de blanc étaient ornés de sujets élégants : des arbres à l'écorce blanche et aux fleurs mauves tombant en guirlandes dans des étangs orange, des nuages dorés emplis de nuées d'oiseaux. La pièce était sobrement meublée : plusieurs larges bureaux où s'alignaient des pots de crayons bien ordonnés et des livres, un plan de travail en marbre poli où étaient disposées une série de couteaux et une paire de ciseaux, une sorte de congélateur ancien, quelques matelas roulés sur eux-mêmes et des couvertures brodées rangées dans une armoire ouverte.

Mais c'était loin d'être le plus intéressant. Trois choses attirèrent immédiatement l'attention de Gideon :

L'une des jolies fresques aux arbres fleuris était surmontée d'une inscription toute fraîche, en lettres capitales noires d'une trentaine de centimètres de haut :

VOUS NOUS AVEZ MENTI

On entendait de longs sanglots monotones qui semblaient durer depuis plusieurs heures.

Et Ianthe était assise au centre de la pièce, comme si elle attendait quelque chose. Elle était confortablement installée sur un vieux coussin usé, telle une reine. Suivant une tendance manifestement très populaire, son habit or pâle ainsi que ses cheveux livides étaient barbouillés de sang. Elle tremblait si intensément qu'on aurait dit qu'elle vibrait, et ses pupilles dilatées à l'extrême étaient vastes comme des trous noirs.

— Salut les amis, dit-elle.

Une fois entrés dans la pièce, ils virent d'où venaient les sanglots. Recroquevillée par terre à côté de la table de marbre, les bras entourant ses genoux, Coronabeth se balançait d'avant en arrière. Et à côté d'elle gisait…

— Oui, confirma Ianthe. Mon cavalier est mort, je l'ai tué. Mais ne vous méprenez pas, ce ne sont pas des aveux.

Naberius Tern était allongé par terre, dans une position bien peu naturelle. Son visage était celui d'un homme qui avait eu la surprise de sa vie. Le blanc de ses yeux était peut-être un peu trop blanc, mais à part ça il avait l'air parfaitement réel, parfaitement vivant, parfaitement coiffé. Ses lèvres étaient entrouvertes, comme s'il était sur le point d'exiger des explications.

Ils se figèrent. Seul Palamedes contourna le coussin d'Ianthe pour aller voir de plus près le cavalier étendu sur le sol, qui semblait déjà se raidir. Son habit était maculé de sang, une profonde entaille avait déchiré sa chemise. La lame avait transpercé le torse de part en part. Palamedes se pencha, eut une moue désolée, et ferma les yeux fixes du cavalier.

— Elle dit vrai. Il est mort, annonça-t-il.

À ces mots, Silas et Colum semblèrent recouvrer subitement leurs esprits. Colum tira son épée, geste qu'Ianthe accueillit avec un rire strident, caustique.

— Huitième ! Rangez votre épée. Voyons, je ne vais pas vous faire de mal.

Soudain, elle ramena elle aussi ses genoux contre sa poitrine et poussa un gémissement presque comique, comme si elle avait un simple mal de ventre.

— Ce n'est pas ce que j'avais imaginé, dit-elle, claquant des dents. Mais je vous informe que c'est fini. J'ai gagné.

— Princesse, personne ne parle le foldingue, ici, dit Gideon lentement.

— Voilà qui est très blessant, dit Ianthe en bâillant.

Puis ses dents se remirent à claquer frénétiquement, elle se mordit la langue, poussa un cri et cracha par terre. Une volute de fumée monta du mélange de sang et de salive. Tout le monde ouvrit de grands yeux.

— Je sais, ça brûle, dit-elle d'une voix sombre. J'avais préparé tout un discours… Je pensais me vanter un peu, vous comprenez. Parce que je n'ai jamais eu besoin d'aucune de vos clés, ni d'aucun de vos secrets. J'ai toujours été meilleure que vous tous… et vous n'avez rien remarqué… personne ne remarque jamais rien, ce qui est à la fois une victoire et une défaite. Comme je déteste être si douée… Mais vous, l'affreuse petite diablesse de la Neuvième, vous aviez remarqué, n'est-ce pas ? Juste un peu ?

L'affreuse petite diablesse de la Neuvième la foudroya du regard. Elle s'était éloignée de Gideon pour se pencher sur la plaque du théorème.

— Vous aviez compris, pour le cadavre-leurre, dit Harrow. Que c'était impossible.

— Eh oui. Je savais que le transfert d'énergie n'était pas logique. Aucune des signatures thanergétiques de cette Maison n'était logique… jusqu'à ce que je comprenne où on essayait de nous emmener. Ce que les anciens Lycteurs essayaient de nous dire. Vous savez, le transfert d'énergie a toujours été ma spécialité… le transfert d'énergie à grande échelle. La théorie de la Résurrection. J'ai étudié ce qui s'est passé lorsque le Seigneur notre Clément Roi a ramené à la vie nos Maisons mourantes ou déjà mortes, il y a tant d'années… le prix qu'il avait dû payer. Quel déplacement représente le transfert de l'âme d'une planète ? Que se passe-t-il lorsqu'une planète meurt ?

— Vous êtes une occultiste, intervint Palamedes, une magicienne liminale. Moi qui vous croyais animaphile.

— Simple façade, dit Ianthe. Ce qui m'intéresse, c'est l'espace entre la mort et la vie… entre la délivrance et la disparition. L'autre côté du Fleuve. Le déplacement… l'endroit où va l'âme lorsqu'on la malmène… où sont les choses qui nous rongent.

— Votre théorie est bien plus intéressante que la réalité, répliqua Harrow.

— Vous et vos discours d'osséo, dit Ianthe, qui partit d'un éclat de rire se transformant en quinte de toux.

Soudain, elle ferma les yeux et sa tête tomba sur sa poitrine. Lorsqu'elle les rouvrit, iris et pupilles avaient disparu : il ne restait plus que deux horribles globes blancs. Ianthe poussa un hurlement qui les fit tous sursauter, referma les yeux, secoua la tête comme une crécelle et les rouvrit hors d'haleine, comme si elle venait de courir un marathon. Gideon était en état d'alerte maximale.

Les yeux d'Ianthe avaient changé de couleur : la pupille comme l'iris étaient un entrelacs de nuances de marron, de violet et de bleu. Elle ferma les yeux une troisième fois, et lorsque ses cils pâles s'entrouvrirent, ils avaient retrouvé leur insipide teinte d'améthyste.

Palamedes s'était placé le long du mur, derrière Ianthe. Elle ne prit même pas la peine de se retourner. Elle se recroquevilla de nouveau sur elle-même. Au-dessus de Sextus se déployaient les mots VOUS NOUS AVEZ MENTI.

— Premièrement, dit-elle, comme si elle entonnait une litanie, *préserver* l'âme, en gardant intacts la mémoire et l'intellect. Deuxièmement, l'*analyser* : comprendre sa structure, sa forme. Troisièmement, la prélever pour l'*absorber*, mais sans la consommer.

— Merde, laissa échapper Harrow, d'une voix presque imperceptible. Le mégathéorème.

De retour auprès de Gideon, elle fit disparaître son carnet dans la poche de sa cape.

— Quatrièmement, la *stabiliser* pour éviter qu'elle ne se dégrade. La seule étape que je ne maîtrisais pas, mais j'ai trouvé la méthode ici même. Cinquièmement, l'*incorporer* : faire en sorte que l'âme fasse partie intégrante de vous, sans se laisser submerger. Sixièmement : *consommer la chair*. Pas entièrement, non, une goutte de sang suffit à donner la substance nécessaire. Septièmement : la *reconstruction*, faire coopérer l'esprit et la chair dans le nouveau corps. Ensuite il ne reste plus qu'à brancher les câbles et laisser l'énergie se déverser. Dernière étape qui vous apparaîtra sans doute comme une promenade de santé, Huitième, puisque je suppose qu'il s'agit de la contribution de votre Maison.

— Mais princesse, s'écria Palamedes. Vous n'avez obtenu aucune clé. Vous n'avez vu aucune des études, à l'exception de celle-ci.

— Je vous l'ai dit, répliqua Ianthe, je suis très, très douée. Et puis j'ai du bon sens. Quand on a accompli les épreuves, on n'a pas besoin des notes des laboratoires… pas quand on est la meilleure nécromancienne que la Troisième Maison ait jamais produite. Or c'est bien ce que je suis, pas vrai, Corona ? Chérie, arrête de pleurer, tu te prépares une terrible migraine.

— Je suis arrivé à la même conclusion que vous, dit Palamedes. Mais je l'ai écartée. Trop glauque, et trop limpide, dit-il d'une voix cassante.

— Glauque et limpide sont deux adjectifs qui me conviennent parfaitement, dit la pâle jumelle. Voyons, Sextus. Servez-vous de ce gros cerveau musclé qui est le vôtre. Le calcul n'est pas bien compliqué. Il y a dix mille ans, le Roi Immortel avait seize fidèles, et soudain il n'en resta plus que huit. Qui étaient les cavaliers de ces Lycteurs ? Que sont-ils devenus ?

Palamedes ouvrit la bouche pour répondre, mais sembla soudain remarquer quelque chose sur le mur, et se figea. Gideon n'avait jamais vu le nerveux Sixième aussi immobile. Camilla ne le quittait pas des yeux. Il suivait du pouce le tracé d'une des lettres, mais le reste de son corps était étonnamment raide. On aurait dit que quelqu'un l'avait débranché.

— Rien de tout cela n'explique pourquoi vous avez tué Naberius Tern, intervint Silas.

Ianthe pencha la tête sur le côté et le regarda, comme enivrée. Si le mauve de ses yeux était celui de fleurs séchées, sa bouche avait la couleur et la dureté de la pierre.

— Vous n'avez pas bien écouté. Je n'ai pas *tué* Naberius Tern, j'ai *mangé* Naberius Tern, dit-elle, le plus tranquillement du monde. J'ai enfoncé une épée dans son cœur pour stabiliser son âme. Puis je l'ai incorporée. J'ai dépossédé la mort elle-même… J'ai bu la substance de son âme immortelle. Et maintenant je vais le brûler… le brûler, et il ne mourra jamais vraiment. J'ai absorbé Naberius Tern… Et je suis bien plus que la somme de nous deux.

La tête d'Ianthe retomba sur sa poitrine et elle émit une sorte de hoquet, mi-sanglot, mi-éclat de rire. Ses contours étaient soudain flous, indistincts : comme si elle cherchait à sortir des frontières de son corps. Le spectacle était irréel. Gideon avait déjà des frissons depuis un moment, mais là, tous ses poils se dressèrent d'un coup.

Lorsque Palamedes parla enfin, on aurait dit qu'il était à dix mille ans d'eux.

— Princesse, je ne sais pas ce que vous croyez avoir fait, mais vous ne l'avez pas fait.

— Oh, vraiment ? répliqua Ianthe.

Elle se leva, sans que Gideon la voie bouger. Sa silhouette retrouva brusquement ses contours, et elle était plus réelle à présent que tout ce qui l'entourait. La pièce parut soudainement insignifiante. Une lueur émanait d'elle, comme si elle avait avalé une poignée d'ampoules électriques.

— Allez-vous vraiment continuer à me contredire ? Mon Dieu, c'est pourtant tellement logique. La rapière... une épée si légère qu'un amateur peut s'en servir... un nécromancien. Et chacune des épreuves – fusion, contrôle, barrage, siphonnement... Avez-vous remarqué que vous ne pouviez accomplir aucune de ces épreuves seul ? Non, bien sûr, alors que c'était ce qui aurait dû vous alerter. Il m'a fallu déconstruire le tout, rien qu'en l'observant... toute seule.

Silas se tourna vers la jeune femme pleurant toujours au pied de la table de marbre :

— Princesse Coronabeth, est-ce qu'elle dit la vérité ? Avez-vous tenté de l'en empêcher ? Avez-vous compris quel acte elle était en train de commettre ? Vous êtes nécromancienne, vous aussi...

— Pauvre Corona ! intervint Ianthe. Ne vous en prenez pas à elle, espèce de pâle copie d'être humain. Qu'aurait-elle bien pu faire ? Vous ne connaissez donc pas le terrible secret de ma sœur ? Les gens ne voient que ce qu'ils veulent bien voir... la beauté, le pouvoir. Les cheveux magnifiques. L'enfant parfaite d'une Maison invulnérable.

La princesse héritière d'Ida semblait se ficher complètement qu'on parle d'elle ainsi.

— Les gens sont aveugles, poursuivit sa sœur. Corona, une nécromancienne-née ? Elle était aussi nécromancienne que Babs. Mais papa voulait un duo. Et nous ne voulions pas que quoi que ce soit nous sépare... alors nous avons commencé à mentir. Dès l'âge de six ans, il a fallu que je sois deux nécromanciennes. Voilà qui développe la concentration, je vous le dis. Non… Corona ne pouvait pas m'empêcher de devenir Lycteure.

— Ce n'est pas légitime, dit Silas d'une voix éteinte.

— Bien sûr que c'est légitime, idiot, puisque c'est l'idée de l'Empereur.

— Voilà donc ce qu'est le Lyctorat… commenta-t-il, songeur.

Gideon crut voir Colum Asht déglutir, et ses pupilles se dilater imperceptiblement.

— Marcher avec les morts, éternellement, reprit Silas… Un pouvoir immense, recyclé à l'intérieur de vous, provenant du sacrifice ultime… qui fait de vous un tombeau.

— Vous comprenez, n'est-ce pas ? demanda Ianthe.

— Oui, dit Silas.

Colum, immobile, ferma les yeux.

— Oui, répéta Silas. Je comprends le concept de *faillibilité*… et ce que ce constat a de terrible. Je comprends que si l'Empereur et Roi Immortel venait me trouver aujourd'hui, me demandant pourquoi je ne suis pas Lycteur, je tomberais à genoux pour l'implorer de nous pardonner que l'un d'entre nous ait échoué lorsqu'il nous testait ainsi. Qu'on me brûle atome par atome dans le trou le plus silencieux de la partie la plus sombre de l'univers, Seigneur, Clément Prince, si j'envisageais jamais de rompre le pacte que vous avez établi entre nous, et entre lui et moi.

À ces mots, Colum rouvrit les yeux.

— Silas… dit-il.

— Je te pardonnerai un jour, Colum, dit son oncle, les lèvres pincées comme un porte-monnaie, d'avoir cru que je céderais à la tentation. Me crois-tu, maintenant ?

— J'aimerais vraiment, répondit son cavalier d'une voix fervente, mais le regard perdu au loin, et le doigt à la phalange manquante tressautant sur son bouclier. Avec l'aide de Dieu, j'aimerais vraiment.

— Arrêtez, vous n'hésiteriez pas à le vider entièrement pour garder votre vertu intacte, répliqua Ianthe, d'une voix pleine de mépris. Ce que j'ai fait est la même chose, mais en plus humain.

— Ne m'adressez plus la parole, répliqua Silas. Je vous accuse d'hérésie, Ianthe Tridentarius. Je vous condamne à mort. Votre cavalier n'étant plus des nôtres, vous allez devoir le remplacer : faites la paix avec votre Maison et votre Empereur, parce que je jure sur la tête du Roi Immortel que vous ne trouverez plus jamais la paix dans cette vie, nulle part, dans aucun monde qu'il vous prendrait l'envie de visiter. Frère Asht…

— Octakiseron, intervint Harrow. Arrêtez. Ce n'est pas le moment.

— Je vais tout nettoyer ici, Neuvième, et nos Maisons n'auront jamais vent de notre déchéance, dit Silas.

Sur ce, son cavalier tira son épée, glissa ses doigts calleux dans son bouclier et se planta devant eux. Son visage exprimait un profond soulagement, que Gideon avait un peu de mal à interpréter.

— Colum le Huitième, dit son adepte. Sois sans pitié.

— Voyons, arrêtez-le, dit Ianthe. Sixième. Neuvième. Je ne tiens pas à verser encore plus de sang.

— Octakiseron, espèce d'idiot, dit Harrow, vous ne voyez pas que…

— Tout le monde, reculez… dit Camilla.

Mais Colum Asht fondit sur Ianthe comme un loup sur un troupeau de moutons. Il était terriblement rapide pour un type de sa taille et aussi usé en apparence, et son coup s'abattit sur elle avec une force cinétique telle qu'elle aurait dû se retrouver écrasée contre le mur comme un vieux sandwich. Son bras était ferme et puissant, et ni sa main ni sa lame n'avaient montré la moindre hésitation.

Ianthe non plus n'hésita pas. La dernière fois que Gideon avait vu la délicate épée de la Troisième Maison, elle baignait dans une mare de sang de son cavalier ; or elle était soudain entre les mains de la princesse nécromancienne. Ianthe para le coup avec le plat de sa lame, bloquant la puissance titanesque de l'assaut comme si elle ne faisait pas une tête de moins que Colum et à peine un tiers de son poids, avant de retrouver une posture parfaite, bien assurée sur ses pieds.

Ce bras ramené derrière son dos, ce jeu de jambes précis, parfait… c'étaient les gestes de Naberius Tern, transposés dans le corps d'Ianthe Tridentarius. C'était très étrange, mais ils étaient bien là, recréés parfaitement, jusqu'à son port de tête. Colum repartit à l'assaut, visant d'un coup asséné d'en haut les clavicules nues de la princesse. Elle esquiva avec un mépris de jeune cavalier et contra aussitôt. Colum para de justesse.

C'est alors seulement que Gideon comprit vraiment ce qu'Ianthe avait fait. Cette vision inédite d'une nécromancienne maniant l'épée – d'un fantôme se battant à l'intérieur du costume de chair de son adepte – lui fit réaliser que Naberius était mort, mais qu'il était, mort, à l'intérieur d'Ianthe. Il ne lui avait pas appris à se battre, c'était *lui* qui se battait en elle. C'étaient les contre-attaques de Naberius, les feintes de Naberius, sa façon de repousser le bouclier de Colum. En temps normal, Gideon aurait été fascinée de voir le cavalier de la Huitième à l'œuvre – il était aussi léger sur ses pieds que ses coups étaient puissants – mais son regard était fixé sur Ianthe, dont les mouvements recréaient un Naberius plus vrai que nature, au corps aussi agile et surnaturel qu'un feu follet.

Il y avait un seul hic. L'épée de la Troisième devait peser au moins un kilo, et la mémoire musculaire de Naberius ne compensait pas totalement la force limitée des bras d'Ianthe, qui devaient être soutenus par une énergie spéciale (sinon son coude aurait dû se bloquer comme une porte), mais ses efforts pour manier cette épée ne suffisaient pas tout à fait. Elle était en nage. Une ride barrait son front d'ordinaire surnaturellement lisse, et il y avait un tressaillement dans son regard, et le léger dodelinement de la tête qu'elle montrait déjà tout à l'heure. Colum profita de ce moment de faiblesse pour prendre l'avantage et la désarmer d'un coup de pied. La rapière fut projetée contre le mur où se tenait Palamedes un instant auparavant, et retomba misérablement sur le sol, hors d'atteinte. Colum brandit son épée.

La princesse de la Troisième Maison porta la main à sa bouche, arracha un morceau de chair de sa paume et le cracha sur lui comme un missile. Elle-même disparut derrière une sorte de toile de tente bouffante et visqueuse, une sorte de tissu cellulaire constellé de bulles jaune fluo et couvert d'une pellicule rose. Colum rebondit contre la chose comme s'il avait foncé contre un mur de briques. Il partit cul par-dessus tête et fit plusieurs roulades arrière, avant de parvenir finalement à se relever et à se remettre en garde, à bout de souffle. À la place de la nécromancienne s'élevait désormais un dôme de peau et de graisse qui avait de quoi laisser perplexe. Ne se laissant pas démonter, Colum chargea une nouvelle fois, abattant son bouclier sur la chose, qui émit un *squirk* mouillé et, de par sa texture caoutchouteuse, le fit rebondir. Colum lui asséna alors un violent coup d'épée, et la bulle de chair se déchira, et saigna, mais ne céda pas.

Gideon avait la main sur son épée, prête à dégainer, et enfilait déjà le gant de son couteau de poing. Des doigts minces s'enroulèrent autour de son poignet. Elle se retourna. Harrow avait les lèvres pincées.

— Ne t'approche pas, lui intima-t-elle. Ne la touche pas. N'y pense même pas.

Gideon balaya nerveusement la pièce des yeux à la recherche des Sixièmes. Elle finit par trouver Camilla, ses lames toujours dans leur fourreau, le visage impassible. Les autres assistaient au duel dans un silence presque gêné. Colum tournait toujours autour de l'horrible bouclier de peau, le défiant à coups d'épée, qu'il enfonçait de toutes ses forces, laissant échapper régulièrement un grognement devant la chair qui ne cédait toujours pas. Au bout d'un moment, Silas ferma les yeux et dit posément :

— C'est un duel pour un nécromancien.

Colum s'apprêtait à asséner à la chose un coup en diagonale de toute beauté, lorsqu'il eut un mouvement de recul, comme s'il venait d'être piqué par une guêpe. Il battit en retraite, lame et bouclier en position, dents serrées. Gideon, qui connaissait à présent cette sensation, aurait juré voir une brume d'élever dans la pièce et sentir elle-même le mouvement de succion froid lorsque son nécromancien commença à le siphonner.

— Cesse de te débattre, dit Silas sans même ouvrir les yeux.

— Ne fais pas ça, protesta Colum, ne me soumets pas. Pas cette fois.

— Frère Asht, répliqua son nécromancien, si tu ne peux croire, pour l'amour de Dieu, *obéis.*

Colum émit une sorte de gargouillement. On devinait la silhouette floue d'Ianthe derrière le mur de chair strié de jaune. Silas s'avança d'un pas léger, des crépitements d'électricité parcourant la peau de ses bras, de ses mains, et posa ses paumes sur l'écran de chair.

La peau sembla mollir autour de ses doigts, et l'espace d'un instant Gideon crut que ça fonctionnait. Mais la barrière engloutit ses mains et se mit à les mordre sauvagement. Les poignets de Silas étaient en sang. Il poussa un hurlement, ferma les yeux, et des vagues de chaleur semblèrent quitter son corps ; pendant ce temps, Colum se figeait, de plus en plus gris. Silas serra les poings.

Soudain, le bouclier émit un *plop*, comme un bouton qu'on perce ou un œil qu'on fait sauter, et tomba en lambeaux de chair et boules de graisse. Silas eut l'air presque surpris de revoir Ianthe, la tête entre ses mains crispées. Lorsqu'elle leva les yeux, ils étaient redevenus tout blancs, et elle se mit à hurler d'une voix qui requérait bien plus de cordes vocales qu'elle n'en possédait.

Silas s'approcha d'elle les mains tendues, comme prêt à l'étrangler. Ianthe l'esquiva et se jeta avec un *splash* sonore dans la mare bouillonnante qui lui servait de bouclier un instant auparavant, faisant jaillir la graisse jaune sur le parquet. La surface de la peau forma des cloques, se recroquevilla sur elle-même comme si on la brûlait, et engloutit entièrement Ianthe.

Silas tomba à genoux par terre et y plongea la main. Colum laissa échapper un gémissement, comme si on venait de lui donner un coup de poing dans le ventre. Une main sanglante sortit de la flaque visqueuse, saisit Silas par l'épaule, et l'attira d'un coup sec à l'intérieur.

Un instant après, le plafond cédait comme un gros nuage d'orage, et un torrent de liquide, mélange de lymphe et de sang, s'abattait sur eux tous. Gideon et Harrow, prises de haut-le-cœur, rabattirent en vitesse leur capuche, tandis que deux silhouettes dégoulinantes tombaient à leur tour du plafond. Silas s'écrasa par terre, mais Ianthe atterrit sur ses pieds et, d'un geste élégant, se débarrassa de la fétide soupe écarlate. Il ne restait plus qu'une marque rouge sur sa joue, comme une gifle ; elle y posa la main et la trace disparut aussitôt.

Silas se redressa sur ses genoux, joignit les doigts, et Gideon sentit un puissant mouvement de succion qui lui déboucha les oreilles d'un coup. Son énergie formait un cercle voilé autour d'Ianthe, qui éclata d'un rire mauvais. Elle respirait vite, hyperventilait presque.

— Octakiseron, dit-elle. Je suis plus rapide que vous.

— Il essaie de la siphonner elle aussi, murmura Harrow, fascinée. Mais sa concentration est divisée… il faut qu'il ramène Colum, sinon…

Complètement engourdi, Colum Asht, dont le teint de cendre faisait honneur à son nom, était parvenu à soulever son épée et avançait inexorablement vers Ianthe. Il lui envoya un revers de son bouclier en pleine figure, comme pour la tester. La tête d'Ianthe fut projetée en arrière, mais elle eut l'air plus surprise que blessée et se redressa comme si de rien n'était, la respiration toujours saccadée. Le cavalier se jeta sur elle, et elle bloqua son épée de sa main nue, le plus tranquillement du monde. Sa main était en sang, mais ce sang qui jaillissait l'aidait à repousser la lame, comme autant de doigts supplémentaires sur lesquels Ianthe pouvait compter.

Silas frappa alors dans ses mains, et Gideon ressentit une pression telle dans son propre corps qu'elle lui donna la nausée. Colum secoua son épée – le sang jaillit comme des bris de verre – et Ianthe vacilla, alors que personne ne l'avait touchée. À mesure qu'elle s'éloignait en titubant de Colum, le sang sur le sol, les murs et le plafond séchait, partait en fumée, comme s'il n'avait jamais existé. Ses yeux étaient redevenus blancs, terrifiants, elle avait la tête entre les mains et la secouait comme pour remettre son cerveau en place.

— Ça suffit ! siffla-t-elle. Arrête !

Colum tourna sur lui-même et d'un geste élégant, limpide, lui fendit le dos. Mais Ianthe ne sembla pas sentir le coup. Le sang se mit à bouillonner sur son bel habit doré, mais à travers la fente du tissu, on voyait que la plaie commençait déjà à se résorber et se refermer toute seule.

— Écoute, dit-elle. Babs, *écoute-moi*.

Silas abattit ses poings sur le sol. Les poumons d'Ianthe se vidèrent d'un coup. Ses lèvres et sa peau se flétrirent, et elle se figea, les yeux écarquillés d'étonnement. Autour d'eux, les traces de sang s'élevaient vers le plafond en longues volutes rose pâle. Et tout fut soudain d'un blanc immaculé. Au milieu de la scène, Ianthe était prostrée, étrangement silencieuse. Silas, lui, suait du sang par le nez et les oreilles.

Gideon sentit Harrow tressaillir…

Les pupilles et les iris mauve pâle d'Ianthe étaient de retour, un peu plus pâles qu'avant peut-être, mais ce n'était pas la principale altération : elle vieillissait à vue d'œil, sa peau se détachait en lambeaux parcheminés. Ce n'est pourtant pas Silas qu'elle regardait, alors qu'il la tenait aussi fermement que si elle était physiquement entre ses mains. Non, son regard incrédule était tourné vers Colum le Huitième.

— Tu es foutu, annonça-t-elle.

Les yeux de Colum étaient d'un noir aussi liquide que le blanc des yeux d'Ianthe un instant auparavant. Il avait perdu l'économie de mouvement du guerrier, les longs gestes élégants d'un homme qui s'était entraîné toute sa vie au maniement de l'épée, la légèreté de son jeu de jambes. Il se déplaçait comme s'il y avait six personnes à l'intérieur de lui, qui n'auraient jamais séjourné dans un corps humain. Il s'ébroua, tourna la tête, tourna la tête… et ne s'arrêta pas. Dans un craquement atroce, celle-ci pivota à cent quatre-vingts degrés pour regarder placidement ce qui se passait dans son dos.

Une ampoule électrique se mit à grésiller et explosa dans une pluie d'étincelles. L'air s'était refroidi d'un coup. L'haleine de Gideon formait de petits cristaux blancs dans l'obscurité soudaine, les dernières lampes encore allumées peinant à percer la pénombre. Colum passa une langue grise sur ses lèvres.

En un vaste mouvement circulaire, Harrowhark lança des fragments osseux aux pieds de Colum. Des os sortirent du sol pour le soutenir, mais il s'obstina à les piétiner de ses bottes blanches, les transformant en nuages de calcaire.

Silas, enroulé en position fœtale sur le sol, leva les yeux. Il irradiait toujours comme une perle dans un rayon de soleil, mais ne parvenait plus à se concentrer. Ianthe se libéra de son sortilège avec dédain, sa peau se repulpant aussitôt, son visage retrouvant ses couleurs. Des lumières se mirent à clignoter sous la peau de Colum le Huitième, courant le long de ses muscles tandis qu'il piétinait lourdement, tanguant comme un navire.

Silas essuya le sang qui lui coulait du nez et des oreilles et dit calmement :

— Frère Asht, écoute les paroles du chef de ta Maison.

Colum marchait droit sur lui.

— Reviens, dit Silas, imperturbable. Je t'ordonne de revenir. Je t'ordonne de revenir. Colum… Je t'ordonne de revenir. Je t'ordonne de revenir. *Je t'ordonne de revenir*. Je t'ordonne, je t'ordonne, je t'ordonne… *Colum…*

La chose qui vivait à l'intérieur de Colum brandit alors son épée… et l'enfonça dans la gorge de Silas Octakiseron.

Gideon se mit à courir. Elle avait entendu le cri d'Harrow, mais c'était plus fort qu'elle. Elle dégaina sa rapière et se jeta sur cette chose grise enveloppée de peau humaine qui n'était plus un cavalier et qui, au lieu de parer, abattit le bouclier de Colum sur elle avec une force absolument surhumaine. Gideon tituba, esquiva un grossier coup d'épée asséné à la verticale. Profitant de son élan, elle parvint à coincer le bras de Colum entre son flanc et sa rapière et lui brisa le poignet avec un grand *crac*. La chose, tout près d'elle, ouvrit la bouche, ouvrit les yeux. Elle n'avait plus de globes oculaires (Colum n'avait plus de globes oculaires) : ses orbites s'étaient changées en bouches pleines de dents, qui dardaient de petites langues. Quant à sa vraie langue, elle s'étira, s'étira, vint s'enrouler autour du cou de Gideon…

— Assez ! s'écria Ianthe, qui était apparue derrière la chose.

Calmement, aussi facilement que s'il s'agissait d'un petit animal, elle prit la tête entre ses mains et la tordit d'un coup sec. Les vertèbres se brisèrent. Elle enfonça le bout de ses doigts dans la peau, les yeux-bouches poussèrent un cri strident, la langue lâcha le cou de Gideon, et les bouches se liquéfièrent. La chose s'effondra dans une mare de fluide saumâtre…

… et Colum réapparut, défiguré, la tête à l'envers, étalé de tout son long sur le corps perforé de son jeune oncle mort. La vision de ce grand corps déglingué cramponné à celui de son nécromancien, comme une parodie morbide de leur existence, était parfaitement sinistre. Leurs caractéristiques vêtements blancs étaient entièrement souillés de jaune, de rouge et de rose.

Les lampes revinrent à la vie. L'air s'éclaircit. Au milieu de cette scène de massacre, Ianthe avait l'air d'un papillon de nuit, ou d'une fée. Elle souleva doucement l'ourlet de son habit, et le sang et la saleté en tombèrent comme si c'était de la poussière.

La princesse d'Ida évalua le chaos qui l'entourait, et se donna une petite tape sur la joue, comme pour se réveiller.

— Ressaisis-toi, se dit-elle. Tu as failli perdre.

Puis, se tournant vers Gideon, Camilla et Harrow :

— Il y a des choses bien plus redoutables que moi dans cette Maison. À bonne entendeuse.

Sur ce, elle tourna les talons, piétinant le sang versé par le nécromancien de la Huitième, et disparut, les laissant seules avec les cadavres silencieux de Silas Octakiseron, Colum Asht et Naberius Tern, ainsi que les sanglots étouffés de Coronabeth Tridentarius, qui ressemblait à une rivière de pierres précieuses découpée en morceaux.

Gideon s'avança maladroitement vers elle, ne serait-ce que parce qu'elle avait désespérément besoin de s'éloigner du centre de la pièce et de ce qui s'y trouvait. Corona leva vers elle ses beaux yeux bouffis, ses magnifiques cils mouillés de larmes. Puis elle se jeta dans les bras de Gideon et se remit à sangloter, silencieusement cette fois. Elle était complètement dévastée. Mais Gideon trouvait étrangement apaisant que quelqu'un, dans cet asile de fous, soit encore suffisamment humain pour pleurer.

— Comment ça va… je veux dire, ça va aller ? dit Gideon.

La princesse Corona la regarda, ses beaux cheveux dorés collés de sueur et de larmes sur son front.

— Elle a pris Babs, dit-elle.

En effet, oui, c'était un fait qui paraissait difficile à nier.

Les sanglots de Corona repartirent de plus belle, de grosses larmes roulant sur ses joues. Sa voix était pleine de détresse et d'apitoiement.

— Mais qui se préoccupe de Babs ? dit-elle. Elle aurait dû me prendre *moi*.

35

ELLES LAISSÈRENT LA JUMELLE à son étrange et amère douleur. Camilla, Harrow et Gideon se retrouvèrent dans le couloir, sonnées. Gideon faisait des mouvements circulaires avec son épaule pour s'assurer que tout était bien en place, et Harrow essayait de se débarrasser de la substance visqueuse collée sur ses manches, lorsque Camilla s'exclama :

— Le Gardien. Où est le Gardien ?

— Je l'ai perdu de vue pendant le duel, dit Gideon. Je croyais qu'il était derrière toi.

— Il était derrière elle, confirma Harrow. Et moi près de la porte. Je l'ai vu il y a quelques minutes à peine.

— Je l'ai quitté des yeux, se lamenta Camilla. Ça ne m'arrive jamais.

— Du calme, dit Gideon, d'une voix bien plus assurée qu'elle ne l'était en réalité. C'est un grand garçon. Il a dû aller voir Dulcinea. Harrow dit que je suis cucul avec Dulcinea…

— Tu *es* cucul avec Dulcinea, dit Harrow.

— … mais lui est cent fois plus cucul que moi, même si je ne comprends toujours pas pourquoi.

Camilla la regarda, repoussa d'un geste sa frange asymétrique. Ses yeux exprimaient une sorte de vive impatience.

— Le Gardien correspond avec Dulcinea Septimus depuis douze ans, expliqua-t-elle. Devenir héritier de notre Maison était pour lui le moyen d'être son égal. Et s'il a étudié la science médicale, c'est uniquement dans l'espoir de pouvoir lui venir en aide.

Les fluides corporels de Gideon se glacèrent d'un coup.

— Mais… elle n'a jamais parlé de lui, dit-elle stupidement.

— Non, dit Camilla.

— Mais… j'ai passé tellement de temps avec elle…

— Oui, dit Camilla.

— Oh mon Dieu, dit Gideon. Mais pourquoi il n'a rien dit ? Pourquoi il est resté aussi sympa ? Bordel ? Enfin je n'ai pas… je n'ai jamais vraiment… je veux dire, elle et moi, on n'était pas…

— Il l'a demandée en mariage il y a un an, poursuivit Camilla comme si, une fois les vannes ouvertes, elle pouvait aussi bien tout raconter. Il voulait qu'elle passe le temps qu'il lui reste auprès de quelqu'un qui se préoccuperait de son confort. Elle a refusé, mais ça ne veut pas dire qu'elle ne l'appréciait pas. Il n'était pas question d'assouplir les règles impériales sur les unions de nécromanciens hors de leur Maison. Les lettres sont devenues un peu moins fréquentes à partir de là. Et lorsqu'il est arrivé ici… il a vu qu'elle était passée à autre chose. Il m'a dit qu'il était content qu'elle passe du temps avec quelqu'un qui la faisait rire.

Cinq personnes étaient mortes en l'espace de cette seule journée, il était donc assez étrange de voir quelle importance prenaient malgré tout des choses aussi insignifiantes en comparaison. Les os raidis et les cœurs désormais figés des personnes qui reposaient dans la Maison de Canaan étaient saturés de tragique. Un gamin de huit ans écrivait des lettres d'amour à une adolescente souffrant d'une maladie incurable. Une jeune femme tombait amoureuse du beau nerd qu'elle avait le devoir de protéger. Une enfant trouvée recherchait désespérément l'approbation d'une Maison profondément contrariée par sa survie.

Gideon se laissa tomber à plat ventre sur le sol, visiblement au bout du rouleau.

— Tout ça n'a aucun sens, dit sa nécromancienne.

— Non. Mais ça a toujours été comme ça, depuis que je les connais tous les deux, dit gravement Camilla.

— Non, dit Harrow. Je veux dire, Dulcinea Septimus m'a dit au moins deux fois qu'elle connaissait à peine Palamedes Sextus. Le jour où il a refusé de l'aider pour l'épreuve de siphonnement, par exemple.

Gideon, la face dans la poussière, marmonna :

— Je veux mourir.

Harrow la poussa plutôt gentiment du pied.

— Gigi. Lève-toi.

— Pourquoi suis-je née aussi irrésistible ?

— Parce qu'autrement on t'aurait étranglée au bout de cinq minutes, répliqua sa nécromancienne, avant de poursuivre à l'intention de Camilla : Mais si tu dis vrai, pourquoi cette volte-face de la part de Dulcinea ? Je ne comprends pas.

— Si seulement je comprenais, répondit la cavalière de la Sixième, visiblement nerveuse, mon sommeil et mon bien-être s'en porteraient beaucoup mieux. Lève-toi, Neuvième. Il ne t'en veut pas. Tu n'as rien gâché du tout. Leur relation a toujours été complexe. Il ne l'avait jamais vue en vrai avant d'arriver ici.

Gideon bondit sur ses pieds. Son cœur était un tas de cendres, mais elle tenait absolument à s'assurer que Palamedes Sextus n'était pas fâché contre elle : même si le monde était en train de s'effondrer, elle sentait qu'il fallait régler tout éventuel malentendu d'ordre personnel.

— Il faut que je parle à Sextus, dit-elle. S'il vous plaît. Laissez-moi quelques minutes seule avec lui. Harrow, va chercher mon épée à deux mains dans le double fond de ma malle.

— *Quoi ?* s'exclama Harrow, effarée.

— Cam, poursuivit Gideon. Rends-moi un grand service. Garde un œil sur elle. Je ne voulais pas lui voler sa copine.

Sur ce, elle tourna les talons et partit en courant. Elle entendit Harrow crier *Nav !* mais sa décision était prise. Sa rapière cognait contre sa hanche, son épaule la lançait, et sa nuque était toujours bizarrement engourdie, mais elle ne pouvait faire autrement que courir le plus vite possible jusqu'à l'endroit où elle trouverait ses deux derniers alliés vivants : la chambre où Dulcinea Septimus était en train de mourir.

Elle trouva le Gardien au beau milieu du long couloir, les yeux fixés sur la porte fermée. L'ourlet de sa cape grise bruissait doucement au ras du sol ; il semblait perdu dans ses pensées. La profonde inspiration de Gideon l'avertit de sa présence. Il ôta ses lunettes, essuya les verres dans sa manche et, après les avoir réinstallées sur son long nez, lui rendit son regard.

La scène sembla durer une éternité. Finalement, elle fit un pas en avant et ouvrit la bouche pour dire *Sextus, je suis désolée…*

Mais il replia les doigts comme une feuille de papier, et le corps de Gideon se figea sur place. Elle avait l'impression que des aiguilles d'acier lui transperçaient les mains et les jambes. Elle était frigorifiée. Elle voulut dire quelque chose, mais sa langue se colla à son palais et un goût de sang envahit sa bouche. Elle essaya de se débattre, mais sans plus de succès qu'un insecte épinglé sur sa plaque. Palamedes la fixait d'un regard froid qui ne lui ressemblait pas du tout.

Il vint examiner son œuvre et, visiblement satisfait du résultat, ouvrit la porte de la chambre de Dulcinea. Gideon se cabra de toutes ses forces contre ses liens invisibles, mais ses os semblaient complètement raides dans son corps, comme si elle n'était qu'une enveloppe de chair autour d'eux. Son cœur se débattait contre son inflexible cage thoracique, et une vague d'angoisse lui serra la gorge. Palamedes sourit, et par cette étrange alchimie qu'elle avait déjà observée, son visage redevint beau, ses yeux gris lumineux. Il entra dans la chambre. Ne referma pas la porte derrière lui. Gideon entendit des bruits légers, puis, distinctement, la voix de Sextus :

— Si seulement je t'avais parlé dès le début.

La voix de Dulcinea était faible, mais audible elle aussi.

— Pourquoi ne l'as-tu pas fait ?

— J'avais peur, dit-il sincèrement. J'étais bête. J'avais le cœur brisé, tu comprends. Il était plus facile de croire que… les choses avaient changé entre nous, tout simplement. Que Dulcinea Septimus s'efforçait de ne pas heurter mes sentiments… de protéger un gamin ignorant qui essayait de la sauver de quelque chose qu'elle comprenait bien mieux que lui. Je me souciais d'elle, et Camilla se souciait de nous. Je pensais que Dulcinea voulait nous épargner le chagrin de la voir échouer et mourir avant que nous ayons pu accomplir notre tâche.

Il y eut un silence.

— Quand tout a commencé, reprit-il, j'avais huit ans, et toi… Dulcinea… tu en avais quinze. Mes sentiments étaient intenses, mais je savais bien que je n'étais qu'un gamin.

Pourtant, j'ai toujours été traité avec une gentillesse et un tact infinis. Mes sentiments ont toujours été pris très au sérieux, comme si je savais parfaitement de quoi je parlais. Est-ce qu'on peut dire que c'est caractéristique de la Septième Maison ?

Gideon perçut le faible sourire dans la voix de Dulcinea.

— J'imagine, oui. Cela fait très, très longtemps qu'on y laisse mourir les jeunes nécromanciens. Quand on grandit comme ça, gravement malade, tout le monde prend les décisions à votre place… et on déteste ça… alors on a tendance à essayer de prendre au sérieux les sentiments des autres, pour compenser un peu.

— Il y a deux choses que je veux savoir, dit Palamedes.

— Tu peux me poser toutes les questions que tu veux. J'ai toute la journée devant moi.

— Deux suffiront parfaitement, dit-il calmement. Premièrement : pourquoi les Cinquièmes ?

Il y eut un silence perplexe.

— Les Cinquièmes ?

— Alors que la Neuvième et la Huitième Maison constituaient clairement le danger le plus imminent, dit-il. La Neuvième en raison de l'étendue des dons d'Harrow, la Huitième pour la facilité avec laquelle ils auraient pu te démasquer… à la moindre erreur, un nécromancien de la Huitième aurait immédiatement su que tu n'étais pas celle que tu prétendais. Il suffisait qu'il te siphonne. À vrai dire, au risque de paraître présomptueux, je me demande pourquoi je suis toujours en vie, moi aussi. Mais c'était la Cinquième Maison que tu craignais.

— Je n'ai pas…

— Ne me mens pas, je t'en prie.

— Je n'ai jamais menti, à aucun d'entre vous, dit Dulcinea.

— Mais alors… *pourquoi* ?

Elle poussa un léger soupir, comme un battement d'ailes de papillon. Puis Gideon l'entendit répondre :

— Eh bien, réfléchis. Abigail Pent était l'interlocutrice privilégiée des morts. C'était une mauvaise nouvelle. Ce n'était pas une difficulté insurmontable… mais ça restait un problème. Enfin, la raison principale… le *véritable* problème, c'était plutôt son passe-temps.

— Son passe-temps ?

— Je ne pensais pas qu'on pouvait s'intéresser ainsi à un passé aussi lointain… Pent avait un intérêt malsain pour l'histoire. Elle lisait tous les vieux trucs qu'elle trouvait dans la bibliothèque, ou dans les études de la Maison, les lettres, les notes… Elle étudiait les photos… toute l'archéologie des vies humaines.

— Oui, Abigail Pent était une nécromancienne, mais c'était avant tout une historienne… célèbre, au demeurant. Tu n'as pas bien fait tes devoirs.

— Oh, je m'en suis mordu les doigts, tu peux me croire. J'aurais dû faire le ménage immédiatement… mais j'étais nostalgique.

— Je comprends.

— Mon Dieu, je suis bien contente que tu n'aies pas compris tout de suite. Je n'avais pas mesuré l'étendue de ta maîtrise de ce truc de l'esprit à l'intérieur de l'objet. La fameuse psychométrie de la Sixième.

Elle éclata d'un rire cristallin.

— Je crois que tu devrais vraiment te réjouir que je n'aie pas saisi. Pent à elle seule m'avait déjà suffisamment fait peur.

— Et… pourquoi lui avoir implanté la clé sous la peau ?

— Pour gagner du temps, dit Dulcinea. Je ne pouvais pas me laisser surprendre avec ça. Cacher la clé permettait d'effacer ses traces. Très franchement, je pensais que tu la trouverais avant… Mais j'ai eu au moins le temps de boucher la serrure. Qui a réussi à la débloquer ? Moi qui croyais l'avoir rendue complètement inutilisable.

— La Neuvième.

— Impressionnant, dit-elle. Nul doute que l'Empereur adorerait lui mettre la main dessus… fort heureusement ça n'arrivera jamais. Enfin, c'est un nouveau coup dur pour mon ego. Si j'avais su qu'on allait réparer cette serrure et trouver la clé, j'aurais fait un grand ménage ici, j'aurais fait en sorte qu'on ne la retrouve jamais… mais c'est la raison même de cette conversation, n'est-ce pas ? Tu as appliqué tes astuces psychométriques au message. Si tu n'étais pas entré dans cette pièce, tu ne te serais jamais rendu compte que j'y étais allée moi aussi. Pas vrai ?

— Peut-être, dit Palamedes. Peut-être.

— Quelle est ta deuxième question ?

Gideon tenta une nouvelle fois de se débattre, mais elle fut aussitôt immobilisée, comme si l'air autour d'elle était de la glu. Elle ne pouvait même pas cligner des yeux, et des larmes roulaient sur ses joues. Tout ce qu'elle pouvait faire, c'était respirer, et écouter.

— Où est-elle ? demanda calmement Palamedes.

Il n'obtint pas de réponse.

— Je répète. Où est-elle ?

— J'ai cru que nous avions un accord, elle et moi, admit Dulcinea. Si seulement elle m'avait parlé de toi… j'aurais pris quelques précautions supplémentaires.

— Dis-moi, reprit Palamedes, ce que tu as fait de Dulcinea Septimus.

— Oh, mais elle est toujours là, répondit sur un ton méprisant celle qui n'était donc pas Dulcinea Septimus. Elle a répondu à la convocation de l'Empereur, avec son fidèle cavalier. Mais il a eu un accident… Quand je suis montée dans leur navette, il a refusé d'entendre raison, alors j'ai été obligée de le tuer. Ce n'était pas ce que j'avais prévu… pas comme ça, du moins. Ensuite, nous avons discuté, toutes les deux… Nous nous ressemblons beaucoup. Pas seulement physiquement – à l'exception des yeux, la Septième est si prévisible en termes d'apparence –, il y avait notre maladie, aussi… elle était très malade, autant que moi quand je suis arrivée ici. Elle aurait peut-être vécu encore une ou deux semaines après son arrivée, Sextus, ou peut-être pas.

— Alors cette histoire de Protesilaus animé par la Septième Maison était fausse, dit Palamedes.

— Tu n'écoutes pas ce que je te dis. Je n'ai jamais menti, répéta la voix. J'ai dit que c'était une hypothèse, et vous avez tous abondé dans ce sens.

— Tu joues sur les mots.

— Tu aurais dû écouter plus attentivement. À aucun moment je n'ai menti. Je viens bien de la Septième Maison… et c'était un accident. Enfin bref, nous avons parlé, toutes les deux. Elle était vraiment mignonne. J'aurais vraiment voulu pouvoir l'aider, et… après, je l'ai gardée aussi longtemps que j'ai pu… jusqu'à ce que quelqu'un règle son compte à mon cavalier. Là, il a fallu que je me débarrasse d'elle, et vite… L'incinérateur était la meilleure solution. Ne me regarde pas comme ça. Je ne suis pas un monstre. Septimus était déjà morte avant même que sa navette n'atterrisse à Canaan… elle n'a pas souffert.

Il y eut un très long silence. Lorsque Palamedes reprit enfin la parole, sa voix ne trahissait aucune émotion.

— Eh bien, c'est déjà ça. J'imagine que nous allons tous y passer ?

— En effet, dit la femme qui se trouvait dans la pièce avec lui. Même si je n'ai rien de spécial contre vous. Pas personnellement, en tout cas. Je savais qu'en faisant échouer ses plans de Lyctorat – en tuant les héritiers et les cavaliers des huit autres Maisons –, je parviendrais à le faire revenir dans le système, mais il fallait procéder de manière suffisamment subtile pour qu'il emmène avec lui les dernières Mains encore vivantes. Si j'avais fait une démonstration de force, il aurait tout de suite été sur le pied de guerre, et comme d'habitude, il aurait envoyé les Lycteurs faire le sale boulot. Alors que là il se croit… à peu près en sécurité, je pense. Il ne prendra même pas la peine d'entrer dans la sphère d'influence de Dominicus. Il va rester à l'extérieur du système, pour essayer de comprendre ce qu'il s'y passe… et c'est exactement là que je veux qu'il soit. Le Roi Immortel, le Premier Nécrolord, le Résurrecteur, mon Seigneur et Maître sera aux premières loges tandis que je réduirai en cendres ses Maisons, une par une, et on verra bien combien il en faudra avant qu'il cède et revienne, avant qu'il voie ce qu'il arrive quand c'est moi qui appelle… et je n'aurai plus besoin de rien faire. Ce sera trop tard.

Silence.

— Quelle raison aurait une Lycteure de haïr l'Empereur ?

— Le haïr ?

La voix de la jeune femme que Gideon connaissait sous le nom de Dulcinea était montée dans les aigus.

— Le haïr ? répéta-t-elle. Mais j'ai aimé cet homme pendant dix mille ans. Nous l'avons tous aimé, chacun et chacune d'entre nous. Nous l'avons adoré comme un roi. Comme un dieu ! Comme un frère.

La voix perdit soudain de son intensité. Elle semblait tout à fait ordinaire, et très vieille.

— Je ne sais pas pourquoi je te raconte tout ça… toi qui as vu le jour il y a un battement de cœur à peine, tandis que je vis depuis si longtemps que la vie n'a plus aucun sens. Vous pouvez remercier vos bonnes étoiles qu'aucun d'entre vous n'ait accédé au Lyctorat, Palamedes Sextus. Car ce n'est ni la vie, ni la mort, mais une sorte d'entre-deux que personne ne devrait exiger qu'on embrasse. Pas même lui. Surtout pas lui.

— Je n'aurais pas pu faire ça à Camilla.

— Tu sais donc comment ça se passe. Quel garçon intelligent ! Je savais que vous comprendriez tous… tôt ou tard. Moi non plus je ne voulais pas… surtout pas… mais j'étais mourante. Loveday – c'était le nom de ma cavalière – et moi pensions que ça pourrait me sauver la vie. Mais en réalité, je n'ai fait que mourir à petit feu, pendant tout ce temps. Non, tu ne l'aurais pas fait, et tu as bien raison. On ne peut pas faire ça à une âme. Professeur avait quasiment perdu la raison. Tu sais ce que nous lui avons fait ? Enfin, je dis *nous*, mais ce n'était pas mon idée… c'était une sacrée terreur. Et tout ça par la faute de ta propre Maison ! Je ne serais jamais assez reconnaissante à ces godiches de la Deuxième de l'avoir tué et d'avoir appelé à l'aide. C'était la seule personne que je craignais ici. Il n'aurait pas pu m'arrêter, mais il m'aurait mis de sacrés bâtons dans les roues.

— Professeur ne t'a pas reconnue ?

— Peut-être que si, dit la jeune femme, dont la voix trahissait un sourire. Mais qui pouvait bien lire dans les pensées de cet amas d'âmes ?

Il y eut un nouveau silence, puis elle poursuivit :

— Tu réagis de manière bien plus raisonnable que je ne pensais. Quand on est jeune, on est tout de suite dans l'action. Tandis que, moi, j'ai passé les trois cents dernières années à penser à ce que j'allais faire… en me disant que lorsque tu réaliserais qu'elle était morte, tu tenterais peut-être quelque chose de stupide.

— Je ne suis pas du genre à tenter quelque chose de stupide, dit Palamedes d'un ton léger. J'ai pris la décision de te tuer à la seconde même où j'ai compris qu'il n'y avait plus aucune chance de la sauver. C'est tout.

Elle éclata d'un rire aussi cassant que la glace, aussitôt interrompu par une mauvaise quinte de toux, qui ne l'empêcha pas de continuer à rire, comme si elle n'en avait rien à faire.

— Oh, arrête… arrête.

— Il suffisait de gagner du temps, reprit-il. Pour pouvoir le faire si lentement que tu ne t'en rendrais même pas compte… Il suffisait de te faire parler.

Il y eut un nouveau rire, mais cette fois une grosse toux grasse eut raison de lui.

— Jeune Gardien de la Sixième Maison, articula-t-elle, qu'as-tu fait ?

— J'ai serré le nœud coulant, dit Palamedes Sextus. Puisque tu m'avais donné la corde. Tu es atteinte d'une forme grave de leucémie… exactement comme Dulcinea. En phase terminale, comme elle. Mais ton état est stationnaire, car avec le processus lyctoral commence dès l'instant de l'absorption un renouvellement radical des cellules. J'ai profité de notre conversation pour faire l'état des lieux de tes symptômes – la pneumopathie bactérienne, les tumeurs osseuses un peu partout sur ton squelette – et je les ai accélérés. Tu connais d'atroces souffrances depuis une myriade. Mais j'ose espérer que ce n'est rien comparé à ce que ton corps va te faire subir maintenant, Lycteure. Tu vas mourir en crachant tes poumons par les narines, tout ça parce que tu n'as pas pu t'empêcher, sur la dernière ligne droite, de te vanter d'avoir tué des innocents, comme si tes raisons de le faire avaient un quelconque intérêt… Voilà pour les Cinquièmes et les Quatrièmes… pour tous ceux qui sont morts par ta faute, directe ou indirecte… et plus personnellement, voilà pour Dulcinea Septimus.

La fausse Dulcinea toussait toujours. Lorsqu'elle reprit la parole, elle avait l'air impressionnée, mais pas particulièrement inquiète.

— Oh, mais il va falloir bien plus que ça. Tu sais ce que je suis… et quels sont mes pouvoirs.

— Oui, répondit Palamedes. Et je sais aussi que tu connais le principe de la fission thanergétique radicale, tu sais donc ce qui arrive quand un nécromancien disperse la totalité de ses réserves de thanergie en un laps de temps très court.

— Quoi ? s'exclama-t-elle.

Il éleva la voix.

— Gideon ! lança-t-il, tu diras à Camilla…

Il s'interrompit.

— Bah, laisse tomber. Elle sait ce qu'elle a à faire.

Une énorme explosion dévasta la chambre de Dulcinea, et les liens qui retenaient Gideon lâchèrent d'un coup. Elle fut projetée contre le mur, se releva, titubante, et rebroussa chemin dans le couloir, puisque Palamedes Sextus était en train de tout réduire en cendres. Même si elle ne sentait pas la chaleur de l'incendie, elle fuit en courant cette mort blanche et froide, sans se retourner, comme si les flammes lui léchaient les talons. Il y eut encore un énorme *CRRR-RRR-RRRACK*, suivi d'un *boum*. Le plafond menaçait de s'effondrer : une pluie de morceaux de plâtre s'abattit sur elle tandis qu'elle se jetait dans l'encadrement d'une porte. Elle courut comme si sa vie en dépendait dans les longs couloirs, passant les portraits anciens et les statues en ruine, comme autant d'objets funéraires du tombeau de la Maison de Canaan, qui se disloquait sous les coups d'un Palamedes Sextus transformé en étoile déicide.

Gideon tomba à genoux dans l'atrium, devant la fontaine et son squelette asséché. L'écho étouffé de la destruction était toujours perceptible. Elle appuya son front contre le marbre du bassin, de toutes ses forces, comme si seul le contact de cette surface fraîche pouvait lui permettre de se sortir de tout ça. Impossible de dire combien de temps elle resta dans cette position, recroquevillée sur elle-même, le front sur le bord du bassin. Elle avait la gorge serrée, mais ses yeux étaient aussi secs que du sel, trop secs pour pleurer.

Des années plus tard (plusieurs vies plus tard), Gideon entendit un bruit à l'entrée de l'atrium et tourna la tête.

Un nuage de fumée blanche s'engouffrait par la porte, et à l'intérieur de ce nuage se tenait une jeune femme aux cheveux ras, ses belles boucles ayant disparu dans l'incendie. Ses yeux étaient d'un bleu profond comme des rayons électromagnétiques. Son corps était couvert de plaies énormes qui exposaient ses os, et la chair rose de l'intérieur de ses bras, de son cou, de ses jambes ; mais Gideon les voyait déjà se refermer. La jeune femme s'était enveloppée dans le drap blanc maculé de sang de son lit de malade, et se tenait là, bien droite, comme si ça ne lui demandait aucun effort. Son visage était vieux, même sans rides : plus vieux que toute la putréfaction de la Maison de Canaan.

L'ancien crush de Gideon tenait une rapière étincelante à la main. Elle était pieds nus. Soudain prise d'une quinte de toux, et de véritables spasmes, elle se retourna, une main cramponnée au chambranle. Dans une sorte d'aboiement asphyxié, elle cracha un bon morceau de poumon, mélange de bronches mal formées et d'excroissances mauves et gluantes qui s'écrasa au sol avec un *splat* sonore.

Elle gémit, ferma ses terrifiants yeux bleus et se redressa, le menton dégoulinant de sang. Elle rouvrit les yeux.

— Mon nom est Cytherea la Première, dit-elle. Lycteure de la grande Résurrection, la septième sainte à servir le Roi Immortel. Je suis à la fois nécromancienne et cavalière. Je suis la vengeance des dix milliards. Je suis revenue pour tuer l'Empereur et brûler ses Maisons. Et toi, Gideon la Neuvième…

Elle s'avança vers elle, brandit son épée. Elle souriait.

— Tu es la première sur la liste.

IX

36

Camilla s'abattit sur la Lycteure comme le courroux de l'Empereur.

Elle l'attaqua latéralement, ses deux lames brillant comme des balises lumineuses dans la salle baignée de soleil. Dulcinea (Cytherea) vacilla, tenta de parer le coup, battit en retraite, essayant de gagner le terrain nécessaire pour se servir de sa rapière, mais à chaque pas en arrière qu'elle faisait, la cavalière avançait, l'attaquant avec une telle férocité et une telle rapidité que Gideon distinguait à peine les coups. L'espace d'une ou deux secondes, elle crut que Cytherea se battait à mains nues, puis elle vit qu'une lance osseuse avait jailli du dos de sa main.

Camilla Hect était déchaînée, et aussi vive que la lumière courant sur l'eau. Elle lançait ses lames sans relâche contre la garde de la Lycteure. Cytherea se défendait correctement, mais la vitesse et la haine de Camilla étaient telles qu'elle ne pouvait qu'espérer bloquer l'orage de coups ; elle n'était absolument pas en mesure de contre-attaquer.

L'intervention de Camilla donna le temps à Gideon de se relever, de tirer sa rapière et d'enfiler son gant, dont elle serra les lanières avec les dents. L'idée qu'elle n'aurait jamais à annoncer à Camilla la mort de son nécromancien la soulagea un peu. Elle se battait déjà comme si son cœur avait explosé.

— Arrête, cria Cytherea.

Camilla ne l'entendit même pas. Elle avait trouvé une faille dans la garde de la Lycteure, mais sa lame se retrouva coincée dans une forêt d'épines osseuses qui venait de se former à partir du fragment qu'elle tenait à la main. Les pointes, souples comme des serpents, s'enroulèrent autour de la garde de sa lame, de son poignet.

Sans se laisser démonter, elle se projeta en avant et administra à Cytherea un coup de boule magistral. La tête de la Lycteure partit en arrière, mais il n'y eut aucune effusion de sang. Elle éclata d'un rire rauque. Le corps de Camilla, toujours maintenu par les épines osseuses enroulées autour de sa main, se mit à trembler. Ses doigts soudain inertes laissèrent échapper sa seconde lame, qui tomba au sol dans un fracas métallique. Sa peau sembla se rider, son teint devint grisâtre. Elle se flétrissait à vue d'œil.

Tandis que Gideon était en train d'évaluer le meilleur angle pour entrer dans la bataille, une pâle main de squelette surgit derrière Cytherea et saisit son visage, tandis qu'une autre attrapait sa main armée de la rapière. Derrière Gideon, le squelette dans la fontaine s'anima. Harrowhark se tenait en haut de l'escalier, les mains remplies de fragments blancs, le visage maquillé en crâne aussi dur et impitoyable que le matin : elle lançait les bouts d'os devant elle comme si elle semait des graines dans un champ. De chaque particule jaillissait un squelette parfaitement constitué. Ils formèrent bientôt une armée aux membres anguleux se bousculant sur les marches, qui se jetèrent un par un sur la Lycteure pour l'engloutir dans une mer d'ossements.

Camilla se sortit laborieusement du flot déchaîné des morts décérébrés d'Harrow, serrant ses armes dans ses poings à mesure qu'elle recouvrait la force de ses mains. Gideon s'avança, le cœur dans la gorge, pour la relayer.

— Non ! cria sa nécromancienne. Nav ! *Tiens !*

Plusieurs squelettes s'affairèrent dans le dos d'Harrow… et en détachèrent l'épée à deux mains de Gideon, bien lourde, bien aiguisée, étincelante. Elle laissa tomber sa ceinture, sa rapière noire et son gant, non sans les remercier silencieusement des services qu'ils lui avaient rendus, et saisit son épée au vol. Elle plaça ses mains sur la poignée et souleva le poids familier.

Soudain, une explosion envoya valdinguer la mer de squelettes et fendit le sol par la même occasion. Briques, carreaux et morceaux de bois fusèrent en tous sens dans l'atrium comme des éclats d'obus. Gideon se jeta derrière la fontaine, Camilla plongea derrière un vieux canapé et Harrow s'enveloppa dans un cocon osseux. Les squelettes valsaient dans les airs comme des poupées de chiffon morbides, des fragments d'os s'abattant avec fracas sur toutes les surfaces. Cytherea la Première émergea du chaos, toussant dans sa main. Elle avait l'air un peu bousculée, mais indemne.

Du trou surgit une longue jambe osseuse aux articulations trop nombreuses, puis une autre, et une autre encore. Un enchevêtrement d'os emboîtés et de longs tentacules plantés de dents, une construction si massive qu'elle en glaçait les entrailles. Le monstre qui avait tué Isaac Tettares emplit l'espace derrière sa maîtresse, pulvérisant un mur et l'escalier en se déployant. Son énorme face osseuse dodelinait au-dessus d'elles tel un masque hideux aux lèvres et aux yeux fermés.

Cette fois, la construction barbare faisait face à sa plus redoutable ennemie, la Respectable Fille de la Neuvième Maison. Et tandis que de nouveaux squelettes se hissaient avec des gestes saccadés sur leurs camarades tombés au combat, Gideon se releva, épousseta sa cape et vit Harrow au milieu de l'océan de poussière osseuse, fixant le monstre de son regard brûlant, exultant presque de ce qui l'attendait. Sans réfléchir, son corps menant la danse, elle alla aussitôt prendre la place qui était la sienne : devant sa nécromancienne, épée brandie.

— C'est le machin qui a tué Isaac, lança Gideon.

L'énorme construction était en train d'essayer d'extirper une dernière jambe du trou qu'elle avait fait dans le parquet, et la scène aurait pu être comique, si elle n'avait pas été aussi terrifiante.

— Sextus ?

— Mort.

Les coins de la bouche d'Harrow tressaillirent.

— Une nécromancienne seule ne peut rien contre ce truc, Gigi. C'est de la matière osseuse autorégénérante.

— Hors de question d'abandonner, Harrow !

— Bien sûr que non, rétorqua Harrowhark. J'ai dit une nécromancienne *seule*. Je ne suis pas seule. Je t'ai, toi. On va lui en faire baver.

— Harrow… Harrow, Dulcinea est une Lycteure, une vraie…

— Alors on va tous mourir, Nav, mais d'abord, on va lui en faire baver.

Gideon jeta un œil par-dessus son épaule, et vit le sourire de la Respectable Fille. Un filet de sueur mêlée de sang coulait de son oreille gauche, mais son sourire était doux, magnifique. Gideon sourit à son tour, à s'en faire craquer les lèvres.

— Je vais l'empêcher de t'approcher. Et toi, Nav, montre-leur la spécialité de la Neuvième Maison.

Gideon brandit son épée. La construction, libérée des derniers fragments de maçonnerie et de bois pourri, se dressait devant elle, ses membres déployés comme les ailes d'un papillon.

— On est des osséos, salaud ! lança Gideon.

Ses bras avaient retrouvé leur positionnement naturel. Sa plus fidèle compagne, son épée à deux mains, sobre, parfaite, pulvérisait les tentacules et les dents comme un marteau-piqueur. Des pointes d'os acérées s'écrasaient sur sa lame et se transformaient en mousse grise, tandis que Gideon affirmait sa position et les massacrait à grands coups de mouvements circulaires de ce bon vieil acier bien froid de la Neuvième.

Avec Harrow à ses côtés, l'horreur qu'elle éprouvait face à ce monstre se changeait en une redoutable joie vengeresse. C'était facile, soudain. Elles avaient passé tant d'années à se faire la guerre qu'elles anticipaient le moindre geste de l'autre, le moindre mouvement d'épée, le moindre coup d'épaule, la moindre défaillance dans leur défense, aussi. Elles n'avaient jamais combattu ensemble, mais elles s'étaient toujours battues l'une contre l'autre, et se complétaient sans même y réfléchir.

Gideon essayait d'avancer, de se frayer un chemin vers le centre de la construction. Un tentacule s'enroula autour de sa jambe, mais elle l'ouvrit en deux d'un swing et esquiva un coup de fouet armé de molaires qui la visait droit au cœur. Derrière elle, Harrow s'en chargea : le tentacule se mit à trembler de toutes ses dents, avant de tomber en poussière, et cette poussière se changea en une sorte de colle engluant les tentacules voisins, qui se brisèrent en mille morceaux lorsqu'ils essayèrent d'attaquer. Ce qui échappait à Harrow, Gideon s'en chargeait. Elle abattait ses coups avec une folie furieuse et la croyance soudaine que si elle frappait cette construction avec suffisamment de précision et de force, elle pourrait voyager dans le temps et sauver Isaac et Jeannemary, Abigail et Magnus.

Mais la taille de la construction défiait l'entendement, et chaque coup multipliait les éclats d'os qui s'abattaient sur elles. Harrow lui avait construit une sorte de bouclier : l'air était saturé de fragments acérés qui auraient dû lui lacérer la peau, mais aucun ne semblait l'atteindre. Malgré cette protection, la grêle incessante brouillait son champ de vision. Du coin de l'œil, elle vit Camilla traverser en courant un blizzard de dents, d'os pointus et de bouts de cartilage, ses deux lames croisées sur sa poitrine… avant de disparaître.

Gideon se fraya un chemin à travers un voile de minuscules fragments osseux. Elles étaient sous le tronc de la construction, à présent. Six nouveaux squelettes prirent forme et se placèrent en cercle autour d'elles, comme des colonnes plantées dans le sol, sans jambes, les bras et les épaules renforcés, comme la construction de la salle de Réaction. Ils se mirent à immobiliser autant de tentacules qu'ils pouvaient. En marge du cercle, Harrow plia et déplia ses doigts joints. Une pluie de phalanges tomba de ses manches, et elle se mit à les malaxer comme de l'argile. Gideon, toujours occupée à ratiboiser les tentacules qui échappaient à leur garde de squelettes et visaient sa nécromancienne, ne fit qu'apercevoir le mince chapelet de phalanges qu'Harrow enroulait autour de son bras, avant de le lancer comme un fouet qui vint frapper le monstre en plein ventre, s'enfonçant profondément dans sa structure.

— Cours ! cria-t-elle à Gideon.

Deux des squelettes-colonnes, serrant toujours contre eux ces chers tentacules osseux, s'écartèrent pour les laisser passer. Gideon rabattit sa capuche sur la peau nue de son visage et sortit du cercle en titubant, pour échapper enfin à ce cauchemar d'éclats de péronés et de tibias. Mais elle n'avait pas encore retrouvé son équilibre qu'elle tomba nez à nez avec Cytherea la Première, sortie de sa cachette.

Elle était aussi sublime que terrifiante, car parfaitement indemne : rien de ce qui venait de lui arriver n'avait laissé de traces sur elle. Les blessures que lui avait values le dernier sortilège de Palamedes avaient non seulement disparu, c'était comme si elles n'avaient jamais existé. On aurait dit qu'elle n'était même pas un être de chair. Un souvenir revint à Gideon à la faveur de ce shoot d'adrénaline : *Est-ce que j'ai l'air à l'apogée de mon pouvoir ?*

La Lycteure jeta sa rapière sur elle comme un crochet à venin. Gideon balaya ce machin ridicule d'un bon coup d'épée et se servit de son élan pour lancer une attaque haute. Cytherea leva sa main libre et arrêta la lourde lame au vol. Un mince filet écarlate se mit à couler de la base du pouce à l'intérieur du frêle poignet. Derrière elles, la construction se débattait comme un beau diable contre tout ce qu'Harrow lui envoyait. Les yeux de Cytherea se plantèrent dans ceux de Gideon.

— Je pensais ce que j'ai dit, déclara-t-elle gravement. Tu as été formidable. Tu aurais fait une sacrée cavalière pour cette petite nonne… j'aurais presque aimé que tu sois à moi.

— Je suis trop chère pour toi, rétorqua Gideon.

Sur ces paroles, elle leva brusquement son épée (emportant le bras de Cytherea avec elle), avant de balayer les jambes de la Lycteure d'un coup de pied. Cytherea lâcha la lame et s'effondra sur le sol de l'atrium jonché de débris osseux. Elle toussa, adressa un clin d'œil à Gideon, et les os dispersés un peu partout se refermèrent sur elle comme des vagues, jusqu'à la faire disparaître entièrement.

Loin au-dessus de sa tête retentit alors une sorte de meuglement étouffé. La construction hurlait à la mort. Elle s'obstinait à se lancer en avant, mais se retrouvait chaque fois paralysée en plein élan, comme si elle était clouée au sol. Ses tentacules s'abattaient sur le parquet, soulevant des nuages de sciure et de lambeaux de tapis. Elle tenta un dernier saut qui acheva de la déséquilibrer, et s'effondra à l'endroit même où sa nécromancienne se trouvait un instant auparavant. La fontaine céda sous son poids dans un craquement de fin du monde. Le cœur de Gideon s'arrêta. Mais la mince silhouette noire émergea du chaos, les chapelets de dents avec lesquels elle maintenait la construction au sol enroulés autour de ses poignets, flanquée d'une garde rapprochée de squelettes repoussant les tentacules qui essayaient toujours de s'emparer d'elle.

Gideon se fraya un chemin jusqu'à Harrow, pulvérisant à l'aveugle tous les appendices osseux qui se dressaient devant elle. La construction n'avait pas dit son dernier mot : elle essayait toujours de se relever, ses jambes patinant lourdement sur le sol, tout en envoyant ses lances sur Harrowhark, qui esquivait les coups, ses rênes bien en mains. Un film de sueur sanglante couvrait son front. Gideon arriva juste à temps pour se dresser devant elle et pulvériser une nouvelle lance qui fondait sur elle comme une mèche de perceuse.

— Il faut que je sois en toi, lança Harrow par-dessus le bruit.

— OK, il va falloir trouver mieux comme excuse, dit Gideon.

— J'ai fait tout ce que je pouvais pour le clouer sur place, dit sa nécromancienne, mais il va falloir que tu termines le boulot pour moi. Que tu lui casses les jambes – je te montrerai où exactement – pour qu'il soit vraiment hors service pour un moment.

— Tu es sérieuse ? Comment ?

— Tu verras, marmonna Harrow. Désolée, Nav. Mets-toi en position.

La construction gémissait dans ses chaînes. La lance qu'Harrow avait réussi à enfoncer dans son tronc ployait dangereusement. Gideon replongea dans le chaos d'articulations et de cartilage en jouant de son épée comme d'une faux et, exactement comme dans Réaction, sentit soudain une présence se glisser dans son esprit comme un couteau qui plonge dans l'eau. Sa vue se brouilla et quelque chose, dans le fond de son cerveau, à l'arrière de sa tête, lui dit : *Sur ta droite. À hauteur d'œil.*

Ce n'était pas tout à fait une voix, mais c'était Harrowhark. Gideon, épée brandie, pivota sur sa droite. L'une des jambes antérieures de la construction surgit devant elle telle une lourde masse osseuse impénétrable, mais l'arrière de sa tête lui dit : *Non. Trois centimètres plus haut. Vas-y.*

Gideon modifia la position de son épée, mit la paume sur le pommeau pour se donner plus de force, et l'enfonça d'un coup jusqu'à la garde. Les os étaient moins denses à cet endroit.

Dans son champ de vision légèrement flou, une lueur surgit brièvement, le même halo de lumière qui lui était apparu il y a mille ans (cent mille ans, plusieurs myriades de myriades) dans la première salle d'épreuve. Elle retira son épée, et la jambe céda.

Une demi-douzaine de tentacules se précipitèrent sur elle. Son aérodynamisme faillit bien être amélioré par une série d'orifices supplémentaires, mais un squelette surgi de l'obscurité prit le plus gros des coups à sa place et s'effondra, la mâchoire réduite en poussière et le crâne fendu en deux. Un nouveau squelette prit aussitôt la place de son camarade mort, se précipita vers l'entaille luisante que Gideon avait laissée dans la jambe du monstre, y enfonça le bras… et se mit à fondre.

En l'espace de quelques secondes, le squelette se transforma en un magma de matière osseuse aux reflets argentés. Et dans un nuage de fumée malodorante, il vint s'agglomérer autour de la plaie sur la jambe du monstre.

Gideon détacha son regard du morbide spectacle juste à temps pour échapper au torse vacillant de la construction et à une nouvelle flopée de tentacules lancés avec l'énergie du désespoir. Elle se fraya un chemin à coups d'épée parmi les tiges acérées comme des lames de rasoir. La jambe la plus proche d'elle, à l'extrémité aussi fine qu'une patte d'araignée, avait fini par trouver appui sur le sol et semblait déterminée à faire levier pour redresser le monstre tout entier.

L'arrière de sa tête annonça : *Au-dessus de toi.* Gideon ajusta sa prise sur la poignée de son épée, l'avant-bras crispé, la pointe de l'épée vacillant légèrement tandis qu'au-dessus d'elle, la jambe changeait de position et semblait hésiter. L'arrière de sa tête dit : *Maintenant.*

Le coup était plus difficile. Elle n'avait pas autant de force dans cette position. Gideon lança son épée à la verticale, s'aidant une nouvelle fois de la paume de sa main pour l'enfoncer dans le membre. Des plaques d'os se détachèrent au-dessus d'elle et elle reçut une pluie de flocons de moelle séchée comme des confettis. La jambe céda, tel un tendon sectionné.

Un nouveau squelette apparut à côté d'elle et, dès qu'elle retira son épée, plongea dans l'entaille luisante, se changeant en une répugnante masse dégoulinante qui s'insinuait à l'intérieur de la construction et enrobait le reste de la jambe. La vive lueur et le cri de victoire étouffé dans l'arrière de sa tête lui firent monter les larmes aux yeux. Gideon ressentait une étrange fierté monter en elle. Bordel. Des os autorégénérants. Harrow avait vraiment percé le secret.

Elle était occupée à admirer sa nécromancienne lorsqu'une épaisse colonne vertébrale s'enroula autour de sa taille et la pressa comme un citron.

La connexion dans son cerveau s'interrompit, sa vision redevint nette, et elle comprit ce qui lui arrivait avec une parfaite clarté. Avant que Gideon ait pu articuler PUTAIN DE BORDEL DE MERDE, la chose l'avait soulevée dans les airs, et elle fit un vol plané au-dessus de la scène.

L'espace d'un vertigineux instant, elle surplomba donc le champ de bataille, voguant devant l'énorme masque de la construction osseuse, tandis qu'une épaisse couche d'os autorégénérants coulait le long de ses jambes, puis elle se retrouva en chute libre, avec une vue imprenable sur Camilla qui se frayait un chemin dans le chaos jusqu'à la frêle silhouette de Cytherea (qui la laissait venir, imperturbable). Gideon tenta de modifier sa trajectoire, si seulement elle pouvait passer par une fenêtre au lieu de s'écraser contre un mur…

Elle fut rattrapée avec une force telle que ses dents s'entrechoquèrent. Une longue colonne de bras de squelettes avait surgi du maelstrom pour l'arrêter en pleine course, une bonne centaine de doigts osseux imprimant leur marque sanglante sur son dos, mais elle ne s'écrasa pas contre le mur, ce qui était tout de même le principal.

La colonne de bras fut soudain détruite par un ample coup de fouet osseux de la construction, et Gideon tomba de plus belle, rattrapée fort heureusement par un tapis de mains et de pieds de squelettes qui lui évitèrent une chute fatale. Elle atterrit à côté de sa nécromancienne, son genou se brisant avec un grand *crac*.

— J'ai fait mieux que mon père, dit Harrow, les yeux dans le vide, mais emplis d'un triomphe farouche. J'ai fait mieux que mon père *et* ma grand-mère… ou aucun autre nécromancien formé par ma Maison… qui ait jamais touché un squelette. Tu as vu ? Tu m'as vue faire, Gigi ? demanda-t-elle d'une voix sourde, les dents roses de sang.

Et sans attendre sa réponse, elle tomba dans les pommes d'un air suffisant.

*

La poussière se dissipait lentement. La construction, immobilisée par son cercueil d'os autorégénérants, émettait de petits grognements plaintifs en se débattant comme elle pouvait, lançant ses tentacules sur le cocon osseux qui enserrait ses jambes arrière et se reformait aussitôt désintégré. À présent que ce machin était occupé avec lui-même, Gideon put localiser la cavalière de la Sixième.

Comme elle l'avait vu d'en haut, Camilla avait rejoint Cytherea la Première. Une main dans les boucles carbonisées de la Lycteure, elle lui maintenait la tête en arrière, tandis que, de l'autre, elle appuyait une de ses lames sur la gorge de la jeune femme. Au premier abord, on aurait pu croire que c'était Camilla qui avait le dessus, mais la lame tremblait et, alors que Camilla semblait appuyer dessus de toutes ses forces, on ne voyait pas la moindre goutte de sang. La mystérieuse et terrible force qui retenait son geste avait par ailleurs entrepris de lentement écorcher la main de la cavalière de la Sixième.

— Tu es vraiment une gentille fille, dit la Lycteure. Ma cavalière était une gentille fille elle aussi. Elle est morte pour moi. Qu'est-ce que tu veux ?

Camilla ne répondit pas. Son visage était trempé de sueur et de sang. Son carré sombre était gris de cendre. Cytherea avait l'air plutôt amusée par cette lame à deux doigts de lui trancher la gorge.

— Tu as l'intention de me tuer avec ça ? dit-elle tranquillement.

— Donne-moi du temps, souffla Camilla entre ses dents.

Cytherea sembla réfléchir posément à sa demande.

— Je n'ai pas trop envie, conclut-elle.

C'est alors que Gideon vit le tentacule qui se dressait sournoisement dans le dos de la cavalière, et dont la pointe acérée avait la taille d'une dague de duelliste. Même avec un genou en meilleur état, et sans nécro à trimballer sur son dos, Gideon était trop loin pour la sauver. Le tentacule prit son élan comme une flèche empoisonnée, et Gideon hurla :

— *Cam !!*

Soit elle l'avait entendue, soit c'était le fait de son extraordinaire instinct : toujours est-il que Camilla eut le temps de pivoter sur elle-même, l'épine qui visait sa colonne vertébrale transperçant sa chair au niveau de l'épaule. Ses yeux s'agrandirent sous le choc, et sa main à moitié écorchée lâcha la dague. Cytherea profita de l'occasion pour lui asséner un coup méprisant en pleine poitrine, et la cavalière de la Sixième tomba à la renverse, la pointe d'os acérée toujours enfoncée dans sa chair.

Cytherea brandit sa rapière. Prise de panique, Gideon tenta de se frayer un chemin à travers la jungle d'os, mais elle pouvait à peine s'appuyer sur sa jambe blessée. Camilla essayait d'arracher la lance qui lui trouait le bras, mais un autre tentacule s'enroula autour de ses cuisses, la plaquant au sol. La Lycteure la tenait à sa merci. La lame de sa rapière luisait d'un éclat vert.

— Tu ne peux rien contre moi, dit Cytherea, d'une voix presque désespérée. Personne ne peut rien contre moi, cavalière.

Gideon pataugeait dans une mer d'ossements que son adepte aurait partagée les yeux fermés. Au moment où la Lycteure prenait son élan pour transpercer le cœur de Camilla, une longue pointe d'acier sanguinolente sortit de son propre ventre.

Camilla leva les yeux, incrédule, ne comprenant visiblement pas comment elle était encore en vie. Une tache écarlate s'étendait sur l'habit de la Lycteure. Son expression resta inchangée ; elle se contenta de tourner légèrement la tête. Un visage blême se blottit contre son épaule, comme pour s'assurer que son épée avait bien atteint sa cible. Une mèche de cheveux pâles se déroula sur la clavicule de Cytherea, et la silhouette derrière elle sourit.

— Tu as parlé trop vite, ma vieille, dit Ianthe.

— Oh ! fit Cytherea, mon Dieu ! Une bébé Lycteure !

La construction, toujours prise au piège d'Harrowhark, se débattait de plus belle pour voir ce qui venait d'arriver à sa maîtresse. Elle était solidement attachée, mais avait toujours une certaine marge de manœuvre, et leva ses tentacules, prête à reprendre le combat.

Ianthe toucha de sa main libre le sang qui coulait le long de la hanche de Cytherea. Elle projeta quelques gouttes au-dessus de son épaule, et celles-ci s'agglutinèrent comme des gouttes de mercure, avant de s'étirer en un voile rose presque transparent. Ianthe plissa ses yeux couleur aquarelle, leva la main et le voile se resserra, jusqu'à former un disque qui séparait les deux Lycteures de la construction.

Aussitôt, une lance bardée de dents fusa vers la tête d'Ianthe, entra en collision avec le disque luisant et se disloqua. Gideon se fraya un passage vers un coin de la pièce, aussi loin que possible de la construction. Elle n'avait pas spécialement envie de s'approcher du bloc des Lycteures, mais si elle jouait ses cartes intelligemment, elle avait encore une chance de sortir Harrowhark et Camilla d'ici. Un autre tentacule, puis un autre encore, vinrent s'écraser contre le disque de sang. Gideon ne put s'empêcher de se retourner pour mieux voir : la construction raidissait une dizaine, une vingtaine de tentacules pour les lancer comme des javelots sur la frêle silhouette d'Ianthe. Gideon revit Isaac Tettares empalé par une bonne cinquantaine de ces lances.

Lorsqu'elle le dépassa, le disque de sang d'Ianthe s'élargit encore, formant un véritable bouclier. La construction, toujours clouée sur place, lança tout son arsenal, qui aurait suffi à réduire Ianthe en chair à saucisse. Mais chacun de ses tentacules partit en fumée dans un nuage nauséabond et leurs moignons battirent en retraite, ahuris. La construction vacilla, des os tombèrent çà et là de sa superstructure, rejoignant bruyamment le tas de fragments qui jonchaient le sol entre ses jambes attachées. Puis elle sembla se recroqueviller sur elle-même, comme pour protéger d'Ianthe ce qu'il restait de sa carcasse.

Gideon se faufilait à côté de l'estrade lorsqu'elle vit Cytherea sourire.

— J'ai toujours voulu une petite sœur, dit-elle.

Elle sortit l'épée d'Ianthe de son ventre avec un affreux bruit liquide. Au sol, Camilla se débattait toujours avec la lance plantée dans son épaule, et Cytherea la piétina, écrasant sa clavicule comme s'il s'agissait d'un simple pli dans un tapis. Puis elle fit quelques pas, se retourna et se mit en garde avec élégance. De sa main libre, elle toucha sa plaie, manifestement ébahie qu'elle puisse saigner. Gideon aurait préféré la voir mourante, mais bon, il fallait se contenter de ce qu'on avait.

La toute jeune Lycteure, l'épée de Naberius brandie devant elle, repoussait les tas d'ossements du pied pour s'assurer une position stable.

— J'ai déjà essayé, dit-elle, commençant à tourner autour de Cytherea, ce n'est pas mon truc, la sororité.

— J'ai pourtant tant de choses à t'apprendre, répliqua Cytherea.

Elles attaquèrent en même temps. En d'autres circonstances, Gideon aurait trouvé plutôt cool de regarder le surdoué de la Troisième affronter une guerrière antédiluvienne de la Septième, mais ainsi accroupie à côté de Camilla, elle était assez préoccupée à l'idée que sa rotule puisse se faire la malle à l'intérieur de sa jambe. Elle avait allongé Harrowhark derrière une colonne, sur le tas d'os le plus confortable qu'elle avait trouvé, avec son épée pour lui tenir compagnie, en espérant que sa nécromancienne se réveille bientôt. Elle appuya une main sur l'épaule de Camilla, saisit l'éperon osseux de l'autre, dit : *Désolée*, et tira d'un coup sec.

Camilla poussa un hurlement. Gideon envoya valser l'épine sanglante, passa ses bras sous ceux de la cavalière, et la souleva. Camilla se mordit la langue si fort que du sang jaillit de sa bouche, mais Gideon la traîna sans pitié sur le sol pour la mettre à l'abri avec Harrowhark.

Tandis que Gideon s'assurait qu'elle n'avait pas les intestins qui lui sortaient du ventre en guirlandes, Camilla la saisit par la manche. Son regard était déterminé, presque solennel.

— Il a dit quelque chose ? demanda-t-elle.

Gideon hésita.

— Il m'a dit de te dire qu'il t'aimait.

— Quoi ? Sûrement pas.

— OK, non, pardon. Il a dit… que tu savais ce que tu avais à faire ?

— Oui, je sais, dit Camilla avec une satisfaction sinistre, avant de se laisser retomber sur le tas d'ossements.

Gideon reporta son attention sur le combat, très différent de celui qui avait opposé Ianthe à Silas (et où la jeune nécromancienne semblait pouvoir manier l'âme de Naberius les doigts dans le nez, en pensant à autre chose). Un duel entre Lycteures se déroulait dans un espace au-delà du monde des mortels. Leurs mouvements étaient si rapides que l'œil les percevait à peine, et chaque fois que leurs lames se rencontraient, des ondes de choc parcouraient la salle, dans un nuage de cendre, de fumée et d'ossements pulvérisés.

Le spacieux atrium de la Maison de Canaan n'avait pas été construit pour résister à ça. Le sol s'était ouvert par endroits sur le passage de la construction, ses tentacules plongeant sous les lames du parquet et en ressortant dans une pluie d'os et de bois pourri. Et tandis qu'Ianthe et Cytherea s'affrontaient, les éléments de construction explosaient sous leurs coups, les vieilles poutres et colonnes cédant dans un gémissement de bois et de pierre qui s'effondre. L'eau qui stagnait autrefois au fond du bassin de la fontaine s'écoulait dans de larges fissures.

Merde. Des fissures. Le sol se fissurait. *Tout* était en train de se fissurer. Des failles énormes s'ouvraient entre Gideon et les portes. Ianthe, mâchant furieusement une mèche de ses cheveux ternes, leva la main, et une colonne de sang noir jaillit sous Cytherea, la projetant à plus de cinq mètres, avant de la laisser lourdement retomber. La Lycteure heurta le sol dans une drôle de posture, et elle n'eut pas le temps de se relever qu'Ianthe était sur elle et lui administrait un crochet du droit dans une pluie d'étincelles et un halo de lumière blanche.

La violence du coup aurait envoyé valser le maréchal Crux comme une toupie, tout massif et cuirassé qu'il était, et lui aurait fait voir des petits squelettes d'oiseaux ; Cytherea traversa carrément le mur. Déjà bien fragilisé, il céda à cette énième attaque, s'effondrant dans un grondement terrible de briques et de bris de verre retombant sur la terrasse. La lumière du jour entra à flots dans la salle, et une odeur de béton chaud et de bois pourri emplit l'air. Le sol transformé en passoire se mit à grincer de plus belle, comme s'il menaçait de suivre le mouvement. Camilla, qui avait les tripes en acier et la résistance à la douleur d'une brique, essaya de se lever ; avant qu'elle ait le temps de protester, Gideon passa son bras sous le sien, ramassa son petit oiseau chétif de nécromancienne et, aussi vite que pouvait le faire cette procession d'estropiées, se dirigea vers l'extérieur. Il n'y avait simplement pas d'autre endroit où aller.

Le chaud vent marin soufflait à travers les vitres cassées censées protéger l'espace où les plantes moisies séchaient sur leurs treilles. Complètement indifférent à la situation, Dominicus, suspendu dans l'irréel ciel azur de la Première, dardait ses rayons sur elles. Gideon déposa Harrowhark à l'ombre d'un muret défoncé qui ne semblait pas avoir l'intention de s'effondrer immédiatement. Camilla se laissa tomber à côté d'elle, ses lames croisées sur ses genoux. Au moins, on n'était plus envahies par les os, comme à l'intérieur.

Ianthe descendit quelques marches, rapière à la main, cheveux au vent. Des feuilles mortes et autres restes végétaux voletaient autour d'elle, dérangés par l'effondrement du mur. Gisant sur les dalles, Cytherea se relevait laborieusement lorsque Ianthe l'attaqua une nouvelle fois. Cytherea était clairement en position défensive. Elle n'était pas aussi rapide qu'Ianthe, ni aussi réactive. Elle aurait transpercé Gideon dans les dix premières secondes d'un duel à armes égales, mais face à une autre Lycteure, elle ne semblait pas si bien partie. Les coups d'Ianthe étaient de plus en plus vicieux. Et dès que le sang de Cytherea jaillissait, elle le figeait sur place, le manipulait, tissant de longs fils rouges autour d'elles, mais aussi entre elles. À chaque nouvelle blessure de Cytherea (et elles étaient nombreuses, elle saignait à présent comme une simple mortelle, il ne restait plus rien de son invulnérabilité passée), le réseau de fils de sang grandissait, devenait plus complexe, si bien qu'on aurait dit qu'elle évoluait dans une cage de cordes rouges.

Mais ce n'était pas tout. Gideon, qui suivait le combat avec un mélange d'horreur et de fascination, vit soudain que ses blessures plus anciennes – celles que Palamedes lui avait infligées en faisant sauter la chambre de Dulcinea – étaient en train de se rouvrir. Sur ses bras, des lambeaux de peau noircissaient, tout racornis, et une entaille grossière s'ouvrit sur sa cuisse, qui n'avait pas été faite par la lame d'Ianthe. Même ses boucles se mirent à grésiller.

— Qu'est-ce que c'est que ce délire ? s'exclama Gideon, sans vraiment attendre de réponse à ce cri du cœur.

— Elle ne s'est pas régénérée, dit Camilla d'une voix faible.

Gideon se retourna. La cavalière de la Sixième avait réussi à se mettre en position assise. Adossée contre le muret, elle suivait le duel d'un œil de professionnelle. Évidemment. Les cavaliers des Maisons qui comptaient plus d'un seul nécromancien vivant devaient voir ce genre de duels tout le temps.

— Elle s'est contentée de masquer les lésions par un sortilège de surface. Pour se régénérer vraiment, elle a besoin de thalergie – de force de vie –, or elle n'en a plus.

— Mais oui ! dit Gideon. Sextus lui a filé un turbo-cancer.

Camilla eut l'air profondément satisfaite.

— Bien, dit-elle. Ça devrait suffire.

La magie d'Ianthe était aussi efficace que les dons d'épéiste de Naberius : propre et soignée, méprisante et parfaite, avec un sens du timing impressionnant. Cytherea vacilla sous la violence du coup, et Ianthe referma son piège sur elle. La cage de fils de sang se contracta brusquement, enserrant la Lycteure comme un filet. Cytherea resta emberlificotée à l'intérieur, les yeux réduits à deux fentes, sans même essayer de s'en sortir. Il ne lui restait plus que quelques millimètres de cheveux sur la tête. Elle respirait difficilement. Ses plaies étaient écarlates, béantes, ses genoux ne la portaient plus. L'odeur de sang et d'humus était entêtante.

Face à elle, Ianthe, pantelante, secouait la tête, comme pour s'éclaircir les idées, et se frottait énergiquement les tempes. Mais elle était radieuse, triomphante.

— Fatiguée ? demanda-t-elle.

Cytherea rouvrit les yeux, toussa.

— Pas spécialement, dit-elle. Mais toi, tu es épuisée.

Et le filet rouge qui l'enserrait se décomposa instantanément. Il ne tomba pas à ses pieds, non, il parut simplement absorbé par sa peau. Elle se redressa, s'avança vers Ianthe et la saisit à la gorge d'une main délicate, aux longs os fins. Les yeux d'Ianthe semblèrent sortir de leur orbite, et ses deux mains se levèrent pour saisir le poignet de l'autre femme.

— Une vraie gamine… dilapider tes meilleurs coups tout de suite, dit Cytherea.

Ianthe se débattait comme un beau diable. Un fil de sang dessina une volute inutile autour d'elle, avant de tomber par terre.

— Tu n'es pas achevée, n'est-ce pas ? dit l'antique Lycteure. Je le sens se débattre… il n'est pas content. La mienne est partie de son plein gré, et pourtant, j'ai souffert pendant des siècles. Je suis peut-être une vieille femme… mais *toi*, tu es de la chair fraîche.

Elle resserra son étreinte autour de la gorge d'Ianthe, et l'atroce sensation de succion du siphonnement envoya une onde glaciale sur toute la terrasse abritée. Les arbres et les treilles se mirent à trembler. Gideon n'avait encore jamais senti un siphonnement d'une telle force. Déjà incolore en temps normal, Ianthe devint aussi vide qu'une page blanche. Elle se mit à rouler furieusement des yeux, tremblante, jusqu'à ce que, soudain, ils disparaissent : plus de pupilles, plus d'iris, comme si Cytherea les avait gobés comme des œufs.

— Non, gémit Ianthe, *non, non, non*…

La grande plaie sur la cuisse de Cytherea se refermait, les brûlures sur ses bras et son cou s'effaçaient. Quant à ses cheveux, ils repoussaient carrément, ses boucles brunes tombant en vagues de son crâne, et elle soupira de plaisir en secouant la tête.

— OK, commenta sobrement Camilla, maintenant elle se régénère.

La plaie sur sa cuisse avait disparu, laissant sa peau aussi lisse que l'albâtre. Cytherea lâcha Ianthe comme un vulgaire tas de chiffons.

— Eh bien, petite sœur, dit-elle à la princesse de la Troisième, qui avait toujours les lèvres gris cendre, ne crois pas que je ne sois pas impressionnée. Tu es bel et bien devenue Lycteure… tu peux donc rester en vie. Pour l'instant, du moins. Mais je n'ai pas besoin de tes bras ni de tes jambes, donc…

Elle posa un pied délicat sur le poignet d'Ianthe, et Gideon se leva précipitamment. Une longue lance osseuse aiguisée comme un couteau de boucher sortit de ses phalanges, et Cytherea lui trancha le bras, d'un coup, juste au-dessus du coude. Un jet de sang frais étincela dans les rayons du soleil. Ianthe, trop faible pour crier, émit une plainte étouffée.

Entretemps, Gideon avait fait deux pas, et le regrettait amèrement. Sa rotule n'était pas du tout à sa place. Elle tituba, son épée dans une main, l'autre pressée sur son genou, maudissant cette putain d'anatomie. Cytherea, se préparant à sectionner l'autre bras, prenait son élan avec sa lame sanglante, quand…

— Baisse-toi ! cria Camilla.

Elle s'était redressée sur son bras blessé, ce qui paraissait purement impossible. Sa main valide brandissait la lame de sa dague au-dessus de sa tête. Gideon se baissa. La dague siffla au-dessus d'elle avec un éclat métallique et se planta dans le dos de Cytherea.

Cytherea hurla, s'éloignant en titubant de la silhouette inerte d'Ianthe, et Gideon vit ce qu'avait visé Camilla : une masse légèrement enflée juste à côté de l'omoplate. La tumeur n'était pas très grosse, mais une fois qu'on l'avait repérée, on ne voyait plus qu'elle… surtout avec un couteau planté en son centre. Cytherea, dont le couteau-appendice osseux était tombé en poussière, saisit le manche de la dague et la retira d'un coup sec, faisant gicler une répugnante substance jaune et noire.

La Lycteure tourna la tête et toussa misérablement dans son coude. Puis elle regarda la lame, étonnée, avisa Camilla, Harrow, Gideon, et passa la main dans ses boucles.

— Oh non, soupira-t-elle, des héroïnes.

Elle lâcha la dague, tomba élégamment à genoux à côté d'Ianthe et prit sa main inerte (celle qui était toujours reliée au reste de son corps) dans la sienne, en une parodie cruelle de geste romantique. L'espace d'une terrible seconde, Gideon crut qu'elle allait tout simplement arracher ce bras, et se demandait déjà jusqu'où elle pouvait lancer son épée (sauf que, non merci, son épée ne quitterait plus jamais ses mains), mais Cytherea était juste en train de la siphonner. Gideon ressentit une nouvelle fois une profonde secousse lorsque l'énergie se mit à passer de la jeune Lycteure à l'autre, recousant et cicatrisant la plaie qui béait sur son dos.

— Une Lycteure défaillante fait toujours une excellente source d'énergie, dit-elle, comme si elle prodiguait à Gideon et Camilla ses meilleurs conseils ménagers. Une pile inépuisable…

Elle se releva, s'essuyant la bouche du revers de la main. Puis elle s'avança vers Gideon avec un calme insolent (ce qui était beaucoup plus flippant que si elle s'était jetée sur elle avec un éclat de rire dément et un regard haineux).

Gideon se planta devant Camilla et son adepte toujours inconsciente, et brandit son épée. Elles s'étaient réfugiées à un bout de la terrasse, encore épargné par le duel titanesque des deux immortelles magiciennes. Des arbres morts se penchaient au-dessus d'elles. Gideon se tenait derrière la clôture métallique qui devait protéger autrefois une plate-bande, comme si ses pointes tordues pouvaient servir à autre chose qu'à se jeter dessus dans un dernier doigt d'honneur au monde.

Camilla avait réussi à se lever (probablement son dernier doigt d'honneur à elle), mais son bras blessé pendait le long de son corps, inutile. Elle avait perdu beaucoup de sang. Son teint était verdâtre.

— Neuvième, dit-elle. Tire-toi d'ici. Emmène ta nécromancienne. Allez-vous-en.

— Jamais de la vie, dit Gideon. C'est l'heure du second round… À moins que ce ne soit le troisième ? J'ai perdu le fil.

Cytherea la Première effaça d'une simple pression des doigts les taches de sang qui maculaient son habit. Puis elle rejoignit d'un bond élégant leur côté de la terrasse et, les yeux brillants, adressa à Gideon le sourire de Dulcinea, aux fossettes si familières, comme si toutes deux partageaient un secret particulièrement agréable.

— Ah, la fameuse épée à deux mains, dit-elle, admirative.

— Tu veux la voir de plus près ? répliqua Gideon.

La Lycteure se mit en garde, leva sa main libre, déplaça son poids sur sa jambe arrière. Sa rapière brillait d'un éclat nacré, vert d'eau.

— Tu sais bien que tu n'as aucune chance, Gideon la Neuvième, dit-elle. Tu es très courageuse… tu me rappelles une Gideon que j'ai connue autrefois. Mais tu as de plus beaux yeux.

— Je suis peut-être de la Neuvième, dit Gideon, mais laisse tomber les allusions cryptiques, ou on verra comment tu arriveras à te régénérer quand tu seras en dix-huit morceaux.

— Implore ma grâce, répondit Cytherea, les fossettes toujours en action. S'il te plaît. Tu ne sais pas ce que tu représentes pour moi… Tu ne vas pas mourir ici, Gideon. Et si tu m'implores de te laisser en vie, peut-être bien que tu ne mourras pas du tout. Je t'ai déjà épargnée une fois.

Une étincelle s'alluma dans la poitrine de Gideon.

— Jeannemary Chatur n'a pas demandé grâce. Magnus n'a pas demandé grâce. Ni Isaac. Ni Abigail. Et je parie que Palamedes n'y a même pas pensé une seconde.

— Bien sûr que non, répondit la Lycteure. Il était bien trop occupé à exploser.

Gideon la Neuvième se jeta sur elle. Cytherea visa droit au cœur, sans préliminaires, mais elle avait face à elle une Gideon qui s'était entraînée avec cette épée à deux mains avant même d'arriver à la soulever ; une Gideon qui avait passé toute sa vie derrière le pommeau de cette épée. Finis les petits jeux d'esquive et de danse : il n'y avait plus qu'elle, son épée, et toute la puissance et la vitesse qu'Aiglamene lui avait appris à révéler.

Elle contra l'attaque limpide de Cytherea d'un coup vertical qui fit partir la pointe de la rapière vers le ciel, et aurait dû en réalité la lui faire lâcher. Elle cessa de penser à son genou douloureux et redevint Gideon Nav qui n'avait jamais quitté Drearburh, et se battait comme si c'était son seul moyen de quitter la planète. La Lycteure dansait autour d'elle, se rapprochait, essayait de contourner l'épée de Gideon, de la toucher par en dessous. Gideon abattit son épée sur la rapière, dont la pointe racla les dalles avec un crissement aigu. Cytherea battit élégamment en retraite, mais Gideon enchaîna avec un coup descendant parfait…

Qui aurait dû fendre la Lycteure en deux, de l'épaule à la ceinture. C'était exactement l'intention. Mais le tranchant de son épée, au moment de toucher sa clavicule, *rebondit dessus*, comme sur un bloc d'acier, laissant à peine une minuscule marque rose sur sa peau. Son épée à deux mains l'avait trahie. Quelque chose en Gideon fit volte-face, et elle abandonna.

Cytherea lui donna le coup de grâce, sa rapière fusant comme un serpent, comme un fouet, Gideon accusant une demi-seconde de retard dans tous ses mouvements. Elle évita de justesse de se faire transpercer le poumon en parant grossièrement avec le plat de sa lame. La force surnaturelle de la Lycteure fit trembler l'épée, et jusqu'aux avant-bras de Gideon. Imperturbable, Cytherea profita de son engourdissement pour lui enfoncer profondément la lame de sa rapière dans la chair tendre au-dessus du biceps. Elle toucha l'os, et brisa quelque chose en profondeur. Gideon recula, son épée brandie devant elle pour tenir son adversaire à distance. Mais malgré toute la détermination qui coulait dans ses veines, elle commençait à baisser les bras sous le poids de la lame. Elle tenta de réveiller en elle la vigilance cruelle avec laquelle Aiglamene l'avait si souvent envoyée au tapis : elle observa attentivement Cytherea, déjoua une feinte, vit une brèche… se changea en un bloc de fer et bondit en avant, droit sur le cœur de son adversaire.

Cytherea leva sa main libre et saisit la lame avant même qu'elle ne touche son sternum. La puissance du coup l'avait forcée à reculer, mais sa frêle main usée bloquait sa lame avec autant de facilité que le foutu couteau-trident de Naberius avait bloqué sa rapière, il y a mille ans, dans la salle d'entraînement. Gideon appuya davantage sur son épée. Son pied glissa sur les dalles, nouveau coup dur pour son genou. L'effort fit jaillir une fontaine de sang de son bras. Cytherea poussa un soupir.

— Oh, tu étais vraiment magnifique, dit la Lycteure. Unique.

Elle balaya l'épée de Gideon d'un geste, avança vers elle.

— Dégage, sale bête ! lança soudain Harrowhark Nonagesimus dans son dos.

Cytherea se retourna. La frêle silhouette vêtue et encapuchonnée de noir avait quitté l'abri du muret pour se traîner tant bien que mal jusqu'à elle. Elle était flanquée de deux squelettes tellement massifs qu'il était exclu qu'ils aient jamais vécu dans une quelconque enveloppe charnelle. Ils faisaient bien deux mètres cinquante de haut, avec des cubitus gros comme des troncs d'arbre, et de redoutables pointes osseuses en spirales autour des bras.

— Si seulement la Neuvième pouvait passer à quelque chose de plus intéressant que les squelettes, dit Cytherea, songeuse.

L'une des deux monstrueuses constructions se jeta sur la Lycteure comme si elle sautait sur une bombe. La deuxième lui emboîta maladroitement le pas. Cytherea balaya avec dédain une des énormes piques des squelettes, et en pulvérisa une autre avec sa rapière, mais elle se reconstitua avant même d'être complètement détruite. Harrow ne plaisantait pas avec cette histoire d'os en perpétuelle régénération ; si elle continuait comme ça, elle allait peut-être pouvoir appliquer le principe à son propre cadavre.

Gideon fit une roulade, récupéra son épée, s'éloigna en rampant. Son bras transpercé laissait une trace rouge derrière elle, glissante, façon escargot. Sans toutes ces années d'entraînement avec Aiglamene, elle n'aurait jamais eu les tripes de se relever et, sa lame posée à plat contre son épaule valide, d'aller se planter devant son adepte, à moitié aveuglée par le sang qui lui coulait dans les yeux. Deux nouveaux squelettes géants étaient déjà en train de finir de s'assembler. Harrow ne pouvait pas se permettre de faire autant d'efforts, pensa-t-elle confusément. C'était vraiment trop.

— Tu apprends vite ! dit la Lycteure, qui semblait vraiment ravie. Mais j'ai peur que tu n'aies encore beaucoup de chemin à faire.

Cytherea fit un signe en direction de l'énorme trou qui s'ouvrait dans le mur de la forteresse. À l'intérieur, un cri retentit, suivi d'un craquement terrible, et l'horrible construction surgit sur la terrasse. Elle n'était plus aussi massive, et n'avait plus autant de jambes qu'avant (elle avait laissé pas mal de plumes en se libérant des entraves d'Harrow, et n'était en quelque sorte plus que l'ombre minable de son ancienne masse), mais comparé à tout squelette normal, c'était toujours une vision d'horreur, un cauchemar de tentacules et de moignons osseux qui se reformaient à toute vitesse. Elle avait été prise au piège, et quasiment coupée en deux, mais n'avait pas perdu la faculté de se régénérer. L'imposante face impassible luisait d'un éclat blanc dans le soleil de l'après-midi, vacillant sur un tronc désormais trop petit pour elle. Une pluie d'éclats de verre tomba le long de ses membres. Elle posa son corps abîmé sur la terrasse comme un faisceau de racines blanches, et dansa d'une jambe sur l'autre, telle une araignée blessée.

Ce n'était pas juste. Cytherea avait raison sur toute la ligne : elles ne pouvaient rien faire. Même à moitié détruits, les tentacules se dressaient, prêts à l'attaque. Il y en avait encore une bonne centaine. Ils pivotèrent lentement dans leur direction, et il n'y avait aucune issue, aucune fuite possible.

— Aucune d'entre vous n'a appris à mourir avec grâce, dit la Lycteure, comme je l'ai fait il y a plus de dix mille ans…

— Je n'ai pas dit mon dernier mot, dit la nécromancienne de Gideon, bien qu'à moitié morte.

Harrow joignit les mains, et la dernière chose que vit Gideon fut les milliards de fragments de ses serviteurs perpétuels qui volaient vers elles, tournoyant dans les airs, rebondissant sur les dalles, pour former une sorte de carapace autour d'elles trois, qui se referma juste avant que les tentacules s'abattent sur elles dans un fracas assourdissant. *BAM… BAM… BAM… BAM BAM BAM BAM BAM BAM BAM, BAM… BAM… BAM…*

Le monde vibrait autour d'elle. L'obscurité était totale. Soudain, une lueur jaune s'alluma, vacillante : contre toute attente, Camilla avait toujours sa torche électrique.

Elles étaient enfermées dans la portion de terrasse qui contenait les treilles tordues et les bosquets morts. Le ciel, la mer et le reste du jardin se trouvaient donc de l'autre côté de cette coquille doucement incurvée qui semblait faite d'os massif, d'un seul tenant, comme une boîte crânienne. Harrow se releva, vacillante, tandis que le monstre essayait toujours de craquer leur refuge comme une noix, et tourna vers Camilla et Gideon un visage sanguinolent. Le stade de la sueur vaguement mêlée de sang était largement dépassé. Sous sa peau, les vaisseaux sanguins avaient sauté comme des mines. Le sang lui sortait par tous les pores. Elle avait percé le secret des os en régénération perpétuelle, avait à moitié détruit une araignée géante sortie tout droit des enfers, et elle venait d'ériger un mur de protection de quinze centimètres d'épaisseur qu'elle maintenait par la simple force de sa volonté.

La Respectable Fille de la Neuvième Maison esquissa un sourire triomphant. Puis s'effondra dans les bras de Gideon.

Celle-ci tituba et, morte de peur, s'agenouilla avec elle. Harrow était aussi inerte qu'une poupée de chiffon déchiquetée. Serrant son adepte tout esquintée dans ses bras, Gideon oublia tout : son épée, les ligaments déchirés de son bras, son genou détruit, les quantités de sang qu'elle avait perdues. Une seule chose lui importait : ce petit sourire ardent, victorieux.

— Harrow, allez, je suis là, dit-elle d'une voix suffisamment forte pour couvrir le grondement de l'attaque que leur livrait la construction. Siphonne-moi, bordel !

— Après ce qui est arrivé au Huitième ? répondit-elle d'une voix étonnamment assurée, au vu de son état. Jamais de la vie.

— Tu ne vas pas pouvoir maintenir ce truc éternellement, Harrow. Tu es au bout du rouleau !

— Je n'aurai pas besoin de le maintenir éternellement, répondit la nécromancienne avant de cracher tranquillement un caillot de sang et de faire jouer sa langue dans sa bouche. Écoute-moi. Emmène la Sixième, tenez-vous prêtes, et je vous ferai passer le mur. Les os flottent. C'est une longue chute jusqu'à la surface de la mer, mais…

— *Hors de question.*

— … mais tout ce que vous avez à faire, reprit Harrow, c'est de ne pas vous noyer. Les navettes sont en route. Quitte la planète au plus vite. Je l'occuperai le plus longtemps possible. Il faut juste que tu restes en vie.

— Harrow, dit Gideon, ce plan est débile. Tu es débile. C'est non.

La Respectable Fille se redressa, saisit la chemise de Gideon. La douleur et la nausée avaient rendu ses yeux sombres et vitreux. Elle sentait la sueur et la peur, combinées à l'odeur d'à peu près neuf tonnes d'ossements. Elle s'essuya le visage dans sa manche et dit :

— Gigi, tu m'as promis que tu retournerais sur la Neuvième. Que tu accomplirais ton devoir auprès du Tombeau Scellé…

— Ne me fais pas ça.

— Je te dois ta vie, dit Harrowhark. Je te dois tout.

Puis elle lâcha sa chemise et s'affaissa dans ses bras. Tout son maquillage était parti. Elle manquait régulièrement de s'étouffer en essayant de ravaler les filets de sang qui coulaient de ses narines. Gideon lui pencha un peu la tête, pour éviter que sa nécromancienne ne meure noyée dans ses sécrétions sanglantes, et fit un effort de réflexion désespéré pour trouver un plan.

Soudain : *BAM.* Un des tentacules avait réussi à fissurer leur carapace, et un rayon de lumière entra à l'intérieur, montrant Harrow encore plus mal en point qu'on ne pouvait le croire dans la pénombre.

— Laisse-moi sortir, intervint Camilla. Je me charge de l'occuper.

— Laisse tomber, Hect, répliqua Gideon, sans quitter des yeux sa nécromancienne, qui saignait tranquillement des sourcils. Hors de question que le fantôme de Palamedes Sextus revienne me hanter pour le restant de mes jours en m'assommant de faits médicaux parce que je t'ai laissée te désintégrer.

— L'autre plan ne marchera pas, dit simplement Camilla. Si on pouvait l'occuper assez longtemps pour atteindre la rive, peut-être. Mais c'est impossible.

Harrow poussa un soupir.

— Alors on l'occupera aussi longtemps qu'on pourra.

La fissure se referma avec une lenteur douloureuse, Harrow grognant sous l'effort. Elles furent replongées dans l'obscurité, et à l'extérieur, le silence se fit, comme si la construction était en train de réfléchir à son prochain coup.

Camilla ferma les yeux, sembla évacuer la tension. Sa longue frange lui tombait sur le visage. C'est ce contraste entre Camilla en action et Camilla au repos qui poussa une petite voix, dans la tête de Gideon, à s'exclamer, abasourdie : *Cette fois ça y est, on va vraiment mourir.*

Gideon regarda sa nécromancienne. Elle avait les paupières lourdes, comme si elle allait s'endormir d'un coup à la moindre baisse de concentration. Harrow avait déjà perdu conscience une fois, et Gideon savait que la prochaine fois qu'elle la laisserait sombrer, elle ne se réveillerait probablement pas. Harrow leva une main (tremblante) et tapota la joue de Gideon.

— Nav, dit-elle. Tu m'as vraiment pardonné ?

Cette fois c'était clair. Elles allaient bouffer les pissenlits par la racine.

— Évidemment, petite rigolote.

— Je ne le mérite pas.

— Peut-être, dit Gideon. Mais ça ne m'empêche pas de te pardonner. Harrow…

— Oui ?

— Tu sais que je me fous complètement du Tombeau Scellé, hein ? Tu sais que tout ce qui m'intéresse, c'est toi.

Elle avait le cœur tellement lourd. Les mots se bousculaient dans sa bouche. Elle ne savait pas vraiment ce qu'elle essayait de lui dire ; juste qu'elle devait le lui dire *maintenant*. Dans un vacarme assourdissant, un nouveau tentacule essayait de fendre leur fragile abri. *BAM.*

— Ce n'est pas trop mon truc, le devoir, reprit-elle. Je suis comme je suis. Je ne peux pas faire ça sans toi. Et je ne suis pas vraiment ta première cavalière, je n'aurais jamais pu.

BAM. BAM. BAM. La fissure se rouvrit, laissant à nouveau entrer la lumière du soleil, et une pluie de matière osseuse s'abattit sur elles. L'abri n'allait pas tarder à lâcher, mais tout lui était égal. Il n'y avait plus ni construction, ni carapace. Ni Camilla, qui s'était pudiquement retournée, comme pour examiner quelque chose sur la paroi opposée. Il n'y avait plus qu'elle et Harrow, Harrow et son stupide petit visage amer, aux pommettes saillantes.

Harrow qui éclata de rire. C'était la première fois de sa vie que Gideon entendait ça. Bon, c'était un rire assez faible à vrai dire, épuisé.

— Gideon la Neuvième, première fleur de ma Maison, dit-elle d'une voix enrouée, tu es la plus grande cavalière que nous ayons jamais produite. Tu es notre triomphe. La meilleure d'entre nous. Être ta nécromancienne a été un privilège.

Ça commençait vraiment à la soûler, cette histoire. Gideon la Neuvième se leva si brusquement qu'elle manqua se fracasser la tête contre le plafond de leur abri. Son bras protesta vivement, mais elle l'ignora. Elle se mit à aller et venir – Harrow la suivait des yeux, vaguement inquiète –, examinant l'espace réduit dans lequel elles étaient confinées. Les feuilles mortes. Les dalles fendues. Camilla… (Camilla la regarda à son tour, mais elle était déjà passée à autre chose. Elle ne pouvait pas faire ça à Camilla.) Les tas de cendres grises. Les pointes de la clôture.

— Ouais, tant pis, dit-elle. Je vais nous sortir de là.

— Gigi…

Gideon boita jusqu'aux plates-bandes desséchées. *BAM… BAM… BAM…* elle n'avait pas beaucoup de temps, mais de toute façon elle n'avait qu'un seul essai. Elle se débarrassa de son manteau, envisagea dans un instant de panique d'enlever sa chemise, décida de la garder. Elle ôta ses gants. Retroussa ses manches, sans autre raison que ça lui donnait quelque chose à faire de ses mains moites, tremblantes. Elle s'efforça de prendre la voix la plus calme possible. En fait, elle *était* calme. Elle n'avait jamais été aussi calme de toute sa vie. C'était juste son corps qui était terrifié.

— OK, dit-elle. Je comprends, maintenant. Je comprends vraiment, absolument.

Harrowhark, appuyée sur ses coudes, la regardait avec des yeux mats, flous.

— Nav, dit-elle, de la voix la plus douce qu'elle lui ait jamais entendue. Je crois que je ne vais pas pouvoir maintenir l'abri… bien longtemps.

BAM… BAM… BAM !

— Je me demande comment tu as fait jusqu'à maintenant, dit Gideon, qui recula encore un peu, jeta un œil derrière elle, regarda sa nécromancienne.

Elle prit une inspiration nerveuse. Le visage d'Harrow avait cet air de vague pitié, comme si Gideon venait de perdre définitivement toutes ses facultés intellectuelles et pouvait se pisser dessus à tout moment. Le visage de Camilla était stoïque. La cavalière de la Sixième était loin d'être idiote.

— Harrow, dit Gideon. Je ne peux pas tenir ma promesse, parce que le sens de mon existence, c'est toi. Tu comprends, hein ? C'est pour ça que les cavaliers signent. Je n'existe pas sans toi. Une chair, une fin.

Un voile de méfiance épuisée passa sur le visage de sa nécromancienne.

— Nav, dit-elle. Qu'est-ce que tu fabriques ?

— Le truc le plus cruel qu'on t'ait jamais infligé, crois-moi, dit Gideon. Tu sauras quoi faire, alors il faudra le faire, sinon ça n'aura servi à rien.

Gideon fit volte-face, plissa les yeux, évalua l'angle, la distance. Se retourner aurait été pire que tout, alors elle ne se retourna pas.

Elle se revit soudain à quatre ans, hurlant devant les portes de Drearburh, et toute sa peur et sa haine la quittèrent d'un coup. Drearburh était vide. Il n'y avait pas de Crux. Pas d'infâmes grands-tantes. Pas de cadavres intranquilles, d'inconnues dans des cercueils, de parents morts. Non. Drearburh, c'était elle. Elle était Gideon Nav, et Nav était un nom de la Neuvième. Elle prenait toute la folie poisseuse et putride du lieu, et lui ouvrait ses portes. Ses mains ne tremblaient plus.

BAM... BAM... BAM. Leur carapace craquait de partout. Des pans entiers s'effondraient maintenant, laissant entrer des flots de lumière. Elle sentit un mouvement derrière elle, mais elle fut plus rapide.

— Pour la Neuvième ! cria Gideon.

Et elle s'empala sur les pointes de fer de la grille.

ACTE V

37

— Ok, dit Gideon. OK, lève-toi.

Harrowhark Nonagesimus se leva.

— Bien ! dit sa cavalière. Juste pour info : tu peux arrêter de hurler maintenant. Bon… pour commencer, fais en sorte que rien ne refroidisse Camilla : je suis sérieuse, je ne veux pas d'abonnement posthume au *best-of des données de nerd de Palamedes Sextus*.

— Gideon, dit Harrow, avant de répéter, d'une voix floue : Gideon.

— Pas le temps, dit celle-ci, tandis qu'un vent chaud soufflait sur elles, ramenant les cheveux d'Harrow dans ses yeux. Maintenant !

Leur abri trembla, gémit, puis s'effondra. L'archaïque construction lyctorale surgit dans toute sa débilité triomphante. Harrow la voyait désormais pour ce qu'elle était : une masse spongieuse de cendres autorégénérantes, hérissée de dents. Sa funeste célérité n'était plus qu'un souvenir : elle avançait vers elles comme si elle pataugeait dans une mare de sirop bien collant. Elle frissonna, érigeant une bonne centaine de lances prêtes à l'attaque.

— Massacre-la, dit Gideon.

Et Harrow la massacra. Et ce fut incroyablement facile. La construction n'était rien de plus qu'un squelette animé sans grand talent par une nécromancienne. Elle s'était déjà à moitié détruite toute seule en se libérant de son piège. Sa tête était une pauvre carapace chitineuse. Son tronc un bloc d'ossements. Ses derniers tentacules se figèrent à mi-chemin de leur cible et tombèrent sur les dalles en une averse de fragments osseux. Les os répondirent à son appel, et ensemble, elles envoyèrent valdinguer la construction à travers les baies brisées de la terrasse, et telle une comète blanche dont la queue aurait été des rubans d'os, elle s'abîma dans l'océan.

— Prends mon épée, dit Gideon. Prends-la… *et arrête de me regarder, patate*. Arrête. Je t'interdis de me regarder.

Harrow se détourna de la grille de fer, essaya de soulever l'épée à deux mains, laissa échapper un cri : c'était bien trop lourd pour elle, bien trop absurde. Gideon tendit un bras pour assurer la prise d'Harrow, passa l'autre autour de ses épaules, en une étrange étreinte. Ses doigts calleux se posèrent sur ceux d'Harrow. Soulever l'arme représentait toujours un effort trop important pour ses muscles, mais Gideon maintenait ses poignets, et malgré la douleur, elles finirent par y parvenir, ensemble.

— Merde, tu as vraiment des spaghettis à la place des bras, commenta Gideon.

— Je suis une *nécromancienne*, Nav !

— Ouais, eh bien prépare-toi à soulever de la fonte tous les jours de la prochaine myriade.

Joue contre joue, elles brandissaient l'épée dont la lame étincelait au bout de leurs bras entrelacés. La terrasse s'étendait devant elles. Une pluie de bris de verre suivait au ralenti la construction dans sa chute. Harrow se retourna vers Gideon, et comme toujours, ses yeux la prirent au dépourvu : cette teinte profonde, ambrée, cette couleur or sombre de thé brûlant. Elle cligna des yeux.

— Je ne vais pas y arriver, dit-elle.

— Tu y es déjà arrivée, répondit Gideon. C'est fait. Tu m'as mangée, tu m'as reconstruite. Il n'y a plus de retour possible.

— C'est insupportable.

— Détends-toi, dit Gideon. Tu es déjà la somme des deux cents fils et filles mortes de notre Maison. Tu n'en es plus à une près.

Elles se rendirent compte avec un léger décalage que Cytherea la Première se tenait devant elles. Sa rapière le long du corps, elle les regardait avec de grands yeux aussi bleus que le ciel du crépuscule. Le jardin rétrécit, jusqu'à ne contenir finalement plus qu'elle et sa satanée lame verte. Ses lèvres formaient un petit *o*. Elle ne semblait pas particulièrement inquiète, juste surprise, comme si elle voyait une aurore boréale, un mirage ou une illusion d'optique créée par le soleil.

— Et maintenant, on la tabasse jusqu'à ce qu'elle crache des bonbons, dit Gideon. Merde, Nonagesimus, arrête de chialer. On ne peut pas la battre si tu chiales.

— Je ne peux pas… concevoir un univers sans toi dedans, articula Harrow.

— Mais si tu peux, ce sera juste un peu moins bien, et beaucoup moins sexy.

— Ferme-la, Nav…

— Harrowhark, dit Gideon la Neuvième. Un jour tu mourras, et on t'enterrera, et on verra ce qu'on peut faire. Mais d'ici là… je ne peux pas te promettre que tu vas t'en tirer. Je ne peux pas t'assurer qu'on a pris la bonne décision. Je ne peux rien te dire du tout, en fait. Je ne suis qu'une hallucination produite par des processus chimiques dans ton cerveau le temps que tu digères le traumatisme d'avoir incorporé mon cerveau. Et même si je n'étais pas une hallucination, je ne sais que dalle, Harrow, je ne connais rien à rien… enfin si, une chose.

Elle leva le bras d'Harrow, et l'épée avec lui. Et ses doigts forts et sûrs guidèrent son autre main pour la placer au-dessus du pommeau.

— Je connais l'épée, dit-elle. Et maintenant, toi aussi.

Gideon les mit en position : le poids du corps sur le pied avant, genou un peu fléchi, légèrement tourné vers la droite. Elle pencha la lame pour qu'elle forme une ligne parfaite avec leurs bras, redressa la tête d'Harrow, corrigea la position de ses hanches.

Le temps s'accélérait, devenait flou, clignotait sous leurs yeux. L'antique Lycteure Cytherea (elle était vraiment misérablement vieille, il semblait inimaginable qu'elles aient jamais pu la voir différemment) se tenait au pied des marches. Son regard bleu radioactif était serein, sa rapière prête à l'assaut. Ses lèvres incolores souriaient.

— Comment te sens-tu, petite sœur ? dit-elle.

— Prête pour le troisième round, répondit la bouche d'Harrowhark. À moins que ce ne soit le quatrième, j'ai perdu le fil.

Les lames s'entrechoquèrent. Leur cri métallique retentit dans le jardin désert. Cela faisait dix mille ans que Cytherea la Première était Cytherea la Première, et même si c'était il y a dix mille ans, sa cavalière était une grande cavalière. Et le temps l'avait perfectionnée de manière inenvisageable pour une cavalière mortelle. Un duel loyal se serait peut-être conclu sur un match nul.

Mais ce n'était pas un duel loyal. Au fil du combat (qui était comme un rêve à dormir debout), elles se rendirent compte que Cytherea était composée d'éléments disparates. Ses yeux étaient les étincelles bleues d'un feu pris à quelqu'un d'autre. Dans sa poitrine brûlait un autre incendie, mais celui-ci la dévorait vivante : le foyer cancéreux, sombre, malin, consumait ce qu'il restait de ses poumons. La tumeur avait tellement enflé qu'elle était prête à exploser, et Cytherea employait toute son énergie à la contenir. L'œuvre de Palamedes allait l'aider à vaincre Cytherea.

— Là, murmura Gideon à l'oreille d'Harrow. Merci, Palamedes.

— Sextus était prodigieux, admit Harrow.

— Dommage que tu ne l'aies pas épousé. Mais bon, vous préférez tous les deux les vieilles meufs mortes.

— *Gideon…*

— Concentre-toi, Nonagesimus. Tu sais ce que tu as à faire.

Cytherea la Première vomit un long jet de sang noir. Elle ne ressentait plus aucune peur. Juste le plaisir anticipé, l'excitation nerveuse d'une gamine avant son anniversaire. Le poids des bras de Gideon sur les siens s'allégea infiniment, et le contact de sa joue ne fut plus que le souvenir d'une fièvre passée. Sa voix, dans son oreille, se fit de plus en plus lointaine.

Harrow plaça la pointe de l'épée à droite du sternum de Cytherea. Le monde était lent et froid.

— Une chair, une fin, murmura Gideon, d'une voix presque inaudible.

— Reste avec moi, dit Harrow.

— *Dans la terre qui te recevra morte, je veux mourir moi aussi, et être inhumée. Le Seigneur me fasse subir les pires tourments si une cause autre que la mort nous sépare, toi et moi*, dit Gideon. Rendez-vous sur la face B, chouchou.

*

Harrowhark enfonça la lame au beau milieu de la tumeur qui déformait la poitrine de Cytherea, et l'abcès malin céda comme un barrage, libérant un flux bouillonnant de cellules cancéreuses, la laissant tétanisée. La vague de destruction courait sous sa peau comme une flamme sur une trace d'essence, grouillant dans ses veines, dans ses os, qui se mirent à enfler. Sa peau se déchira, son cœur se tordit, se contracta, et au terme de dix mille ans de mauvais services, cessa de battre.

Cytherea la Première poussa un soupir de soulagement, et tomba raide morte.

L'épée s'abattit sur les dalles avec fracas. Le vent souffla les cheveux d'Harrow dans sa bouche lorsqu'elle courut vers sa cavalière, tirant sur ses bras jusqu'à ce qu'elle parvienne à la libérer des pointes de la grille. Elle l'allongea sur le dos, et passa un long moment agenouillée à ses côtés. Sous le ciel azur de cette planète étrangère, le visage de Gideon affichait un petit sourire déterminé, prêt à tout.

ÉPILOGUE

HARROWHARK NONAGESIMUS REVINT À ELLE dans un cocon d'un blanc stérile. Elle était allongée sur un lit de camp et enveloppée dans une couverture de survie froissée. Elle tourna la tête : il y avait un hublot à côté d'elle, et de l'autre côté de ce hublot, la profonde noirceur veloutée de l'espace. Des étoiles froides luisaient au loin comme des diamants. Elles étaient infiniment belles.

S'il avait été possible de mourir de désolation, elle aurait expiré sur-le-champ, mais tout ce qu'elle pouvait faire, c'était rester étendue sur ce brancard en contemplant les cendres fumantes de son cœur.

Les lampes diffusaient une agaçante lumière tamisée, censée calmer les nerfs en baignant la pièce d'une lueur bienveillante. Certaines étaient dirigées sur elle, d'autres sur les murs blancs, ou les dalles impeccables du sol. La source de lumière la plus vive était une lampe de lecture placée dans un coin, à côté d'une chaise en métal. Un homme était assis sur cette chaise. Une tablette était posée sur son accoudoir, et il tenait entre ses mains un bloc de feuilles de papier pelure dont il tournait régulièrement les pages, prenant des notes çà et là. L'homme était vêtu sobrement. Ses cheveux coupés court, dans cette lumière, étaient d'un brun quelconque.

Il avait dû sentir qu'elle était réveillée, car il posa son bloc et se leva. Lorsqu'il s'approcha d'elle, elle vit que la sclère de ses yeux était aussi noire que l'espace. Ses iris formaient deux nappes de pétrole iridescentes bordées de blanc. Ses pupilles étaient aussi noires et brillantes que la sclère.

Harrow n'aurait su l'expliquer, mais elle savait qui il était. Elle repoussa la couverture de survie (constatant qu'elle portait dessous une peu flatteuse chemise de nuit d'hôpital, vert turquoise), se leva de son brancard et se prosterna devant le Premier Nécromancien, la Résurrection, le Dieu des Neuf Maisons, l'Empereur Immortel.

Elle pressa son front contre les dalles propres et fraîches.

— Seigneur, je vous en supplie, dit-elle. Réparez ce que j'ai fait. Je ne vous demanderai jamais rien d'autre, mais rendez-moi la vie de Gideon Nav.

— Je ne peux pas, répondit-il d'une voix un peu rauque, mais infiniment douce. J'aimerais beaucoup. Mais cette âme est en toi, à présent. Si j'essayais de la reprendre, j'emporterais la tienne avec elle, et les détruirais toutes les deux. Ce qui est fait est fait. Tu dois vivre avec.

Harrow était vide. C'était le plus terrible : il n'y avait rien d'autre en elle que la haine maladive et bouillonnante qu'elle éprouvait pour sa Maison. Le silence de son âme lui-même ne pouvait diminuer la détestation qui fermentait en elle depuis la genèse de la Neuvième Maison. Harrowhark se releva, regarda l'Empereur droit dans ses yeux sombres et brillants.

— Comment osez-*vous* me demander de vivre avec ça ?

L'Empereur ne la changea pas en un tas de cendres, comme elle l'aurait presque espéré. Il soutint son regard – le sien était à la fois calme et sombre – et se frotta la tempe.

— L'Empire se meurt, dit-il.

Elle ne répondit pas.

— Si la situation n'était pas si grave, tu serais toujours à Drearburh, où tu filerais une longue et tranquille existence, sans souci ni danger particulier, et ta cavalière serait toujours en vie. Mais il y a des choses dans cet univers que la mort elle-même ne peut tenir en échec. Je me bats contre elles depuis la Résurrection. Mais seul, je n'y arriverai pas.

— Mais vous êtes *Dieu*, dit Harrow.

Et Dieu dit :

— Et je ne suffis pas.

Elle alla s'asseoir sur le bord de son lit de camp, tira sa chemise de nuit sur ses genoux.

— Rien n'était censé se passer ainsi, reprit-il. Je voulais que les nouveaux Lycteurs le deviennent après mûre réflexion, après avoir vraiment compris le sacrifice qu'ils et elles s'apprêtaient à faire… Qu'il s'agisse d'un acte de bravoure, et non de peur ou de désespoir. Personne dans la Maison de Canaan n'était censé perdre la vie sans le vouloir. Mais Cytherea…

L'Empereur ferma les yeux.

— C'est ma faute, dit-il. Cytherea était de loin la meilleure d'entre nous. La plus loyale, la plus humaine, la plus résiliente. La plus capable de gentillesse. Je l'ai fait souffrir pendant dix mille ans, parce que j'étais égoïste, et qu'elle m'a laissé faire. Ne la condamne pas, Harrow… je le vois dans tes yeux. Ce qu'elle a fait était impardonnable. Et je ne comprends pas. Mais elle était… exceptionnelle.

— Vous êtes vraiment clément, dit Harrow. Parce qu'elle disait vouloir vous tuer.

— Si seulement elle me l'avait dit à moi, dit l'Empereur gravement. Nous aurions réglé cela en duel, ce qui aurait été préférable pour tout le monde.

Il y eut un silence, durant lequel l'Empereur sembla perdu dans ses pensées. Puis il reprit :

— La plupart de mes Lycteurs ont été détruits par une guerre que j'ai jugé bon de mener lentement, une guerre d'usure. Et j'ai perdu mes Mains. Car la mort est loin d'être le seul péril. La solitude de l'espace infini met chacun à l'épreuve, et les nécrosaints l'ont endurée bien trop longtemps. On ne devrait exiger cela de personne. C'est pourquoi je ne voulais que celles et ceux qui étaient prêts à en payer le prix, qui étaient parfaitement conscients de ce que cela impliquerait.

Les paroles de l'Empereur glissaient sur Harrow. Elle se rendit compte de son erreur : elle ne posait pas les bonnes questions, ne prêtait pas attention aux bons détails.

— Qui à part moi est encore en vie, Seigneur ?

— Ianthe Tridentarius, répondit l'Empereur. Avec un bras en moins.

— La dernière fois que je l'ai vue, la cavalière de la Sixième était seulement blessée. Où est-elle ?

— Nous ne l'avons pas retrouvée, dit l'Empereur. Ni vivante, ni morte. Pas plus que la capitaine Deuteros de Trentham, ou la princesse héritière d'Ida.

— *Quoi ?!*

— Les Maisons auront des questions ce soir. Je ne peux pas leur en vouloir. Je suis désolé, Harrowhark, mais nous n'avons pas retrouvé ta cavalière.

Le cerveau d'Harrow se mit à tanguer dangereusement.

— Gideon n'est plus là ?

— Tous les autres ont été localisés, reprit l'Empereur. Même si nous avons dû nous contenter de fragments des dépouilles de la Septième Maison et du Gardien de la Sixième. D'après nos informations, seules vous deux êtes encore en vie. Mais le fait que je ne puisse pas descendre faire ces recherches moi-même n'aide pas, évidemment.

— Pourquoi ne pouvez-vous pas rentrer ? dit Harrow, d'une voix qui lui sembla très lointaine. Votre retour était pourtant la raison d'être du plan de Cytherea.

— J'ai déjà sauvé le monde une fois… dit l'Empereur, mais je ne l'ai pas fait pour moi.

Harrow pressa ses jambes contre le bord de métal froid du brancard, mais ne sentit rien du tout. Rien qu'un vide béant, ce qui valait peut-être mieux, après tout. À l'arrière de sa tête, une petite voix lui disait *Quelqu'un brûlera pour ça*, mais c'était la sienne.

L'Empereur, qui s'était rassis lui aussi, s'appuya contre le dossier de sa chaise, et ils se regardèrent. Son visage était ridiculement ordinaire, ovale, le front haut, les cheveux d'un brun terne. Mais ces *yeux*…

— Je sais que tu es devenue Lycteure sous la contrainte, dit-il.

— C'est une façon de voir les choses, dit Harrow.

— Tu n'es pas la première, dit l'Empereur. Mais… écoute-moi. Je vais faire ce que je n'ai plus fait depuis dix mille ans. Je vais renouveler ta Maison.

(Comment savait-il ?)

— Je vais protéger la Neuvième. Je ferai en sorte que ce qui s'est passé dans la Maison de Canaan n'arrive plus jamais.

Mais je veux que tu viennes avec moi. Tu peux apprendre à être ma Main. L'Empire y gagnera une nouvelle sainte, et il en a plus que jamais besoin. J'ai trois professeurs pour toi, et tu as un univers sur lequel veiller… encore un peu.

Le Roi Immortel venait de lui demander de le suivre. Mais tout ce qu'elle voulait, c'était être seule, et pleurer.

— Mais tu peux aussi… rentrer. Je ne veux pas présumer de ta réponse. Je ne veux ni te contraindre, ni t'acheter. Je respecterai mon engagement envers ta Maison, que tu me suives ou non.

— Il n'y a plus de retour possible, dit Harrow.

Son reflet flou la regardait dans le hublot, au milieu de lointaines galaxies bourrées d'étoiles. Elle se détourna. Si elle se regardait dans un miroir, elle pourrait se frapper ; si elle se regardait dans un miroir, elle pourrait trouver dans son visage une trace de Gideon… ou, pire : ne rien trouver du tout.

L'univers était donc en train de mourir. Tant mieux. Au moins, si elle échouait, elle n'aurait de comptes à rendre à personne. Harrow se toucha la joue, constata avec surprise que ses doigts étaient mouillés. Le Premier Nécrolord avait pudiquement détourné le regard.

— Un jour, il faudra que je rentre, dit-elle.

— Je sais, dit l'Empereur.

— Il faut que je sache ce qui est arrivé au corps de ma cavalière. Il faut que je sache ce qui est arrivé aux autres.

— Bien sûr.

— Mais dans l'immédiat, Seigneur, si vous voulez toujours de moi, j'accepte d'être votre Lycteure, dit Harrow.

Et l'Empereur dit :

— Très bien. Alors, lève-toi, Harrowhark la Première.

GLOSSAIRE

Cavalier, cavalière : épéiste d'une des Neuf Maisons ayant prêté allégeance à un nécromancien ou une nécromancienne. Le cavalier principal d'une Maison est communément appelé premier cavalier ; il est suivi dans la hiérarchie du second cavalier. Il n'y a pas d'autre rang. Le statut de cavalier ou cavalière est attribué par une Maison, et le titre peut être conservé au sein de la Cohorte. Si les nominations et certaines modalités peuvent différer d'une Maison à l'autre, un cavalier ou une cavalière n'est pleinement considéré·e comme tel·le que lorsqu'il ou elle a prêté serment avec son ou sa nécromancienne.

Dominicus : étoile thanergétique centrale du système des Neuf Maisons.

Le Tombeau Scellé : autre nom de la Neuvième Maison, il désigne également un endroit à l'intérieur de celle-ci. Le Tombeau Scellé est la sépulture d'un mystérieux ennemi de l'Empereur, tué juste après la Résurrection et confié à la Neuvième Maison en gage de respect. Selon une théorie en circulation dans les autres Maisons, la Neuvième Maison n'était jamais censée subsister, ses prêtres, nonnes et fidèles ayant développé un culte du Tombeau *parallèle* à celui de l'Empereur, au lieu de simplement considérer le Tombeau comme un symbole de la puissance de celui-ci. Ce qu'il contient n'a jamais été révélé.

Lycteur·e : serviteur·e personnel·le, gardien·ne et disciple de l'Empereur. Les Lycteur·es sont des saint·es nécromantiques, théoriquement immortel·les, tout·es-puissant·es, dont les aptitudes restent opérantes dans l'espace. Aux origines de l'Empire, ils et elles ont permis aux Neuf Maisons d'exercer l'entièreté de leur pouvoir sur des planètes à thalergie, et ont également érigé des stèles un peu partout dans la galaxie, moyen nécromantique pour la flotte des Neuf Maisons de voyager rapidement dans l'espace, sans avoir besoin de recourir à la vitesse supraluminique. S'il y avait à l'origine sept Lycteur·es achevé·es, ils et elles ont fini par mourir au fil des années, aucun·e ne s'avérant finalement aussi puissant·e ni éternel·le que leur Premier Nécrolord.

Magie de la chair : branche de la magie consistant principalement à manipuler la thanergie présente dans la chair ou à imprégner celle-ci de thanergie. La chair est vectrice de thanergie stockable à court terme, et, dans des circonstances favorables, fournit une importante source immédiate de thalergie et de thanergie au nécromancien qui l'exerce. Les applications de la magie de la chair sont multiples : conservation, imprégnation, manipulation, création, transformation. La magie du sang est une branche de la magie de la chair. La présence de thalergie et de thanergie dans le sang rend celui-ci très efficace pour les sortilèges de barrage. La magie de la lymphe, quant à elle, est souvent considérée comme un médiocre ersatz de celles-ci. La magie de la chair peut également être utilisée par un nécromancien ou une nécromancienne sur son propre corps, que ce soit pour améliorer ou au contraire diminuer ses performances, souvent de manière très soudaine.

Magie des esprits : branche de la magie s'intéressant principalement au Fleuve, aux esprits, aux revenants, ainsi qu'aux réseaux et espaces magiques liminaux. La magie des esprits est protéiforme et peut aller de la création d'espaces anti-thalergie ou anti-thanergie (imprégnation d'énergie spirituelle d'espaces hors Fleuve) à la manipulation des âmes, l'aménagement de canaux jusqu'au Fleuve, la conversion de l'esprit et de la thalergie d'une personne en thanergie. C'est également la magie des esprits qui permet aux vivants d'accéder au

Fleuve, le lieu qui rassemble les morts. La magie du Fleuve, branche de la magie des esprits, est exclusivement pratiquée par l'Empereur et les Lycteur·e·s.

Magie des os : branche de la magie consistant principalement à manipuler la thanergie présente dans les os ou à imprégner ceux-ci de thanergie. Les os étant la seule source connue de thanergie stockable durablement, la magie des os, ou osséomagie, consiste à animer et "programmer" les os (squelettes animés), manipuler des os morts ou vivants, ou donner à des os des formes préétablies (résonance topologique). La création d'os – la reproduction d'un squelette à partir d'un échantillon osseux – est le stade ultime de la magie des os.

Nécromancien·ne : adepte d'une des Neuf Maisons né·e avec la faculté de contrôler la thanergie (l'énergie létale) et la thalergie (énergie vitale), ainsi que de convertir la thalergie en thanergie. Il n'y a pas de code génétique spécifique associé au don nécromantique, ni de caractéristique biologique particulière, si ce n'est l'activité soutenue d'organes par ailleurs considérés comme vestigiaux. Pour être effectif, le don nécromantique doit être entraîné, et il s'avère plus efficace sur une planète thanergétique (comme le sont celles des Neuf Maisons). Un effet secondaire très répandu du don nécromantique est une faiblesse physique et une incapacité à former et conserver une masse musculaire importante, bien qu'il y ait des exceptions. La nécromancie ne peut être exercée ni dans l'espace, ni à bord d'une navette spatiale, car sans point d'ancrage source de thalergie, tel que l'est une planète, l'espace disperse la thanergie : les nécromancien·nes sont donc presque entièrement privé·es de leurs pouvoirs lorsqu'ils et elles voyagent d'une planète à une autre, même si leurs théorèmes (sortilèges) peuvent parfois rester effectifs dans l'espace.

Neuf Maisons : nom de l'Empire composant le système du Premier Nécrolord. Les Neuf Maisons ont vu le jour il y a dix mille ans, lors de la Résurrection, en réponse à l'extinction massive des planètes et du soleil du système, qui avait détruit toute forme de vie. En accédant au pouvoir, le Premier Nécromancien (l'Empereur) a ressuscité les planètes et leurs habitants, créant ainsi les Neuf Maisons. Leur territoire ne s'étend pas au-delà du système : les nécromancien·ne·s ne pouvant se reproduire en dehors de celui-ci, les autres planètes et systèmes sous la garde de l'Empire ne sont pas considérés comme des extensions du système domestique.

Thalergie : énergie vitale. La plupart des objets dans l'univers sont de nature thalergétique. La thalergie est produite par la croissance cellulaire et la reproduction. La plupart des planètes, même celles qui n'ont pas de masse de vie biologique, sont thalergétiques. Toutes les créatures vivantes produisent de la thalergie.

Thanergie : énergie létale. Les planètes et les corps gazeux dans l'espace produisent habituellement de la thalergie. Mais depuis la Résurrection, le soleil et les planètes des Neuf Maisons sont de nature thanergétique. Les planètes thalergétiques peuvent produire de la thanergie (cf. les planètes mourantes), mais ne deviennent presque jamais thanergétiques (c.à.d. produisant de l'énergie létale de manière stable). La thanergie est produite par la mort cellulaire.

SERMON SUR LE LIEN CAVALIER-NÉCROMANCIEN

Extrait des œuvres complètes de M. Bias

D'aucuns dénoncent la romantisation d'un lien qu'ils estiment d'ordre essentiellement militaire ; pour ma part, j'estime que ce serait en occulter l'humanité, et ne pas voir ce qu'il a de profondément caractéristique du système des Neuf Maisons. Notre civilisation s'est bel et bien éprise de ce lien, qui constitue la clé de voûte de l'exploration interstellaire et le secret des succès remportés dans les campagnes militaires. S'il n'était peut-être pas absolument nécessaire d'écrire une énième suite *(Sois mon cavalier VII)* à un premier roman tout à fait digne d'intérêt, et si ce lien est parfois traité avec une certaine mièvrerie, tant dans les œuvres de prose qu'en poésie, le duo nécromancien-cavalier n'en reste pas moins un idéal de notre société car il incarne cette idée que ceux d'entre nous qui sont touchés (certains diraient affligés) par le don et ceux qui en sont privés (ou épargnés) peuvent, malgré cette différence intrinsèque, partager une relation symbiotique. Le cavalier, qui manie l'épée, le fait pour son nécromancien. Le nécromancien, qui dispose d'un système nerveux thanergétique, exerce son art uniquement par la grâce de l'épée de son cavalier. Le nécromancien est faible, l'épée est forte. L'épée est faible, le nécromancien est fort. La joie que nous confère le lien intime et indéfectible entre le nécromancien et son cavalier incarne la reconnaissance par les Neuf Maisons de l'égalité qui nous a été accordée par Dieu.

Cela ne veut pas dire que cette relation soit immédiatement apparue sous sa forme définitive, et que nous ne l'ayons pas vue changer à travers les âges. Son expression a évolué, aussi bien dans le champ militaire que dans la société et la fiction. Le duo nécromancien-cavalier n'est jamais envoyé en mission sans le renfort de régiments modernes de la Cohorte, ces soldats qui combattent en première ligne au sein de leurs régiments de cavaliers et qui sont les premiers à distinguer leur condition de celle du cavalier classique. Les cavaliers sociaux – rattachés au service du premier nécromancien de leur Maison – subissent d'ailleurs les critiques des traditionalistes qui leur reprochent de renforcer une "tendance inquiétante" consistant à accorder le titre de cavalier indépendamment de tout classement en combat à l'épée, et ainsi de faire un usage métaphorique du terme de "cavalier". Cette querelle est vieille d'au moins cinq mille ans : de nombreux textes critiquent les premiers cavaliers qui n'ont pas voyagé ni gagné la renommée et "au moins le rang de capitaine". Il s'agit, de nos jours, d'une exigence bien sévère envers un premier cavalier : les premiers cavaliers de la Deuxième Maison eux-mêmes débutent souvent leur service en tant que modestes lieutenants.

Ce qui n'a pas changé, en revanche, c'est l'équation de départ. Une nécromancienne devant quitter sa Maison pour aller au combat a besoin d'une épéiste. Une épéiste quittant sa Maison pour aller au combat a besoin, pour survivre à la barbarie des autres planètes, d'une nécromancienne. Évidemment, l'épéiste rend possible l'art de la nécromancienne, car les planètes à thalergie entravent la nécromancie, requérant une source de thanergie plus fraîche que ce n'est le cas dans les Neuf Maisons. Mais sans l'art et les soins de son adepte, le premier assaut de la cavalière ne serait-il pas un acte suicidaire ? Elle pourra éventuellement survivre seule un temps là où ce serait difficile, voire impossible pour une nécromancienne. Mais nous revenons à la logique de notre démonstration. L'une est liée à l'autre. Lui adjoindre plusieurs combattantes mettrait la nécromancienne en difficulté, qui aurait bien du mal à accomplir les exploits liés à la connaissance intime de la thanergie de l'autre ; il en va de même si l'on adjoint plusieurs nécromanciennes à une même cavalière : la charge de fournir de la thanergie augmentera avec chaque adepte, sans parler de la difficulté de protéger plusieurs personnes. Tandis que les deux moitiés du duo, qui constitue donc la forme idéale, font office d'épée et de bouclier. La relation de longue date qui les unit est indispensable dans le feu de l'action. Une méconnaissance mutuelle peut en effet être fatale. L'amour qui unit la nécromancienne à sa cavalière se base sur le devoir. Dans chacune des Maisons, le serment est lapidaire :

Une chair, une fin

Ainsi que l'a confirmé l'Empereur, les Lycteurs eux-mêmes ont prêté ce serment au début de leur allégeance, juste après la Résurrection, ce qui le rend d'autant plus beau.

"Une chair" est le principe fondateur sur lequel notre Empire tout entier repose. Que nous naissions nécromanciens ou non, nous formons une communauté indivisible. Les non-nécromanciens peuvent avoir des enfants nécromanciens. Un nécromancien peut naître de parents ne possédant pas le don. Mais cette possibilité est en nous. Nous sommes exposés à la lumière thanergétique de Dominicus, nous naissons, vivons, mourons dans ses Maisons thanergétiques ; la Résurrection nous a faits ainsi. Nous sommes fondamentalement différents des êtres nés sur une planète à thalergie hors de l'Empire. Dans les Neuf Maisons, le futur parent aura à cœur de donner la vie au sein de sa Maison, ou à avoir sur lui, pour son enfant, un échantillon de terre de tombeau. Notre potentiel don nécromantique nous rapproche de l'Empereur. De même qu'il fut homme et devint Dieu, qu'il fut Dieu et devint homme, nous étions morts et avons repris vie, nous étions vivants et nous sommes morts. Le lien entre la nécromancienne et sa cavalière est de même nature. Elles sont une seule et même chair. Pourtant, il ne s'agit là que d'un aspect du mystère qui définit notre société.

"Une fin" a d'abord forcément un sens guerrier. On peut comprendre ce mot au sens d'objectif ou de désir ; la nécromancienne et sa cavalière œuvrent dans le même sens, mettant de côté leurs différences de méthodes ou de personnalités. Les deux éléments du duo joignent leurs efforts pour progresser sur le chemin qui leur a été assigné par leur Maison ou l'Empire. Une fin, un Empire. L'amour qui unit une nécromancienne et sa cavalière diffère cependant de celui du soldat pour l'Empereur : si la cavalière et sa nécromancienne ne prennent pas "Une chair, une fin" pour maxime de leur dévotion mutuelle, leur lien est caduc. Chacune doit considérer l'autre comme son idéal. La nécromancienne doit viser la pure expression de son art pour sa cavalière. La cavalière doit viser la perfection dans le sien, afin de gagner la confiance et l'admiration de la nécromancienne. Nul n'est besoin qu'elles apprécient la compagnie de l'autre ; simplement, il leur faut conserver l'intimité de leur lien. Une cavalière qui refuse de dormir dans la même pièce que sa nécromancienne doit se remettre en question. L'amour qui les unit ne connaît que la crainte pour l'autre : c'est l'amour du service mutuel. Leur relation ne se résume pas à l'allégeance de la cavalière à sa nécromancienne ; la nécromancienne doit subvenir aux besoins de sa cavalière sans demande ni invite, ce qui constitue une tâche particulièrement difficile.

Pour définir ce qu'est leur relation, il s'agit également de définir ce qu'elle n'est pas. L'amour de la cavalière pour sa nécromancienne, du nécromancien pour son cavalier, n'est pas l'amour entre époux. Il ne saurait être charnel. Le "mariage d'épée" est très certainement une invention des auteurs de fiction ou pornographes, qui ne peuvent voir quelque chose de beau sans le rendre lubrique. Car dans les faits, après une myriade de réflexion sur le sujet, épouser son cavalier reste au mieux tabou. D'aucuns ont argumenté avec éloquence sur ce que l'on peut y voir de la trahison des idéaux du Premier Nécrolord. Notons qu'il existe un précédent dans la Cinquième, où l'un des époux a pu *devenir* le cavalier de l'autre, même si ceci est largement considéré comme une anomalie illustrant l'obstination de la Cinquième. Cet amour ne saurait non plus être filial, c'est pourquoi nécromancien et cavalier ne peuvent être parent et enfant ; les règles se sont assouplies concernant les frères et sœurs, mais uniquement en période de pénurie exceptionnelle. La plupart des Maisons restent attachées à l'idée que le meilleur cavalier est celui qui sait dès le berceau à qui et à quoi il est destiné ; la Deuxième Maison, quant à elle, y voit un dévoiement du lien fraternel. L'Histoire nous a livré des exemples de réussite et d'échec des deux méthodes : tant celle du cavalier et de son nécromancien liés par un serment quasiment depuis la naissance, que celle du nécromancien et de son cavalier à l'origine étrangers l'un à l'autre.

La mode des unions selon certains "modèles" est passée, notamment parce qu'elle brouillait les lignées de cavaliers ou d'administrateurs des Maisons. L'union atriale, entre deux nécromanciens, ainsi qu'entre leurs deux cavaliers, ne fonctionnait qu'au sein d'une même Maison ; quant à l'union ventriculaire, entre un nécromancien et le cavalier de son homologue, et réciproquement, elle fonctionnait mieux entre Maisons différentes. Si les unions dites "d'échange" restent courantes – des non-adeptes qu'on envoie hors Maison épouser des nécromanciens –, on n'en a guère fait un modèle. Les régiments de la Cohorte étant désormais mixtes, et les missions dans l'espace de longue durée, les unions hors Maison ne sont pas rares, qu'elles soient le fruit du hasard ou délibérément planifiées, comme c'est le cas pour la Sixième, que caractérise par ailleurs la volonté stricte de former des couples fertiles, la Bibliothèque reconnaissant tout à fait que sa préoccupation première est de lutter contre la pénurie génétique. Ces évolutions en matière d'unions n'ont eu aucune incidence sur le duo nécromancien-cavalier et ce qu'ils représentent l'un pour l'autre et pour les enfants de la Résurrection.

À la veille de célébrer une myriade d'années passées au service du Nécromancien Divin, notre Roi des Neuf Renouveaux, le Premier et le Dernier d'entre nous, on peut considérer le lien qui unit le cavalier et son nécromancien comme un cadeau qu'il nous a fait. Comme lui, ce lien n'a pas changé ; comme lui, peu importe si nous érigeons des autels et brûlons des cierges depuis si longtemps, la substance fondamentale reste inchangée. La nécromancienne protège sa cavalière. La cavalière protège sa nécromancienne. Elles sont une chair, une fin, elles sont chacun d'entre nous.

NOTE LYCTORALE SUR LE DUO CAVALIER-NÉCROMANCIEN

VIEILLE DE PRÈS DE DIX MILLE ANS, GARDÉE SECRÈTE DANS UN FICHIER CHIMIQUE DANS LA BIBLIOTHÈQUE DE LA SIXIÈME MAISON POUR LA PROTÉGER DES RAVAGES DU TEMPS

valancy trouve qu'une chair, une fin ça fait mode d'emploi de sex-toy. impossible de me sortir ça du crâne maintenant alors est-ce que quelqu'un pourrait arrêter cris et fred avant que la formule devienne virale, merci

FICHES DE RENSEIGNEMENTS
DE LA COHORTE

Rapport établi en amont du pèlerinage lyctoral par la capitaine J. Deuteros (Flotte de la Mort, division de Réservistes Volontaires, 12e unité de nécromanciens). DOCUMENTS NON DESTINÉS AUX ARCHIVES. *Réservés à l'usage des personnes autorisées par les membres de l'Amirauté de Trentham, les généraux [nom masqué] et [nom masqué], la directrice des Services de renseignements [nom masqué] et la lieutenante M. Dyas (Flotte de la Mort, division de Réservistes Volontaires, 12e unité de nécromanciens suppléante), occupant les fonctions de première cavalière.*

Deuxième Maison

Capitaine Judith Deuteros
Âge : 22 ans.

Judith Deuteros, née dans l'espace interstellaire, base : Trentham de la Deuxième Maison. Rejoint les RVJC (Réservistes Volontaires Juniors de la Cohorte) à l'âge de onze ans ; nommée seconde lieutenante à quatorze ans. Rattachée au vaisseau de classe Léviathan *Domaine de l'Empereur* à quinze ans, distinctions lors de manœuvres militaires intra-système. Promue première lieutenante à vingt ans et rattachée au vaisseau de classe Béhémoth *Rigueur*. À bord de *Rigueur*, participe aux combats intragalatiques à la tête d'une unité tactique aux côtés de la lieutenante Dyas. Promue capitaine à vingt-deux ans. Retour à Trentham pour suivre une formation d'officière et d'agente de renseignements, ainsi que pour poursuivre ses études nécromantiques.

Note : Pardonnez l'emploi de la troisième personne. Je me définis avant tout par l'association des compétences de la lieutenante Dyas à ma naissance, notre union faisant notre force. Deux soldates de la Cohorte, même si elles ne sont jamais allées au front, peuvent jouir d'un avantage non négligeable sur les autres. J'ai étudié le transfert énergétique avec la lieutenante Dyas dès nos premières années de formation. Je dispose de vastes connaissances dans les différentes branches de la magie, acquises en vue d'une application dans ma carrière militaire. J'ai obtenu le rang d'officière première classe de Trentham et ai passé avec succès divers examens psychologiques, et j'envisage d'établir pour la Cohorte la première base de données sur la Première Maison depuis trois cents ans. Je n'ai pas de responsabilités familiales ni maritales qui pourraient me distraire de ma mission.

Lieutenante Marta Dyas
Âge : 27 ans.

Marta Dyas, née sur Trentham, base : Trentham de la Deuxième Maison. Rejoint les RVJC (Réservistes Volontaires Juniors de la Cohorte) à l'âge de dix ans, nommée seconde lieutenante à quinze ans. Obtient le rang de cavalière à l'âge de vingt ans, au service de Judith Deuteros. Devient seconde cavalière, obtient le titre honorifique de Marta la Deuxième. Rattachée au vaisseau de classe Léviathan *Domaine de l'Empereur*, distinctions lors de manœuvres militaires intra-système. Rang de duel au sein de la Maison : top trois des seconds cavaliers, top cinq au classement général. Promue première lieutenante à vingt-deux ans, participation aux combats à bord de *Rigueur* dans les mêmes circonstances que la capitaine Deuteros. Retour à Trentham auprès de la capitaine Deuteros. Il y a deux ans, devient première de sa catégorie en combat à l'épée dans le classement général du système.

Note : Aucun autre premier cavalier n'est actuellement aussi qualifié que Dyas. Elle s'entraîne depuis l'enfance, est officière première classe de Trentham et a obtenu le rang de première cavalière avant l'âge de trente ans. Son classement au sein de sa Maison est exceptionnel. Sa seconde arme est la dague, mais elle manie une grande variété d'armes, modernes comme anciennes. Elle n'a pas de responsabilités familiales ou maritales qui pourraient la distraire, et est à tous points de vue une cavalière exemplaire. Au vu de la liste des cavaliers des autres Maisons, elle est de loin la meilleure et la plus prometteuse. Si Protesilaus Ebdoma de la Septième est lui aussi très bien classé, son retrait des duels en raison d'obligations familiales suggère qu'il n'est pas au sommet de ses performances.

Troisième Maison

Princesse héritière Coronabeth Tridentarius
Âge : 21 ans.

Coronabeth Tridentarius, née sur Ida, base : Ida de la Troisième Maison. Enseignement privé. Aucun projet connu d'engagement dans la Cohorte. Conformément à la tradition de la Troisième Maison, prendra en tant qu'aînée la tête de la Maison lorsque son père renoncera au pouvoir. Don nécromantique : animaphilie. Magicienne classique de la Troisième, mais sans formation complémentaire, ni dans la Troisième, ni ailleurs. Pas de liens maritaux.

Note : Difficile de dire si Coronabeth Tridentarius est une dilettante ou une crack. Nos renseignements sont incomplets, et son absence de formation hors Maison brouille les pistes. Elle jouit d'une grande popularité tant au sein de sa Maison qu'à l'extérieur. Physiquement très impressionnante et d'une beauté extraordinaire, elle est d'un naturel très charismatique, ce qu'elle-même et son entourage ont tendance à confondre avec des qualités de leadership. Tridentarius a des interactions de longue date avec la Deuxième et la Cinquième

Maison. Moi-même, je connais Corona, ainsi que l'appellent ses proches, depuis l'enfance. Elle était très capricieuse. C'est une personnalité intense, passionnée, terriblement ambitieuse, avec beaucoup de charme. Si on ne sait ce qu'elle vaut en tant que nécromancienne, la probabilité qu'elle réussisse est élevée, même si cela créerait une vacance de pouvoir dans la Troisième Maison. Voir ci-dessous.

Princesse Ianthe Tridentarius
Âge : 21 ans.

Ianthe Tridentarius, née sur Ida, base : Ida de la Troisième Maison. Enseignement privé. Aucun projet connu d'engagement dans la Cohorte. Deuxième dans l'ordre de succession derrière sa sœur jumelle Coronabeth. Don nécromantique : animaphilie. Magicienne classique de la Troisième, mais comme pour sa sœur, l'absence de formation hors Maison ne nous permet pas d'évaluer ses capacités. Ianthe n'a jamais pratiqué la nécromancie qu'en présence de sa sœur, ce qui pourrait être le signe d'un manque de confiance ou d'aptitude. Elle apparaît beaucoup plus flegmatique et impassible que sa sœur. Pas de liens maritaux.

Note : Ianthe souffre de la comparaison avec sa sœur dans presque tous les domaines. Elle est de constitution fragile, moins sociable, plus réservée, et franchement dépourvue de charme. Elle réfléchit davantage avant de parler, mais comme elles n'apparaissent jamais en public l'une sans l'autre, elle s'en remet entièrement à Corona. Ses caractéristiques physiques semblent indiquer que ses compétences en matière d'animaphilie sont moins développées, ou qu'elle a choisi une branche différente. Son profil psychologique suggère qu'elle recherche en permanence le soutien de sa sœur. Si Coronabeth parvient à devenir Lycteure, la succession de la Maison reviendra à Ianthe. Si elles deviennent Lycteures toutes les deux, la succession sera confiée à quelqu'un en dehors de la famille proche.

Prince Naberius Tern
Âge : 23 ans.

Naberius Tern, né sur Ida, base : Ida de la Troisième Maison. Fils unique du précédent premier cavalier. Famille 100 % Résurrection. La lignée a servi Ida de longue date et donné de nombreux cavaliers. A fréquenté plusieurs académies et institutions sur la Troisième et suivi un enseignement privé avec les princesses. Investi formellement du titre de cavalier à l'âge de quatorze ans, mais déclaré comme étant celui des deux sœurs, ce qui est en principe contraire à la loi. Aucun projet connu d'engagement dans la Cohorte. Classement du combat à l'épée au sein de la Maison : top cinq de sa catégorie et du classement général.

Note : S'il est officiellement le cavalier de Coronabeth, Ida le considère comme celui des deux princesses. Sa seconde arme est la dague, mais aussi le couteau trident traditionnel de la Troisième Maison. Excellent classement en duel depuis des années ; il semble parfois plus intéressé par les duels que par ses fonctions de cavalier. Pour ce qui est de sa personnalité, il est plus ouvert qu'Ianthe, mais moins talentueux que Coronabeth. Il est d'humeur changeante, et socialement assez immature. Il a une très haute opinion de lui-même et de ses dons de duelliste, mais la lieutenante Dyas, qui l'a affronté en de nombreuses occasions, confirme qu'il est doué.

Quatrième Maison

Baron Isaac Tettares
Âge : 13 ans.

Isaac Tettares, né sur Tisis. Famille 100 % Résurrection, aîné de huit enfants. Comme c'est l'usage dans la Quatrième, la famille a eu recours à des mères porteuses et un utérus artificiel. Père tué dans une attaque terroriste sur [nom masqué] il y a dix-neuf ans. Tous ses enfants sont donc nés posthumes et son titre mis en régence. Enseignement privé et à la cour de Koniortos, dans la Cinquième, dans un établissement dirigé par Abigail Pent. Magicien des esprits très doué, au classement exceptionnel pour son âge. A manifesté sa volonté de s'engager dans la Cohorte il y a deux ans. Incorporation refusée en raison de son âge, puis pour raisons de santé sur l'avis de la Cinquième Maison. Sera sans doute accepté l'an prochain s'il renouvelle sa demande.

Note : Si Isaac Tettares est un adolescent très doué, on est en droit d'imaginer que la Cinquième Maison n'est pas étrangère à sa convocation (il serait intéressant de savoir pourquoi). Il est très peu probable que Tettares devienne Lycteur dans un avenir proche, et j'estime personnellement qu'au vu de son jeune âge et de son manque d'expérience, ce ne serait pas une bonne chose. Abigail Pent est très proche de Tettares et Chatur, plus encore que ne l'était sa mère du père de Tettares. On suggère déjà que son neveu et lui seront fiancés lorsqu'ils en auront l'âge. Ce qui est dommage, parce qu'Isaac Tettares semble avoir une personnalité vraiment intéressante, il est moins impulsif, plus réfléchi et discret que la plupart des Quatrièmes. Il serait bon pour la Quatrième Maison d'évoluer dans ce sens. Si la Deuxième Maison peut s'associer à la Quatrième durant le concours, elle le fera.

Sir Jeannemary Chatur
Âge : 14 ans.

Jeannemary Chatur, née sur Ops. Famille 100 % Résurrection, deuxième de six enfants. Première non-nécromancienne de la lignée. Sa mère a obtenu une distinction impériale posthume après sa mort sur [nom masqué], malgré son déplacement non autorisé. Destinée dès la naissance à devenir la cavalière d'Isaac Tettares, Chatur prête serment et obtient le titre à l'âge de neuf ans. Nommée première cavalière après le bombardement de l'année dernière. A fréquenté les mêmes écoles que le baron Tettares, entretient les mêmes relations que lui avec Abigail Pent. Engagement dans la Cohorte demandé il y a deux ans, en même temps que son nécromancien, de sa propre initiative, refusé pour les mêmes raisons.

Note : Jeannemary Chatur est elle aussi une adolescente très douée. Sa seconde arme est la dague, et malgré son jeune âge, elle a réussi à se classer dans sa catégorie alors qu'on pensait qu'elle ne passerait pas les qualifications. Elle est la plus offensive du duo, exubérante et physique, sans qu'on sache vraiment si cela tient à sa personnalité ou à son âge. Tettares et elle souhaitent ardemment rejoindre la Cohorte et seraient un énorme atout pour peu que l'instinct de la Quatrième ne prenne pas le dessus. La lieutenante Dyas gardera un œil sur elle, mais sans intervenir.

Cinquième Maison

Lady Abigail Pent
Âge : 37 ans.

Abigail Pent, née à la cour de Koniortos. Aînée de deux enfants. Célèbre historienne, elle s'est vue confier la tête de la Maison il y a cinq ans ; son époux est alors devenu son cavalier. En raison d'une défaillance génétique de leurs chromosomes, ce sont les enfants du jeune frère d'Abigail qui prendront sa succession, à moins qu'elle ne désigne quelqu'un d'autre. A étudié dans la Cinquième, mais aussi dans la Troisième, la Sixième et la Huitième Maison. Titulaire de toute une série de diplômes prestigieux. Elle pratique une nécromancie généraliste, mais est aussi une interlocutrice privilégiée des esprits. Elle a publié une dizaine d'ouvrages, quatre-vingt-six articles, et continue à enseigner tout en assumant les fonctions de dirigeante de la Cinquième Maison. Si on ne sait pas exactement à quel point elle s'investit dans son rôle de leader, elle n'a pas manqué d'entretenir les intérêts de la Cinquième au sein de la Quatrième Maison. C'est un esprit brillant que les futures générations considéreront sans aucun doute comme l'une des plus grandes historiennes des Neuf Maisons. Aucun projet d'engagement dans la Cohorte. Elle a même pu exprimer des opinions anti-Cohorte, fait d'autant plus surprenant que son grand-père a été amiral de la Flotte Immortelle.

Note : À surveiller de près. Si l'empreinte stratégique et nécromantique de Pent est faible, elle dispose d'un capital culturel élevé. Ce qui pourrait s'avérer problématique si Pent devenait Lycteure.

Sir Magnus Quinn
Âge : 38 ans.

Magnus Quinn, né sur Rhax. Aîné de trois enfants. Administrateur, formation initiale de cavalier, mais n'a jamais été classé et ne s'est jamais distingué sur le terrain. Plus compétent dans ses tâches administratives, il obtient le grade de sénéchal de la cour de Koniortos peu avant d'épouser Abigail Pent. Bref projet d'engagement dans la Cohorte à l'âge de dix-huit ans, retoqué en interne. Demande jamais renouvelée.

Note : Quinn a été nommé premier cavalier par un concours de circonstances dont la Cinquième Maison déplore sans doute le timing. Sa seconde arme est la dague, mais Quinn est un très mauvais duelliste. Son union avec Pent et l'obtention du titre de cavalier semblent être en lien direct avec l'abdication prochaine de Pent. Tout semble en effet indiquer qu'elle va désigner son frère comme successeur et renoncer à ses fonctions. Quinn lui-même est un bureaucrate de la Cinquième, avec tout ce que cela implique.

Sixième Maison

Maître Gardien Palamedes Sextus
Âge : 20 ans.

Palamedes Sextus, né dans la Bibliothèque. On ne sait pas grand-chose de lui, si ce n'est qu'il est de loin le plus jeune

Maître Gardien à obtenir ce titre, ayant réussi l'examen à l'âge de treize ans et battu une bonne quinzaine d'autres candidats nettement plus âgés. Toutes ses publications sont internes à la Sixième Maison, mais selon des sources indirectes, il est considéré comme un génie par ses pairs (!). Sous sa direction, la Sixième Maison a maintenu sa position et sa puissance au sein du système. Malheureusement, Sextus s'en tient à la tradition de secret de sa Maison, et les informations sont rares. Aucun projet d'engagement dans la Cohorte.

Note : J'ai moi-même eu l'occasion de rencontrer le Maître Gardien. Malgré sa réputation d'intellectuel, il est d'un tempérament plutôt enjoué. Il gagnera peut-être en gravité au fil des années dans ses fonctions, mais en faisant sa connaissance, si on ne me l'avait pas dit au préalable, je n'aurais jamais imaginé qu'il pouvait être Maître Gardien.

Camilla Hect
Âge : 20 ans.

Camilla Hect, née dans la Bibliothèque. On ne sait quasiment rien d'elle, si ce n'est qu'elle a réussi l'examen pour devenir la cavalière de Palamedes Sextus à l'âge de douze ans. Elle n'a jamais participé à aucun tournoi de duellistes, ni combats informels. Aucun projet connu d'engagement dans la Cohorte.

Note : Les registres facilement disponibles et toujours fiables de la Sixième indiquent qu'elle est la cousine au second degré de Palamedes. Sa seconde arme sera sans doute la dague, car la Sixième Maison n'est pas suffisamment confiante pour s'éloigner des classiques. Un duo qui se caractérisera sans doute par sa souplesse d'esprit, mais ne s'aventurera pas sur le terrain du combat entre cavaliers.

Septième Maison

Duchesse Dulcinea Septimus
Âge : 27 ans.

Dulcinea Septimus, née à Rhodes. La duchesse Septimus a séjourné à plusieurs reprises dans des installations de haute atmosphère sur sa planète : officiellement diagnostiquée dès l'enfance comme étant atteinte de la leucémie heptanarienne, la maladie a grandement affecté son mode de vie. La nécromancie ou une grande résilience lui ont permis de vivre bien au-delà du diagnostic terminal, si bien qu'elle a dépassé l'âge de vingt-cinq ans. Comme elle n'a fait aucune apparition publique depuis cinq ans, on ignore si son état est stable ou non. Aucun projet d'engagement dans la Cohorte.

Note : Il se peut que son projet d'accéder au Lyctorat repose entièrement sur son cavalier.

Protesilaus Ebdoma
Âge : 39 ans.

Protesilaus Ebdoma, né sur Cypris. Épéiste de renom, il a été second cavalier du père de Septimus avant d'être mis au service de la duchesse, peut-être parce que, ne s'attendant pas à ce qu'elle vive aussi longtemps, on ne voulait pas gâcher la carrière d'un cavalier plus proche d'elle en âge. Enseignement privé. Engagement dans la Cohorte à l'âge de dix-huit ans, et missions sur trois fronts différents. Marié, plusieurs enfants. A été premier trois ans de suite au classement général des cavaliers catégorie duel avant de se retirer de la compétition pour servir la duchesse Septimus. N'a participé à aucun duel depuis, mais sa réputation le précède.

Note : Selon divers témoignages et rapports, Protesilaus Ebdoma est extrêmement doué. Sa seconde arme est traditionnellement la chaîne. La Septième Maison se repose sur les lauriers qu'Ebdoma a remportés pour elle. On peine à comprendre la raison pour laquelle il a été confié à une nécromancienne atteinte d'un cancer en phase terminale. Il se peut que la Septième ait imaginé que ces fonctions le prépareraient à un rôle de premier cavalier auprès de quelqu'un d'autre, mais Septimus n'étant pas morte, il est toujours à son service. Ses responsabilités maritales et familiales peuvent éventuellement diminuer sa concentration. Difficile à évaluer.

Huitième Maison

Maître Silas Octakiseron
Âge : 16 ans.

On ne sait pas grand-chose de l'actuel Maître Templier du Verre Blanc. Il est très jeune, mais comme c'est la tradition dans la Huitième Maison, il aura sans doute été conscient de son rôle dès le plus jeune âge, et lié à son cavalier depuis la plus tendre enfance. La Huitième Maison envoie un Templier ayant une confiance absolue dans les liens génétiques qui le lient à son cavalier, il s'agit donc sans doute d'un proche parent. Comme c'est la tradition, nous sommes en droit de supposer que Maître Octakiseron est un adepte animiste, versé dans l'art du siphonnement.

Note : Si on peut tirer quelques conclusions logiques de la tradition de la Huitième Maison, elle reste très mystérieuse.

??? Asht
Âge : 32, 34 ou 37 ans.

Trois frères sont actuellement enregistrés sous le nom de Asht, et seraient les plus proches de la lignée pour servir Octakiseron. Tous trois sont biologiquement ses neveux, même s'ils sont beaucoup plus âgés que lui. La Huitième Maison n'a pas été très bien représentée dans les listes de duels ces derniers temps, ce qui est peut-être dû à une réforme de l'art du combat de la Maison.

Note : La seconde arme de la Huitième peut être aussi bien l'estoc que le bouclier ou la griffe. Au cours des dernières générations, les cavaliers de la Huitième ont souvent opté pour le close-combat.

Neuvième Maison

???

On ne sait absolument rien du nécromancien héritier de la Neuvième Maison, ni de son cavalier. N'ayant pas répondu à la convocation, il n'est même pas sûr qu'elle envoie une délégation. La navette de la Neuvième est en route comme prévu, mais la nature de son chargement a été effacée du système. Quelqu'un disposant d'un niveau d'habilitation plus élevé que moi voudra peut-être consulter la base de données. Après le pèlerinage lyctoral, je suggère que l'on contacte la prison pour observation de la zone et rapport.

La seconde arme du cavalier peut être n'importe quoi. Le nécromancien, bien que forcément osséo, peut être n'importe qui. La prudence est de mise : la Neuvième Maison est dangereuse, et pourrait s'avérer hostile.

BRÈVE EXPLICATION
DES SYSTÈMES NOMINAUX

Dans le système binominal des Neuf Maisons, le nom d'une personne n'est pas à proprement parler un nom de famille, mais un arithmonyme indiquant son appartenance à une Maison. Le prénom, donné par les parents, est souvent une référence à la famille. Ainsi, le suffixe *-hark* dans les prénoms d'Harrow et de son père, honore un ancien pèlerin de la lignée des gardiens du Tombeau ; quant aux prénoms composés, comme Jeannemary ou Coronabeth, ils sont formés à partir de prénoms ancestraux. Le nom, s'il fait référence à la Maison d'origine, fait partie intégrante de l'identité de la personne : c'est pourquoi Abigail Pent est connue à la fois comme Lady Abigail et Lady Pent, contrairement à ce qui était l'usage avant la Résurrection (puisque son prénom *et* son nom se rapportent à elle-même). Chaque Maison a sa propre méthode, tant dans le choix du prénom que de l'arithmonyme. Certaines apprécient les diminutifs référentiels (Mortus et Ortus, par exemple).

En règle générale, les frères et sœurs ne portent pas le même nom, même s'ils peuvent en partager certains éléments. Les jumeaux et jumelles qui portent le même nom ont souvent un nom "d'unité" : le nom Tridentarii en dit long sur les espoirs ou les désirs des parents de Corona et Ianthe pour leurs enfants. Évidemment, il y a toujours des exceptions (Colum est l'un de trois frères Asht, qui n'étaient pourtant pas des triplés).

On ne change pas de nom en se mariant. Les non-nécromanciens choisissent en se mariant la Maison à laquelle eux-mêmes et leurs futurs enfants seront affiliés. Une règle veut que les nécromanciens ne puissent pas se marier hors de leur Maison : lorsqu'on épouse un nécromancien, on se retrouve donc affilié à sa Maison. Il y a encore quelques autres règles en vigueur (le simple fait de *faire un enfant* avec un Sixième constitue un accord implicite que tous les enfants suivants seront affiliés à la Sixième, ce qui peut s'avérer un cauchemar sur le plan juridique).

Certains noms ne sont pas inclus dans ce guide de prononciation anglaise, parce qu'ils apparaissent dans la Bible ou d'autres ouvrages de référence connus (les Deuxièmes, les Cinquièmes, Isaac, Silas).

J'ai parfois ajouté une petite note de l'autrice pour partager avec vous quelques anecdotes assez inutiles quant aux raisons qui m'ont fait choisir ces noms. Mais vous n'êtes absolument pas obligé·e·s de les lire.

HARROWHARK NONAGESIMUS

Se prononce HA-row-hark (et non *hayrrow)*, pour rimer avec *arrow*, flèche.

Noh-nah-GUESS-i-mus. *I* comme dans *bitter*, amère. *Mus* pour la consonance latine.

Note : le prénom Harrow est une référence explicite à la Descente aux Enfers *(The Harrowing of Hell)*. *Hark* est un mot ancien qui attire l'attention (écoutez !) et annonce surtout qu'on va passer un mauvais moment, genre attaque de hérauts, ou invasion de zombies. *Hark ! A herald angel. Hark ! From the tombs, a doleful sound.*

GIDEON NAV

Se prononce NAV, avec un *a* court, comme dans *navigator*, navigateur.

Note : Gideon s'appelle Gideon pour tout un tas de raisons. Le prophète guerrier Gédéon qui sème la zizanie parmi les Madianites en est une. Gideon est un nom prophétique : en l'appelant ainsi, quelqu'une a anticipé sa disparition.

Ortus Nigenad

Se prononce ORT-us. Rime avec *tortoise*, sauf si on prononce *tortoise* “tor toys”, auquel cas ça ne rime pas.

NIGH-ga-nad. *Gua*, comme le *gue* de Nonagesimus.

Note : Le prénom Ortus est évidemment une référence à celui de son père, Mortus.

Pelleamena Novenarius

Se prononce Pelly-AM-enna (plutôt que ah-MAY-nah).

Noh-ven-ARE-ee-us. Comme pour Harrow, le *us* latin.

Note : Dans la mythologie grecque, Pélée est le père d’Achille.

Priamhark Noniusvianus

Se prononce PRY-am-hark, en trois syllabes distinctes. (Prière d’éviter d’élider le *h*.)

NOH-nee-us-vee-AHN-us. Vous avez compris le coup du *us* latin, maintenant. Sinon, pas grave, c’est juste un nom dans un roman de fantasy sur des osséos.

Note : Dans l’*Iliade*, Priam est un papa dans une ville au bord du chaos.

Aiglamene

Se prononce Eye-GLAM-en-ay.

Note : *Aigla* est censé être une référence à l’aigle français.

Crux

Se prononce CRUX de manière à rimer avec *sucks*, car il fait bien chier.

Note : *Crux* comme passage difficile, comme *cross*, croix, mais aussi fâché, bref, multiplement réjouissant.

Aisamorta

Se prononce EYE-sa-mor-tah.

Note : Aisa *(Αἶσα)* est la déesse grecque du destin.

Lachrimorta

Se prononce LACK-ri-mor-tah.

Note : *Lachri* de *lacrima*, larme en latin.

Glaurica

Se prononce GLAU-ri-ca. *Ri* court, comme dans ridicule.

Judith Deuteros

Se prononce DEW-ter-oss.

Note : Célèbre décapiteuse d'Holoferne. Le Deutéronome est un texte très instructif.

Marta Dyas

Se prononce DIE-ass (crève, ordure). Désolée, je n'ai pas pu m'en empêcher.

Note : Marta me rappelait martiale. On ne plaisante pas avec les noms, dans la Deuxième Maison.

Ianthe Tridentarius

Se prononce E-AHN-Thay. *E* fait *i* comme dans *see*.

Try-den-TAR-ee-us. *Idem.*

Coronabeth Tridentarius

Se prononce Cor-OWN-a-beth. Corona, comme le halo.

Note : Dans une version antérieure, Corona et Ianthe s'appelaient Abella et Cainabeth, un tel chef-d'œuvre de subtilité que j'aurais aussi bien fait de les baptiser *Goodtwin* et *Badtwin* (Gentille Jumelle et Méchante Jumelle). (En plus, ce n'est même pas vrai, ce serait plutôt *Badtwin* et *Lessbadtwin* – Méchante Jumelle et Un-peu-moins-méchante Jumelle).

Naberius Tern

Se prononce Na-BEER-e-us. *Ee* comme dans *speed* (vitesse), *us* comme dans *fuss* (tapage).

TURN. Comme dans *turn into*, se changer, se transformer (exemple : *Si seulement Naberius pouvait se changer en chauve-souris et s'envoler par la fenêtre !*).

Note : Naberius est un démon, un des princes de l'Enfer. Cela aura-t-il une importance par la suite ? (Réponse : Non.)

JEANNEMARY CHATUR
Se prononce JOHN-mair-ee. *Mary* (et non Marie). J doux, comme en français.

Cha-TOUR (et non *chatter*, bavardage, ce qui lui irait pourtant bien).

Note : *Jeannemary* est une hérésie, mais Jeanne est une référence à Jeanne d'Arc.

ISAAC TETTARES
Se prononce Tett-AR-ez (et non tett-aries).

Note : Dans la théologie chrétienne, Isaac, qui porte en haut de la montagne le bois destiné à son propre sacrifice, annonce la mort de Jésus. Ici, Isaac annonce la mort de Gideon en faisant un truc "aussi courageux que stupide", qui l'amène à être transformé en grille de Puissance 4. J'aurais pu appeler Jeannemary et Isaac *Don'tgetattached* (Ne vous attachez pas) et *Deadsoon* (Bientôt mort).

PALAMEDES SEXTUS
Se prononce Pal-AM-a-dees. Au début j'avais une comparaison grossière dans ce nom, mais j'ai changé d'avis.

SEX-tus. *Us* comme dans le *bus* anglais plutôt que le *us* latin de Nonagesimus.

SEX comme dans *il faudrait vraiment être bizarre pour vouloir faire ça avec Harrow*.

Note : Un bref instant, Palamedes s'est appelé Diomedes, comme Diomède, le protégé d'Athéna dans l'*Iliade*, mais ça nous aurait fait manquer la blague la plus stupide de Gideon.

CAMILLA HECT
Se prononce HEKT. Rime avec *wrecked*, ruiné.

Note : J'ai choisi le prénom C*am*illa pour faire écho à Pal*am*edes, comme pour un autre duo nécromancienne-cavalier qui s'aime tendrement dans le roman : Abi*ga*il et M*ag*nus.

DULCINEA SEPTIMUS
Se prononce Dul-sin-AY-a, et non Dul-sinn-eya.

SEPT-i-mus : *Sept* comme dans *september* en anglais. *Mus*, comme dans Nonagesimus.

Note : Dulcinée est le célèbre personnage fictif auquel Don Quichotte donne les traits de la prostituée Aldonza. Une femme dont on aurait vraiment envie qu'elle existe, mais qui n'existe pas.

Protesilaus Ebdoma

Se prononce Prot-eh-sil-OW-us.

EBB-do-mah. *Ebb* comme la marée basse, *doma* comme *domain*, domaine.

Note : Protésilas est le premier guerrier grec qui meurt à la guerre de Troie. Protesilaus est aussi le premier à mourir dans le cadre du concours du Lyctorat. J'aurais pu l'appeler *Johnny Quickdeath* (Johnny Vitemort).

Silas Octakiseron

Se prononce Ock-ta-KISS-er-on. *Kis* comme dans *kiss*, baiser, plutôt que *keys*, clés.

Colum Asht

Se prononce COL-um. Comme dans *column*, colonne.

ASHT. Comme dans hash, haschich.

Note : Colum, comme *columba*, colombe. Lui et ses frères portent des prénoms d'animaux sacrificiels – Colum donc (colombe), Ram (mouton), Capris (chèvre). Comme je n'ai finalement pas pu me résoudre à donner un nom de pantacourt à l'un des pauvres frères Asht, ils n'apparaissent pas dans le roman… et auront donc été maltraités jusqu'à un niveau métatextuel. Désolée, les gars. J'aurais dû l'appeler Aiglos.

Quelques autres noms et termes intervenant dans le roman

Matthias Nonius

Se prononce Mah-TYE-as, avec un *t* plutôt qu'un *th* comme dans Matthew.

NOH-knee-us, encore une histoire d'os.

Note : Je mentirais en prétendant que Matthias, le légendaire épéiste de la Neuvième, n'est pas une référence à la série *Redwall (Rougemuraille)* de Brian Jacques.

CYTHEREA
Se prononce KITH-er-AY-a (et non kith-AIR-ee-ah).
Note : Cytherea est l'autre nom d'Aphrodite.

LYCTEUR·E
Se prononce LICK-teur·e, comme *to lick*, lécher, et *her*, elle. Facilitera les blagues scabreuses entre les représentant·e·s des Neuf Maisons.
Note : *Lycteur·e* fait référence à *lych*, cadavre en ancient anglais. Mais aussi aux licteurs, magistrats de l'Empereur.

MAISON DE CANAAN
Se prononce KAY-nan. Accent sur la première syllabe plutôt que sur la deuxième (kay-NAAN).

LA CLOCHE DU SECUNDARIUS
Se prononce Se-cun-DAR-ee-us.

DREARBURH
Se prononce DREAR-burr.
Note : Il s'agit du nom le plus gormenghastien du livre. *Burh* comme la variante ancienne *burgh*, bourg en écossais. *Drear* comme *dreary*, morne, ennuyeux.

REMERCIEMENTS

Je tiens à exprimer mon immense gratitude à mon agente, Jennifer Jackson, pour son enthousiasme et son travail sans relâche autour de *Gideon la Neuvième*. Je remercie également mon incroyable éditeur, Carl Engle-Laird : les mots me manquent pour exprimer tout ce qu'il a fait pour moi et pour ce roman. Tout ce que je peux dire, c'est que si j'ai mis tout mon cœur dans ce livre, lui en a fait encore cent fois plus. Merci d'avoir été un inconditionnel de la Sixième Maison jusqu'au bout, Carl.

Je remercie tout particulièrement Tor.com – Irene Gallo, Mordicai Knode, Katharine Duckett, Ruoxi Chen, et toute l'équipe – dont j'ai profondément apprécié le travail éditorial et l'accompagnement du texte jusqu'à la publication.

J'aimerais mettre en avant ici le travail de Lissa Harris, qui a été ma conseillère pour toutes les scènes de combat du roman. Les passages réussis ou réalistes de combat à l'épée le sont grâce à elle ; quant aux erreurs et éventuelles énormités, elles sont de mon fait, c'est sans doute que je n'ai pas écouté ses conseils. Je la remercie de sa patience, de son esprit et de son intelligence – en revanche, j'aimerais profiter de l'occasion pour lui rappeler que les œufs durs n'ont rien à faire dans la salade de pommes de terre. On peut régler ça en duel, si tu veux.

Un merci tout particulier à Clemency Pleming et Megan Smith, mes amies et premières lectrices. Leur bonne humeur et leur empathie ont préservé ma santé mentale, et grâce à elles, j'ai un tablier de cuisine brodé du pire mème du roman (supprimé dans sa version définitive).

Je remercie mes formidables mentors de l'atelier Clarion 2010, et en particulier Jeff et Ann VanderMeer. Je sais que Jeff ne m'en voudra pas si j'insiste sur les années d'amitié et de soutien enthousiaste qui me lient à Ann. L'aide que j'ai reçue de mes coparticipantes, dont j'ai beaucoup apprécié les travaux, dont j'ai sollicité les conseils, en profitant éhontément de leur gentillesse pendant toutes ces années, s'est avérée inestimable (merci, les gars). Pour les services qu'ils m'ont rendus pendant l'écriture de ce roman, j'aimerais remercier Kali Wallace, l'incarnation de la maxime *nolite te bastardes carborundorum* ; John Chu pour son incroyable bienveillance ; et Kai Ashante Wilson, qui m'a gentiment bousculée pour que j'envoie enfin mon manuscrit.

Un certain nombre de personnes m'ont soutenue et ont soutenu ce livre de manière générale. Je suis reconnaissante de l'amour et de l'aide de mes ami·es et de ma famille, en particulier de mon frère, Andrew Muir, le mec qui croyait déjà en moi et en mes talents d'autrice quand j'avais onze ans et que j'écrivais de pompeuses *fan fictions* des *Animorphs.* Son soutien en toutes circonstances a fait de moi la personne que je suis aujourd'hui. Merci aussi d'avoir laissé des commentaires anonymes critiques sous mes chefs-d'œuvre sur fanfiction.net, crétin.

Enfin, je remercie plus que quiconque Matt Hosty, toujours à mes côtés, que ce soit pour essuyer le sang, préparer le thé ou corriger les différentes versions de mon texte, avec une patience infinie. Plus que deux trois tomes et, promis juré, j'arrête de parler de squelettes.

À paraître en 2023

OUVRAGE RÉALISÉ
PAR L'ATELIER GRAPHIQUE ACTES SUD
REPRODUIT ET ACHEVÉ D'IMPRIMER
EN MARS 2022
PAR L'IMPRIMERIE NORMANDIE ROTO IMPRESSION S.A.S.
À LONRAI
POUR LE COMPTE DES ÉDITIONS
ACTES SUD
LE MÉJAN
PLACE NINA-BERBEROVA
13200 ARLES

DÉPÔT LÉGAL
1re ÉDITION : AVRIL 2022
N° impr. : 2201026
(Imprimé en France)